www.ingramcontent.com/pod-product-compliance
Lightning Source LLC
La Vergne TN
LVHW050833051026
849532LV00006BA/1942
* 9 7 8 9 3 9 0 5 6 8 9 2 5 *

سیاہ حاشیے

اور

حاشیہ آرائیاں

مرتب:

محمد اسلم پرویز

نام کتاب	:	سیاہ حاشیے اور حاشیہ آرائیاں
مرتب	:	محمد اسلم پرویز
سالِ اشاعت اوّل	:	۲۰۲۳ء
سرورق	:	التمش رشید
پتہ	:	۱۶/۳، صنوبر منزل، ہال روڈ، کرلا (مغرب) ممبئی-۴۰۰۰۷۰
فون	:	۷۷۳۸۹۴۰۰۴۶
ای میل	:	parvez45@gmail.com
ناشر	:	ایم۔آر۔ پبلی کیشنز، دہلی

SIYAH HASHIYE

AUR HASHIYA ARAIYAAN

Compiled by Mohammed Aslam Parvez

Address: 16/3, Sanobar Manzil, Hall Raod, Kurla (W), Mumbai - 70.

Year of Publication : 2023

Publisher: M. R. Publications, Delhi.

اُس ساعتِ شیریں کے نام، جب

گوری لنکیش

کے قتل پر اظہارِ مسرت کے لیے

ٹوئیٹر کا استعمال کیا گیا۔

۵ ستمبر، ۲۰۱۷ء

فہرست

	منٹو، سیاہ حاشیے اور حاشیہ آرئیاں	محمد اسلم پرویز	7
	افسانے / افسانچے	سعادت حسن منٹو	35
	حاشیہ آرائیاں:		
۱	حاشیہ آرائی	محمد حسن عسکری	88
۲	فسادات اور ادب	عصمت چغتائی	95
۲	سیاہ حاشیے	ممتاز حسین	106
۳	سیاہ حاشیے	خواجہ احمد عباس	113
۴	سیاہ حاشیے	آفتاب احمد	117
۵	گفتار یاز دہم (مضمون نما مراسلہ کا ایک حصہ)	شمس الرحمٰن فاروقی	120
۶	ادب میں انسان دوستی کا تصور: ایک سیاہ حاشیے کے ساتھ	شمیم حنفی	125
۷	سیاہ حاشیے جو سرخی مائل زیادہ ہیں	عتیق اللہ	145
۸	منٹو کی افسانہ نگاری اور "سیاہ حاشیے" کے افسانے	ڈاکٹر برج پریمی	157
۹	تعمیر کی دھندلی لکیر اور "سیاہ حاشیے" کے افسانے	شکیل الرحمٰن	169
۱۰	منٹو کی غلط تعبیر	اجمل کمال	174
۱۱	سیاہ حاشیے کی روشنی میں	ڈاکٹر واحد نظیر	207
۱۲	"سیاہ حاشیے": افسانہ یا لطیفہ	ظفر سعید	214
۱۲	"سیاہ حاشیے" میں سیکولرازم	خالد اشرف	223

۱۴	سیاہ حاشیے: جداگانہ انداز کی پہچان	طاہرہ اقبال	233
۱۵	عسکری کی حاشیہ آرائی پر ایک اور حاشیہ آرائی	ارجمند آرا	239
۱۶	منٹو، سیاہ حاشیے اور ترقی پسندی	ندیم احمد	253
۱۸	''سیاہ حاشیے''، تقسیمِ ہند کی خوچکاں تاریخ کا البم	ڈاکٹر فاروق اعظم قاسمی	279
۱۹	حاشیے کا منٹو	شاداب رشید	281
۲۰	معروضی آرٹ کا بے مثال نمونہ	محمد اسلم پرویز	286

دیارِ غیر میں:

۱	منٹو اور سیاہ حاشیے	جیتند ربھاٹیہ	318
۲	شبدوں میں کروٹ لیتی تراسدی	نریندر موہن	324
۳	''سیاہ حاشیے'' گہرے زخم کرتا ہے	جے شری سنگھ	331
۴	منٹو جنہیں آپ صرف مزے کے لیے نہیں پڑھتے	لوک متر گوتم	337
۵	مختصر کہانی اور منٹو	چندر کانت بھونجال	345
۶	کیسے ہوسکتا ہے یہ، اس طرح؟	لوک ناتھ یشونت	351
۷	سیاہ رنگ کے حاشیے پر سفید چاک سے لکھے افسانے	مکرند ساونت	355
۸	بٹوارے کا مہا اُتسو	اُروِش کوٹھاری	360
۹	اشوتھامہ کا شاپ ہیں سیاہ حاشیے کے افسانے	سنجے چھیل	366
۱۰	سیاہ حاشیے: یعنی درد کی دستاویز	راجیو پٹیل	370
۱۱	سیاہ حاشیے پر تاریک لکیریں	انصار علی	377
۱۲	منٹو کا اور میرا شاید روحانی رشتہ ہے	جمیل گلریز	384
۱۳	زہریلے ٹیکے: سیاہ حاشیے	اتول تیواری	390
۱۴	سراج الدین، سکینہ اور سیاہ حاشیے کے افسانے	سلیم عارف	392
۱۵	سیاہ حاشیے کی عصری معنویت	سُنیتا	397

تجزیے:

۱	مزدوری-تجزیہ	سجّاد شیخ	406
۲	صفائی پسندی-تجزیہ	سجّاد شیخ	415
۳	پٹھانستان-ایک مطالعہ	پروفیسر صغیر افراہیم	419
۴	بے خبری کا فائدہ-تجزیہ	ابوبکر عباد	424
۵	تاریخ کے ملبے میں دبی ہوئی چیخیں (''کرامات''،''رعایت''اور''حیوانیت'' کے حوالے سے)	نگار عظیم	431
۶	تعاون-تجزیہ	اسلم جمشید پوری	442
۷	کرامات-تجزیہ	محمد بشیر مالیر کوٹلوی	446
۸	آرام کی ضرورت-تجزیہ	ڈاکٹر عظیم راہی	448
۹	تقسیم-تجزیہ	محمد غالب نشتر	453
۱۰	گھاٹے کا سودا-تجزیہ	شاکر تسنیم	457
۱۱	حیوانیت-تجزیہ	وسیم عقیل شاہ	463

ڈراما-بلیک مارجن 467

منٹو، سیاہ حاشیے اور حاشیہ آرائیاں

شمس الحق عثمانی کی تحقیق کے مطابق بٹوارے کے بعد خود منٹو کے مرتبہ افسانوں کا اولین مجموعہ ''سیاہ حاشیے'' ہے، جو مکتبہ جدید، لاہور نے اکتوبر ۱۹۴۸ء کو شائع کیا تھا۔ یوں تو کلیاتِ منٹو میں ہمیں ایسے کئی افسانے مل جاتے ہیں جنہیں اشاعت کے بعد بہتان، دُشنام ملامت اور احتساب کا ہدف بنایا گیا لیکن ''سیاہ حاشیے'' پہلا افسانوی مجموعہ ہے جس پر معترضانہ آوازیں اُس کی اشاعت سے قبل ہی بلند ہونے لگی تھیں۔ اس حوالے سے خود منٹو کا بیان ہے:

''سیاہ حاشیے'' پریس کی سیاہی لگنے سے پہلے ہی ''روسیا'' کر کے رجعت پسندی کی ٹوکری میں پھینک دی گئی۔''

اشاعت سے پہلے اور اشاعت کے بعد منٹو کا یہ افسانوی مجموعہ تناؤ اور تنازعہ کا سبب بنا تھا۔ اس کے دیباچہ اور افسانوں کو لے کر جو گرما گرم بحثیں اور دھواں دھار اختلافی باتیں اس وورانیے میں کہی گئی تھیں، بے شک وہ اب ماند پڑ چکی ہیں۔ لیکن مواد، معروض ہیئت، زبان اور اسلوب کے اعتبار سے یہ اتنے مختلف اور منفرد ہیں کہ فسادات کے موضوع پر لکھے گئے ٹھوس اور well stuffed افسانوں کی بھیڑ میں آج بھی سب سے الگ نظر آتے ہیں۔ جو تکنیک منٹو نے یہاں استعمال کی وہ کئی معنوں میں انوکھی، غیر روایتی اور طرفہ ہے۔ شاید اسی لیے فسادات کے موضوع پر لکھے گئے ادب کو ناپنے اور آنکنے والے روایتی پیمانے اور معیار اِن افسانوں کی تفہیم میں ہمارے کام نہیں آتے۔ فن اور اظہاریاتی اہداف تک پہنچنے کے لیے اردو افسانے کو منٹو ایک نئی صنف سے متعارف کرانے جا رہا ہے۔ اس تناظر میں افسانوں/ افسانچوں کی یہ

منفرد کتاب اتنا desrve تو کرتی ہے کہ اِن کا مرکوز اور بالااستعیاب مطالعہ کیا جائے۔ ’’سیاہ حاشیے اور حاشیہ آرائیاں‘‘ اسی تقاضے کی تکمیل کی ایک ناتمام جہت ہے۔

منٹو کی زندگی میں ’’سیاہ حاشیے‘‘ کے دو ایڈیشن شائع ہوئے تھے جبکہ موت کے بعد مختلف اشاعتی اداروں سے یہ کتاب بارہا اور طرح طرح سے اردو اور دوسری غیر ملکی اور علاقائی زبانوں میں بھی شائع ہوتی رہی۔ حال ہی میں مراٹھی ادیب لوک ناتھ یشونت نے ’’منٹو چی لگھوتّم کتھا‘‘ عنوان سے ’’سیاہ حاشیے‘‘ کے افسانوں کو مراٹھی میں ترجمہ کرکے ڈرائنگز کے ساتھ شائع کیا ہے۔ ’’سیاہ حاشیے‘‘ کے متن کو مراٹھی زبان کے توسط سے پڑھنا اور کالے و سُرمئی نقوش کے وسیلے سے دیکھنا ایک نئے تجربے سے گزرنے جیسا ہے۔ ظاہر ہے اس کا ایک مطلب تو یہ ہے کہ آج بھی یہ افسانے اُتنے ہی relivant ہیں جتنے اس وقت تھے جب لکھے گئے تھے بلکہ کہہ سکتے ہیں کہ سیاست اور معاشرت کے بدلتے منظر ناموں نے انہیں اور معنی خیز بنا دیا ہے۔

یہ ایک عجیب لیکن دلچسپ اتفاق ہے کہ ادبی مجلسوں اور سیمیناری مباحث میں ’’سیاہ حاشیے‘‘ کے افسانوں پر جس نوع کی گفتگو ہوتی رہی وہ بجائے خود اُن کی ترسیل میں حائل رہی۔ بے شک یہ کبھی گمنامی کا نوالہ نہیں بنے لیکن منٹو تنقید کا مرکزی حوالہ بننے سے بھی ہمیشہ محروم رہے۔ اس مختصر مگر ہنگامہ خیز کتاب پر چھوٹے موٹے مضامین تو ہر دور میں لکھے گئے، اِکّا دُکّا تبصرے اور تجزیے بھی ہوئے، پھر بھی منٹو کے معروف و متنازعہ افسانوں کے مقابلے میں ’’سیاہ حاشیے‘‘ کی فنی جہتوں کو گرفت میں لینے سے منٹو تنقید نہ معلوم کیوں دامن بچاتی رہی۔ خود حسن عسکری اور منٹو کی ادارت میں نکلنے والے دوماہی ’’اردو ادب‘‘ میں آفتاب احمد، ممتاز مفتی، یوسف ظفر اور دوسرے ادیبوں کی جو تحریریں شائع ہوئیں اُن میں ’’سیاہ حاشیے‘‘ کے تعلق سے خیر کے کلمے تو ضرور مل جاتے ہیں لیکن عمومی نوعیت تبصراتی اور تاثراتی ہی رہتی ہے۔ اصل بات یہ ہے کہ اس کتاب کو منٹو تنقید نے اُس کے ادبی عمل کا جُزو ہی نہیں سمجھا اور اِس کے ساتھ کچھ ایسا رویہ روا رکھا ہے گویا یہ لطیفے اور چٹکلے تفریحِ طبع کے لیے گڑھے گئے ہیں یا کم تر درجے کی صحافیانہ تحریریں ہوں یا کسی کمرشیل اور نیم ادبی رسائل کے صفحہ پر بچے ہوئے خالی گوشوں میں جگہ پانے والے لطیفے یا fillers ... جبکہ اِن دو دو، تین تین سطری افسانوں میں انسان جتنا مہمل اور مضحکہ خیز نظر آتا

ہے اُتنا وہ مجھے کہیں نہیں دکھائی دیتا۔ دلدوز واقعات، مذہبی تعصبات، آگ زنی اور عصمت دری کے المناک مناظر کو جذبات فروشانہ انداز میں قرطاس کے کینواس پر ابھارنے کے بجائے منٹو کے یہ افسانے اپنی تخلیقی و معنوی جستجو کا محور اور مرکز اُس آدمی کو بناتے ہیں، جو فقط فرقہ وارانہ فسادات کی ظالمانہ، جارحانہ، مجرمانہ اور احمقانہ صورتحال میں گھرا ہوا ہے اور گھرے ہونے کی ایک گرہ المیہ کی طرف کھلتی ہے تو دوسری طربیہ کی طرف... صورتحال کی یہ مضحکہ خیز المناکی اور المناک مضحکہ خیزی ،ظلم وستم کے اظہار کا محض ایک حوالہ نہیں بلکہ انسانی معاشرت اور زندگی کا ایسا سیاق تشکیل دیتی ہے جہاں فرد اور گروہ محض اپنی بہمیت کے درجوں کے باعث ایک دوسرے سے ممتاز ہیں۔

●

موضوع ،مواد، فارم، اسلوب اور ٹرمینٹ کے اعتبار سے ۶۸ رصفحات پر مشتمل اس انوکھی بلکہ متنازعہ فیہ کتاب سے متعلق ہم یہ شکایت نہیں کر سکتے کہ قصر گُم نامی میں پڑی رہی البتہ متن کی غلط قرأت کا شکوہ ضرور اس کے حوالے سے کیا جا سکتا ہے، بلکہ کیا جانا چاہیے۔ کہنے کی ضرورت نہیں کہ حسن عسکری کا دیباچہ ہی وہ گنگوتری ثابت ہوا، جہاں سے اختلافی باتوں اور تنازعوں کی گنگا پھوٹتی اور پھر بہتی دکھائی دیتی ہے۔ گویا غلط قرأت کا معاملہ متن میں اُتنا نہیں، جتنا متن سے باہر موجود ہے۔ ترقی پسندوں کی ادبی نشستوں، اجلاس اور رسائل کے صفحات پر ''سیاہ حاشیے'' کو جس طرح بحثوں اور حملوں کا ہدف بنایا، وہ ادبی فضا کی رواں تاریخ کی بولتی تصویریں ہیں اور اُسے زمانی سیاق وسباق کے ساتھ تنقیدی رویوں کے اختلاف کے حوالے سے زیادہ بہتر طور پر سمجھا جا سکتا ہے۔

لطیفوں اور چٹکلوں کے لباس میں نواس کرنے والے یہ افسانے/ افسانچے بادی النظر میں ایک سپاٹے میں لکھے گئے ظریفانہ نثر کے پارچے معلوم پڑتے ہیں، لیکن حقیقت میں منٹو کی سماجی حسّیت کا باد پیما ہیں۔ یہ بتیس افسانے اتنے مختصر ہیں کہ اوسط رفتار سے پڑھنے والا بھی پوری کتاب آدھے گھنٹے میں ختم کر سکتا ہے۔ حالانکہ فکشن کے حسّاس قاری کے لیے ایک نشست یا سپاٹے میں انہیں پڑھنا ممکن نہیں کہ پل کہ پل میں یہ سجے سجائے کاغذ پر نہیں اُترے۔ زندگی کے زہر کو

اپنی روح میں جذب کیے بغیر یہ لکھے جاسکتے تھے، نہ پڑھے جاسکتے ہیں۔ حیرت نہ ہونی چاہیے، اگر ہم کہیں کہ فسادات کے خوں ریز واقعات نے منٹو سے یہ افسانے نہیں لکھوائے بلکہ روح کے اضطراب اور ذات کی بے بسی کے احساس سے یہ وجود میں آئے ہیں۔ منٹو کی بے دردانہ فہم چٹکلے کے اسٹرکچر کو رڈ اور بحال کرتے ہوئے فن کاری کی نئی سطح اِس طرح وضع کرتی ہے کہ پڑھنے والا اُسی اضطراب کا شعوری یا غیر شعوری طور پر حصّہ بن جاتا ہے۔ یوں آدمی کے بے تکے اور بے ڈھنگے پن پر یہ کتاب اپنے پڑھنے والے کو ایک انوکھے تجربے سے روبرو کراتی ہے۔

ممتاز شیریں بٹوارے کے بعد لکھے منٹو کے افسانوں کو اُس کی افسانہ نگاری کا نیا دور قرار دیتی ہیں۔ میرا خیال ہے یہاں ایک توقف درکار ہے اور اُس توقف میں یہ تسلیم کیا جانا ضروری ہے کہ فن اور شخصیت میں تغیر اور ارتقا کا جو سُراغ وہ بٹوارے کے بعد کے منٹو میں تلاش رہی تھیں اس کے اشارے ہمیں طبع زاد افسانوں کے دوسرے مجموعہ بہ عنوان ''منٹو کے افسانے'' (زمانہ اشاعت بعد اگست ۱۹۴۰) میں مل جاتے ہیں۔ یہ مجموعہ دراصل خارجی حقیقتوں سے اندرونی بصیرتوں کے افسانوی سفر کا نقطہ آغاز اور اُس کے ادبی وفنی مسلک کے تغیر اور ارتقا کا اہم پڑاؤ ہے۔ روسی حقیقت نگاروں سے فنی تربیت حاصل کرنے کے فوراً بعد اُس کی حقیقت فہمی ممنوعہ سمجھے جانے والے موضوعات پر جس جرأت مندی سے اپنے قدم بڑھاتی ہے، اُس کا اندازہ مجموعہ میں شامل افسانوں (پھاہا، بلاؤز، خوشیا، پہچان، دس روپے، ہتک) سے ہی نہیں، کتاب کے انتساب سے بھی ہو جاتا ہے۔ میرے خیال میں خود منٹو اس حقیقت سے آشنا نہیں تھا کہ ۳/اگست ۱۹۴۰ کو لکھا گیا یہ انتساب آنے والے وقت میں تعمیر پسند تنقید اور ترقی پسند تحریک پر ہی نہیں خود اُس کے فنی موتیف اور مسلک کا پیش لفظ بننے والا ہے۔ انتساب میں منٹو لکھتا ہے:

''اخبار دین دنیا کے نام...

...جس میں میرے خلاف سب سے زیادہ گالیاں چھپیں۔''

انتساب کے آئینے میں ہمیں ایک نیا منٹو نظر آتا ہے، جو نڈر، بے باک اور جرأت مند فن کار کی حیثیت سے اپنی تخلیقی انفرادیت کا سودا کرنے کے لیے کسی طور تیار نہیں۔ منٹو کا بنیادی سروکار

ادب کی اخلاقیات اور شعریات سے وابستہ ہے اور یہ ادبی اخلاقیات اور فنی شعریات کسی مصلح قوم، انسان دوست، سوشل ریفارمر، محبِ وطن، انقلاب پسند یا کسی باغی کو اپنے space میں بغیر اجازت داخل ہونے نہیں دیتی۔ یہ واقعہ بھی غور طلب ہے کہ منٹو کی آزادیِ فکر اور جراَتِ اِظہار جس بے باک حقیقت نگاری کی داغ بیل ڈال رہی تھی، اُسے ترقی پسندوں کی سوشل انجنیئرنگ نہ سمجھ رہی تھی نہ تسلیم کرنے کو تیار تھی، لہٰذا اپنے عہد کی سب سے بڑی تحریک سے علاحدہ ہوکر اپنی منفرد راہ نکالنے پر وہ خود کو مجبور پا رہا تھا۔ منٹو کی اس انفرادیت پسندی پر بمبئی کی ترقی پسند فضا میں سرگوشیاں اور چہ مگوئیاں شروع ہوگئی تھیں اور پھر سب نے دیکھا کہ جلد ہی ان سرگوشیوں اور چہ مگوئیوں کو ٹھوس الفاظ اور لیبل مل گئے۔ جنس نگار، فحش نویس، رجعت پرست، سماج دشمن، استحصال کا حامی، نفسیاتی مریض اور نہ جانے کیا کیا... یہی وہ وقت تھا جب ترقی پسند نقاد ''کالی شلوار''، ''دھواں''، ''بو''، ''ہتک'' اور ''نعرہ'' جیسے افسانوں میں فن کاری کے حریری پردوں کے اندر منٹو کا مریضانہ چہرہ ڈھونڈ رہے تھے اور حیرت ہے کہ پا بھی رہے تھے۔ اُس کے بعض افسانوں کی قبولیت اور عدم قبولیت کے معاملے میں ترقی پسند نقاد اور ادیب جس کنفیوژن میں مبتلا رہے، اُسے محمد طفیل نے منٹو کی زبانی کچھ یوں بیان کیا ہے:

> ''پہلے ترقی پسند میری تحریروں کو اُچھالتے تھے اور فخر کرتے تھے کہ منٹو ہم میں سے ہے اور اب یہ کہتے ہیں منٹو ہم میں سے نہیں۔ مجھے نہ اُن کی پہلی بات پر یقین تھا اور نہ موجودہ پر ہے۔''

غرض کہ ہر پھر کر نتیجہ یہی نکلتا ہے کہ منٹو کے فنی اجتہادات اور تخلیقی اختیارات کو لے کر ترقی پسند تنقید ژولیدہ خیالی کا شکار رہی۔ بمبئی کی ادبی فضا میں منڈلانے والی گروہ بندی اور عصبیت کے منفی رجحانات کے باعث آزادیِ تحریر کے فقدان کا ادراک منٹو کو بھی ہو چلا تھا۔ ترقی پسند نظریہ ادب و فن پر یقین رکھنے والے قلم کاروں اور منٹو کے درمیان ادبی مناظرے کا سلسلہ ابھی زیرِ زمین ہی تھا کہ بٹوارے کا سانحہ وقوع پذیر ہوگیا۔ اسی دوران منٹو کا بمبئی سے پاکستان جانے کا فیصلہ... اور لاہور پہنچنے کے بعد عسکری کے ساتھ دوماہی ''اردو ادب'' کے اجرا کا اعلان ...! یہ ترقی پسندوں کی ناراضگی کا پہلا چیک پوسٹ ثابت ہوا۔ سب جانتے ہیں ترقی پسند تحریک کی طرف

حسن عسکری کا رویہ منفی ہی نہیں معاندانہ بھی تھا۔ حسنعسکری سے منٹو کی رفاقت اُن کے لیے نہ قابل قبول تھی نہ قابل برداشت...! ایسے ہی موسم میں ''سیاہ حاشیے'' کی آمد معہ عسکری کی 'حاشیہ آرائی' نے جلتی پر تیل کا کام کیا اور ترقی پسندوں نے اپنے رسالوں کے دروازے منٹو اور عسکری پر بند کرنے اور تحریک کے جلسوں میں اُن کے خلاف قرار دادیں پاس کرنی شروع کر دی تھیں۔ ''سعادت حسن منٹو اور محمد حسن عسکری کا ''اردو ادب''، میں محمد سعید اس محاذ آرائی کا تفصیل سے جائزہ لیتے ہوئے لکھتے ہیں:

> اگست ۱۹۴۸ سے پہلے تک ترقی پسندوں کے 'قصیدوں' کا موضوع محمد حسن عسکری بنے رہے اور یہ 'قصیدے'، 'تشبیب' اور 'گریز' سے گزر کر 'مدح' پر آ چکے تھے لیکن اگست کے بعد بھی (بغیر کسی 'تشبیب' اور 'گریز' کے) براہ راست اُس مدح کا موضوع بن گئے۔ منٹو اس 'مدح' کے سزاوار دو حوالوں سے بنے۔ ایک تو دو ماہی ''اردو ادب'' کے اجرا کا اعلان اور دوسرا اُن کی کتاب ''سیاہ حاشیے''۔

قصّہ کوتاہ عسکری کا دیباچہ ترقی پسند تحریک اور منٹو کا Point Of Departure ثابت ہوا۔ (یہ بحث دوسری ہے کہ تحریک سے الگ ہو جانے کے بعد اور باوجود بھی کتنی ترقی پسندی منٹو کے اندر بچی رہ گئی تھی۔) ''سیاہ حاشیے'' کی قرأت اور تعبیر کے سلسلے میں جو مباحث سامنے آئے اس کا محرک، جیسا کہ کہا گیا افسانے نہیں دیباچہ تھا، تو ظاہر ہے یہ بے سبب بھی نہ تھا کہ مذکورہ دیباچہ کے لکھے جانے اور کتاب میں شامل کرنے میں ہی نہیں، اس پر آنے والے مخصوص نوع کے ردِّعمل کو فی الاصل ادبی مبادیات پر مبنی سیاسی منشور کا حصّہ قرار دیا جا سکتا ہے۔ لیکن ٹھہریے! حسن عسکری اور ترقی پسند ناقدوں کی ''حاشیہ آرائی'' کی حقیقت تک پہنچنے سے پہلے ضروری ہے کہ دیباچہ نگاری کے حوالے سے منٹو کے موقف پر گفتگو کر لی جائے۔

●

کتابیات کی رُو سے منٹو کے افسانوں، خاکوں، ڈراموں اور مضامین کی کل سولہ کتابیں اُس کی زندگی میں شائع ہو چکی تھیں۔ ان میں ''چغد'' اور ''سیاہ حاشیے'' ہی دو ایسے مجموعے ہیں جن میں کسی اور کا تحریر کردہ دیباچہ موجود ہے۔ داخلی شہادتوں سے بھی پتہ چلتا ہے کہ منٹو کو دیباچہ قسم کی

چیزوں سے بہت زیادہ دلچسپی نہیں تھی۔ ۱۹۴۲ء میں شائع ہونے والی کتاب ''منٹو کے مضامین'' کے ابتدائیے میں وہ دوٹوک انداز میں لکھتا ہے:

''دیباچہ'' یا ''مقدمہ'' میں نے اس لیے کسی سے نہیں لکھوایا کہ میرے نزدیک یہ اُس شہ بالے کی طرح مضحکہ خیز حد تک غیر ضروری اور غیر اہم ہے، جو دولہا کے آگے یا پیچھے گھوڑے پر سجابنا کر بٹھا دیا جاتا ہے۔''

یہی نہیں، اسداللہ (جنہیں منٹو کا پہلا سوانح نگار ہونے کا اعزاز حاصل ہے) کے مطابق دیباچہ بازی سے منٹو کو نفرت تھی۔ لیکن یہ کیسی عجیب بات ہے کہ دیباچوں اور مقدموں کو مضحکہ خیز حد تک غیر ضروری سمجھنے والے یا بہ قول اسداللہ دیباچہ بازی سے نفرت کرنے والے منٹو نے ''سیاہ حاشیے'' میں حسن عسکری اور اُس سے پہلے ''چغد'' میں سردار جعفری کے دیباچہ کو شہ بالا بنا کر سوار کیا۔ ظاہر ہے منٹو کے پاس اس کی اپنی ٹھوس وجہیں تھیں۔

''چغد'' کا پہلا ایڈیشن جون ۱۹۴۸ء میں ''کُتب پبلشرز، بمبئی کی جانب سے شائع ہوا تھا، یہ وہی زمانہ تھا جب سردار جعفری مکتبہ کُتب میں ملازم تھے اور منٹو بمبئی سے لاہور ہجرت کر چکا تھا یا ارادہ کر رہا تھا۔ کتاب جلد شائع ہونے کی ایک صورت منٹو کو اُس وقت یہ نظر آ رہی تھی کہ اس کا دیباچہ سردار جعفری لکھ دیں۔ اس سلسلے میں منٹو نے انہیں خط لکھ کر کہا تھا: ''اس کا دیباچہ آپ خود لکھ لیں، آپ جو بھی لکھیں گے مجھے منظور ہوگا۔'' مگر سردار جعفری نے دیباچہ لکھنے سے انکار کرتے ہوئے جواب میں لکھا تھا: ''تمہاری کتاب کے لیے دیباچے کی خصوصیت سے میرے دیباچے کی ضرورت نہیں۔ تم جانتے ہو میرے اور تمہارے ادبی نظریات میں بہت اختلاف ہے۔'' سردار جعفری کے دوٹوک جواب کے بعد منٹو نے بغیر دیباچہ کے ہی کتاب کو چلانے کی بات اُن سے کہی تھی لیکن جب کتاب چھپ کر آئی تو سردار جعفری کا دیباچہ اس میں شامل تھا۔ اس طرح ''چغد'' کے صفحات پر سردار جعفری کا دیباچہ شہ بالا بن کر سوار ہو گیا۔ یہاں جملہ معترضہ کے طور پر یہ عرض کر دوں کہ ترقی پسند تحریک اور تنقید میں جو انتہا پسندی اور سیاسی نظریے سے غیر مشروط وابستگی در آئی تھی، اُس کی ایک مثال سردار جعفری کا تحریر کردہ یہ مختصر دیباچہ بھی ہے۔ سطح پر تیرتی ناگواری کی تیز لہر اُس ادبی نظریے اور نقطہ نظر کے اختلاف کی آئینہ دار بن جاتی

ہے، جس کا اظہار سردار جعفری نے منٹو کو لکھے اپنے خط میں کیا تھا۔ دیباچہ نہ کتاب سے انصاف کرتا ہے، نہ منٹو سے، نہ خود سردار جعفری سے... لہٰذا جب ''چغد'' کی دوسری اشاعت مکتبہ شعر و ادب، لاہور کے توسط سے عمل میں آئی تو منٹو نے اس میں معمولی تبدیلی یہ کی کہ اُسے حذف کر کے اپنا دیباچہ شامل کر دیا، اس میں منٹو لکھتا ہے:

''دراصل پچھلے دنوں بمبئی کے نام نہاد ترقی پسندوں نے میری تحریروں کے بارے میں جو بے معنی شور برپا کیا اور مجھے یک قلم ''ادب باہر'' کیا اُس کے پیشِ نظر میں مناسب نہیں سمجھتا کہ اُس حلقے کا ایک سرگرم رُکن میری ''رجعت پسندی'' کا دُم چھلا بنا رہے۔''

دیباچہ میں منٹو نے ترقی پسندی سے اپنی کسی بھی نوع کی کد سے تو انکار کیا لیکن اشتراکی سیاست اور پارٹی لائن کے نظریہ کے تحت ترقی پسندوں کی الٹی سیدھی زقندوں پر کھُل کر اپنی ناراضگی اور خفگی درج کی۔ یہ دیباچہ ترقی پسندوں سے اُس کی تعلق داری کے سفر کا فقط پہلا پڑاؤ تھا کہ حُسنِ ظن کے اور کتنے مرحلوں اور مرتبوں کو عبور کرنا ابھی باقی تھا۔ یہ تو ہوا سردار جعفری کے دیباچہ کے شہ بالا بن کر بیٹھنے اور بیٹھ کر اُترنے کا احوال ...اب اصل موضوع یعنی اصل سوال کی طرف آتے ہیں کہ منٹو نے ''سیاہ حاشیے'' کے صفحات حسن عسکری کے دیباچہ کے لیے کیوں فراہم کیے؟ اس کا ایک جواب تو یہ ہوسکتا ہے کہ مواد، ہیئت اور اسلوب کے اعتبار سے ''سیاہ حاشیے'' کے افسانے جس نوع کا تجربہ تھے، اُس کے لیے ایک ایسی تعریف، تعارف اور تفہیم کی ضرورت منٹو نے محسوس کی ہوگی، جو متن کی رسائی میں مددگار ثابت ہو یا پھر ممکن ہے کہ ''سیاہ حاشیے'' کے دیباچہ کے بہانے وہ ترقی پسند معاصرین سے اپنے روابط اور رویے کو نشان زد کرنا چاہتا ہو۔ وجہ چاہے جو ہو لیکن ''سیاہ حاشیے'' میں حسن عسکری کی 'حاشیہ آرائی' کی آتش بازی نے ادبی ماحول کو ایک عرصے تک روشن رکھا۔ اس مختصر سی کتاب پر ترقی پسندوں کے جارحانہ ردِّ عمل نے بہ قول اسداللہ منٹو کو بھی بہت پریشان کر دیا تھا اور حسن عسکری کے دیباچہ کی شمولیت کو وہ اپنی غلطی تصور کرنے لگے تھے۔ ''منٹو میرا دوست'' میں منٹو کے حوالے سے اسداللہ لکھتے ہیں:

''میرے یہاں حسن عسکری آیا کرتا تھا۔ اُن دنوں وہ لاہور میں ہی تھا۔ وہ

میرے یہاں آتا اور خاموش بیٹھا بیٹھا مجھے بور کرتا تھا۔میں نے ایک دن گفتگو شروع کرنے کے لیے اُس سے کہہ دیا میری کتاب ''سیاہ حاشیے'' شائع ہو رہی ہے، تم اُس پر دیباچہ لکھ دو۔ حالانکہ مجھے دیباچہ بازی اور دیباچہ قسم کی چیز سے نفرت ہے۔لیکن پتہ نہیں میں نے کس موڈ میں کہہ دیا۔ چنانچہ عسکری نے دیباچہ لکھا۔اب تک مجھے علما اور حکومت گالیاں دیتی تھی، اس دیباچے کے بعد ادیب حضرات مجھے گالیاں دینے لگے، حالانکہ یہ سارے ادیب میرے دوست تھے۔لیکن سچ تو یہ ہے کہ دیباچہ لکھوا کر میں نے غلطی ہی کی۔کیونکہ وہ دیباچہ ہے بھی بے معنی۔''

اگر حسن عسکری کا دیباچہ منٹو کو واقعی بے معنی معلوم ہو رہا تھا اور اُسے لکھوا کر غلطی کا احساس اُسے تھا تو ''سیاہ حاشیے'' کا دوسرا ایڈیشن جو مکتبہ جدید لاہور نے چار سال بعد یعنی ۱۹۵۲ء میں شائع کیا، منٹو اسے آسانی سے حذف کر سکتا تھا لیکن بار دوم میں ''حاشیہ آرائی'' کی شمولیت بجائے خود اسد اللہ کے دعویٰ کی تردید کرتی ہے۔تو کیا یہ سمجھا جائے کہ ''چغد'' کے پہلے ایڈیشن میں شامل سردار جعفری کے دیباچہ کا یہ ردّعمل تھا اور عسکری کی مدد سے ترقی پسندوں پر منٹو کا انتقامی وار...اس سلسلے میں محمد سعید نے ''سعادت حسن منٹو اور محمد حسن عسکری کا اردو ادب'' میں عسکری، منٹو اور ترقی پسندوں کے مناقشات کو تفصیل سے بیان کیا ہے۔

عام طور پر ترقی پسند حلقوں کی طرف سے یہ بات کہی جاتی رہی کہ منٹو نے اسلامی ادب کے حامی حسن عسکری سے ''سیاہ حاشیے'' کا دیباچہ لکھوا کر اپنی نیت کو بھی معرضِ خطر کے دائرے میں لا کر کھڑا کر دیا ہے۔جبکہ حقیقت یہ ہے کہ ''حاشیہ آرائی'' کے عنوان سے لکھی گئی تحریر بہ طور ''سیاہ حاشیے'' کا دیباچہ لکھی ہی نہیں گئی تھی۔یہ علاحدہ مضمون عسکری نے ''نیا دور'' کے فسادات نمبر کے لیے لکھا تھا، جسے منٹو نے اپنی کتاب میں دیباچہ کے طور پر استعمال کیا۔ ۱۴/اگست ۱۹۴۸ء کو ۳۰/لکشمی مینشنز سے منٹو کی معرفت ممتاز شیریں کو لکھے اپنے خط میں عسکری کہتے ہیں:

''منٹو کی ایک کتاب ''سیاہ حاشیے'' فسادات سے متعلق شائع ہو رہی ہے۔اس پر میں نے دیباچہ لکھا ہے، وہ آپ کو دو ایک دن میں بھیج دوں گا۔اُسے شامل کر لیجیے۔دراصل میں نے یہ مضمون آپ ہی کے لیے لکھا تھا۔لیکن منٹو صاحب نے کہا

کہ میں اسے دیباچہ بنائے لیتا ہوں۔اس لیے وہ میں نے آپ کو نہیں بھیجا۔اب وہ کہتے ہیں کہ چلو'نیا دور' میں بھی چھپ جانے دو، چنانچہ میں اسی مضمون کو بھجوائے دے رہا ہوں۔اگر آپ چاہیں تو چھاپ لیں۔"

گویا جو مضمون حسن عسکری نے "نیا دور" کے "فسادات نمبر" کے لیے لکھا تھا معمولی تبدیلیوں کے ساتھ بہ طور دیباچہ "سیاہ حاشیے میں شامل ہوا۔ یہاں یہ بات بھی دھیان میں رکھنے کی ہے کہ حسن عسکری کی یہ دیباچہ علاحدہ مضمون کی حیثیت سے اگر سامنے آتا تو ممکن ہے اتنا دھما کہ خیز ثابت نہ ہوتا،لیکن منٹو کے افسانوں سے نتھی ہونے کے بعد یا باعث یہ دو آتشہ ،بلکہ سہ آتشہ ہوگیا۔خود منٹو کے مطابق:

"سیاہ حاشیے" ترقی پسندوں نے صرف اس لیے ناپسند کی کہ اس کا دیباچہ حسن عسکری کا تھا..."

اس حد تک تو یہ بات صحیح ہے کہ جو مباحث "سیاہ حاشیے" کے تعلق سے موضوعِ گفتگو بنے،اُن کا محرک حسن عسکری کا دیباچہ تھا۔ لمبے عرصہ تک یہ کتاب اگر اپنے ہی دیباچے کے بوجھ سے دبی رہی تو اس کی ایک وجہ یہ بھی تھی کہ خود حسن عسکری نے دیباچہ میں کتاب کے تعارف اور تفہیم کے بجائے اپنی تنقید کے سفاک نشتر ترقی پسند افسانہ اور افسانہ نگاروں پر آزمانے پر صرف کیے اور وہ بھی اس طرح کہ دیباچہ کا نصف حصّہ اُن کے ادبی رویے اور اپروچ پر حاشیہ آرائی کی نذر ہوگیا۔ لیکن یہ حقیقت جھٹلائی نہیں جاسکتی کہ تمام تر تنازعات کے باوجود حسن عسکری کے معروضات سے منٹو بڑی حد تک متفق بلکہ مطمین تھا۔

●

ترقی پسند تحریک کا رشتہ اشتراکی حقیقت نگاری سے ہی نہیں اشتراکیت کے سیاسی وسماجی نظریات سے بھی بہت گہرا تھا۔شاید یہ اُسی رشتہ کی عقیدت مندانہ تقلید کا ساختشانہ تھا کہ ترقی پسند افسانہ نگار بٹوارے کے بعد مذہبی جنون کی کوکھ سے پھوٹنے والے فرقہ وارانہ فسادات میں انسان کے فکر وعمل کی حقیقت کو ظالم ومظلوم،خیر وشر،ہندو و مسلمان اور نیک و بد کے واٹر ٹائیٹ خانوں میں تقسیم کر کے دیکھ رہے تھے اور دکھا رہے تھے۔ظالم ومظلوم کی اندرونی زندگی میں پلنے

اور پنپنے والے خیر وشر کے پیچیدہ اور پُر اسرار عمل کو بھی انہوں نے جس طرح methodical بنادیا تھا، اُس پر حسن عسکری کا اعتراض نظری بھی تھا اور فنی بھی۔ فسادات کو عسکری سماجی، سیاسی اور قومی تناظر سے کاٹ کر صرف ادبی نقطہ نظر سے دیکھنے کے متمنی تھے۔ جبکہ فسادات اور بنگال کے قحط کو موضوع بنا کر لکھے گئے ترقی پسند افسانے جو ذہنی اور اخلاقی فضا قائم کر رہے تھے، اُن میں سماجی ادراک تخلیقی شعور پر اس طرح حاوی تھا کہ فن کار افسانہ نگار سے زیادہ سماجی مبصر دکھائی دے رہا تھا چنانچہ رقت اور بشر دوستی کے جذبات میں گردن تک ڈوبے افسانوں کو معتوب اور مردود قرار دینے میں عسکری نے قطعی تکلف محسوس نہیں کیا۔ یہی نہیں اپنے دلائل میں جذباتی پہلو سے قاری کو قائل کرنے کی خاطر ایک جگہ کرشن چندر کا نام لیے بغیر وہ یہ تک کہہ جاتے ہیں کہ:

''ہندوستان پر قحط کے حملے سے کسی نے چور بازار میں چاول بیچ کر روپے بٹورے اور کسی نے افسانے لکھ کر شہرت ...!''

اس میں کوئی شک نہیں کہ کرشن چندر نے ہنگامی موضوعات پر ہنگامی انداز میں جو افسانے لکھے اُن میں سے بیشتر وقت گزرنے کے بعد اپنی تاثیر ہی نہیں معنویت بھی کھو چکے ہیں لیکن کرشن چندر کی باخلوص بشر دوستی اور بے لوث انسانیت کو شک کی نظر سے دیکھنا بد ذوقی ہی نہیں ادبی بد دیانتی ہوگی۔ کہنے کی ضرورت نہیں کہ حسن عسکری کا طنزیہ اور کاٹ دار ریمارک ترقی پسندوں کو مشتعل کرنے کے لیے کافی تھا اور اس سے پیدا ہونے والے اشتعال، اضطراب اور اُس کے نفسیاتی دباؤ کا ہی یہ اثر تھا کہ ''سیاہ حاشیے'' کو عسکری کے خیالات کی توضیح اور illustration سمجھا گیا اور اشتراکی فتوؤں سے اُسے لال کر دیا گیا۔ کرشن چندر اور دوسرے ترقی پسند افسانہ نگاروں کی تحریروں میں جو جذباتی رقت محسوس ہوتی ہے، اُس کا شائبہ تک منٹو کے یہاں نہیں ہے۔ وہ تو سماجی، سیاسی اور قومی صورت حالات اور تفصیلات کو معروضیت بلکہ لاتعلقی سے دیکھ رہا تھا اور جذبوں کی متشدّد سطح کو اپنے فنی ارتکاز و ایجاز سے پوری طرح گرفت میں لیے ہوئے تھا۔ یوں ''سیاہ حاشیے'' کی اختصار پسندی اور معروضیت منٹو کے منفرد شعور کا شناس نامہ بن جاتی ہے۔

یاد دلادوں کہ یہی وہ وقت تھا جب ترقی پسند مصنفین کی نظر میں ہر وہ تحریر غیر معتبر ٹھہرتی تھی

جو اشتراکی زاویہ کے تحت لکھی نہ گئی ہو اور بڑی آسانی سے رجعت پسندی کے ٹوکرے میں ٹھیل دی جاتی تھی۔ ''سیاہ حاشیے'' کے ساتھ بھی یہی کچھ ہوا۔ تخلیقی تجربے کی وسعت یا حدود کا اندازہ لگانے کے لیے وہی پیمانے اختیار کیے گئے جو حسن عسکری نے فراہم کیے تھے اور یوں یہ افسانے مثبت قدروں کی مخالفت کرنے والے قرار دے دیے گئے۔ سردار جعفری اپنی مشہور کتاب ''ترقی پسند ادب'' میں کرشن چندر اور منٹو کا موازنہ کرتے ہوئے ایک جگہ لکھتے ہیں:

> ''غرض کہ پروپگنڈہ دونوں کرتے ہیں۔ صرف فرق یہ ہے کہ ایک میں اتنی اخلاقی جرأت ہے کہ وہ اپنی جانب داری اور تبلیغ کا اعتراف کرتا ہے، دوسرے میں اتنی اخلاقی جرأت نہیں کیونکہ اُسے علم ہے کہ اُس کا پروپگنڈہ مکروہ ہے۔ اس لیے بار بار اعلان کرتا ہے کہ میں پروپگنڈہ نہیں کرتا، میں ظالم اور مظلوم میں فرق نہیں کرتا میں تو صرف ادب اور آرٹ پیدا کرتا ہوں ... اور اس غلاظت کو گوارا کرنے کے لیے حسن عسکری سے سند لیتا ہے کہ یہ اسلامی ادب ہے۔ اسلام اور ادب کی اس سے بڑی اور کوئی توہین نہیں ہو سکتی۔''

ظاہر ہے منٹو کے فن کی کوئی مکمل تعبیر کسی یک رخی سماجی، سیاسی، مذہبی اور اخلاقی دائرے میں رہ کر نہیں کی جاسکتی۔ جس فن کارانہ معروضیت کو منٹو زندگی کی تفتیش اور ادبی اقدار کے تحفظ کا ذریعہ بنا رہا تھا، سردار جعفری کی نظر میں وہ گمراہ کن اور مہلک شئے قرار پاتی ہے کہ نفرت سے بھی یہ (معروضیت) نفرت نہیں کرتی۔ لہٰذا ترقی پسند ناقدوں کی جانب سے ''سیاہ حاشیے'' کی فنی سرزنش اس تواتر سے کی گئی کہ بعد کے لکھنے والوں کی تحریروں میں بھی اُن کی صدائے بازگشت سنی جاسکتی ہے۔ دور کیوں جائیں خود خلیل الرحمٰن اعظمی جیسے زیرک نقاد بھی ''سیاہ حاشیے'' کو فکر و نظر کے معیار و میزان پر جانچنے کے بجائے وہی شیوہ ہائے نقد و بحث اپناتے ہیں، جو ترقی پسندوں نے قائم کیے تھے۔ اپنی کتاب ''اردو میں ترقی پسند ادبی تحریک'' میں ایک جگہ وہ لکھتے ہیں:

> ''ان فسادات اور بدنظمیوں نے بہت سے ذہنوں کو پراگندہ کر دیا اور نہ صرف عام انسان بلکہ بہت سے ادیب اور نقاد بھی اس سیلاب میں بہہ گئے اور اپنی

تحریروں سے یا تو فرقہ پرستی کی حمایت کرنے لگے یا بہمیت سے لذت اندوزی کا سامان فراہم کرلیا۔ پاکستان میں سعادت حسن منٹو اور حسن عسکری نے اپنی تحریروں سے منفی رجحانات کو ہوا دی اور حقیقت نگاری اور نفسیاتی تحلیل کے نام پر انسانی فضیلت اور بنیادی سچائی سے ہی انکار کرنے لگے۔''

''سیاہ حاشیے'' کے افسانوں پر جو غیر تجزیاتی بیانات کا سلسلہ شروع ہوا وہ غلط قرأت کی ایک عجیب وغریب مثال پیش کرتا ہے۔ کہنا یہ ہے کہ ''سیاہ حاشیے'' اور حسن عسکری کے دیباچہ پر ردِّ عمل کی یہ لہر بڑی دور تک گئی اور دیر تک رہی۔ شکیل الرحمٰن جن کی ایک شناخت منٹو شناس نقاد کی بھی ہے، اپنے مضمون میں ''سیاہ حاشیے'' کے افسانوں کو افادیت کی میزان پر تولتے ہوئے ایسا کلیہ پیش کرتے ہیں جس کا کوئی ادبی یا تنقیدی جواز نہیں۔ ''سیاہ حاشیے'' میں تعمیر کی وہ دھندلی لکیر تو دیکھتے ہیں لیکن فیصلہ کُن آواز میں یہ بھی کہتے ہیں کہ حسن عسکری کی قنوطیت نے منٹو کو الجھا دیا ہے۔ گویا منٹو نے یہ افسانے عسکری کے دیباچہ کی روشنی میں تحریر کیے ہیں۔ بات یہیں ختم نہیں ہوتی، حسن عسکری کو حملے کا ہدف بناتے ہوئے وہ رقم طراز ہیں:

''عسکری درندوں کو بُرا نہیں سمجھتے کیونکہ وہ خود اُن میں پناہ لیتے ہیں۔''

غرض کہ بعض ناقدین فن وادب کی جانب سے ''سیاہ حاشیے'' کو بے وقعت ٹھہرانے کا عمل کچھ اس خلوص اور فرمابرداری سے کیا گیا کہ معلوم ہوتا ہے یہ افسانے نہیں کسی لطیفہ باز، رجعت پرست اور مہلک نظریہ حیات کے قائل سنکی شخص کے غیر محتاط فقروں کا مجموعہ یا لطیفوں اور چٹکلوں کی پوٹ ہو۔ سب سے پہلے ممتاز حسین عبداللہ ملک، ظہیر بابر، احمد ندیم قاسمی نے ''سیاہ حاشیے'' پر سخت تبصرے کیے۔ (افسوس کہ ممتاز حسین کے علاوہ ''سیاہ حاشیے'' کے حوالے سے لکھی گئی دیگر تحریریں ہمیں دستیاب نہ ہوسکیں) عبداللہ ملک نے ''منٹو کا فن اور سیاہ حاشیے'' کے عنوان سے جو مضمون انجمن ترقی پسند مصنفین کے اجلاس میں پڑھ کر سنایا تھا اسی پر ہونے والی بحث میں احمد ندیم قاسمی کا یہ فقرہ ریکارڈ پر آتا ہے کہ منٹو نے لاشوں کی جیب سے سگریٹ کے ٹکڑے، انگوٹھیاں اور اسی قسم کی چیزیں نکال کر جمع کی ہیں۔ قاسمی صاحب کے اس ریمارک کا مفہوم اور مطلب ہی نہیں لفظیات تک اُس دور کی ادبی سیاست کا نقشہ بیان کر دیتی ہیں۔ کیا یہ کسی ادبی

روایت کا جبر تھا جو منٹو کے معنی اور مافی الضمیر کو احمد ندیم قاسمی جیسے ادیب، افسانہ نگار اور منٹو کے دیرینہ رفیق نے پیچھے دھکیل دیا تھا؟

منٹو خونی ڈرامے کا تماشائی تو تھا لیکن اس طرح نہیں کہ اپنے فن کار ہونے کی پہلی اور آخری شرط کو فراموش کر دے۔ منٹو کا لہولہان وجود رنگ منچ پر کھیلے جانے والے تماشے میں آنکھیں جھپکائے بغیر اُس آدمی کو دیکھ رہا تھا جس نے مذہب کو بندر کے استرے کی طرح اپنے ہاتھوں میں تھام رکھا تھا۔ منٹو اُس آدمی کو ظالم و مظلوم کی حیثیت سے نہیں، خیر و شر کے بے ڈھب اور مضحکہ خیز لیکن ہولناک مجموعہ کے طور پر دیکھ رہا تھا اور دیکھتے ہوئے جس منصب کو ذمہ داری سے نبھا رہا تھا، وہ تھی فنکارانہ دیانت داری... ''حیوانیت''، ''اصلاح''، ''صفائی پسندی''، ''جوتا''، ''آرام کی ضرورت''، ''ساعتِ شیریں''، ''بے خبری کا فائدہ''، ''حلال اور جھٹکا'' جیسے افسانوں کی سفاک معروضیت بے نیاز ہونے کا مہمل مغالطہ ضرور پیدا کرتی ہے کہ ان میں ظالموں کے خلاف مزاحمت کی آواز ہے نہ ہی کوئی صحت مند معاشرہ تشکیل دینے کی تلقین...! منٹو کو محتسب بننے میں دلچسپی تھی نہ معاشرے کو آئینہ دکھانے میں ...انسانی قدروں کی شناخت جس فکرمندانہ بے تعلقی اور ہوش مندانہ وابستگی کا مطالبہ کرتی ہے، اُس کا حصولیابی کے لیے تھوڑی سی حیوانیت اور سفاکی ضروری ہے۔ ترقی پسند تنقید اِسے زندگی و ادب سے betray قرار دے رہی تھی۔ جبکہ خود منٹو انہیں خون کے سمندر میں غوطہ لگا کر حاصل کیے ہوئے عرق اِنفعال کے موتی کہتا ہے۔ فرقہ وارانہ تشدد کی stupidity اور ہولناکی کو بے نقاب کرنے والے عرق اِنفعال کے یہ موتی کیا سچ مچ لطیفے یا چٹکلے کہے جا سکتے ہیں؟ میرے خیال میں اگر آپ اِنہیں لطیفے کہنے پر بضد ہی ہیں تو میں انہیں ایسے لطیفے کہوں گا جنہیں اذیت کے انگاروں سے گزرتے ہوئے منٹو نے گڑھا اور افسانہ کے حسن کو پوری طرح قائم رکھا ہے۔ فسادات کی خوں ریزی اور تشدد کے لیے لطیفوں کے اسلوب اور ہیئت کا استعمال اور انتخاب اصل میں ململ کے تھان کو سوئی کی آنکھ سے نکالنے کا ایک فن کارانہ حیلہ ہے، جسے ممتاز حسین منٹو کی چونکاؤ ذہنیت کا کرشمہ کہتے سمجھتے ہیں۔ اپنی کتاب ''ادبی مسائل'' میں اسلوب کی معنویت کو بیان کرتے ہوئے ''سیاہ حاشیے'' پر وہ یوں رقم طراز ہیں:

"منٹو کے ''سیاہ حاشیے'' کا اسلوب اُس کی صحیح شخصیت کا اتنا عکس نہیں ہے جتنا کہ انار کلی مارکیٹ کا مدّعی ہے۔ اس لیے ''سیاہ حاشیے'' میں سعادت حسن منٹو کی طنز پسندی، حقیقت کو بے نقاب کرنے کی جدو جہد کا نتیجہ نہیں بلکہ اپنے آپ کو پہچنوانے کا نتیجہ ہے اور میں اُس چیز کو اسلوب نہیں سمجھتا۔ یہ اسلوب لال کوٹ پہن کر سڑک پر ٹہلنے اور کتے کی جگہ سانڈے کی گردن میں پٹا باندھ کر گھمانے کا اسلوب ہے۔ صحیح اسلوب اُس وقت پیدا ہوتا ہے جبکہ فن کار مصنوعات کی مدد نہیں لیتا ہے، بلکہ اپنے کلام کو دلکش زندگی کے اُس عکس سے بناتا ہے، جو مسالے جات سے بذاتِ خود بھری ہوئی ہے۔"

فسادات کے موضوع کو منٹو یہاں جس طرح برت رہا ہے وہ معمولی واقعات کو حیرت ناک اور فسوں خیز بنانے کا ہتھکنڈہ نہیں اور نہ ہی چونکانے والی بات کو چونکانے والے اسلوب میں کہنا بھر ہے۔ نئے اسلوب کی یہ جستجو اصل میں زندگی کے نئے عرفان سے عبارت ہے، جو افسانوی متن سے اپنی ذات کو بے دخل کرنے کے بعد ہی حاصل ہو سکتا ہے۔ ایک زمانے تک اِن افسانوں میں دوڑتی انسان دوستی کی ریڈیائی لہروں کو ہماری تنقید نشان زد کرنے میں ناکام رہی۔ بعض کیا بیشتر ناقدینِ فن و ادب کی نظر میں یہ افسانے/ افسانچے اس لیے بھی سزاوار سمجھے گئے کہ انسان دوستی کے رائج الوقت تصور سے یہ بڑی حد تک عاری تھے۔ چہ جائیکہ بعد میں انہیں احساس ہو چلا تھا کہ ''سیاہ حاشیے'' کی معروضیت کا ایک دروازہ انسان دوستی اور ترقی پسندی کی طرف بھی کھلتا ہے۔ اِن افسانوں کو رجعت پرستی کے نام موسوم کرنے کے بعد ممتاز حسین منٹو کی کتاب ''یزید'' پر تبصرہ کرتے ہوئے اعتراف کرتے ہیں کہ:

''فسادات کے موقع پر جب منٹو نے انسانیت کی موت کے غم میں اپنے صفحات کے حاشیے کو سیاہ کیا، اُس وقت بھی ترقی پسندی کی ایک لکیر اُس کے ''سیاہ حاشیے'' میں موجود تھی، جسے ہماری نگاہیں کچھ تو اُس زمانے کی افرا تفری اور کچھ اس وجہ سے نہ دیکھ سکیں کہ ''سیاہ حاشیے'' کے دیباچہ نگار محمد حسن عسکری نے منٹو کے غم کی سیاہی پر اپنا حاشیہ چڑھا دیا تھا۔''

یہاں دو باتیں میں بہ اصرار کہنا چاہتا ہوں، ایک تو یہ کہ ادب اور آرٹ کی دُنیا میں فن کارانہ عمل کے فقدان سے زیادہ غیر انسانی کوئی چیز نہیں ہوتی اور دوسری یہ کہ ''سیاہ حاشیے'' کے افسانوں کو اُس کا آرٹ فارم ہی انسان دوست بناتا ہے۔ کیونکہ خود منٹو نے کہا تھا:

''ادب یا تو ادب ہے ورنہ ایک بہت بڑی بے ادبی ہے۔''

●

یہ تو سبھی جانتے ہیں کہ منٹو پر اگر ترقی پسندی کی تہمت ہے تو رجعت پرستی کے بہتان سے بھی وہ محفوظ نہیں۔ ترقی پسندوں اور منٹو میں اشتراک و افتراق کے کئی پہلو ملتے ہیں تو منٹو اور غیر ترقی پسندوں (کہنے کی ضرورت نہیں کہ عسکری اُس وقت غیر ترقی پسندی کے برانڈ ایمبسیڈر تھے اور ترقی پسند اُنہیں اپنا سب سے بڑا حریف جانتے، مانتے اور گردانتے تھے) کے مابین بہنے والی ادبی و فکری مماثلتوں اور مشابہتوں میں متعدد بھنوروں کو دیکھا جا سکتا ہے۔

دسمبر ۴۸ء کی ''جھلکیاں'' میں حسن عسکری لکھتے ہیں کہ: ''منٹو کی اور میری دوستی کا شمار بھی نئے ادب کی تاریخ کے لطیفوں میں ہونا چاہیے۔ ہم دو آدمی ایک دوسرے سے کیا ملنے جلنے لگے، ہر شخص اپنی اپنی جگہ یہ سمجھا کہ بس میرے خلاف محاذ قائم ہوا ہے۔'' عسکری اور منٹو کی رفاقت کو اپنے خلاف سازش قرار دینے والوں میں محمد دین تاثیر سے لے کر بخاری صاحب سبھی شامل تھے۔ منٹو اور عسکری کی یکجائی کے جواب میں مختلف خیموں کی بے چینی، کوئی سیدھا سادا اکہرا عمل و ردِّعمل نہ تھا۔ یہ ترجیحات و تحفظات اور نظریات کے اختلاف کا ایک طویل سلسلہ تھا، جن کی ادبی اہمیت ہو نہ ہو تاریخی اہمیت سے انکار ممکن نہیں۔ اُس وقت کی ادبی اور ثقافتی سیاست عسکری اور منٹو کی دوستی پر کس طرح لطیفے گڑھ رہی تھی اُس کی جھلک ہمیں جاوید اقبال کے ایک خط سے بھی ملتی ہے۔ انگلستان کی روانگی سے پہلے ۱۲/ اگست ۱۹۴۹ء کو اپنے خط میں وہ منٹو سے کہتے ہیں: ''مجھے یہ تسلی ضرور ہے کہ سعادت حسن منٹو عسکری کی معیت میں ہے اور عسکری اُسے غلط راستے پر چلنے سے ٹوکے گا۔ عسکری اُسے بچائے گا۔'' گویا ایک طرف جاوید اقبال کو یہ اطمینان تھا کہ منٹو اب کمیونسٹوں کی گرفت سے آزاد ہے اور عسکری کی صحبت اُس کے لیے کسی بچاؤ کشتی سے کم نہیں تو دوسری طرف ترقی پسندوں کو یہ خدشہ اور اندیشہ

تھا کہ عسکری کی رجعت پرستی منٹو کی روشن خیالی کے محور کو ہی بدل کر نہ رکھ دے۔ انجمن ترقی پسند مصنفین پنجاب کے سیکریٹری کی حیثیت سے احمد ندیم قاسمی تو اس خدشے کا اظہار منٹو کے نام کھلے خط میں کر چکے تھے۔ مذکورہ کھلے خط کا تجزیہ کرتے ہوئے اپنے مضمون ''میں نے منٹو کو کیسا پایا'' میں وہ لکھتے ہیں:

میں ۱۹۴۸ء میں انجمن ترقی پسند مصنفین پنجاب کا سیکریٹری تھا۔ منٹو کے ہاں جب بھی گیا، وہاں محمد حسن عسکری کو موجود پایا۔ عسکری ترقی پسند ادب کی تحریک کے سخت مخالف تھے، اس لیے مجھے خطرہ محسوس ہوا کہ وہ روشن خیال منٹو کو فرانس کے منفعت پسندوں، لایعنیت نوازوں سے متاثر کرنے کی کوشش کریں گے۔ چنانچہ میں نے پشاور سے فارغ بخاری اور رضا ہمدانی کی زیر ادارت شائع ہونے والے مشہور ادبی رسالے ''سنگ میل'' میں ''منٹو کے نام'' ایک کھلا خط لکھا جس میں منٹو کی حیرت انگیز تخلیقی صلاحیتوں کے اعتراف کے ساتھ ہی میں نے اُسے خبردار کیا کہ وہ عسکری کی بے معنویت اور ساتھ ہی ماورائیت کے رجحانات سے متاثر نہ ہو۔''

قاسمی صاحب کے اس کھُلے خط کو پڑھے بغیر بند چٹھّی میں جواب دینے کا وعدہ یا دعویٰ کرنے والے منٹو نے کھُلی یا بند چٹھی تو نہیں لکھی البتہ خط پڑھنے کے بعد قاسمی صاحب کو جو جھنجھلایا ہوا مختصر سا جواب دیا وہ بقول قاسمی صاحب کچھ یوں تھا: ''مجھے اتنا کمزور نہ سمجھو کہ میں عسکری کی منفعت پسندی کے وعظ یا تمہارے ترقی پسندی کے لیکچر سے متاثر یا مرعوب ہو سکتا ہوں۔''

گویا حسن عسکری اور منٹو میں ذہنی رشتہ ضرور تھا لیکن یہ دو افراد کے باہمی اشتراک سے پیدا ہونے والی دوستی کی مثال ہرگز نہ تھا، نہ ہی دونوں کا رشتہ اس قدر معصوم، سطحی اور اکہرا تھا کہ اختلاف کا کوئی عکس اُن پر نہ پڑے۔ جس ادبی فضا میں منٹو سانسیں لے رہا تھا وہ عسکری کی ادبی دنیا سے مختلف تھی۔ قرب اور یگانگت کے تعلقات کے باوجود مجھے تو دونوں کے درمیان اختلاف کا نہ دکھائی دینے والا ایک پردہ ہمیشہ حائل نظر آتا ہے۔ اس حقیقت کا اظہار اور اعتراف بھی یہاں کر دوں کہ انتظار حسین، اجمل کمال، خالد اشرف کے علاوہ ارجمند آرا ان امور پر تفصیلی گفتگو کر چکے ہیں، لیکن ذیل کی سطروں میں ان کا اعادہ ضروری ہے۔

یہ سچ ہے کہ حسن عسکری کے تیار کیے گئے اسلامی اور پاکستانی ادب کے فریم ورک میں منٹو کے persona کا سمانا ممکن نہ تھا۔مثالی مملکت کا جو تصور پاکستان کے لیے حسن عسکری نے باندھا تھا وہ محض جغرافیائی حقیقت کو محیط نہ تھا بلکہ اُن کے لیے ایک نظریاتی صداقت بن چکا تھا۔مملکتِ خداداد میں جس وقت اسلام کا اخلاقی اور سیاسی نظام نافذ کرنے کا خواب حسن عسکری دیکھ رہے تھے، منٹو اُس کی تعبیر سے مضطرب بھی تھا اور خوف زدہ بھی... لطف کی بات یہ ہے کہ اپنے اُس خوف اور اضطراب کو وہ چچا سام کے نام لکھے خطوط اور دیگر تحریروں میں سات روپے فی کالم کے حساب سے درج کر رہا تھا، تاکہ پاکستانی ڈسٹلری کی جم خانہ وہسکی (جسے وہ یتیم خانہ وہسکی کہا کرتا تھا) کی قیمت ادا کر سکے۔حسن عسکری اپنے اسلامی و پاکستانی ادب کے پروجیکٹ میں منٹو کے فکری وفنی اِدراکات کو شامل کرنے کے لیے اُسے دین کی سرفرازی کا گواہ بناتے ہوئے یہاں تک کہہ جاتے ہیں کہ منٹو صاحب ترقی پسندی کے مروجہ تصور کو بدل کر اسلام کو اپنے تصوّرِ حیات کی اساس بنا دینے کے متمنی تھے اور انسان پرستی کے بجائے اسلام کے اصولوں کی بنیاد پر سماجی انصاف کا مطالبہ ادیبوں سے چاہتے تھے۔یہی نہیں حسن عسکری کے مطابق خلافتِ راشدہ کا تصور منٹو صاحب پر اس طور مسلط تھا کہ وہ پاکستان کو خلافتِ راشدہ کے نمونے کے طور دیکھنے کے خواہشمند تھے۔

سوال یہ کہ حسن عسکری کے ان معروضات ومفروضات اور منٹو کی تحریروں کے درمیان جو تناقض پایا جاتا ہے، اُسے ہم کیا نام دیں؟ کیا منٹو کے اندرونی تضاد سے اُسے تعبیر کریں یا اُس کے فکری اور نظریاتی ارتقا سے یا پھر یہ کہیں کہ حسن عسکری کمبل سے کمبل کی گانٹھ باندھ رہے ہیں.. ممتاز شیریں کو لکھے اپنے خط میں حسن عسکری نے منٹو کے حوالے سے جو ایک چھوٹا سا واقعہ بیان کیا ہے، وہ بھی اُس وقت کی پاکستان کی ادبی روش اور ثقافتی رویے کی طرف اشارہ کرتا ہے۔حسن عسکری لکھتے ہیں:

> ”جب منٹو بمبئی سے کراچی پہنچے تو ریڈیو کے ایک افسر یعنی ذولفقار بخاری صاحب نے اُن سے کہا کہ آپ جیسے لوگوں کا پاکستان میں کیا کام ہے۔آپ شراب پیتے ہیں، اوباشی کرتے ہیں، پاکستان تو ایسے لوگوں کا ملک ہے جو پیٹ پر پتھر

باندھ کر کام کرتے ہیں۔‘‘

سچ ہے کہ منٹو رندِ بلانوش تھا اور اسکول کی تعلیم ختم ہوتے ہی شراب کی جولت اُسے لگی تھی نہ صرف زندگی بھر قائم رہی بلکہ آخری لمحات میں خون کی متواتر قے کرنے کے بعد بھی وہ یہی کہتا رہا: ’’میرے کوٹ کی جیب میں ساڑھے تین روپے پڑے ہیں۔ اُن میں کچھ پیسے ملا کر تھوڑی سی وہسکی منگا دو۔‘‘ بسترِ مرگ پر شراب کا مطالبہ کرنے والے منٹو کی مذہب سے کوئی عملی وابستگی نہیں تھی لیکن جوش یا نیاز فتح پوری کی طرح مذہب کے تعلق سے وہ آزاد خیال بھی نہ تھا۔ ہاں! عقیدے کے نام پر کسی بھی سیاسی، معاشرتی، مذہبی، یا اخلاقی ادارے کی طرف سے کیے گئے ہر فیصلے اور اُٹھائے گئے ہر غلط قدم پر تبصرہ کرتے ہوئے فن اور فن کار کی صداقت کو اُس نے ہمیشہ ملحوظ رکھا۔ اُس کی جرأتِ اظہار، روشن خیالی اور تخلیقی انفرادیت مسلمہ اقدار و عقائد پر حرفِ انحراف درج کرنا اپنا حق سمجھتی تھی تو ٹھس مذہبی عقائد پر شد و مد سے وار کرنا فرض بھی... لہٰذا ترقی پسندی کے مروجہ تصور کو بدل کر اسلام کو اپنے تصورِ حیات کی اساس بنانے، انسان پرستی کے بجائے اسلام کے اصولوں کی بنیاد پر سماجی انصاف کا مطالبہ کرنے اور پاکستان کو خلافتِ راشدہ کا نمونہ بنا کر پیش کرنے نیز صحابہ کرام کی زندگی کے واقعات کی مدد سے افسانہ لکھنے کا ارادہ رکھنے والے منٹو کا جو پروفائل حسن عسکری کی تحریروں اور کالموں میں طلوع ہوتا ہے وہ اصل منٹو اور منٹو کے محاورے کی اصلیت سے اتنا مطابقت نہیں رکھتا جتنا خود عسکری کی خواہشوں اور خوابوں کا زائچہ معلوم ہوتا ہے۔ منٹو کی فن کارانہ حسیت اور انفرادیت پسندی اگر کسی پارٹی کو قبول نہیں کرتی تھی تو زندگی کو کسی عقیدے کے لینس سے دیکھنا بھی اُسے گوارانہ faddism تھا۔ محمد طفیل کو مخاطب کرتے ہوئے وہ کہہ چکا تھا کہ: ’’مجھ سے کوئی پوچھے منٹو تم کس جماعت میں ہو تو میں یہ عرض کروں گا کہ میں اکیلا ہوں۔‘‘ لیکن حسن عسکری منٹو کے ادبی شعور کو مخصوص تصور سے وابستہ کرنے اور اُس کے طرزِ احساس کی سمت بدلنے کی جو بات ہمیں بتا رہے ہیں، ممکن ہے نجی صحبتوں میں منٹو نے اس کا تذکرہ کیا ہو گا یا انہوں نے منٹو کے سینے میں جھانک کر دیکھنے کے بعد یہ کہا ہو، لیکن ادب کے طالبِ علم کی حیثیت سے جب ہم منٹو کے متن کا سینہ چیر کر دیکھتے ہیں تو اِس کا سراغ ہمیں وہاں نہیں ملتا۔ ایک جگہ منٹو نے جہاں اس کا ذکر کیا ہے اُس کی حیثیت

انتہائی اور استثنائی ہے اور محض اس بنیاد پر تیرہ سو سال کی تاریخ مسلط کرنے کے ارادے کا الزام منٹو پر نہیں لگایا جا سکتا۔اس طرح حسن عسکری کے معروضات کو مشتبہ نگاہ سے دیکھنے کا جواز اجمل کمال اور خالد اشرف کو ہی نہیں دوسرے قارئین کو بھی مل جاتا ہے۔

اور پھر ہمیں یہ بھی نہیں بھولنا چاہیے کہ حسن عسکری نے منٹو کو لکھنے کا نہیں جینے کا اسلوب قرار دیا تھا۔اُن کے مطابق منٹو کے لیے ہر آدمی کا تجربہ اُتنا ہی قابل قدر تھا جتنا خود اپنا...اب سوال یہی ہے کہ دوسروں کے تجربوں کو قبول اور جذب کرنے کی صلاحیت واستطاعت نے جسے محسوس کرنے کی مشین بنا دیا ہو اُس کے لکھنے اور جینے کے اسلوب کو کسی ایک عقیدے، کسی ایک نظریے، کسی ایک اخلاقی یا تہذیبی اور مذہبی تصورِ حیات میں کیونکر قید کیا جا سکتا ہے؟ چاہے اُس کا تعلق خلافتِ راشدہ کے تصورِ حیات ہی سے کیوں نہ ہو۔یہاں جملہ معترضہ کے طور پر یہ بھی عرض کر دوں کہ حسن عسکری جس تصورِ روایت کے موید رہے، وہ اسلامی روایت اور اسلامی تصورات سے اس طور بندھی اور بیندھی ہوئی تھی کہ ہندوستان کی مشترکہ ثقافت کے لیے اس میں گنجائشیں کم کم ہی رہ گئی تھیں۔خود شمس الرحمٰن فاروقی جو حسن عسکری کی تحریروں اور اُن کی ناقدانہ بصیرت کے مداح رہے ہیں کو یہ شکایت رہی کہ حسن عسکری نے ہماری ادبی روایت کو اسلامی روایت تک اور اسلامی روایت میں محدود کر دیا ہے۔یہ الگ بات ہے کہ پاکستان کے تصورِ حقیقت اور تصورِ مملکت کو لے کر بے اطمینانی، مایوسی اور فریب شکستگی کا احساس عسکری کو بعد میں ہو چلا تھا۔لیکن ''سیاہ حاشیے'' کا دیباچہ اور ''فسادات اور ہمارا ادب'' جیسے مضامین تحریر کرتے وقت پاکستان کا قیام حسن عسکری کے لیے عزیز آدرش ہی نہیں اُن کے فکری اور جذباتی وجود کا ناگزیر جُز بن چکا تھا۔لہٰذا فرقہ وارانہ فسادات کی خوں ریزی اور غارت گری کو اُسی آدرش کی تکمیل کا حصہ ماننے کے اسباب اُن کے پاس موجود تھے۔

ترقی پسندوں کے افسانوں میں انہیں اگر مسلمانوں کے خلاف پروپیگنڈہ نظر آ رہا تھا تو اُس کی اصل اور نفسیاتی وجہ یہ تھی کہ ترقی پسندوں کے اختیار کیے گئے ادبی موقف سے اُن کے تصورِ پاکستان اور مملکت خدا داد کی تشکیل پر ضرب پڑ رہی تھی۔یہی وہ مقام ہے جہاں ''سیاہ حاشیے'' کا افسانہ نگار اور ''سیاہ حاشیے'' کا دیباچہ نگار متصادم نظر آتے ہیں۔منٹو فسادات کو بٹوارے

کے ملبے کے طور پر دیکھ رہا تھا جبکہ عسکری اُسی ملبے کو تعمیرِ نو اور افکارِ نو کی تعمیر کا سامان سمجھتے تھے۔ یہی نہیں منٹو اس خونی تماشے کو "ٹوبا ٹیک سنگھ" کے بشن سنگھ کی طرح نو مینس لینڈ پر کھڑے ہو کر witness کر رہا تھا اور عسکری اس کا معائنہ پاکستان کی سرحد سے... اسی لیے عسکری فسادات کے افسانوں کا تجزیہ کرتے ہوئے مرنے اور مارنے والوں کو ہندو مسلم، ہندوستانی پاکستانی کی حیثیت سے انکت کرتے ہیں۔

"سیاہ حاشیے" کے افسانوں میں مارنے اور مرنے والوں کا ہندو یا مسلمان ہونا ثانوی حیثیت رکھتا ہے۔ یہ کہیں تو غلط نہ ہوگا کہ اُن کا ہندو یا مسلمان یا سکھ ہونا ایک abstract سچائی ہے۔ ٹھوس حقیقت تو یہ ہے وہ ایک انسانی اکائی ہیں، جنہیں متشدّد صورتحال نے جنونی اور مضحکہ خیز بنا دیا ہے۔ منٹو کا ایک افسانوی کردار "سہائے" کہتا ہے: "مرنے والے کتے کی طرح مرے اور مارنے والے نے بے کار اپنے ہاتھ خون سے رنگے۔" کتے کی طرح مرنے اور خون سے بے کار اپنے ہاتھ رنگنے والوں کی مضحکہ خیزی اور الم ناکی سے پیدا ہونے والے ڈائیلیما سے "سیاہ حاشیے" کے سبھی افسانے مربوط ہیں۔

منٹو کا پاکستان، عسکری کے تصور پاکستان سے کتنا مشابہ اور کتنا مختلف ہے، یہ مطالعہ کا ایک دلچسپ موضوع ہوسکتا ہے۔ پاکستان کی national identity کے شعور و آگہی پیدا کرنے کی ذمہ داری حسن عسکری نے اپنے سر لے لی تھی اور اسی لیے منٹو کی اُس پاکستانیت کے وہ شارح بن گئے تھے، جس کی بنیاد مذہب ہے۔ اس نظریے کی توسیع کا ایک پہلو ہمیں فتح محمد ملک کی "منٹو کی نئی تعبیر" والے مضامین میں بھی ملتا ہے۔ پاکستانی کلچر اور پاکستانی ادب اور پاکستانی عوام کا مسائل کا تجزیہ کرتے ہوئے حسن عسکری مملکتِ خداداد کے ایک ایسے پُر جوش وکیل کے طور پر ابھرتے ہیں جو ہندوستانی کلچر عوام اور لیڈروں کو اپنے بورڈ پر رکھنے کی ضرورت محسوس نہیں کرتا۔ بے شک قدرت اللہ شہاب اور سلیم احمد کی طرح ہندوستانی لیڈروں کو حسن عسکری تحقیر آمیز لہجے میں یاد نہیں کرتے لیکن اُن کے لیے احترام کا عنصر بھی ہمیں نظر نہیں آتا۔ خود مہاتما گاندھی جو متحدہ قومیت اور مسلم نوازی کے لیے شہید کر دیے گئے تھے عسکری انہیں نہ صرف مسلمانوں کا غم گسار ہمدرد نہیں مانتے تھے بلکہ اُن کے لیے وہ انتہائی منفی جذبات رکھتے تھے

اور یک گونہ طنز کے ساتھ مہاتما گاندھی کو مسٹر گاندھی کہہ کر مخاطب کرتے ہیں۔ گاندھی جی سے متعلق اُن کے تحفظات اور تعصبات کو ڈاکٹر آفتاب احمد اپنی کتاب ''محمد حسن عسکری: ایک مطالعہ (ذاتی خطوط کی روشنی میں) میں کہتے ہیں کہ گاندھی کی موت پر حسن عسکری بہت سے لوگوں سے اُن کے تاثرات معلوم کر رہے تھے اور منٹو سمیت جب سبھی نے اس پر گہرے رنج کا اظہار کیا تو عسکری کو یہ کچھ ٹھیک نہ لگا۔ گاندھی جی کے قتل نے آفتاب احمد کو بھی رنجیدہ کر دیا تھا اور عسکری کے سامنے جب انہوں نے اپنے گہرے رنج کا اظہار کیا تو عسکری اُن پر بگڑ گئے اور کہا:

''آپ کا ردِّ عمل تو art full ہے۔ اصل بات تو یوں ہے کہ خس کم جہاں پاک''

مہاتما گاندھی کی جس موت کو مثل کا سہارا لے کر حسن عسکری بیان کر رہے ہیں اُسی گاندھی کی المناک موت نے منٹو کو رنجیدہ کر رہا تھا۔ بے شک منٹو نے ''سیاہ حاشیے'' اُس آدمی کے نام معنون کی، جس نے اپنی خوں ریزی کا ذکر کرتے ہوئے کہا تھا: ''جب میں نے ایک بوڑھیا کو مارا تو مجھے ایسا لگا مجھ سے قتل ہو گیا ہے۔'' انتساب کے بعد کتاب کا اولین افسانہ ''ساعتِ شیریں'' کے عنوان سے درج ہے۔ یہ افسانہ ستّر سال کے اُس بوڑھے آدمی کے قتل پر جشن منانے والوں کی حقیقت کو شاک انگیز اختصار کے ساتھ منٹو نے بیان کیا ہے جو ہندو مسلم اتحاد کا سب سے بڑا سفیر تھا۔ افسانہ ملاحظہ ہو:

اطلاع موصول ہوئی ہے کہ مہاتما گاندھی کی موت پر اظہارِ مسرت کے لیے امرتسر، گوالیار اور بمبئی میں کئی جگہ لوگوں میں شیرنی بانٹی گئی۔ (اے پ)

قتل اور قتل پر منائے جانے والے جشن کے تماشے سے شروع ہونے والے مجموعے کے مخصوص ڈیزائین کو محولہ بالا افسانہ سیٹ ہی نہیں کرتا بلکہ گاندھی کی موت کا جشن منانے والوں پر سخت اور دُرشت لیکن خاموش تبصرہ بھی کرتا ہے۔ بٹوارے سے پہلے اور بٹوارے کے بعد مذہب کے نام سے ہونے والے فرقہ وارانہ فسادات میں مہاتما گاندھی کو امن کے پیغامبر کی حیثیت حاصل ہے اور مسلمانوں کی ڈھال بننے کی وجہ سے اُن کو قتل کر دیا گیا تھا، اُس کی موت پر امرتسر، گوالیار اور بمبئی میں شیرینی تقسیم کرنے والوں اور حسن عسکری کے ریمارک میں مماثلت کی ایک مہین لیکن گہری لکیر دیکھی جا سکتی ہے۔ ڈاکٹر آفتاب احمد جو حسن عسکری کے دوست

اورمزاج داں بھی تھے، کہتے ہیں کہ افراد کے معاملے میں خصوصاً اُن افراد کے معاملے میں جن سے کسی وجہ سے خفا ہوں رائی کا پہاڑ بنا لیتے تھے۔ اور نہایت مخدوش قسم کے نتائج اخذ کرلیا کرتے تھے اور پھر اُن افراد سے بدگمانی اور اُن کی نیت پر ناروا حملہ کرنے سے بھی گریز نہیں کرتے تھے۔ طبیعت میں شدّت کے باوجود نفرت کا اظہار عسکری نے کبھی نہیں کیا تھا۔ افسوس کہ جس آزادی کو پاکستان کے نام معنون کرنے کے وہ خواہش مند تھے، اُسی کے تصورِ مملکت نے انہیں تنگ دل بننے پر مجبور کر دیا تھا۔ سرحدوں کی ازسرِنو تنظیم اور تقسیم کی قومی آرزومندی اُن تباہیوں کی آہٹوں کو ایک خاص تناظر فراہم کر رہی تھی، جو اپنے جلو میں نہ جانے کتنے انسانوں کی بے معنی موت کا پیغام لا رہا تھا۔

●

اس میں کوئی شک نہیں کہ ''سیاہ حاشیے'' کے افسانے اردو فکشن کے کینواس پر ایک نئے فارم، ایک نئی ہیئت، ایک نئے آہنگ اور ردھم کا احساس دلاتے ہیں۔ انہیں ہم حاشیے پر پڑا ہوا متن نہیں کہہ سکتے لیکن منٹو تنقید نے جو بے اعتنائی اِن کے ساتھ برتی ہے گویا یہ افسانے / افسانچے trash literature کا حصّہ ہوں۔ اِن افسانوں کی تفہیم کے عمل میں سب سے بڑا گھپلا یہ ہوا کہ اشاعت کے ساتھ بلکہ اشاعت سے پہلے ہی یہ نظری مباحث میں الجھ گئے۔ نظریاتی مباحث کے الجھیڑوں اور بکھیڑوں نے ایک طرف قاری سے اِن کا بے لوث رشتہ قائم ہونے نہیں دیا تو دوسری طرف متن کی عملی تنقید کی راہ کھوٹی کی۔ منٹو کے فن کا جائزہ ہو یا فسادات کے موضوع پر لکھے گئے فکشن کا تجزیاتی مطالعہ، کوئی نہیں جانتا ''سیاہ حاشیے'' کے یہ بے چارے مختصر مختصر افسانے کس طرف ڈھکیل دیے جائیں۔ ممتاز شیریں اور وارث علوی جیسے منٹو شناس نقادوں کی ان سے بے نیازی سمجھ سے بالاتر ہے۔ وارث علوی جن پر منٹو پسندی ہی نہیں منٹو پرستی کا بھی الزام ہے اپنی کتاب میں منٹو کے ایک ایک افسانے کو سمجھانے کی سعیِ بلیغ کرتے ہیں۔ مزے کی بات یہ کہ متعدد گمنام، غیر معروف اور کم اہم افسانوں کو زمین سے اُٹھا کر آسمان پر بٹھاتے ہوئے انہیں ''سیاہ حاشیے'' کے افسانوں کی پوشیدہ معنوی جہات کی تہوں کو روشن کرنے کا خیال تک نہیں آتا۔ حیرت اس پر نہیں کہ ''سیاہ حاشیے'' کو منٹو کے فکر و فن کا وہ سنگِ میل نہیں مانتے،

افسوس یہ ہے کہ اِن افسانوں کو وہ ادب کی اِقلیم سے ہی بے دخل کرنے کے درپے ہیں۔ ماہ نامہ ''شاعر'' کے افسانہ نمبر میں شین کاف نظام کو دیے گئے انٹرویو میں وہ کہتے ہیں: ''منٹو کے مختصر افسانے لطیفوں سے مختلف ہیں اور ''سیاہ حاشیے'' جو ہیں وہ افسانے نہیں لطیفے ہیں۔ لطیفے ہی ہیں۔'' ظاہر ہے یہ بات تو کھل کر سامنے آجاتی ہے کہ حسن عسکری نے ''سیاہ حاشیے'' کے افسانوں کے لیے ، لطیفے اور چٹکلے کا جو لفظ coin کیا تھا وارث علوی کے لیے وہی نشانِ راہ بن گیا ہے۔

دھیان رہے کہ وارث علوی ''سیاہ حاشیے'' کے افسانوں کے لطیفے ہونے کی بات اپنے کسی مضمون میں نہیں اسّی کی دہائی میں دیے انٹرویو میں کہہ رہے ہیں، یعنی نام نہاد لطیفوں کی اشاعت کے چالیس سال بعد... یہ امر اظہر من شمس اور واقعیت کا حصّہ ہے کہ لطیفوں اور چٹکلوں کی عمر کم اور اُن کا اثر وقتی ہوتا ہے۔ شادی بیاہ یا کسی سماجی، سیاسی ثقافتی تقریبات میں باندھے گئے پنڈالوں کی طرح لطیفے بھی طے شدہ وقت کے بعد dismental کر دیے جاتے، بلکہ ہو جاتے ہیں۔ ''سیاہ حاشیے'' کے افسانے ادب پارے ہیں، کسی ہنگامی تقریبات میں باندھے گئے خیمے نہیں، اسی لیے ساٹھ ستّر سال گزر جانے کے بعد بھی اُن کی آب و تاب باقی ہے، نہ صرف باقی ہے، یہ آج بھی اور اُتنے ہی بامعنی ہیں جتنے اُس وقت تھے جب عالم وجود میں آئے تھے۔ ''سیاہ حاشیے'' پر جتنا کچھ لکھا گیا اُس پر طائرانہ نظر ڈالیں تو اندازہ ہوتا ہے کہ اِن پر یا تو انتہائی مخاصمانہ تبصرے نکلے یا رسمی، سرسری توصیفی تنقیدی حاشیے...! ''فسادات اور اردو افسانے'' جیسے عنوانات کے تحت لکھے گئے مضامین میں ان افسانوں کا ذکر ملتا ضرور ہے لیکن یہاں بھی مُربیانہ انداز میں داد دی گئی یا پھر رسمی اور سوئپنگ یمارک دے کر کنی کاٹنے میں عافیت سمجھی گئی۔

ممتاز شیریں جو اس بات کی شاکی رہی ہیں کہ فکشن میں لوگ تکنیکی تجربے کو اہمیت نہیں دیتے، اپنے مشہور زمانہ مضمون ''ناول اور افسانے میں تکنیک کا تنوع'' میں قریب قریب اُن تمام تکنیکوں کا تذکرہ و تجزیہ کرتی ہیں جو اردو اور دوسری زبان کے افسانوں اور ناولوں میں برتی گئی ہیں، لیکن کس قدر ستم ظریفی ہے کہ اُن کی ژرف نگاہی ''سیاہ حاشیے'' کے افسانوں کو بڑی آسانی اور سہجتا سے skip کر جاتی ہے۔ اسی طرح ''فسادات پر ہمارے افسانے'' میں وہ فسادات پر لکھے گئے بیسیوں افسانوں کا مجملاً یا مفصلاً جائزہ لیتی ہیں مگر ''سیاہ حاشیے'' کے تعلق سے خاموش رہنا

پسند کرتی ہیں۔ جبکہ اُن کے مطالعہ کی وسعت، تنقیدی شعور کی پختگی، فکشن کی تاریخ وارتقا کا ادراک کا تقاضہ تو تھا کہ وہ ''سیاہ حاشیے'' کے افسانوں کی آنکھ میں آنکھ ڈال کر مکالمہ کرتیں۔ غرض کہ منٹو کے یہ افسانے اُس ناقدانہ توجہ سے محروم رہے جس کے وہ مستحق تھے۔ انیس ناگی نے اتنا احسان کیا کہ اپنی کتاب ''سعادت حسن منٹو'' میں اِن افسانوں پر چند سطریں ضرور خرچ کیں۔ کاش ممتاز شیریں، محمد حسن، انیس ناگی، وارث علوی، گوپی چند نارنگ، قاضی افضال حسین، لیزی فلیمنگ، بلراج مین را، شمس الحق عثمانی، فتح محمد ملک، محمد حمید شاہد جیسے نقاد اپنی فکر و آگہی کے ناخن سے ''سیاہ حاشیے'' کی تفہیم و تعبیر کا حق ادا کرتے تو ممکن ہے یہ افسانے منٹو تنقید کے حاشیے پر یوں نہ پڑے ہوتے۔

''کلیاتِ منٹو'' میں ''سیاہ حاشیے'' کے افسانے مجھے بے حد پسند ہیں، جسے ذاتی پسند کا نام بھی دیا جاسکتا ہے۔ بے شک یہ منٹو کی فنی تکمیل کے مظہر نہیں لیکن اردو کے افسانوی ادب کے تناظر میں جرأت آزما تخلیقی تجربات اور طرزِ اظہار کی جدّت کی یہ ایسی دستاویز ہیں جس کا احساس عام نہیں۔ ''سیاہ حاشیے اور حاشیے آرائیاں'' اس کتاب کا محرک یہی احساس تھا کہ مختصر افسانوں کے اس مختصر مجموعہ کو زیرِ بحث لایا جائے۔ ''سیاہ حاشیے'' کے متن کی تدوین کے ساتھ ان سے متعلقہ مباحث کو احاطۂ تحریر میں لانے کی سعی یہاں کی گئی ہے۔ کہہ سکتے ہیں ''سیاہ حاشیے'' سے متعلق تمام اہم اور غیر اہم مواد کی تفتیش و تفہیم کا یہ ثمر ہے۔ کتاب کا پہلا حصّہ ''سیاہ حاشیے'' کے بتیس افسانوں / افسانچوں پر مشتمل ہے۔ یہاں شمس الحق عثمانی کی مرتبہ کتاب ''پورا منٹو'' جلد: ۳، اوکسفرڈ یونیورسٹی پریس ۲۰۱۶ میں شامل متن کو بنیادی نسخہ بنایا گیا ہے۔

دوسرے حصّے میں محمد حسن عسکری کے تحریر کردہ دیباچہ کے علاوہ وہ تمام مضامین، تجزیے، تاثرات اور دیگر تبصراتی نوٹس شامل ہیں، جو گزشتہ برسوں ''سیاہ حاشیے'' کے حوالے سے شائع ہوئی ہیں۔ ساتھ ہی نئے مضامین بھی شریکِ محفل ہیں، جن میں بعض باقاعدہ درخواست کر کے لکھوائے گئے ہیں۔ مضامین کے انتخاب میں یہ کوشش کی گئی ہے کہ مختصر افسانوں/ افسانچوں کا فنی جائزہ کسی ایک نقطہ ہائے نظر سے نہ لیا جائے بلکہ مختلف مکتبہ فکر کی روشنی میں اِن کی گرہ کشائی ہو سکے۔ پرانے مضامین اُس وقت کی ادبی صورتحال اور ادبی سیاست پر اگر سوال قائم کرتے ہیں

تو تازہ کار مضامین میں اُن سوالوں کے جوابات ڈھونڈے اور پائے جاسکتے ہیں۔ بعض تحریریں کسی طویل مقالے یا کتاب کا حصّہ رہی ہیں، انہیں ضروری تخفیف کے بعد اس لیے شامل دفتر کیا جا رہا ہے کہ ''سیاہ حاشیے'' کے متن کو تنقید کی سان پر چڑھانے کی جو کوششیں اب تک ہوئی ہیں، اس کا پورا منظر نامہ پڑھنے والوں کے سامنے آسکے۔ بر سبیل تذکرہ یہ عرض کردوں کہ ان تحریروں کے عنوانات متن کی روشنی میں قائم کیے گئے ہیں۔ ''سیاہ حاشیے'' کے متن کو محدود علمی اور مکتبی زاویہ نظر سے محفوظ کرنے کے خیال سے دوسری زبان اور میڈیم سے تعلق رکھنے والے ادیبوں اور فن کاروں کے مطالعے اور تاثرات بھی اس 'دیارِ غیر میں' کے عنوان سے تیسرے حصے میں شامل ہیں۔

جبکہ چوتھا حصّہ ''سیاہ حاشیے'' کے مختلف افسانوں کے تجزیوں کو محیط ہے۔ ''سیاہ حاشیے'' پر لکھے گئے مضامین اگر لانگ شاٹ میں لی گئی تصویروں کا منظر پیش کرتے ہیں تو یہ تجزیے اُسی منظر کو زوم کرکے دیکھنے کی کوشش سے عبارت ہیں۔ زیادہ تر تجزیوں کی نوعیت طرحی غزلوں کی سی ضرور ہے، لیکن منٹو کے فن کارانہ امتیازات کے تخلیقی پہلوؤں کو یہ بخوبی اُجاگر کرتے ہیں۔ مجھے یقین ہے کہ ''سیاہ حاشیے'' کے متن کا یہ مرکوز مطالعہ منٹو فہمی کے نئے امکانات کی راہ کو روشن کرے گا۔

کتاب کے پانچویں حصّے میں ''سیاہ حاشیے'' کو بنیاد بنا کر لکھا گیا ایک ڈراما درج ہے۔ یہ ڈراما مشہور ڈائریکٹر سُنیل شان باگ کی ہدایت میں تماشا تھیٹر کی جانب سے ۱۸ر جنوری ۲۰۱۹ کو میسور ہال ماٹونگا ممبئی، میں ''Manto: A Black Margin'' کے عنوان سے منعقد ایک کانفرنس کے لیے لکھا اور کھیلا گیا تھا۔ ڈرامائی پیش کش میں افسانوی متن سے کوئی چھیڑ چھاڑ نہیں کی گئی۔ ہاں! ڈرامائی نقطہ نظر یا یہ کہیں کہ ڈرامائی تاثر پیدا کرنے کے لیے افسانوں کی ترتیب میں اُلٹ پھیر ضرور دیکھی جاسکتی ہے۔ ڈرامے کی اس پیش کش کے علاوہ تصویروں کی نمائش بھی اُس ایونٹ کا ایک اہم جزو تھی۔ ''سیاہ حاشیے'' کی کوکھ سے جنم لینے والے رنگوں اور لکیروں کو پردیپ مہاپسکر، سید اقبال، سنجے چھیل اور محمد انیر السلام نے جو قوت عطا کی وہ بجائے خود تفصیلی تجزیے کی حق دار ہیں لیکن کتاب کے صفحات مجھے اس کی اجازت نہیں دے رہے

ہیں لہٰذا اپنا کسی تبصرے و تجزیے اُن کے امیجز پیش کر رہا ہوں ۔کہنے کی ضرورت نہیں کہ ان سبھی آرٹسٹوں کا مصورانہ وژن ایک دوسرے سے یکسر مختلف ہے لیکن منٹو کی تحریروں سے دلچسپی اور لگاؤ اِن تصویروں میں قدر مشترک کا درجہ رکھتی ہیں ۔''سیاہ حاشیے کو مرکز میں رکھ کر لکھا گیا ڈراما ہو یا مختلف آرٹسٹوں کا مصورانہ عمل اِنہیں آپ متن کی نئی قرأت کا ایک حیلہ قرار دیں گے تو میں انکار نہیں کروں گا۔اس بات کا اعتراف بھی یہاں مجھے کر لینا چاہیے کہ اس کتاب کو مرتب کرنے کی تحریک مجھے مذکورہ ایونٹ نے ہی دی اور اُس کے بعد سے ہی میں ''سیاہ حاشیے'' سے متعلق تحریروں کی دستیابی میں مصرف کار تھا۔ مجھے اعتراف ہے کہ کئی مضامین تک میری رسائی نہ ہو سکی ۔ظاہر ہے اس میں سارا قصور میرا اور میرے محدود وسائل کا ہے ۔لیکن اس کے باوجود کہہ سکتا ہوں کہ ''سیاہ حاشیے'' پر بکھری ہوئی بیشتر تحریریں اس کتاب میں شامل ہیں ۔کوئی بھی علمی و ادبی کام حرفِ آخر نہیں ہوتا لیکن منٹو اور ''سیاہ حاشیے'' کی تفہیم میں اگر یہ کتاب کوئی نئی راہ وا کرتی ہے تو میں سمجھوں گا میری محنت ٹھکانے لگی ۔

اس کتاب کے لیے سب سے پہلے میں اپنے اُن محترم لکھنے والوں کا شکریہ ادا کرنا چاہوں گا جنہوں نے میری درخواست پر سیاہ حاشیے پر اپنے خیالات کو قلم بند کیا۔ان میں بعض کا تعلق اردو ادب سے ہے تو بعض کا دوسری زبان و ادب اور میڈیم سے ۔اپنے سینئر دوست شمس الحق عثمانی کا بھی شکر گزار ہوں کہ منٹو متن کو سمجھنے، پرکھنے میں اُن کی رہنمائی مجھے حاصل رہی ہے ۔افسوس کہ اُن کی کوئی تحریر کتاب میں شامل نہیں لیکن اُن کی محبتیں اور عنایتیں پوری کتاب کی سطر سطر میں بکھری ہوئی ہیں ۔میں جناب ملک اکبر اور جناب قاسم ندیم صاحب کا بھی بے حد ممنون ہوں کہ انہوں نے دوسری زبان کی تحریروں کو اردو میں ترجمہ کیا۔میں انور مرزا، شاداب رشید اور التمش رشید کے ساتھ ساتھ ایم آر پبلی کیشن کا تہہ دل سے شکریہ ادا کرتا ہوں کہ اُن کی مدد کے بغیر اس کتاب کی اشاعت ممکن نہ تھی ۔

محمد اسلم پرویز
(ممبئی)

افسانے/افسانچے

سعادت حسن منٹو

اُس آدمی کے نام

جس نے اپنی خوں ریزیوں کا ذکر کرتے ہوئے کہا:
''جب میں نے ایک بڑھیا کو مارا
تو مجھے ایسا لگا، مجھ سے قتل ہو گیا ہے۔''

ساعتِ شیریں

اطلاع موصول ہوئی ہے کہ مہاتما گاندھی کی موت پر
اظہارِ مسرت کے لیے امرتسر، گوالیار اور بمبئی میں
کئی جگہ لوگوں میں شیرنی بانٹی گئی۔ (ا۔پ)

مزدوری

لوٹ کھسوٹ کا بازار گرم تھا۔ اُس گرمی میں اضافہ ہوگیا، جب چاروں طرف آگ بھڑکنے لگی۔

ایک آدمی ہارمونیم کی پیٹی اٹھائے خوش خوش گاتا جارہا تھا: ''جب تم ہی گئے پردیس، لگا کر ٹھیس، او پیتم پیارا، دُنیا میں کون ہمارا۔''

ایک چھوٹی عمر کا لڑکا جھولی میں پاپڑوں کا انبار ڈالے بھاگا جارہا تھا... ٹھوکر لگی تو پاپڑوں کی ایک گڈی اس کی جھولی سے گر پڑی۔ لڑکا اُسے اُٹھانے کے لیے جھُکا تو ایک آدمی نے جس نے سر پر سلائی کی مشین اُٹھائی ہوئی تھی، اُس سے کہا: ''رہنے دے بیٹا رہنے دے... اپنے آپ بھُن جائیں گے۔''

بازار میں دھب سے ایک بھری ہوئی بوری گری۔ ایک شخص نے جلدی سے بڑھ کر اپنے چھُرے سے اُس کا پیٹ چاک کیا۔ آنتوں کے بجائے شکر، سفید سفید دانوں والی

شکر اُبل کر باہر نکل آئی۔لوگ جمع ہو گئے اور اپنی جھولیاں بھرنے لگے۔ایک آدمی کرتے کے بغیر تھا۔اس نے جلدی سے اپنا تہبند کھولا اور مٹھیاں بھر بھر کر اُس میں ڈالنے لگا۔

"ہٹ جاؤ...ہٹ جاؤ"...ایک تانگا تازہ تازہ روغن شدہ الماریوں سے لدا ہوا گزر گیا۔

اونچے مکان کی کھڑکی میں سے ململ کا تھان پھڑ پھڑاتا ہوا باہر نکلا...شعلے کی زبان نے ہولے سے اُسے چاٹا...سڑک تک پہنچا تو راکھ کا ڈھیر تھا۔

"پوں پوں...پوں پوں"...موٹر کے ہارن کی آواز کے ساتھ دو عورتوں کی چیخیں بھی تھیں۔

لوہے کا ایک سیف دس پندرہ آدمیوں نے کھینچ کر باہر نکالا۔اور لاٹھیوں کی مدد سے اُس کو کھولنا شروع کیا۔

"کاؤ اینڈ گوٹ" دودھ کے کئی ٹین، دونوں ہاتھوں پر اٹھائے، اپنی ٹھوڑی سے اُن کو سہارا دیے، ایک آدمی دُکان سے باہر نکلا اور آہستہ آہستہ بازار میں چلنے لگا۔

بلند آواز آئی: ''آؤ آؤ لیمونیڈ کی بوتلیں پیو... گرمی کا موسم ہے۔''

گلے میں موٹر کا ٹائر ڈالے ہوئے آدمی نے دو بوتلیں لیں۔ اور شکریہ ادا کیے بغیر چل دیا۔

ایک آواز آئی: ''کوئی آگ بجھانے والوں کو تو اطلاع دے دے... سارا مال جل جائے گا۔'' کسی نے اس مفید مشورے کی طرف توجہ نہ دی۔

لوٹ کھسوٹ کا بازار اُسی طرح گرم رہا اور اُس گرمی میں چاروں طرف بھڑکنے والی آگ بدستور اضافہ کرتی رہی۔ بہت دیر کے بعد تڑ تڑ کی آواز آئی۔ گولیاں چلنے لگیں۔

پولس کو بازار خالی نظر آیا... لیکن دور دھوئیں میں ملفوف موڑ کے پاس، ایک آدمی کا سایہ دکھائی دیا۔ پولیس کے سپاہی سیٹیاں بجاتے اُس کی طرف لپکے... سایہ تیزی سے دھوئیں کے اندر گھس گیا۔ پولیس کے سپاہی بھی اُس کے تعاقب میں گئے۔

دھوئیں کا علاقہ ختم ہوا تو پولیس کے سپاہیوں نے

دیکھا کہ ایک کشمیری مزدور، پیٹھ پر وزنی بوری اُٹھائے بھاگا چلا جارہا ہے۔

سپاہیوں کے گلے خشک ہو گئے مگر وہ کشمیری مزدور نہ رُکا۔ اُس کی پیٹھ پر وزن تھا: معمولی وزن نہیں۔ ایک بھری ہوئی بوری تھی لیکن وہ یوں دوڑ رہا تھا جیسے پیٹھ پر کچھ ہے ہی نہیں۔

سپاہی ہانپنے لگے۔ایک نے تنگ آکر پستول نکالا اور داغ دیا۔گولی کشمیری مزدور کی پنڈلی میں لگی۔ بوری اُس کی پیٹھ پر سے گر پڑی۔گھبرا کر اُس نے اپنے پیچھے آہستہ آہستہ بھاگتے ہوئے سپاہیوں کو دیکھا۔ پنڈلی سے بہتے ہوئے خون کی طرف بھی اُس نے غور کیا۔لیکن ایک ہی جھٹکے سے بوری اٹھائی اور پیٹھ پر ڈال کر پھر بھاگنے لگا۔

سپاہی نے سوچا: جانے دو، جہنم میں جائے۔

ایک دم لنگڑاتا لنگڑاتا کشمیری مزدور لڑکھڑایا اور گر پڑا۔ بوری اُس کے اوپر آرہی۔

سپاہیوں نے اُسے پکڑ لیا اور بوری سمیت لے گئے۔

راستے میں کشمیری مزدور نے بار ہا کہا: ''حضرت آپ مجھے کیوں پکڑتی ہے ...میں تو غریب آدمی ہوتی... چاول کی ایک بوری لیتی...گھر میں کھاتی...آپ ناحق مجھے گولی مارتی۔''لیکن اس کی ایک نہ سنی گئی۔

تھانے میں بھی کشمیری نے اپنی صفائی میں بہت کچھ کہا: ''حضرت، دوسرا لوگ بڑا بڑا مال اٹھاتی... میں تو فقط ایک چاول کی بوری لیتی... حضرت میں بہت غریب ہوتی۔ ہر روز بھات کھاتی۔''

جب وہ تھک ہار گیا تو اُس نے اپنی میلی ٹوپی سے ماتھے کا پسینہ پونچھا اور چاولوں کی بوری کی طرف حسرت بھری نظروں سے دیکھ کر، تھانے دار کے آگے ہاتھ پھیلا کر کہا: ''اچھا حضرت تم بوری اپنے پاس رکھ... میں اپنی مزدوری مانگتی... چار آنے۔''

تعاون

چالیس پچاس لٹھ بند آدمیوں کا ایک گروہ لوٹ مار کے لیے ایک مکان کی طرف بڑھ رہا تھا۔

دفعتاً اُس بھیڑ کو چیر کر ایک دُبلا پتلا ادھیڑ عُمر کا آدمی باہر نکلا۔ پلٹ کر اُس نے بلوائیوں کو لیڈرانہ انداز میں مخاطب کیا: ''بھائیو! اس مکان میں بے اندازہ دولت ہے، بے شمار قیمتی سامان ہے۔ آؤ ہم سب مل کر اُس پر قابض ہو جائیں اور مالِ غنیمت آپس میں بانٹ لیں۔''

ہوا میں کئی لاٹھیاں لہرائیں، کئی مکّے بھنچے اور بلند بانگ نعروں کا ایک فوارہ سا چھوٹ پڑا۔

چالیس پچاس لٹھ بند آدمیوں کا گروہ دُبلے پتلے ادھیڑ عُمر کے آدمی کی قیادت میں، اُس مکان کی طرف تیزی سے بڑھنے لگا جس میں بے اندازہ دولت اور بے شمار قیمتی سامان تھا۔

مکان کے صدر دروازے کے پاس رُک کر،

ڈبلا پتلا آدمی پھر بلوائیوں سے مخاطب ہوا: ''بھائیو! اس مکان میں جتنا مال بھی ہے، سب تمہارا ہے۔لیکن دیکھو چھینا جھپٹی نہیں کرنا، آپس میں نہیں لڑنا...آؤ۔''

ایک چلایا: ''دروازے میں تالا ہے۔''

دوسرے نے بہ آوازِ بلند کہا: ''توڑ دو!''

''توڑ دو... توڑ دو!''

ہوا میں کئی لاٹھیاں لہرائیں، کئی مکّے بھنچے اور بلند بانگ نعروں کا ایک فوارہ سا چھوٹ پڑا۔

ڈبلے پتلے آدمی نے ہاتھ کے اشارے سے دروازہ توڑنے والوں کو روکا اور مُسکرا کر کہا: ''بھائیو ٹھہرو ...میں اسے چابی سے کھولتا ہوں۔''

یہ کہہ کر اس نے جیب سے چابیوں کا گُچھا نکالا اور ایک چابی منتخب کر کے تالے میں ڈالی اور اُسے کھول دیا۔شیشم کا بھاری بھرکم دروازہ ایک چیخ کے ساتھ وا ہوا تو ہجوم دیوانہ وار اندر داخل ہونے کے لیے آگے بڑھا۔

ڈبلے پتلے آدمی نے ماتھے کا پسینہ اپنی آستین سے پونچھتے

ہوئے کہا: ’’بھائیو، آرام آرام سے، جو کچھ اس مکان میں ہے سب تمہارا ہے پھر اس افراتفری کی کیا ضرورت ہے؟‘‘

فوراً ہی ہجوم میں ضبط پیدا ہو گیا، ایک ایک کر کے بلوائی مکان کے اندر داخل ہونے لگے لیکن جوں ہی چیزوں کی لوٹ شروع ہوئی پھر دھاندلی مچ گئی۔ بڑی بے رحمی سے بلوائی قیمتی چیزوں پر ہاتھ صاف کرنے لگے۔

دُبلے پتلے آدمی نے جب یہ منظر دیکھا تو بڑی دُکھ بھری آواز میں لٹیروں سے کہا: ’’بھائیو! آہستہ آہستہ... آپس میں لڑنے جھگڑنے کی کوئی ضرورت نہیں، تعاون سے کام لو۔ اگر کسی کے ہاتھ زیادہ قیمتی چیز آ گئی ہے تو حاسد مت بنو، اتنا بڑا مکان ہے، اپنے لیے کوئی اور چیز ڈھونڈ لو۔ مگر ایسا کرتے ہوئے وحشی نہ بنو... مار دھاڑ کرو گے تو چیزیں ٹوٹ جائیں گی۔ اس میں نقصان تمہارا ہی ہے۔‘‘

لٹیروں میں ایک بار پھر نظم پیدا ہو گیا۔ بھرا ہوا مکان آہستہ آہستہ خالی ہونے لگا۔

دُبلا پتلا آدمی وقتاً فوقتاً ہدایات دیتا رہا:

''دیکھو بھیا یہ ریڈیو ہے... آرام سے اُٹھاؤ۔ ایسا نہ ہو ٹوٹ جائے... یہ اُس کے تار بھی ساتھ لیتے جاؤ۔''

تہہ کرلو بھائی... اسے تہہ کرلو۔ اخروٹ کی لکڑی کی تپائی ہے... ہاتھی دانت کی پچّی کاری ہے۔ بڑی نازک چیز ہے... ہاں اب ٹھیک ہے!''

''نہیں نہیں... یہاں مت پیو۔ بہک جاؤ گے... اسے گھر لے جاؤ۔''

''ٹھہرو ٹھہرو مجھے مین سوئچ بند کر لینے دو، ایسا نہ ہو کہ کرنٹ کا دھکّا لگ جائے۔''

اتنے میں ایک کونے سے شور بلند ہوا۔ چار بلوائی ریشمی کپڑے کے ایک تھان پر چھینا جھپٹی کر رہے تھے۔ دُبلا پتلا آدمی تیزی سے اُن کی طرف بڑھا اور ملامت بھرے لہجے میں اُن سے کہا: ''تم کتنے بے سمجھ ہو۔ چندی چندی ہو جائے گی ایسے قیمتی کپڑے کی، گھر میں سب چیزیں موجود

ہیں، گز بھی ہوگا، تلاش کرو اور ناپ کر کپڑا آپس میں تقسیم کرلو۔''

دفعتاً کتّے کے بھونکنے کی آواز آئی: ''عف عف عف'' اور چشم زدن میں ایک بہت بڑا گدّی کتا ایک جست کے ساتھ اندر لپکا اور لپکتے ہی اُس نے دو تین لٹیروں کو بھنبھوڑ دیا۔ دُبلا پتلا آدمی چلّایا: ''ٹائیگر، ٹائیگر!''

ٹائیگر جس کے خوف ناک منہ میں ایک لٹیرے کا نُچا ہوا گریبان تھا، دُم ہلاتا ہوا دبلے پتلے آدمی کی طرف، نگاہیں نیچی کیے، قدم اُٹھانے لگا۔

کتّے کے آتے ہی سب لٹیرے بھاگ گئے تھے۔ صرف ایک باقی رہ گیا تھا جس کے گریبان کا ٹکڑا ٹائیگر کے منہ میں تھا، اس نے دُبلے پتلے آدمی کی طرف دیکھا اور پوچھا: ''کون ہو تم؟''

دُبلا پتلا آدمی مُسکرایا: ''اس گھر کا مالک... دیکھو دیکھو!... تمہارے ہاتھ سے کانچ کا مرتبان گر رہا ہے۔''

تقسیم

ایک آدمی نے اپنے لیے لکڑی کا ایک بڑا صندوق منتخب کیا جب اُسے اُٹھانے لگا تو وہ اپنی جگہ سے ایک انچ بھی نہ ہلا۔

ایک شخص نے جسے شاید اپنے مطلب کی کوئی چیز مل ہی نہیں رہی تھی، صندوق اٹھانے کی کوشش کرنے والے سے کہا: ''میں تمہاری مدد کروں؟''

صندوق اٹھانے کی کوشش کرنے والا امداد لینے پر راضی ہوگیا۔ اُس شخص نے جسے اپنے مطلب کی کوئی چیز نہیں مل رہی تھی، اپنے مضبوط ہاتھوں سے صندوق کو جنبش دی اور اُٹھا کر اپنی پیٹھ پر دھر لیا... دوسرے نے سہارا دیا... دونوں باہر نکلے۔

صندوق بہت بوجھل تھا۔ اُس کے وزن کے نیچے، اٹھانے والے کی پیٹھ چٹخ رہی تھی، ٹانگیں دہری ہوئی جا رہی تھیں۔ مگر انعام کی توقع نے اس جسمانی مشقت

کا احساس نیم مردہ کر دیا تھا۔

صندوق اٹھانے والے کے مقابلے میں، صندوق کو منتخب کرنے والا بہت ہی کمزور تھا۔ سارے راستے وہ صرف ایک ہاتھ سے سہارا دے کر اپنا حق قائم رکھتا رہا۔ جب دونوں محفوظ مقام پر پہنچ گئے تو صندوق کو ایک طرف رکھ کر، ساری مشقّت برداشت کرنے والے نے کہا: ''بولو... اس صندوق کے مال میں سے مجھے کتنا حصہ ملے گا؟''

صندوق پر پہلی نظر ڈالنے والے نے جواب دیا:

''ایک چوتھائی۔''

''بہت کم ہے''

''کم بالکل نہیں، زیادہ ہے... اس لیے کہ سب سے پہلے میں نے ہی اس پر ہاتھ ڈالا تھا''

''ٹھیک ہے، لیکن یہاں تک اس کمر توڑ بوجھ کو اُٹھا کے لایا کون ہے؟''

”آدھے آدھے پر راضی ہوتے ہو؟“

”ٹھیک ہے... کھولو صندوق۔“

صندوق کھولا گیا تو اُس میں سے ایک آدمی باہر نکلا، ہاتھ میں تلوار تھی، باہر نکلتے ہی اُس نے دونوں حصّے داروں کو چار حصوں میں تقسیم کر دیا۔

جائز استعمال

دس راونڈ چلانے اور تین آدمیوں کو زخمی کرنے کے بعد پٹھان بھی آخر سرخ رُو ہو ہی گیا۔

ایک افراتفری مچی تھی۔لوگ ایک دوسرے پر گر رہے تھے، چھینا جھپٹی ہو رہی تھی۔مار دھاڑ بھی جاری تھی۔ پٹھان اپنی بندوق لیے گُھسا اور تقریباً ایک گھنٹہ کشتی لڑنے کے بعد تھرموس بوتل پر پاتھ صاف کرنے میں کامیاب ہو گیا۔

پولس پہنچی تو سب بھاگے... پٹھان بھی۔

ایک گولی اُس کے داہنے کان کو چاٹتی ہوئی نکل گئی۔پٹھان نے اس کی بالکل پرواہ نہ کی اور سرخ رنگ کی تھرموس بوتل کو اپنے ہاتھ میں مضبوطی سے تھامے رکھا۔

اپنے دوستوں کے پاس پہنچ کر اُس نے سب کو بڑے فخریہ انداز میں تھرموس کی بوتل دکھائی۔ایک نے مُسکرا کر کہا: ''خان صاحب آپ یہ کیا اُٹھالائے ہیں؟''

خان صاحب نے پسندیدہ نظروں سے بوتل کے چمکتے ہوئے ڈھکنے کو دیکھا اور پوچھا: ''کیوں؟''

''یہ تو ٹھنڈی چیزیں ٹھنڈی اور گرم چیزیں گرم رکھنے والی بوتل ہے۔''

خان صاحب نے بوتل اپنی جیب میں رکھ لی۔

''خوام اس میں نسوار ڈالے گا... گرمیوں میں گرم رہے گی اور سردیوں میں سرد!''

بے خبری کا فائدہ

لبلبی دبی... پستول سے جھنجھلا کر گولی باہر نکلی۔

کھڑکی میں سے باہر جھانکنے والا آدمی اُسی جگہ دُہرا ہو گیا۔

لبلبی تھوڑی دیر کے بعد پھر دبی... دوسری گولی بھنبھناتی ہوئی باہر نکلی۔

سڑک پر ماشکی کی مشک پھٹی، اوندھے منہ گرا اور اس کا لہو مشک کے پانی میں حل ہو کر بہنے لگا۔

لبلبی تیسری بار دبی... نشانہ چوک گیا۔ گولی ایک گیلی دیوار میں جذب ہو گئی۔

چوتھی گولی ایک بوڑھی عورت کی پیٹھ میں لگی... وہ چیخ بھی نہ سکی اور وہیں ڈھیر ہو گئی۔

پانچویں اور چھٹی گولی بے کار گئی۔ کوئی ہلاک ہوا نہ زخمی۔

گولی چلانے والا بھنّا گیا۔ دفعتاً سڑک پر ایک

چھوٹا سا بچہ دوڑتا دکھائی دیا۔گولیاں چلانے والے نے پستول کا منہ اس کی طرف موڑا۔

اُس کے ساتھی نے کہا: ''یہ کیا کرتے ہو؟''

گولیاں چلانے والے نے پوچھا: ''کیوں؟''

''گولیاں تو ختم ہو چکی ہیں!''

''تم خاموش رہو... اتنے سے بچے کو کیا معلوم؟''

مناسب کاروائی

جب حملہ ہوا تو محلّے میں سے اقلیت کے کچھ آدمی تو قتل ہو گئے۔ جو باقی تھے، جانیں بچا کر بھاگ نکلے۔ ایک آدمی اور اس کی بیوی البتہ اپنے گھر کے تہہ خانے میں چُھپ گئے۔

دو دِن اور دو راتیں، پناہ یافتہ میاں بیوی نے قاتلوں کی متوقع آمد میں گزار دیں۔ مگر کوئی نہ آیا۔

دو دِن اور گزر گئے۔ موت کا ڈر کم ہونے لگا۔ بھوک اور پیاس نے زیادہ ستانا شروع کیا۔

چار دِن اور بیت گئے۔ میاں بیوی کو زندگی اور موت سے کوئی دلچسپی نہ رہی... دونوں جائے پناہ سے باہر نکل آئے۔

خاوند نے بڑی نحیف آواز میں لوگوں کو اپنی طرف متوجہ کیا اور کہا: ''ہم دونوں اپنا آپ تمہارے حوالے کرتے ہیں... ہمیں مار ڈالو۔''

جن کو متوجہ کیا گیا تھا وہ سوچ میں پڑ گئے:

ہمارے دھرم میں تو جیو تیا پاپ ہے!

وہ سب جینی تھے، لیکن انہوں نے آپس میں مشورہ کیا اور میاں بیوی کو مناسب کاروائی کے لیے دوسرے محلے کے آدمیوں کے سپرد کر دیا۔

کرامات

لوٹا ہوا مال برآمد کرنے کے لیے پولیس نے چھاپے مارنے شروع کیے۔

لوگ ڈر کے مارے لوٹا ہوا مال رات کے اندھیرے میں باہر پھینکنے لگے۔ کچھ ایسے بھی تھے جنہوں نے اپنا مال بھی موقع پا کر اپنے سے علاحدہ کر دیا تاکہ قانونی گرفت سے بچے رہیں۔

ایک آدمی کو بہت دِقّت پیش آئی۔ اُس کے پاس شکر کی دو بوریاں تھیں جو اُس نے پنساری کی دُکان سے لوٹی تھیں۔ ایک تو وہ جوں کی توں رات کے اندھیرے میں پاس والے کنویں میں پھینک آیا۔ لیکن جب دوسری اٹھا کر اُس میں ڈالنے لگا تو خود بھی ساتھ چلا گیا۔

شور سن کر لوگ اکٹھے ہو گئے۔ کنوئیں میں رسّیاں ڈالی گئیں، دو جوان نیچے اُترے اور اُس آدمی کو باہر نکال

لیا...لیکن چند گھنٹوں بعد وہ مر گیا۔

دوسرے دن جب لوگوں نے استعمال کے لیے اُس کنوئیں کا پانی نکالا تو وہ میٹھا تھا۔

...اُسی ات اُس آدمی کی قبر پر دیے جل رہے تھے۔

اصلاح

’’کون ہو تم؟‘‘

’’تم کون ہو؟‘‘

’’ہر ہر مہادیو... ہر ہر مہادیو...‘‘

’’ہر ہر مہادیو۔‘‘

’’ثبوت کیا ہے؟‘‘

’’ثبوت... میرا نام دھرم چند ہے۔‘‘

’’یہ کوئی ثبوت نہیں۔‘‘

’’چار ویدوں میں سے کوئی بھی بات مجھ سے پوچھ لو۔‘‘

’’ہم ویدوں کو نہیں جانتے... ثبوت دو‘‘

’’کیا؟‘‘

’’پاجامہ ڈھیلا کرو۔‘‘

پاجامہ ڈھیلا ہوا تو ایک شور مچ گیا:

’’مار ڈالو... مار ڈالو!‘‘

ٹھہرو ٹھہرو... میں تمھارا بھائی ہوں... بھگوان کی قسم، تمہارا بھائی ہوں۔"

"تو یہ کیا سلسلہ ہے؟"

جس علاقے سے آرہا ہوں وہ ہمارے دشمنوں کا تھا اس لیے مجبوراً مجھے ایسا کرنا پڑا... صرف اپنی جان بچانے کے لیے... ایک یہی چیز غلط ہوگئی ہے۔ باقی بالکل ٹھیک ہے۔"

"اُڑا دو غلطی کو!"

غلطی اڑا دی گئی... دھرم چند بھی ساتھ ہی اُڑ گیا۔

جیلی

صبح چھ بجے پٹرول پمپ کے پاس، ہاتھ گاڑی میں برف بیچنے والے کے چھرا گھونپا گیا... سات بجے تک اُس کی لاش لک بچھی سڑک پر پڑی رہی ۔ اور اُس پر برف پانی بن بن گرتی رہی ۔

سوا سات بجے پولیس لاش اٹھا کر لے گئی ۔ برف اور خون وہیں سڑک پر پڑے رہے ۔

ایک ٹانگا پاس سے گزرا ۔ بچے نے سڑک پر جیتے جیتے خون کے جمے ہوئے چمکیلے لوتھڑے کی طرف دیکھا، اُس کے منہ میں پانی بھر آیا ۔ اپنی ماں کا بازو کھینچ کر بچے نے انگلی سے اُس طرف اشارہ کیا "دیکھو ممی، جیلی!"

دعوتِ عمل

آگ لگی تو سارا محلہ جل گیا... صرف ایک دُکان بچ گئی
جس کی پیشانی پر یہ بورڈ آویزاں تھا:
یہاں عمارت سازی کا جملہ سامان ملتا ہے۔

پٹھانستان

''خو، ایک دم جلدی بولو، تم کون اے؟''

''میں... میں...''

''خو شیطان کا بچہ، جلدی بولو... اِندوا ے یا مُسلمین؟''

''مُسلمین۔''

''خو تمہارا رسول کون اے؟''

''محمد خان۔''

''ٹیک اے... جاؤ۔''

خبردار

بلوائی، مالک مِکان کو بڑی مشکلوں سے گھسیٹ
کر باہر لے آئے ۔کپڑے جھاڑ کر وہ اُٹھ کھڑا ہوااور
بلوائیوں سے کہنے لگا:" تم مجھے مار ڈالولیکن خبردار جو
میرے روپے پیسے کو ہاتھ لگایا۔"

ہمیشہ کی چھٹّی

"پکڑلو... پکڑلو... دیکھو جانے نہ پائے۔"

شکار تھوڑی سی دوڑ دھوپ کے بعد پکڑ لیا گیا۔

جب نیزے اُس کے آر پار ہونے کے لیے آگے بڑھے تو اُس نے لرزاں آواز میں گڑگڑا کر کہا:

"مجھے نہ مارو... مجھے نہ مارو... میں تعطیلوں میں اپنے گھر جا رہا ہوں۔"

حلال اور جھٹکا

''میں نے اُس کی شہ رگ پر چُھری رکھی، ہولے ہولے پھیری اور اُس کو حلال کر دیا۔''

''یہ تم نے کیا کیا؟''

''کیوں؟''

''اُس کو حلال کیوں کیا؟''

''مزا آتا ہے اس طرح''

''مزا آتا ہے کے بچے، تجھے جھٹکا کرنا چاہیے تھا... اس طرح۔''

اور حلال کرنے والے کی گردن کا جھٹکا ہو گیا۔

گھاٹے کا سودا

دو دوستوں نے مل کر دس بیس لڑکیوں میں سے ایک لڑکی چُنی اور چالیس روپے دے کر اُسے خرید لیا۔ رات گزار کر ایک دوست نے اُس لڑکی سے پوچھا:

''تمہارا نام کیا ہے؟''

لڑکی نے اپنا نام بتایا تو وہ بھنّا گیا۔''ہم سے تو کہا گیا تھا کہ تم دوسرے مذہب کی ہو۔''

لڑکی نے جواب دیا:''اُس نے جھوٹ بولا تھا۔''

یہ سُن کر وہ دوڑا دوڑا اپنے دوست کے پاس گیا اور کہنے لگا:''اُس حرامزادے نے ہمارے ساتھ دھوکا کیا ہے... ہمارے ہی مذہب کی لڑکی تھما دی...

...چلو واپس کر آئیں۔''

حیوانیت

بڑی مشکل سے میاں بیوی گھر کا تھوڑا اثاثہ بچانے میں کامیاب ہوئے۔ جوان لڑکی تھی اُس کا کوئی پتا نہ چلا۔ چھوٹی سی بچی تھی اُس کو ماں نے اپنے سینے کے ساتھ چمٹائے رکھا۔ ایک بھوری بھینس تھی اُس کو بلوائی ہانک کر لے گئے۔ گائے بچ گئی مگر بچھڑا نہ ملا۔

میاں بیوی، اُن کی چھوٹی لڑکی اور گائے ایک جگہ چُھپے ہوئے تھے۔ سخت اندھیری رات تھی۔ بچی نے ڈر کے رونا شروع کیا تو خاموش فضا میں جیسے کوئی ڈھول پیٹنے لگا۔ ماں نے خوف زدہ ہو کر بچی کے منہ پر ہاتھ رکھ دیا کہ دشمن سُن نہ لے۔ آواز دب گئی۔ باپ نے احتیاطاً اوپر گاڑھے کی موٹی چادر ڈال دی۔

تھوڑی دیر کے بعد دور سے کسی بچھڑے کی آواز آئی۔ گائے کے کان کھڑے ہوئے، اُٹھی اور ادھر ادھر دوڑتی ڈکرانے لگی۔

اُس کو چُپ کرانے کی بہت کوشش کی گئی مگر بے سود۔

شور سُن کر دشمن آپہونچا۔ دور سے مشعلوں کی روشنی دکھائی دی۔ بیوی نے اپنے میاں سے بڑے غصے کے ساتھ کہا۔ ''تم کیوں اس حیوان کو اپنے ساتھ لے آئے تھے۔''

کسرِ نفسی

چلتی گاڑی روک لی گئی ۔جو دوسرے مذہب کے تھے اُن کو نکال نکال کر تلواروں اور گولیوں سے ہلاک کر دیا گیا۔اس سے فارغ ہو کر گاڑی کے باقی مسافروں کی حلوے ،دودھ اور پھلوں سے تواضع کی گئی ۔گاڑی چلنے سے پہلے، تواضع کرنے والوں کے منتظم نے مسافروں کو مخاطب کر کے کہا: ''بھائیو اور بہنو! ہمیں گاڑی کی آمد کی اطلاع بہت دیر میں ملی ۔یہی وجہ ہے کہ ہم جس طرح چاہتے تھے اُس طرح آپ کی خدمت نہ کر سکے ۔''

کھاد

اُس کی خودکشی پر اُس کے ایک دوست نے کہا۔

''بہت ہی بے وقوف تھا جی۔ میں نے لاکھ سمجھایا کہ دیکھو اگر تمہارے کیس کاٹ دیے ہیں اور تمہاری داڑھی مونڈ دی ہے تو اِس کا یہ مطلب نہیں کہ تمہارا دھرم ختم ہو گیا ہے... روز دہی استعمال کرو۔ واہ گُرو جی نے چاہا تو ایک ہی برس میں تم ویسے کہ ویسے ہو جاؤ گے۔''

استقلال

”میں سکھ بننے کے لیے
ہرگز تیار نہیں۔
...میرا اُسترا
واپس کردو مجھے۔“

نگرانی میں

ا اپنے دوست **ب** کو اپنا ہم مذہب ظاہر کر کے، اُسے محفوظ مقام پر پہنچانے کے لیے ملٹری کے ایک دستے کے ساتھ روانہ ہوا۔ راستے میں **ب** نے جس کا مذہب مصلحتاً بدل دیا گیا تھا، ملٹری والوں سے پوچھا: ''کیوں جناب، آس پاس کوئی واردات تو نہیں ہوئی؟''

جواب ملا: ''کوئی خاص نہیں... فلاں محلّے میں البتہ ایک کتّا مارا گیا۔''

سہم کر **ب** نے پوچھا: ''کوئی اور خبر؟''

جواب ملا۔ ''خاص نہیں... نہر میں تین کتیوں کی لاش ملیں۔''

ا نے **ب** کی خاطر ملٹری والوں سے کہا: ''ملٹری کچھ انتظام نہیں کرتی''

جواب ملا: ''کیوں نہیں... سب کام اُسی کی نگرانی میں ہوتا ہے۔''

جوتا

ہجوم نے رُخ بدلا اور سر گنگا رام کے بُت پر پل پڑا۔ لاٹھیاں برسائی گئیں، اینٹیں اور پتھر پھینکے گئے۔ ایک نے منہ پر تارکول مل دیا۔ دوسرے نے بہت سے پُرانے جوتے جمع کیے اور اُن کا ہار بنا کر بُت کے گلے میں ڈالنے کے لیے آگے بڑھا۔ مگر پولیس آگئی اور گولیاں چلنا شروع ہو گئیں۔

جوتوں کا ہار پہنانے والا زخمی ہو گیا۔ چنانچہ مرہم پٹّی کے لیے اُسے سر گنگا رام ہسپتال بھیج دیا گیا۔

پیش بندی

پہلی واردات ناکے کے ہوٹل کے پاس ہوئی۔
فوراً ہی وہاں ایک سپاہی کا پہرہ لگا دیا گیا۔

دوسری واردات، دوسرے ہی روز شام کو، اسٹور کے سامنے ہوئی۔ سپاہی کو پہلی جگہ سے ہٹا کر دوسری واردات کے مقام پر متعین کردیا گیا۔

تیسرا کیس رات کے بارہ بجے، لانڈری کے پاس ہوا۔ جب انسپکٹر نے سپاہی کو اُس نئی جگہ پہرہ دینے کا حکم دیا تو اس نے کچھ غور کرنے کے بعد کہا: ''مجھے وہاں کھڑا کیجیے جہاں نئی واردات ہونے والی ہے۔''

سوری

چھُری پیٹ چاک کرتی ہوئی ناف کے نیچے تک چلی گئی۔ ازاربند کٹ گیا۔ چھُری مارنے والے کے منہ سے دفعتاً کلمہء تاسُف نکلا۔

’’چ چ چ چ... مشٹیک ہوگیا۔‘‘

رعایت

’’میری آنکھوں کے سامنے
میری جوان بیٹی کو نہ مارو‘‘
’’چلو اِسی کی مان لو...
...کپڑے اُتار کر ہانک دو ایک طرف۔‘‘

صفائی پسندی

گاڑی رکی ہوئی تھی۔

تین بندوقچی ایک ڈبّے کے پاس آئے۔

کھڑکیوں میں سے اندر جھانک کر اُنہوں نے مسافروں سے پوچھا: ''کیوں جناب کوئی مرغا ہے؟''

ایک مسافر کچھ کہتے کہتے رک گیا۔ باقیوں نے جواب دیا: ''جی نہیں۔''

تھوڑی دیر بعد چار نیزہ بردار آئے۔ کھڑکیوں میں سے اندر جھانک کر انہوں نے مسافروں سے پوچھا: ''کیوں جناب کوئی مُرغا ورغا ہے؟''

اس مسافر نے جو پہلے کچھ کہتے کہتے رُک گیا تھا جواب دیا: ''جی معلوم نہیں... آپ اندر آکے، سنڈاس میں دیکھ لیجیے۔''

نیزہ بردار اندر داخل ہوئے۔

سنڈاس توڑا گیا اُس میں سے

ایک مُرغا نکل آیا۔
ایک نیزہ بردار نے کہا: ''کردو حلال۔''
دوسرے نے کہا: ''نہیں۔ یہاں نہیں۔ ڈبّا خراب ہو جائے گا... باہر لے چلو۔''

صدقے اُس کے

مُجرا ختم ہوا۔ تماشائی رخصت ہو گئے۔

تو استاد جی نے کہا:

''سب کچھ لُٹا پٹا کر یہاں آئے تھے لیکن اللہ میاں نے چند دنوں ہی میں وارے نیارے کر دیے۔''

اشتراکیت

وہ اپنے گھر کا تمام ضروری سامان ایک ٹرک میں لدوا کر دوسرے شہر جارہا تھا کہ راستے میں لوگوں نے اُسے روک لیا۔ایک نے ٹرک کے مال و اسباب پر حریصانہ نظر ڈالتے ہوئے کہا: ''دیکھو یار کس مزے سے اتنا مال اکیلا اُڑائے چلا جارہا ہے۔''

اسباب کے مالک نے مسکرا کر کہا: ''جناب یہ مال میرا اپنا ہے۔''

وہ تین آدمی ہنسے۔''ہم سب جانتے ہیں۔''

ایک آدمی چلّایا: ''لوٹ لو۔یہ امیر آدمی ہے... ٹرک لے کر چوریاں کرتا ہے۔''

اُلھنا

''دیکھو یار، تم نے بلیک مارکٹ کے دام بھی
لیے اور ایسا ردّی پٹرول دیا کہ ایک دکان بھی نہ جلی۔''

آرام کی ضرورت

''مرا نہیں... دیکھو ابھی جان باقی ہے۔''

''رہنے دو یار... میں تھک گیا ہوں۔''

قسمت

"کچھ نہیں دوست...
اتنی محنت کرنے پر
صرف ایک بکس ہاتھ لگا تھا،
پر اُس میں بھی سالا
سوّر کا گوشت نکلا۔"

آنکھوں پر چربی

''ہماری قوم کے لوگ بھی کیسے ہیں...

پچاس سؤر اتنی مشکلوں کے بعد تلاش کر کے اس مسجد میں کاٹے ہیں۔ وہاں مندروں میں دھڑا دھڑ گائے کا گوشت بک رہا ہے۔ لیکن یہاں سؤر کا مانس خریدنے کے لیے کوئی آتا ہی نہیں۔''

حاشیہ آرائیاں

حاشیہ آرائی

محمد حسن عسکری

پچھلے دس سال میں نئے ادب کی تحریک نے اردو افسانوی ادب میں گراں قدر اضافے کیے ہیں، لیکن اس سے بھی انکار نہیں کیا جاسکتا کہ اکثر وبیشتر نئے افسانوں کی محرک تخلیق کی اندورنی لگن نہیں تھی بلکہ خارجی حالات اور واقعات، خواہ ان کا تعلق مصنف کی ذات سے ہو یا ماحول سے۔ ممکن ہے یہ بہت حد تک اس رائج الوقت عقیدے کے ماتحت ہوا ہو کہ محض خارجی ماحول کو بدل دینے سے انسانوں کی داخلی زندگی کو بھی بدلا جاسکتا ہے۔ بہر حال عام طور سے یہ دستور رہا ہے کہ جب ہمارے افسانہ نگاروں کو اپنی سرگرمیاں کمزور معلوم ہوتی ہیں تو انہوں نے اپنے کو الزام نہیں دیا، انہیں کبھی یہ تشویش نہیں ہوئی کہ شاید ہماری اندرونی نشو نما بند ہوگئی ہے ، جسے ہم داخلی عمل سے دوبارہ جاری کرسکتے ہیں۔ اس کے برخلاف انہوں نے اپنے آپ کو یہی سوچ کے تسلی دے لی کہ خارجی دنیا میں کوئی ایسی بات ہو ہی نہیں رہی جس کے بارے میں لکھا جائے۔ چھ سات سال ہوئے میں نے اردو کے ایک افسانہ نگار کو جنہوں نے مفلسی، غلامی اور کشمیر کے متعلق افسانے لکھ کر خاصی مقبولیت حاصل کرلی تھی یہ کہتے ہوئے سنا تھا کہ اگر جاپانی ہندوستان پر حملہ کردیں اور ملک میں کچھ گڑبڑ ہو تو ادب پر بہار آجائے۔

خدا شکر خورے کو شکر دیتا ہے۔ جاپانیوں کا نہ سہی قحط کا حملہ ہوا۔ کسی نے چور بازار میں چاول بیچ کر روپے بٹورے، کسی نے افسانے لکھ کر شہرت۔ چلیے، دنیا میں جو کچھ ہوتا ہے کسی نہ کسی کے بھلے کے لیے ہی ہوتا ہے۔ اس زمانے میں قحط کے موضوع کو ایسا تقدس حاصل ہوا کہ طالب علموں تک نے جنسی تجربات کے بجائے بھوکوں کے متعلق لکھنا شروع کردیا۔ زور یہ تھا کہ اگر

رسالے کے مدیر نے افسانہ چھاپنے سے انکار کر دیا تو وہ شقی القلب اور بے رحم ٹھہرے گا۔ غرض کہ بنگال کی مصیبتوں کے طفیل ہمارے افسانہ نگاروں کو کچھ دن آسانی رہی ،گھڑے گھڑائے افسانے ملتے رہے ۔ واقعات، جذبات سب مہیا تھے ۔کسی چیز کے لیے کاوش کی ضرورت ہی نہ تھی۔

پھر کچھ قحط ٹھنڈا پڑا تو جہازیوں کی ہڑتال ہوگئی ۔کہیں فتح کے جشن میں ہنگامہ ہوگیا۔ غرض کہ کسی نہ کسی طرح کاروبار چلتا رہا۔ اور جب ۱۹۴۷ء کے فسادات ہوئے تو گویا اللہ میاں نے چھپّر پھاڑ کے دیا۔ جی چاہے المیہ افسانہ لکھے ، ورنہ طنزیہ مضمون ہوسکتا ہے ۔انسانوں کی درندگی پر دانت پیسیے ، سامراج کی چالاکیوں کا پردہ چاک کیجیے ۔ان باتوں سے جی بھر جائے تو کچھ عورتوں کی بے حرمتی کے ذکر سے گرمی پیدا کیجیے ۔موقع موقع سے یہ بھی دکھاتے چلیے کہ اس بہمیت کے ساتھ ساتھ رحم دلی اور انسانی ہمدردی کے نمونے بھی ملتے ہیں ۔ پھر بھولا سا منہ بنا کر تعجب کیجیے کہ ہندو مسلمان کی عقل کو کیا ہوگیا کل تک تو بھائی بھائی تھے ۔آج ایک دوسرے کے خون کے پیاسے کیوں ہو گئے ۔بس خطرہ یہ رہ جاتا ہے کہ کہیں آپ کے اوپر جانب داری کا الزام نہ آجائے ۔ تو وہ بھی ایسی مشکل بات نہیں ۔شروع میں اگر پانچ ہندو مارے گئے ہیں تو افسانہ ختم ہوتے ہوتے پانچ مسلمانوں کا حساب بھی پورا ہو جانا چاہیے ۔ترازو کی تول دونوں طرف قصور برابر کر دیجیے ...رمز اصل میں یہ ہے کہ آپ اپنی انسانیت پرستی ،نیک دلی بے تعصبی اور امن پسندی ثابت کر دیں اور کسی کو بات بری بھی نہ لگے ۔

اگر کوئی آدمی ہوا میں تنی ہوئی رسی پر چلنے کی صلاحیت رکھتا ہو تو داد تو ہمیں اس کو بھی دینی چاہیے ۔آخر اپنے شریفانہ جذبات کو منظر عام پر لانا اور اس طرح دوسروں کے شریفانہ جذبات کو مشتعل کرنا بھی تو انسانیت کی ایک خدمت ہے ۔البتہ شریفانہ جذبات میں تھوڑی سی کسر یہ ہے کہ ان کے ذریعے ادب کی تخلیق نہیں ہو سکتی ۔میں یہ بات کوئی خیالی اور غیر ممکن العمل معیار سامنے رکھ کر نہیں کہہ رہا ہوں ۔فسادات والا ادب اپنے اوپر جو شرائط عائد کرتا ہے ، انہیں عموماً خود پورا نہیں کرتا۔ فسادات پر لکھنے والے افسانہ نگار سب سے پہلا دعویٰ یہ کرتے ہیں کہ ہم سچ بولیں گے ۔مگر ساتھ ہی انہیں یہ بھی فکر ہوتی ہے کہ نہ ہندو ناراض ہوں نہ مسلمان ، غیر جانب داری

کے معنی یہ لیے جاتے ہیں کہ ایک جماعت کو دوسری جماعت سے زیادہ قصوروار نہ ٹھہرایا جائے۔ یہ ادب ظلم، سنگ دلی اور بہیمیت کو معطون کرنا چاہتا ہے مگر ظلم کو ظلم کہنے کی طاقت نہیں رکھتا۔ اس ذمہ داری سے بچنا چاہتا ہے۔ ادب سے ہم اس قسم کے جھوٹ کا مطالبہ نہیں کرتے جو ہم تاریخ یا معاشیات یا سیاسیات کی کتابوں سے کرتے ہیں۔ ادیب سے ہم کسی نظریے یا خارجی دنیا کے بارے میں سچ بولنے کا اتنا مطالبہ نہیں کرتے جتنا اپنے بارے میں سچ بولنے کا... فسادات پر لکھنے والے چاہے دنیا بھر کے بارے میں سچ بولتے ہوں، لیکن اپنے بارے میں نہیں بولتے۔ ان کی سب سے بڑی کاوش یہ ہوتی ہے کہ ہم اپنے فطری میلانات اور تعصبات کو چھپائے رکھیں۔ حالانکہ اتنی زبردست شورش کے زمانے میں ایسے تعصبات کا اُبھر آنا حیاتیاتی ضرورت ہے۔ اگر یہ لوگ اپنے افسانوں میں واقعی کوئی انسانی معنویت پیدا کرنی چاہتے ہیں تو سب سے پہلے انہیں اپنی انسانی کمزوری کا اعتراف کرنا ہوگا۔ اپنے اندر جو سچ جھوٹ بھرا ہوا ہے اس سے چشم پوشی کر کے سچا ادب پیدا نہیں کیا جا سکتا۔ البتہ مقبولِ عام ادب پیدا ہو سکتا ہے۔ کیونکہ پڑھنے والے بھی تو اپنے آپ کو یہی یقین دلانا چاہتے ہیں کہ ہمارے شریفانہ جذبات مرے نہیں۔ دراصل ادب کو اس بات سے کوئی دلچسپی نہیں کہ کون ظلم کرتا ہے کون نہیں کرتا... ظلم ہو رہا ہے یا نہیں ہو رہا۔ ادب تو یہ دیکھتا ہے کہ ظلم کرتے ہوئے اور ظلم سہتے ہوئے انسانوں کا خارجی اور داخلی روّیہ کیا ہوتا ہے؟ جہاں تک ادب کا تعلق ہے ظلم کا خارجی عمل اور اس کے خارجی لوازمات بے معنی چیزیں ہیں۔ ہمارے افسانہ نگار ظلم کے صرف معاشرتی پہلو کو دیکھتے ہیں۔ ظالم اور مظلوم کی اندرونی زندگی سے ظلم کو کیا تعلق ہے اس سے انہیں دلچسپی نہیں۔ ہمارے افسانہ نگار تلواریں اور بندوقیں تو بیسیوں دکھاتے ہیں۔ کاش ان تلواروں اور بندوقوں کے پیچھے جیتے جاگتے ہاتھ اور سامنے جیتے جاگتے سینے بھی ہوتے... مُیں یہ تو نہیں کہتا کہ فسادات پر لکھنے والے سرے سے بے خلوص ہیں۔ ان میں سے بعض لوگ واقعی نیک دل اور نیک نیت ہیں مگر ادب میں عام زندگی والا خلوص کام نہیں دیتا۔ یہ لوگ اس مقصد سے افسانے لکھتے ہیں کہ ظلم کا خارجی عمل دکھا کر ظلم کے خلاف نفرت کا جذبہ پیدا کریں۔ لیکن جب تک ہمیں کسی فعل کا انسانی پس منظر معلوم نہ ہو، محض خارجی نظارہ ہمارے اندر کوئی دیرپا ٹھوس اور گہری معنویت رکھنے والا

ردِّعمل پیدا نہیں کر سکتا۔ ہم انسانوں سے تو نفرت اور محبت کر سکتے ہیں ''ظالموں'' اور ''مظلوموں'' سے نہیں۔

فسادات پر لکھنے والے افسانہ نگاروں نے ظلم سے نفرت دلانے کے لیے اکثر یہ طریقہ کار استعمال کیا کہ ظلم ہوتا دیکھ کر پڑھنے والوں کے دلوں میں دہشت پیدا کی جائے۔ مگر یہ سارے واقعات اتنے تازہ ہیں ،لوگ اپنی آنکھوں سے اتنا کچھ دیکھ چکے ہیں یا اپنے قریبی دوستوں سے اتنا کچھ سن چکے ہیں کہ محض ظلموں کی فہرست اب ان کے اوپر کوئی اثر نہیں کرتی۔ اگر آپ نے اپنے افسانے میں دو چار عورتوں کی بے حرمتی یا بچوں کا قتل دکھا دیا تو اس سے لوگوں کے اعصاب پر کوئی ردِّعمل ہوتا ہی نہیں۔ یہ زمانہ ہی ایسا غیر معمولی ہے۔ ظلم آج کل بے انتہا معمولی چیز بن گئے ہیں۔ غیر معمولی باتیں اب لوگوں کو چونکاتی ہی نہیں۔ اس قسم کے ذکر سے تجسس تک بیدار نہیں ہوتا۔ اخلاقی حس تو دور کی چیز ہے۔ فسادات والے افسانے ادب نہیں تھے تو نہ ہوتے ،مگر وہ اپنا سماجی مقصد بھی ٹھیک طرح ادا نہیں کر سکتے۔ کیونکہ جو باتیں یہ افسانے پیش کرتے ہیں وہ تو اب خبریں بھی نہیں رہیں۔

منٹو نے فسادات کے متعلق کچھ لکھا ہے۔ لطیفے یا چھوٹے چھوٹے افسانے جمع کیے ہیں۔ دراصل میں نے بڑا غلط فقرہ استعمال کیا ہے۔ یہ افسانے فسادات کے متعلق نہیں ہیں بلکہ انسانوں کے بارے میں۔ منٹو کے افسانوں میں آپ انسانوں کو مختلف شکلوں میں دیکھتے رہے ہیں۔ انسان بحیثیت طوائف کے، انسان بحیثیت تماش بین کے وغیرہ۔ اِن انسانوں میں بھی آپ انسان ہی دیکھیں گے۔ فرق صرف اتنا ہے کہ یہاں انسان کو ظالم یا مظلوم کی حیثیت سے پیش کیا گیا ہے۔ اور فسادات کے مخصوص حالات میں، سماجی مقصد کا تو منٹو نے جھگڑا ہی نہیں پالا۔ اگر تلقین سے آدمی سُدھر جایا کرتے تو مسٹر گاندھی کی جان ہی کیوں جاتی۔ منٹو کو افسانوں کے سماجی اثرات کے بارے میں نہ زیادہ غلط فہمیاں ہیں نہ اُنھوں نے ایسی ذمہ داری اپنے سر لی ہے، جو ادب پوری کر ہی نہیں سکتا۔ سچ پوچھئے تو منٹو نے ظلم پر بھی کوئی خاص زور نہیں دیا۔ انہوں نے چند واقعات ضرور دکھائے ہیں، مگر یہ کہیں نہیں ظاہر ہونے دیا کہ یہ واقعات بنفسہ اچھے ہیں یا برے۔ انہوں نے ظالموں پر لعنت بھیجی ہے نہ مظلوموں پر آنسو بہائے ہیں۔ انہوں نے تو یہ تک

فیصلہ نہیں کیا کہ ظالم لوگ بُرے ہیں مظلوم اچھے ہیں۔ برّ اعظم ہندوستان کے یہ فسادات ایسی پیچیدہ چیز ہیں اور صدیوں کی تاریخ سے، صدیوں آگے کے مستقبل سے اس بُری طرح اُلجھے ہوئے ہیں کہ ان کے متعلق یوں آسانی سے اچھے یا بُرے کا فتویٰ نہیں دیا جا سکتا۔ کم سے کم ایک معقول ادیب کو یہ زیب نہیں دیتا کہ ایسے ہوش اڑا دینے والے واقعات کے متعلق سیاسی لوگوں کی سطح پر اتر کر فیصلے کرنے لگے۔ منٹو نے اپنے افسانوں میں وہی کیا جو ایک ایماندار (سیاسی معنوں میں ایماندار نہیں بلکہ ادیب کی حیثیت سے ایماندار) اور حقیقی ادیب کو ان حالات میں اور ایسے واقعات کے اتنے تھوڑے عرصے بعد لکھتے ہوئے، کرنا چاہیے تھا۔ انہوں نے نیک و بد کے سوال ہی کو خارج از بحث قرار دے دیا ہے۔ اُن کا نقطۂ نظر نہ سیاسی ہے، نہ عمرانی، نہ اخلاقی ہے بلکہ ادبی اور تخلیقی! منٹو نے تو صرف یہ دیکھنے کی کوشش کی ہے کہ ظالم یا مظلوم کی شخصیت کے مختلف تقاضوں سے ظالمانہ فعل کا کیا تعلق ہے۔ ظلم کرنے کی خواہش کے علاوہ ظالم کے اندر کون کون سے میلانات کارفرما ہیں۔ انسانی دماغ میں ظلم کتنی جگہ گھیرتا ہے۔ زندگی کی دوسری دلچسپیاں باقی رہتی ہیں یا نہیں۔ منٹو نے نہ تو رحم کے جذبات بھڑکائے ہیں، نہ غصّے کے، نہ نفرت کے۔ وہ تو آپ کو صرف انسانی دماغ، انسانی کردار اور شخصیت پر ادبی اور تخلیقی انداز سے غور کرنے کی دعوت دیتے ہیں۔ اگر وہ کوئی جذبہ پیدا کرنے کی فکر میں ہیں تو وہ صرف وہی جذبہ جو ایک فن کار کو جائز طور پر پیدا کرنا چاہیے۔ یعنی زندگی کے متعلق بے پایاں تحیّر اور استعجاب۔ فسادات کے متعلق جتنا بھی لکھا گیا ہے اس میں اگر کوئی چیز انسانی دستاویز کہلانے کی مستحق ہے تو یہ افسانے ہیں۔

چونکہ منٹو کے افسانے سچی ادبی تخلیقات ہیں، اس لیے یہ افسانے ہمیں اخلاقی طور پر بھی چونکاتے ہیں، حالانکہ منٹو کا بنیادی مقصد یہ نہیں تھا۔ بلکہ صرف تخلیق۔ غیر معمولی حالات میں اگر کوئی خبر ہمیں چونکا سکتی ہے تو غیر معمولی واقعات یا افعال نہیں، بلکہ بالکل معمولی اور روزمرّہ کی سی باتیں... اگر کوئی آدمی دو سو بچوں اور عورتوں کو قتل کرنے کے بعد ان کی کھوپڑیوں کا ہار گلے میں پہن لیتا ہے تو یہ کوئی غیر متوقع بات نہیں۔ جب قتل ایک عام مشغلہ بن چکا ہو تو اس میں خوف کی بات بھی باقی نہیں رہ جاتی۔ لیکن جب ہم دیکھتے ہیں کہ قاتلوں کو یہ فکر ہو رہی ہے کہ خون سے ریل کا

ڈبہ گندا ہو جائے گا تو ہم ضرور ایک طرح کی بے چینی محسوس کرتے ہیں۔ قاتلوں کا قتل کیسے چلے جانا دہشت انگیز چیز نہیں ہے، دہشت تو اس خیال سے ہوتی ہے کہ جن لوگوں میں صفائی اور گندگی کی تمیز باقی ہے وہ بھی قتل کر سکتے ہیں۔ آخر معنویت تو تقابل اور تضاد سے ہی پیدا ہوتی ہے۔ غیر معمولی حالات میں غیر معمولی حرکتیں ہمیں انسان کے متعلق زیادہ سے زیادہ یہ بتا سکتی ہیں کہ حالات انسان کو جانور کی سطح پر لے آتے ہیں۔ لیکن غیر معمولی حالات میں غیر معمولی حرکتیں کرتے ہوئے معمولی باتوں کی طرف توجہ ہمیں انسان کے متعلق ایک زیادہ گہری اور زیادہ بنیادی بات بتاتی ہے۔ وہ یہ کہ انسان ہر وقت اور بیک وقت انسان بھی ہوتا ہے اور حیوان بھی۔ اس میں خوف کا پہلو یہ ہے کہ انسانیت کے احساس کے باوجود انسان حیوان بننا کیسے گوارا کر لیتا ہے اور تسکین کا پہلو یہ ہے کہ وحشی سے وحشی بن جانے کے بعد بھی انسان اپنی انسانیت سے پیچھا نہیں چھڑا سکتا۔ منٹو کے ان افسانوں میں یہ دونوں پہلو موجود ہیں۔ خوف بھی اور دلاسا بھی۔ ان لطیفوں میں انسان اپنی بنیادی بے چارگیوں، حماقتوں، نفاستوں اور پاکیزگیوں سمیت نظر آتا ہے۔ منٹو کے قہقہے میں بڑا زہر ہے، مگر یہ قہقہہ ہمیں تسلی بھی بہت دلاتا ہے۔ غیر معمولی حالات میں یہ کہنا کہ انسان کی معمولی دلچسپیاں اور معمولی میلانات کسی کے دبائے نہیں دب سکتے، بڑی بات ہے۔ منٹو نے انسان کو نہ ظالم بتلایا ہے نہ مظلوم، بلکہ بس اشارہ کر کے چپ ہو گیا ہے کہ انسان میں بہت سی باتیں بالکل ان مل بے جوڑ ہیں۔ اس خیال سے مایوسی بہت ہوتی ہے مگر ایک طرح سے دیکھیے تو انسانی فطرت کا یہ ان مل بے جوڑ پن ہی حقیقی رجائیت کی بنیاد بن سکتا ہے۔ اگر انسان صرف ایک طرح کا، صرف نیک یا صرف بد ہوتا تو بڑی خطرناک چیز ہوتا۔ انسان کی طرف سے اگر کچھ امید بندھتی ہے تو صرف اس وجہ سے کہ انسان کا کچھ ٹھیک نہیں۔ اچھا بھی ہو سکتا ہے اور برا بھی ہو سکتا ہے۔ دوسرے یہ کہ انسان اپنی انسانیت کے دائرے میں محبوس ہے۔ نہ فرشتہ بن سکتا ہے نہ شیطان۔ وہ کتنا ہی غیر معمولی کیوں نہ بننا چاہے، معمولی زندگی کے تقاضے اسے پھر اپنی حدود میں گھسیٹ لاتے ہیں۔ روزمرہ کی معمولی زندگی ایسی طاقتور چیز ہے کہ انسان اگر بہت اچھا نہیں بن سکتا تو بہت برا بھی نہیں بن سکتا۔ معمولی زندگی اسے ٹھونک پیٹ کے سیدھا کر ہی لیتی ہے۔ منٹو کے ان افسانوں کا سب سے بڑا وصف معمولی زندگی کی قوت اور عظمت کا یہی اعتراف

ہے ۔دوسرے افسانہ نگار ہندوؤں اور مسلمانوں کو شرم دلا دلا کر انہیں راہ راست پر لانا چاہتے ہیں ۔لیکن ان کے افسانے ختم کرنے کے بعد ہم یقین کے ساتھ نہیں کہہ سکتے کہ ان کا احتجاج کارگر ہوگا یا نہیں ۔منٹو نہ تو کسی کو شرم دلاتا ہے نہ کسی کو راہ راست پر لانا چاہتا ہے ۔وہ تو بڑی طنزیہ مسکراہٹ کے ساتھ انسانوں سے یہ کہتا ہے کہ تم اگر چاہو بھی تو بھٹک کے بہت زیادہ دور نہیں جاسکتے ۔اس اعتبار سے منٹو کو انسانی فطرت پر زیادہ بھروسہ نظر آتا ہے ۔دوسرے لوگ انسان کو ایک خاص رنگ میں دیکھنا چاہتے ہیں ۔وہ انسان کو قبول کرنے سے پہلے چند شرائط عائد کرتے ہیں ۔منٹو کو انسان اپنی اصلی شکل ہی میں قبول ہے خواہ وہ کیسی بھی ہو ۔وہ دیکھ چکا ہے کہ انسان کی انسانیت ایسی سخت جان ہے کہ اس کی بربریت بھی اس انسانیت کو ختم نہیں کر سکتی ۔منٹو کو اسی انسانیت پر اعتماد ہے ۔

فسادات کے متعلق جتنے بھی افسانے لکھے گئے ان میں منٹو کے یہ افسانے اور لطیفے سب سے ہولناک اور سب سے زیادی رجائیت آمیز ہیں ۔منٹو کی دہشت اور رجائیت سیاسی لوگوں یا انسانیت کے نیک دل خادموں کی دہشت اور رجائیت نہیں ہے بلکہ ایک فن کار کی دہشت اور رجائیت ،اس کا تعلق بحث وتمحیص یا تفکّر سے نہیں ہے بلکہ ٹھوس تخلیقی تجربے سے...یہی منٹو کے ان افسانوں کا واحد امتیاز ہے ۔

●●

منٹو کا یہ رویہ خود اس کے ذاتی ردعمل کی پیداوار ہے اور اسے ایک منفی رجحان کی طرف لے جاتا ہے ،جہاں چونکانا اور سنسنی پیدا کرنا ہی اس کا اصل مقصد بن گیا ہے ۔اس نوع کی منفی کوشش کا مکمل نمونہ وہ لطیفے ہیں جو ''سیاہ حاشیے'' کے نام سے فسادات پر لکھے گئے ۔ان لطیفوں میں منٹو کی بے دردی اور اس کی بغاوت بہمیت کی سرحدوں کو چھولیتی ہے ۔ان لطیفوں کے بعد منٹو رجعت پسندی کا اعلان کرنے لگا ۔لیکن منٹو کی یہ رجعت پسندی نہ تو اس کا سوچا سمجھا فلسفہ تھا نہ ہی اس نے مفاد کی خاطر ایسا کیا تھا ۔یہ انفرادیت پسند انسان کی ضد تھی اور بس ۔

(خلیل الرحمٰن اعظمی :''اردو میں ترقی پسند تحریک'')

فسادات اور ادب

عصمت چغتائی

فسادات کا سیلاب اپنی پوری خباثتوں کے ساتھ آیا اور چلا گیا مگر اپنے پیچھے زندہ، مردہ اور سسکتی ہوئی لاشوں کے انبار چھوڑ گیا۔ ملک کے ہی دو ٹکڑے نہیں ہوئے، جسموں اور ذہنوں کا بھی بٹوارہ ہو گیا۔ قدریں بکھر گئیں اور انسانیت کی دھجیاں اُڑ گئیں۔ گورنمنٹ کے افسر، دفتروں کے کلرک مع میز کُرسی قلم و دوات اور رجسٹروں کے، مالِ غنیمت کی طرح بانٹ دیے گئے اور جو کچھ اِس بٹوارے کے بعد بچے اِن پر فسادات نے دستِ شفقت پھیر دیا۔ جن کے جسم سالم رہ گئے اُن کے دلوں کے حصّے بخرے ہو گئے۔ ایک بھائی ہندوستان کے حصّے میں آیا تو دوسرا پاکستان کے۔ ماں ہندوستان میں تو اولاد پاکستان میں۔ میاں ہندوستان میں تو بیوی پاکستان میں... خاندانوں کا شیرازہ بکھر گیا۔ زندگی کے بندھن تار تار ہو گئے، یہاں تک کہ بہت سے جسم تو ہندستان میں رہ گئے اور روح پاکستان چل دی۔

فسادات، اور آزادی کچھ اس طرح گڈ مڈ ہو کر وارد ہوئے کہ یہ قیاس لگانا دشوار ہو گیا کہ کون سی آزادی ہے اور کون سا فساد؟ لہٰذا جس کے حصّے میں آزادی آئی فساد آگے پیچھے لائی۔ ایک بار ہی طوفان کچھ اس طرح بے کہے سُنے وارد ہوا کہ لوگ بستر بوریہ بھی نہ سمیٹ سکے۔ پر جب ذرا ٹھنڈک پڑی تو جملہ حواس جمع کر کے چاروں طرف دیکھنے کا موقع ملا۔

جب زندگی کا کونہ کونہ اس بھونچال کی عنایت سے تلپٹ ہو چکا تو یہ کیسے ممکن تھا کہ شاعر اور ادیب الگ تھلگ بیٹھے رہتے۔ جب زندگی خون میں غلطاں ہو گئی تو پھر ادب جس کا زندگی سے چولی دامن کا رشتہ ہے کہاں تک تر دامنی سے بچ سکتا تھا، لہٰذا ہجر و وصال کے جھگڑے

بھول بھال کرلوگ ہڈی پسلی کے بچاؤ کی فکر میں پڑ گئے۔شیطان کے چیلوں کے انداز وہ چار ہاتھ اندازِ معشوقانہ سے بھی آگے نکل گئے۔ پناہ گزینوں کے قافلوں نے قیس و فرہاد کی صحرا نوردی پر خاک ڈال دی۔ یہاں تک کہ غزل بھی جسے جا گیرداری کی ناز پروردہ کہا جاتا ہے چوکڑی بھول کر کوچہ جاناں سے نکل بھاگی اور جلے ہوئے بازاروں، لٹے ہوئے مکانوں اور کچلی ہوئی انسانیت کے انباروں میں بھٹکنے لگی۔اس کے سوا چارہ بھی تو نہ تھا۔" آخر غمِ جاناں کو ایک دن بڑھ کر غمِ دوراں ہونا ہی تھا۔"

جوں ہی ادیبوں اور شاعروں کے ہوش وحواس درست ہوئے، اپنے مقصد کی طرف متوجہ ہو گئے۔ان میں مختلف خیالات اور جذبات کے حامی نظر آتے ہیں۔ترقی پسند بھی اور رجعت پسند بھی اور وہ بھی جو نہ ترقی پسند ہیں، نہ رجعت پسند۔درمیان کا کوئی معمہ... کچھ تو اِن میں ایسے تھے جو گارا مٹی اور چونا لے کر فوراً لیپ پوت پر ڈٹ گئے۔

ٹوٹی دیواریں پھر سے اُٹھائیں، ٹپکتی چھتوں پر مٹی ڈالی، مسمار ایوانوں کو نئے سرے سے سمیٹا... یہ ہوئے وہ جن کی تخلیقات کا مقصد تعمیری تھا... اس صف میں پیش پیش وہی نظر آتے ہیں جنہوں نے بدیسی راج کے سائے میں جنم لیا تھا مگر اس سایہ سے عرصہ ہوا اُکتا چکے تھے، جو اس بدیسی حکومت کے ہاتھوں نالاں۔اُس کے جانے کی راہ دیکھ رہے تھے اور جیسے ہی انہوں نے دیکھا کہ سفید چمڑی والے لٹیرے ہندستان سے چلے گئے، وہ ننھے بچوں کی طرح تالیاں بجا بجا کر ناچنے لگے۔آزادی کے نشے نے اُنہیں اتنا مدہوش کر دیا کہ وہ سڑکوں پر ناچتے گاتے، کودتے اُچھلتے، ذرا بھی تو نہ جھینپتے، ذرا بھی تو نہ شرماتے...اور شرمانے کی فرصت کسے تھی؟ یونین جیک نیچے پھسل رہا تھا، ترنگا اونچا ہو رہا تھا اور وطن پرستوں کے دماغ ساتویں آسمان پر چڑھ گئے۔سنیما میں جیسے چونی والے ہیرو کو گھوڑے پر آتا دیکھ کر سیٹیاں بجا بجا کر ناچتے ہیں، بالکل اُسی طرح یہ نشہ آزادی کے متوالے ترنگے ہیرو کو عرش پر چڑھتا دیکھ کر گلی گلی کوچے کوچے، ناچنے تھرکنے لگے۔

"جھوم جھوم کر ناچو، آج گاؤ من کے گیت" پریم دھون نے گایا۔

"بڑھو کہ رقص و رنگ ہے، اُٹھو کہ نو بہار ہے" جوش صاحب گرجے...

''تیرے چہرے پہ میں آج ایک نورسا دیکھتا ہوں...'' جعفری نے للکارا......

لیکن ۱۵/ اگست بھی آیا تو ٹھہرنے کے لیے نہیں جانے کے لیے اور اپنے پیچھے کھسیائے، روہانسے اور منہ بسورتے ہوئے انسانوں کا سیلاب چھوڑ گیا۔ گاتے دل خاموش ہو گئے، ناچتے پیر تھم گئے، جو رقصاں بھی رہے وہ نہ جانے کس تال سُر کے بل بوتے پر، جلے ہوئے دل سوچنے لگے اور یہ سمجھنے لگے۔ معلوم ہوا یار لوگ پٹی کا چاند پکڑا کر چل دیے، جس کا ملمع اِتنا کچّا کہ دو دن نہ ٹھہر سکا۔ جسے صبح صادق جانا، وہ صرف ایک پٹاخہ تھا، جس کی عارضی روشنی میں بھولے دل ایک دم جھوم اُٹھے تھے۔ جانے والے کس چالاکی سے گئے کہ جسم لے گئے روح چھوڑ گئے اور ستم ظریفی دیکھیے کہ آزادی کے دو ٹکڑے کر کے پکڑا گئے۔ کہنے کو کہہ دیا کہ ہندوستان ہندوستانیوں کو پاکستان پاکستانیوں کو دیے گئے۔ جب حساب کتاب کیا تو یہ پتہ چلا جو کچھ ملا ہندوستان کے سرمایہ داروں اور پاکستان کے جاگیرداروں کو ملا۔ جو ہاتھ پہلے خالی تھے، وہ اب بھی خالی ہیں۔ اندھے نے باٹیں ریوڑیاں، اپنوں ہی کو دیتا چلا گیا... ...

غرض ہر طرف سے لے دے شروع ہوگئی لیکن اس سے قبل کہ جواب دہی کی طلب زور پکڑے ایک دم سے فسادات کا دھاوا پوری طاقت سے سر پر چھوڑ دیا گیا۔ صاف ظاہر ہے کہ حقوق کی طلبی سے دھیان ہٹا کر پہلے فسادات کی روک تھام ضروری سمجھی گئی۔ ہندوستان اور پاکستان کے بیشتر ترقی پسند ادیب فوراً اس طرف متوجہ ہو گئے اور دوسرے ترقی پسند عناصر کی ہمراہی میں کام شروع کر دیا گیا۔ چاقو اور چھری کا وار قلم پر روکا گیا۔ گو رجعت پسندوں نے چاقو چھری ہی کا ساتھ دیا مگر فتح ترقی پسند عناصر کی ہوئی۔ یہ ایسا وقت تھا جب جان کی قیمت ایک مٹّھی ریت ہوگئی تھی۔ شرنارتھیوں کی بے کس فوج کو نہتا میدان میں چھوڑ دیا گیا تھا۔ ہر مطالبے کے جواب میں فساد کی آگ دونی بھڑکا دی جاتی تھی۔ کرتا دھرتا پیٹھ موڑے کھڑے تھے۔ مصلحِ قوم نہ جانے کہاں اونگھ رہے تھے۔ اس وقت ادیبوں نے بالکل اسلحہ جات کی طرح ڈرامے، اسکیچز اور نظمیں تیار کر کے تیزی سے فضا میں بکھیر دیں۔ احمد عباس نے اپنا ڈراما ''میں کون ہوں؟'' ڈیڑھ گھنٹے میں بیٹھ کر گھسیٹ ڈالا، ریہرسل کیا اور اُسی شام شہر کے کئی حصوں میں اُسے پھیلا دیا گیا۔ اس وقت عباس کے پاس یہ سوچنے کی فرصت نہ تھی کہ اس جلد بازی سے فن کو

ٹھیس نہ لگ جائے، اُس کے قلم کی ہتک نہ ہو جائے ، ایک ادیب کی عظمت میں فرق نہ آجائے ۔اور اگر وہ یہ سب کچھ سوچ لیتے تو شاید ”میں کون ہوں؟“ کوفن کا بہت کچھ مرقع بنا لیتے ۔ مگر وہ اس آگ کے لیے چھینٹا نہ بن سکتا جو اُس وقت بھڑک رہی تھی ،اس بھڑکتی ہوئی دنیا کو شہ پاروں سے زیادہ چھینٹوں کی ضرورت ہے ۔

اسی زمانے میں کرشن چندر نے باقاعدہ ایک مضبوط مورچہ قائم کر کے افسانوں، کہانیوں، اور اسکیچز کی ایک فوج کی فوج میدان میں اُتار دی ۔جس تیزی سے فساد پھیلے اُسی تیزی سے کرشن کے افسانے ہندوستان اور پاکستان کے رسالوں کے ذریعے پھیل گئے ۔قصداً یا شاید انجانے طور پر یہ بمباری کچھ اس انداز سے کی گئی کہ دنیا میں کہیں اور ایسی کوئی دوسری مثال نہ ملے گی ، کہ ایک ہی ادیب نے دوا کی خوراکوں کی طرح اس مختصر سے عرصے میں اتنا کچھ لکھا ہو اور نسخہ مفید ثابت ہوا ہو۔

کرشن نے جو کچھ لکھا جذبات کی رو سے بچ کر، سمجھ بوجھ کر اور شاید زبردستی لکھا، آمد کا گلا گھونٹ کر آورد کو لبیک کہا ۔وہی لکھا جو اس نے لکھنا چاہا۔ جو مصلحتِ وقت نے کہا۔

یہ وہ وقت تھا جب دونوں فرقے ایک دوسرے سے گتھم گتھا ہو چکے تھے ۔ابھی گنتی تو ہوئی نہیں جو یہ پتہ چلے کس پارٹی نے زیادہ شکار کیے ۔اگر مسلمانوں نے دو ہزار برہنہ عورتوں کے جلوس نکالے تو ہندوؤں نے چار ہزار...

مسلمانوں نے چھ ہزار...

ہندوؤں نے آٹھ ہزار... آٹھ ہزار سولہ ہزار، بتیس ہزار، سو ہزار ۔اب کوئی نیک بخت عقلمند ہوتا تو گن کر بتا دیتا کہ جیت کس پارٹی کے سورماؤں کو نصیب ہوئی ؟ ویسے تو ہر جیتا ہوا شکست خوردہ سے بدتر نظر آتا ہے ۔سب ہی کے سر ندامت سے جھکے ہوئے ہیں ۔ایسی حالت میں جو کچھ کرشن چندر، احمد عباس، سردار جعفری، احمد ندیم قاسمی، اشک، ساحر لدھیانوی، ہاجرہ مسرور اور اسی برادری کے دوسرے لکھنے والوں نے لکھا، اسے عزیز احمد، حسن عسکری اور ایم اسلم ادب ماننے سے انکار کرتے ہیں ۔اُن کا کہنا ہے کہ ان لوگوں نے ترازو میں تول کر ہر وحشی کو برابر کا حصّہ دیا ہے ۔حالانکہ ان کا خیال ہے کہ ظلم صرف ہندوؤں اور سکھوں نے کیے ہیں ۔

پتہ نہیں وہ کس بنا پر ایسا کہتے ہیں؟ شاید ظالموں نے حساب کتاب کا رجسٹر اُن کی خدمت میں پہنچا دیا ہے۔ ورنہ ہر عقل رکھنے والا اندازہ سے ہی کہہ سکتا ہے کہ ظلم دونوں فرقوں نے کیے اور ایک دوسرے سے بڑھ چڑھ کر کیے۔ اُن کی رائے میں یک طرفہ تصویر ہی صحیح حالات کی رہنمائی کر سکتی ہے۔ مثال کے طور پر کرشن چندر کو بھی وہی کچھ لکھنا چاہیے تھا جو اُس کی آنکھوں نے دیکھا۔ اگر وہ ایسا کرتا تو کیا ہوتا؟؟؟

اُس زمانے میں جب کہ کرشن نے یہ افسانے لکھے، اُس کا گھر شرنارتھی کیمپ بنا ہوا تھا۔ مغربی پنجاب کے لُٹے لُٹائے، ذہنی اور جسمانی زخمی اور ان کی ناگفتہ بہ حالت دیکھ کر کون جانے کرشن کے دل میں مسلمانوں کے خلاف کتنا شدید جذبہ اُٹھا ہو گا؟ کسے معلوم اِن خانہ برباد عزیزوں اور پیاروں میں بیٹھ کر اُس کی حقیقت بیں آنکھوں پر کتنی اندھیری چادر پڑ گئی ہو گی۔ مگر وہ کون سا جذبہ اور کون سی طاقت تھی جس کی مدد سے اُس نے اس چادر کو چاک کر کے باہر جھانکا۔ کئی بار یہ محسوس کر کے کہ وہ متعصب ہوتا جا رہا ہے، وہ اُس فضا سے بھاگ نکلا ہو گا تا کہ اُن دکھیوں کی آہوں کی گرمی سے دور ہٹ کر تصویر کے دوسرے رُخ کو اپنی تخیل کی نگاہ سے جنم دے۔ ڈھونڈھ ڈھونڈ کر ایسی تصویریں چنیں یا تخلیق کیں، جن کی نمائش کے وقت ترازو سے دونوں پلڑے برابر رہیں۔ اور اُس وقت ہر شخص جسے اپنے ملک سے پیار تھا، یہی کرتا جو کرشن نے کیا۔ ترازو اُٹھا کر ایک پلڑے میں چشم دید واقعات اور بیتے ہوئے حالات رکھے دوسرے میں تخیل کے کھینچے ہوئے نقشے... کوئی اور ہوتا تو ڈنڈی مار جاتا، یا ایم اسلم کی طرح ایک ہی پلڑے کی ترازو لیتا۔ یا بقول عسکری صاحب نہ ظالم کو ظالم کہتا، نہ ظلم کی مذمت کرتا۔ نہ بدی کو روکنا پسند کرتا اور چند احمقانہ لطیفے لکھ کر اسی انتظار میں بیٹھ جاتا کہ انسان کی نیکی جو بدی کے ساتھ ضرور ہوتی ہے، کب تہہ سے اُچھلے اور سطح پر آئے اور پھر اُسے غیر فانی تخلیقی ادب کا رتبہ دے کر خراجِ تحسین کی اُمید کرتا۔ میرے خیال میں خواہ کرشن چندر نے ادب کا گلا گھونٹا فن کی نزاکتوں کو کچلا، مصنوعی ادب کو جنم دیا مگر وہ اپنے فن سے غافل نہیں رہا۔ اُس نے پروپگنڈا کیا اور مصلح بن بیٹھا۔ اُس وقت جبکہ ہمیں فن کار سے زیادہ رہنما کی ضرورت تھی اُس نے وہی کیا جس کی ضرورت تھی، مصلحت تھی۔ حسن عسکری کی نظروں میں مصلح امن احمق ہوں گے، چونکہ وہ

خود مصلح بننے کوشش میں یہ سب کچھ ثابت کیے دے رہے ہیں۔ ہمیں حسن عسکری کی قدروں سے کوئی واسطہ نہیں ہمارے سامنے اُن مٹ قدریں موجود ہیں، ہم اُن ہی پر نظر رکھیں گے...

دوسری قسم اُن لوگوں کی ہے جو سینہ کوٹ کوٹ کر فرقہ دارانہ ماتم کر رہے ہیں اور اپنی اس حرکت سے فسطائی طاقتوں کی پیٹھ ٹھونک رہے ہیں۔ یہ جاگیر داری اور سرمایہ داری کے پٹھو، عوام دشمن اور موقع پرست ہیں۔ ملک کے بٹوارے کے وقت جو مالِ غنیمت اُن کے ہاتھ آیا ہے اُس کی حفاظت میں ایڑی چوٹی کا زور لگا رہے ہیں۔ ملک کے ٹکڑے ہوتے وقت جو کچھ اِن کے ہاتھ لگا وہ عوام شاید اُن کے حلق سے نکالنا چاہتے ہیں۔ اس لیے فرقہ وارانہ ڈھونگ رچا کر ان کا دھیان بٹانا چاہتے ہیں۔ یہ انگریزوں کے تربیت دیے ہوئے اُن کے جانشین ہیں۔ جب کبھی ہندوستانیوں نے آباد ہونے کی خواہش ظاہر کی اور فساد شروع کرادیے گئے اور اب انگریز چلے گئے (جسمانی طور پر) توان گدی پانے والوں کو اس نام نہاد آزادی کا پول کھلتا نظر آیا۔ ان کے لیے اس کے سوا کوئی راستہ نہ رہا کہ مذہب کی آڑ لے کر ملک کا بٹوارہ کر ڈالیں۔ نیز مرے پر سو دُرے۔ آپس میں ایسے خون خرابے کرادیں کہ ایک عرصہ کے لیے متحدہ محاذ کا ڈر دور ہو جائے اور اس بٹوارے کو قائم رکھنے کے لیے ابدی مخاصمت پیدا کرنے کی ضرورت ہے۔ ان ہی اصولوں کو مدِ نظر رکھ کر ایم اسلم نے ''رقصِ ابلیس'' کی تخلیق فرمائی۔

لیکن رجعت پرستی کے علاوہ اس ناول میں نہ دم ہے نہ دلچسپی۔ اندازِ بیان نہایت بچکانہ اور پھُسپھُسا۔ کسی ایک بھی واقعے پر اصلیت کا دھوکا نہیں ہوتا کیونکہ شروع سے آخر تک ایک واقعہ بھی موثر طریقے سے نہیں پیش کیا گیا..... پورے ناول میں ایک فرقہ کی طرف سے دوسرے فرقے کی سات پیڑھیوں کو کوسا ہے اور گالیاں دی ہیں۔ اگر کوئی دوسرا اس ناول کو اسی نظریے کے ماتحت لکھتا جس کا زورِ قلم ایم اسلم سے زیادہ ہوتا تو واقعی یہ ناول خطرناک ہو سکتی تھی۔ لیکن یہاں اس بات کا کوئی اندیشہ نہیں۔

خیر ناول کو چھوڑیے، اصل چیز تو اس کا دیباچہ ہے جو حسن عسکری صاحب کے زورِ قلم کا نتیجہ ہے۔ پہلے ہی صفحہ کو پڑھ کر معلوم ہو جاتا ہے کہ اس ناول میں کیا کچھ ہے اور کس بھدّے طریقے سے ہے۔ ایم اسلم حسن عسکری اور شاید عزیز احمد کے سوا پاکستان میں کسی ادیب نے خواہ وہ

ترقی پسند ہے یا نہیں، ''رقصِ ابلیس'' کو نہیں سراہا اور اس سے پتا چلتا ہے کہ رجعت پسندوں کا محاذ ہندوستان اور پاکستان دونوں ملکوں میں مضبوط نہیں۔

ایم اسلم کی چوٹ پر رامانند ساگر نے بھی ایک ناول ''اور انسان مرگیا'' لکھا۔ یہ دونوں ناول میں نے ایک ہی وقت میں دیکھے۔ تکنیک کو چھوڑ کر جہاں تک مواد اور نظریے کا سوال ہے دونوں میں بڑی قریب کی مشابہت ہے۔ رامانند ساگر ترقی پسند نہیں تو رجعت پسند بھی نہ تھے۔ اُنہیں ایم اسلم کے ساتھ ایک ہی صف میں کھڑا کرتے مجھے بالکل ایسا ہی معلوم ہو رہا ہے کہ میں خود وہاں جا کھڑی ہوئی ہوں۔ کیونکہ رامانند کو میں نے ہمیشہ اپنی برادری کا ایک فرد گردانا اور یہاں اُنہیں اور ایم اسلم کو ہم خیال دیکھ کر دُکھ ہوا۔

مثلاً رقصِ ابلیس میں ایم اسلم نے یہ دُکھ بیان کیے ہیں جو سکھوں اور ہندوؤں نے مسلمانوں پر کیے۔ ''اور انسان مرگیا'' میں رامانند ساگر نے وہ دُکھ بیان کیے جو ہندوؤں اور سکھوں پر مسلمانوں نے کیے ہیں... ... ''اور انسان مرگیا'' کا دیباچہ احمد عباس نے لکھا ہے اور اس میدان میں احمد عباس نے عسکری کی رجعت پسندی پر سبقت لے جانے کی کامیاب کوشش کی ہے۔

عسکری صاحب فرماتے ہیں ''رقصِ ابلیس'' ہی تخلیقی اور تعمیری ادب ہے۔ احمد عباس کہتے ہیں اندھیرے میں انہیں ایک ستارہ نظر آیا اور وہ رامانند ساگر تھا۔ کیونکہ وہ سوچتا ہے انسان مرگیا۔ یہی انسان کے نہ مرنے کا ثبوت ہے۔

پتا نہیں یہ کس قسم کا فلسفہ ہے۔ شاید رامانند ساگر اور احمد عباس ہی کی سمجھ میں آیا ہو کہ یاسیت ہی اصل میں رجائیت ہے۔ جب رامانند ساگر نے اپنے ناول میں ہر انسان اور حیوان کو مار ڈالا تو عباس قائل ہو گئے کہ موت ہی اصل زندگی ہے، باقی سب حماقت ہے۔ عسکری صاحب فرماتے ہیں فسادات کے اصل ذمہ دار سکھ ہیں اور ہندو مسلمان بے چارے تو صرف اپنے بچاؤ کے لیے کبھی کبھی مار بیٹھتے ہیں۔

احمد عباس کا خیال ہے عوام ہی فساد کے ذمہ دار اور بانی ہیں۔ انہوں نے شوقیہ ایک دوسرے کا گلا کاٹا اور وہ بدیسی حکمرانوں اور سامراج کے سالہا سال کے کیے دھرے پر پانی

پھیر دیتے ہیں ۔وہ یہی سوچتے ہوں گے کہ اس قسم کے ذمہ دار عوام ہی نے پاکستان مانگا اور اُنہیں کو مل گیا۔

پاکستان اور ہندوستان کے اس قسم کے لوگ اپنی ایسی تحریروں سے اس طبقہ کی پردہ پوشی کرنا چاہتے ہیں جو ذاتی مفاد کی خاطر اس بٹوارے اور فسادات کا اصلی بانی ہے۔ یہ طبقہ کسی ایک ملک کی ملکیت نہیں بلکہ چند ملکوں کے سوا ہر حصہ زمین پر اس کے پنجے گڑے ہوئے ہیں اور اسی قسم کی حرکتیں کر کے اسی قسم کے بہانے اور حماقتیں ڈھونڈ رہا ہے۔مگر ہمیں خوف زدہ یا نا اُمید نہ ہونا چاہیے ۔اس قسم کے ادب کو نہ ہی عوام نے ہاتھوں ہاتھ لیا ہے اور نہ ہی اپنایا ہے۔ ممکن ہے وقتی طور پر عوام بہک جائیں مگر اِن ڈھول تاشوں سے انہیں زیادہ دن نہیں بہلایا جاسکتا۔

اس تعمیری اور تخریبی ادب کے درمیان اور کڑیاں بھی ہیں، جن میں سے ایک تو وہ ہے جس کا اظہار ممتاز شیریں کے افسانہ ''بھارت ناٹیہ'' میں کیا ہے۔اس افسانے کا لب لباب یہ ہے کہ بھارت ماتا کے ٹکڑے ہو گئے ۔ یہ خوب ہوا پہلے تو اُسے ذرا سی تکلیف ہوئی مگر پھر وہ قائل ہو گئی کہ جو کچھ ہوا اچھا ہوا ۔ یہاں انہوں نے ہندوستان کو ایک ماں بتا کر لفظ ماں کو کیچڑ میں اوندھے منہ گرا دیا ہے۔بھلا ایسی بھی دنیا میں کوئی ماں ہوگی جس کا بچہ چیر کر دو ٹکڑے کر ڈالا گیا تو وہ خوشی سے تالیاں بجانے لگی کہ آہاہا...!دو دو ہو گئے ۔میرے دونوں بیٹے ۔ یہ مثال نہایت بھونڈی اور بھیانک ہے......محترمہ سے میری درخواست ہے کہ اگر وہ خود ماں ہیں تو بڑے تعجب کی بات ہے کہ بچے کے بارے میں اُن کا اتنا مضحکہ خیز نظریہ ہے اور جو وہ اس جھمیلے سے آزاد ہیں پھر بھی کم سے کم وہ عورت تو ہیں جو ماں اور بچے کے رشتے کی ایسی تضحیک کبھی برداشت نہیں کر سکتی اور اس کی دُرگت نہ بنائے گی ۔ یہ نظریہ ویسے بھی بغیر اس مثال کے کچھ بے تکا سا ہے کہ اگر ایک چیز کے دو ٹکڑے ہو جائیں تو وہ زیادہ پھلے پھولے گی ،سالم نہ پھیل سکے گی...... یہ ادب تخریبی ادب سے بھی زیادہ خوفناک ہے۔تخریبی ادب کا مقصد تو صرف توڑ پھوڑ ہے مگر یہ ادب پیڑ کی جڑ کو کھوکھلا کر کے اُس میں نیا بیج ڈالنے کی سازش ہے ۔ اگر یہ بیج جڑ پکڑ جائے تو انسان کو جھوٹی اُمید اور کھوکھلے وعدوں کے چکر میں پھنسا کر قوتِ ارادی کو کچل دیتا ہے۔

میری سمجھ میں نہیں آتا کہ منٹو کے ''سیاہ حاشیے'' ادب پاروں کی فہرست میں شامل کروں یا اُن کے لیے کوئی نئی جگہ تلاش کروں۔ منٹو کو عجیب وغریب تہلکہ ڈال دینے والی اور سوتوں کو چونکا دینے والی چیزوں سے بڑی رغبت ہے۔ وہ سوچتا ہے کہ اگر بہت سے لوگ سفید کپڑے پہنے بیٹھے ہوں اور کوئی کیچڑ مل کر وہاں چلا جائے تو سب ہکّا بکّا رہ جائیں گے۔ سب لوگ رو پیٹ رہے ہوں، وہاں ایک اُونچا قہقہہ لگا دو تو سب دم سادھ کر ٹکر ٹکر منہ دیکھنے لگیں گے، بس دھاک بیٹھ جائے گی، سِکّہ جم جائے گا۔ اس حربہ کے ذریعہ سے منٹو نے بہت دفعہ لوگوں سے خراج وصول کیا ہے مگر اس دفعہ اُس کا وار کچھ اوچھا پڑا۔ ویسے ''سیاہ حاشیے'' ادبی شہ پارے اور غیر فانی عجوبے نہیں، تو بالکل کوڑا کباڑ بھی نہیں۔ اِن میں سے بہت سے ٹکڑے خوبصورت ہیں کہ پڑھ کر جی بھر آتا ہے۔ لیکن دیباچہ نویس نے ان کے ساتھ بڑی زیادتی کی ہے۔ انہیں غلط لباس میں پیش کیا ہے، لباس اپنی طرف سے منڈھ دیا ہے۔ یہ کہہ کر کہ: ''منٹو ظالم کو ظالم نہیں کہتا'' نہ جانے اِن کا کیا مطلب ہے؟ کیا وہ سوچتے ہیں منٹو ظالم کو محبوب یا دلیر کہتا ہے۔ میرے خیال میں منٹو کبھی اس قسم کی باتیں نہیں کہتا۔ وہ سب کچھ کرسکتا ہے یہ نہیں کہہ سکتا کہ شیطان طبع لوگ خود اپنی جدّت ہیں یا خدا نے انہیں ایسا ہی بنایا ہے۔ معاشی اور اقتصادی اور سیاسی طاقتوں کا اِس تعمیر میں ہاتھ نہیں۔ عسکری صاحب کا فلسفہ ہے کہ: ''مارنے والوں کو منع نہ کرو وہ نہ مانیں گے۔'' تو کیا اُن کی رائے ہے کہ کوئی سر پر ایک لٹھ مارے تو اُس سے کہیں گے بھائی.....! چار اور مار لے۔'' یہ مقدس جذبہ عسکری صاحب میں ہو تو ہو، کسی عقلمند انسان میں تو نہیں اور منٹو میں تو ہرگز نہیں۔ منٹو تو ایک بار سمجھائے گا، دو بار سمجھائے گا، تیسری بار اگر لاتوں کے بھوت باتوں سے نہ مانے تو لاتوں ہی سے سمجھائے گا۔ عسکری صاحب نے منٹو کا نظریہ مسخ کر کے پیش کرنے میں جانے کیا لذت محسوس کی، مگر یہ ہوا بُرا منٹو کے لیے۔ منٹو سب کچھ ہوسکتا ہے متعصب نہیں ہوسکتا۔ کسی کے بنائے بھی نہ بنے گا۔ فساد پسند نہ بنے گا۔ وہ انسان جو دُنیا کی ذلیل ترین، ٹھکرائی ہوئی طوائف کے لیے اپنے قیمتی آنسو بہا سکتا ہے، جو دلال جیسے رذیل حیوان کے دل کو ٹٹول سکتا ہے۔ جس کی حساس ناک عطر کی خوشبو کی متحمل نہیں ہوسکتی، صرف اس لیے کہ اُس خوشبو میں تصنع ہے، بناوٹ ہے۔ فریب ہے۔ وہ لاشوں پر قہقہہ لگا کر نہیں اُچھل کو د سکتا۔ وہ ظالم کو ظالم کہتے بھی

نہیں ڈر سکتا۔ وہ فساد کو روکنے کیوں جھجکے گا۔ ہمیں کہیں دھوکا ہوا ہے۔ ہماری آنکھوں پر پردہ ڈالنے کی کوشش کی گئی ہے۔ کسی پوشیدہ مطالب کی خاطر منٹو کی تحریر کو آلہ کار بنایا گیا ہے۔ منٹو کا طرزِ تحریر کبھی کبھی اُلجھا ہوا ہوتا ہے۔ وہ گھما کر کہنے کا عادی ہے، مگر اتنا معلوم ہے کہ "سیاہ حاشیے" منٹو نے ہنس کر نہیں لکھے اور ہنسانے کے لیے نہیں لکھے اور نہ ہی کبھی وہ رجعت پسند ادب لکھے گا۔ خواہ اُس کو کتنے ہی جھانسے دیے جائیں۔

یہ ہے اس ادب کی ایک جھلک جس نے فساد کے پیچوں بیچ جنم لیا۔ اب یہ دیکھنا ہے کہ اس میں سے کیا کچھ غیر فانی بنتا ہے۔ اور کیا کچھ عطار کی دوکان پر پڑیاں باندھنے کے کام میں آتا ہے۔ یہ کہہ دینا یہ سب ہنگامی ادب ہے اور اس ہنگامے کے ساتھ ساتھ اِس کی ضرورت اور مقبولیت ختم ہو جائے گی غلط ہے۔ ہر زمانہ کا ادب ہنگامی ہوتا ہے۔ مولانا حالی نے بھی وقت ہنگامہ جو کچھ لکھا وہ غیر فانی صورت اختیار کر چکا ہے۔ گورکی کی تحریریں کبھی ماند نہ پڑیں گی۔ حالانکہ جس ہنگامہ کے سلسلے میں اس نے لکھا وہ اُس کے ملک میں ختم ہو گیا۔ مگر اُس کا ایک ایک حرف اب بھی لوگ سینے سے لگائے بیٹھے ہیں۔ وہ تمام جو غلامی کی کریہہ رسم پر لکھا گیا، ہنگامی ہوتے ہوئے بھی لافانی بن گیا۔ اسپین کی بغاوت ختم ہو گئی لیکن For whome the bell tolls کی عظمت قائم ہے۔

لہذا وہ لوگ جو فسادات پر لکھے ہوئے ادب کو ہنگامی ادب اور وقتی پروپگنڈہ کہہ کر اُس کی وقعت کم کرنا چاہتے ہیں، وہ زیادہ تر وہی لوگ ہیں جو خود کچھ نہ لکھ سکے، یا شاید اس ادب کو اپنے مطلب کے خلاف پا کر اُسے گمنامی سے ڈرا کر میدان صاف کرنا چاہتے ہیں۔ ادب کی فنا اور بقا؛ نفس مضمون اور ادیب کی صلاحیتوں پر منحصر ہے۔ اس ادب کو وقتی کہنا تنگ نظری کی دلیل ہے۔

اس سے میرا مطلب یہ نہیں ہے کہ ہر ہنگامہ غیر فانی ادب پیدا کر سکتا ہے۔ مثلاً اگر کسی نواب صاحب کے لاڈلے کتّے کی شادی پر سہرا لکھا جائے یا کسی کلکٹر صاحب کے تبادلے پر شہر کے ہیڈ ماسٹر صاحب الوداعی مرثیہ لکھ دیں تو وہ بھی غیر فانی ہو جائے گا۔ غیر فانی ادب پیدا کرنے کے لیے ایک حساس دل کی ضرورت ہے، اس طرف جہاں کی منزل ہو۔ ورنہ بہ قول

شاعر ے

دہر میں مجروح کوئی جادواں مضمون کہاں
میں جسے چھوتا گیا جادواں بنتا گیا

(چھوئی موئی)

●●

''سیاہ حاشیے'' میں منٹو کی آرٹ جس معراج کو پہنچی، شاید ہی اُس کی کسی اور تحریر میں ایسا ہوا ہو۔ اُس نے قتل و غارت، آتش زنی، لوٹ مار، عصمت دری، مذہبی اشتعال اور حیوانیت کے اس جنگل میں ایک عجیب الاؤ روشن کیا۔ اس مقدس آگ میں ایک کشمیری مزدور کی شبیہ اُبھرتی ہے جو اپنے بچوں کے لیے چاول کی بوری اُٹھا کے بھاگا جا رہا ہے۔ پولیس پکڑ لیتی ہے تو اپنی مزدوری کے چار آنے مانگتا ہے۔ ایک گھر کا مالک دکھائی دیتا ہے جو نہایت سکون اور اطمینان سے بلوائیوں کی لوٹ مار کو نظم و ضبط میں لانے کی کوشش کر رہا ہے۔ ایک پٹھان کا عکس اُبھرتا ہے جو ایک تھرموس پر اس لیے قبضہ کرتا ہے کہ گرمیوں میں اُس کی نسوار گرم اور سردیوں میں سرد رہے گی۔ ایسے ''جینی'' نظر آتے ہیں، جن کے دھرم میں جیو ہتیا پاپ ہے۔ اس لیے وہ اقلیتی فرقہ کے افراد کے ساتھ مناسب کاروائی کے لیے اُنہیں دوسرے محلے کے آدمیوں کے سُپرد کر دیتے ہیں۔ پھر ایسے مقتول ہیں، جو مرنے سے پہلے کہتے ہیں: ''مار ڈالو لیکن خبر دار جو میرے روپے پیسے کو ہاتھ لگایا۔'' اور ایسے بھی ''مجھے نہ مارو، مجھے نہ مارو... میں تعطیلوں میں اپنے گھر جا رہا ہوں۔'' ایسے بت شکن بھی جو سر گنگا رام کے بت پر حملہ آور ہوتے ہیں، پھر زخمی ہو کر سر گنگا رام اسپتال پہنچ جاتے ہیں۔ ایسے قاتل بھی جن کی چھری پیٹ چاک کرتی ہوئی ناف کے نیچے تک جا پہنچتی ہے تو افسردہ ہو کر کہتے ہیں ''چ... چ... چ... مشٹیک ہو گیا۔'' یہ اپیل سُن کر ''میری آنکھوں کے سامنے میری جوان بیٹی کو نہ مارو۔'' اُن کا دل پسیج جاتا ہے اور کہتے ہیں: ''چلو اسی کی مان لو، کپڑے اُتار کر ہانک دو ایک طرف۔''

(ڈاکٹر انوار احمد: ''سعادت حسن منٹو، برصغیر کا تخلیقی ضمیر'')

سیاہ حاشیے

ممتاز حسین

منٹو کے ''سیاہ حاشیے'' کو مکتبہ جدید نے شائع کیا ہے۔ یہ افسانوں کی کتاب نہیں بلکہ لطیفوں، چٹکلوں اور پہیلیوں کی کتاب ہے۔ یہ لطیفے اور چٹکلے فساد کے واقعات سے مرتب کیے گئے ہیں۔اس کتاب کا دیباچہ حسن عسکری نے لکھا ہے۔

یہ دیباچہ بہت سی ایسی باتوں پر روشنی ڈالتا ہے۔جن سے شدید اختلاف کے موقع پیدا ہوتے ہیں۔اگر منٹو کو عسکری کی باتوں سے اتفاق ہے تو ''سیاہ حاشیے'' کی نیت بھی معرضِ خطر میں آجاتی ہے۔یہی دشواری مجھے کتاب کے لطیفوں سے تھوڑا سا الگ ہو کر سوچنے پر مجبور کرتی ہے۔ اس صورت میں یہ تبصرہ نہ صرف ''سیاہ حاشیے'' کا ہوگا، بلکہ منٹو کے ذہنی رجحان کا بھی۔

عسکری نے اپنے دیباچے میں جن باتوں پر خاص طور پر زور دیا ہے اُنہیں میں نیچے پیش کر رہا ہوں۔اُن کا خیال ہے کہ پچھلے دس سال میں خارجی حالات سے متاثر ہو کر جتنے افسانے لکھے گئے ہیں اُن کا تخلیقی محرک داخلی جذبہ یا اندرونی لگن نہیں رہی ہے۔یہ جملہ بہت ہی مبہم ہے۔لیکن اس کی توضیح میں جو اشارے اور کنائے پیش کیے گئے ہیں ان سے اس کا مطلب بالکل واضح ہو جاتا ہے۔اُن کا کہنا ہے کہ کرشن چندر کا افسانہ ''ان داتا'' اور ''ہم وحشی ہیں'' کے افسانے صرف خارجی حالات اور معاشی تقاضوں کی مصوری کرتے ہیں۔میں نے کنائے کو نام دے دیا ہے۔ان افسانوں میں تخلیقی جذبہ نہیں ہے کیوں کہ کرشن نے ظالم کو ظالم اور مظلوم کو مظلوم بتایا ہے۔عسکری کے خیال میں خیر و شر کا یہ امتیاز تخلیقی جذبے کو ختم کر دیتا ہے۔

آپ کو تو یہ معلوم ہی ہے کہ پہلے عسکری ادب برائے ادب کے حامی تھے تو آج کل قسطائی

ادب کے حامی ہیں۔ان دونوں باتوں میں کوئی تضاد نہیں ہے۔میں یہ بات اسی دیباچے سے ثابت کروں گا۔

عسکری نے ادب برائے ادب میں ادبی تخلیق کے مسئلے پر بحث کرتے ہوئے یہ بات بتائی ہے کہ ادیب خیر وشر اور ظلم وانصاف کے معاملے میں جانب دار رہتا ہے۔وہ ظلم کے خارجی اثرات اور معاشی پہلو کو پیش نہیں کرتا ہے، وہ تو صرف ظالم یا مظلوم کے داخلی ردِّعمل کو پیش کرتا ہے، یہ داخلی ردِّعمل کیا چیز ہے، اس بات کو عسکری بھی نہ سمجھا سکے۔یہ بھی مبہم طریقہ سے ایک بات کہہ دینے کا قرینہ ہے۔خیر جس طرح انہوں نے اس داخلی ردِّعمل کا اطلاق منٹو کے لطیفوں پر کیا ہے اس سے اُن کی بات سمجھ میں آجاتی ہے۔وہ لکھتے ہیں کہ:

> ''سچ پوچھیے تو منٹو نے ظلم پر کوئی خاص زور نہیں دیا۔انہوں نے چند واقعات تو ضرور ہوتے ہوئے دکھائے ہیں مگر یہ کہیں نہیں ظاہر ہونے دیا کہ یہ واقعات یا افعال اچھے ہیں یا برے۔نہ اُنہوں نے ظالموں پر لعنت بھیجی ہے نہ مظلوموں پر آنسو بہائے ہیں۔اُنہوں نے یہ تک فیصلہ نہیں کیا کہ ظالم لوگ برے ہیں یا مظلوم اچھے ہیں۔''

اب داخلی ردعمل کا راز سمجھ میں آگیا۔

ظالم کو اس کی اجازت ہے کہ وہ ظلم کرے اور مظلوم کو اجازت ہے کہ وہ ظلم سہے۔اِن دونوں چیزوں میں ظلم مشترک ہے، جو بذاتِ خود ایک ایسی چیز ہے جس کا تعلق سماجی، سیاسی اور اخلاقی قدروں سے نہیں ہے۔اگر اِس کا تعلق ظالم اور مظلوم کی ذات سے ہے تو وہ صرف مشترکہ انسانی فطرت کا تعلق ہے۔ظلم کرنے کی فطرت اور ظلم سہنے کی فطرت اور جب فن کار ظلم کو اس خارجی نقطۂ نظر سے دیکھے گا تو وہ صحیح ادبی اور تخلیقی جذبے سے کام لے گا۔یہ ہے ادب کے بارے میں حسن عسکری کا نظریہ جس کی تفسیر منٹو کے حاشیے میں پیش کی گئی ہے۔

اگر اس چیز کو سمجھنے میں اب بھی کچھ دشواری باقی رہ گئی ہو تو عسکری کے چند جملے اور سنیے:

> ''منٹو نے تو صرف یہ دیکھنے کی کوشش کی ہے کہ ظالم یا مظلوم کے شخصیت کے مختلف تقاضوں سے ظالمانہ فعل کا کیا تعلق ہے، ظلم کرنے کی

خواہش کے علاوہ ظالم کے اندر اور کون کون سے میلانات کارفرما ہیں، انسانی دماغ میں ظلم کتنی جگہ گھیرتا ہے۔ زندگی کی دوسری دلچسپیاں باقی رہتی ہیں کہ نہیں۔ منٹو نے نہ تو رحم کے جذبات بھڑکائے ہیں۔ نہ غصہ کے، نہ نفرت کے ...وہ تو صرف آپ کو انسانی دماغ، انسانی کردار اور انسانی شخصیت پر ادبی اور تخلیقی انداز سے غور کرنے کی دعوت دیتے ہیں۔''

اب آپ شاید سمجھ گئے ہوں کہ ادبی اور تخلیقی انداز کے کیا معنی ہیں۔ ایک بار وضاحت کے لیے میں پوری بات کو اپنے لفظوں میں پھر دہراتا ہوں۔ ظالم ایک مخصوص فطرت کے ماتحت ظلم کرتا ہے اور مظلوم ایک خاص فطرت کے ماتحت ظلم سہتا ہے۔ یہ فطرت سماجی، سیاسی اور معاشی حالات اور محرکات سے بے نیاز ہے۔ اگر آپ نے اس فطرت کا تجزیہ طبقاتی تقسیم، سیاسی اور اقتصادی حالات، مذہبی اور فکری عصبیتوں کی روشنی میں کیا تو ادبی اور تخلیقی جذبہ بالکل ہی نکل بھاگے گا۔ کیوں کہ اس وقت آپ چند سماجی اور اخلاقی قدروں کے طرفدار ہو جائیں گے اور اس وقت آپ ظلم کو انسانی فطرت کی ایک داخلی علامت نہیں بتا سکتے ہیں بلکہ اس کے برعکس ظلم اپنے خارجی مظاہر میں ایک بھوت کی طرح بڑھتا ہوا نظر آئے گا۔ جس کو پہچاننے کے لیے اس کے چہرے سے نقاب اتارنا ہی پڑے گی۔ یہ کام سستی شہرت حاصل کرنے والے ترقی پسند ادیبوں کا ہے۔ یہ ادب کا ایک طبقاتی نظریہ ہے۔ یہ ادب مظلوموں کا طرفدار ہے۔ عسکری ایسے ادب کو پروپیگنڈا کہتے ہیں۔ کیوں کہ وہ تو ادب برائے ادب کے حامی ہیں۔ وہ تو تمام قدروں کے بارے میں غیر جانبدار رہنا چاہتے ہیں۔ وہ خیر وشر ظلم وانصاف کی لڑائی میں حیرت و استعجاب کا اظہار کرتے ہیں اور انہی خصوصیتوں کو منٹو نے لطیفوں میں پیش کی ہیں۔ کاش وہ صرف یہیں تک کہتے تو کچھ لوگوں کو بہلا بھی لیتے لیکن یہ کہہ کر وہ فوراً اخلاقی قدروں پر بھی اُتر آتے ہیں۔ وہ لکھتے ہیں کہ ''منٹو کے یہ افسانے ہمیں اخلاقی طور پر بھی چونکاتے ہیں۔'' یہ اخلاقیات کیا ہیں اسے بھی انہی کے لفظوں میں سنیے۔

''منٹو نے انسان کو نہ ظالم بتایا ہے نہ مظلوم بلکہ بس اتنا اشارہ کر کے چپ ہو گیا ہے کہ انسان میں بہت سی باتیں اَنمل اور بے جوڑ ہیں...

"...انسانی فطرت کا یہ انمل بے جوڑ پن کسی حقیقی رجائیت کی بنیاد بن سکتا ہے۔"

تو اخلاقی قدروں کے یہ معنی ہوئے کہ جس طرح انسان میں انمل اور بے جوڑ عناصر حقیقی رجائیت کی بنیاد ہیں۔ اُسی طرح ظالم اور مظلوم کی تقسیم بھی سماجی زندگی میں حقیقی رجائیت کی بنیاد ہے۔ اگر فطرت نہیں بدل سکتی ہے تو پھر مظالم کیوں کر بدل سکتا ہے؟ اس کا انمل اور بے جوڑ پن ہی سچائی ہے۔ کیا سرمایہ دارانہ نظام کو قائم رکھنے اور انسان کی بربریت کے بارے میں اس سے بہتر جملہ لکھا جاسکتا ہے۔ اگر ادب برائے ادب کا یہ پروپگنڈسٹ سیدھے سیدھے قسطائیت کا اقرار کرلیتا ہے۔ اگر یہ بات عسکری ہی تک ہوتی تو ہمیں افسوس نہ تھا کیوں کہ وہ تو اپنی فسطائیت کا اعلان کر چکے ہیں۔ لیکن افسوس تو یہ ہے کہ وہ منٹو کو بھی لے ڈوبے۔

ایسا کیوں ہے کہ منٹو نے بغیر کسی احتجاج کے اپنے کو ڈوبنے دیا۔ اب اس کی تاریخ سنیے۔ منٹو کو اپنے افسانوں میں کبھی بھی اس سے سروکار نہ تھا کہ گندگی کے معاشی اسباب کیا ہیں؟ اُسے گھناونے پہلوؤں سے شدید نفرت بھی رہی ہے، لیکن یہ نفرت بالکل داخلی رہی ہے۔ اس نے حقیقت کے اثرات پر یقیناً غور کیا ہے لیکن کبھی بھی حقیقت کو معلوم کرنے کی کوشش نہیں کی۔ وہ گندگی کے ڈھیر کو چیر کر اس حقیقت تک نہیں پہنچتا ہے جس نے گندگی کے جمع ہونے میں مدد کی ہے۔ وہ تو گندگی کے ہیبت ناک گھور میں یہ ڈھونڈتا رہتا ہے کہ آیا انسان بالکل مرگیا ہے یا کچھ زندہ ہے اور اگر انسانیت کی ایک آدھ جوت بھی نظر آجاتی ہے تو وہ بڑے فخر کے ساتھ مظاہرہ کرتا ہے۔ دیکھو! یہ بات میں نے کتنی مشکل سے ڈھونڈ نکالی ہے۔ منٹو کے اس کارنامے سے ہمیں انکار نہیں لیکن میں منٹو سے یہ سوال ضرور کرنا چاہتا ہوں کہ تم اس سے کیا بات ثابت کرنا چاہتے ہو؟ ہمیں یہی تو بتانا چاہتے ہو کہ بدکار سے بدکار انسان میں انسانیت کی ایک آدھ کرن باقی رہ جاتی ہے۔ انسان ایک عجیب وغریب مخلوق ہے اس کا اوپری لباس کچھ ہے تو اندر کچھ بھرا ہوا ہے۔ فرض کرلو یہ باتیں ہماری سمجھ میں آگئیں کہ انسان بہ یک وقت انسان اور حیوان دونوں ہی ہے، وہ انسانیت سے بھاگ کر بھی انسان رہ جاتا ہے، تو پھر بھی یہ سوال باقی رہتا ہے کہ اسے کیا بننا ہے؟ اگر تمہارے دل میں یہ چھپی ہوئی بات ہے کہ وہ زیادہ سے زیادہ انسان بنے تو تم اس سے انکار نہیں کرسکتے ہو کہ ہمیں نہ صرف اس کے داخلی محرکات، بلکہ اُن خارجی اسباب کو بھی پیش کرنے

کی ضرورت ہے جس کی مدد سے وہ بہتر انسان بن سکتا ہے۔تم کسی صورت سے بھی ادب کے تعلیمی مقصد سے بھاگ نہیں سکتے ہو۔میری یہ بات ننگی تصویر کو لباس پہنانے کی مترادف نہیں ہے اور نہ یہ شور وشر اور ہنگامے کی بات ہی ہے۔ یہ صرف ادب کو سمجھنے کی بات ہے۔ادب ہمیں اپنی گندگی سے اوپر ابھارتا ہے۔ اپنے گندے ماحول پر غالب آنے کے لیے اُکساتا ہے۔ ہمارے ارادوں میں قوت اور ہماری نگاہ میں مستقبل کی روشنی پیدا کرتا ہے۔اس کام کے لیے نہ تو ہیرو کو قوت کا انجکشن دینے کی ضرورت ہے اور نہ خود ادیب کو وھسکی کی چُسکی لینے کی ضرورت ہے۔

اس قسم کے انجکشن اور چُسکی تو سنسنی خیز ادب میں ملتی ہے اور تم اس سے انکار نہیں کر سکتے ہو کہ تمہارے ادب میں اس قسم کی چسکی موجود بھی ہے۔ پھر بھی میں اس بات کو نظر انداز کرتے ہوئے یہ بتانا چاہتا ہوں کہ صحیح تندرست اور توانا ادب میں یہ قوت موضوع کے انتخاب، اس کے نشوونما، اس کی تعمیر اور تشکیل میں ابھرتی ہے اور موضوع یہ قوت حقیقت کے نامیہ رجحان سے حاصل کرتا ہے۔اس کی طاقت زندگی کی طاقت ہے۔موضوع اس طاقت کو خود سے جنم دیتا ہے۔ہمیں ایسے موضوع کو چننا ہوگا جن میں اتنی پہنائی ہو کہ وہ زندگی کی نامیہ طاقت کی غمازی کر سکے۔ادب اس قوت سے عاری ہو کر ایک بے جان سی چیز رہ جاتا ہے۔تمہاری نیت سلامت لیکن تمہاری ادبی کوشش اپنے مقصد میں ناکامیاب ہے۔

منٹو میری باتوں کو نہیں مان سکتا کیوں کہ اس کا ادبی نظریہ اس کی انفرادیت پرستی اور سنسنی خیز افتادِ طبع کے تابع ہے۔وہ ادب کو سائنسی نقطۂ نظر سے نہیں دیکھنا چاہتا ہے۔ پھر بھی وہ بہت دنوں تک ہمارے ساتھ چلنے پر رضا مند تھا، کیوں کہ اسے ظالم سے کوئی دلچسپی نہ تھی، اُسے گرے پڑے انسانوں کے کردار سے ہمدردی تھی، اُسے انسانوں کے کمینہ پن سے نفرت تھی، اُسے سماج کے تمام گھنونے مظاہر سے نفرت تھی، اُس وقت وہ اپنے اصل دشمن کو بھی پہچانتا تھا، جس کے سینے میں وہ اپنے پستول کی تمام گولیاں خالی کر دینا چاہتا تھا۔

ان دونوں چیزوں نے اسے ساتھ چلنے کے لیے مجبور کر رکھا تھا اور باوجود اس بات کے اس نے ادب جدید، ترقی پسند ادب، فحش ادب سب کو گڈمڈ کر دیا تھا۔پھر بھی ترقی پسند ادب کے خلاف ایک جملہ بھی نہیں کہا اور نہ اب تک کوئی بھی ایسی بات کہی ہے۔لیکن آج اپنے کو عسکری

کے ساتھ بریکٹ کر کے ہمیں اس کا موقع دیا۔ وہ کہ ہم اس کے بچھڑ جانے والے رجحان کا جائزہ لے سکیں۔ راہ میں چلتے چلتے دشمن کی طرف مڑ کر دیکھنا اور دشمن کو دوست بنانا، اس بنیادی رجحان کی غمازی کرتا ہے جو اسے ترقی پسندی کو بھرپور طور سے قبول کرنے میں مانع تھی۔

منٹو نے عسکری کا دیباچہ پسند کیوں کیا؟ یہ بھی سوچنے کی بات ہے۔ آپ شاید سمجھیں کہ میں دیباچے کو زیادہ اہمیت دے رہا ہوں۔ سیاہ حاشیوں کا رجحان اس کی پچھلی تصنیفات کے رجحان سے مختلف ہے۔ پہلے منٹو کی نظر گندگی کے بارے میں اس قدر غیر جانبدارانہ نہ تھی۔ اس نے ظالم کو ظالم نہ کہا ہو یا اس کا سینہ دکھ درد کے بارے میں دھڑکا بھی نہ ہو۔

آج وہی نظر حاشیوں میں اس قدر غیر جانبدار ہے کہ وہ ظالم اور مظلوم میں فرق بھی نہیں کرنا چاہتا ہے۔ حالانکہ اس کے ذہن میں تلخیاں بھی ہیں اور اس کے زہر خند میں خود فراموشی کا احساس بھی، پھر بھی وہ بالکل شعوری طور سے ظالم اور مظلوم کے درمیان فرق کرنا نہیں چاہتا۔ منٹو کی یہ کوشش نہ صرف ہمارے مطمح نظر کو ڈھونڈتی ہے بلکہ ظالموں کے پروپیگنڈے کو تقویت بھی پہنچاتی ہے۔ اُس نے ایک لاٹھی سے مزدور، سرمایہ دار اور عام انسانوں کو ہانکا ہے۔ وہ یہ بتانا چاہتا ہے کہ اس فساد میں سب شامل تھے، اس کی ذمہ داری کسی کے سر پر عائد نہیں ہوتی ہے۔ یہ انسان کی جبلت کا مظاہرہ تھا، یہ کس قدر جھوٹ ہے۔ اس دور کے فساد نے تو اپنی سیاسی مذہبی اور معاشی رشتوں کو اس بری طرح بے نقاب کیا ہے کہ اُسے جبلت کا مظاہرہ بتانا تصویر کے چہرہ پر پردہ ڈالنے کے برابر ہے۔

اب میں منٹو کو ایک جملے کی یاد دہانی کرانا چاہتا ہوں۔ یہ جملہ منٹو کی اس تقریر کا ہے جو اُنہوں نے جوگیشوری کالج بمبئی میں کی تھی اور جو شائع ہو چکی ہے۔

> ''میں تہذیب وتمدن کی چولی کیا اتاروں گا جو ہے ہی ننگی، میں اسے کپڑے پہنانے کی کوشش نہیں کرتا اس لیے کہ یہ میرا کام نہیں، درزیوں کا کام ہے۔''

منٹو نے فساد کی ننگی تصویر کو وہی لباس پہنایا ہے جو ہمارے حکمراں پہنانا چاہتے ہیں ان حکمرانوں کا یہ کہنا ہے کہ فساد کا تعلق ہندوستان کے سرمایہ دار، جاگیردار، دیش بھگت اور سامراجی

ایجنٹوں سے نہ تھا۔ یہ ہندوستانی اقوام کی بربریت ان کی قاتلانہ جبلت اور قدیم عصبیتوں کا نتیجہ ہے۔ وہ کپڑا جو ہمارے حکمراں فساد کی لاش پر ڈالنا چاہتے ہیں۔منٹو نے ایک چابک دست درزی کی طرح اس کپڑے کو کتر بیونت کر کے ایک خوبصورت لباس میں پیش کیا ہے، اگر منٹو کے اس فن کی داد نہ دی جائے تو اس کے پیشے کی توہین ہوگی۔

منٹو درزی کیوں بن گیا؟ اب آپ خود سوچیے۔

منٹو کس کا درزی ہے؟ یہ بھی سوچنے کی بات ہے۔

(نقدِ حیات)●●

منٹو کے ''سیاہ حاشیے'' اپنی نوعیت کے اعتبار سے حاشیے ہیں نہ سیاہ ہیں۔بلکہ ایک وسیع اور بھیانک منظر کی 'جگنو چمکیاں' ہیں۔ یہ جھلکیاں اُس حادثۂ عظیم کا صرف مضحکہ خیز پہلو اُجاگر کرتی ہیں۔اِن کی اپیل انسانیت کے نام نہیں بلکہ انسان کے اُس مہذب پہلو سے تعلق رکھتی ہے، جو احساسِ نفاست کی تخلیق کرتا ہے۔

یہ جھلکیاں دُکھ کے جذبے کو پیش نہیں کرتیں اور نہ ہی قارئین میں ہمدردی کی تڑپ پیدا کرتی ہیں۔اس کے برعکس وہ آپ کو اُس گھناونے منظر پر دانت نکال کر ہنسنے کی دعوت دیتی ہیں۔

نتیجتاً: اُن متحرک تصاویر میں گہرائی نہیں حرکت ہے، تمسخر آمیز حرکت۔

شاید منٹو نے التزاماً ان تصاویر کو دُکھ، ہمدردی اور تیسری سمت کی گہرائی سے محروم رکھا ہے۔غالباً اس کی وجہ یہ ہے کہ منٹو میں طبعاً انوکھے اور غیر مانوس پہلو کو پیش کرنے کی عادت ہے۔کئی اصحاب کا خیال ہے کہ یہ جھلکیاں مختصر افسانے ہیں۔مجھے اس خیال سے قطعی اتفاق نہیں کیونکہ یہ تحریریں اکثر و بیشتر انفرادی طور پر کوئی اہمیت نہیں رکھتیں۔میرے نقطہ نظر سے یہ جھلکیاں مل کر ایک مختصر افسانہ پیش کرتی ہیں۔ایک تراشے ہوئے ہشت پہلو ہیرے کی طرح۔

اس مختصر افسانے کی تکنیک نئی سہی مگر اِن کا تاثر شدید اور ہمہ گیر ہے اور اُن کا انداز منٹو کے فن کا حامل ہے۔

ممتاز مفتی (دوماہی اردو ادب۔لاہور۔مرتب: سعادت حسن منٹو اور حسن عسکری)

سیاہ حاشیے

خواجہ احمد عباس

عسکری منٹو کو اُس کی انسانیت اور اس کے آرٹ کو بڑے پیار سے، بڑی ملائمت سے ،دھیرے دھیرے چھُری سے ذبح کر رہا تھا...

منٹو نے پوچھا: ''جاں کنی اچھی یا موت؟''

عسکری نے چھری آہستہ آہستہ چلاتے ہوئے جواب دیا۔''موت بہتر ہے تا کہ ایک بار ہی تکلیف سے چھُٹکارہ ہو جائے۔''

منٹو نے اپنے بہتے ہوئے لہو سے زمین پر بیل بوٹے بناتے ہوئے کہا: ''تو پیارے عسکری مہربانی کر کے میری گردن کا جھٹکا کر دو، تا کہ میں اس اذیت سے چھٹکارہ پا جاؤں۔''

عسکری نے جواب دیا: ''تم نے مجھے سِکھ سمجھ لیا ہے؟'' اور اس کی کند چھری دھیرے دھیرے بڑے پیار سے منٹو کی، منٹو کے آرٹ کی، منٹو کی انسانیت کی شہ رگ کو کاٹتی رہی۔

ہاہاہا۔ہنسیے صاحب۔اور اس بات کا ثبوت دیجیے کہ آپ عسکری کی طرح اُن چند نفوس میں سے ہیں جو قتل و غارت کے مناظر میں بھی ہنسنے ہنسانے کے لطیفے تلاش کرنے کو ہی ادبی تخلیق کی معراج سمجھتے ہیں، جو آرٹ کے پاک دامن کو کبھی انسان دوستی ،جمہوریت ،رواداری اخوت وغیرہ جیسے ڈھکوسلوں سے ملوث نہیں کرتے۔اور فسادات کی خوں ریزی میں بھی آپ کو زخمی انسانیت کی پکار نہیں سُنائی دیتی۔کیونکہ بقول عسکری ''دراصل ادب کو اس بات سے کوئی دلچسپی نہیں کہ کون ظلم کر رہا ہے،کون نہیں کر رہا ہے،ظلم ہو رہا ہے یا نہیں ہو رہا ہے۔جہاں تک ادب کا تعلق ہے،ظلم کا خارجی عمل اور اس کے خارجی لوازمات بے معنی چیزیں ہیں... ...ادب میں

عام زندگی والاخلوص کام نہیں دیتا۔۔۔ ۔۔۔ہم انسانوں سے تو نفرت اور محبت کر سکتے ہیں ظالموں اور مظلوموں سے نہیں۔"

ادب اور آرٹ کے بارے میں عسکری کے غیر ترقی پسندانہ خیالات تو ہمیں معلوم تھے۔ لیکن یہ نہ معلوم تھا کہ "آرٹ برائے آرٹ" آگے چل کر ایک ایسی فن کارانہ بلندی پر پہنچادے گا جہاں ظالم اور مظلوم، انسان اور حیوان میں تمیز کرنا مشکل ہو جائے گا۔ جس کا اظہار عسکری نے "سیاہ حاشیے" کے دیباچے میں کیا ہے۔ کاش منٹو نے یہ دیباچہ لکھوا کر عسکری کے ہاتھوں اپنا خون نہ کرایا ہوتا۔

منٹو ایک عجیب اور الٹی کھوپڑی کا ریاکار ہے۔ یعنی فطرتاً اور اصولاً ترقی پسند اور انسان دوست ہوتے ہوئے بھی ان لیبلوں سے گھبراتا ہے۔

منٹو اپنی قسم کا ایک ہی ادیب ہے۔ اس کی کہانیاں ہر دوسرے افسانہ نگار سے مختلف ہوتی ہیں۔ منٹو کی ادبی تکنیک صرف منٹو کا حصّہ ہے۔ اس کی وجہ صرف یہ نہیں کہ وہ دوسروں سے منفرد ہونے کے لیے اس طرح لکھتا ہے بلکہ اُس نے دُنیا میں اتنی ریاکاری دیکھی ہے کہ اُسے "اچھے پن" کے اعلان سے چڑ ہوگئی ہے اور نام نہاد "اچھوں" سے نفرت۔ وہ "بُروں" میں اچھائی اور انسانیت تلاش کرتا ہے۔ گھٹیا قسم کی رنڈیوں میں، دلالوں میں "بابو گوپی ناتھ" جیسے عیاشوں میں وہ اپنی انسان دوستی کا اظہار بھی کبھی براہ راست نہیں کرتا۔ مگر جس کسی نے اس کی "ہتک"، "گالی"، "کھول دو" جیسی کہانیاں پڑھی ہیں وہ انکار نہیں کر سکتا کہ منٹو ظلم سے نفرت کرتا ہے اور مظلوموں سے ہمدردی رکھتا ہے۔ اگرچہ وہ مر جائے گا مگر کبھی بھی اپنی زبان یا قلم سے اقرار نہیں کرے گا کہ وہ اپنے قلم کو اکثر جراح کے نشتر سے تشبیہ دیا کرتا ہے۔ وہ سماج کے پکتے ہوئے پھوڑوں پر سے پٹیاں اتار کر نہایت بے رحمی سے ان میں اپنا نشتر چبھوتا ہے، تاکہ پیپ اور فاسد مادّہ باہر نکل جائے۔

اس لیے اس کے اکثر افسانے اپنے انوکھے ڈھنگ سے انصاف اور انسان دوستی کی قدروں کے حامل ہوتے ہیں اور ان کا شمار افادی اور ترقی پسند ادب میں کیا جاتا ہے۔

کبھی منٹو ایسے تجربے کیا کرتا ہے جو اکثر پڑھنے والوں کو متنفّر کر دیتے ہیں۔ مثلاً اس کی

چند سطری کہانی ''موتری جس میں اُس نے آج سے چار سال پہلے آگاہ کر دیا تھا کہ ہندوستان اور پاکستان کے نام پر کتنی غلاظت اچھالی جائے گی۔ اس انوکھے اور بے ڈھب دماغ نے (جو فسادات کی ہولناکی) سے پوری حد تک متاثر ہوا تھا، جس کا اظہار اس کی کہانی ''کھول دو'' اور (اغوا شدہ عورتوں کے بارے میں اس کے مضامین میں ہوا ہے) فسادات کا ایک دوسرا پہلو بھی دیکھا کہ قتل اور لوٹ کرنے والوں میں مشّاق اور عادی مجرم نہ تھے۔ بلکہ اُن میں سے اکثر مضحکہ خیز حد تک سیدھے اور بے وقوف قسم کے معمولی انسان تھے، جن سے وقتی جنون کے زیرِ اثر شرمناک اور ظالمانہ حرکتیں صادر ہوئیں۔ مگر ظلم کے میدان میں اُن کا ''اناڑی پن'' یا ''بھولا پن'' فسادات کی ہولناکی کو کم نہیں زیادہ کرتا ہے۔ اگر ایک پیشہ ور عادی مجرم قتل کرتا ہوا پایا جائے تو کوئی خاص تعجب کی بات نہیں مگر جب سیدھے سادے انسان انسانیت کا راستہ چھوڑ کر قتل و خون کرتے ہوئے پائے جائیں تو سمجھ لیجیے کہ ہمارے تمدّن اور تہذیب کی بنیادیں ہل گئی ہیں۔

صحافت کا پرانا اصول ہے کہ اگر ایک کتّے نے آدمی کو کاٹ لیا تو یہ کوئی خاص اہم خبر نہیں ہے۔ لیکن اگر کوئی آدمی کتّے کو کاٹ کھائے تو ضرور ایک سنسنی خیز خبر ہے۔ میرا خیال ہے کہ ''سیاہ حاشیے'' والے لطیفوں کو شائع کر کے منٹو اپنے انوکھے اور بے ڈھب انداز میں فسادات کے اس پہلو کی طرف توجہ مبذول کرانا چاہتا تھا۔ کتاب کا نام ہی اس کی دلیل ہے کہ وہ ان حرکتوں کے بیان سے لطف اندوز ہونا نہیں چاہتا تھا بلکہ حقیقت کے شیشے میں انسانیت کو اس کا نیا اور مضحکہ انگیز حد تک مکروہ چہرہ دکھانا چاہتا تھا، تا کہ ہم پہچان لیں کہ فسادات میں کون اور لوٹ لوٹ مار کرنے والے صرف پکّے عادی مجرم اور غنڈے ہی نہیں ہمارے آپ جیسے معمولی آدمی بھی تھے۔

مجھے اس کا یقین ہے کہ ''سیاہ حاشیے'' لکھنے اور شائع کرنے میں منٹو کی نیت اچھی تھی۔ جس کا ثبوت یہ بھی ہے کہ ان واقعات کے انتخاب میں وہ کسی فرقہ وارانہ جذبے سے متاثر نہیں ہوا ہے اور اس نے اِن ''اناڑی'' قاتلوں اور لٹیروں کی فہرست میں ہندو، مسلم اور سکھ سب کو شامل کیا ہے۔ مگر میرا خیال ہے کہ باوجود اپنی نیک نیتی کے منٹو یہ کتاب لکھ کر اپنے مقصد میں کامیاب نہیں ہوا ہے۔ اس کی پہلی اور بڑی وجہ تو حسن عسکری کا دیباچہ ہی ہے، جس میں منٹو کی

تعریف کے بہانے نہ صرف انسان دوست ترقی پسندوں پر حملے کیے گئے ہیں بلکہ منٹو کے مقاصد اور اس کی ادبی قدروں کو مسخ کر پیش کیا گیا ہے۔ معلوم ہوتا ہے کہ حسن عسکری کو اپنی رجعت پسندانہ ذہنیت پر پردہ ڈالنے کے لیے منٹو کی آڑ لینے کی ضرورت پیش آرہی ہے۔ تعجب اور افسوس تو یہ ہے کہ منٹو جیسے ادیب کو اپنی ادبی تخلیق کے لیے عسکری جیسے آدمی کی سفارش اور تعارف کی ضرورت پڑی۔

عسکری کے دیباچے سے قطع نظر بھی منٹو ''سیاہ حاشیے'' نہ لکھتا تو اچھا ہوتا۔ جس نظر سے منٹو نے فسادات کے اس مضحک المیہ کو دیکھا ہے بہت کم پڑھنے والے وہ نظریا سمجھ بوجھ رکھتے ہیں۔ ان میں سے زیادہ تر تو ان ہولناک لطیفوں کو مزا لے کر ہی پڑھیں گے۔ ظلم اور حیوانیت کے بعض مناظر صرف خون کے آنسو رونے کے لیے ہوتے ہیں۔ وہاں منٹو کا زہر خند بھی ممکن نہیں ہوتا۔ منٹو کا تیز نشتر، سماج کے پھوڑوں اور ناسوروں میں سے پیپ نکالنے کے لیے آخر موثر ثابت ہوا ہے۔ مگر اس نشتر سے اس نے چالیس کروڑ دلوں کے پھپھولوں کو نہ چھیڑا ہوتا تو بہتر تھا۔

(ماہنامہ ''ایشیا''، بمبئی: فروری ۱۹۴۹)●●

''سیاہ حاشیے'' کا موضوع فرقہ وارانہ منافرت کے باعث پیدا ہونے والا تشدد اور پاگل پن ہے۔ اپنی دوسری تحریروں کی طرح یہاں بھی منٹو واقعات کو پیش کرتے ہوئے اس بات کی پرواہ نہیں کرتے کہ قارئین اور ناقدین اس پر کس طرح اپنا ردِ عمل درج کریں گے۔ ''سیاہ حاشیے'' میں منٹو اپنے کرب اور اضطراب و اندوہ کو پوری طرح مخفی رکھتے ہیں۔ کسی واعظ یا مبلغ کی طرح وہ انسانیت یا اخلاقیات کا درس نہیں دیتے نہ ہی المناک ہلاکتوں پر ماتم کرتے ہیں۔ یہی نہیں بیان کی شائستگی کو برقرار رکھنے کے لیے حقیقت کے ساتھ چھیڑ چھاڑ بھی اُنھیں برداشت نہیں۔ ''سیاہ حاشیے'' کے افسانوں میں اُن کا تخلیقی ذہن نئے امکانات کی جستجو میں نئی منزلوں سے گزرتا ہوا محسوس ہوتا ہے۔ یہ افسانے لطیفے نہیں اِن میں وہی معنوی تہ داری اور sensiblity کارفرما ہے جو ''ٹھنڈا گوشت'' اور ''کھول دو'' جیسے افسانوں میں ملتی ہے۔

(نصرت سید: ''منٹو کی سیاسی وسماجی سروکار'' انگریزی سے ترجمہ)

سیاہ حاشیے

آفتاب احمد

منٹو اردو کا سب سے بدنام افسانہ ہے۔ محتسب کی نظر ہی میں نہیں اپنے ہم مشربوں کے حلقہ میں بھی، اس لیے کہ وہ اپنے ہم مشربوں کے رستوں سے ہٹ کر چلا ہے۔ اس نے بدنامی مول لی ہے تو اپنی فطری اُپج سے مجبور ہو کر... اس کی روشنی طبع ہی اُس کے لیے بلا ہوگئی ہے۔ اُس نے زندگی کے عناصر انسانی فطرت کے اُن تاروں کو چُنا ہے جن پر دوسروں کی نظر نہیں پڑتی۔ اُسے عموماً بڑے چونکا دینے والے موضوع پسند ہوتے ہیں، ایسے کہ جن کے ذکر ہی سے آپ کے دماغ میں ایک ہیجان اور سنسنی پیدا ہو جائے۔ جس موضوع میں یہ بات نہ ہو وہ کم سے کم منٹو کے لیے اہمیت نہیں رکھتا، وہ اُس کے ادب کا موضوع نہیں بن سکتا۔ یہ نہیں کہ اس نے کوئی کردار فطری محیر العقل اور طلسماتی واقعات کی دُنیا بسائی ہے۔ یوں ہوتا تو منٹو بدنام کیوں ہوتا... بات یہ ہے کہ اس نے واقعات اور کردار تو اسی دُنیا، سب کی جانی بوجھی دنیا سے لیے ہیں۔ مگر اس کا کمال یہ ہے وہ خود ظواہر کے پردے چاک کر کے آپ کو اُن کی تہ میں چھپے ہوئے میلانات کی ایک جھلک دکھانے میں کامیاب ہوگیا ہے۔ اس نے اپنے کرداروں کے اُن پہلوؤں کو اجاگر کیا ہے جو صرف چونکا ہی نہیں دیتے بلکہ اپنی بنیادی صداقت اور گہری معنویت کی وجہ سے حقیقت کا ایک نیا اور زندہ احساس وادراک پیش کرتے ہیں۔ منٹو کے فنی شعور کا سب سے نمایاں وصف یہی ہے کہ وہ حقیقت کی تلاش میں کوشاں رہتا ہے اور پھر اس میں حقیقت کو عریاں حالت میں دیکھنے کی تاب بھی موجود ہے۔ یہ بہت بڑی بات ہے اس لیے منٹو کے کامیاب افسانے پڑھ کر مجھے ہمیشہ یوں محسوس ہوا ہے کہ یہ افسانے منٹو کے علاوہ اردو کے موجودہ افسانہ نگاروں میں کسی اور سے ممکن ہی نہیں ہیں۔ وجہ یہ ہے کہ اردو کے اکثر افسانہ نگار

حقیقت کو یوں بے نقاب دیکھنے کی نہ جرأت کرتے ہیں، نہ تاب رکھتے ہیں۔ وہ زندگی اور انسانی نفسیات کی ہمہ گیر اور معنی خیز پیچیدگیوں کا سامنا کرنے کے بجائے کسی نہ کسی اخلاقی فارمولے یا نقطہ نظر کی مدد سے رستہ ٹٹولنے کے عادی ہیں۔ جب تک وہ اپنے کرداروں کو اس طرح نہیں دکھا لیتے جیسا کہ اُن کے خیال میں ان کرداروں کو نظر آنا چاہیے، انہیں چین نہیں پڑتا۔ نئے ادیبوں کے لیے اس کے سوا اور چارہ بھی کیا ہے؟ آخر ''مقصدی ادب'' تو اسی طرح پیدا ہوسکتا ہے۔ مگر منٹو کو مقصدی ادب پیدا کرنے کا جنون نہیں ہے۔ اور اسی لیے وہ ایسا ادب پیدا کرسکا جو ایک گہری معنویت کا حامل ہے اور یہ مقصد سے بلند چیز ہے۔ منٹو نے اپنے کرداروں کو سمجھنے اور پیش کرنے میں کسی معین اخلاقی نظریے کی پیروی کا بکھیڑا پالا ہی نہیں۔ اس نے اپنے آپ کو نیک و بد اور گناہ اور ثواب کے عام پسند اور سکّہ بند تصورات سے بچائے رکھا ہے۔ اس نے حقیقت کو بغیر کوئی اخلاقی نقاب اڑھائے دیکھنے کی کوشش کی ہے۔ یہ بڑا صبر آزما مقام ہے۔ اور اگر منٹو اس سے آسان گزر گیا ہے تو محض اس لیے کہ اس نے اپنی نظر، اپنے احساس، غرض اپنی شعوری قوتوں کی صحت پر اعتماد کیا ہے۔ اور کسی خارجہ رہنما کا سہارا نہیں ڈھونڈا۔ تبھی تو اس کی باتیں آپ کے دماغ میں ہیجان بھی بپا کیے دیتی ہیں اور ساتھ ہی ساتھ دل میں سمائی بھی جاتی ہیں۔

میں نے اب تک منٹو کے متعلق جو کچھ کہا ہے وہ زیادہ تر اس کے اُن افسانوں پر عاید ہوتا ہے جن کی بدولت وہ زمانہ بھر میں رسوا ہے۔ مگر دراصل اس صحبت میں مجھے اس کی ایک نئی کتاب پر تبصرہ کرنا ہے جو حال ہی میں مکتبہ جدید کی طرف سے شائع ہوئی ہے۔ کتاب کا نام ہے ''سیاہ حاشیے''۔ اس کتاب میں منٹو نے فسادات کے موضوع پر قلم اٹھایا ہے۔ وہ اس طرح کہ اس نے فسادات سے متعلق کچھ لطیفے اور اصلی واقعات جمع کر دیے ہیں۔ اس سے قطع نظر کہ فسادات ادب کا موضوع بن بھی سکتے ہیں یا نہیں۔ ہمارے ادیبوں نے فسادات کے متعلق بہت کچھ لکھا ہے۔ اور اس معصوم و سادہ یقین سے لکھا ہے کہ اور نہیں تو ادب ہی کے ذریعہ وہ دنیا میں انسانی تہذیب، محبت، اخوت، مساوات اور عدل و انصاف کو عام کرکے دم لیں گے۔ خدا اُن کی کوششیں بارآور کرے۔ دنیا تو خیر بدلے نہ بدلے، ہاں انہوں نے اپنی عاقبت ضرور سنوار لی ہے۔ مگر منٹو کا انداز یہاں بھی سب سے الگ ہے۔ یہاں بھی وہ عام روش سے ہٹ کر چلا

ہے۔ یہاں بھی اُس کی نظر ایسی چیزوں پر پڑی ہے جو دوسروں سے پوشیدہ ہیں۔منٹو فسادات کی انسانیت سوز فضا میں بھی نہ تو نام نہاد بلند بانگ انسانی اور اخلاقی اصولوں کے نام پر بولتا ہے اور نہ ان کو عام کرنے کا دعویٰ دار ہے۔ چنانچہ اس نے بندھے ٹکے انداز میں فسادات پر افسانے نہیں لکھے بلکہ اس سے کہیں زیادہ بامعنی کام کیا ہے۔اسے ظالم اور مظلوم سے اتنی دلچسپی نہیں جتنی انسانوں سے۔اسی لیے اس نے فسادات کے بارے میں قصّے گڑھنے کے بجائے یہ مناسب سمجھا کہ وہ چند ایسے اصلی واقعات کو من وعن پیش کردے، جن میں مختلف قسم کے انسان بطور انسان نظر آتے ہیں۔ یہاں یہ سوال ہی پیدا نہیں ہوتا کہ یہ مسلمان ہیں یا ہندو، ظالم ہیں یا مظلوم۔ یہاں پھر منٹو نے اوروں کی طرح نیک و بد اور گناہ ثواب کا حکم نہیں لگایا۔میں نے شروع میں کہا تھا کہ منٹو غیر معمولی اور چونکا دینے والے واقعات چننے کا عادی ہے مگر یہاں اس نے یہ اثر پیدا کرنے کے لیے بڑی نازک تکنیک استعمال کی ہے۔ یہاں اس نے غیر معمولی حالات میں معمولی بات کو نمایاں کرکے زندگی میں ان کی گہری معنویت کا احساس دلایا ہے۔ فسادات کے بارے میں منٹو کو انسان کی بربریت اس کی مظلومی اور بے بسی نے متاثر نہیں کیا کیونکہ یہ سب اپنی شدت کے باوجود انسانی روح کی ہنگامی کیفیات ہیں۔اسے اگر متاثر کیا ہے تو ان بظاہر غیر اہم معمولی باتوں نے جو مختلف انسانوں کے شعور میں بنیادی حیثیت رکھتی ہیں، اُن کے خون میں رچی ہوئی ہیں۔اور ہنگامی کیفیات کی شدّت کے باوجود بار بار ابھر آتی ہیں۔کبھی وہ اس کی بلندی کی آئینہ دار ہوتی ہیں اور کبھی اس کی پستی کی۔مگر بہرصورت اس کی انسانیت کی منٹو کی یہ تصنیف اپنی ان خصوصیات کی بنا پر اردو ادب میں ہمیشہ یادگار رہے گی۔

رعایت

''میری آنکھوں کے سامنے میری جوان بیٹی کو نا مارو''

''چلو اس کی مان لو...کپڑے اتار کر ہانک دو ایک طرف''

آرام کی ضرورت:

''مرا نہیں...ابھی جان باقی ہے''

''رہنے دو یار...میں تھک گیا ہوں''

(''اردو ادب'' (ا) لاہور: مرتب سعادت حسن منٹو، حسن عسکری) ●●

گفتار یاز دہم (مضمون نما مراسلہ کا ایک حصّہ)

شمس الرحمٰن فاروقی

اشعر نجمی: بقول محمد حسن عسکری ''سیاہ حاشیے'' میں شامل فسادات کے موضوع پر منٹو کے تقریباً تمام افسانوں اور لطیفوں میں منٹو کا مشاہدہ ذاتی اور بلاواسطہ تھا جسے منٹو نے خام مواد کی طرح پیش کر دیا ہے۔ تو کیا وہ اُسے اپنا تخلیقی تجربہ بنانے میں ناکام رہا؟

فاروقی: عسکری نے یہ بات اگر کہی تو کہاں کہی، یہ مجھے یاد نہیں۔ ہاں ''منٹو نما'' (مطبوعہ سنگ میل پبلیکیشنز لاہور ۱۹۹۱) میں عسکری کا ایک چھوٹا سا مضمون ہے جو غالباً ''سیاہ حاشیے'' کا دیباچہ رہا ہوگا۔ اس چھوٹی سی تحریر میں عسکری نے ایسی ایسی بصیرت افروز اور فکر انگیز باتیں کہی ہیں کہ میں عش عش کرتا ہوں۔ اس مضمون میں عسکری نے ''سیاہ حاشیے'' کے مشمولات کو دو جگہ لطیفہ ضرور کہا ہے لیکن ضروری ہے کہ تم اُن کے اس خیال کو پورے سیاق و سباق میں دیکھو۔ اور یہ تو اُنہوں نے کہیں نہیں کہا کہ اُن تحریروں میں منٹو نے اپنے ذاتی اور بلاواسطہ مشاہدات کو خام مواد کی طرح پیش کر دیا ہے۔ پہلے محولہ بالا مضمون سے عسکری صاحب کی یہ عبارتیں پڑھو جہاں لفظ لطیفہ آیا ہے:

> ''منٹو نے فسادات کے متعلق کچھ لکھا ہے۔ لطیفے یا چھوٹے چھوٹے افسانے جمع کیے ہیں۔ دراصل میں نے بڑا غلط فقرہ استعمال کیا ہے۔ یہ افسانے فسادات کے متعلق نہیں ہیں بلکہ انسانوں کے بارے میں۔ (ص ۷۴۹)''

> ''ان لطیفوں میں انسان اپنی بنیادی بے چارگیوں، حماقتوں، نفاستوں اور پاکیزگیوں سمیت نظر آتا ہے۔ (ص ۷۵۱)''

”...فسادات کے متعلق جتنے بھی افسانے لکھے گئے ان میں منٹو کے یہ چھوٹے چھوٹے لطیفے سب سے ہولناک اور سب سے زیادہ رجائیت آمیز ہیں۔ منٹو کی دہشت اور رجائیت سیاسی لوگوں کی یا انسانیت کے نیک دل خادموں کی دہشت اور رجائیت نہیں ہے بلکہ ایک فن کار کی دہشت اور رجائیت۔ اس کا تعلق بحث وتمحیص یا تفکّر سے نہیں ہے بلکہ ٹھوس تخلیقی تجربے سے... یہی منٹو کے ان افسانوں کا واحد امتیاز ہے۔ (ص ۷۵۲)“

تمہارے خیال کے برخلاف، کہ عسکری صاحب کی نظر میں ”سیاہ حاشیے“ میں زندگی کا خام مواد ہے، جس میں تخلیقی تجربہ شامل نہیں ہو سکا ہے۔ عسکری تو کہتے ہیں کہ یہ ”سچی ادبی تخلیقات ہیں۔“ میں عسکری صاحب کی ہر بات سے متفق نہیں ہوں، لیکن یہ تو ظاہر ہے کہ لفظ ”لطیفہ“ سے اُن کی مراد کوئی خندہ آور تحریر نہیں بلکہ طنزیہ تحریر ہے، اور یہ طنز ایسا ہے کہ آدمی کو ہنستے بنے نہ روتے بنے۔ ایک دو مثالیں دیکھو:

کسرِ نفسی

چلتی گاڑی روک لی گئی۔ جو دوسرے مذہب کے تھے اُن کو نکال نکال کر تلواروں اور گولیوں سے ہلاک کر دیا گیا۔ اس سے فارغ ہو کر گاڑی کے باقی مسافروں کی حلوے، دودھ اور پھلوں سے تواضع کی گئی۔ گاڑی چلنے سے پہلے، تواضع کرنے والوں کے منتظم نے مسافروں کو مخاطب کر کے کہا: ”بھائیو اور بہنو! ہمیں گاڑی کی آمد کی اطلاع بہت دیر میں ملی۔ یہی وجہ ہے کہ ہم جس طرح چاہیتے تھے اس طرح آپ کی خدمت نہ کر سکے۔“

رعایت

”میری آنکھوں کے سامنے میری جوان بیٹی کو نہ مارو“

”چلو اسی کی مان لو... کپڑے اُتار کر ہانک دو ایک طرف۔“

آنکھوں پر چربی

”ہماری قوم کے لوگ بھی کیسے ہیں... پچاس سوّر اتنی مشکلوں کے

بعد تلاش کر کے اس مسجد میں کاٹے ہیں۔ وہاں مندروں میں دھڑادھڑ گائے
کا گوشت بک رہا ہے۔ لیکن یہاں سوٗر کا مانس خریدنے کے لیے کوئی آتا ہی
نہیں۔"

خدا کا شکر ہے کہ "سیاہ حاشیے" جیسی کتابیں اور نہیں ہیں۔ ورنہ اس طرح کی دو چار تحریریں پڑھ لی جائیں تو ہمیں اپنے آپ سے خوف آنے لگے۔ عسکری صاحب نے بڑی رعایت سے کام لیا اور کہا کہ:

"غیر معمولی حالات میں غیر معمولی حرکتیں ہمیں انسان کے متعلق زیادہ سے زیادہ یہ بتا سکتی ہیں کہ حالات انسان کو جانور کی سطح پر لے آتے ہیں۔ لیکن غیر معمولی حالات میں غیر معمولی حرکتیں کرتے ہوئے معمولی باتوں کی طرف توجہ ہمیں انسان کے متعلق ایک زیادہ گہری اور زیادہ بنیادی بات بتاتی ہے۔ وہ یہ کہ انسان ہر وقت اور بیک وقت انسان بھی ہوتا ہے اور حیوان بھی۔ اس میں خوف کا پہلو یہ ہے کہ انسانیت کے احساس کے باوجود انسان حیوان بننا کیسے گوارا کر لیتا ہے اور تسکین کا پہلو یہ ہے کہ وحشی سے وحشی بن جانے کے بعد بھی انسان اپنی انسانیت سے پیچھا نہیں چھڑا سکتا۔"

عسکری صاحب غیر معمولی طور پر عقلمند شخص تھے۔ لیکن خدا معلوم کیوں یہاں اُنہوں نے انسان کو رعایتی نمبر دے کر پاس کر دیا۔ تمہیں حنہ آرینت (Hanna Arendt) کی وہ بات شاید یاد ہو کہ شر (Evil) میں کوئی شاذیت یا مخصوص پن نہیں ہے۔ کوئی بھی شخص کسی نہ کسی تحریک یعنی کسی نہ کسی ترغیب یا موقع پرستی میں مبتلا ہو کر شر کی بدترین شکلوں پر عمل کر سکتا ہے۔ اس خیال کو اُس نے "شر کی پیش پا افتادگی یا ابتذال" (The Banality of Evil) کا نام دیا تھا۔ نازی جرمنی کے ایک نہایت خوں خوار اور سنگ دل اور بہ ظاہر ضمیر یا پچھتاوے وغیرہ کے احساس سے بالکل عاری افسر اڈولف آئکمن (Adolph Eichmann) کو اسرائیلیوں نے بہت تگ و دو کے بعد ۱۹۶۱ء میں ارجنٹینا (Argentina) سے برآمد کیا تھا۔ (جہاں وہ ۱۹۴۵ میں جرمنی کی شکست کے بعد روپوش ہو گیا تھا۔) اسرائیلی اُسے اپنے ملک لے گئے

اور جہاں اُس پر مقدمہ چلا کر اُسے پھانسی دے دی گئی۔ (۱۹۶۲ء) یہودی نژاد حنہ آرینت نے اسرائیل جا کر آئکمن کے مقدمے کی رپورٹ لکھی تھی۔

یہ رپورٹیں بعد میں اُس کی شہرہ عالم کتاب (The EichmannTrial: The Banality of Evil) کی شکل میں ۱۹۶۳ میں شائع ہوئیں۔ عسکری صاحب اس کتاب سے ضرور واقف ہوں گے، لیکن اُن کا زیرِ بحث مضمون ''سیاہ حاشیے'' (۱۹۴۸ء) کا غالباً دیباچہ ہے۔ اُس وقت آرینٹ کی کوئی شہرت نہ تھی اور نہ وہ معاملات ہی ظہور پذیر ہوئے تھے جن کا نتیجہ اس کی محولہ بالا کتاب کی صورت میں ظاہر ہوا۔

آرینٹ کے اس خیال پر کہ شر محض ایک مبتذل چیز ہے، کوئی بھی کسی بھی وقت شیطنت میں مبتلا ہو سکتا ہے، اب تک بحث ہو رہی ہے۔ اس بحث کو تقویت اُس وقت ملی جب مشیل فوکو (Michel Foucault) کے خیالات سامنے آئے کہ جن کی رو سے حق، یا باطل یا شر، یا خیر مرض یا صحت مندی یہ سب اقتدار کی اصطلاحیں ہیں۔ یہ کوئی آفاقی یا مطلق اقدار نہیں ہیں۔ صاحب اقتدار طبقہ جس کام کو اچھا بناتا ہے وہ اچھا مان لیا جاتا ہے۔ وقس علیٰ ہذا۔ ان باتوں کو مزید شہرت تب ملی جب میاں دریدا (Jacques Derrida) نے افلاطونی تصورات پر مبنی کر کے اپنے دعوے کیے کہ معنی (یعنی حق) کچھ نہیں ہے۔ کسی متن کے معنی کبھی حاشیے پر ہوتے ہیں، کبھی ہوتے ہیں مگر نظر نہیں آتے۔ کسی متن کے معنی کا اُس کے مرکز اُس کے مرکز میں واقع ہونا لازمی نہیں۔ اس کا مطلب یہ نکلا کہ مثلاً قوانین وقواعد میں کوئی بنیادی معنی نہیں ہوتے۔

اور جگہ تو کم، لیکن امریکہ کی یونیورسٹیوں یہ تصورات بہت مقبول ہوئے اور اُس وقت بھی مقبول رہے جب فوکو اور دریدا دونوں کے مولد وملجا فرانس میں تقریباً مٹ چکے تھے۔ خیر اب ہندوستان کے چند دانشوروں کی اکا دکا تصنیفات کے سوا یہ تصورات کہیں رہ نہیں گئے۔ ان تصورات کے زوال کا ایک سبب یہ بھی ہو سکتا ہے کہ فوکو نے اپنے آخری دنوں میں انسانی ضمیر کے وجود اور حیاتِ انسانی میں اُس کی مرکزیت کو تسلیم کر لیا تھا۔ اسی طرح دریدا صاحب نے اپنے آخری دنوں میں یہ کہنا شروع کیا کہ ہر چند کوئی انسانی قانون مطلق طور پر بامعنی نہیں ہو سکتا لیکن ''قانون'' کا ایک مابعد الانسانی تصور بہر حال ہے۔ یعنی چاہے قانون خود بے وجود اور

باطل ہو لیکن اُس کا تصور بے وجود اور باطل نہیں۔ ان باتوں کو عسکری صاحب کے منقولا بالا اقوال کے سامنے رکھو تو تمھیں ان کی بصیرت اور حکمت کا اندازہ ہو جائے گا۔لیکن اُن کی یہ بات (جس کی بنا پر انہوں نے انسان اور منٹو دونوں کے لیے ایک اُمید نجات مہیا کر دی) اگر سچی بھی ہے کہ انسانیت کے خلاف سو گناہ کرنے کے بعد بھی انسان بہر حال اپنی بنیادی انسانیت پر واپس آجاتا ہے۔ میرے لیے تو ''تریاق از عراق آوردہ شود مار گزیدہ مردہ شود'' کی سی بات معلوم ہوتی ہے۔

یہ سب غور سے سُن لو اور دو بارہ سمجھ لو۔عسکری صاحب اور منٹو صاحب انسان سے مایوس نہیں تھے اور ''سیاہ حاشیے'' بہت بڑی کتاب ہے،لیکن اگر ایسی دو چار کتابیں میں اور پڑھ لوں تو مجھے زندگی سے نفرت ہو جائے۔(ہمارے لیے منٹو صاحب) ●●

ردِّعمل: ''سیاہ حاشیے'' کی جن تحریروں نے آپ کی (شمس الرحمن فاروقی صاحب کی: مرتب) توجہ کھینچی ہے ان میں سے شاید کم کم فکشن بن پائی ہوں، مگر وہ ہیں بہت اہم۔مجھے تو آپ کے اِس جملے نے چونکا دیا ہے:

''...منٹو صاحب انسان سے مایوس نہیں تھے اور ''سیاہ حاشیے'' بہت بڑی کتاب ہے،لیکن اگر ایسی دو چار کتابیں میں اور پڑھ لوں تو مجھے زندگی سے نفرت ہو جائے۔'' (گفتار یاز دہم: ص۔ ۸۸)

میں نے کہا تھا کہ اوروں نے جو کہا اس سے علاقہ نہ رکھوں گا مگر حسن عسکری صاحب کی طرف دیکھنا پڑتا ہے اور ان کا کہنا تھا کہ جب قتل ایک عام مشغلہ بن چکا ہو تو اس میں کوئی خوف کی بات نہیں رہ جاتی، مگر جب قاتلوں کو یہ فکر ہو رہی ہو کہ ریل میں قتل سے جو خون بہے گا، اس سے ریل کا ڈبہ گندا ہو سکتا ہے تو ہمیں اس خیال سے دہشت ہوتی ہے کہ جن لوگوں میں صفائی اور گندگی کی تمیز باقی ہے وہ بھی قتل کر سکتے ہیں۔

جب آپ نے کہا؛''منٹو صاحب انسان سے مایوس نہیں تھے تو میرے ذہن میں عسکری صاحب تازہ تھے، اس لیے نہیں چونکا تھا مگر جب آپ نے دوسرے والی بات کی تھی تو میں چونکا اور چونکنے کے بعد دوبارہ ''سیاہ حاشیے'' کو دیکھا، اِس اِرادے کے ساتھ کہ اسے ایک دفعہ پھر سے پڑھوں گا۔اِس بار رُک رُک کر؛ اَپنے اِرد گرد کو دیکھتے ہوئے۔اور رَواں منظر نامے کو اس کے متن سے جوڑتے ہوئے۔زندگی سے اور آدمی سے۔نفرت کرنے کے لیے نہیں؛ان دونوں سے محبت کرنے کے لیے۔

محمد حمید شاہد (سعادت حسن منٹو کی جادوئی حقیقت نگاری اور اُن کا افسانہ)

ادب میں انسان دوستی کا تصور:
ایک سیاہ حاشیے کے ساتھ

شمیم حنفی

بیسویں صدی تاریخ کی سب زیادہ پُرتشدّد صدی تھی۔ اکیسویں صدی کے شانوں پر اسی روایت کا بوجھ ہے۔ جسمانی تشدّد سے قطع نظر بیسویں صدی نے انسان کو تشدّد کے نت نئے راستوں پر لگا دیا۔ تہذیبی، لسانی، سیاسی، جذباتی تشدّد کے کیسے کیسے مظہر اس صدی کی تہہ سے نمودار ہوئے۔ حد تو یہ ہے کہ اس صدی کی اجتماعی زندگی کے عام اسالیب تک تشدّد کی گرفت سے بچ نہ سکے۔ اس عہد کی رفتار، اس کی آواز، اس کے آہنگ اور فکر، ہر سطح پر تشدّد کے آثار نمایاں ہیں۔ میلان کُنڈیرا کا خیال ہے کہ یہ صدی دھیمے پن (slowness) کا جادو سرے سے گنوا بیٹھی ہے۔

آرٹ اور ادب کا انکھوا خاموشی اور تنہائی اور دھیمے پن کی شاخ زریں سے پھوٹتا ہے اور ہر بڑی تخلیقی روایت کا ظہور فن کارانہ ضبط اور ٹھہراؤ اور تحمل کی تہہ سے ہوتا ہے۔ ایک بے قابو اور بے لگام معاشرے میں جو اپنی رفتار، اپنی آواز، اپنے اعصاب اور حواس کو سنبھالنے کی طاقت سے محروم ہو چکا ہو، آرٹ اور ادب ایک طرح کے دفاعی مورچے کی حیثیت رکھتے ہیں۔

•

اس مذاکرے کا موضوع اپنے آپ میں، ہمارے زمانے، ہماری اجتماعی زندگی کے لیے ایک بڑا سوالیہ نشان اور ایک سندیسے کے طور پر بھی دیکھا جا سکتا ہے اس hyper-mercantile عہد میں آرٹ اور ادب اور فلسفہ تاریخ کے حاشیے پر چلے گئے ہیں۔ تخلیقی سرگرمی ایک فالتو یا بے ضرر اور بے اثر سرگرمی بن چکی ہے۔ کہیں ادب میں انسان دوستی

کا تصور صرف ایک آزمائشی تصور تو نہیں ہے؟

لیکن اس موضوع کے ساتھ، کچھ اور سوچنے سے پہلے میرے ذہن میں یہ سوال پیدا ہوتا ہے کہ کیا دنیا کی کوئی ادبی روایت انسان دشمن بھی ہوسکتی ہے؟ اور کسی بھی زمانے یا زبان کا ادیب انسان دوستی کے گہرے احساس کے بغیر کیا اپنے حقیقی منصب کی ادائیگی کرسکتا ہے؟

آندرے مالرو نے کہا تھا: اگر ہمیں فکر کا ایک گہرا بامعنی مثبت اور انسانی زاویہ اختیار کرنا ہے تو لامحالہ ہمیں دو باتوں پر انحصار کرنا ہوگا۔ ایک تو یہ کہ زندگی بالآخر ہمارے اندر ایک طرح کا المیاتی احساس پیدا کرتی ہے اور اس کی وجہ یہ ہے کہ ہم اپنی تمام تر فکری اور مادی کامرانیوں کے باوجود یہ سمجھنے سے قاصر ہیں کہ ہم کہاں جارہے ہیں۔ دوسرے یہ کہ ہمیں بہرحال انسان دوستی کے تصور کا سہارا لینا ہوگا کیونکہ ہم یہ بھی جانتے ہیں کہ ہم نے اپنا سفر کہاں سے شروع کیا تھا اور ہم بالآخر کہاں پہنچنا چاہتے ہیں۔ گویا کہ انسان دوستی کا احساس تخلیقی تجربے کی بنیاد میں شامل ہے۔ خاص طور پر مشرق کی ادبی روایت تو اپنی تاریخ کے کسی دور میں صرف زبان و بیان کی خوبیوں کی پابند نہیں رہی۔ ہر زمانے میں یہاں بڑی تہذیبی اور اخلاقی قدریں بڑی شاعری کے لیے ضروری سمجھی جاتی رہیں۔ مغربی تہذیب کی بنیادیں اور اس تہذیب کا پروردہ تصورِ حقیقت مختلف سہی لیکن مشرق و مغرب کی ادبی ثقافت میں بہت کچھ مشترک بھی ہے۔ فورسٹر نے ایک سیدھی سادی بات یہ کہی تھی کہ ادب اور آرٹ ہمیں جانوروں سے الگ کرتے ہیں اور طرح طرح کی مخلوقات سے بھری ہوئی اس دنیا میں، ہمارے لیے ایک بنیادی وجہ امتیاز پیدا کرتے ہیں۔ یہی امتیاز ادب اور آرٹ کو اس لایق بناتا ہے کہ اُسے اس کی خاطر پیدا کیا جائے۔ فورسٹر نے اس ضمن میں یہ بھی کہا تھا کہ ایک ایسی دنیا جو ادب اور آرٹ سے خالی ہو میرے لیے ناقابل قبول ہے اور مجھے اس دنیا میں اپنے دن گزارنے کی کوئی طلب نہیں ہے۔ گویا کہ انسانی تعلقات کے احساس اور سروکاروں کے بغیر آرٹ اور ادب اور زندگی سبھی بے معنی اور کھوکھلے ہوجاتے ہیں۔

سائنسی اور سماجی علوم کے برعکس ادبی روایات کی پائداری اور استحکام کا ایک سبب یہ بھی ہے کہ انسانی تجربے کے جن عناصر سے یہ روایتیں مالامال ہوتی ہیں، وہ نئی دریافتوں اور نئے

نظریات کے چلن کی وجہ سے کبھی ناکارہ نہیں ہونے پاتیں۔ بہت محدود سطح پر سہی لیکن ادب اور آرٹ کی روایتیں، اجتماعی زندگی کے ارتقا میں اپنا رول ادا کرتی رہتی ہیں۔ بہ قول ایلیٹ، ایک انوکھا اتحاد انسانی تاریخ کے مختلف زمانوں سے تعلق رکھنے والی روحوں کو ایک صف میں یکجا کر دیتا ہے۔ بہ ظاہر اجنبی اور پرانی آوازوں میں نئے انسان کو اپنی روح کا نغمہ بھی سنائی دیتا ہے۔ رومی اور حافظ اور شیکسپیئر اور غالب اور اقبال اور ٹیگور ایک صف بستہ ہو جاتے ہیں۔

لیکن یہاں تاریخی اعتبار سے ادب میں انسان دوستی کے تصور سے پہلے ہمارے اپنے عہد کے سیاق میں انسان دوستی کے مضمرات پر کچھ اور معروضات پیش کرنا ضروری ہے۔ ہمارے دور میں بدقسمتی سے انسان دوستی نے ایک نعرے کی حیثیت اختیار کر لی ہے۔ اقوام متحدہ کی عمارت کے باب میں شیخ سعدی کا یہ مصرعہ کہ ''بنی آدم اعضائے یک دیگر اند'' اسی رویے کا پتا دیتا ہے۔ اس کے علاوہ اپنے مقبولِ عام مفہوم اور مسلمہ اوصاف کے باوجود انسان دوستی ہمارے زمانے میں خسارے کا سودا بن چکی ہے۔ اور نو آبادیاتی (کولونیل) مقاصد میں یقین رکھنے والوں یا نسل پرستانہ عزائم اختیار کرنے والوں نے انسان دوستی کے تصور کو ایک سیاسی حربے، ایک آلۂ کار کے طور پر بھی استعمال کیا ہے۔ عراق، افغانستان اور فلسطین کی مثالیں ہمارے سامنے ہیں۔

اصل میں تاریخ کی اپنی مابعد الطبیعیات بھی ہوتی ہے اور مختلف ادوار یا انسانی صورت حال کے مختلف دائروں میں معروف اصطلاحات کے معنی بدل بھی جاتے ہیں۔ انسان دوستی کے تصور کی بھی کئی سطحیں ہیں، مذہبی، سماجی، سیاسی۔ ادب میں انسان دوستی کا تصور ان میں سے کسی بھی سطح کا تابع نہیں ہو سکتا۔ سیاسی، سماجی مذہبی نظام کے تحت انسان دوستی کا تصور کسی نہ کسی مرحلے میں ایک طرح کی براہ راست یا بالواسطہ مصلحت کا شکار بھی ہو سکتا ہے جہاں اسے وہ آزادی، وہ کھُلا پن ہرگز میسر نہ آسکے گا، جس تک رسائی صرف ادب کے واسطے سے ممکن ہو سکتی ہے۔ اسی طرح کولونیل عہد کی انسان دوستی پوسٹ کولونیل عہد کی انسان دوستی کا خمیر بھی یکساں نہیں ہو سکتا۔ ادب اور آرٹ کی دنیا میں انسان دوستی کی روایت بہر حال کچھ سیکولر قدروں کی ترجمان ہوتی ہے۔ ادب ہمیں بتاتا ہے کہ انسان کی روحانی طلب صرف مرئی ٹھوس اور مادّی

چیزوں تک محدود نہیں ہوتی۔ادب ہمیں یہ بھی بتاتا ہے کہ انسان ایسی چیزیں سمجھنا چاہتا ہے جو بہ ظاہر کام کی نہیں ہوتیں اور جن سے روز مرہ زندگی میں ہماری کسی ضرورت کی تکمیل ممکن نہیں ۔مثلاً فلسفہ اور نفسیات ۔اور انسان اظہار کی ایسی ہیئتیں بھی وضع کرنا چاہتا ہے، ایسی ''چیزیں'' بھی بنانا چاہتا ہے جو مبہم، مرموز اور منطق سے ماورا ہوتی ہیں، مثلاً ادب اور آرٹ۔ بجائے خود ادب ایک طرح کا باطنی اور روحانی تشدّد بھی ہے۔ جو بقول ویلیس اسٹیونس wallaes Stevense خارجی دنیا میں واقع ہونے والے تشدّد سے مزاحم ہوتا ہے اور ہمیں اس کی گرفت سے بچائے رکھتا ہے۔کامیو کے ایک سوانح نگار نے اسے انسان دوستی یا انسانی (ہمدردی کے) جذبوں کی سیاست سے تعبیر کیا ہے اور اس سلسلے میں کامیو کی ان تقریروں کا حوالہ دیا ہے، جن میں کامیو نے ۱۹۵۷ء کے دوران اس واقعے پر بار بار زور دیا تھا کہ ہمارا عہد انقلابی قدروں کے انحطاط اور ابتذال کا عہد ہے ۔لیکن یہ انحطاط اور ابتذال انقلابی قدروں کی بازیابی میں ہمارے یقین کو کمزور نہیں کرسکتا اور ہم ان اقدار سے بے نیازی کے متحمل نہیں ہوسکتے ۔اپنے سوانح نگار فلپ تھوڈی (Philip Thody) کی اطلاع کے مطابق اس وقت کامیو کی تمام ذہنی سرگرمیوں کا نقطہ ارتکاز اس کا انسان دوستی کا تصور تھا اور انسانی المیوں اور اذیتوں کا شدید احساس ۔اس وقت کامیو نے کسی سیاسی تحریک میں شمولیت کے بغیر ادبی اور ادب کے انسانی سروکاروں پر جس طرح زور دیا ہے اس سے اس کی سیاسی جہت بھی خود بخود نمودار ہو جاتی ہے۔کامیو کی انسانی ہمدردیاں اور ترجیحات اس وقت بالکل واضح تھیں اور ان سے اس کے موقف کی صاف نشاندہی ہوتی تھی ۔کامیو ہر طرح کے نظریاتی اور فکری مطلقیت کا مخالف تھا اور یہ سمجھتا تھا کہ مطلقیت یا منصوبہ بند اور متعین مقاصد جن انسانی آلام کو آسان کرنے کے مدعی ہیں اس میں کوئی بھی انسانی الم بجائے خود مطلقیت سے بڑا اور اس سے زیادہ مہلک نہیں ہے ۔یعنی کہ ضابط بند عقیدے (مذہب) ،نظریے (آئیڈیالوجی) ،علوم (سائنس) کی روشنی میں مرتب کیا جانے والا انسان دوستی کا کوئی بھی تصور کامیو کے تصور سے مناسبت نہیں رکھتا اور ان میں کوئی بھی اس پُر پیچ اور کشادہ انسانی احساس اور لازوال تجربے کی احاطہ بندی کا اہل نہیں ہے، جس کی نمود ادب اور آرٹ کی زمین پر ہوتی ہے، اسی طرح جیسے آرٹ اور ادب کی خاموش سرگرمی سے پیدا ہونے

والا اخلاق، رسمی اور روایتی اخلاق سے مختلف ہوتا ہے۔ بہ قول شخصے ادب بجائے خود اخلاق سے زیادہ بااخلاق شئے ہے یا یہ کہ (more moral than morality itself)۔ فراق نے کہا تھا:

خشک اعمال کے اوسر سے اگا کب اخلاق
یہ تو نخل لب دریائے معاصی ہے فراق

ایک ادیب اور آرٹسٹ جس انسانی سروکار اور اخلاقی ملال کے ساتھ اپنی تخلیقات وضع کرتا ہے، اُس کا مفہوم صرف مروجہ سماجی ضابطوں اور معیاروں کی مدد سے متعین نہیں کیا جا سکتا۔ گہری انسان دوستی کا تصور ادیب یا آرٹسٹ کی اپنی تخلیقی آزادی کے شعور سے پیدا ہوتا ہے ایسی صورت میں کہ اس کے دل و دماغ پر کسی بیرونی جبر کا دباؤ نہ ہو۔ وہ اپنے ضمیر کی عدالت میں اپنے آپ کو آزاد محسوس کرے اور اپنی بات کسی مصلحت، کسی خوف، اندیشے یا لالچ کے بغیر کہہ سکے۔ کسی پارٹی لائین یا منظم منصوبہ بند نظریے، کسی ادارے کے احکامات کی بجا آوری اور تخلیقی آزادی یا ضمیر کی آزادی کا اظہار ایک ساتھ ہمیشہ ممکن نہیں ہو سکتا، تاوقتیکہ ادیب اپنی صلاحیتوں کو ،احساسات کو اور اپنے ہی تصور کی طرح انسانی ہمدردی کے تصور کو بھی دوسروں کا مطیع و ماتحت نہ بنا دے۔ معاشرے میں ادیب اور آرٹسٹ کے رول کی وضاحت کرتے ہوئے کامیو نے کہا تھا کہ صرف مزاحمت یا تصادم سے اعلا ادب پیدا نہیں ہوتا۔ بلکہ اعلا ادب ہمارے اندر مزاحمت کا راستہ اختیار کرنے اور اقتدار سے دو دو ہاتھ کرنے کی استعداد پیدا کرتا ہے۔ ایڈورڈ سعید نے انسان دوستی کے تصور کی تشکیل اور تحفظ کے لیے ریڈیکل ازم (Radicalism) اور اقتدار کے تئیں آزادانہ تنقید کے رویے کو ناگزیر بتایا تھا۔ اور کامیو نے اپنی نوبل انعام کی تقریر (۱۹۵۷ء) کے دوران کہا تھا:

"...بہ طور ایک فرد میں اپنے آرٹ کے بغیر نہیں رہ سکتا۔ لیکن میں نے کبھی بھی اپنے آرٹ کو زندگی کی دوسری اشیا سے برتر نہیں سمجھا۔ اس کے برعکس، آرٹ میرے لیے اتنا ناگزیر اس لیے ہے کہ یہ مجھے کسی سے بھی الگ نہیں ہونے دیتا اور مجھ میں یہ صلاحیت پیدا کرتا ہے کہ اپنی بساط کے مطابق

(اپنے آرٹ کی مدد سے) خود کو دوسروں کی سطح پر لاسکوں۔ میرے لیے آرٹ (کی تخلیق) تنہائی کا جشن نہیں ہے۔ میرے لیے یہ انسانوں کی بڑی سے بڑی تعداد کے لیے، اپنے مشترکہ دُکھ اور سُکھ کی ایک استثنائی شبیہ کے واسطے سے، اُن کے دلوں کو چھو لینے کا وسیلہ ہے۔''

ادب اور آرٹ میں ایسی تمام استثنائی شبیہیں ہجوم کے سُر میں سُر ملانے سے نہیں بلکہ تخلیق کرنے والی روح کے سنّاٹے، اس کی مقدّس تنہائی اور خاموشی کے بطن سے جنم لیتی ہیں۔ ادیب کے لیے اس کی وضع کردہ یہ شبیہیں، عام انسانی مقدرات کی نقاب کُشائی کا ایک ذریعہ بھی ہیں۔ وہ کسی طرح کے فکری، نظریاتی، سماجی، مذہبی جبر کی پرواہ کیے بغیر اپنے احساسات پر وارد ہونے والی تخلیقی سچائیوں کو دوسروں تک پہنچانا چاہتا ہے۔ اس کے لیے ضروری ہے کہ وہ اپنی صلاحیتوں کو عمومیت زدہ مسئلوں اور عامیانہ باتوں میں ضائع نہ کرے اور اپنی پوری توجہ آرٹ کی تخلیق پر مرکوز رکھے۔ اپنی تخلیقی سرگرمیوں کا سودا نہ کرے اور ہر قیمت پر فن کی حرمت اور فن کی تشکیل کے عمل کی حفاظت کرے۔ عام مقبولیت کے پھیر میں نہ پڑے۔ ایسی باتیں نہ کہے جن کا مقصد سب کو خوش کرنا ہو۔ اسے اپنی ترجیحات کا پتہ ہونا چاہیے۔ روزمرہ کی سیاست اور سمجھوتوں سے بچنا چاہیے اور اس وقت جب سچ کو خطرہ لاحق ہو، اس کی حفاظت کے لیے کُھل کر سامنے آنا چاہیے یا پھر اپنے اخلاقی ملال اور احتجاج کو سامنے لانے کا ایک طریقہ جو بہ ظاہر تجریدی ہے، ایک لمبی گہری خاموشی کے طور پر رونما ہوتا ہے... بہ قول منیر نیازی ''اس کے بعد ایک لمبی چپ اور تیز ہوا کا شور!'' ہماری اجتماعی تاریخ میں ۱۸۵۷ء کے ہنگاموں کے بعد کی فضا میں غالب کا شاعری سے تقریباً دست کش ہو جانا اسی قسم کی ایک صورت حال کا پتہ دیتا ہے۔ ۱۸۵۷ء کے آس پاس کے ماحول میں تخلیقی اظہار سے زیادہ ایک واضح میلان اور سطح رکھنے والی علمی اور کاروباری نثر یا پھر صریحاً مقصدی اور افادی پہلو رکھنے والی جدید نظم سے بڑھتا ہوا عام شغف، انجمن پنجاب کا قیام، نئی نظم کا وہ منشور جو آزاد نے ایک لیکچر کے طور پیش کیا تھا (۱۸۷۴ء) یا پھر ۱۸۹۳ء میں مقدمہ شعر و شاعری کی اشاعت اور کلاسیکی ادبی اصناف کی کھلی ہوئی بے توقیری کا سلسلہ... یہ تمام واقعات ایسے ہی مقبول اور مروج رویوں کی نشاندہی کرتے

ہیں۔ غالب اس وقت ہماری مجموعی تخلیقی روایت کے اوصاف اور محاسن کے سب سے بڑے ترجمان تھے۔ لیکن افادیت اور مقصدیت کے شورِ بے اماں میں ان کی شاعری اس دور میں پشت پر جا پڑی تھی۔ ظاہر ہے کہ کوئی بھی سیاسی اور سماجی نظام کی پروردہ کوئی بھی بوطیقا ہر شاعر کو تو غالب نہیں بنا سکتی۔ اسی طرح، جیسے بقول پاونڈ کوئی بھی بیرونی ہدایت ہر نقشہ نویس کو پکاسو کے اوصاف سے آراستہ نہیں کر سکتی۔ الجیریائی مسئلے کے حل کے لیے ۱۹۵۸ء کے دوران کامیو نے عملی سیاست سے اپنے آپ کو جو لاتعلق رکھا تو اسی لیے کہ اسے بہ حیثیت ادیب اپنے حدود کا اور اس دور کے ہنگامہ خیز ماحول میں ادیب کی خاموشی سے رونما ہونے والے موقف کا اندازہ اپنے سرگرم معاصرین کی بہ نسبت شاید زیادہ تھا۔ کامیو کی حادثاتی موت کے بعد اپنے تعزیتی مضمون میں سارتر نے لکھا تھا (۱۹۶۰ء)....:

> بعد کے ان برسوں میں اس کی خاموشی کا بھی ایک مثبت پہلو تھا... ایک مہملیت زدہ (لغو) ماحول کے اس کارتیسی (Catesian) نمائندے نے اپنی اخلاقیات کی مخصوص روش چھوڑنے کو انکار کر دیا اور ایک غیر یقینی راستے کو، جو عملی سرگرمی کا متقاضی تھا، ہرگز اختیار نہ کیا۔ ہم یہ محسوس کرتے تھے کہ (کامیو کے) اس رویّے کا سبب ہم جانتے ہیں اور اس کشمکش کو سمجھ سکتے ہیں جسے کامیو نے چھپا رکھا تھا۔ کیونکہ اگر ہم اخلاقیات اور صرف اخلاقیات کا تجزیہ کریں تو یہ سمجھ سکتے ہیں کہ یہ بیک وقت بغاوت کا مطالبہ بھی کرتی ہے اور اس کی (بے اثری کے باعث) مذمت بھی کرتی ہے۔"

خود کامیو نے یہ بات کہی تھی کہ "معدودے چند لوگ اس سچائی کو سمجھنے کی اہلیت رکھتے ہیں کہ انکار کا ایک طریقہ وہ بھی ہوتا ہے جو ترک و تیاگ کا مفہوم نہیں رکھتا۔" کامیو کے انتقال (۱۹۶۰ء) سے تقریباً نو برس پہلے لکھے جانے والے مضمون میں (اشاعت نیویارک میگزین، ۱۶ر دسمبر ۱۹۵۱ء) برٹرینڈ رسل نے دس ایسے نکات کی نشاندہی کی تھی جنہیں انسانی سروکاروں پر مبنی ایک ذاتی منشور کے طور پر دیکھا جا سکتا ہے۔ اُس نے کہا تھا:

۱ کوئی بھی حقیقت مطلق نہیں ہے۔

۲ سچائی کو چھُپانا نامناسب ہے کیونکہ سچائی بالآخر سامنے آہی جاتی ہے۔

۳ ہر مسئلے پر آزادانہ فکر ضروری ہے اور صحیح نتیجے تک پہنچنے کا یہی ایک طریقہ ہے۔

۴ اختلافات پر قابو پانے کے لیے زور زبردستی سے کام لینا غلط ہے۔طاقت پر مبنی کامیابی موہوم ہوتی ہے۔

۵ کوئی بھی مرکزِ اقتدار اس لایق نہیں کہ اُس کی پرواہ کی جائے۔

۶ کسی بھی زاویہ نظر کو پسپا کرنے کی جدو جہد فضول ہے اور اس معاملے میں طاقت کا استعمال یکسر غلط ہے۔

۷ اپنے خیالات اور رایوں کے منحرف المرکز ہونے یا سنکی کہے جانے سے نہ ڈرو۔ہر خیال جسے اب قبول کیا جا چکا ہے، کبھی غلط یا منحرف المرکز بھی سمجھا گیا تھا۔

۸ مجہول اقرار کی بہ نسبت سوچا سمجھا انکار زیادہ بامعنی ہوتا ہے۔

۹ سچائی کا راستہ چاہے جتنا دشوار ہو، اس کو ترک کرنا تکلیف اور شرمندگی کا باعث ہوگا۔

۱۰ ایسوں کی مسرت پر حسد نہ کرو جو احمقوں کی جنت میں بستے ہیں۔صرف احمق ہی یہ سمجھے گا یہ دنیا یا دوہمیں مسرت دے سکتا ہے۔

برٹرینڈ رسل نے اپنے مضمون کو ’’اداعائیت کا بہترین جواب، رواداری‘‘ کا عنوان دیا تھا اور اسے انفرادیت کے تحفظ اور ذہنی آزادی کے منشور کی سی شکل دی تھی۔ یہاں یہ غلط فہمی پیدا ہو سکتی ہے کہ ذہنی آزادی اور مزاحمت سے متعلق جو باتیں پچھلے چند صفحوں میں کہی گئی ہیں اُن کا تعلق تخلیقی ادب یا آرٹ سے کم اور سماجی فکر اور موجودہ عہد میں دانشوری کے مضمرات سے زیادہ ہے۔اس ضمن میں میرے معروضات مختصراً یہ ہیں کہ ایک تو کوئی بھی تخلیقی سرگرمی ایک فعال ذہنی عنصر اور دفاعی عمل کے بغیر نہ تو شروع ہوتی ہے نہ جاری رہ سکتی ہے۔آرٹ اور ادب کا ایسا نمونہ پیدا کرنا یا ڈھونڈ نکالنا مشکل ہے جس کو کسی نہ کسی تصور کی تائید حاصل نہ ہو، ٹرسٹن زارا کا وہ تاریخی مضمون جسے دادا ازم کا دستور العمل کی حیثیت حاصل ہے اور جسے ڈبیلو وارین ویگر نے بیسویں صدی کی انسانی صورت حال کے تناظر میں ’’انسان، عقیدت اور سائنس‘‘ کی سہ رخی اور نظریاتی کشمکش کے طور پر پیش کیا تھا، اس سے میرے اس معروضے کی تصدیق ہوتی ہے۔یہی

واقعہ انیسویں صدی کے اواخر سے لے کر ہمارے اپنے زمانے تک رونما ہونے والی تمام ادبی اور تخلیقی تھیوریز کے سلسلے میں سامنے آیا۔ رومانیت، اظہاریت، تاثریت، حقیقت پسندی، ماورائے حقیقت پسندی، معکبیت، تجریدیت کے مظاہر ادب اور آرٹ کے تمام شعبوں میں اپنی اپنی مخصوص فکری، اساس اور استدلال کے ساتھ رونما ہوئے۔ اس کے علاوہ دوسری اہم بات اس ضمن میں یہ ہے کہ روشن خیالی اور عقلیت کی صدیوں کے ساتھ، جنہیں ہم ہندوستان کی تاریخ کے سیاق میں جدید نشاط ثانیہ کی تشکیل کا دور کہتے ہیں، آرٹ اور ادب کی سطح پر منظم سوچ بچار کا مستقل سلسلہ جاری رہا ہے، ملکی اور عالمی دونوں سطح پر۔ لہٰذا ادب اور آرٹ میں انسان دوستی کا تصور بھی چودھویں پندرہویں صدی کی اطالوی نشاۃ ثانیہ کے سائے میں ایک نئے فکری دستور العمل کے طور پر ظہور پذیر ہوا اور اس کے عالم گیر اثرات سے ادب اور آرٹ کی کوئی بھی روایت لاتعلق نہ رہ سکی۔ ایک تاریخی جائزے پر مبنی اطلاع کے مطابق انسان دوستی کی اصطلاح تو ۱۸۰۸ء میں ایک جرمن معلم (F J Niethemmer) نے وضع کی تھی۔ اور اس کا مقصد ایک ایسے مطالعاتی پروگرام کی وضاحت اور منصوبہ بندی تھی جو سائنسی اور ٹکنولوجیکل تعلیمی پروگرام سے الگ اپنا تشخص قائم کر سکے۔ لیکن انسانی علوم کے سیاق میں اور اس طرح ادب اور آرٹ کے حوالے سے انسان دوستی کا تصور چودھویں اور پندرہویں عیسوی کے دوران باضابطہ طور پر رواج پا چکا تھا اور علوم کے اس دائرے میں جسے (studia humanitatis) یا انسانی مطالعات کا نام دیا گیا، یہ تصور نامانوس اور اجنبی نہیں تھا۔ دوسرے الفاظ میں ہم اسی بات کو اس طرح کہہ سکتے ہیں کہ ہر علمی، ادبی، تہذیبی، تخلیقی روایت کے مرکز میں انسان دوستی کے عنصر کو ایک بنیادی محرک کی حیثیت حاصل رہی ہے۔ یہ صحیح ہے کہ اس تصور کو ایک تحریک کی شکل نشاط ثانیہ کی مغربی روایت نے دی۔ آرٹ ادب اور علوم کی دُنیا میں اس تحریک کا مقصد انسانی وقار کی بحالی اور عہد وسطیٰ کے ظلمت کدے سے انسانی شرف اور فضیلت کے تصور کو نجات دلانا بھی تھا۔ علاوہ ازیں، اس تحریک کا ایک اور مقصد کشف و وجدان پر تعقل کی برتری کا اثبات بھی تھا۔ پرانے متون کی بحالی اور ایک نئے لسانی معیار کی تلاش بھی تھا۔ شاید اسی لیے ادب اور آرٹ کی دنیا میں کوری تعقل پسندی کے خلاف ردّعمل کی صورتیں بھی بہت جلد نمودار ہوئیں اور انسان

دوستی کے تصور کو ایک وسیع تر اور پیچیدہ تر سیاق میں دیکھا جانے لگا۔ ادب اور آرٹ کی دنیا میں یہ تصور ہمیں زیادہ لوچ دار اور کشادہ اور بسیط اسی لیے دکھائی دیتا ہے کہ یہ ہر طرح کی مذہبی اور نظریاتی مطلقیت کے چنگل سے آزاد ہوتا ہے اور انسان کو اس کی ہستی کے تمام تر اسرار اور تضادات اور حدود اور کمزوریوں اور طاقتوں کے ساتھ سمجھنے پر اصرار کرتا ہے۔

ایڈورڈ سعید نے اجتماعی زندگی میں دانشور کے رول اور تنقیدی شعور کی معنویت کا تجزیہ کرتے ہوئے (۱۳ر ستمبر ۱۹۹۷ء کو) جامعہ ملیہ اسلامیہ، دہلی میں ڈاکٹریٹ کی اعزازی ڈگری قبول کرتے وقت اپنے لیکچر میں بعض بنیادی امور کی طرف توجہ دلائی تھی۔ انہوں نے کہا تھا کہ علم کی جستجو دراصل انسانی زندگی میں ایک لامختتم تلاش، ایک مستقل تشکیک کے احساس سے شخصی تعہد کا نام ہے۔ کوئی بھی تصور جو ہمیں اپنے ماضی سے ورثے میں ملا ہے یا اپنی روایت یا ذہنی تربیت کے نتیجے میں جسے خود ہم نے خلق کیا ہے، اسے عبور کرنا اور اس سے آگے جانے کی ہمت پیدا کرنا ہی صحیح دانشورانہ قدم ہے۔ یہ تو ایک کبھی نہ بجھنے والی پیاس ہے۔ جب تک ہماری جرأت فکر، تصورات کی عام سطح میں ارتعاش پیدا نہیں کرتی، پہلے معلوم اور مانوس نتیجوں سے آگے نہیں جاتی، سوچتے رہنے کی اذیت نہیں جھیلتی، اور اپنی انفرادیت کے دفاع کی خاطر خطرے نہیں اٹھاتی، ہم سچی دانشوری کے رول ادا کرنے سے قاصر رہیں گے۔ آرٹ اور ادب کی تخلیق کرنے والا ہر شخص بھی بہ قول گرامچی، بنیادی طور پر ایک دانشو رہوتا ہے لیکن ہر دانشور معاشرے میں اپنی دانش کا رول نبھانے کی اہلیت نہیں رکھتا تاوقتیکہ وہ سوال پوچھتے رہنے پر قادر نہ ہو، مسلمات سے انکار کا حوصلہ نہ رکھتا ہو، اپنی دُنیا میں ایک بیگانے، ایک outsider کی زندگی گزارنے، اپنے ضمیر کو ہر طرح کے خوف، مصلحت اور ترغیب سے رکھنے کا عادی نہ ہو۔ ایڈورڈ سعید کا کہنا تھا کہ دانشور صرف ایک شخص نہیں ہوتا۔ اس کی حیثیت ایک اندازِ نظر، ایک رویّے، اجتماعی زندگی میں طاقت اور توانائی کی ایک لہر کی بھی ہوتی ہے۔ روایت اور قومیت کے عامیانہ تصور کا بوجھ ذہنی اور تخلیقی آزادی اور دانشوری کے راستے کی سب سے بڑی روکاوٹ ہے۔ روایت کو اس کے حق سے زیادہ دینا اپنی آزادی اور انفرادیت کا سودا کرنا ہے۔

اسی طرح کسی ادیب یا آرٹسٹ کے لیے اپنی سرگرمی کے دائرے کو محدود اور مختص کر لینا

یا ادبی اور فنی اقدار کے نام پر ایک مجہول قسم کے جھوٹے پندار اور نخوت پر مبنی حدیں قائم کر لینا بھی اس کے سامنے کچھ مجبوریاں کھڑی کر دیتا ہے، جو اس کی تخلیقی سرگرمی اور اس کے مجموعی شعور پر اثر انداز ہوتی ہیں۔ ایڈورڈ سعید نے اپنے لیکچر کے دوران، ویت نام کی جنگ کے زمانے میں اپنے ایک ہم عصر اور ہم پیشہ دوست سے مکالمے کا تذکرہ کیا۔ کسی طالب علم کے اس سوال پر کہ ایک ایسے وقت میں جب شمالی ویت نام، لاؤس اور کمبوڈیا کے بے قصور عوام پر ساٹھ ہزار فٹ کی بلندی سے بمباری ہو رہی تھی، کیا وہ ایک احتجاجی عرض داشت پر دستخط کرنا چاہیں گے، اُن کا جواب تھا کہ ''جی نہیں! میں ادب کا پروفیسر ہوں، میں شکسپیئر اور ملٹن کے بارے میں لکھتا ہوں، مجھے اس بمباری سے لیا لینا دینا، اور پھر میں اسے سمجھتا بھی نہیں۔''

ایسا ایک واقعہ حلقہ اربابِ ذوق کے ممتاز شاعر قیوم نظر کے ساتھ پیش آیا تھا جو پیرس میں سارتر سے ملاقات کے متمنی ہوئے۔ سارتر کے اس سوال پر کہ الجزائر کے مسئلے پر ان کا موقف کیا ہے؟ اُن کا جواب یہ تھا کہ ''میں تو شاعر ہوں، اس مسئلے سے میرا کیا تعلق؟'' ظاہر ہے سارتر نے ان سے گفتگو اسی نقطے پر منقطع کر دی۔

یہ مضحکہ خیز اختصاص جو شعور کے گرد سنگین فصیلیں کھڑی کر دے، اجتماعی زندگی کے لیے کتنا مہلک ہو سکتا ہے اور اس سے انسان شناسی کی کس جہت کا اظہار ہوتا ہے، اس کی بابت کسی تفصیل میں جانے کا یہ موقع نہیں ہے۔ ایڈورڈ سعید کا خیال ہے کہ اس نوع کی ذہنی لاتعلقی سے جبر اور استحصال اور بدی کی ہمنوائی کا ایک پہلو نکلتا ہے، جو دانشورانہ طاقت اور دیانت داری کا دشمن ہے۔ گویا کہ انسان دشمن ہے۔

اس لیے دانشورانہ جہت رکھنے والے ادیب یا آرٹسٹ کے لیے ناگزیر ہو جاتا ہے کہ وہ طاقت اور اقتدار کے مراکز سے اپنے آپ کو دور رکھے۔ سیاسی مراتب اور مناصب کا طلب گار نہ ہو۔ اس طرح کے مناصب شعور کی آزادی کے حریف ہوتے ہیں۔ سعید کے یادگار لفظوں میں:

> "I'm not saying that independence in itself
> is a vertue, because so many times you may be
> wrong, but if you are not independent, you
> cannot even be wrong"

سیاسی قدروں کے زوال نے ادب اور آرٹ کی دنیا میں بھی ایک ہولناک درباری کلچر کو فروغ دیا ہے اور ''ادب آرٹ کی تخلیق کا جوکھم اٹھانے والوں'' کے ضمیر کو داغدار کیا ہے۔ انعامات، اعزازات، مناصب، مراعات، ادب اور آرٹ کی ترقی اور نمائندگی کے لیے اوپر سجھائے ہوئے راستوں پر اور معینہ مقاصد کے ساتھ دور دراز ملکوں کے دورے، یہ تمام باتیں ادیب اور آرٹسٹ کی بصیرت کے گرد لکیریں کھینچنے والی ہیں، اس کے شعور کو محدود کرے والی اور ادب اور آرٹ کے مقدس اور پاکیزہ مقاصد سے توجہ ہٹانے والی ہیں۔ اس قسم کی مراعات اور سہولتیں قبول کرنے میں ہمیشہ کسی جانے انجانے راستے سے ذہنی غلامی کے در آنے کا اندیشہ ہوتا ہے۔ اور ذہنی غلامی چاہے کسی فرد کی ہو یا ادارے کی یا نظریے کی، انسانی ضمیر اور تخلیقی اظہار کو ہمیشہ راس نہیں آتی۔ آرٹ اور ادب کی دنیا میں اس طرح کے موسم اور معاملات انسان دوستی کے اس عظیم تصور کو بھی راس نہیں آتے جس کی تعمیر و ترویج کا قصہ، تہذیب و تاریخ کی کئی صدیوں پر پھیلا ہوا ہے۔ اپنے شعور اور حافظے کو جھٹلا کر ادب اور آرٹ کی بامعنی تخلیق ممکن نہیں اور یہ معنی بہرحال انسان شناسی اور انسان دوستی کے دائرے میں ہی گردش کرتے آئے ہیں۔

•

اب میں اس مضمون یا اپنی گفتگو کے اختتامی حصے کی طرف آتا ہوں، جس کی اساس میں نے منٹو کے ''سیاہ حاشیے'' پر قائم کی ہے اور جسے آپ اُن معروضات کا حاشیہ بھی کہہ سکتے ہیں۔ یہاں میرا اشارہ منٹو کی اُن تخلیقات کی طرف ہے جنہیں ہم اپنی اجتماعی زندگی کے ایک دلدوز واقعے اور چاہیں تو عام انسانی معاشرے میں اجتماعی دیوانگی کے ایک لمحے کا تخلیقی اشاریہ بھی سمجھ سکتے ہیں۔ یہ اشاریہ ہمیں ادب اور آرٹ میں انسان دوستی کے تصور سے متعلق کچھ بنیادی سوالوں تک لے جاتا ہے۔ اس تصور کو ایک نئے مفہوم سے ہمکنار کرتا ہے۔

ہندوستان اور پاکستان کی تمام علاقائی زبانوں کی بہ نسبت ۱۹۴۷ء کی تقسیم، پھر اُس کے نتیجے میں واقع ہونے والی اور انسانی تاریخ کی سطح پر اپنے اجتماعی المیے اور اپنی تعداد کے لحاظ سے شاید سب سے بڑی اور وحشت آثار ہجرت کے تجربے، مزید براں فسادات اور انسانی درندگی کے واقعات کا احاطہ اردو نظم و نثر، خاص کر فکشن میں، بہت غیر معمولی دکھائی دیتا ہے۔ ہندوستان

اور پاکستان دونوں ملکوں میں تقسیم، ہجرت اور فسادات کے پس منظر میں مقدار اور معیار، دونوں لحاظ سے اردو میں جو فکشن لکھا گیا، بے مثال ہے۔ فکشن کے اس ذخیرے میں اچھی بری ہر طرح کی چیزیں مل جاتی ہیں۔ اردو فکشن کی پہلی بڑی نقاد ممتاز شیریں نے فسادات کے ادب پر اپنے ایک معروف مضمون کا آغاز کرسٹو فر ایشروڈ کے فکشن کی ایک مثال سے کیا ہے، جس میں ایک انگریز صحافی آسٹریا کے ایک کردار (برگ مین) سے، آسٹریا کی اجتماعی واردات کے سیاسی پہلو کی بات شروع کرتا ہے، تو اپنے ہم وطنوں کے غم میں کھویا ہوا برگ مین بے تاب ہو کر چیخ اٹھتا ہے اور کہتا ہے:

''اسے سیاست سے کوئی واسطہ نہیں۔ اس کا تعلق انسانوں سے ہے، انسانوں سے، انسانی زندگی سے، زندہ حقیقی مردوں اور عورتوں سے، گوشت اور خون سے۔''

منٹو نے ہندوستان پاکستان کے بٹوارے اور فسادات کے حوالے سے تقریباً بیس کہانیاں لکھیں۔ ان میں سب سے زیادہ شہرت ''کھول دو''، ''ٹھنڈا گوشت''، ''موتری''، ''ٹیٹوال کا کتا''، ''گورمکھ سنگھ کی وصیت''، ''موذیل'' اور ''ٹوبہ ٹیک سنگھ'' کو ملی۔ ملکی اور غیر ملکی زبانوں میں ان کے ترجمے ہو چکے ہیں۔ ان میں سے کچھ پر پاکستان کی عدالتوں میں مقدمے بھی چلے۔ ان حالات میں منٹو کے دل و دماغ پر جو کچھ گزرا، اس کی تفصیل ہولناک ہے اور فرقہ وارانہ درندگی اور مذہبی جنون سے بوجھل فضا میں ایک انسان دوست ادیب کے موقف کی شاید سب سے انوکھی مثال ہے۔ اپنے ایک مضمون یا رپورتاژ ''زحمتِ مہرِ درخشاں'' میں منٹو نے اپنی حالت کا نقشہ کچھ اس طرح کھینچا ہے:

طبیعت میں اکساہٹ پیدا ہوئی کہ لکھوں۔ لیکن جب لکھنے بیٹھا تو دماغ کو منتشر پایا۔ کوشش کے باوجود ہندوستان کو پاکستان سے اور پاکستان کو ہندوستان سے علاحدہ نہ کرسکا۔ بار بار دماغ میں الجھن پیدا کرنے والا سوال گونجتا۔ کیا پاکستان کا ادب علاحدہ ہوگا...؟ اگر ہوگا تو کیسے ہوگا۔ وہ سب کچھ جو سالم ہندوستان میں لکھا گیا تھا، اُس کا مالک کون ہے؟ کیا اس کو

بھی تقسیم کیا جائے گا؟ کیا ہندوستانیوں اور پاکستانیوں کے بنیادی مسائل ایک جیسے نہیں!''

•

''فضا میں مردنی طاری تھی۔ جس طرح گرمیوں کے آغاز میں آسمان پر بے مقصد اڑتی ہوئی چیلوں کی چیخیں اُداس ہوتی ہیں اسی طرح ''پاکستان زندہ باد'' اور ''قائد اعظم زندہ باد'' کے نعرے بھی کانوں کو اُداس اُداس لگتے تھے۔''

•

''میں اپنے عزیز دوست احمد ندیم قاسمی سے ملا۔ ساحر لدھیانوی سے ملا۔ ان کے علاوہ اور لوگوں سے ملا۔ سب میری طرح ذہنی طور پر مفلوج تھے۔ میں یہ محسوس کر رہا تھا کہ یہ جو اتنا زبردست بھونچال آیا ہے شاید اس کے کچھ جھٹکے آتش فشاں پہاڑ میں اٹکے ہوئے ہیں۔ باہر نکل آئیں تو فضا کی نوک پلک دُرست ہوگی۔ پھر صحیح طور پر معلوم ہو سکے گا کہ صورت حالات کیا ہے۔''

چھوٹے چھوٹے وقوعوں (Happenings) لطیفوں کی بیرونی پرت رکھنے والے افسانچوں پر مشتمل مجموعہ ''سیاہ حاشیے'' کے نام سے اکتوبر ۱۹۴۸ء میں شائع ہوا تھا پاکستان میں اقامت اختیار کرنے کے بعد منٹو نے جو پہلی کہانی لکھی ''ٹھنڈا گوشت'' تھی، جس پر منٹو سے معاشرتی اور سرکاری دونوں سطحوں پر باز پُرس کی گئی۔ پاکستان میں لکھا جانے والا دوسرا افسانہ ''کھول دو'' تھا۔ حکومت کے نزدیک یہ افسانہ امن عامہ کے مفاد کے منافی تھا۔ لہٰذا اس کی اشاعت کے جُرم میں ''نقوش'' کی اشاعت چھ مہینے کے لیے بند کر دی گئی۔ اس وقت فسادات ٹھنڈے پڑ چکے تھے اور پاکستانی معاشرے پر ذہنی اعتبار سے تعطل کی ایک کیفیت طاری تھی۔ منٹو نے فسادات پر مبنی یہ تمام تخلیقات باہر کی دنیا میں طاری تعطل کی اسی فضا میں وضع کی تھیں، جب وہ اس ساری واردات کو ذرا دور سے دیکھ سکتا تھا، کیونکہ طوفان سر سے گزر چکا تھا اور وہ قدرے غیر جذباتی انداز میں اپنے تجربے کا تجزیہ کر سکتا تھا۔ ان تحریروں میں جو سنگینی اور ایک

گہری رچی ہوئی تخلیقی معروضیت کا عنصر ہے وہ اسی صورتحال کا پیدا کردہ ہے۔ ''سیاہ حاشیے'' پر حاشیہ آرائی کرتے ہوئے محمد حسن عسکری نے لکھا ہے کہ'' ۔ادب سے ہم اس قسم کے جھوٹ کا مطالبہ نہیں کرتے جو ہم تاریخ یا معاشیات یا سیاسیات کی کتابوں سے کرتے ہیں۔ادیب سے ہم کسی نظریے یا خارجی دنیا کے بارے میں سچ بولنے کا اتنا مطالبہ نہیں کرتے جتنا اپنے بارے میں سچ بولنے کا۔ اپنے اندر جو سچ جھوٹ بھرا ہوا ہے اس سے چشم پوشی کر کے سچا ادب پیدا نہیں کیا جاسکتا۔'' اور یہ کہ ''جب تک ہمیں کسی فعل کا انسانی پس منظر معلوم نہ ہو، محض خارجی عمل کا نظارہ ہمارے اندر کوئی دیرپا، ٹھوس اور گہری معنویت رکھنے والا ردّعمل پیدا نہیں کرسکتا۔'' ہندوستان میں بھاگل پور کے فسادات کے دوران کہی جانے والی نظموں کی اپنی کتاب ایک شاعر نے مجھے اس وضاحت کے ساتھ بھیجی کہ'' اُس وقت جب شہر جل رہا تھا میں اپنے کمرے میں بیٹھا یہ نظمیں لکھ رہا تھا۔'' ظاہر ہے میرا پہلا ردّعمل یہی تھا کہ آس پاس آگ لگی ہو تو نظمیں کہنے کے بجائے پہلے اُس آگ کو بجھانے کی فکر کرنی چاہیے اور میں نے وہ کتاب بغیر پڑھے رکھ دی تھی۔انسانی سروکاروں پر مبنی تجربے کا بامعنی بیان، انتشار اور تشدّد اور ابتری کے ماحول سے نکلنے کے بعد ہی ممکن ہے۔لہٰذا ادب میں انسان دوستی کے مضمرات کا جائزہ لیتے وقت صحافتی یا ہنگامی ادب اور مستحکم اور پائیدار قدروں کے حامل ادب میں فرق کو بھی پیش نظر رکھنا ضروری ہے۔جنگ کے زمانے کا ادب بہ قول آرول، صحافت ہوتی ہے۔آندرے ژید نے کہا تھا۔''ایسا آدمی جو اپنی شخصیت کی خاطر نوع انسانی کا تیاگ کرتا ہے بالآخر ایک بوالعجب، اوٹ پٹانگ اور نامکمل آدمی بن کر رہ جاتا ہے۔'' اور ظاہر ہے کہ نامکمل آدمی کسی آفاقی انسانی صداقت تک نہیں پہنچ سکتا۔

منٹو نے یہ تخلیقات (ٹھنڈا گوشت، کھول دو، سیاہ حاشیے)، جن کا اوپر ذکر کیا گیا صرف فسادات کے بارے میں نہیں ہیں بلکہ انسانوں کے بارے میں ہیں۔اس فرق کو سمجھنا یوں ضروری ہے کہ مثال کے طور پر نظریاتی یا مذہبی اساس رکھنے والی جنگیں، نظریوں اور مذاہب کے مابین ہوتی ہیں، انسانوں کے مابین نہیں ہوتیں کیونکہ بالعموم مختلف گروہوں میں بٹے ہوئے انسانوں کے مسئلے بیشتر مشترک ہوتے ہیں، ایک سے دکھ سکھ، ایک سی امیدیں اور مایوسیاں، ایک سے خواب اور ایک سی ہزیمتیں۔دوسری عالمی جنگ کے دوران کی ہندوستانی

صورت حال کا ذکر کرتے ہوئے ممتاز شیریں نے لکھا ہے کہ اس وقت کچھ لوگوں نے ہمارے ادیبوں کی خاموشی اور جنگ سے لاتعلقی پر سوالیہ نشان قائم کیا لیکن یہ حقیقت بھلا دی کہ ''ہمارے ادیب صرف اس لیے خاموش نہیں تھے کہ ان کے ذہنوں میں شکوک اور الجھنیں تھیں بلکہ اس لیے کہ دوسری جنگِ عظیم کرہ ارض کے طول وعرض میں لڑی جانے کے باوجود ہندوستان سے دور تھی اور ادیب کے ماڈل یعنی انسانی زندگی... اپنے گردوپیش کی انسانی زندگی میں کوئی ہلچل تو کیا، ایک ہلکے سے تموج کی کیفیت بھی پیدا نہیں ہوئی تھی۔''

لیکن فسادات تو ہمارے آس پاس کی دُنیا میں ہو رہے تھے اور ہمارے ادیبوں کے لیے یہ موضوع اجنبی یا نامانوس نہیں تھا۔ تقسیم کے المیے کا جو اثر عام انسانی زندگی پر پڑ رہا تھا اس کی آنچ ہم سب محسوس کر رہے تھے۔ اس میں عام اور خاص کا فرق نہ تھا اور اس المیے کا بنیادی تقاضا یہ تھا کہ نظریاتی یا مذہبی پوزیشن لینے کے بجائے سیدھی سادی عام انسانی سطح پر اُس کے بخشے ہوئے درد کا ادراک کیا جائے۔ لیکن زیادہ تر افسانے عجلت میں لکھے گئے اور ان میں تخلیقی سطح پر کسی گہرے ردِّعمل سے زیادہ اظہار ایسے جذبوں کا ہوا جو ہنگامی اور صحافیانہ نوعیت کے حامل تھے۔ منٹو اور اس کے ہم عصروں کی کہانیاں ایک ساتھ سامنے رکھی جائیں تو اُن کا فرق اور منٹو کا امتیاز سمجھ میں آتا ہے۔ اپنے معاصرین کے برعکس، منٹو نے فارمولا کہانی لکھنے سے گریز کیا۔ اس قسم کے مسئلے کہ انگریزی حکومت نے فسادات کا بیج بویا تھا یا یہ کہ تقسیم اور ہجرت فسادات کی جڑ ہیں یا یہ کہ ہندو، سکھ اور مسلمان، سب کے سب یکساں طور پر قصوروار ہیں۔ اس لیے اس موضوع پر لکھتے وقت سب کا حساب برابر رکھنا چاہیے، یہ منٹو کے مسئلے نہیں تھے۔ منٹو نے تو اجتماعی وحشت اور دیوانگی کے اس ماحول میں ہندو مسلمان سے بے نیاز ہو کر انسانوں کو سمجھنے کی کوشش کی۔ اس حقیقت کے باوجود کہ تقسیم کے سانحے کا اثر براہ راست منٹو کی زندگی پر بھی گہرا پڑا، اس نے اپنی حالت اور اس فضا میں اپنے باطن کی زمین پر اٹھنے والے سوالوں کا احاطہ ان لفظوں میں کیا:

> اب میں سوچتا ہوں کہ میں کیا ہوں۔ اس ملک میں جسے دُنیا کی سب سے بڑی اسلامی مملکت کہا جاتا ہے، میرا کیا مقام ہے۔ میرا کیا مصرف ہے۔ آپ اسے افسانہ کہہ لیجیے۔ مگر میرے لیے یہ ایک تلخ حقیقت ہے کہ میں ابھی

تک خود اپنے ملک میں جسے پاکستان کہتے ہیں اور جو مجھے بہت عزیز ہے، اپنا مقام تلاش نہیں کر سکا۔ یہی وجہ ہے کہ میری روح بے چین رہتی ہے۔ یہی وجہ ہے کہ میں کبھی پاگل خانے اور کبھی ہسپتال میں ہوتا ہوں۔

''سیاہ حاشیے'' پر ''حاشیہ آرائی'' کے عنوان سے اظہارِ خیال کرتے ہوئے محمد حسن عسکری نے ایک بنیادی سچائی کی طرف اشارہ کیا ہے کہ منٹو کو ان افسانوں کے اثرات کے بارے میں نہ غلط فہمیاں ہیں، نہ انہوں نے ایسی ذمہ داریاں اپنے سر لی جو ادب پوری کر ہی نہیں سکتا۔ انہوں نے ظالموں پر لعنت بھیجی نہ مظلوموں پر آنسو بہائے ہیں۔ انہوں نے تو یہ تک نہیں کہا کہ ظالم لوگ برُے ہیں یا مظلوم اچھے ہیں۔

''ان کا نقطۂ نظر سیاسی ہے نہ عمرانی، نہ اخلاقی بلکہ ادبی اور تخلیقی۔ منٹو نے تو صرف یہ دیکھنے کی کوشش کی ہے کہ ظالم یا مظلوم کی شخصیت کے مختلف تقاضوں سے ظالمانہ فعل کا کیا تعلق ہے۔ ظلم کرنے کی خواہش کے علاوہ ظالم کے اندر اور کون کون سے میلانات کارفرما ہیں۔ انسانی دماغ میں ظلم کتنی جگہ گھیرتا ہے۔ زندگی کی دوسری دلچسپیاں باقی رہتی ہیں یا نہیں۔ منٹو نے نہ تو رحم کے جذبات بھڑکائے ہیں، نہ غصّے کے، نہ نفرت کے۔ وہ تو آپ کو صرف انسانی دماغ، انسانی کردار اور شخصیت پر ادبی اور تخلیقی انداز سے غور کرنے کی دعوت دیتے ہیں۔ اگر وہ کوئی جذبہ پیدا کرنے کی فکر میں ہیں تو وہ صرف وہی جذبہ جو ایک فن کار کو جائز طور پر پیدا کرنا چاہیے... یعنی زندگی کے متعلق بے پایاں تحیّر اور استعجاب۔ فسادات کے متعلق جتنا بھی لکھا گیا ہے اس میں اگر کوئی چیز انسانی دستاویز کہلانے کی مستحق ہے تو یہ افسانے ہیں۔''

ادب میں انسان دوستی کے تصور کی سب سے گہری اور پائدار جہت دراصل اسی رویّے سے نکلتی ہے۔ رقت خیزی یا ترحم یا مثال پرستی کی سطح سے یہ سطح بالکل الگ ہے اور اپنے لازوال انسانی عنصر کے ساتھ لکھنے والے کی اپنے حقیقی منصب (یعنی تخلیقی عمل) کے تئیں

دیانت داری اور ذمہ داری کے احساس کی گواہی بھی دیتی ہے۔

میرے خیال میں یہ مناسب ہوگا کہ اس گفتگو کو ختم منٹو کے ''سیاہ حاشیے'' کی دو ایک مثالوں کے ساتھ کیا جائے:

(۱)

چلتی گاڑی روک لی گئی جو دوسرے مذہب کے تھے ان کو نکال نکال کر تلواروں اور گولیوں سے ہلاک کر دیا گیا۔ اس سے فارغ ہو کر گاڑی کے باقی مسافروں کی حلوے، دودھ اور پھلوں سے تواضع کی گئی۔

گاڑی چلنے سے پہلے تواضع کرنے والوں کے منتظم نے مسافروں کو مخاطب کر کے کہا۔ ''بھائیوں اور بہنو! ہمیں گاڑی کی آمد کی اطلاع بہت دیر میں ملی یہی وجہ ہے کہ ہم جس طرح چاہتے تھے اس طرح آپ کی خدمت نہ کر سکے۔ (سیاہ حاشیے: کسر نفسی)

(۲)

جب حملہ ہوا تو محلے میں سے اقلیت کے کچھ آدمی تو قتل ہو گئے جو باقی بچے تھے جانیں بچا کر بھاگ نکلے۔ ایک آدمی اور اس کی بیوی البتہ اپنے گھر کے تہہ خانے میں چُھپ گئے۔

دو دِن اور دو راتیں پناہ یافتہ میاں بیوی نے قاتلوں کی متوقع آمد میں گزار دیں۔ مگر کوئی نہ آیا۔

چار دِن اور بیت گئے، میاں اور بیوی کو زندگی اور موت سے کوئی دلچسپی نہ رہی۔ دونوں جائے پناہ سے باہر نکل آئے۔

خاوند نے بڑی نحیف آواز میں لوگوں کو اپنی طرف متوجہ کیا اور کہا۔ ''ہم دونوں اپنا آپ تمہارے حوالے کرتے ہیں... ہمیں مار ڈالو۔''

جن کو متوجہ کیا گیا تھا وہ سوچ میں پڑ گئے ''ہمارے دھرم میں جیو ہتیا پاپ ہے۔''

وہ سب جینی تھے لیکن انہوں نے آپس میں مشورہ کیا اور میاں بیوی کو مناسب کاروائی کے لیے دوسرے محلے کے آدمیوں کے سُپرد کر دیا۔

(سیاہ حاشیے: مناسب کاروائی)

(۳)

گاڑی رکی ہوئی تھی

تین بندوقچی ایک ڈبے کے پاس آئے۔ کھڑکیوں میں سے اندر جھانک کر انہوں نے مسافروں سے پوچھا۔ ''کیوں جناب کوئی مرغا ہے''

ایک مسافر کچھ کہتے کہتے رک گیا باقیوں نے جواب دیا ''جی نہیں''

تھوڑی دیر بعد چار نیزہ بردار آئے۔ کھڑکیوں میں سے اندر جھانک کر انہوں نے مسافروں سے پوچھا۔ ''کیوں جناب کوئی مرغا ہے''

اس مسافر نے جو پہلے کچھ کہتے کہتے رک گیا تھا جواب دیا ''بھئی معلوم نہیں ہے! آپ اندر آکے سنڈاس میں دیکھ لیجیے''

نیزہ بردار اندر داخل ہوئے۔ سنڈاس توڑا گیا اس میں سے ایک مرغا نکل آیا۔

ایک نیزہ بردار نے کہا۔ ''کردو حلال''

دوسرے نے کہا۔ ''نہیں یہاں نہیں! ڈبہ خراب ہو جائے گا... باہر لے چلو۔''

(سیاہ حاشیے: صفائی پسندی)

یہاں ان کہانیوں کی تشریح یا ان تجربات کے سلسلے میں کسی طرح کی وضاحت غیر ضروری ہے۔ تاہم اس جملے کے ساتھ میں اب یہ گفتگو ختم کرتا ہوں کہ درد اور دہشت سے بھرے ہوئے ان واقعات سے زیادہ درد اور دہشت یہاں ''مناسب کاروائی'' یا ''صفائی پسندی اور ''کسر نفسی'' کے ان تصورات میں چھپی ہوئی ہے، جن کا اظہار متعلقہ کرداروں کی طرف سے ہوا ہے۔ انسان دوستی کا ایک زاویہ یہ بھی ہے اور اس زاویے تک رسائی کے لیے منٹو نے صرف اپنی بصیرت کو رہنما بنایا ہے۔ ہتیا کو پاپ سمجھنے والے ''مناسب کاروائی'' کے لیے قاتلوں کا سہارا

لے سکتے ہیں اور ایسے لوگ بھی قاتل ہو سکتے ہیں، جن میں صفائی اور گندگی کی تمیز باقی ہو۔ منٹو نے اپنی انسان دوستی کا مواد، وجود کی اسی بھول بھلیاں میں سے ڈھونڈ نکالا ہے... کہ اُس کی تلاش، بہر حال، ایک ادیب کی اور ایک تخلیقی آدمی کی تلاش تھی! یہ تلاش ہمیں بتاتی ہے کہ ادب کا مطالعہ پہلے سے طے شدہ کسی سیاسی، سماجی یا علمی دستاوز کا نعم البدل نہیں ہوتا۔

●●

''یہ مختصر سے تراشے اپنے آپ میں اس قدر خیال افروز ہیں کہ ان سے نئی کتابیں مرتب ہو سکتی ہیں۔''

یہ بات آج سے اڑسٹھ برس پہلے معروف شاعر یوسف ظفر نے اُس وقت لکھی تھی جب ''سیاہ حاشیے'' کے خلاف ایک باضابطہ ''لٹھ بردار'' تحریک جاری تھی۔ ''سیاہ حاشیے'' سعادت حسن منٹو کی سب سے متنازعہ تخلیق ہے۔ متنازعہ اس معنی میں کہ اس بار مقدمہ مذہب یا قانون کی عدالتوں میں دائر نہیں ہوا، جن میں پیش ہو کر ہمارے اس دور کے بڑے بڑے جید ادباء، گواہان صفائی کے طور پر رضا کارانہ اور درخواستانہ پیش ہوتے رہے، بلکہ اب کی بار مقدمہ ''ادبی عدالت'' میں چلایا گیا اور بھرپور تیاری کے ساتھ لڑا گیا۔

ایک کی رائے یہ بھی ہے کہ ترقی پسند تحریک اور اُس کے نظریات سے ہم آہنگ ناقدین و ادباء اور شعرا نے منٹو کی ''سیاہ حاشیے'' کی مخالفت اس پر ''حاشیہ آرائی'' کرنے والے محمد حسن عسکری کی وجہ سے کی۔

اس رائے میں بہت وزن بھی ہے کیونکہ اس وقت ''سیاہ حاشیے'' میں شامل افسانوں، افسانچوں، لطیفوں، چٹکلوں یا بہ قول ممتاز مفتی ''جگنو چمکیاں''، ہم اُنہیں جو بھی نام دیں کے خلاف کم جب کہ حسن عسکری کے خلاف کھل کر بات کی گئی۔ معروف ترقی پسند نقاد ممتاز حسین کے علاوہ منٹو کے واحد ایسے دوست جن کی منٹو دل سے عزت کیا کرتے یعنی احمد ندیم قاسمی کا کھلا خط ہمارے اس دعوے کے استناد کا ہی ثبوت ہے۔ معروف ترقی پسند نقاد ممتاز حسین کے علاوہ منٹو کے واحد ایسے دوست جن کی منٹو دل سے عزت کیا کرتے تھے یعنی احمد ندیم قاسمی کا کھلا خط ہمارے دعوے کے استناد کا بین ثبوت ہے۔

(ڈاکٹر طاہر عباس: ''سیاہ حاشیے'' متن اور مباحث)

سیاہ حاشیے جو سرخی مائل زیادہ ہیں

عتیق اللہ

میں جب ''سیاہ حاشیے'' کے افسانوی شذرات پڑھ رہا تھا تو معاً خیال گزرا کہ منٹو کی زندگی کا ایک ایک لمحہ اور اس کے استعمال کردہ تمام الفاظ جو اُس کے مضامین یا خاکوں یا اور دوسری تحریروں میں موجود ہیں، سب کے سب کہانیوں میں شرابور ہیں۔ اکثر مضامین میں سے کہانیاں نکالی جاسکتی ہیں۔ اُس کے مذاق، اُس کی مسخرگی، اُس کی وضاحتوں میں بھی دُکھ کی ایک کالی لکیر کا مشاہدہ کیا جاسکتا ہے۔ پڑھنے والوں میں بھی بعض ایسے حساس قاری بھی ہوتے ہیں جو آج کے دورانیے میں ستر برس قبل کی کہانیوں کو پڑھ کر ناقابل برداشت اذیت کے احساس سے گزرتے ہیں۔ قاری کا جب یہ عالم ہے تو اِن کہانیوں کے لکھنے والے کا کیا حال ہوا ہوگا جس کے ہاتھ میں قلم تھا اور جو سفید کاغذ پر نیلی یا سیاہ روشنائی سے وہ اُنہیں قلم بند کر رہا تھا۔ الفاظ کی چیخوں کی گونج اُس کے اردگرد کے سنّاٹوں کے سینے چیر دیتی ہوگی اور خود لکھنے والے کی رگوں میں دوڑتے ہوئے خون میں سوئیوں کے ریزے حل ہو کر تمام اعصاب کو چھلنی چھلنی کر دیتے ہوں گے۔

جہاں تک ''سیاہ حاشیے'' کی کہانیوں کی تکنیک کے بارے میں بعض حضرات نے بہت محتاط اور بہت بے باکانہ طور پر اظہار خیال کیا ہے۔ ان کی بھی قدر و قیمت ہے اور جنہوں نے اُنہیں رجعت پسندانہ قرار دیا ہے اس کی بھی ترقی پسند نقطہ نظر سے ایک قدر ہے۔ ترقی پسند تنقید نگاروں نے گلشن کی حدود میں لامحدودیت، بیانیہ کے فنی تقاضوں، ادراک حقیقت کے متنوع متبادلات اور مواد و ہئیت کی اس یکجائیت کو کوئی معنی ہی نہیں دیے جس کی بہترین

مثال ترقی پسند افسانہ نگار راجندر سنگھ بیدی نے قائم کی تھی۔ جس طرح جدیدیت کے علم برداروں نے فکشن کے مباحث کو غیر ضروری سمجھا اس کی پیش روی ترقی پسندوں نے کی تھی لیکن وہ بھی نظم میں ساری تخلیقی قوتیں صرف کرنے میں اپنی اہلیت کا ثبوت فراہم کرنے کے لیے کوشاں رہے۔ یہی وجہ ہے کہ اسی دورانیے میں منٹو کے افسانوں نے اپنے لیے ایک الگ راہ کا انتخاب کیا۔ جو بہت ٹیڑھی میڑھی کنکریلی، چھوٹے بڑے گڑھوں سے بھری ہوئی تھی۔ منٹو نے تو اپنی اخلاقیات کا ایک مضبوط قلعہ خود تعمیر کیا تھا۔ اُسے جتنا فحش کہا گیا اُس کی کہانیاں اتنی ہی مقدس ہیں۔ پورا ایک اخلاقی نظام ہے جس کے اپنے رہنما اصول ہیں اور جو منٹو کے ذہن کے اسٹرکچر کے مماثل ہیں۔ فکشن نگار کی ذہنی ساخت اور کہانی کی ساخت میں کوئی مغائرت نہیں ہوتی۔ منٹو کی اخلاقیات اس کی ذہنی ساخت کی زائیدہ و پروردہ ہے، ہم جسے اُس کی کہانیوں کی ساخت سے علاحدہ کر کے نہیں دیکھ سکتے اور یہ بھی ایک حقیقت ہے کہ کہانی، کہانی کار کے حکم پر نہیں چلتی خود اپنے حکم کی غلام ہوتی ہے۔ کہانی کی تاریخ یہی بتاتی ہے کہ اس نے کسی ایک سنگ میل کو منزل قرار نہیں دیا بلکہ ہر سنگ میل پر کئی راہوں کے باب کھلے ہوتے ہیں اور ہم یہ نہیں جانتے کہ کون سی راہ منزل کو جاتی ہے۔ سب سے ستم ظریفانہ اور خوش آئند بات یہ ہے کہ اس کا سرچشمہ کبھی سوکھتا نہیں۔ ہر ایک اُس سے سیراب ہوتا ہے اور سمجھتا ہے کہ میں نے اپنی ساری تشنگی بجھالی ہے اور سارے ممکنات آزما لیے ہیں جبکہ یہ بھی خود فریبی کے زمرے کی چیز ہے، جس کے کئی نام ہیں۔ منٹو نے بھی کم سے کم وقت میں زیادہ سے زیادہ لکھا اور وہ بھی ہر کہانی کے ساتھ خود کو بھی دریافت کرتا رہا اور اس کی اسی کوشش نے اُسے شراب کے نشے میں بھی ہوش مند رکھا۔ اُس نے ادارتیں بھی کیں، تراجم بھی کیے۔ تنقیدی مضامین بھی لکھے۔ مقدمات میں عدلیہ کے چکر بھی لگائے اور سب سے اہم بات یہ کہ بیوی بچوں کے لیے اس کی فکرمندی بھی بہتوں کے لیے عجوبہ ہو سکتی ہے لیکن یہ پہلو بھی کوئی انوکھا پہلو نہیں ہے۔ اُس کی اطلاقیات ہی کا مظہر ہے جو اُس کی اس ذہنی ساخت کا ساختہ ہے جو اُس کی کہانیوں کا بھی سرچشمہ ہے۔ اُس کی کہانیوں میں اُس کا غم وغصہ بے تحاشہ پھوٹ کر نہیں نکلتا۔ منٹو نہیں بلکہ اس کی کہانیاں ازخود اس غم وغصے کے لیے سدّراہ بن جاتی ہیں۔ دفاع و مزاحمت کی سی صورتیں ہر اس کہانی میں واقع ہوتی ہیں جہاں جذباتی

شدتوں پر پابندی ہمارے اختیار میں نہیں ہوتی۔ یہ دفاع و مزاحمت منٹو کی تمام کہانیوں کو حشو و زوائد سے باز رکھنے کے آلات حرب و ضرب ہیں۔

''سیاہ حاشیے'' جس کی کہانیاں ۱۹۴۸ء میں مجموعے کی شکل میں سامنے آئیں۔ یہ دورانیہ ترقی پسند تحریک کے عروج کا تھا اور جس کی تہہ میں اُس کے زوال کی ہمک بھی محسوس کی جانے لگی تھی۔ ترقی پسندوں نے ''رجعت پرستی'' کا لفظ اس قدر استعمال کیا کہ وہ بہت جلد بے معنی (کلیشے) بن گیا۔ منٹو نے اپنا غم و غصہ، اپنا احتجاج اپنے مضامین میں درج کیا ہے۔ اس کی گفتار میں بھی اکثر باطن کی کڑواہٹیں اپنے لیے گنجائش نکال لیتی تھیں۔ منٹو محض اپنے دور ہی کا نہیں تمام ادوار کا فنکار تھا اور تمام ادوار میں وہ Human concerned کے طور پر متعارف ہوتا ہے۔ اس کی ہمدردی بھی بے دردی سے کم نہیں تھی۔ جس نے اُس کی ہڈیوں کے گودے کھا لیے، اُس کے ایک ایک عضو کو ناکارہ بنا دیا، وہ قطرہ قطرہ اپنے لہو کی دھونی دیتا رہا اور یہ سمجھتا تھا کہ یہ بے درد حساسیت بالآخر اسے کسی معدومیت کے اندھیرے کی طرف دھکیل رہی ہے۔ ''سیاہ حاشیے'' سے قبل جو افسانوی مجموعے شائع ہو چکے تھے۔ ان کے بعد یعنی عین تقسیم وطن کی واردات رونما ہونے کے بعد ''سیاہ حاشیے'' کی کہانیوں کو مرتب کرنے کا کیا جواز ہے۔ اگر انہیں filler یعنی بھرائی کہا گیا یا لطیفوں کے نام سے انہیں یاد کیا گیا تو یہ اتنا غلط بھی نہیں ہے۔ اس مسئلے پر میں بعد میں بحث کروں گا۔ یہ بحث تو اُسی وقت بامعنی ہوگی جب ہم ان شذرات کو کہانیوں یا افسانچوں سے تعبیر کریں۔ درج ذیل لطیفہ ہے یا افسانہ۔ پہلی بات تو یہ کہ اسے سب سے مختصر کہانی سے بھی یاد کیا گیا تھا:

> ''ٹرین میں آمنے سامنے بیٹھے ہوئے دو اشخاص میں سے ایک نے دوسرے سے پوچھا تم بھوت پر یقین کرتے ہو۔ دوسرے نے کہا 'نہیں' اور پہلا شخص غائب ہو گیا۔''

ہم اسے لطیفہ بھی کہہ سکتے ہیں کیونکہ ہر شخص وہ حس لطیف نہیں رکھتا کہ لطیفے سے لطف اندوز ہو۔ لطیفے زیادہ Open ended ہوتے ہیں۔ جب کوئی لطیفہ سننے کے بعد یہ سوال کرتا ہے کہ بات سمجھ میں نہیں آئی تو لطیفہ گو کو اپنا سر پیٹ لینے کو جی چاہتا ہے۔ ہر کہانی کا دہانہ بھی کھلا ہوا ہوتا

ہے۔ وہ جہاں ختم ہوتی ہے اُس کے بعد اس کا لکھنے یا سُنانے والا معدوم ہو جاتا ہے اور آپ اُس کے انجام کی کوئی اور توقع قائم کر لیتے ہیں جس سے کہانی کار کو کوئی مطلب نہیں ہوتا۔ کہانی اور پلاٹ کی تخصیص قائم کرتے ہوئے ایک مثال اکثر دی جاتی ہے۔

''بادشاہ مر گیا اور پھر ملکہ مر گئی۔''

بادشاہ مر گیا یہاں تک یہ ایک ایسا واقعہ ہے جو عین ممکنات کے زمرے میں آتا ہے، لیکن فوراً ملکہ کی موت ذہن کو شکوک میں مبتلا کر دیتی ہے۔ ضرور اس موت کے پیچھے کسی کی سازش کارفرما ہے۔ اس واقعے کو ازسرِ نو تنظیم دینے کا کام پلاٹ کا ہے جو موت کے اسباب و وجوہ سے آگاہ کرتا ہے۔ ظاہر ہے بات یہیں ختم نہیں ہوتی۔ جو اسباب فکشن نگار بتاتا ہے وہ بھی ممکن ہیں اور کچھ ایسی گنجائشیں بھی ممکنات کی راہ نکالتی ہیں جیسے ملکہ کی موت تو بادشاہ کی موت کے صدمے سے واقع ہو سکتی ہے یا وہ لاولد تھے اس لیے وزیر نے سازش کی یا ملکہ بادشاہ کی دوسری بیوی ہو اور اس کے بیٹے کے علاوہ دوسرا بھی کوئی بیٹا ہو جو پہلی بیوی سے بھی ہو سکتا ہے۔ بادشاہ دوسری بیوی کے بیٹے سے زیادہ شفقت رکھتا ہو جس کے باعث پہلی بیوی کا بیٹا بادشاہ کی موت کے بعد کسی طرح سازش کر کے ملکہ کو زہر پلا دیتا ہے اور وہ مر جاتی ہے۔ اسباب ایک ہزار ہو سکتے ہیں جنہیں اغلب بھی کہا جا سکتا ہے اور ممکنہ بھی۔ اور یہ ایک فطری واقعہ بھی ہو سکتا ہے۔ دونوں طرح کی صورتیں عالمی تاریخ کے ہر دور میں واقع ہوتی رہتی ہیں۔ اس کا ایک ہی مطلب ہے ہر رونما ہونے والا واقعہ حقیقی بھی ہے اور افسانے میں اس کی صورت کچھ اور ہو جاتی ہے اور یہ کہ ہر خیالی واقعہ افسانے میں ڈھلنے کے بعد حقیقی واقعے کا تاثر دیتا ہے کیونکہ وہ کسی کے ساتھ بھی واقع ہو سکتا ہے۔

دنیا کے واقعات ہیں دنیا کے ساتھ ساتھ

جو آج ہو رہا ہے وہی بارہا ہوا...!

ایک اور دو سطروں پر بنی کہانی بھی سن لیں۔ اسے میں پہلے بھی کہیں لکھ چکا ہوں۔ اُجین ایک بہت قدیم شہر ہے۔ کالیداس اور بھرتر ہری اور وکرمادتیہ کا شہر، یہ لوک کہانیوں کا بھی بہت بڑا مرکز رہا ہے۔ وکرم اور بیتال سے کون واقف نہیں ہے۔ اسی شہر میں یہ قصہ بھی

مشہور ہے کہ ایک جہاں دیدہ عورت قصہ گوئی میں بہت شہرت رکھتی تھی۔لیکن ایک کہانی سُنانے کے سونے کے ایک سو سکے لیتی تھی۔ایک شخص کو نئی نئی کہانیاں سننے کا بہت شوق تھا۔ اُس نے جب اُس عورت کے بارے میں سُنا تو بے چین ہو گیا اور کسی نہ کسی طرح سو سکّے جمع کیے اور اُجین کی راہ لی۔راستے میں ایک ڈاکو مل گیا اُس نے اُسے لوٹنا چاہا تو اُس نے اپنے سفر کی وجہ بتائی اور یہ منت کی کہ مجھے بخش دے۔میں جب کہانی سن کر واپس آؤں گا تو مجھے لوٹ لینا۔ ڈاکو نے جب یہ بات کی تو اُسے دلچسپی پیدا ہوئی اور اُسے بھی کہانی سننے کا اشتیاق پیدا ہو گیا۔ڈاکو نے اس وعدے پر اُس مسافر کو چھوڑ دیا کہ وہ واپسی پر وہی کہانی اُسے بھی سنائے گا۔وعدہ کر کے مسافر جہاں دیدہ عورت کے پاس پہنچ گیا۔اُس نے اپنا مقصد بتایا تو عورت نے سونے کے سکوں کی بات کہی۔مسافر نے فوراً سکوں سے بھری ہوئی تھیلی اُس کے آگے رکھ دی۔قصہ گو عورت نے کہانی سنائی کہ:

"جب تم دوسری بار تم کسی سے ملتے ہو تو وہ آدمی پھر وہ نہیں رہتا جو پہلی بار ملنے پر تھا۔"

کہانی ختم ہوگئی اور کہانی سے سیر ہو کر مسافر نے اپنا وعدہ پورا کیا۔ڈاکو بہت خوش ہوا۔ اُس نے مسافر کی آؤ بھگت کی اور پھر اُس سے کہانی سنانے کے لیے کہا۔مسافر نے جواباً کہانی سنائی کہ:

"جب تم دوسری بار کسی سے ملتے ہو تو وہ آدمی پھر وہ نہیں رہتا جو پہلی بار ملنے پر تھا۔"

ڈاکو نے کہانی سُنی تو وہ اٹھا اور مسافر کو گلے لگا لیا اور بہت سے تحفے تحائف دے کر اُسے رخصت کر دیا۔کہانی میں قلب ماہیت کا ایک پہلو بھی بین السطور ہے اور کہانی ختم ہونے کے بعد سُننے والا استعجاب میں پڑ جاتا ہے کہ ارے ایسا بھی ہوتا ہے! اور اصل کہانی جہاں دیدہ عورت کی ڈیڑھ سطر پر لطف کا سارا سامان مہیا نہیں کرتی، ڈاکو کا کردار اُسے انتہائی لطیف بنا دیتا ہے اور لطف ہی سے لطیف اور لطیفہ بنا ہے۔

یہ کہانی اور دوسرے قصّے اور لطیفے سنانے کا ایک محل تھا اور وہ یہ کہ نہایت اختصار کے ساتھ بھی کہانیاں سنانے کا چلن تھا اور کہانی کے لیے طوالت اور اختصار کا کوئی جامع تصور ابھی تک متشکل نہیں ہوا ہے۔"سیاہ حاشیے" کے انتساب میں خود ایک کہانی پنہاں ہے۔منٹو نے جس

شخص کے نام اپنی تصنیف معنون کی ہے وہ ایک واقعہ ہے اور واقعہ کو کس طرح کہانی کی شکل دی جا سکتی ہے، اُس کے ہزار طریقے ہیں۔ ہر کہانی اپنی تکنیک اور اپنی شعریات لے کر پیدا ہوتی ہے، اُسے بس ہمیں دریافت کرنا ہوتا ہے۔ اس معنی میں سُنائی جانے والی کہانی اور لکھی جانے والی کہانی میں نمایاں اور ضمنی افتراق کا پیدا ہونا لازمی ہے۔

منٹو نے ان الفاظ میں کتاب کو اُس اجنبی شخص سے منسوب کیا ہے جس سے اتفاقاً اُس کی مڈ بھیڑ ہوئی ہوگی۔ وہ کہاں ملا تھا نہ تو اُس جگہ کے بارے میں وہ بتاتا ہے اور نہ یہ کہ پھر کیا ہوا؟

''اُس آدمی کے نام جس نے اپنی خوں ریزیوں کا ذکر کرتے ہوئے کہا:
''جب میں نے ایک بڑھیا کو مارا تو مجھے ایسا لگا مجھ سے قتل ہو گیا ہے۔''
اس کے بعد ہی افسانچے ساعتِ شیریں ''سیاہ حاشیے'' کا آغاز ہوتا ہے۔
''اطلاع موصول ہوئی ہے کہ مہاتما گاندھی کی موت پر اظہار مسرت کے لیے امرتسر، گوالیار اور بمبئی میں کئی جگہ لوگوں میں شیرینی بانٹی گئی۔''

افسانہ ہو یا افسانچہ یا کوئی ناول ہر صنف کے ساتھ بیانیہ کی تکنیک بدل جاتی ہے۔ منٹو نے ایک بے نام قاتل کے نام سے ''سیاہ حاشیے'' کو منسوب کیا۔ کیوں؟ فکشن کے قاری کے لیے یہ کوئی مسئلہ نہیں ہوتا اور نہ ناول یا افسانے کے کرافٹ کے لیے یہ کوئی مسئلہ ہوتا ہے کہ کہانی کسی حقیقی واقعے یا واقعات پر مبنی ہے کہ اس میں خیالی واقعات Imagined events کو بروے کار لایا گیا ہے۔ حقیقی صداقت بھی ایک بھرم ہی ہے۔ اس لیے فکشن نگار صیغہ ماضی میں واقعات کو بیانیہ پیرائے میں کہانی کا روپ دیتے ہیں۔ Truth value اور Fictional value میں باریک سی لکیر کا فرق ہے۔ بڑھیا کو مارنے والا بھی انسان ہے اور آج کے ''ہندوستان ٹائمز'' کی خبر ہے کہ ایک ہی خاندان کے پانچ افراد کو مارنے والا بھی انسان ہے جو اتنے قتل کے بعد خودکشی کر لیتا ہے۔ کہانی یا خبر پڑھنے والا یہ بھول جاتا ہے کہ یہ محض خبر ہے، اطلاع ہے بلکہ جب اس واقعہ کو کوئی فکشن نگار کسی ناول یا افسانے کی شکل میں منقلب کرتا ہے تو اُس کے بیان کرنے کا انداز مختلف ہو نہ ہو وہ ہمیشہ کے لیے انسانیت کے لیے ایک ایسے واقعے

کی شکل لے لیتا ہے جو قاری کے ذہنوں میں سوال در سوال پیدا کرتا اور انسان کو حیوانیت کے درجے پر دیکھ کر خود کو کوسنے لگتا ہے، کیونکہ اس کا شمار بھی بدبختی سے انسانوں ہی میں ہوتا ہے۔

''ساعت شیریں'' میں ہندوستانی نژاد منٹو جواب پاکستانی باشندہ ہے۔ وہ مہاتما گاندھی کی موت پر گھی کے چراغ جلانے والوں کی خبر کو فکشن میں کیوں بدلنا چاہتا ہے۔ دراصل یہ وہی anti-thesis ہے جو ''ٹھنڈا گوشت''، ''ٹوبا ٹیک سنگھ''، ''موذیل'' کے علاوہ اور دوسری بہت سی کہانیوں میں ان تضادات کو انسان اور صورت حال کے باطن کے اندر سے کھینچ لانے کی کوشش کرتا ہے اور خود بھی لہولہان ہو جاتا ہے۔ جو کچھ واقع ہے، جو کچھ حقیقت ہے، سب Situational ہے۔ مہاتما گاندھی کا قتل خود ایک تضاد ہے، جو شخص زندگی بھر عدم تشدد کی تشہیر کرتا رہا اور ایک مجسم سنت کی طرح جس نے زندگی گزاری، وہی ایک دن تشدد کا شکار ہو جاتا ہے۔ امرتسر اور گوالیار یا بمبئی ہی نہیں اور دوسرے کئی مقامات پر اُس قتل کی خوشیاں منائی گئیں۔ تقسیم وطن کے ذمہ دار تو وہ نو آبادکار تھے جو ایک ایسا زہر کا بیج بو کر گئے تھے جس نے پورے ہندو پاک کی سیاست کو مستقل کینسر کے عذاب میں مبتلا کر کے اور آزادی کی لولی پاپ ہاتھوں میں تھما کر ہمیں ہمیشہ کے لیے اُن سرحدوں پر تعینات کر دیا جن کا لہو رنگ کبھی ہلکا ہونے کا نام نہیں لیتا۔

منٹو نے ''مزدوری'' میں غربت زدہ انسانوں کی لوٹ کھسوٹ کی واردات کو ڈرامائی انداز میں بیان کیا ہے۔ ۴۸-۱۹۴۷ء میں جو فسادات رونما ہوتے رہے اور تقسیم کے بعد بھی جیسے ۱۹۸۴ء کے فسادات جو سکھوں کے خلاف تھے۔ اس میں بھی اسی قسم کی لوٹ مار ہوئی اور جگہ جگہ سکھوں کو بے دردی سے مارا اور جلایا گیا۔ یہ تمام خبریں ہیں اور سب میں واقعیت ہے۔ اخباروں کی اِن رپورٹوں کے آج تراشے بھی نہیں ملتے لیکن خبر اور خبر میں فرق ہے۔ مسئلہ یہ ہے کہ کون سی خبر یادداشتوں میں چسپاں ہو کر رہ جاتی ہے اور ایک حساس فن کار کے لیے دو محض اطلاع نہیں ہوتی بلکہ اُس کی آگاہیوں کو غذا فراہم کرنے والا ذریعہ بن جاتی ہے۔ افسانے کے چوکھٹے میں چست بیٹھ کر اس کی قلب ماہیت کچھ اس طور پر ہو جاتی ہے کہ پھر اس کا ٹھکانہ اجتماعی لاشعور ہی ہوتا ہے۔ کشمیری فلاکت زدہ مزدور کی ٹانگ میں پولیس کی گولی لگنے کے باوجود وہ

گری ہوئی اناج کی بوری کو زخمی حالت میں پیٹھ پر ڈال کر پھر بھاگنے لگتا ہے اور پھر دو قدم چل کر لڑکھڑا کر زمین پر گر جاتا ہے۔ پولیس پکڑ کر تھانے لے جاتی ہے۔ وہاں وہ فریاد کرتا ہے کہ ''حضرت آپ مجھے کیوں پکڑتی ہے ...میں تو غریب آدمی ہوتی... چاول کی ایک بوری لیتی... گھر میں کھاتی... آپ ناحق مجھے گولی مارتی۔'' پھر بھی پولیس اس کے کرب کو محسوس کرنے سے باز رہتی ہے۔ دھما کہ وہاں ہوتا ہے اور ہمارے حواس کو بھک سے اڑا دیتا ہے۔ جب وہ حسرت سے بوری کی طرف دیکھتا ہے اور ہاتھ پھیلا کر کہتا ہے: ''اچھا حضرت تم بوری اپنے پاس رکھ... میں اپنی مزدوری مانگتی... چار آنے۔'' دراصل افسانہ اور افسانے کی واقعیت یہاں فکشن کا روپ اختیار کر لیتی ہے اور اس میں سے ایک نئی کہانی پھوٹ نکلتی ہے۔ یہ تو خبروں یا لطیفوں کی بات ہوئی۔ میں نے یہ بھی لکھا ہے کہ منٹو کے ادبی مضامین میں بھی کئی کہانیاں گوشہ نشین ہیں۔ ''اوپر نیچے اور درمیان (اشاعت ۱۹۵۱ء) میں ''پس منظر'' کے نام سے جو مقدمہ شامل ہے۔ اس میں منٹو نے ایک جگہ لکھا ہے:

> ''حکومت سوچ رہی ہے کہ طوائفوں اور رنڈیوں کے لیے راوی کے پاس ایک بستی بنادے تاکہ شہر کی غلاظت دور ہو۔ کیوں نہ ان شاعروں، افسانہ نگاروں اور ادیبوں کو بھی اِن میں شامل کر لیا جائے۔''

مجھے معاً غلام عباس کے ''آنندی'' کا خیال آ گیا۔ اسی عنوان کے تحت اُن کا پہلا افسانوی مجموعہ ۱۹۴۸ء میں شائع ہوا تھا۔ اس کا پلاٹ بہ قول ان کے ٹالسٹائے کے ایک افسانے سے اخذ کردہ ہے۔ منٹو اپنے ادبی سفر کے ابتدائی مرحلے میں روسی فکشن سے بہت متاثر بھی ہوئے تھے لیکن اس موضوع و مسئلے کو پلاٹ بنا کر کوئی کہانی نہیں لکھی تھی۔ محولہ اقتباس بھی ''اوپر نیچے اور درمیان'' کے اس مقدمے سے اخذ کردہ ہے جسے انہوں نے ''پس منظر'' کے عنوان سے موسوم کیا ہے۔ اس اقتباس میں شہر سے باہر رنڈیوں طوائفوں کی بستی بسانے ہی سے پوری غلاظت دور نہیں ہو سکتی، اس لیے سماجی اخلاقیات کا تقاضا یہ بھی ہے کہ ادیبوں اور شاعروں کو بھی شہر کی حدود سے باہر کر دیا جائے۔ یہاں منٹو نے افلاطون کی زبان میں بات کی ہے جو شعرا کو مخرب اخلاق کہا کرتا ہے۔

''کرامات''، ''جیلی''، ''ہمیشہ کی چھٹی'' جیسی کہانیاں طول طویل افسانوں پر بھاری ہیں۔ یہ افسانچے منٹو کے طویل افسانے ہی ہیں جو آخری سطر سے شروع ہوتے ہیں۔ اب یہ دو ڈھائی سطور پر مبنی ''سوری'' نام کی کہانی کیا کہتی ہے:

چھُری پیٹ چاک کرتی ہوئی ناف کے نیچے تک چلی گئی۔ ازار بند کٹ گیا۔ چھُری مارنے والے کے منہ سے دفعتاً کلمہء تاسُف نکلا۔

''چ چ چ چ... مشٹیک ہوگیا''

افسانہ نگار نے یہ نہیں بتایا کہ مرنے والا کس مذہب کا تھا اور مارنے والا کس مذہب سے تعلق رکھتا تھا۔ لیکن ہم 'مشٹیک ہوگیا' سے سمجھ جاتے ہیں کہ مارنے والا اور جس کے پیٹ کو چاک کرتی ہوئی چھُری ناف کے نیچے تک اُتاری گئی وہ کون تھا؟ مارنے والے کا ضمیر کہاں جا کر عذاب کا ایک تھپڑ بن جاتا ہے۔ یہی Dichotomy ''دودا پہلوان'' اور ''بابو گوپی ناتھ'' یا ''خوشیا'' میں ہے، جس کے باعث ہم انسان سے ایک پُر اُمید رشتہ قائم کرلیتے ہیں۔

''ٹھنڈا گوشت'' میں اور کیا ہے۔ انسان جو مردہ خور حیوان بن جانے کے بعد بالآخر اُسے اپنے ضمیر ہی میں پناہ لینی پڑتی ہے۔ معاً مجھے گجرات کی وہ حاملہ لڑکی یاد آگئی، سر راہ جس کی اجتماعی عصمت دری کی جاتی ہے، اُس کا پیٹ چاک کیا جاتا ہے، اس کی شرم گاہ میں تلوار گھونپی جاتی ہے اور پھر بھی ہر مجرم کو عدلیہ آزاد کر دیتا ہے۔ ''آرام کی ضرورت'' کیا ہے۔ یہ حالیہ پراڈکس (Paradox) ہی ہے۔ اس معنی میں منٹو کی ہر چھوٹی بڑی کہانی ایک ایسے پراڈکس کا نمونہ ہے، جو صاحب ضمیر کے لیے ناقابل برداشت صدمے سے کم نہیں ہوتا۔

''دیکھو یار، تم نے بلیک مارکٹ کے دام بھی لیے اور ایسا رڈی پٹرول دیا کہ ایک دکان بھی نہ جلی۔'' (اُلہنا)

اور افسانہ ختم۔ یہاں سے وہ پلاٹ شروع ہوتا ہے، جس کا خالق کوئی اور نہیں اُس کا قاری ہوتا ہے۔ پٹرول پمپ کا آدمی دانستہ اتنی زیادہ ملاوٹ کرتا ہے کہ وہ اُن وحشیوں اور درندوں کے کرتوتوں سے واقف ہے اور کئی انسانی جانوں اور مالی نقصانات سے بچانے کی وہ ایک راہ یہ نکالتا ہے۔ بے ایمانی اِس تناظر میں ایمانداری سے بڑی ایمانداری اور نیکی میں بدل

جاتی ہے۔ افسانے کو اُس کے خارج میں نہیں باطن میں اُتر کر دیکھے بغیر پلاٹ کا اصل تصور بھی سمجھ میں نہیں آئے گا۔ ''رعایت'' کو پڑھ کر ''کھول دو'' میں جو ستم ظریفی سرایت پذیر ہے، معاً اُس کی یاد آجاتی ہے۔ ''حیوانیت'' اور ''گھاٹے کا سودا'' کی ستم ظریفی میں جو بے پناہ شدّت ہے، اس کی برقیاتی لہر ہڈیوں تک کو جھلس دیتی ہے۔ یاد آتا ہے وہ ''ٹیٹوال کا کتا'' جو انسان کے دھوکے میں مفت مارا جاتا ہے۔ کتے کو بھی شک کی نگاہ سے دیکھا جاتا ہے کہ وہ دشمن کی طرف کا تو نہیں۔ وہ بے چارہ انسانی تعصبات سے لاعلم، پتھر دل انسانوں کی درندگی سے نابلد کبھی اِدھر کا بنا دیا جاتا ہے اور کبھی اُدھر کا۔ پاکستانی فوجی اپنی رسّی اس کے گلے میں باندھ کر پھر واپس ہندوستانی سرحد کے پار دھکیل دیتے ہیں۔ اُن کی نظر میں اب وہ کتا مسلمان تھا۔ ہندوستانی فوجی کی طرف سے گولی چلتی ہے اور 'کتا' بے موت مارا جاتا ہے۔ جسے ہندوستانی اپنی فتح اور پاکستانی فوجی شہید قرار دیتے ہیں۔ اس افسانے سے ''ٹوبہ ٹیک سنگھ'' کا خیال تو آہی جاتا ہے۔ لیکن ''سیاہ حاشیے'' کی ''حیوانیت'' میں چھوٹی بیٹی اور اپنی گائے کو بچانے کے لیے دوسری جوان بیٹی کو اُس کے حال پر چھوڑ دیا جاتا ہے۔ اس کا انجام ٹیٹوال کے کتے کی طرح ہوتا ہے کہ ''کھول دو'' کی سکینہ کی طرح۔ افسانہ نگار کو ان کے اینٹی کلائمیکس پر سے پردہ اُٹھانے کی ضرورت نہیں ہوتی۔

افسانہ چھوٹا بہت چھوٹا، چھوٹے سے چھوٹا جیسے ''دعوتِ عمل'' یا ''خبردار'' یا ''اُلہنا'' وغیرہ ہیں اور خود منٹو کے طویل افسانے ان میں افسانے کی وہ ساری تعریفیں جو تعلیمی اِداروں سے ہوتی ہوئیں بیانیہ کی اُن تعریفوں تک پہنچتی ہیں اور اُن پہچان کے عناصر کی نشاندہی کرتی ہیں جن میں کہانی اور پلاٹ کو ایک دوسرے سے ممیز کرنے اور اُنہیں کوئی نیا نام دینے کی طرف رجحان نے فکشن کو سمجھنے کی کئی راہیں وا کر دی ہیں۔ باوجود اس کے فلشن اور فیکٹ کی مقدار کا تعین کیا جاسکتا ہے نہ فکشن سے فیکٹ کو اور فیکٹ کو فکشن سے الگ کوئی معنی دیے جاسکتے ہیں۔ افسانوی ادب کی یہی گرامر ہے۔ منٹو کے ان افسانچوں میں آپ کو یہ ضرورت ہی محسوس نہیں ہوگی کہ یہ واقعہ رونما ہوا تھا تو کب اور کہاں۔ کہیں کہیں مقام کی طرف اشارہ بھی کیا گیا ہے۔ منٹو اسباب سے بھی ہمیں آگاہ نہیں کرتا کہ اس وقوعے Happening کے پیچھے کون سے وجوہ کارفرما تھے۔ بیان کرنے والا جس طرح 'لاموجود' ہے اسی طرح narratee کی تلاش بھی بے سود ہے۔ ضمیر

اشارہ Dieties بھی موہوم ہیں۔

"مرا نہیں... دیکھو ابھی جان باقی ہے۔"

"رہنے دو یار... میں تھک گیا ہوں۔" (آرام کی ضرورت)

اب آپ سوچتے رہیے کہ یہ واقعہ کہاں رونما ہوا ہوگا؟ "مرا نہیں..." کہنے والا انسان بھی بے رحم ہے اور "... میں تھک گیا ہوں۔" کہنے والا انسان بھی بے رحم ہے۔ لیکن افسانے کا عنوان "آرام کی ضرورت" تیر و نشتر کا کام کرتا ہے اور اس ستم ظریفی پر سے پردہ اٹھاتا ہے جس کے تناظر سے مصنف اپنے قاری کو بے خبر رکھنا چاہتا ہے۔ کیٹ ہمبر گر (Kate Humberger) نے The Logic of Literature میں ایک جگہ بہ ظاہر بہت پتے کی بات کہی ہے کہ :

Logic is the tool of understanding while

poetics is the tool of vision

"منطق سمجھ بوجھ یا فہم و فراست کا آلہ ہے جب کہ شعریات وژن کا آلہ ہے۔"

جہاں تک سمجھ بوجھ کا تعلق ہے جب اسے فلسفے کی زبان کے ساتھ وابستہ کریں گے تو منطق یقیناً ایک کارآمد آلہ ہے لیکن شعریات محض وژن کا آلہ نہیں ہے بلکہ ادب کو غیر ادب سے ممیز کرے کا آلہ ہے۔ حالانکہ یہ خیال ہی غلط ہے کہ فلسفہ کا تعلق صرف منطق یا منطق کا تعلق صرف فلسفہ سے ہے۔ منطق محض تعقل ہی ہے اور فلسفے سے تخیل و وجدان کو خارج کر کے فلسفے میں فہم کے دائرے کو ہم تنگ کر دیں گے۔ اسی بنا پر وجودیت کو فلسفہ ماننے سے فلسفیوں نے انکار کر دیا۔ افلاطون کا تصورِ عینیت کیا منطق کی بنیاد پر استوار ہے یا سقراط جو ہمیشہ 'صداقت' کی تعریف اپنے معاصر حجتیوں سے پوچھتا رہتا تھا، کسی مجرد مسئلے کو محض منطق کے ذریعے حل کیا جا سکتا ہے۔ سقراط نے تخیل و وجدان کو شاعروں اور پیغمبروں کو سونپ دیا اور منطق کے سہارے صداقت، حسن اور خیر کی کوئی تعریف خود بھی طے نہیں کر سکا۔

منٹو کے افسانوں میں جو ابہام پیدا ہوتا ہے وہ صرف اِس بنا پر کہ ہم زمان و مکاں کا تعین نہیں کر سکتے اور اُن کو دو ڈھائی یا آدھ ایک صفحے پر دیکھ کر سرسری گزر جاتے ہیں۔ ترقی پسندوں کی فہم سے بھی یہ بالا ہے اور خود محمد حسن عسکری کی فہم سے بھی بالا ہے جن کی "حاشیہ آرائی"

میں اُن کا ذہن پوری طرح صاف نہیں ہے۔ اُنہیں یہ سمجھنا مشکل نظر آرہا تھا کہ منٹو نے جس کتاب کا دیباچہ لکھوایا ہے اُس کے ساتھ کیسے انصاف کرسکوں۔ اُن کا ذہن ترقی پسندوں اور منٹو کے درمیان گومگو کی کیفیت میں مبتلا تھا جبکہ منٹو ترقی پسندوں کی کوتاہیوں کو بھی خوب سمجھتا تھا اور محمد حسن عسکری کی حدود بھی اس کی نظر میں تھی۔ ''سیاہ حاشیے'' کے افسانوں کو ان دونوں کے مسائل کو ذہن سے جھٹک کر پڑھنے اور سمجھنے کی ضرورت ہے۔ ویسے سمجھنا تو دور کی بات ہے پڑھنے کا کلچر بھی زوال پذیر ہے۔ ●●

منٹو کے یہ چھوٹے چھوٹے افسانے جو بہ ظاہر لطیفے معلوم ہوتے ہیں لیکن درحقیقت خزینے ہیں... ان مختصر سے افسانوں میں منٹو نے اس بات پر روشنی ڈالی ہے کہ کسی خاص تعصب کے بنا انسان کس قدر ظالم اور بے درد ہو کر حیوانیت سے بھی بدتر سطح پر اُتر آتا ہے اور اُس کی اخلاقی حس اس قدر مردہ ہو جاتی ہے کہ قتل وخون اور انتہائی دہشت خیز مظالم کے باوجود اُس کے ماتھے پر ذرہ برابر بھی شکن نہیں آتی اور نہ اُس کے ضمیر کی سادہ تختی پر کوئی سیاہ دھبّہ پڑتا ہے۔

منٹو نے ان افسانوں کو لطیفوں کے انداز میں پیش کیا ہے جس سے بہ ظاہر یہ رونگٹے کھڑے کر دینے والے مظالم نہایت معمولی اور روزمرہ کی چیزوں جیسے غیر اہم معلوم ہوتے ہیں۔ لیکن یکا یک پڑھنے والے کو اس بات کا احساس ہوتا ہے کہ یہ انسان کی فطرت کے تضاد پر بہت ہی سادہ لیکن نہایت ہی پُر کار طنز ہے کہ ایک طرف تو اُس کا رویہ بھیانک اور سنگدلانہ ہے اور دوسری طرف روزمرہ کا معمول...

جنگ اور فسادات کی نفسیاتی بنیاد شاید ایک ہی ہے۔ دونوں میں وہ تعصب کام کرتا ہے جو ایک نام اور اُس کے تلازمات سے پیدا ہوتا ہے...

منٹو نے فسادات کے دوران میں انسان کی فطرت کا اُسی نقطہ نظر سے مطالعہ کیا اور اسی ایک نکتے کو اُجاگر کرنے کی کوشش کی ہے کہ محض نام کا تعصب انسان کو انسانیت سے عاری کر دیتا ہے۔ حالانکہ اس تعصب کی غیر موجودگی میں اُس کا رویہ طبعی ہو جاتا ہے اور اُس کی اخلاقی حس پھر بیدار ہو جاتی ہے۔ یہ افسانے انسانوں کی بوالعجمی اور اُن کی فطرت کے تضاد پر نہایت کامیاب تبصرہ اور گہرا طنز ہے۔

جاوید صدیقی (اردو ادب۔ دو، مدیر: سعادت حسن منٹو اور حسن عسکری)

منٹو کی افسانہ نگاری اور
''سیاہ حاشیے'' کے افسانے

ڈاکٹر برج پریمی

منٹو کی افسانہ نگاری تقسیم اور تقسیم کے بعد ایک نئے دور میں داخل ہوتی ہے۔اس وقت تک منٹو نے جو کچھ لکھا وہ ہلکے پھلکے رومانی افسانوں،جنس بلوغ سیاسی اور سماجی مسائل اور جنسی نفسیات کے بعض پہلوؤں پر محیط تھا لیکن تقسیم کے دوران اور تقسیم کے بعد جب وہ پاکستان چلے گئے تو موضوع اور تکنیک کے لحاظ سے اُن کے افسانوں میں ایک نیا موڑ پیدا ہوگیا۔انھوں نے نہ صرف یہ کرشن چندر کے سوائے دوسرے تمام افسانہ نگاروں کے مقابلے میں بہت زیادہ لکھا بلکہ مواد اور ہیئت کے نئے تجربے کیے۔اُن کے یہ افسانے اسلوب اور بیان کی شگفتگی اور خیالات کی ندرت کے لحاظ سے بھی اہم ہیں۔منٹو کا سب سے بڑا کمال اُن کی کردار نگاری،جُزئیات نگاری اور مشاہدے کی باریکی میں مضمر ہے۔یہ خصوصیات اس دور میں اول تا آخر تک نظر آتی ہیں۔ فرق صرف اتنا ہے کہ اُس زمانے میں وہ کافی زود نویس بن گئے تھے۔حتیٰ کہ بعض اوقات انھوں نے روز کے افسانے بھی لکھے۔اُن کے قریباً بارہ مجموعے منظر عام پر آئے اور بعض مجموعے اُن کی موت کے بعد شائع ہوئے۔اس دور کے آخر میں انھوں نے بے حد کمزور افسانے بھی لکھے۔جن میں نہ نظر کی باریکی ملتی ہے نہ موضوع کی اہمیت اور نہ ہی اُن کی فن کاری کا احساس ہوتا ہے۔حقیقت میں پیسہ پیدا کرنے کے لیے لکھے گئے اوران میں اُن کے تخلیقی ذہن کا کوئی عکس نظر نہیں آتا۔پیسہ پیدا کرنے کے لیے وہ پہلے بھی لکھتے تھے۔اُن کی بیشتر تحریریں، ڈرامے اور افسانے جیسا کہ انھوں نے خود اعتراف کیا ہے

''روٹی کے مسئلے کی پیداوار ہیں'' (سعادت حسن منٹو: ''آؤ'' نیا ادارہ،لاہور صفحہ ۵) لیکن

ان میں پھر بھی اُن کے تخلیقی جوہر کی نشاندہی ہوتی ہے۔منٹو نے اپنی زندگی کے آخری دنوں میں اپنے افسانے کے عنوان بدل بدل کر از سرِ نو شائع کروائے اور مختلف مجموعوں میں ایک ہی افسانہ شامل کیا۔انہوں نے دوسروں کے افسانے بھی ٹھکانے لگائے اور بعض اوقات دوسروں کے ایسے افسانے جو اُن کے پاس اصلاح کے غرض سے آیا کرتے تھے، اپنے نام سے شائع کروائے۔اس سے اُن کے آخری دور کے ذہنی دوالیہ پن کا احساس بھی ہو جاتا ہے۔وقار عظیم نے اپنے ایک مضمون "تقسیم کے بعد افسانہ" میں کہا ہے:

> "تقسیم کے بعد منٹو اپنے فن کی عظمت کو برقرار نہیں رکھ سکے۔اُن کے قدم برابر ڈگمگاتے رہے اور ظاہر ہے ڈگمگاتے ہوئے قدم کسی منزل پر قائم رہنے والے نقش پا چھوڑ کر نہیں جاتے۔"
>
> (وقار عظیم: داستان سے افسانہ تک، ص ۴۰۸)

مجھے اس رائے سے اتفاق نہیں ہے۔میں اس بات کا قائل ہوں کہ یہ دور منٹو کے فنی عروج اور زوال کا دور تھا۔اس میں انہوں نے بہت اچھی کہانیاں بھی لکھیں اور بہت بُری بھی لیکن اس کا اطلاق ہر دور پر ہو سکتا ہے۔منٹو نے اپنے پہلے دونوں ادوار میں اچھی کہانیاں بھی لکھیں اور بری بھی۔ان سب کہانیوں میں محض عظمت ہی عظمت نہیں تھی۔اس دور میں انہوں نے بہت سی شاہ کار کہانیاں بھی لکھیں۔اچھی اور بری کہانیوں کو اس طرح خانوں میں نہیں بانٹا جا سکتا۔واقعہ یہ ہے کہ منٹو نے کبھی اچھی کہانیاں بھی لکھیں اور کبھی بری بھی۔البتہ اپنے آخری دنوں میں جب شراب نے اُن کی ذہنی قوائد کو چھین لیا تھا اور اُن کے شعور کو سلب کیا تھا۔انہوں نے تیسرے درجے کی کہانیاں بھی لکھیں......اس دور کو دو حصوں میں تقسیم کیا جا سکتا ہے۔تقسیم ملک کے بعد اُن کا اولین مجموعہ "سیاہ حاشیے" شائع ہوا۔یہ اُن کے دوسرے اور تیسرے دور کی 'درمیانی کڑی' ہے اور تقسیم سے ذرا پہلے اور تقسیم کے فوراً بعد والے اُن واقعات کی داستان ہے، جس نے ہندوستان و پاکستان کو اپنی لپیٹ میں لے لیا اور اور جس کی زد میں آ کر لوگوں نے اپنی جانیں کھو دیں، عصمتیں لوٹیں، بچے قتل ہوئے اور بوڑھے اور بچے ظالموں کی سفاکیوں کا نشانہ بنے۔"سیاہ حاشیے" اس خونیں ڈرامے کی نقاب کشائی کرتا ہے۔قطع نظر اس کے کہ منٹو

نے فسادات کو بحیثیت موضوع کے اپنے دوسرے افسانوں میں کیسے برتا ''سیاہ حاشیے'' اپنی ایک امتیازی حیثیت رکھتا ہے۔ ''سیاہ حاشیے'' منٹو کی جدّت پسندی کی غمّاز ہے۔ یہ مجموعہ ۳۲ ر چھوٹے اور ذرا بڑے افسانوں پر مشتمل ہے۔ بعض افسانے انتہائی مختصر ہیں اور دو سطروں پر محیط ہیں۔ اس طرح افسانے بذاتِ خود اردو کے افسانوی ادب میں ایک نئے تجربے کی حیثیت رکھتے ہیں۔

منٹو اردو کے ایسے فن کار ہیں، جن کے پاس دوسری چیزوں کے علاوہ ہمت اور جرأت کی بے مثال دولت ہے۔ وہ کسی بھی واقعے کو بے باکی اور جرأت مندی کے ساتھ کہنے کا سلیقہ رکھتے ہیں۔ وہ حقیقت کو اپنی تمام عریانی کے ساتھ پیش کرتے ہیں اور ایسا کرتے ہوئے وہ کوئی جھجھک محسوس نہیں کرتے۔ انہیں نہ نقادوں کا غم ہے اور نہ اعتراض کرنے والوں کا۔ وہ جو کچھ محسوس کرتے ہیں، اُسے پوری دیانت داری اور خلوص سے پیش کرتے ہیں۔ منٹو ادب میں روایتی مقصدیت کے قائل نہیں۔ اس لیے وہ مقصدی ادب پیش کرنے سے احتراز کرتے ہیں۔ اس ضمن میں آفتاب احمد کے خیالات قابل غور ہیں:

> ''منٹو کو مقصدی ادب پیدا کرنے کا جنون نہیں ہے۔ اور اسی لیے وہ ایسا ادب پیدا کر سکا جو ایک گہری معنویت کا حامل ہے اور یہ مقصد سے بلند چیز ہے۔ منٹو نے اپنے کرداروں کو سمجھنے اور پیش کرنے میں کسی معین اخلاقی نظریے کا بکھیڑا پالا ہی نہیں۔ اس لیے اپنے آپ کو نیک و بد اور گناہ اور ثواب کے عام پسند اور سکّہ بند تصورات سے بچائے رکھا ہے۔
>
> (اردو ادب: لاہور نمبر ص ۱۰۵)

فسادات سے متعلق اردو میں کافی ادب اکٹھا ہوا ہے۔ عام طور سے ایک مقررہ فارمولے کی مدد سے فسادات کے پس منظر میں افسانے، ناول اور ڈرامے لکھے گئے ہیں۔ لیکن اس میں بھی مصنفین کے اپنے زاویۂ نگاہ کا اختلاف رہا ہے۔ منٹو اردو کے سب سے بڑے باغی ادیب تھے۔ انہوں نے ہمیشہ مروجہ اور پٹے ہوئے راستوں سے اجتناب کیا ہے۔ لہٰذا فسادات پر انہوں نے جو کچھ لکھا، وہ تمام دوسرے لکھنے والوں سے بالکل الگ حیثیت رکھتا ہے۔ اس

موضوع پر قلم اٹھاتے ہوئے بھی انہوں نے ایسی باتوں کے بارے میں لکھا ہے، جن پر دوسروں کی نگاہ پہنچ نہ سکی ہے۔''سیاہ حاشیے''اس ضمن میں اُن کا ایک نادر تجربہ ہے۔

بعض لوگوں نے''سیاہ حاشیے''کو لطیفوں اور پہلیوں کی کتاب کہا ہے اور اُسے افسانوں کی کتاب ماننے سے انکار کیا ہے۔ممتاز حسین نے یہاں تک کہہ دیا:

> منٹو نے فساد کی ننگی تصویر کو وہی لباس پہنایا ہے جو ہمارے حکمراں پہنانا چاہتے ہیں۔ان حکمرانوں کا یہ کہنا ہے کہ فساد کا تعلق ہندوستان کے سرمایہ دار، جاگیردار، دیش بھگت اور سامراجی ایجنٹوں سے نہ تھا۔یہ ہندوستانی اقوام کی بربریت ان کی قاتلانہ جبلت اور قدیم عصبیتوں کا نتیجہ ہے۔وہ کپڑا جو ہمارے حکمراں فساد کی لاش پر ڈالنا چاہتے ہیں، منٹو نے ایک چابک دست درزی کی طرح اس کپڑے کو کتر بیونت کر کے ایک خوبصورت لباس میں پیش کیا ہے۔ (ممتاز حسین: نقدِ حیات ص ۱۸۳)

اس کے برعکس''سیاہ حاشیے''کے دیباچہ نگار محمد حسن عسکری نے اپنے نظریات کو''سیاہ حاشیے''اور سعادت حسن منٹو پر لاد دیا ہے، جس کی وجہ سے سعادت حسن منٹو کافی بدنام ہوئے۔بعض ترقی پسند نقادوں نے انہیں رجعت پسند قرار دیا۔محمد حسن عسکری نے اسلامی اور پاکستانی ادب کا جو نعرہ بلند کیا تھا، اُس کا اطلاق منٹو کی تحریروں پر بھی کیا گیا۔محمد حسن عسکری اپنی تنقیدی تحریروں کی وجہ سے کافی بدنام ہیں۔وہ جنگ یا افراتفری کے زمانے میں ایک ادیب اور تانگے والے کے ردِّ عمل میں کوئی حدِ فاضل قائم نہیں کرتے (محمد حسن عسکری: آدمی اور انسان ص ۱۸۸) اُن کے مطابق وہ تمام فن کار خود فریبی میں مبتلا ہیں، جنہوں نے ہندو مسلم فسادات کے محرکات انگریزوں کی''تقسیم کرو اور حکومت کرو''کی پالیسی میں تلاش کیے ہیں اور ان افسانوں کا مقصد اس بہیمیت کے خلاف نفرت پیدا کرنا ہے، جس کا اظہار فسادات میں ہوا ہے۔وہ اسے پاکستان اور مسلمان کے لیے بُرا سمجھتے ہیں۔لہٰذا وہ سارا ادب بے جان کھوکھلا اور بے خلوص ہے۔اپنے مضمون''فسادات اور اردو ادب''میں یوں رقم طراز ہیں:

”یہ افسانے محض مصنوعی ہی نہیں ہیں۔ان کا ایک خطرناک پہلو بھی ہے۔ان میں مسلمانوں اور پاکستان کے خلاف بڑا زہریلا پروپگنڈہ ملتا ہے...ان افسانوں میں کوشش ہوئی ہے کہ مسلمانوں کو پاکستان کے بنیادی اصول سے بدظن کیا جائے۔“

(محمد حسن عسکری: آدمی اور انسان ص ۱۹۲)

منٹو کی تحریریں ایسے خیالات کی نفی کرتی ہیں۔وہ ترکِ وطن سے خوش نہیں تھے۔ ملک کے بٹوارے سے جو کچھ ہوا تھا، اُس سے اُن کا دماغ ماؤف ہو چکا تھا اور سوچنے سمجھنے اور لکھنے پڑھنے کی حس مفلوج ہو چکی تھی۔وہ خود لکھتے ہیں:

”ملک کے بٹوارے سے جو انقلاب برپا ہوا، اُس سے میں ایک عرصے تک باغی رہا اور اب بھی ہوں۔لیکن بعد میں اس خوفناک حقیقت کو میں نے تسلیم کیا۔“ (جیب کفن)

”کوشش کے باوجود ہندوستان کو پاکستان اور پاکستان کو ہندوستان سے علاحدہ نہ کرسکا۔بار بار دماغ میں یہ اُلجھن پیدا کرنے والا سوال گونجتا۔کیا پاکستان کا ادب وہ سب کچھ ہے، جو سالم ہندوستان میں لکھا گیا تھا۔اس کا مالک کون ہے؟ کیا اس کو بھی تسلیم کیا جائے گا۔کیا ہندوستانیوں اور پاکستانیوں کے بنیادی مسائل ایک جیسے نہیں۔“

(زحمت مہر درخشاں)

۱۴/اگست کا دن میرے سامنے بمبئی میں منایا گیا۔پاکستان اور بھارت دونوں ملک آزاد قرار دیے گئے تھے۔لوگ بہت مسرور تھے مگر قتل اور آگ کی وارداتیں باقاعدہ جاری تھیں۔ہندوستان زندہ باد کے ساتھ ساتھ پاکستان زندہ باد کے نعرے بھی لگتے تھے... سمجھ میں نہیں آتا تھا کہ ہندوستان اپنا وطن ہے یا پاکستان۔اور وہ لہو کس کا ہے جو ہر روز اتنی بے دردی سے بہایا جا رہا ہے۔وہ ہڈیاں کہاں جلائی اور دفن کی جائیں گی

،جن پر سے مذہب کا گوشت پوست چیلیں اور گدھ نوچ نوچ کر کھا گئے تھے ... ہندو اور مسلمان دھڑا دھڑ مر رہے تھے۔ کیسے مر رہے تھے؟ کیوں مر رہے تھے؟ ان سوالوں کے مختلف جواب تھے۔ بھارتی جواب، پاکستانی جواب، انگریزی جواب، ہر سوال کا جواب موجود تھا۔ مگر اس جواب میں حقیقت تلاش کرنے کا سوال پیدا ہوتا تو اس کا کوئی جواب نہ ملتا۔ کوئی کہتا اسے غدر کے کھنڈرات میں تلاش کرو۔ کوئی کہتا یہ ایسٹ انڈیا کمپنی کی حکومت میں ملے گا۔ کوئی اور پیچھے ہٹ کر اُسے مغلیہ خاندان کی تاریخ میں ٹٹولنے کے لیے کہتا۔ سب پیچھے ہی پیچھے ہٹتے جا رہے تھے اور قاتل اور سفاک برابر آگے بڑھتے جا رہے تھے۔ اور لہو اور لوہے کی ایسی تاریخ لکھ رہے تھے، جس کا جواب تاریخِ عالم میں کہیں بھی نہیں ملتا۔ ہندوستان آزاد ہو گیا پاکستان عالم وجود میں آتے ہی آزاد ہو گیا تھا لیکن انسان ان دونوں مملکتوں میں غلام تھا۔ تعصب کا غلام، مذہبی جنوں کا غلام، حیوانیت اور بربریت کا غلام... (مرلی کی دُھن)

بٹوارے سے جو کچھ بھی ہوا، متذکرہ بالا اقتباسات سے صاف ظاہر ہوتا ہے کہ منٹو ان تمام حالات سے مطئین نہیں تھے۔ اُن کے خیالات محمد حسن عسکری کے خیالات سے لگا نہیں کھاتے۔ اسلامی اور پاکستانی ادب منٹو کے لیے قابل قبول نہیں۔ انہوں نے فسادات پر ''سیاہ حاشیے'' کے علاوہ بھی بہت کچھ لکھا۔ اُن کا زاویہ نگاہ ''انسانی ہمدردی'' ہے اور ظالموں کے خلاف انہوں نے بڑے کٹیلے اور تیکھے انداز میں طنز کیا ہے۔ اُن کے ایسے افسانوں میں گو اُن کا محبوب موضوع جنس بھی کارفرما نظر آتا ہے۔ لیکن فسادات کے پس منظر میں ایسے افسانے بڑے جاندار اور اثر انگیز نظر آتے ہیں۔ محمد حسن عسکری اپنے پاکستانی ادب کی تاویل کرتے ہوئے ان خیالات کا اظہار کرتے ہیں:

ہمیں اپنے سوا کسی سے کیا غرض! ہمیں اپنے ادیبوں سے صرف اتنی بات چاہیے کہ وہ ہمیں بتائیں، ہمارے اوپر کیا بیتی اور کیوں بیتی

ہے۔ ہمیں ہزاروں مسلمانوں کے قتلِ عام پر نوحے اور مرثیے نہیں چاہئیں۔ لاکھوں آدمیوں کی موت بھی بذاتِ خود کوئی اہم معنویت نہیں رکھتی، اگر ہمارے پچاس لاکھ آدمی خود دار انسانوں کی طرح ظالموں کا مقابلہ کرتے ہوئے مر جائیں تو بڑی خوشی کی بات ہے۔ لیکن ہمارے پانچ لاکھ آدمی جان بچانے کی لالچ میں میدان سے بھاگ کھڑے ہوں تو یہ ہمارے لیے ایک المیہ ہے۔

(محمد حسن عسکری: آدمی اور انسان۔ص ۱۹۳)

لیکن منٹو کے لیے المیے کا کچھ اور ہی تصور ہے۔ فسادات کے پس منظر میں ''سہائے'' کالافانی کردار ابھارتے ہوئے، منٹو کا المیہ ملاحظہ ہو:

''یہ مت کہو کہ ایک لاکھ مسلمان اور ایک لاکھ ہندو مرے۔ یہ کہو کہ دو لاکھ انسان مرے۔ ایک لاکھ ہندو مار کر مسلمانوں نے سمجھا ہوگا کہ ہندو مذہب مر گیا ہے، لیکن وہ زندہ ہے اور زندہ رہے گا۔ اُسی طرح ایک لاکھ مسلمان قتل کر کے ہندوؤں نے بغلیں بجائی ہوں گی کہ اسلام ختم ہو گیا، مگر اسلام پر ہلکی سی خراش بھی نہیں آئی۔ وہ لوگ بے وقوف ہیں جو سمجھتے ہیں کہ بندوقوں سے مذہب کا شکار کیا جا سکتا ہے۔ مذہب، دین، ایمان، دھرم، یقین، عقیدت، جو کچھ بھی ہے ہمارے جسم میں نہیں، روح میں ہوتا ہے۔ چھرے چاقو یا گولی سے فنا نہیں ہوسکتا۔''

(منٹو خالی بوتلیں خالی ڈبے (البیان، لاہور ۱۹۶۶،ص ۲۳)

محمد حسن عسکری قیامِ پاکستان کو مسلمانوں کا سیاسی آدرش سمجھتے ہیں، فرماتے ہیں:

''تقسیم کو بس کی گانٹھ بتایا جاتا ہے۔ حالانکہ تقسیم یعنی پاکستان کا قیام مسلمانوں کا عزیز ترین سیاسی آدرش رہا ہے۔ ان افسانوں میں (دوسرے لوگوں کے افسانوں میں) کوشش ہوتی ہے، مسلمانوں کو پاکستان کے بنیادی اصول سے بدظن کیا جائے۔'' (عسکری: آدمی اور انسان۔ص ۱۹۱)

لیکن منٹو کی زخمی روح کی فریاد اُن کے ہی الفاظ میں ملاحظہ ہو۔ چچا سام کے نام خط میں لکھتے ہیں:

''میرا ملک ہندوستان سے کٹ کر کیوں بنا؟ کیسے آزاد ہوا۔ یہ تو آپ کو اچھی طرح معلوم ہے... جس طرح میرا ملک کٹ کر آزاد ہوا، اسی طرح میں کٹ کر آزاد ہوا ہوں اور چچا جان یہ بات تو آپ جیسے ہمہ داں عالم سے چھُپی ہوئی نہیں ہونی چاہیے کہ جس پرندے کو پر کاٹ کر آزاد کیا جائے اُس کی آزادی کیسی ہوگی۔''

(منٹو: اوپر نیچے درمیان، ۱۹۵۴۔ص ۱۵۱)

ان بیانات سے یہ بات واضح ہے کہ منٹو اور محمد حسن عسکری میں نظریات کا گہرا اختلاف ہے لیکن عسکری کی حاشیہ آرائی جو انہوں نے ''سیاہ حاشیے'' پر فرمائی منٹو کو ترقی پسندوں سے دور لے جانے میں بڑی محرک ثابت ہوئی۔ اس ضمن میں خود منٹو کا یہ بیان کافی دلچسپ ہے۔ جس میں انہوں نے بتایا ہے کہ وہ خود بھی عسکری کے دیباچے سے مطمئن نہیں تھے اور یہ دیباچہ یوں ہی رواروی میں لکھا گیا ہے۔ محمد اسداللہ کی کتاب ''منٹو میرا دوست'' کا یہ اقتباس منٹو کے نظریے کی وضاحت کرتا ہے:

''میں نے ایک دن اُن سے پوچھا: ''اب پاکستان آنے کے بعد آپ کو کب گالیاں ملنی شروع ہوئیں؟ کہنے لگے یار! میرے یہاں حسن عسکری آیا کرتا تھا۔ اُن دنوں وہ لاہور ہی میں تھا۔ وہ میرے یہاں آتا اور خاموش بیٹھا بیٹھا مجھے بور کرتا تھا۔ میں نے ایک دن گفتگو شروع کرنے کے لیے اُس سے کہہ دیا میری کتاب ''سیاہ حاشیے'' شائع ہو رہی ہے، تم اُس پر دیباچہ لکھو۔ حالانکہ مجھے اس دیباچہ بازی سے اور ہر دیباچہ قسم کی چیز سے نفرت ہے۔ لیکن پتہ نہیں میں نے کس موڈ میں کہہ دیا۔ چنانچہ حسن عسکری نے دیباچہ لکھا۔ اب تک مجھے علما اور حکومت گالیاں دیتی تھی۔ اس دیباچہ کے بعد ادیب حضرات مجھے گالیاں دینے لگے۔ حالانکہ

یہ سارے ادیب میرے دوست تھے۔لیکن سچ تو یہ ہے کہ یہ دیباچہ لکھا کر میں نے غلطی ہی کی۔کیونکہ وہ دیباچہ ہے بھی بے معنی۔''

(محمد اسداللہ: منٹو میرا دوست، ص ۱۲۳)

''سیاہ حاشیے'' کے پیش لفظ میں عسکری نے جو کچھ لکھا ہے اُس کے بعض حصّوں سے اختلاف کی گنجائش نکل آتی ہے۔عسکری کہتے ہیں:

''یہ افسانے فسادات کے متعلق نہیں ہیں، بلکہ انسانوں کے بارے میں۔منٹو کے افسانوں میں آپ انسانوں کو مختلف شکلوں میں دیکھتے رہے ہیں۔انسان، بحیثیت طوائف کے انسان، بحیثیت تماشبین وغیرہ وغیرہ۔ان افسانوں میں بھی آپ انسان دیکھیں گے۔فرق صرف اتنا ہے کہ یہاں انسان کو ظالم یا مظلوم کی حیثیت سے پیش کیا گیا ہے اور فسادات کے مخصوص حالات میں سماجی مقصد کا تو منٹو نے جھگڑا ہی نہیں پالا... منٹو کو انسانوں کے اثرات کے بارے میں نہ زیادہ غلط فہمیاں ہیں، نہ انہوں نے ایسی ذمہ داریاں اپنے سر لی ہے، جو ادب پوری کر ہی نہیں سکتا۔سچ پوچھیے تو منٹو نے ظلم پر کوئی خاص زور نہیں دیا۔انہوں نے چند واقعات تو ضرور ہوتے دکھائے ہیں مگر یہ کہیں نہیں ظاہر ہونے دیا کہ یہ واقعات یا افعال بنفسہ اچھے ہیں یا بُرے، نہ انہوں نے ظالموں پر لعنت بھیجی ہے نہ مظلوموں پر آنسو بہائے ہیں، انہوں نے تو یہ تک فیصلہ نہیں کیا کہ ظالم لوگ بُرے ہیں یا مظلوم اچھے ہیں۔''

(منٹو: سیاہ حاشیے، ص ۱۲۔۱۳)

''سیاہ حاشیے،، میں کہیں کہیں سادیت کے عناصر نظر آتے ہیں اور منٹو کہیں کہیں بہک گئے ہیں۔لیکن محض ان چند مثالوں کے باعث ان چھوٹے چھوٹے افسانوں کو ردّ نہیں کیا جاسکتا۔عسکری کی اپنی حاشیہ آرائی میں اپنے نظریات منٹو کی تخلیقات پر لاد دیے ہیں۔عسکری نے فسادات کو صرف مسلمانوں کا المیہ بتایا ہے، جو تاریخی لحاظ سے ایک غلط کلیہ ہے۔اسی طرح اُن کا کہنا کہ منٹو نے سماجی مقصد کا جھگڑا پالا ہی نہیں، یہ بھی صحیح نہیں ہے۔فرد

کو سماج کے کینڈے سے علاحدہ کرکے دیکھنا بھی غلط ہوگا۔ منٹو بنیادی طور پر انسان دوست ہیں۔ انہیں انسانی نفسیات کی پے چیدگیوں سے بڑی دلچسپی ہے۔ لہٰذا انہوں نے انسانی زندگی کے ہر پہلو کا مطالعہ کیا ہے اور اُسے خوبصورتی سے پیش کیا ہے۔ ''سیاہ حاشیے'' میں بھی انسانوں کا مطالعہ ملتا ہے۔ انہوں نے غیر جانبدار رہ کر فسادات کے پس منظر میں ہوئے واقعات کی تصویر کھینچی ہے اور یہ کہے بغیر کہ فسادات کا ذمہ دار کون تھا، انہوں نے صحیح انسانی افعال کا تجزیہ کیا ہے۔۔۔۔ ۔۔۔انہوں نے بھی ایک حساّس ادیب کی طرح خون کے اس سمندر میں غوطہ لگایا اور جو کچھ وہاں دیکھا اُسے اپنے تخلیقی جوہر سے سینچا۔ لکھتے ہیں:

> ''...میں نے خون کے اس سمندر میں غوطہ لگایا جو انسان نے انسان کی رگوں سے بہایا اور چند موتی چن کر لایا، عرقِ انعفال کے، مشقت کے جو اس نے اپنے بھائی کے خون کا آخری قطرہ بہانے میں صرف کی تھی۔ ان آنسوؤں کے جو اس جھنجھلاہٹ میں کچھ انسانوں کی آنکھوں سے نکلے تھے کہ وہ اپنی انسانیت کیوں نہیں ختم کر سکے... یہ موتی میں نے اپنی کتاب 'سیاہ حاشیے' میں پیش کیے۔'' (منٹو: یزید، جیب کفن۔ ص ۱۹۹)

''سیاہ حاشیے'' میں منٹو کے آنسو اور اُن کا شدید کرب اور درد چھُپا ہوا ہے۔ عسکری کا یہ کہنا کہ منٹو نے ظالموں پر نہ لعنت بھیجی ہے اور نہ مظلوموں پر آنسو بہائے ہیں۔ منٹو کے افسانوں کے آئینے میں دیکھیے تو عسکری کے نظریات کی قلعی کھُل جاتی ہے۔ منٹو نہ خطیب تھے اور نہ ہی وعظ خوان۔ انہوں نے نہ تو انسانیت پر طویل درس دیے ہیں نہ اخلاقیات کے منتر سنائے ہیں۔ بلکہ انہوں اپنی تمام فن کاری سے وہ سب کچھ بیان کیا ہے، جو فسادات کا سہارا لے کر انسانوں نے روا رکھا۔ اُن کے طنز کے نشتر اور اُن کے تیکھے جملے روح کی گہرائیوں میں سیدھے اترتے چلے جاتے ہیں۔

منٹو کا المیہ یہ ہے کہ اُن کے پاس کوئی واضح مقصد نہیں ہے۔ انہوں نے ''سیاہ حاشیے'' میں انسانوں کی جو تصویر پیش کی، وہ تصویر کی تصویر ہے۔ انہوں نے اپنے طور سے اس میں کوئی تصرف نہیں کیا ہے۔ انہوں نے صرف ایسے واقعات اور ایسے حالات کی

عکاسی کی ہے، جن سے انسانیت مسخ ہوگئی ہے۔ ان حالات سے نپٹنے کے لیے اُن کے پاس کوئی لائحہ عمل نہیں، جس کی وجہ سے اکثر حلقوں میں وہ ہدفِ ملامت بن گئے۔ منٹو اپنی زندگی کے اس دور میں اشتراکیت سے کافی دور چلے آئے تھے۔ لہذ اُن کے یہاں اشتراکی حقیقت نگاری کا تصور نہیں ابھرتا لیکن اس کے باوجود انہوں نے جو کچھ لکھا وہ محض اُن کے تخیل کی کارستانی نہیں بلکہ اُن کے گہرے مشاہدے کی غمازی کرتا ہے۔ یہی اُن کی حقیقت نگاری ہے۔ چند مثالیں ملاحظہ ہوں:

آگ لگی تو سارا محلہ جل گیا... صرف ایک دوکان بچ گئی جس کی پیشانی پر یہ بورڈ آویزاں تھا:

یہاں عمارت سازی کا جملہ سامان ملتا ہے۔ (دعوتِ عمل)

ہجوم نے رُخ بدلا اور سر گنگارام کے بُت پر پل پڑا۔ لاٹھیاں برسائی گئیں، اینٹیں اور پتھر پھینکے گئے، ایک نے منہ پر تارکول مل دیا۔ دوسرے نے بہت سے پُرانے جوتے جمع کیے اور ان کا ہار بنا کر بُت کے گلے میں ڈالنے کے لیے آگے بڑھا۔ مگر پولیس آگئی اور گولیاں چلنا شروع ہوئیں۔

جوتوں کا ہار پہنانے والا زخمی ہوگیا۔ چنانچہ مرہم پٹّی کے لیے اُسے سر گنگارام ہسپتال بھیج دیا گیا۔ (جوتا)

چھُری پیٹ چاک کرتی ہوئی ناف کے نیچے تک چلی گئی۔ ازار بند کٹ گیا۔ چھُری مارنے والے کے منہ سے دفعتاً کلمہء تاسُف نکلا۔

''چ چ چ چ... مشٹیک ہوگیا'' (سَوری)

''ہماری قوم کے لوگ بھی کیسے ہیں... پچاس سوّر اتنی مشکلوں کے بعد تلاش کر کے اس مسجد میں کاٹے ہیں۔ وہاں مندروں میں دھڑا دھڑ گائے کا گوشت بِک رہا ہے۔ لیکن یہاں سوّر کا مانس خریدنے کے لیے کوئی آتا ہی نہیں۔'' (آنکھوں پر چربی)

''دیکھو یار، تم نے بلیک مارکٹ کے دام بھی لیے اور ایسا ردّی

پٹرول دیا کہ ایک دکان بھی نہ جلی۔" (اُلہنا)

"پکڑلو... پکڑلو... دیکھو جانے نہ پائے۔"

شکار تھوڑی سی دوڑ دھوپ کے بعد پکڑ لیا گیا۔ جب نیزے اُس کے آر پار ہونے کے لیے آگے بڑھے تو اُس نے لرزاں آواز میں گڑ گڑا کر کہا: "مجھے نہ مارو... مجھے نہ مارو... میں تعطیلوں میں اپنے گھر جا رہا ہوں۔"

(ہمیشہ کی چھٹّی)

اس طرح گھاٹے کا سودا"،"حیوانیت"،"اصلاح"، "کرامات"،"صفائی پسندی" وغیرہ جیسے افسانے ہیں، جن میں بربریت کی ساری داستان کھل کر سامنے آجاتی ہے، جو بٹوارے کی دین تھی۔ ان سے کون انکار کرسکتا ہے؟ اس کے بعد بھی ہم منٹو کو اسلامی، پاکستانی ادب کا پاسدار، رجعت پسند اور فحش افسانہ نگار کہیں، تو ہمیں اپنے نقادوں کے خلوص اور اُن کی دیانت داری پر شبہ ہونے لگتا ہے۔ ●●

فسادات کو موضوع بنا کر لکھی گئی منٹو کی کہانیاں سیاست اور سماجی وحشی پن کا شکار ہوئے لوگوں کی تکلیفوں کی کہانیاں بھر نہیں ہیں اس وحشی پن سے جھوجھنے کی چیتنا پیدا کرنے والی کہانیاں ہیں۔

("سیاہ حاشیے") کی کہانیوں کو آپ کیا کہیں گے؟ کیا ان میں تقسیم کے دور کے دنگے اور واقعات درج ہیں؟

نہیں جناب نہیں، یہ سیدھے سیدھے دنگوں کے اور واقعات نہیں تھے۔ ان سے متعلق اشارات ہیں جو کہانیوں کی فہم کا کام کرتے ہیں۔ کہانیاں وہاں تک رکی نہیں ہیں، وہ جسم اور روح کے دروازے پر دستکیں دینے لگتی ہیں۔

دراصل تقسیم منٹو کی روح میں ایک کیل کی طرح ٹھُکی ہوئی ہے۔ وہ نہ خود چین سے بیٹھتے ہیں اور نہ دوسروں کو بیٹھنے دیتے ہیں۔ اسی لیے "سیاہ حاشیے" کی یہ کہانیاں اُس کیل ہی کی نہیں ہیں اُس کیل سے پیدا ہونے والے زخم کی بھی ہیں۔ وہ زخم جو ابھی تک بھرا نہیں ہے۔ شاید بھرا بھی نہیں جا سکتا۔ وہ آج بھی ہماری روح کے گلیاروں میں رس رہا ہے۔

نریندر موہن (منٹو اور بٹوارہ - ہندی سے ترجمہ)

تعمیر کی دُھندلی لکیر اور سیاہ حاشیے کے افسانے

شکیل الرحمٰن

فن کار زندگی کے ساتھ چلتا ہے۔ وہ اپنے زمانہ کے تاریخی ماحول سے دُور نہیں جاسکتا۔ اُس کی ہر تخلیق سماجی حالات کی سچّی تصویر ہوتی ہے۔ اِس لیے کہ فن کار کوئی جوگی نہیں ہوتا کہ اُس کی تخلیق اُس کی تپسیا کی وجہ سے وجود میں آتی ہو... اگر ادب اور زندگی کا ساتھ چولی اور دامن کا ہے اور زندگی کا تعلق حکومت سے ہے تو پھر ادب اور حکومت کے تعلق کو کیوں نظر انداز کیا جاتا ہے؟ ادیب سیاست کے اُن عناصر کو اپنے یہاں کیوں جگہ نہ دیں، جن سے عوام کی زندگی میں آہنگ پیدا ہو جائے اور انسانیت کے بکھرے ہوئے شیرازوں کا ایک سنگم بن جائے؟ ادب سیاست کے اُن عناصر کا عکاس کیوں نہ ہو جن سے جنتا کی زندگی وابستہ ہو؟ انفرادیت کی کشتی سمندر کے طوفان کا مقابلہ نہیں کرسکتی۔ وہ ادیب یقیناً زندگی کو مہمل جھنکاریں دے گا جو اپنے ماحول کی ترجمانی سے گریز کرے گا... ...

غرض کہ عصری ماحول سے کوئی فن کار دور نہیں جا سکتا۔ عصری ماحول سے رشتہ توڑنا انسانیت پر ظلم کرنا ہے۔ جس ادبی تخلیق میں روحِ عصر نہ ہوگی ادبی نظام میں اُس کی کوئی جگہ نہیں اور زندگی کے لیے اُس کی حیثیت ایک مٹی ہوئی لکیر کی ہے... ...ہر نئے ہنگامے، انقلاب اور تغیر سے فن کار متاثر ہوتے ہیں... ...دوسری جنگِ عظیم نے ماحول میں نئی لکیروں کو جنم دیا... ...اِن تصویروں کو دیکھ کر ہمیں یہ کہنا پڑتا ہے کہ قومی اور بین الاقوامی ماحول کے ہنگامے فن کار کو متاثر کیے بغیر نہیں رہتے۔ اسی طرح ہندوستان میں آزادی آئی تو بڑی بڑی عمارتیں جگمگا اُٹھیں، بازاروں کو دُلہن بنا دیا گیا، کارخانوں اور مِلوں پر آزادی کے جھنڈے

لگا دیے گئے ۔طوائفوں کے کوٹھوں پر ایسی چہل پہل تھی جیسے وہاں آزادی نے جنم لی ہو... ...ناچتے جھنڈوں کے ساتھ، جھومتی عمارتوں کے ساتھ اور گنگناتے سنیما گھروں اور کارخانوں کے ساتھ اُردو کے فن کار زیادہ دیر تک ناچتے، جھومتے اور گُنگناتے نہ رہے ۔وہ فن کار تھے، حساس دل رکھتے تھے، داخلی زندگی سے خارجی زندگی میں انسانیت کو زندگی دینے کی خاطر اُبل آئے تھے ۔وہ خارجی زندگی میں صرف ایک گوشہ کس طرح دیکھ سکتے تھے ۔ پندرہ اگست اُن سے دور ہوتا گیا۔اور اُن کی نگاہوں سے دور ایک نقطہ بن کر پگھل گیا اور پھر ادیبوں نے محسوس کیا، جیسے وہ خواب کی دنیا سے حقیقی دنیا میں دھکیل دیے گئے ہیں... ...

اردو کے ادیب آزادی کی ایسی آمد اور رفت پر ابھی غور کر رہے تھے کہ ملک میں فرقہ وارانہ فسادات اُبل پڑے ۔فن کار گھبرائے ۔عوام کے لیے آزادی یہ فسادات لائی تھی؟ آزادی اور فساد؟ عوام کے لیے آزادی کا دوسرا نام فساد تھا۔ہندوستان اور پاکستان میں خون کی ندیاں بہہ گئیں، برہنہ عورتوں کے جلوس نکالے گئے، ننھے بچوں کو قتل کیا گیا،عورتوں کی عصمتیں گلی کوچوں میں چیختی پھریں... ...جوش، کرشن چندر، احمد عباس، عصمت، جعفری، ساحر، منٹو، نیاز حیدر اور کیفی اعظمی وغیرہ ایک طوفان بن کر فسادات کے سامنے کھڑے ہو گئے... ...فسادات کے درمیان جتنی بھی نظمیں لکھی گئی ہیں، سبھوں میں زندگی کے حسین انداز اور فن کے ساتھ انصاف موجود ہے ۔صرف بعض نظمیں ہلکی اور بالکل سطحی ہو کر رہ گئی ہیں، جن میں کہیں کوئی گہرائی نظر نہیں آتی ۔

کرشن چندر نے''ہم وحشی ہیں'' کی تخلیق کی ۔ یہ مجموعہ کرشن چندر کی زہریلی طنزوں کا مجموعہ ہے، جو اُس نے انسانیت کی خاطر پیش کیا ہے ۔اُس نے مظالم کی حقیقی تصویر پیش کی ہیں، جنہیں دیکھ کر ہنگامہ کرنے والے شرمندگی محسوس کرنے لگے... ...خواجہ احمد عباس نے''میں کون ہوں''،''سردار جی''اور''اجنتا'' جیسی کہانیاں لکھیں... ... عصمت چغتائی کا''دھانی بانکیں''اور اوپندر ناتھ اشک کا''طوفان سے پہلے'' دو ایسے ڈرامے ہیں، جو اس سلسلے میں بڑی اہمیت رکھتے ہیں ۔اِن دو ڈراموں کو دیکھ کر محسوس ہوتا ہے کہ افسانہ نگاروں اور شاعروں کے ساتھ ساتھ ڈراما نویس بھی ایسے ماحول میں تعمیر کی تصویر لیے کھڑے ہیں ۔وہ اُس کلچر کو برباد کر دینا چاہتے ہیں، جہاں انسانیت کو زہر دیا جا رہا ہے ۔وہ انسانیت کو ایک محاذ بنانا چاہتے ہیں... ...

سعادت حسن منٹو نے ''سیاہ حاشیے'' پیش کیے۔ اس کا دیباچہ حسن عسکری نے لکھا ہے۔ ایک جگہ وہ لکھتے ہیں:

''سچ پوچھیے تو منٹو نے ظلم پر کوئی خاص زور نہیں دیا ہے، انہوں نے چند واقعات تو ضرور رہوتے دکھائے ہیں مگر یہ کہیں نہیں ظاہر ہونے دیا کہ یہ واقعات یا افعال اچھے ہیں یا بُرے۔ نہ انہوں نے ظالموں پر لعنت بھیجی ہے نہ مظلوموں پر آنسو بہائے ہیں۔ انہوں نے تو یہ تک فیصلہ نہیں کیا کہ ظالم لوگ برے ہیں یا مظلوم اچھے ہیں۔''

''براعظم ہندوستان کے یہ فسادات ایسی پے چیدہ چیزیں ہیں اور صدیوں کی تاریخ سے آگے کے مستقبل سے اس بُری طرح الجھے ہوئے ہیں کہ اُن کے متعلق یوں آسانی سے اچھے بُرے کا فتویٰ نہیں دیا جاسکتا۔ کم سے کم ایک معقول ادیب کو یہ زیب نہیں دیتا کہ ایسے ہوش اُڑا دینے والے واقعات کے متعلق سیاسی لوگوں کی سطح پر اُتر کر فیصلہ کرنے لگے۔''

یہ وہی حسن عسکری ہیں جو ادب برائے ادب کا کھوکھلا نعرہ بلند کرتے ہوئے پاکستان میں اسلامی ادب کے لیے چیخ رہے ہیں۔

اگر عسکری نے منٹو کا غلط جائزہ لیا تو گھبرانے کی کوئی بات نہیں، عسکری صاحب اس سے زیادہ اور کیا کہہ سکتے تھے۔ کرشن چندر اور اُس کے ساتھیوں نے جب فسادات میں تمدّن ،تہذیب ،فن، اخلاق اور محبت کی خاطر اپنی تخلیقات کی فوجیں اُتار دیں تو یہ حسن عسکری کا گروپ تھا ،جس نے انہیں جذبات کی قے اور نہ معلوم کیا کیا کہہ دیا تھا۔ انہیں ادب ماننے سے صاف صاف انکار کر دیا تھا۔ اس جماعت کا کہنا تھا کہ ہندو اور مسلمان بے قصور ہیں، سارا قصور سکھوں کا ہے۔ ملک میں طوفان سکھوں کی وجہ سے آیا۔ ملک میں ہنگامے سکھوں کی وجہ سے ہوئے۔ ملک میں فسادات کا سیلاب صرف سکھوں کی وجہ سے آیا، عزت اور عصمت سکھوں نے لوٹی... ہندو اور مسلمان امن کا جھنڈا لیے کھڑے تھے۔ معصوم بچوں کو سکھوں نے قتل کیا اور ہندو اور مسلمان صرف اپنی حفاظت کی فکر میں رہے... کرشن چندر نے ''ہم وحشی ہیں'' میں شیطان کے چہرے

سے نقاب ہٹایا تو اس کا ادب حقیقی دنیا سے پرے پرواز کر رہا تھا۔ سردار جعفری نے اگر ایک نئی راہ دکھائی تو اُس کا ادب، ادب نہیں صحافت تھا۔ خواجہ احمد عباس نے ''سردار جی'' لکھا تو اُس نے سردار جی کی انسانیت کہاں سے ڈھونڈ نکالی، سکھ تو انسان نہیں ہوتے۔ غرض فسادات میں ترقی پسند فن کاروں کی ساری تخلیقات اس جماعت کے نزدیک یا تو پروپیگنڈا کی نذر ہوگئی ہیں، اس لیے اس میں کوئی وزن نہیں کہ فن کاروں نے ظلم کرنے والوں کو عریاں کر دیا ہے اور ظلم سہنے والوں کو ایک نئی حسین راہ دکھائی ہے۔ حسن عسکری درندوں کو بُرا نہیں کہتے، اس لیے کہ وہ اُن کی دنیا میں خود پناہ لیتے ہیں۔ منٹو نے اپنے پہلے افسانوں میں ہمیشہ اناڑی کو اناڑی، شریف کو شریف، شیطان کو شیطان اور گنہ گار کو گنہ گار کہا ہے۔ افسوس ہے کہ وہ خود عسکری کے دائرہ میں رکھ کر ''سیاہ حاشیے'' میں بُری طرح الجھ گیا ہے۔ صرف تصویر کھینچ کر رکھ دی ہیں، کوئی تعمیری پہلو نمایاں نہیں۔ منٹو نے ان تصویروں سے ظالموں کو شرمانے کی کوشش کی ہے۔ انہیں چاہیے تھا کہ وہ سرمایہ داری کے چہرے سے نقاب ہٹا کر ایک نئی راہ دکھائیں...... منٹو نے انسان کے مظالم دکھانے کی کوشش کی ہے۔ اُس نے یہ بھی دکھانے کی کوشش کی کہ انسان درندہ ہو کر بھی اپنی انسانیت ختم نہیں کر سکتا، انسانیت موجود رہتی ہے۔ کاش وہ اس راستہ کو بھی تلاش کرنے کی کوشش کرتا جس طرف جانے کے بعد وہ درندے پھر انسان ہو سکتے تھے۔ ہنگاموں میں ہنگامہ پیدا کرنے کا کیا مقصد؟ کیا منٹو واقعی اس ہنگامہ میں انسانیت سے ہمیشہ کے لیے مایوس ہو گیا تھا؟ یہ کچھ غور کرنے کی بات ہے۔ حسن عسکری نے فرمایا ہے کہ: ''منٹو نے نہ ظالموں پر لعنت بھیجی ہے اور نہ مظلوموں پر آنسو بہائے ہیں۔'' منٹو نے جو ظالموں پر لعنت بھیجی ہے وہ کچھ عسکری کا دل ہی جانتا ہو گا، اس لیے کہ وہ اس نظام سے وابستہ ہیں، جس کے خلاف منٹو کی آواز بلند ہوئی ہے۔ وہ سمجھتے ہیں کہ منٹو نے ظالم کو ظالم نہیں کہا بلکہ اپنا دوست اور یار کہا ہے، محبوب اور معشوق کہا ہے۔ عسکری کا دیباچہ دیکھ کر یہ کہنا پڑتا ہے کہ منٹو کا فن اتنا آسان نہیں کہ ہر انسان آسانی سے سمجھ جائے۔ ''سیاہ حاشیے'' میں بعض جگہ تعمیر کی دُھندلی لکیریں بھی چمکتی نظر آتی ہیں۔ اس کے باوجود منٹو نے اس مخصوص ماحول میں کوئی قابلِ قدر خدمت انجام نہیں دی۔ منٹو سے ہماری امیدیں وابستہ تھیں۔ منٹو کا یہ ظلم اردو ادب فراموش نہیں کرے گا۔

منٹو ہمیشہ نئی حرکتیں کرتا ہے۔ عسکری کے دائرہ میں آجانا بھی ایک نئی حرکت تھی تا کہ دیکھنے والے گھبرا جائیں۔ منٹو اپنی حرکتوں سے لوگوں کو گھبراتا دیکھ کر خوش ہوتا ہے... اور اس کے دائرہ کے باہر بڑی چھلانگ بھی لگائے، یہ بھی ممکن ہے اس لیے کہ اُس سے لوگ گھبرا جائیں گے۔

منٹو کو غلط سمجھنے اور سمجھانے کی کوشش کی گئی ہے۔ منٹو انسان کی لاش پر ناچتا تھرکتا نہیں۔ ''سیاہ حاشیے'' میں اُس نے سرمایہ دارانہ نظام کے تاریک عناصر کو بکھیر دیا ہے۔ یہ وہی تاریک عناصر ہیں جنہیں عسکری کا گروپ چھپانے کی کوشش کر رہا ہے۔ منٹو نے حقیقی تصویریں پیش کر کے اُس بوسیدہ نظام پر ایک لٹھ مارا ہے جس کے سائے میں عسکری اور اُن کے ساتھی پناہ لینا چاہتے ہیں۔

منٹو عسکری کی فسطائیت میں الجھ گیا ہے۔ عسکری اپنے ساتھ اُسے بھی عریاں نچانا چاہتا ہے... منٹو نیم عریاں ہو چکا ہے، اب اُسے عسکری کے دائرے سے چھلانگ لگا دینی چاہیے۔

(اردو ادب اور فسادات)

●●

''... منٹو نے بار بار ہمیں اس کا یقین دلایا کہ انسان حیوان بن کر بھی اپنی انسانیت کھو نہیں سکتا، چنانچہ اپنے مجموعے ''ٹھنڈا گوشت'' کا منٹو نے یوں انتساب کیا ہے:

''ایشر سنگھ کے نام...... جو حیوان بن کر بھی اپنی انسانیت کھو نہ سکا۔''

منٹو نے اپنے لطیفوں کا مجموعہ ''سیاہ حاشیے'' اُس آدمی کے نام معنون کیا ہے، جس نے اپنی خوں ریزیوں کا ذکر کرتے ہوئے یہ کہا:

''جب میں نے ایک بوڑھیا کو مارا تو مجھے ایسا لگا جیسے مجھ سے قتل ہو گیا ہے۔''

اور یہی ذرا سی حس ایشر سنگھ کے کرب و اضطراب میں تبدیل ہو جاتی ہے۔ اور یہی چھوٹا موٹا قاتل، یہی معمولی انسان، ایک فلسفی بن جاتا ہے اور اُس کے اندر زندگی اور انسان سے متعلق بے پایاں تحیّر اور استعجاب پیدا ہوتا ہے۔

(ممتاز شیریں: ''دوسرا گناہ''، منٹو نوری نہ ناری)

منٹو کی غلط تعبیر

اجمل کمال

مئی ۱۹۴۶ء کے بعد محمد حسن عسکری نے جو سیاسی موقف اختیار کیا اور اسے ادب پر جس طرح منطبق کرنے کی کوشش کی، اس کے سلسلے میں انھیں ایسی تحریروں کی سخت ضرورت تھی جنھیں وہ اپنے خود وضع کردہ ادبی نظریے کی مثال کے طور پر پیش کرسکیں۔ منٹو کو ترقی پسندوں سے الگ قرار دینا عسکری کی اسی (ادبی؟) ضرورت کا ساختشانہ تھا، ورنہ ان کے پاکستانی ادب کے خزانے میں صرف ''یاخدا'' کا نام رہ جاتا۔

عسکری اور ان کے ہم خیال نقادوں، خصوصاً ممتاز شیریں، کے بارے میں یہ تاثر عام ہے کہ وہ منٹو کے اندازِ فکر سے قربت رکھتے ہیں چنانچہ ان کی تنقیدی تحریریں منٹو کی تحریروں کی معنویت کو سمجھنے میں مددگار ہوسکتی ہیں۔ میری رائے میں یہ تاثر غلط فہمی پر مبنی اور قطعاً بے بنیاد ہے۔ اس باب میں، میں اپنی اسی رائے کی وضاحت کرنے کی کوشش کروں گا۔

عسکری کی تحریروں میں منٹو کے لیے والہانہ پسندیدگی پاکستان بننے سے پہلے کہیں دکھائی نہیں دیتی۔ جنوری ۱۹۴۶ء کی ''جھلکیاں'' میں لکھتے ہیں:

> ''نئے ادب کی تحریک میں میں بھی شامل رہا ہوں، اور اب اس تحریک میں چند سانس اور باقی رہ گئے ہیں۔ وہ بھی اُکھڑے اُکھڑے۔ یہ سارا ہنگامہ محض بلوغت کا اُبال تھا اور زمانۂ بلوغت لازوال نہیں ہوسکتا۔ چنانچہ پچھلے دس سال میں اس تحریک نے جو ادب پیدا کیا ہے وہ صرف انڈر گریجویٹ ادب ہے۔ عصمت چغتائی کے مضمون ''دوزخی'' کو چھوڑ کر (ایسی

ایک آدھ چیز اور ہو تو اس وقت یاد نہیں آرہی) اس ادب میں کوئی چیز ایسی ہے ہی نہیں جو سنجیدہ ذوق رکھنے والے دماغ کو زیادہ دیر تک مصروف رکھ سکے۔ میٹھا برس لگتا ہے تو اسکول کی لونڈیاں تک ایسا ادب پیدا کر لیتی ہیں۔‘‘

یہ یاد دلانے کی ضرورت نہیں ہونی چاہیے کہ منٹو کے جو افسانے اس وقت تک شائع ہو چکے تھے ان میں ’’نیا قانون‘‘، ’’ہتک‘‘، ’’خوشیا‘‘، ’’دھواں‘‘، ’’بو‘‘ اور ’’کالی شلوار‘‘ شامل تھے جنھوں نے ’غیر سنجیدہ‘ ذوق رکھنے والے دماغوں کو خاصی دیر تک مصروف رکھا تھا۔ اگر ۱۹۴۶ء میں عسکری کے نزدیک منٹو کا یہ سارا کام دریا بُرد کر دینے کے لائق ہے تو سوال یہ پیدا ہوتا ہے کہ وہ دو سال بعد کس بنیاد پر انہیں اتنا اہم ادیب قرار دینے لگتے ہیں؟

اس بات پر یقین کرنے کا خاصا جواز موجود ہے کہ عسکری اور اُن کی شاگرد ممتاز شیریں کی منٹو سے وابستگی کی وجہ موقع پرستی کے سوا کچھ نہیں تھی۔ (موصوفہ بھی منٹو پر ۱۹۴۷ء کے بعد ہی فریفتہ ہوئیں) عسکری کو منٹو پر قبضہ جمانے کا موقع اس وقت ملا جب ترقی پسندوں کے اجلاس نے ایسے ادیبوں اور ادبی رسالوں کا بائیکاٹ کرنے کی احمقانہ قرارداد منظور کی جو ان کی تنگ نظر تعریف کی رو سے غیر ترقی پسند ٹھہرے تھے۔ اس قرارداد کی مدافعت کسی بھی طرح نہیں کی جاسکتی۔ منٹو کی تحریروں کے مطالعے کی بنیاد پر میرے نزدیک منٹو کو غیر ترقی پسند قرار دینا کسی طرح ممکن نہیں ہے، خواہ اسے ثابت کرنے کے لیے ترقی پسند اور عسکری مل کر ہی کیوں نہ زور لگائیں۔ اس کی تصدیق اس حقیقت سے بھی ہوتی ہے کہ آزادی کے بعد کے ابتدائی برسوں میں منٹو اور ترقی پسند آزادیٔ اظہار کے جرم میں کٹہرے میں ساتھ ساتھ کھڑے تھے۔ منٹو کے جن افسانوں پر ’’قوم‘‘ نے سخت گیری کی وہ (بائیکاٹ کی قرارداد کے باوجود) ترقی پسند رسالوں ہی میں چھپے تھے۔

آئیے تقسیم کے بعد ترقی پسندوں اور عسکری کے سیاسی موقف کا جائزہ لیں اور پھر یہ دیکھیں کہ منٹو کا سیاسی موقف ان دونوں میں سے کس کے زیادہ نزدیک ہے۔ ترقی پسندوں کا خیال غالباً فیض کی نظم ’’صبح آزادی‘‘ میں سب سے زیادہ معروف طور پر بیان ہوا ہے جو ’’یہ داغ داغ اجالا، شب گزیدہ سحر‘‘ سے شروع اور ’’چلے چلو کہ وہ منزل ابھی نہیں آئی‘‘ پر ختم ہوتی ہے۔ آپ کو یاد ہوگا

کہ مئی ۱۹۴۶ء میں مسلم لیگ کی حمایت کا فیصلہ کرتے ہوئے عسکری نے پاکستان کے بارے میں کیسی ''خوش اندیشانہ'' توقعات ظاہر کی تھیں۔ اب دیکھتے ہیں کہ عسکری کی یہ توقعات پوری ہوئیں یا نہیں۔ ستمبر ۱۹۴۸ء کی ''جھلکیاں'' میں لکھتے ہیں:

''پاکستان بننے کے بعد مسلمان شاعروں نے پاکستان کا خیر مقدم جس خوبصورتی سے کیا ہے وہ بھی داد کے قابل ہے۔ ہمارے شاعروں کو گلہ ہے کہ ہم نے تو نہ جانے کیا کیا خواب دیکھے تھے اور تعبیر بالکل الٹی ہوئی۔ ابھی ہماری منزل نہیں آئی، ہمیں تو بہت دور جانا ہے! آپ کو دیکھیے اور آپ کے خوابوں کو دیکھیے جیسے تاریخ کو چاہیے تھا حرکت کرنے سے پہلے آپ سے مشورہ کر لیتی کہ لو بھئی اب میں آگے کھسکتی ہوں۔ بولو مزدوروں کی اُجرت میں پانچ فیصدی اضافہ کرواتے ہو یا دس فیصدی۔ تو جناب، اگر ہمارے شاعر حضرات کی منزل ابھی نہیں آئی تو خدا انہیں ہمت سفر دے، ہم تو ان کے خیر خواہوں میں سے ہیں۔ باقی رہی مسلمان قوم، تو اس کی منزل تو آ گئی، بلکہ اس کی منزل تو اسی دن آ گئی تھی جس دن قوم کے دل میں اپنی ہستی اور انفرادیت کو قائم رکھنے کا احساس پیدا ہوا تھا۔ قیام پاکستان اور اس کے بعد جتنی بھی باتیں ہوں وہ تو سب تفصیلات ہیں۔ قوم نے اپنے آپ کو پالیا۔ قوم کی منزل آ گئی۔ ہاں ویسے اگر آپ کو چلنے ہی کا شوق ہو تو بسم اللہ، پائے مرا لنگ نیست۔''

سبحان اللہ!

عسکری کا خیال ہے کہ جو لوگ اس بات پر یقین رکھتے ہیں کہ منزل ابھی نہیں آئی وہ قوم کی امنگوں سے بے اعتنائی کا ثبوت دے رہے ہیں اور اگر قوم ان کے ساتھ سخت گیری کرے تو بالکل حق بجانب ہوگی لیکن اس پروگرام کا کیا ہوا جس کی رو سے پاکستان کو ایک عوامی اور اشتراکی ریاست بننا تھا، سرمایہ داری کو جڑ سے اکھاڑ پھینکنا تھا اور مستقل امن و امان قائم کرنا تھا؟ ایسے احمقانہ اور گستاخانہ سوال صرف ترقی پسند کیا کرتے ہیں جو مسلمانوں کو گمراہ کر کے پاکستان سے بدظن کرنا چاہتے ہیں۔

اب ذرا ایک اور اقتباس کی طرف توجہ کیجیے:

"۱۴ راگست کا دن میرے سامنے بمبئی میں منایا گیا۔ پاکستان اور ہندوستان دونوں آزاد ملک قرار دیے گئے تھے۔ لوگ بہت مسرور تھے مگر قتل اور آگ کی وارداتیں باقاعدہ جاری تھیں۔ ہندستان زندہ باد کے ساتھ ساتھ پاکستان زندہ باد کے نعرے بھی لگتے تھے۔ کانگریس کے ترنگے کے ساتھ اسلامی پرچم بھی لہراتا تھا۔ پنڈت جواہر لال نہرو اور قائد اعظم محمد علی جناح دونوں کے نعرے بازاروں اور سڑکوں میں گونجتے تھے۔ سمجھ میں نہیں آتا تھا کہ ہندوستان اپنا وطن ہے یا پاکستان، اور وہ لہو کس کا ہے جو ہر روز اتنی بے دردی سے بہایا جا رہا ہے۔ وہ ہڈیاں کہاں جلائی یا دفن کی جائیں گی جن پر سے مذہب کا گوشت چیلیں اور گدھ نوچ نوچ کر کھا گئے تھے۔ اب کہ ہم آزاد ہوئے ہیں، ہمارا غلام کون ہوگا؟ جب غلام تھے تو آزادی کا تصور کر سکتے تھے۔ اب آزاد ہوئے ہیں تو غلامی کا تصور کیا ہوگا؟ لیکن سوال یہ ہے کہ ہم آزاد بھی ہوئے ہیں یا نہیں۔ ہندو اور مسلمان دھڑا دھڑ مر رہے تھے۔ کیسے مر رہے تھے؟ کیوں مر رہے تھے؟ ان سوالوں کے مختلف جواب تھے، ہندوستانی جواب، پاکستانی جواب، انگریزی جواب۔ ہر سوال کا جواب موجود تھا مگر اس جواب میں حقیقت تلاش کرنے کا سوال پیدا ہوتا تو اس کا کوئی جواب نہ ملتا۔

ہندستان آزاد ہو گیا تھا، پاکستان عالم وجود میں آتے ہی آزاد ہو گیا تھا لیکن انسان ان دونوں مملکتوں میں غلام تھا۔ تعصب کا غلام، مذہبی جنون کا غلام، بربریت کا غلام۔"

یہ کون شخص ہے جس کو اتنا بھی پتہ نہیں کہ مسلمان قوم کی منزل تو کب کی آ گئی؟ ضرور کوئی ترقی پسند ہوگا۔

جی ہاں، یہ منٹو ہے۔ یہ اقتباس ادا کار شیام کے خاکے "مرلی کی دھن" سے لیا گیا ہے جسے منٹو نے ہجرت کر کے پاکستان آنے کے بعد لاہور میں بیٹھ کر لکھا تھا۔

ملاحظہ کیجیے کہ عسکری اتنا واضح موقف رکھنے والے منٹو کو ترقی پسندی سے دور اور اپنی ''خوش اندیشیوں'' کے قریب بتاتے ہیں۔

مظفر علی سید کا کہنا ہے کہ منٹو کے افسانوں پر مقدمے یوں تو فحاشی کے الزام میں قائم کیے گئے لیکن اصل اعتراض منٹو کے سیاسی موقف پر تھا۔ اوپر دیے گئے اقتباس سے بھی یہ بات ظاہر ہو جاتی ہے کہ ریاست کے لیے منٹو کے سیاسی خیالات کو برداشت کرنا بہت دشوار تھا کیوں کہ اس قسم کے خیالات ''قوم'' کی امنگوں سے بے اعتنائی کا مظہر ہیں اور بقول عسکری ''قوم'' اگر ایسے خیالات رکھنے والوں سے سخت گیری برتتی ہے تو حق بجانب ہے۔ اس لیے ''قوم'' نے ان پر سخت گیری کی۔ لیکن مظفر علی سید کے برخلاف، عسکری اور ممتاز شیریں کے نزدیک منٹو کے سیاسی خیالات نئی ریاست کے لیے بالکل قابل قبول اور ترقی پسندوں کے موقف سے بالکل الگ ہیں۔

•

''فسادات اور ہمارا ادب'' میں عسکری نے اپنی بنائی ہوئی تعریف کے لحاظ سے منٹو کو پاکستانی ادب کی ایک روشن مثال قرار دیا تھا۔ منٹو نے ان کی بات کو کوئی اہمیت نہ دی کیوں کہ وہ یہ معقول رائے رکھتے تھے کہ اردو ادب کا بھلا اس میں ہے کہ نقاد جو کچھ کہیں اس کا اُلٹ کیا جائے۔ بزعمِ خود منٹو کا مربی بن جانے کے بعد عسکری نے ان سے وقتاً فوقتاً جو توقعات وابستہ کیں انھیں آپ عسکری کی سادہ لوحی بھی سمجھ سکتے ہیں اور منٹو کی حس مزاح کا کرشمہ بھی۔

دیکھیے منٹو نے عسکری کو اپنے بارے میں کیسی خوش اندیشیوں میں مبتلا کیے رکھا۔

''... پچھلے سال منٹو صاحب نے متعدد کوششیں کیں کہ ترقی پسندی کے مروجہ تصوّر کو بدلا جائے اور ادیب اسلام کو اپنے تصور حیات کی اساس بنائیں اور اسلامی اصولوں کی بنیاد پر سماجی اور معاشی انصاف کا مطالبہ کریں منٹو صاحب ادیبوں سے گھنٹوں اس بات پر جھگڑتے رہے ہیں کہ ہمارے لیے خالی انسانیت پرستی کافی نہیں ہے، ہمیں انسان کا وہ تصور قبول کرنا ہوگا جو اسلام نے پیش کیا ہے۔ منٹو صاحب نعروں سے ایسا ڈرتے ہیں کہ اب اُن کے ذہن میں خالی نعروں سے مطمین ہو جانے کی صلاحیت بہت کم رہ گئی ہے۔

چنانچہ میں اپنی ذاتی واقفیت کی بنا پر کہہ سکتا ہوں کہ ان کی گرم جوشی لفظوں تک محدود نہیں تھی۔ اس زمانے میں خلافت راشدہ کا تصور اس طرح ان کے دماغ پر مسلط تھا کہ وہ چاہتے تھے بس آج ہی پاکستان خلافت راشدہ کا نمونہ بن جائے اور سارے صاحب اقتدار لوگ حضرت عمر کی تقلید کرنے لگیں۔ ان کا عقیدہ ہے کہ پاکستان محض رہنماؤں کی دانش مندی کے طفیل نہیں ملا ہے۔ بلکہ پوری قوم کی متحدہ قوت اور عوام کے جذبہ ایثار کی بدولت حاصل ہوا ہے۔ لہٰذا انہوں نے چند ایسے افسانے بھی سوچے تھے جن میں یہ دکھایا گیا تھا کہ ہمارے عوام میں اپنی مدد آپ کرنے کی صلاحیت اور تخلیقی اہلیت کتنی زبردست ہے۔ مگر اتفاق سے انہی دنوں منٹو صاحب اپنی فلم میں مصروف ہو گئے۔ اور وہ افسانے لکھے نہیں۔" ("جھلکیاں"، جون ۱۹۴۹ء)

"...ہمارے نظام زندگی میں شہادت کے تصور کو بڑی اہمیت حاصل ہے، بلکہ منٹو صاحب تو کہا کرتے ہیں کہ میں شہادت کے تصور ہی کی وجہ سے اسلام پر ایمان لایا ہوں۔" ("جھلکیاں"، دسمبر ۱۹۴۹ء)

"....آپ کو یہ سن کر حیرت ہوگی کہ منٹو صاحب ایک ایسا ادبی تجربہ کرنا چاہے ہیں جس کی توقع عام پڑھنے والوں کو ان سے ہو ہی نہیں سکتی تھی۔ وہ ایک ایسا افسانہ لکھنا چاہتے ہیں جو شروع سے آخر تک لفظوں کا کھیل ہو۔ ان کا خیال ہے کہ ضلع جگت، رعایت لفظی وغیرہ قسم کی چیز میں جو پہلے ہمارے ادب میں رائج تھیں، اب انہیں پھر سے رواج دینا چاہیے اور ان سے نئے نئے کام لینے چاہئیں... (یہاں یہ تصریح ضروری ہے کہ منٹو صاحب کے ذہن میں یہ خیال جوئس کی کتاب پڑھ کر پیدا نہیں ہوا) چنانچہ منٹو صاحب اکثر افسوس کرتے ہیں کہ لغت سے میری واقفیت اتنی محدود کیوں ہے، ورنہ میں ایک ایک لفظ کو اُلٹ پلٹ کر کئی کئی معنوں میں استعمال کیا کرتا۔ منٹو صاحب کے اس رجحان کا اظہار ابھی تک صرف ادھر ادھر فقروں میں ہوا ہے، پورے

پیمانے پر نہیں ہوا۔ ان باتوں کے علاوہ منٹو صاحب ایک تجربہ یہ کرنا چاہتے تھے کہ چند افسانے ایسے لکھیں جن کا صریحی مقصد تعمیری ہو اور جن میں قوم کی صلاحیتوں کو اجاگر کیا گیا ہو، بلکہ ایک دفعہ تو ان کا ارادہ ہوا تھا کہ اقبال کے مشورے پر عمل کریں اور صحابہ کرام کی زندگی سے واقعات لے کر ان کی مدد سے افسانے لکھیں۔ لیکن سال بھر سے انہوں نے کچھ لکھا ہی نہیں ہے۔"

(''جھلکیاں''، جنوری ۱۹۵۰ء)

کہیے، اس منٹو کی شکل آپ کی پہچان میں آتی ہے؟ نہیں آتی تو آپ ''یاروں کو تجھ سے منٹو کیا خوش گمانیاں ہیں''! کہہ کر قہقہہ لگا سکتے ہیں، یا اگر عسکریت بہت زور مارے تو ''تیرے منہ پر جھوٹ بولوں تو کیا دے گا''، قسم کا فقرہ چست کر سکتے ہیں۔ افسوس یہ ہے کہ عسکری کی جوانی چائے کی پیالی میں ڈبکیاں کھانے میں بیت گئیں۔ کبھی مے خانے کے قریب سے گذر رہا ہوتا تو اندازہ بھی ہوتا کہ رندان خانہ خراب واعظ کو کیسا بناتے ہیں۔

بہر حال، جون ۱۹۴۹ء کی ''جھلکیاں'' میں عسکری مزید لکھتے ہیں:

''ابھی تک منٹو صاحب ایسا ادب تو پیش نہیں کر سکے جو کھلم کھلا پاکستانی ہو۔ غالباً ان جیسے فن کار کے لیے مناسب بھی نہیں ہے کہ وہ نعروں کو پھیلا پھیلا کر افسانے بنائیں۔ میری مراد اس سے یہ ہے کہ ہمارے بیشتر ادیب نعروں کے بغیر چونکتے ہی نہیں، اس لیے ادب میں بنیادی تبدیلیاں رونما ہونے سے پہلے شاید تھوڑی سی نعرہ بازی لازمی ہے۔ بہر حال منٹو صاحب نے ابھی تک افسانوں میں نعرے لگانے سے گریز کیا ہے۔"

عسکری کے اس اعتراف کو منٹو کے لیے خراج تحسین سمجھنا چاہئے کہ انہوں نے عسکری کے تجویز کردہ نسخے کے مطابق لکھنے کو فراڈ جانا اور اس میں شریک ہونے سے گریز کیا۔ عسکری کا مرغ دست آموز بننے کے بجائے انہوں نے اپنے تخلیقی ضمیر کی پیروی کی اور ''موتری''، ''ٹوبہ ٹیک سنگھ''، ''یزید''، ''دو قومیں''، ''شہید ساز''، ''ٹیٹوال کا کتا''، ''آخری سلوٹ''، ''۱۹۱۹ء کی ایک بات''، ''موذیل''، ''بابو گوپی ناتھ'' اور ''نطفہ'' جیسے افسانے لکھے۔ یوں تو عسکری اور ممتاز شیریں

پر منٹو کے وقیع ترین نقاد ہونے تک کا بہتان لگا دیا جاتا ہے لیکن ان میں سے کسی کے ہاں منٹو کے ان افسانوں کے سیاسی معنی دریافت کرنے کی ادنیٰ سی کوشش کا بھی سراغ نہیں ملتا۔

عسکری کا کہنا ہے کہ جنوری ۱۹۴۹ء سے دسمبر ۱۹۴۹ء کے عرصے میں منٹو نے کچھ لکھا ہی نہیں تھا۔ اس بارے میں میرے پاس کافی معلومات نہیں ہیں۔ البتہ ۲۸/اکتوبر ۱۹۵۱ء کو اپنے مجموعے ''یزید'' کے اختتامیے ''حبیب کفن'' میں منٹو نے لکھا تھا:

''بٹوارے کے بعد اب تک میں یہ کتابیں ترتیب وار آپ کی خدمت میں پیش کر چکا ہوں۔ ان سے آپ بطریق احسن میری دماغی کیفیات کا جائزہ لے سکتے ہیں:

(۱) تلخ ترش اور شیریں (۲) لذتِ سنگ (۳) سیاہ حاشیے (۴) خالی بوتلیں خالی ڈبّے (۵) ٹھنڈا گوشت (۶) نمرود کی خدائی (۷) بادشاہت کا خاتمہ

اگر ''بٹوارے کے بعد منٹو کو ان باتوں کا شوق ہوا ہوتا جو عسکری نے بیان کی ہیں تو یہ گمان کرنا غیر معقول بات نہیں کہ ان آٹھ کتابوں میں سے کسی میں کہیں تو اس شوق کی جھلک دکھائی دے جاتی۔

منٹو کے بارے میں عسکری کی جو تحریریں ملتی ہیں ان میں افسانوں کے متن سے گریز کی دانستہ کوشش دکھائی دیتی ہے۔ عسکری کو معلوم تھا کہ ''یزید''، ''ٹیٹوال کا کتا''، ''موذیل''، ''آخری سلوٹ'' اور دوسرے افسانوں سے جو معنی برآمد ہوتے ہیں وہ ان کی برانڈ کا ادب پیدا کرنے میں کسی طرح معاون ثابت نہیں ہوں گے مگر خود انہیں کے الفاظ میں، رہا وہ ادب جو پیدا ہو چکا ہے تو اُس سے نپٹنے کے لیے پیشہ ور نقاد موجود ہیں۔ وہ بڑے سے بڑے ادب کی ایسی تشریح کرتے ہیں کہ شکل پہچاننے میں نہیں آتی۔''

•

منٹو کی تحریروں کی ایسی تشریح عسکری کے ہاں ۱۹۴۷ء کے بعد جا بجا ملتی ہے، لیکن ان کی سب سے بڑی فتح یہ تھی کہ انہیں منٹو کی کتاب ''سیاہ حاشیے'' کا دیباچہ بعنوان ''حاشیہ آرائی''

لکھنے کا موقع ملا۔ اس دیباچے کی طرف آنے سے پہلے منٹو کے مجموعہ ''چغد'' کے دیباچے پر ایک نظر ڈال لینا شاید مفید ثابت ہو۔ منٹو نے اپنی اس تحریر میں ترقی پسندوں کی جانب سے انہیں غیر ترقی پسند قرار دیے جانے کے احمقانہ اقدام پر اپنی کوفت کا اظہار کیا۔ منٹو کو اپنے غیر ترقی پسند ٹھہرائے جانے پر بجا طور پر غصّہ تھا۔ ''سیاہ حاشیے'' کو منٹو کے بقول ''نام نہاد'' ترقی پسندوں نے صرف اس وجہ سے پڑھے بغیر مسترد کر دیا کہ اس پر عسکری نے دیباچہ لکھا تھا، جب کہ ''ہتک'' اور ''کھول دو'' کو نہ صرف ترقی پسندوں کی تحسین حاصل ہوئی تھی بلکہ یہ افسانے خود انہوں نے شائع بھی کیے تھے۔ منٹو نے اپنا دیباچہ اس جملے پر ختم کیا ہے۔

''آخر میں مجھے کہنا ہے کہ ''ترقی پسندی'' سے مجھے کوئی کد نہیں لیکن نام نہاد ترقی پسندوں کی الٹی سیدھی زقندیں بہت کھلتی ہیں۔''

''سیاہ حاشیے'' اپنی ذہنیت کے اعتبار سے منٹو کی تمام کتابوں سے مختلف کتاب ہے۔ یہ چھوٹے چھوٹے طنز یہ پاروں پر مشتمل ہے جن میں منٹو نے کرداروں کو اس طرح تفصیل سے بیان نہیں کیا جس طرح وہ اپنے افسانوں میں کرتے ہیں۔ مثال کے طور پر ''گورمکھ سنگھ کی وصیت'' کے عنوان سے انہوں نے جو افسانہ لکھا، اس سے اگر تفصیلات غائب کر کے ایک صفحے یا اس سے کم میں لکھا جاتا تو وہ آسانی سے ''سیاہ حاشیے'' کا ایک حصہ بن سکتا تھا۔ طنز یہ پاروں کا یہ مجموعہ اپنی ساخت کے اعتبار سے منٹو کے افسانوں سے الگ سہی لیکن نفس مضمون کے لحاظ سے ان سے دور نہیں ہے۔

میری رائے میں ''سیاہ حاشیے'' کی معنویت تک پہنچنے کا ایک راستہ یہ بھی ہے کہ اس کتاب کو الگ الگ تحریروں کے مجموعے کے طور پر نہیں بلکہ بہت سے ٹکڑوں کو جوڑ کر بنائے ہوئے ایک مونتاژ کی صورت میں دیکھا جائے۔ مجھے علم نہیں کہ منٹو کے کسی نقاد نے یہ طریق کار اختیار کر کے منٹو کے اس ہیئتی تجربے کی معنویت دریافت کرنے کی تفصیلی کوشش کی ہے یا نہیں۔

بہر کیف، آیئے اس مسئلے کو فی الحال یہیں چھوڑ کر عسکری کے دیباچے کا جائزہ لیں۔

دیباچے کا پہلا فقرہ یہ ہے: ''پچھلے دس سال میں نئے ادب کی تحریک نے اردو افسانوی ادب میں گرانقدر اضافے کئے ہیں...'' اسے پڑھیے اور دو برس پہلے کے اس فقرے کو یاد کیجیے جس

میں عسکری نے نئے ادب کی ''پچھلے دس سال'' کی تمام پیداوار کو ''دوزخی'' اور ایک آدھ اور تحریر کے سوا (جو اس وقت یاد نہیں آ رہی تھی) دریا برد کرنے کے لائق قرار دیا تھا اور اس گرانقدر رائے کا اظہار کیا تھا کہ ''میٹھا برس لگتا ہے تو اسکول کی لونڈیاں تک ایسا ادب پیدا کر لیتی ہیں۔'' ان دونوں گرانقدر رایوں کا درمیانی راستہ کہاں سے ہو کر گزرتا ہے، اس کا اندازہ کیا جا سکتا ہے۔

اس کے بعد پہلے پیراگراف کے تمام جملے اور اگلے دو پیراگراف فسادات کے ادب کا موضوع نہ بن سکنے کے بارے میں عسکری کی انہیں تعمیمات کی ''حاشیہ آرائی'' پر مشتمل ہیں جن کا دلکش مظاہرہ ہم ''فسادات اور ہمارا ادب'' میں دیکھ چکے ہیں۔ یہ کہنا غیر ضروری ہے کہ اس بار بھی وہ کسی ادیب یا اس کے کسی گرانقدر یا بے قدر افسانے کے نام پر ٹھٹھکے بغیر مندرجہ ذیل نتیجوں تک براہ راست پہنچ جاتے ہیں۔

(۱) اکثر و بیشتر افسانوں کی محرک تخلیق کی اندرونی لگن نہیں تھی بلکہ خارجی حالات اور واقعات تھے چوں کہ نئے ادب کو دریا برد کرتے ہوئے عسکری نے منٹو کی کسی تحریر کو بچانے کی کوئی خاص بے تابی نہیں دکھائی تھی اس لیے ہم فرض کر سکتے ہیں کہ ''نیا قانون''، ''ہتک''، ''خوشیا''، ''دھواں''، ''بو'' اور ''کالی شلوار''۔ سب کے سب یا 'اکثر و بیشتر'...اس الزام کے سزاوار ٹھہریں گے۔

(۲) ''ہمارے افسانہ نگاروں'' کی نشو و نما خارجی دنیا میں ہونے والی باتوں پر منحصر ہے۔ (اس بار عسکری نے ''اکثر و بیشتر'' کا تکلف بھی نہیں کیا۔) عسکری کے خیال میں جب یہ نشو و نما رک جاتی ہے تو ہمارے افسانہ نگار اپنے آپ کو یہ سوچ کر تسلی دے لیتے ہیں کہ خارجی دنیا میں کوئی ایسی بات ہو ہی نہیں رہی جس کے بارے میں لکھا جائے۔ خارجی دنیا میں ہونے والی وہ کون سی باتیں ہیں جن کے نہ ہونے سے ہمارے افسانہ نگاروں کی نشو و نما رک جاتی ہے؟ عسکری کے اگلے فقرے میں اس کا جواب دیا گیا ہے:

> چھ سات سال ہوئے میں نے اردو کے ایک افسانہ نگار کو جنہوں نے
> مفلسی غلامی اور کشمیر کے متعلق افسانے لکھ لکھ کر خاصی مقبولیت حاصل کر لی تھی یہ

کہتے ہوئے سنا تھا کہ اگر جاپانی ہندوستان پر حملہ کر دیں اور ملک میں کچھ گڑبڑ ہو تو ادب پر بہار آئے۔"

عسکری نے نام نہیں لیا لیکن اندازہ کیا جا سکتا ہے کہ انہوں نے یہ بات کرشن چندر سے منسوب کی ہوگی جن کو وہ اپنے ۱۹۴۱ء کے (یعنی آٹھ نو سال پہلے کے) مضمون "کرشن چندر، اردو ادب میں ایک نئی آواز" میں یہ کہہ کر داد دے چکے تھے کہ "اس نے کسی مخصوص تحریک یا نقطۂ نظر کو اپنے اوپر غالب نہیں ہونے دیا۔ نہ تو پرولتاریت کو، نہ جنس کو، نہ رومانیت کو، محض ترقی پسندی کو بھی نہیں۔"

خیر، کرشن چندر کو جہنم رسید ہونے دیجیے، یہ دیکھیے کہ وہ کون سے خارجی واقعات ہیں جن کے رک جانے سے ہمارے افسانہ نگاروں کی نشو و نما رک گئی۔ "مفلسی، غلامی اور کشمیر"۔ پاکستان اور ہندوستان کو لوگ بلا وجہ اب تک غریب ملکوں میں شمار کرتے ہیں۔ عسکری کی "حاشیہ آرائی" تو یہ بتاتی ہے کہ مفلسی ۱۹۴۷ء سے پہلے ہی ختم ہو چکی تھی۔ جاپانیوں کے حملے کا خطرہ امریکہ اور اس کے اتحادیوں کی مہربانی سے ۱۹۴۶ء میں مل چکا تھا، اور ہندوستان اس وقت تک غالباً انگریزوں کا غلام تھا۔ غلامی ۱۹۴۷ء میں عسکری کے خیال سے ضرور ختم ہوگئی، مگر منٹو اور بعض دوسرے ترقی پسند افسانہ نگار اور شاعر ہندوستان اور پاکستان کو ۱۹۴۷ء کے بعد بھی غلام کہتے رہے اس لیے یہ موضوع ان کے ہاتھ سے تو نہیں گیا۔ ۳۱ دسمبر ۱۹۴۷ء کی پہلی پاک و ہند جنگ کے نتیجے میں کشمیر دو حصوں میں ضرور تقسیم ہو گیا لیکن افسانہ نگار کشمیر کی تصویر کے جن پہلوؤں پر افسانے لکھ لکھ کر مقبولیت حاصل کرتے تھے وہ تو غالباً بدستور ان کی دسترس میں رہے۔ اس تصویر کے جو نئے پہلو سامنے آئے ان پر اوروں کو تو چھوڑیے، خود منٹو نے "ٹیٹوال کا کتا" اور "جاؤ حنیف جاؤ" نامی افسانے لکھے۔

(۳) بہر حال اس قیمتی نتیجے تک پہنچ کر کہ مفلسی، غلامی اور کشمیر کے موضوعات ختم ہو گئے اور افسانہ نگار اپنی نشو و نما کے دوبارہ جاری ہونے کے لیے اطمینان سے بیٹھ کر خارجی واقعات کا انتظار کرنے لگے۔ عسکری اطلاع دیتے ہیں کہ قحط پڑ جانے سے افسانہ نگاروں کی نشو و نما پھر چل پڑی اور انہوں نے قحط پر افسانے لکھ لکھ کر شہرت بٹورنی شروع کر دی۔ عسکری نے یہ بات

صاف صاف تو نہیں کی لیکن غالباً فسادات کی طرح قحط بھی ادب کا موضوع نہیں بن سکتا ہوگا۔ یہاں میں آپ کو ایک بار پھر کرشن چندر کے بارے میں عسکری کے مضمون کی یاد دلاؤں گا جس میں انہوں نے کرشن چندر کی حقیقت نگاری کی مدح کی ہے:

"کرشن چندر کے نزدیک حقیقت نگاری کے صرف ایک معنی ہیں، زندگی کی حقیقت کو جیسا کچھ اس نے سمجھا ہے اس کو بیان کر دینا۔ یہاں بھی وہ اردو افسانوں کی عام روش سے بالکل الگ ہے۔ تقریباً ہمیشہ کرشن چندر کا موضوع سماج ہوتا ہے مگر اس کا مقصد اعداد و شمار جمع کرنا نہیں ہے... میں نے بار بار کہا ہے کہ کرشن چندر کے یہاں آپ کو وہ چیزیں نہیں مل سکتیں جو آپ دوسروں میں ڈھونڈتے رہتے ہیں۔ نہ اس کے یہاں پلاٹ کی خوبیاں ہیں، نہ کردار نگاری کی، نہ نفسیاتی تجزیہ کی، اور نہ حسین لفاظی ہے۔ اس کے یہاں ایک چیز ہے جو ان سب سے بلند ہے، زندگی۔ سچ تو یہ ہے کہ زندگی ایسی وسیع اور بسیط اور مبہم چیز ہے جو کسی کے ہاتھ نہیں آتی۔ آرٹسٹ کی معراج، جیسا کہ ہنری جیمس نے کہا ہے کہ... ..."

عسکری کی کچی عمر کی اس تحریر سے مزید اقتباسات پیش کر کے میں ان کے عقیدت مندوں کو خفیف اور آپ کو بیزار نہیں کرنا چاہتا۔ دیکھنے کی بات، جیسا کہ فلاں شخص نے کہا ہے، بس یہ ہے کہ میٹھا برس لگنے سے پہلے بھی عسکری کا طنطنہ وہی ہے گویا کل ہی رات عرفان حاصل ہوا۔

(۴) چلیے، قحط بھی ختم ہوا۔ اب فسادات کی باری ہے جس کے بارے میں عسکری فرانسیسیوں کی کمک منگا کر ثابت کر ہی چکے ہیں کہ وہ ادب کا موضوع نہیں بن سکتے۔ شکر کا مقام ہے کہ اپنے اس بیان پر وہ اب تک قائم ہیں یعنی کم سے کم دیباچے کے تیسرے پیراگراف تک۔

"اور جب ۱۹۴۷ء کے فسادات ہوئے تو گویا اللہ میاں نے چھپر پھاڑ کے دیا۔ جی چاہے تو المیہ افسانہ لکھیے ورنہ طنزیہ مضمون ہو سکتا ہے، انسان کی درندگی پر دانت پیسیے، سامراج کی چالاکیوں کا پردہ چاک کیجیے۔ ان باتوں سے جی بھر جائے تو کچھ عورتوں کی بے حرمتی کے ذکر سے گرمی پیدا کیجیے

۔موقع موقع سے یہ بھی دکھاتے چلیے کہ اس بہیمیت کے ساتھ ساتھ رحمدلی کے نمونے بھی ملتے ہیں۔ پھر بھولا سا منہ بنا کر تعجب کیجیے کہ ہندو مسلمانوں کی عقل کو کیا ہو گیا۔کل تک تو بھائی بھائی تھے، آج ایک دوسرے کے خون کے پیاسے کیوں ہو گئے۔"

یہاں بھی عسکری نے کوئی نام نہیں لیا لیکن فسادات کے موضوع پر لکھے جانے والے افسانوں کے نفس مضمون کے بارے میں کچھ اشارے ضرور کیے ہیں۔آئیے ان اشاروں کی مدد سے کچھ انسانوں کو پہچاننے کی کوشش کریں۔ بیدی اور منٹو کا" جی چاہا" تو انہوں نے "لاجونتی" اور "کھول دو" لکھ دیے جو اگر المیہ افسانے نہیں ہیں تو پھر میں نہیں جانتا کہ المیہ افسانے کیا ہوتے ہیں۔طنزیہ مضامین کا ذکر تو آگے آئے گا لیکن "موتری" کے عنوان سے ایک طنزیہ افسانہ لکھنے کا موقع منٹو کو خوب ملا۔انسانوں کی درندگی پر دانت پیستے ہوئے بھی منٹو کو "مرلی کی دھن" کے اس اقتباس میں دیکھا جا سکتا ہے جو اوپر درج کیا گیا ہے۔سامراج کی چالاکیاں بھی آپ ضرور دیکھنا چاہیں گے۔دیکھیے:

"برطانوی سامراج کی حکمت عملی نے وہ شاطرانہ چال چلی کہ ٹھنڈے سے ٹھنڈے دماغوں کو بھی سوچنے کا موقع نہ ملا۔ ہندوستان کو اس چابک دست جراح نے پتھر کی سرو سلوں پر لٹا کر چیرا پھاڑا۔ایک سنگین سکون و اطمینان کے ساتھ اس کے حصے بخرے کیے اور یہ جا وہ جا۔اور وہ جن کے تدبّر، وہ جن کی دقیقہ رسی، وہ جن کی شاہین نگاہی کی سارے عالم میں دھوم تھی، آنکھیں جھپکتے رہ گئے۔"

یہ بھی منٹو ہے۔مضمون کا عنوان ہے "محبوس عورتیں"۔اگر آپ چاہیں تو موقع موقع سے یہ بھی دیکھتے چلیے کہ اس بہیمیت کے ساتھ ساتھ رحمدلی کے نمونے بھی ملتے ہیں:

فسادات زوروں پر تھے ایک دن میں اور اشوک بمبئے ٹاکیز سے واپس آرہے تھے۔راستے میں اس کے گھر دیر تک بیٹھے رہے۔شام کو اس نے کہا، "چلو میں تمہیں چھوڑ آؤں۔شورٹ کٹ کی خاطر وہ موٹر کو ایک خالص

اسلامی محلے میں لے گیا۔ سامنے سے ایک برات آرہی تھی۔ جب میں نے بینڈ کی آوازسنی تو میرے اوسان خطا ہو گئے۔ ایک دم اشوک کا ہاتھ پکڑ کر میں چلایا دادا منی یہ تم کدھر آگئے؟''

اشوک میرا مطلب سمجھ گیا۔ مسکرا کر اس نے کہا،''کوئی فکر نہ کرو''۔

میں کیوں کر فکر نہ کرتا۔ موٹر ایسے اسلامی محلے میں تھی جہاں کسی ہندو کا گذر ہی نہیں ہوسکتا تھا اور اشوک کو کون نہیں پہچانتا تھا، کون نہیں جانتا تھا کہ وہ ہندو ہے۔ ایک بہت بڑا ہندو جس کا قتل معرکہ خیز ہوتا۔ مجھے عربی زبان میں کوئی دعا یاد نہیں تھی۔ قرآن کی کوئی موزوں ومناسب آیت بھی نہیں آتی تھی۔ دل ہی دل میں، میں اپنے اوپر لعنتیں بھیج رہا تھا اور دھڑکتے ہوئے دل سے اپنی زبان میں بے جوڑسی دعا مانگ رہا تھا کہ اے خدا مجھے سرخرو رکھیو، ایسا نہ ہو کوئی مسلمان اشوک کو مار دے اور میں ساری عمر اس کا خون اپنی گردن پر محسوس کرتا رہوں۔ یہ گردن قوم کی نہیں، میری اپنی گردن تھی مگر یہ ایسی ذلیل حرکت کے لیے دوسری قوم کے سامنے ندامت سے جھکنا نہیں چاہتی تھی۔

جب موٹر برات کے جلوس کے پاس پہنچا تو لوگوں نے چلانا شروع کر دیا''اشوک کمار... اشوک کمار'' میں بالکل یخ ہوگیا۔ اشوک اسٹیئرنگ پر ہاتھ رکھے خاموش تھا۔ میں خوف و ہراس کی یخ بستگی سے کٹ کر ہجوم سے یہ کہنے والا تھا کہ دیکھو ہوش کرو۔ میں مسلمان ہوں۔ یہ مجھے میرے گھر چھوڑنے جا رہا ہے کہ دونو جوانوں نے آگے بڑھ کر بڑے آرام سے کہا 'اشوک بھائی'' آگے راستہ نہیں ملے گا۔ ادھر باجو کی گلی سے چلے جاؤ''۔

عورتوں کی بے حرمتی کے ذکر سے گرمی پیدا کرنے کے الزام کا سامنا بھی منٹو نے چودھری محمد حسین کی عنایت سے''ٹھنڈا گوشت'' کے سلسلے میں عدالتوں میں کیا۔ اشفاق احمد نے''گڈریا''، میں''بھولا سامنہ بنا کر تعجب کرنے'' کی کوشش کی آخر میں لوگ داؤجی کو کیوں مار ڈالنا چاہتے ہیں۔ ایسی ہی ایک کوشش کی مثال ہمیں ایک اور جگہ بھی ملتی ہے:

''عرصہ ہوا جب تقسیم پر ہندو مسلمانوں میں خوں ریز جنگ جاری تھی اور طرفین کے ہزاروں آدمی روزانہ مرتے تھے، شیام اور میں راولپنڈی سے بھاگے ہوئے ایک سکھ خاندان کے پاس بیٹھے تھے۔ اس کے افراد اپنے تازہ زخموں کی روداد سنارہے تھے جو بہت ہی دردناک تھی۔ شیام متاثر ہوئے بغیر نہ رہ سکا۔ وہ ہلچل جو اس کے دل و دماغ میں مچ رہی تھی اس کو بھی میں بخوبی سمجھتا تھا۔ جب ہم وہاں سے رخصت ہوئے تو میں نے شیام سے کہا'' میں مسلمان ہوں۔ کیا تمہارا جی نہیں چاہتا کہ مجھے قتل کردو؟''

شیام نے بڑی سنجیدگی سے جواب دیا۔'' اس وقت نہیں... لیکن اس وقت جب کہ میں مسلمانوں کے ڈھائے ہوئے مظالم کی داستان سن رہا تھا، میں تمہیں قتل کرسکتا تھا۔''

شیام کے منہ سے یہ سن کر میرے دل کو زبردست دھکا لگا۔ اس وقت شاید میں بھی اسے قتل کرسکتا مگر بعد میں جب میں نے سوچا کہ اس وقت اور اس وقت میں زمین و آسمان کا فرق ہے کیا، تو ان تمام فسادات کا نفسیاتی پس منظر میری سمجھ میں آگیا جس میں روزانہ سینکڑوں بے گناہ ہندو اور مسلمان موت کے گھاٹ اتارے جارہے تھے۔

اس وقت نہیں... اس وقت ہاں... کیوں؟ آپ سوچیے تو آپ کو اس کیوں کے پیچھے انسان کی فطرت میں اس سوال کا صحیح جواب مل جائے گا۔''
(مرلی کی دھن از سعادت حسن منٹو)

ظاہر ہے یہ تمام تحریریں ادب کی تعریف سے خارج ہیں۔

(۵) اس کے بعد عسکری کہتے ہیں:

''بس خطرہ یہ رہ جاتا ہے کہ کہیں آپ کے اوپر جانب داری کا الزام نہ آجائے، تو وہ بھی ایسی مشکل بات نہیں۔ شروع میں اگر پانچ ہندو مارے گئے ہیں تو افسانہ ختم ہوتے ہوتے پانچ مسلمانوں کا حساب پورا ہوجانا چاہیے۔''

یہ وہی بات ہے جو عسکری نے ''فسادات اور ہمارا ادب'' میں کہی ہے ممکن ہے ان کے ذہن میں ''حقیقت نگار'' اور ''زندگی کے شیدائی'' کرشن چندر کا افسانہ پشاور ایکسپریس'' ہو۔ ایک بار میراجی چاہا کہ عسکری کے اس خیال کی شماریاتی تصدیق کی جائے لیکن لاشیں گننا ہر ایک کے بس کی بات نہیں۔ یہ کام وہی کرسکتا ہے جو عسکری کے لفظوں میں ''فی الحقیقت سنگ دل'' ہو۔ بہرکیف، ممتاز شیریں نے یہ گنتی کی اور نہایت مسرت سے اطلاع دی کہ اس افسانے میں ''ترازو بہت احتیاط سے پکڑی گئی ہے لیکن اس کے باوجود ایک پلڑا ذرا جھک گیا ہے اور غلط پلڑا'' (!) انہوں نے کانگریس کی ''صحیح رپورٹ'' کا حوالہ دے کر ثابت کیا کہ نواکھالی میں (مسلمانوں کے ہاتھوں) مارے جانے والوں کی تعداد ''دو سو سے کچھ کم'' تھی۔ لاشوں کی یہ ''سنگ دلانہ'' گنتی کسی تبصرے کی محتاج نہیں۔

ممتاز شیریں ''پشاور ایکسپریس'' کا احتیاط سے جائزہ لے کر اس نتیجے پر پہنچتی ہیں:

> ''یہ ترازو ایک تاریخی حقیقت کو جھٹلاتی ہے۔ پاکستان اور ہندوستان میں فسادات کی شدت اور مظلومین اور مقتولین کی تعداد میں زمین آسمان کا فرق ہے۔ ادیب کو تو سچی سچی بات کہنی چاہیے اور چاہے کتنی ہی احتیاط برتی جائے دونوں پلڑے برابر رکھنا پھر بھی مشکل ہے۔ چنانچہ ''پشاور ایکسپریس'' میں دونوں طرف اعداد کی گنتی برابر ہونے اور جمع تفریق سے پورا پورا حساب چکا دیے جانے کے باوجود ایک پلڑا پھر بھی بھاری نظر آتا ہے۔ کیوں کہ ریل گاڑی کے پاکستان کی سرحد پار کرنے کے بعد مظالم کا بیان پھیکا پڑ گیا۔''

ایک ناقص افسانے کے سلسلے میں کرشن چندر پر لگائے جانے والے الزامات سے ان کی مدافعت کرنے سے مجھے کوئی دلچسپی نہیں۔ نہ میرے پاس اعداد و شمار ہیں جن کی بنیاد پر یہ فیصلہ کیا جا سکے کہ ''فسادات'' کی شدت اور مظلومین اور مقتولین کی تعداد کس طرف زیادہ تھی اور کس طرف کم۔ تاہم عسکری کے ایک اور پیرو انتظار حسین کے شاہکار مضمون ''فسادات کے افسانوں کا پروپیگنڈائی پہلو'' مشمولہ ''ظلمت نیم روز'' از ممتاز شیریں، مرتبہ آصف فرخی سے پتا چلتا ہے کہ ان کے نزدیک کرشن چندر نے دراصل ''مسلمان عورت کے کردار پر حملہ'' کیا ہے اور ہندو دیومالا

اور خصوصاً مہا بھارت کے کرداروں کی مدد سے یہ دکھانا چاہا ہے کہ ہندو مردوں اور عورتوں کے مقابلے میں مسلمان مردوں اور عورتوں کا کردار بہت پست ہے۔ ہندو دیو مالا اور مہا بھارت کے سلسلے میں تو، کم سے کم اردو کے ادیبوں کی حد تک، انتظار حسین کو حرف آخر کہنے کا حق حاصل ہو چکا ہے، چنانچہ اس سلسلے میں بحث کرنا بے کار ہے۔ البتہ مجھے یاد پڑتا ہے کہ اس قسم کا ایک اعتراض منٹو کے افسانے ''ٹھنڈا گوشت'' پر اسلامی حمیت سے انتظار حسین کی طرح سرشار چودھری محمد حسین نے کیا تھا: ''اس کہانی کی تفہیم یہ ہے کہ ہم مسلمان اتنے بے غیرت ہیں کہ سکھوں نے ہماری مردہ لڑکی تک نہیں چھوڑی...''

انتظار حسین کہتے ہیں: ''میں تو کرشن چندر کے ہر نئے افسانے کو راشٹریہ سیوک سنگھ کا او بی بلیٹن سمجھ کر پڑھتا ہوں۔''

اس قابل قدر جذبے پر منٹو نے یوں تبصرہ کیا ہے:

> ''رات بھر اوٹ پٹانگ خواب دیکھتا رہا۔ شیام سے کئی بار لڑائی ہوئی ۔صبح دودھ والا آیا تو میں کھو کھلے غصّے میں اس سے کہہ رہا تھا تم بالکل بدل گئے ہو......الو کے پٹھے، ذلیل، تم ہندو ہو۔''
>
> نیند کھلی تو میں نے محسوس کیا کہ میرے منہ سے ایک بہت بڑی گالی نکل گئی ہے لیکن جب میں نے خود کو اچھی طرح ٹٹولا تو میرا منہ نہیں تھا۔ سیاست کا بھونپو تھا جس سے یہ گالی نکلی تھی۔'' (''مرلی کی دھن'')

بہر حال، عسکری نے یہ خیال کہیں ظاہر نہیں کیا کہ اردو کے (ہندو؟) افسانہ نگار راشٹریہ سیوک سنگھ کی دی ہوئی لائن کی پیروی میں لکھتے ہیں ۔ اُن کے نزدیک تمام ترقی پسند افسانہ نگار غالباً کمیونسٹ پارٹی سے ہدایات حاصل کرتے ہیں اور:

> ''پہلا دعوی یہ کرتے ہیں کہ ہم سچ بولیں گے مگر ساتھ ہی انہیں یہ فکر بھی ہوتی ہے کہ نہ ہندو ناراض ہوں نہ مسلمان ۔غیر جانب داری کے معنی یہ لیے جاتے ہیں کہ ایک جماعت کو دوسری جماعت سے زیادہ قصور وار نہ ٹھہرایا جائے ۔ یہ ادب ظلم، سنگ دلی اور بہیمیت کو مطعون کرنا چاہتا ہے مگر ظلم کو ظلم

کہنے کی طاقت نہیں رکھتا۔''

میرے لیے یہ سمجھنا مشکل ہے کہ فسادات کے موضوع پر افسانے لکھنے والوں کو غیر جانبداری کا مجرم ٹھہرایا جا رہا ہے یا جانبداری کا۔ بہر حال یہ نتیجہ شاید نکالا جا سکتا ہے کہ عسکری اور ہمنوا سمجھتے ہیں کہ فسادات میں مسلمان زیادہ مارے گئے ہیں۔ اس لیے ان افسانہ نگاروں کو چاہیے کہ اس بات پر زور دے کر یعنی غیر جانب داری چھوڑ کر ظلم کو ظلم کہنا سیکھیں۔

عسکری یا ان کے کسی شاگرد یا شاگردہ نے فسادات کے موضوع پر منٹو کی متعدد تحریروں اور خصوصاً ''سیاہ حاشیے'' میں بکھری ہوئی لاشوں کا شمار کر کے یہ تصفیہ کرنے کی زحمت نہیں کی کہ ان ''مظلومین اور مقتولین'' میں زیادہ تعداد مسلمانوں کی ہے یا ہندوؤں اور سکھوں کی، اور یہ کہ منٹو ظلم کو ظلم کہنے میں کامیاب رہے ہیں یا نہیں۔

(۶) اس کے بعد عسکری ایک تازہ کلیہ پیش کرتے ہیں:

> ''دراصل ادب کو اس بات سے کوئی دلچسپی ہی نہیں ہے کہ کون ظلم کر رہا کون نہیں کر رہا ہے۔ ظلم ہو رہا ہے یا نہیں ہو رہا ہے۔ ادب تو دیکھتا ہے کہ ظلم کرتے ہوئے اور ظلم سہتے ہوئے انسانوں کا خارجی اور داخلی روّیہ کیا ہوتا ہے۔''

عسکری کے موقف کے ان تغیرات (یا منٹو کے الفاظ میں، الٹی سیدھی زقندوں'') سے کوئی مطلب اخذ کرنا دشوار ہے۔ میں نہیں کہہ سکتا کہ فسادات کے موضوع پر لکھنے والے کون سے ادیب ظلم کرتے اور سہتے ہوئے انسانوں کا خارجی اور داخلی روّیہ پیش کرتے ہیں اور کون سے اس میں الجھ کر رہ جاتے ہیں کہ ''کون ظلم کر رہا ہے، کون نہیں کر رہا ہے ظلم ہو رہا ہے یا نہیں ہو رہا'' ظلم کی شدت اور مظلوموں کی تعداد اس طرف زیادہ ہے یا اس طرف۔ میرے لیے یہ فیصلہ کرنا بھی مشکل ہے کہ ترازو کرشن چندر، بیدی اور منٹو کے ہاتھ میں ہے یا ممتاز شیریں اور انتظار حسین کے...

(۷) عسکری کا اگلا نکتہ یہ ہے کہ فسادات پر لکھنے والے افسانہ نگاروں نے ظلم سے نفرت دلانے کے لیے ''اکثر'' یہ طریقہ کار استعمال کیا ہے کہ ظلم ہوتا ہوا دکھا کر پڑھنے والوں کے دلوں

میں دہشت پیدا کی جائے مگر غیر معمولی ظلم آج کل بے انتہا معمولی چیز بن گئے ہیں اس لیے اس ذکر سے پڑھنے والوں کا تجسّس تک بیدار نہیں ہوتا۔ فسادات والے افسانے ادب نہیں تھے تو نہ ہوتے مگر وہ تو اپنا سماجی مقصد بھی ٹھیک طرح ادا نہیں کر سکتے، کیوں کہ جو باتیں یہ افسانے پیش کرتے ہیں وہ تو اب خبریں بھی نہیں رہیں۔

میرا اندازہ ہے کہ انسانوں کے دو گروہوں کے درمیان فسادات جیسی کسی بھی بھیانک صورت حال کو موضوع بنا کر لکھنے والوں کو یہ مسئلہ ضرور پیش آتا ہوگا کہ وہ اپنی آواز میں یہ اثر کیوں کر پیدا کریں کہ ان کی آواز ان واقعات کے المناک شور و شغب سے اوپر اٹھ کر سنائی دے سکے۔ غالباً یہ ایک فنّی مسئلہ ہے اور ہر لکھنے والا اپنی اپنی صلاحیت اور فنّی ترجیحات کے مطابق اس مسئلے کا حل نکالتا ہے۔ یہی وجہ ہے کہ فسادات کے موضوع پر جو تحریریں سامنے آئیں وہ اپنی اثر انگیزی اور کامیابی کے اعتبار سے یکساں نہیں ہیں۔ ادب کو پر اثر اور کامیاب بنانا اگر سماجی مقصد ہے تو ادبی مقصد بھی یقیناً ہے۔ اور میں یہ سمجھنے سے قاصر ہوں کہ عسکری ان دونوں میں کس طرح امتیاز کرتے ہیں کیوں کہ انہوں نے اپنے فیصلے کی کوئی دلیل دینا ضروری نہیں سمجھا۔

(۸) دس صفحوں کی ''حاشیہ آرائی'' میں سے چار صفحے، فسادات کے موضوع پر کسی ایک بھی تحریر یا اس کے لکھنے والے پر براہ راست تبصرہ کیے بغیر، اس قسم کی بے بنیاد فتوے بازی میں صرف کر دینے کے بعد عسکری آخر کار اس کتاب کے حرماں نصیب مصنف یعنی منٹو کی طرف متوجہ ہوتے ہیں۔ ارشاد ہوتا ہے:

> ''منٹو نے بھی فسادات کے متعلق کچھ لکھا ہے، یعنی یہ لطیفے یا چھوٹے چھوٹے افسانے جمع کیے ہیں۔''

ہمیں عسکری کے اس قیمتی فقرے کی قدر کرنی چاہیے، کیوں کہ منٹو کی پوری کتاب یا اس کے اجزاء کی ہیئت کے بارے میں یہ واحد فقرہ ہے جو دیباچے میں ملتا ہے۔ تاہم مجھے اس بات میں شک ہے کہ اس فقرے میں پنہاں بصیرت منٹو کے اس فنکارانہ فیصلے کی وجوہ سمجھنے کے لیے کافی ہوگی جس کے باعث یہ کتاب ان کی گزشتہ کتابوں سے ہیئت کے اعتبار سے بہت نمایاں طور پر مختلف ہے۔ اس نکتے پر عسکری سے زیادہ ذہانت تو ممتاز مفتی کے اس تبصرے میں جھلکتی

ہے جسے خود منٹو نے ''سیاہ حاشیے'' پر چار دوسرے تبصروں کے ساتھ اپنے رسالے ''اردو ادب'' میں شائع کیا۔ (اس رسالے کی ادارت میں عسکری بھی منٹو کے ساتھ شامل تھے) مفتی کے تبصرے میں ہمیں ''سیاہ حاشیے'' کی مخصوص ہیئت کے بارے میں یہ غیر متوقع فقرے ملتے ہیں۔

''کئی اصحاب کا خیال ہے کہ یہ جھلکیاں مختصر افسانے ہیں۔ مجھے اس خیال سے قطعاً اتفاق نہیں، کیوں کہ یہ تحریریں اکثر و بیشتر انفرادی طور پر کوئی اہمیت نہیں رکھتیں۔ میرے نقطۂ نظر سے یہ تمام جھلکیاں مل کر ایک مختصر افسانہ پیش کرتی ہیں ایک تراشے ہوئے ہشت پہلو ہیرے کی طرح!''

میں نہیں کہتا کہ یہ کوئی ایسی گہری بات تھی جس تک عسکری کی نگاہ نہیں پہنچ سکتی تھی۔ ''فن برائے فن'' والے مضمون میں ہم دیکھ چکے ہیں کہ عسکری اگر چاہیں تو لکھنے والے کے متن کی طرف متوجہ ہو کر اس میں سے کیا کچھ برآمد کرنے کی قدرت رکھتے ہیں۔ (اتفاق کی بات ہے کہ ان کا یہ مضمون بھی اردو ادب کے اس شمارے میں شائع ہوا۔) فرق صرف یہ ہے کہ اس ''حاشیہ آرائی'' میں انہیں منٹو کی کتاب سے نہیں بلکہ اس کے موضوع سے سروکار ہے اور وہ اس موضوع کے بارے میں اپنی تعمیمات پیش کرنے کی بے صبری میں ہیں۔ یہی وجہ ہے کہ ان کا اگلا فقرہ منٹو کی تحریر کے نہیں بلکہ اس کے موضوع کے بارے میں ہے۔ کہتے ہیں:

''دراصل میں نے بڑا غلط فقرہ استعمال کیا ہے۔ یہ فسادات کے متعلق نہیں ہیں بلکہ انسانوں کے بارے میں۔''

اگر اس امتیاز سے عسکری کی مراد یہ ہے کہ منٹو کے ''سیاہ حاشیے'' اپنی اثر انگیزی میں دوسرے ادیبوں کی تحریروں سے زیادہ کامیاب ہیں تو اس بات کی کسی طرح وضاحت نہیں ہوتی۔ ورنہ یہ خصوصیت صرف منٹو کی تحریروں میں نہیں، بلکہ ان واقعات کے پس منظر میں لکھے جانے والے تمام عمدہ افسانوں میں پائی جاتی ہے۔ مثلاً ''لاجونتی'' اور ''گڈریا'' بھی فسادات اور ان سے دوچار ہونے والے انسانوں دونوں کے بارے میں ہیں۔ فسادات سے متعلق تمام کامیاب تحریروں کے بارے میں یہی بات کہی جا سکتی ہے مگر شاید اس سے عسکری کا مقصد پورا نہیں ہو گا۔

(۹) اس کے بعد عسکری اس بات پر توجہ دیتے ہیں کہ منٹو کی سابقہ تحریروں کے تناظر میں اس نئی کتاب کی معنویت کا تعین کیا جائے۔ لیکن ان کی مجبوری یہ ہے کہ دو برس پہلے تمام نئے ادب کو دریا برد کرتے ہوئے انہوں نے منٹو کی کسی تحریر کو سنبھال کر نہیں رکھا تھا، اس لیے وہ ان غرقاب تحریروں کے بارے میں فقط عمومی قیاس آرائی ہی کر سکتے ہیں۔ فرماتے ہیں:

''منٹو کے افسانوں میں آپ انسانوں کو مختلف شکلوں میں دیکھتے رہے ہیں، انسان بحیثیت طوائف کے، انسان بحیثیت تماش بین کے۔''

اس بصیرت کی گہرائی کی داد نہیں دی جاسکتی۔ یہ بات بالکل ممتاز شیریں کے اس انکشاف کی ٹکر کی ہے کہ ''منٹو کے افسانوں میں عورت ترغیب مجسم ہے۔'' (آخر شاگرد بھی استاد کو ایک آدھ پینترا سکھا ہی سکتا ہے۔) عسکری صاحب طوالت کے خوف سے شاید انسانوں کی اور قسموں کی طرف اشارہ نہیں کر سکے جو منٹو کے افسانوں میں ملتی ہیں مثلاً انسان بہ طور کوچوان، انسان بہ طور رانیں کھجلاتا ہوا نو خیز لونڈا جو بلوغت کے بھٹنے کے اثر سے بدحواس ہو کر روزنوں سے جھانکتا پھرتا ہے، انسان بہ طور سات منزلہ عمارت کے نیچے کھڑے ہو کر گالی دینے والا نعرہ باز ،وغیرہ۔ کچھ اور نہ بھی ہو تو عسکری کو اس مقبول ترین تصور کا پیش رو سمجھا جاسکتا ہے کہ منٹو کے افسانے طوائفوں اور تماش بینوں کے بارے میں ہوتے ہیں۔ اور اس بات سے تو مرحوم مظفر علی سید بھی اتفاق کر لیتے کہ یہ منٹو کے افسانوں کا ''صحیح ترین تصور'' نہیں ہے۔

خیر، تو منٹو کی سابقہ تحریروں کا اس بے مثال بصیرت کے ساتھ تصفیہ کر کے عسکری ''سیاہ حاشیے'' پر آتے ہیں:

ان افسانوں میں آپ انسان ہی دیکھیں گے۔ فرق یہ ہے کہ یہاں انسان کو ظالم یا مظلوم کی حیثیت سے پیش کیا گیا ہے۔''

اگر ''سیاہ حاشیے'' فسادات کے موضوع پر لکھے جانے والے ادب یا غیر ادب کے عسکری کے ایجاد کردہ تصور پر پوری اترتی ہے تو انہیں کہنا چاہیئے تھا کہ اس کتاب میں ہندوؤں اور سکھوں کو ظالم اور مسلمانوں کو مظلوم کی حیثیت سے پیش کیا گیا ہے تبھی وہ ''سیاہ حاشیے'' اور فسادات کے موضوع پر لکھے گئے افسانوں میں امتیاز کی نشان دہی کر سکتے تھے۔ پتا نہیں انہوں نے یہ

بات کیوں نہیں کہی۔

(۱۰) آگے چل کر فرماتے ہیں:

''اور فسادات کے مخصوص حالات میں سماجی مقصد کا تو منٹو نے جھگڑا ہی نہیں پالا۔ اگر تلقین سے آدمی سُدھر جایا کرتے تو مسٹر گاندھی کی جان ہی کیوں جاتی۔ منٹو کو افسانوں کے اثرات کے بارے میں نہ زیادہ غلط فہمیاں ہیں، نہ انہوں نے ایسی ذمہ داری اپنے سر لی ہے جو ادب پوری کر ہی نہیں سکتا۔''

یہ اقتباس ''سیاہ حاشیے'' لکھتے وقت منٹو کے منشاء سے بحث کرتا ہے۔ کسی تحریر کے متن کی معنویت کو سمجھنے کے لیے شمس الرحمن فاروقی نے ''شعر شور انگیز'' میں ہمیں بڑی تفصیل سے بتایا ہے۔ مصنف کے منشا کا پتا لگانا ضروری نہیں ہے۔ عسکری کا نکتہ میرے خیال میں یہ ہے کہ منٹو کا منشا فسادات کے موضوع پر لکھنے والے کسی دوسرے ادیب کے منشاء سے مختلف ہے۔ اگر ان کی بات کو، جو بے دلیل ہے، درست مان بھی لیا جائے تو ان کے نکالے ہوئے اس نتیجے سے اتفاق کرنا مشکل ہے کہ کوئی ادیب اگر اس غلط فہمی میں مبتلا ہے کہ اس کے افسانوں کے اثر سے فسادات بند ہو جائیں گے یا ''تلوار کا وار قلم پر روکا جا سکے گا'' تو اس کے افسانوں کی ادبی کامیابی کا امکان ختم ہو جاتا ہے۔

یہاں گاندھی کے نام سے پہلے ''مسٹر'' کے لفظ کا استعمال قابل غور ہے۔ اگرچہ عسکری نے اس کے بعد، بہ قول چراغ حسن حسرت، بریکٹ میں نہیں بتایا کہ یہ طنز ہے، لیکن غالباً یہ طنز ہی ہے۔ (اس طنز سے وہ ''مسٹر'' ابوالکلام آزاد کو بھی کئی بار خاک میں ملا چکے ہیں) ایک اور طنز منٹو نے کیا ہے کہ ''سیاہ حاشیے'' کے پہلے ہی جز کو، جو گاندھی کی موت پر امرتسر، گوالیار اور بمبئی میں شیرینی کی تقسیم کی خبر پر مشتمل ہے۔ ''ساعت شیریں'' کا عنوان دیا ہے۔

(۱۱) منٹو کے منشاء کے بارے میں فتویٰ جاری کرنے کے بعد عسکری ''سیاہ حاشیے'' کی تشریح کے اصل کام کی طرف آتے ہیں۔

''سچ پوچھئے تو منٹو نے ظلم پر بھی کوئی خاص زور نہیں دیا۔ انہوں نے

چند واقعات تو ضرور ہوتے دکھائے ہیں مگر یہ کہیں نہیں ظاہر ہونے دیا کہ یہ واقعات یا افعال بنفسہ اچھے ہیں یا برے۔ نہ انہوں نے ظالموں پر لعنت بھیجی ہے نہ مظلوموں پر آنسو بہائے ہیں۔ انہوں نے تو یہ تک فیصلہ نہیں کیا کہ ظالم لوگ برے ہیں یا مظلوم اچھے ہیں۔''

ابھی پچھلے صفحے پر عسکری کہہ چکے ہیں کہ منٹو کے سوا دوسرے افسانہ نگار ظلم کو ظلم کہنے کی طاقت نہیں رکھتے اور یہ ان کی بہت بڑی خامی ہے۔ اب وہ کہہ رہے ہیں کہ "سچ پوچھیے تو منٹو نے ظلم پر بھی ''کوئی خاص'' زور نہیں دیا۔ اور ان کے خیال میں یہ منٹو کی خوبی ہے۔ یہ پوچھنا تو حسبِ معمول بے سود ہوگا کہ ظلم پر ''کوئی خاص'' زور دینے یا نہ دینے کا کیا مطلب ہوتا ہے۔ یہ درست ہے کہ منٹو نے اس کتاب میں کہیں ''ظالموں پر لعنت'' یا مظلوموں کے لیے ''دعائے مغفرت'' کی قسم کے نعرے نہیں لگائے لیکن انہوں نے اپنی کتاب کا نام ''سیاہ حاشیے'' رکھا ہے جو اس بات کی جانب بہت واضح اشارہ ہے کہ وہ فسادات میں ہونے والے ''چند واقعات یا افعال کو بنفسہ اچھا سمجھتے ہیں یا برا۔

(۱۲) اس کے فوراً بعد عسکری کہتے ہیں۔

''براعظم ہندوستان کے یہ فسادات ایسی پیچیدہ چیز ہیں اور صدیوں کی تاریخ سے صدیوں آگے کے مستقبل سے، اس بری طرح الجھے ہوئے ہیں کہ ان کے متعلق یوں آسانی سے اچھے برے کا فتویٰ نہیں دیا جا سکتا۔ کم سے کم ایک معقول ادیب کو یہ زیب نہیں دیتا کہ ایسے ہوش اڑا دینے والے واقعات کے متعلق سیاسی لوگوں کی سطح پر اتر کر فیصلے کرنے لگے۔''

اس اقتباس کو بہت غور سے پڑھنے کی ضرورت ہے۔ منٹو کے ادبی طریق کار پر تبصرہ کرتے کرتے انہوں نے اچانک فسادات کے ''اچھا یا برا'' ہونے کے فیصلے کی بابت اپنا ذاتی خیال پیش کر دیا ہے۔ عسکری کے اس خیال کی رو سے فسادات ''اچھے'' بھی ہو سکتے ہیں اور ''برے'' بھی، اور اس بات کا فیصلہ کرنا کہ فسادات کس قسم کے ہیں کسی ''معقول'' ادیب کی سطح سے فروتر ہے۔ انسان کے تخیل کی کوئی پرواز فسادات کے ''اچھا'' ہونے کا امکان بھی تسلیم کر سکتی

ہے۔اس خیال کی غیر انسانی ''سنگدلی'' سے فی الحال قطع نظر کیجیے۔اس وقت میں صرف اس بات پر زور دینا چاہتا ہوں۔حالاں کہ یہ اتنی سامنے کی بات ہے کہ عام حالات میں اس پر زور دینے کی ضرورت ہونی ہی نہیں چاہیے کہ فسادات کو موضوع بنانے والے ہر ''معقول'' ادیب کی طرح منٹو کی کسی تحریر میں اس قسم کا کوئی ابہام نہیں ملتا کہ فسادات ''اچھے'' ہوتے ہیں یا ''برے''۔ اس کے برعکس منٹو نے تو فسادات کے واقعات کو ''صدیوں کی تاریخ'' میں الجھانے اور ''سیاسی لوگوں کی سطح پر اتر آنے'' والوں پر یوں تبصرہ کیا ہے۔

''ہندو اور مسلمان دھڑا دھڑ مر رہے تھے۔کیسے مر رہے تھے، کیوں مر رہے تھے؟ ان سوالوں کے مختلف جواب تھے، ہندوستانی جواب، پاکستانی جواب، انگریزی جواب۔ ہر سوال کا جواب موجود تھا۔مگر اس جواب میں حقیقت تلاش کرنے کا سوال پیدا ہوتا تو اس کا کوئی جواب نہ ملتا۔کوئی کہتا اسے غدر کے کھنڈروں میں تلاش کرو، کوئی کہتا نہیں یہ ایسٹ انڈیا کمپنی کی حکومت میں ملے گا، کوئی اور پیچھے ہٹ کر اسے مغلیہ خاندان کی تاریخ میں ٹٹولنے کے لیے کہتا۔سب پیچھے ہی پیچھے ہٹتے جاتے تھے، اور قاتل اور سفاک برابر آگے بڑھتے جا رہے تھے اور لہو اور لوہے کی ایسی تاریخ لکھ رہے تھے جس کا جواب تاریخ عالم میں کہیں بھی نہیں ملتا تھا۔''

منٹو کا ذکر کرتے کرتے عسکری نے اپنا یہ خیال ظاہر کیا کہ فسادات صدیوں پرانی تاریخ میں الجھے ہوئے ہیں اور ''معقول'' ادیبوں کا یہ کام نہیں کہ وہ فسادات کو ''اچھا'' یا ''برا'' کہیں، اور اس کے فوراً بعد دوبارہ منٹو کا تذکرہ شروع کیا۔

(۱۳) کہتے ہیں:

''منٹو نے وہی کیا ہے جو ایک ایماندار (سیاسی معنوں میں ایماندار نہیں بلکہ ادیب کی حیثیت سے ایماندار) اور حقیقی ادیب کو ان حالات میں اور ایسے واقعات کے اتنے تھوڑے عرصے بعد لکھتے ہوئے کرنا چاہئے تھا۔''

اس جملے میں صرف یہ بات قابل تبصرہ ہے کہ عسکری نے یہ تاثر پیدا کرنے کی کوشش

کی ہے کہ ادیب کی حیثیت سے ایماندار ہونا اور سیاسی طور پر ایماندار ہونا دو مختلف باتیں ہیں اور ان کے درمیان تضاد کا تعلق ہونا بھی خارج از امکان نہیں ہے۔ یہ تقریباً وہی منقسم شخصیت والا نظریہ ہے جو عسکری نے ''فسادات اور ہمارا ادب'' میں پیش کیا تھا۔ منٹو کا بہر حال اس عجیب الخلقت اور ریاکارانہ نظریے سے ہرگز کوئی تعلق نہیں۔ یہ بات اگر منٹو کی تحریروں سے اوپر دیے گئے اقتباسات سے پوری طرح واضح نہیں ہوسکی ہے تو آگے آنے والے اقتباسات سے ہو جائے گی۔

(۱۴) اس کے بعد عسکری کہتے ہیں:

''انہوں نے نیک و بد کے سوال ہی کو خارج از بحث قرار دے دیا ہے۔ ان کا نقطۂ نظر نہ سیاسی ہے نہ عمرانی، نہ اخلاقی، بلکہ ادبی اور تخلیقی۔''

منٹو کے لیے فسادات میں حصہ لینے والوں کے ''نیک'' یا ''بد'' اور ''اچھے'' یا ''برے'' ہونے کے سوال واقعی خارج از بحث ہیں۔ فسادات کے... صرف اور محض، بنفسہ اور غیر بنفسہ ...بُرا ہونے میں منٹو کو ہرگز کوئی شبہ نہیں ہے۔ منٹو کے لیے اصل اذیت ناک بات وہی ہے جو فسادات کے موضوع پر لکھنے والے دوسرے حقیقی اور ایماندار ادیبوں کی اذیت کا سبب ہے۔ یعنی یہ کہ عام لوگ، جو عام حالات میں قتل وخون کا مشغلہ اختیار نہیں کرتے، آخر اس طرح کے ''برے'' پر کیوں کر آمادہ ہو گئے۔ اس اذیت ناک سوال کا جواب تلاش کرتے ہوئے منٹو کا نقطۂ نظر یقیناً ادبی اور تخلیقی ہے۔ اس میں کسی کو کیا شبہ ہوسکتا ہے۔ اس سوال کے ''سیاسی'' جواب منٹو کو مطمئن نہیں کرتے کیوں کہ یہ جواب انہیں ''پاکستانی'' ''ہندوستانی'' یا ''انگریزی'' نقطۂ نظر تک محدود اور اس سبب سے غیر ایماندارانہ معلوم ہوتے ہیں۔ عمرانی'' اور اخلاقی'' نقطہ ہائے نظر سے پتا نہیں عسکری کی مراد کیا ہے۔ اگر اس سے اُن کا مطلب یہ ہے کہ منٹو کی تحریروں سے مختلف عمرانی یا اخلاقی سوالوں کی بابت اُن کے مخصوص نقطۂ نظر کا سراغ نہیں مل سکتا۔ تو یہ خیال خام ہے یا پھر منٹو کی غلط تعبیر کی دانستہ کوشش، اور اس کی تردید کچھ آگے چل کر عسکری کے اس بیان سے ہو جاتی ہے۔

''چونکہ منٹو کے افسانے سچی ادبی تخلیقات ہیں اس لیے یہ افسانے

ہمیں اخلاقی طور پر بھی چونکاتے ہیں حالاں کہ منٹو کا بنیادی مقصد یہ نہیں تھا۔"

منٹو کے بنیادی اور ضمنی مقاصد کے بارے میں تو خیر عسکری کو علم غیب حاصل ہی ہے لیکن بہر حال ان کے اس اعتراف سے یہ بات ضرور واضح ہو جاتی ہے کہ "سیاہ حاشیے" میں (اور میرے نزدیک فسادات اور دیگر موضوعات پر اپنی ہر تحریر میں) منٹو نے ایک واضح اخلاقی نقطۂ نظر اختیار کیا ہے جو اُن کی تحریریں پڑھ کر چونکنے والوں کے اخلاقی نقطۂ نظر سے مختلف ہے۔ برسبیل تذکرہ منٹو نے رائج الوقت اخلاقی تصورات کو صرف "سیاہ حاشیے"، "کھول دو" اور "ٹھنڈا گوشت" میں نہیں بلکہ "ہتک"، "خوشیا" اور "کالی شلوار" میں بھی چیلنج کیا ہے۔ یہاں میں جان بوجھ کر "ہتک"، "خوشیا" اور "کالی شلوار" کا ذکر اس لیے کر رہا ہوں کہ یہ کہانیاں عسکری کی "حاشیہ آرائی" سے پہلے لکھی اور چھاپی جا چکی تھیں اور منٹو کی معروف تحریروں میں اُس وقت بھی شامل تھیں۔

بہر حال، یہاں عسکری کا یہی خیال ہے کہ منٹو نے نیک و بد کے سوال ہی کو خارج از بحث قرار دے دیا ہے اور ان کا نقطۂ نظر اخلاقی نہیں ہے۔ جون ۱۹۴۹ء کی "جھلکیاں" میں انہوں نے ایک اور بصیرت افروز انکشاف کیا:

> "پاکستان بننے کے بعد ان کی افسانہ نگاری میں شدید تبدیلیاں واقع ہوئی ہیں۔ ممکن ہے ان تبدیلیوں کے محرکات ایک سے زیادہ اور گوناگوں ہوں، مگر میرے خیال میں پاکستان کے وجود میں آنے کا اثر بھی ان کی طبیعت پر بہت گہرا پڑا ہے۔ مثلاً ایک تو ان کی اخلاقی حس بڑی شدید ہوگئی ہے اور وہ سطح پر رہ کر نہیں بلکہ زندگی کی گہرائیوں میں پہنچ کر نیک و بد کے متعلق واضح فیصلے کرنے لگے ہیں۔ اس کی ایک شہادت ہم نے "کھول دو" میں دیکھی ہے، دوسری طرف "سیاہ حاشیے" میں انہوں نے ظالم اور مظلوم کی سطحی اصطلاحات سے گزر کر دونوں کی شخصیت کا اندر سے جائزہ لیا ہے اور ان کے خارجی افعال کو بالکل نئے پس منظر میں پیش کیا ہے۔"

آپ ہی بتائیے کہ ان "الٹی سیدھی زقندوں" سے کیا مطلب اخذ کیا جائے؟

(۱۵) عسکری کا اگلا نکتہ منٹو کی فنّی تدابیر سے تعلق رکھتا ہے:

''منٹو نے تو صرف یہ دیکھنے کی کوشش کی ہے کہ ظالم یا مظلوم کی شخصیت کے مختلف تقاضوں سے ظالمانہ فعل کا کیا تعلق ہے۔ ظلم کرنے کی خواہش کے علاوہ ظالم کے اندر اور کون کون سے میلانات کارفرما ہیں۔ انسانی دماغ میں ظلم کتنی جگہ گھیرتا ہے، زندگی کی دوسری دلچسپیاں باقی رہتی ہیں یا نہیں۔ منٹو نے نہ تو رحم کے جذبات بھڑکائے ہیں، نہ غصے کے، نہ نفرت کے، وہ تو آپ کو صرف انسانی دماغ، انسانی کردار اور شخصیت پر ادبی اور تخلیقی انداز سے غور کرنے کی دعوت دیتے ہیں۔ اگر وہ کوئی جذبہ پیدا کرنے کی فکر میں ہیں تو صرف وہی جذبہ جو ایک فن کار کو جائز طور پر پیدا کرنا چاہیے۔ یعنی زندگی کے متعلق بے پایاں تحیّر اور استعجاب۔ فسادات کے متعلق جتنا بھی لکھا گیا ہے اس میں اگر کوئی چیز انسانی دستاویز کہلانے کی مستحق ہے تو یہ افسانے ہیں۔''

اپنے کرداروں سے فنکارانہ علاحدگی اور معروضی انداز نظر کی خصوصیات منٹو کی دوسری تحریروں کی طرح ''سیاہ حاشیے'' میں بھی ملتی ہیں۔ یہ ایک باشعور فنکار کی اختیار کردہ تکنیکی دوری ہے۔ تاکہ پڑھنے والے کرداروں اور واقعات کو لکھنے والے کے جذبات کی آمیزش کے بغیر معروضی طور پر دیکھ سکیں۔ یہ منٹو کا فنّی طریقہ کار ہے جسے عسکری ان کی اخلاقی بے نیازی کے طور پر پیش کرنا چاہتے ہیں۔ ''نیا قانون''، ''ہتک''، ''کالی شلوار'' اور ''بابو گوپی ناتھ'' میں بھی منٹو نے کرداروں اور واقعات کو اسی محتاط فنی علیحدگی کے ساتھ بیان کیا ہے۔ لیکن پڑھنے والے کو محسوس کرنے میں دقت نہیں ہوتی کہ منٹو ان کرداروں کی بابت ایک واضح اخلاقی نقطۂ نظر رکھتے ہیں۔ اپنے اس نقطۂ نظر کو صاف صاف لفظوں میں بیان کرنے کی ضرورت منٹو کو کم ہی پیش آتی ہے لیکن کیا اس بارے میں کسی طرح کے ابہام کی کوئی گنجائش ہے کہ منٹو نے منگو کوچوان، سوگندھی، سلطانہ اور بابو گوپی ناتھ کو کوڑا کرکٹ سمجھنے والے اخلاقی نقطۂ نظر کو باقاعدہ چیلنج کیا ہے؟

ان افسانوں کی طرح ''سیاہ حاشیے'' کے پاروں میں بھی منٹو نے اپنی فنی علاحدگی قائم رکھی ہے۔ بلکہ طنز کے استعمال سے اپنی معروضیت کو مزید مستحکم کیا ہے۔ لیکن عسکری منٹو کے اس فنّی

طریقِ کار کی تشریح یوں کرنا چاہتے ہیں گویا منٹو کو اس سے غرض نہیں کہ جو کچھ ہو رہا ہے وہ اچھا ہے یا برا۔ اگر منٹو نے ''رحم، غصّے، یا نفرت کے جذبات بھڑکانے'' سے گریز کیا ہے تو اس لیے کہ وہ راشد الخیری اور آغا حشر سے بلند تر فنکار ہیں۔ ان طنزیہ پاروں کے مجموعے کو ''سیاہ حاشیے'' کا بلیغ نام دینے کے بعد اس قسم کی جذباتیت کی کوئی ضرورت بھی نہیں تھی۔

عسکری نے ایک نیا حکم نافذ کر دیا ہے کہ فن کار کے لیے زندگی کے متعلق بے پایاں تحیّر اور استعجاب کے سوا کوئی جذبہ پیدا کرنا ناجائز (حرام؟) ہے۔ کیا اس نومولود خیال تک محدود رہ کر مثلاً شکسپیر، فلوبیر، چیخوف اور راں بوں کی تحسین کی جا سکتی ہے؟ اور کیا اس سے ان فن کاروں کے فنّی امتیازات خاک میں نہیں مل جاتے؟ اور کیا تحیّر اور استعجاب کے علاوہ ''شدید اخلاقی ردّعمل پیدا کرنا'' ناجائز ہو گیا؟ عسکری جو نظریہ گھڑتے ہیں انہیں اس کے صرف فوری افادی پہلو سے غرض ہوتی ہے اور یہاں غرض یہ ہے کہ لکھنے والے فسادات کے واقعات کو صرف تحیر اور استعجاب سے آنکھیں مل مل کر دیکھتے رہیں اور یہ بات منہ سے نہ نکالیں کہ ہندو، سکھ اور مسلمان ایک دوسرے کے ساتھ وحشیانہ برتاؤ کر رہے ہیں اور نہ اس انسانی المیے کے اسباب جاننے کی کوشش کریں۔ ''سیاہ حاشیے'' میں منٹو کا سب سے نمایاں ہتھیار ان کا طنز ہے۔ اور یہ طنز صرف تحیّر اور استعجاب نہیں بلکہ گہرا اضطراب اور شدید اخلاقی ردّعمل بھی پیدا کرتا ہے۔

(۱۶) اس کے بعد عسکری کی حاشیہ آرائی آخر تک ان کے اسی اچھوتے خیال کی الٹ پھیر پر مبنی ہے۔ منٹو نے عام انسانوں کے روزمرہ افعال کو فسادات کے وحشیانہ افعال کے پہلو بہ پہلو رکھ کر انسانی فطرت کے بارے میں سوال اٹھائے ہیں۔ عسکری ان سوالوں کا سامنا کرنے سے بچتے ہوئے صرف اس عمیق فلسفے تک پہنچنا چاہتے ہیں کہ ''بھئی انسان کا کچھ ٹھیک نہیں، اچھا بھی ہو سکتا ہے اور برا بھی'' کیوں کہ اس قسم کے عرفان سے عسکری کی ''امید بندھتی'' ہے۔

اس فلسفے تک پہنچنے سے پہلے عسکری نے منٹو کی تکنیک کی ایک خصوصیت بڑی خوبی سے اس فقرے میں بیان کی ہے: ''دہشت تو اس خیال سے ہوتی ہے کہ جن لوگوں میں صفائی اور گندگی کی تمیز باقی ہے۔ وہ بھی قتل کر سکتے ہیں۔'' مگر اس سے وہ یہ رجائی نتیجہ زبردستی اخذ کرتے

ہیں کہ چلو قتل و غارت کر رہے ہیں تو کیا ہوا، یہی غنیمت ہے کہ صفائی اور گندگی کی تمیز تو اب تک باقی ہے، یعنی یہ لوگ بھٹک کر بہت دور نہیں گئے۔ اگر اسی کو عسکری رجائیت کا نام دیتے ہیں تو یہ ان کی اپنی ایجاد ہے، منٹو سے اس کا کوئی تعلق ''سیاہ حاشیے'' اور ان کی دوسری تحریروں کے متن سے تو اخذ نہیں کیا جا سکتا۔ جس طرح منٹو نے اس سے پہلے کی تحریروں میں واضح طور پر کہا تھا کہ ہماری مروج، روزمرہ کی اخلاقیات سوگندھی، خوشیا اور بابو گوپی ناتھ کی بابت غلط فیصلوں تک پہنچتی ہے، اسی طرح ''سیاہ حاشیے'' میں ان کا طنز اتنے ہی واضح طور پر یہ کہتا ہوا معلوم ہوتا ہے کہ ''صفائی اور گندگی میں تمیز'' کرنے والی روزمرہ کی اخلاقیات (بشمول مذہبی اخلاقیات) انسان کو وحشیانہ افعال سے روکنے کے لیے قطعاً ناکافی ہے۔ منٹو کا یہ موقف ان کی ''سیاہ حاشیے'' کے بعد کی تحریروں میں بھی اتنا ہی واضح ہے ''موذیل'' کے آخری الفاظ کو ذرا یاد کیجیے۔ یہی وجہ ہے کہ منٹو کی تحریریں عسکری کے بقول، ہمیں اخلاقی طور پر چونکاتی ہیں۔

عسکری کی بات کہ ''روزمرہ کی معمولی زندگی ایسی طاقت ور چیز ہے کہ انسان اگر بہت اچھا نہیں بن سکتا تو بہت برا بھی نہیں بن سکتا، معمولی زندگی اسے ٹھونک پیٹ کے سیدھا کر ہی لیتی ہے۔'' منٹو کے اخلاقی طنز کو بالکل الٹ کر پیش کرتی ہے۔ منٹو کے طنز کا ہدف ''سیاہ حاشیے'' میں بھی اور دوسری تحریروں میں بھی اچھے اور برے کی رائج الوقت خانہ بندی کی المناک مضحکہ خیزی ہی ہے۔ ان کا واضح اشارہ ہماری روزمرہ زندگی کے دوغلے اخلاقی معیار، یا جارج آرویل کی زبان میں doublethink کی طرف سے جس کی رو سے ہم دوسرے انسان کی جان لے لینے کے انتہائی فعل میں ملوث ہوتے ہوئے بھی خود کو ''صفائی اور گندگی میں تمیز کرنے'' کے قابل پا کر مطمئن رہ سکتے ہیں۔ اور اسی مسخ شدہ اخلاقیات کے بل پر اپنی اپنی عبادت گاہ سے اپنی عقیدت کو قائم رکھتے ہوئے دوسرے کی عبادت گاہ میں سور یا گائے کا گوشت فروخت کر سکتے ہیں۔

(۱۷) اپنی معکوس منطق اور غلط تعبیر کے سہارے عسکری اپنے اس حتمی فیصلے تک پہنچتے ہیں جسے آج بھی منٹو کی کتابوں کی پشت پر بڑی سادہ لوحی (یا حیلہ سازی) کے ساتھ شائع کیا جاتا ہے:

''منٹو نہ تو کسی کو شرم دلاتا ہے، نہ کسی کو راہ راست پر لانا چاہتا ہے۔ وہ تو

بڑی طنزیہ مسکراہٹ کے ساتھ انسانوں سے یہ کہتا ہے کہ تم اگر چاہو بھی تو بھٹک کے بہت دور نہیں جاسکتے۔ اس اعتبار سے منٹو کو انسانی فطرت پر کہیں زیادہ بھروسہ نظر آتا ہے۔"

اگر لاکھوں عام آدمیوں کا ایک دوسرے کو قتل کرنے پر آمادہ ہو جانا بھٹک کر بہت دور جانا نہیں ہے تو پھر واقعی آدمی بھٹک کر کہاں جاسکتا ہے۔ عسکری کی یہ بات ان کی اس نصیحت کا بدلا ہوا روپ ہے کہ پاکستانی ادیبوں کو چاہیے کہ اس نازک موقعے پر قوم کی ڈھارس بندھائیں۔ بہرحال یہ رائے عسکری کی ہے۔ منٹو کی نہیں۔ منٹو کا زہر خند ایسا کوئی دلاسا نہیں دیتا کہ شاباش میرے بچو، اپنے ظلم وستم کے افعال میں لگے رہو، تم بھٹک کر بہت دور نہیں جاسکتے۔ منٹو کو انسانی فطرت پر یقینا بھروسہ ہے لیکن یہ انسانی فطرت ایشر سنگھ کی انسانیت ہے جو ایک لڑکی کی لاش کی بے حرمتی کی قیمت اپنی نامردی کی صورت میں ادا کرتا ہے۔ انسانی فطرت کی بابت منٹو کے تصور کو "ٹوبہ ٹیک سنگھ"، "موذیل" اور دوسری تحریروں میں بہ آسانی دیکھا جاسکتا ہے۔ انسانی فطرت اور مروج اخلاقیات دو مختلف چیزیں ہیں اور منٹو کا فیصلہ واضح ہے کہ یہ دونوں متضاد ہیں۔

"خود کو حیوانوں سے کچھ اونچا رکھنے کے لیے انسان نے قتل و غارت گری کے لیے بھی کچھ آداب وقواعد بنا رکھے ہیں۔ لیکن جس قتل و غارت گری کا ہم ذکر کرتے ہیں ان آداب وقواعد سے بے نیاز تھی، بلکہ یوں کہیے کہ حیوانیت سے بھی یکسر مبرّا تھی جس کی تصویر یہ قتل و غارت گرخود بھی نہ کھینچ سکے۔

اس وقت ہماری نظروں کے سامنے خون کی سوکھی ہوئی پپڑیاں، کٹے ہوئے اعضا، جھلسے ہوئے چہرے، روندھے ہوئے گلے، ٹھٹھری ہوئی جانیں، لٹے ہوئے مکان، جلے ہوئے کھیت، ملبے کے ڈھیر اور بھرے ہوئے ہسپتال ہیں۔ ہم آزاد ہیں۔ ہندوستان آزاد ہے، پاکستان آزاد ہے اور ہم ننگی اور برہنگی، بے سروسامانی و بے حالی کی ویران سڑکوں پر چل پھر رہے ہیں۔"

روزمرہ کی یا رائج الوقت اخلاقیات کی بابت منٹو کے اس تخلیقی فیصلے کی مزید تصدیق "گورمکھ سنگھ کی وصیت" سے بھی ہوتی ہے۔

اس طرح دیکھا جائے تو ''چغد'' کے دیباچہ میں منٹو کی یہ شکایت بلا وجہ نہیں تھی کہ ''نام نہاد'' ترقی پسندوں نے ''سیاہ حاشیے'' کو غور سے پڑھنے کی زحمت نہیں کی اور محض اس بناء پر اپنا فیصلہ صادر کر دیا کہ اس کتاب پر عسکری نے دیباچہ لکھا تھا۔ عسکری کے مقلدین نے بھی اس سے کچھ زیادہ بصیرت کا ثبوت نہیں دیا۔ اس لیے کہ ان کی جانب سے ''سیاہ حاشیے'' کی تحسین دراصل عسکری کی ''حاشیہ آرائی'' کی مدح سے آگے نہیں گئی۔

•

ایک پڑھنے والے کی حیثیت سے میری رائے میں ''سیاہ حاشیے'' سے کوئی معنیٰ اخذ کرنے کے لیے اس کتاب کی ہیئت یا ساخت پر بھی توجہ دینی چاہیے۔ یہ چھوٹے چھوٹے پارے مل کر ایک مکمل صورت بناتے ہیں جو میرے نزدیک منٹو کے افسانوں سے نہیں بلکہ ان کے طنزیہ مضامین سے مماثل ہے۔ منٹو نے اس ہیئت کو اپنی چند اور تحریروں میں بھی اختیار کیا ہے۔ ان تحریروں میں سے تین ''پردے کی باتیں''، ''پٹاخے'' اور ''سویرے جو کل آنکھ میری کھلی''... منٹو کی متفرق ''نیم افسانوی'' تحریروں کے مجموعے ''تلخ ترش اور شیریں'' میں شامل ہیں۔ ''دیکھ کبیرا رویا'' کے عنوان سے ایک تحریر ''نمرود کی خدائی'' میں ملتی ہے۔ منٹو کی اسی انداز کی ایک اور تحریر ''باتیں'' اس لحاظ سے بھی قابل غور ہے کہ یہ اُن کے مجموعے ''منٹو کے مضامین'' (۱۹۴۲) میں بھی شامل تھی اور ''اوپر نیچے اور درمیان'' (۱۹۵۴) میں دوبارہ شامل کی گئی۔ اس کی ممکنہ وجہ کا اندازہ اسے پڑھ کر کیا جاسکتا ہے۔ ہیئتی طور پر مماثلت رکھنے کے علاوہ یہ تحریر موضوع کے اعتبار سے بھی ''سیاہ حاشیے'' کے قریب ہے۔ ''باتیں'' کا موضوع بھی فسادات ہیں۔ لیکن تقسیم کے دنوں کے نہیں بلکہ اس سے کئی برس پہلے کے فسادات۔ (اپنی اپنی ڈفلی، ''کرچیں اور کرچیاں''، ''یوم استقلال'')

ان مخصوص تحریروں میں منٹو نے، اپنے افسانوں کے برعکس چند کرداروں اور ان کے ساتھ پیش آنے والے چند واقعات کو ایک مربوط پلاٹ کی پابندی کرتے ہوئے بیان نہیں کیا ہے۔ ان میں سے ہر تحریر چھوٹے چھوٹے چٹکلوں (Anecdotes) پر مشتمل ہے۔ ''پٹاخے'' میں سیاہ حاشیے کی طرح ہر پارے کو ایک الگ عنوان دیا گیا ہے۔ ''باتیں'' اور ''پردے کی

باتیں'' میں یہ پارے عنوان کے بغیر ہیں لیکن ہر پارے کو الگ الگ رکھا گیا ہے۔ ''سویرے جو کل آنکھ میری کھلی'' صبح کے وقت سیر کو نکلنے والے ایک شخص کے مشاہدات پر مشتمل ہے۔ جنہیں کہیں تبصرے کے بغیر اور کہیں نہایت دھیمے تبصرے کے ساتھ پیش کیا گیا ہے۔ ''دیکھ کبیرا رویا'' میں ہر چٹکلا کبیر کے تبصرے، یعنی اس کے رونے پر ختم ہوتا ہے۔ سوائے آخری ٹکرے کے جس کا اختتام کبیر کے ہنسنے پر ہوتا ہے۔ اگر کوئی نقاد ''سیاہ حاشیے'' کو منٹو کی ان تحریروں کے ساتھ رکھ کر سمجھنے کی کوشش کرے تو شاید پڑھنے والوں کو اس اہم کتاب کی معنویت تک پہنچنے کے لیے ایک آدھ نیا نکتہ دستیاب ہو جائے۔ جہاں تک فسادات کی بابت منٹو کے ادبی تخلیقی سیاسی عمرانی اور اخلاقی نقطۂ نظر کا تعلق ہے، میری رائے میں ''سیاہ حاشیے'' کو فسادات کے موضوع پر منٹو کی دوسری تحریروں سے الگ رکھ کر دیکھنا نامناسب اور غیر محتاط رویہ ہے۔ فسادات کا براہ راست ذکر منٹو کے کئی معروف اور کئی کم معروف افسانوں میں آتا ہے۔ ان کی فہرست بنانے کی کوشش کی جائے تو وہ کچھ یوں ہوگی۔ ''ٹھنڈا گوشت''، ''گورمکھ سنگھ کی وصیت''، ''کھول دو''، ''سہائے''، ''موتری''، ''ڈارلنگ''، ''عزت کے لیے''، ''شریفن''، ''ہرنام کور''، ''وولڑکی''، ''ایک پھسپھسی کہانی'' اور ''موذیل'' شخصی خاکوں پر مشتمل کتاب ''گنجے فرشتے'' کی کم سے کم دو تحریروں ''مرلی کی دھن'' اور ''اشوک کمار'' میں فسادات کا ذکر آتا ہے۔ ان کے علاوہ کئی مضامین میں منٹو نے غیر طنزیہ انداز میں فسادات اور اس کے متعلقہ پہلوؤں پر اظہار خیال کیا ہے۔ ''مجبوس عورتیں''، ''قتل و خون کی سرخیاں'' ایسے مضامین کی مثالیں ہیں۔

منٹو کے کچھ افسانے ایسے بھی ہیں جو براہ راست فسادات سے متعلق نہیں لیکن ان کا موضوع کسی نہ کسی اعتبار سے برصغیر کی تقسیم (منٹو کے بقول ''بٹورا'') ہے۔ ''ٹوبہ ٹیک سنگھ''، ''دو قومیں''، ''یزید''، ''ٹیٹوال کا کتا''، ''شہید ساز'' ان افسانوں کی مثالیں ہیں۔ (آخر الذکر دو کہانیوں سے منٹو کا شہادت کا تصور بھی واضح ہو جاتا ہے جس کی وجہ سے وہ بقول عسکری، ایمان لائے تھے)

اگر ان تمام تحریروں کو پڑھ کر ان سے فسادات کی بابت منٹو کا نقطۂ نظر مرتب کیا جائے تو وہ میرے خیال میں عسکری کے بیان کردہ نقطۂ نظر سے بہت مختلف ہوگا۔

اور صرف فسادات پر موقوف نہیں، ۱۹۴۷ء سے منٹو کی وفات تک قومی زندگی کے

ہر اہم معاملے پر منٹو کا موقف عسکری اور ان کے ہم خیالوں کے موقف سے بنیادی طور پر مختلف رہا کیوں کہ یہ دونوں ادب، زندگی اور سیاست کے بارے میں دو متضاد رویوں کی نمائندگی کرتے تھے۔ان اہم برسوں میں جنھوں نے قوم کے طور پر ہماری اجتماعی سمت اور مستقبل کے معاشرے کے خد و خال متعین کیے۔ان دونوں رویوں کی کش مکش متواتر جاری رہی۔اس کشمکش کو فنکار اور نقاد کی کش مکش کے طور پر دیکھا جاسکتا ہے۔اور اس تلخ حقیقت کو پہچانا جاسکتا ہے کہ اس میں فتح نقاد کی ہوئی اور منٹو کو آزادی اظہار کے دشمن معاشرے کے ہاتھوں دکھ اٹھانا اور الم ناک موت کا منہ دیکھنا پڑا۔

(''شب خون''، الہ آباد، اگست ستمبر ۲۰۰۰ء) ●●

''سیاہ حاشیے'' میں اس کی بصارت اور آبزرویشن کے ساتھ ساتھ اُس کی بصیرت نے ایک عجیب رخ اختیار کیا ہے۔ یہاں اس کا موقع نہیں ہے کہ اُس کے قصّے دوہرائے جائیں۔''سیاہ حاشیے'' میں ایک افسانے میں منٹو نے جہاں ''صفائی پسندی'' کا عنوان قائم کیا ہے۔اس میں دیکھیے کچھ الفاظ ایسے ہیں، جو کچھ بیان نہیں کیا گیا ہے لیکن وہ راز کھول دیتے ہیں۔مثلاً 'حلال' کا لفظ 'نیزہ بردار' کا لفظ، ان سے آپ کو سمجھنے میں دیر نہیں لگتی کہ یہ کس قوم کے لوگوں کا ذکر ہو رہا ہے۔ یعنی قتل کرنے والے کون ہیں؟ اور مقتول کون؟ لیکن منٹو کا یہ کنسرن تھا ہی نہیں۔منٹو نے جس سلیقے کے ساتھ یہ کہانی بیان کی ہے کہ اس میں وہ لوگ جو قتل کرنے کے لیے آئے ہیں، وہ اتنے طہارت پسند بھی ہیں کہ اُن کو ڈبہ کے فرش کے گندہ ہو جانے سے تکلیف پہنچے گی۔چنانچہ فیصلہ یہ کرتے ہیں کہ اس کو باہر نکال کر مارا جائے۔یہ ایک عجیب بات ہے منٹو کے یہاں یہ gravity ہے، ایجاز ہے کہ کم سے کم لفظوں میں زیادہ سے زیادہ باتیں کہہ دینے کی کوشش۔یہ ''سیاہ حاشیے'' جو منٹو نے لکھے، پتہ نہیں کس ذہنی کیفیت میں لکھے ہوں گے۔مجھے تو ایسا لگتا ہے کہ ایک نیم مجنونانہ کیفیت تھی، یہ ساری تکالیف، ان میں اس نے کچھ نہ کہہ کر بھی بہت کچھ کہنے کی کوشش کی ہے کم سے کم لفظوں میں، زیادہ سے زیادہ اس نے کہہ دیا۔

شمیم حنفی (منٹو: ایک سیاہ حاشیہ'' تقریب میں تقریر کا اقتباس)

”سیاہ حاشیے“ کی روشنی

ڈاکٹر واحد نظیر

اردو ادب میں ”سیاہ حاشیے“ کا مقصد وہی ہے جو فارسی ادب میں ”گلستانِ سعدی“ کا ہے۔ سعدی نے اخلاقی اقدار سے انسانی وجود کی تزئین کاری کے لیے حکایات و اشعار کا سہارا لے کر ناصحانہ انداز اور مربیانہ اسلوب کا انتخاب کیا اور منٹو نے اِسی کام کے لیے افسانوی ہیئت اور طنزیہ اسلوب کو ذریعہ بنایا۔ایک جگہ مثالی نمونوں کے خوبصورت نتائج کی پیش کش سے ایسے اثرات مرتب کرنے کی کوشش کی گئی جو انسانیت کی فلاح و بقا کے لیے لازمی ہیں اور دوسری جگہ انسانوں کے اُن افعالِ قبیحہ کو نشان زد کیا گیا، جن کا ارتکاب انسانیت کی نوحہ خوانی کے مترادف ہے۔اس کے لیے منٹو نے صدیوں سے مذہب اور سماج کے تربیت یافتہ انسان کو فرقہ وارانہ فساد کے آئینہ خانے میں لاکھڑا کیا تا کہ اُسے یہ احساس ہو سکے کہ وہ اندر ہی اندر کیسے وحشی جانور میں تبدیل ہو چکا ہے اور تہذیب و شرافت کے فریب میں مبتلا انسان خوش پوشاکی کے باوجود کس قدر ننگا ہے۔منٹو نے فساد کے موضوعی تناظر میں انسانی تاریخ کے ایسے وحشت ناک دور کی تصویر کشی کی ہے جب عقل و دانائی غلاظتوں کے ڈھیر میں تبدیل ہو گئی ہے اور انسان اس کے تعفن کو چھپانے کے لیے کبھی اس پر مذہب کی خوشبو چھڑکتا ہے تو کبھی اسلاف کی دستار و قبا کو غلاف بنا کر اسے ملفوف کرنے کی کوشش کرتا ہے۔ جہاں انسان غلط کرتے ہوئے صحیح کرنے کی خوش گمانی میں مبتلا ہے، گناہ میں ثواب کے پہلو ڈھونڈتا ہے، برائی کی حمایت میں اچھائی کی کتابوں سے سند پیش کرتا ہے، مطلب کے لیے مذہب کا استعمال کرتا ہے اور جھوٹ پر سچ کی قلعی چڑھا کر حسنِ قبولیت عطا کرنے کی کوشش کرتا ہے۔

''سیاہ حاشیے'' کی ۳۲ مختصر اور مختصر ترین تخلیقات کو محض فسادات کے موضوع پر مارکاٹ اور لوٹ کھسوٹ کے مناظر کی تحریری تصویریں تصور کرنے کی غلط فہمی نے شاید انھیں اُس قبولیت سے محروم رکھا جس کی یہ حقدار تھیں۔ فساد کا موضوع تو صرف مکھوٹا ہے۔ اس مکھوٹے کے پیچھے انسان اور انسانی نفسیات سے متعلق بے شمار ایسے موضوعات ''سیاہ حاشیے'' کا حصہ ہیں، جن پر غور کریں تو فساد کا موضوع حاشیے پر چلا جاتا ہے۔ یہاں فساد کی وہی حیثیت ہے جو غزل میں ردیف کی ہوتی ہے کہ ہر شعر کی تان ردیف پر ٹوٹتی ضرور ہے لیکن ہر شعر جداگانہ موضوع کا حامل ہوتا ہے۔

منٹو بڑا فن کار تھا اور بڑا فن کار لفظوں کو ڈھونے کا قائل نہیں بلکہ برتنے کا قائل ہوتا ہے۔ آخر اس نے ان تحریروں کو ''سیاہ حاشیے'' سے کیوں موسوم کیا؟ یہ حاشیے ہیں تو اصل متن کیا ہے؟ کیوں کہ بغیر اصل متن کے حاشیے کا وجود ممکن نہیں۔ صدر نشیں نہ ہو تو حاشیہ نشیں کا اطلاق کیسے ہوسکتا ہے۔

دوسری بات یہ کہ حاشیے سیاہ ہیں تو متن یقیناً روشن ہوگا۔ اُسی روشن متن سے متعارف کرانا منٹو کا اصل مقصد ہے۔ وہ متن انسان ہے، انسانیت سے آراستہ ایسا انسان جس کی دانائی معاشرے کے لیے نافع ہو۔

حاشیہ نگاری کے مقصد پر غور کریں تو معلوم ہوگا کہ اصل متن کے اسرار و رموز کی تسہیل، تعبیر، تشریح، تفہیم اور کبھی کبھی تذہیب کی ضرورت اس امر کی زائیدہ ہے۔ گویا اجمال کی تفصیل وہ بنیادی عنصر ہے جو حاشیہ نگاری کو معرضِ وجود میں لاتا ہے۔ اب منٹو کی فن کارانہ عظمت کو سلام کیجیے کہ وہ انسان اور انسانیت کی ایسی قدر یا خصوصیت کو موضوع بناتا ہے، جس کی حیثیت آفاقی ہے، عالمی ہے۔ پھر اس خصوصیت کی نمائندگی کرنے والے لفظ یا الفاظ کو عنوان بنا کر انھیں اجمال کا نمونہ بناتا ہے اور یہی وہ اجمال ہیں جن کے رموز کھولنے کے لیے منٹو کو حاشیے کی ضرورت محسوس ہوتی ہے۔ چونکہ یہ عنوان انسانی قدروں کے نمائندہ ہیں لہٰذا ان کی حیثیت روشن متن کی ہے اور آج کے انسان نے اُن پاکیزہ اور آفاقی قدروں کو اپنی خود غرضی اور مفاد پرستی کے سانچے میں ڈھال کر اُن کی ایسی شبیہہ بگاڑی ہے کہ تسہیل و تفہیم کی صورت میں سیاہی کے علاوہ کچھ ہاتھ نہیں

آتا اور اُن تحریروں کو صرف حاشیے نہیں بلکہ "سیاہ حاشیے" سے موسوم کرنا فن کار کی مجبوری بن جاتی ہے۔ مجموعے کی پہلی تحریر کا عنوان ہے "ساعتِ شیریں" اس ترکیب کا حاشیہ ملاحظہ کریں:

"اطلاع موصول ہوئی ہے کہ مہاتما گاندھی کی موت پر اظہارِ مسرت کے لیے، امرتسر، گوالیر اور بمبئی میں کئی جگہ لوگوں میں شیرینی بانٹی گئی۔"

ایک جملے کے اس افسانچے میں منٹو نے بڑی فن کاری سے دیگر تخلیقات کے لیے نہ صرف زمین ہموار کرلی ہے بلکہ جواز بھی فراہم کرلیا ہے۔ یہ جملہ وہ بنیادی پتھر ہے جس پر "سیاہ حاشیے" کی پوری عمارت تعمیر ہوئی ہے۔ یہ کسی فساد کے نتیجے میں رونما ہونے والا منظر نہیں، ایک خاص ذہنیت کی شادکامی کا پیش خیمہ ہے۔ مہاتما گاندھی کی موت پر اظہار مسرت اصلاً ایک ایسے دور کی دستک ہے جو اپنی پیشانی پر امن و آشتی نہیں، قتل و غارت گری کے عنوان کا خواہاں ہے۔ "ساعت شیریں" کے روشن متن کا تقاضا تو یہ تھا کہ موت کسی تشدد پسند کی ہوتی اور خوگرانِ امن و آشتی مٹھائیاں تقسیم کرتے لیکن معاملہ برعکس ہے۔ اس لیے "ساعتِ شیریں" کا یہ انشراح روشن نہیں، "سیاہ حاشیے" سے معبّر ہوا ہے۔

اس مجموعے میں "جائز استعمال"، "مناسب کاروائی"، "اصلاح"، "دعوتِ عمل" "کسرِ نفسی"، "استقلال"، "سوری"، "رعایت پسندی"، "صفائی پسندی"، "صدقے اس کے" اور "اشتراکیت"، جیسے عناوین کے تحت قلم بند ہونے والے حاشیوں کی بھی یہی صورتِ حال ہے۔ ان عنوانات سے یہ اندازہ لگانا دشوار ہے کہ یہ گھناؤنے انسانی اعمال کے سرنامے ہیں اور موجودہ تناظر میں ان کے معانی مثبت نہیں منفی ہو چکے ہیں۔ مثال کے طور پر "کسرِ نفسی" اور "صفائی پسندی"، عنوان کے تحت پیش کیے گئے مناظر ملاحظہ فرمائیں:

کسرِ نفسی

چلتی گاڑی روک لی گئی۔ جو دوسرے مذہب کے تھے ان کو نکال کر تلواروں اور گولیوں سے ہلاک کر دیا گیا۔ اِس سے فارغ ہو کر گاڑی کے باقی مسافروں کی حلوے، دودھ اور پھلوں سے تواضع کی گئی۔ گاڑی چلنے سے پہلے تواضع کرنے والوں کے منتظم نے مسافروں کو مخاطب کر کے کہا: "بھائیو اور

بہنو! ہمیں گاڑی کی آمد کی اطلاع بہت دیر میں ملی۔ یہی وجہ ہے کہ ہم جس طرح چاہتے تھے اُس طرح آپ کی خدمت نہ کر سکے۔"

صفائی پسندی

"گاڑی رکی ہوئی تھی۔

تین بندوقچی ایک ڈِبے کے پاس آئے۔ کھڑکیوں میں سے اندر جھانک کر انھوں نے مسافر سے پوچھا: "کیوں جناب! کوئی مرغا ہے؟"

ایک مسافر کچھ کہتے کہتے رک گیا۔ باقیوں نے جواب دیا: "جی نہیں"

تھوڑی دیر کے بعد چار نیزہ بردار آئے۔ کھڑکیوں میں سے اندر جھانک کر انھوں نے مسافروں سے پوچھا: "کیوں جناب! کوئی مرغا ورغا ہے؟"

اس مسافر نے جو پہلے کچھ کہتے کہتے رک گیا تھا، جواب دیا "جی معلوم نہیں.....آپ اندر سنڈاس میں دیکھ لیجیے۔"

نیزہ بردار اندر داخل ہوئے۔ سنڈاس توڑا گیا تو اس میں سے ایک مرغا نکل آیا۔

ایک نیزہ بردار نے کہا: "کر دو حلال۔"

دوسرے نے کہا: "نہیں یہاں نہیں۔ ڈِبا خراب ہو جائے گا۔ باہر لے چلو۔"

ظاہر ہے ان تحریروں میں مذہبی تعلیمات کی خوشبو بھی ہے، معاشرتی اوصاف کی روشنی بھی اور انسانی خصائص کی جھلکیاں بھی لیکن یہ تمام مثبت قدریں اس لیے آلودہ ہو گئی ہیں کہ انسانی خواہشات، اخلاقی تعلیمات کی تابع نہیں رہیں بلکہ انسانوں نے ان تعلیمات کو اپنی ضرورت کے مطابق توڑ مروڑ کر استعمال کرنے میں مہارت حاصل کر لی ہے۔ ان مثالوں سے بہ خوبی اندازہ لگایا جا سکتا ہے کہ منٹو کا مقصد محض یہ نہیں ہے کہ فساد کی کریہہ صورتیں واضح ہو جائیں۔ فساد سے بس اسکرین کا کام لیا گیا ہے جہاں کسی اور ہی منظر کو ابھارنا مقصود ہے۔ فن کار کا کرب یہ نہیں

کہ فساد کے برپا ہونے سے جانی اور مالی نقصانات ہوئے یا ہو رہے ہیں۔ حقیقی کرب یہ ہے کہ انسان اعلیٰ قدروں کا حامل ہوتے ہوئے بھی اس کا ذہن زہر آلود ہو گیا ہے۔ فساد تو وقتی برائی ہے جسے چند دنوں میں ختم ہو جانا ہے لیکن وہ زہرناکی جس کی جڑیں انسانی سرشت میں پیوست ہو گئی ہیں، اسے ختم کرنا آسان نہیں اور ایسی صورت میں قطعاً آسان نہیں جب زہر کو زہر نہیں امرت سمجھ کر استعمال کیا جائے۔

کوئی جرائم پیشہ جرم کرے تو نہ حیرت کی بات ہے اور نہ ہی دائم تشویش کی کیوں کہ معاشرہ پُر امید رہتا ہے کہ ابھی اچھے لوگ باقی ہیں لیکن ایسے لوگ جو دعویٰ تو معمارِ قوم کا کرتے ہیں مگر شیوہ تخریب ہے، ظاہر تو صوفیوں جیسا ہے لیکن باطن کو فیوں جیسا تو باطل کو حق قرار دینے کی روش عام ہونے لگتی ہے۔ ان مثالوں میں معاشرہ کے ایسے افراد کی پہچان منٹو نے کرائی ہے جو یہ جانتے ہوئے بھی کہ تواضع کیا ہے، کسرِ نفسی کیا ہے، مہمان نوازی کیا ہے اور صفائی کیا ہے؟ غیر انسانی فعل میں ملوث ہیں۔ ایسے حالات میں انسانیت اور امن وسکون سے محرومی معاشرے کا مقدر ہو جانا یقینی ہے۔ حضرتِ سلیمان علیہ السلام کی عدالت میں جب ایک چڑیا نے مقدمہ دائر کیا کہ میرے شوہر کا فلاں شکاری نے شکار کر لیا ہے تو حضرت سلیمان نے جواب دیا کہ شکاری کا پیشہ ہی شکار کرنا ہے، اس میں نالش کی کیا بات ہے؟ چڑیا نے عرض کیا کہ مجھے شکایت اِس کی نہیں کہ کیوں شکار کیا، شکایت یہ ہے کہ شکاری نے عالم کے بھیس میں شکار کیا ہے۔ اگر وہ شکاری کے بھیس میں ہوتا تو ہم بھی بچنے کی تدبیر کرتے۔ شکاری کو سزا ہوئی۔ ''سیاہ حاشیے'' کی تحریریں انسانی معاشرے کے اسی کرب پر مبنی ہیں۔ ایسا کرب جو یہ دعوتِ فکر دیتا ہے کہ یہ دلدوز خونی مناظر فساد کے نتیجے میں وجود پذیر ہوئے ہیں یا معاشرے کی تباہی و بربادی کے لیے معاشرے کے افراد کی اجتماعی منصوبہ بندی کے نتیجے میں فساد برپا ہوا ہے۔ میں نے یہ عرض کیا تھا کہ انسان جیسے جیسے عقل وشعور میں پختگی حاصل کرتا گیا، عیاری اور مکروفریب اس کی شخصیت کا حصہ بنتے چلے گئے۔ ذاتی مفاد کے حصول کے لیے اپنے مجرمانہ فعل کو اجتماعی ردِعمل کا روپ دینا اسی عیاری کا نتیجہ ہے۔ منٹو کا یہ کرب ''دعوتِ عمل'' کے عنوان سے تین جملوں پر مشتمل افسانچے میں اور بھی واضح ہو گیا ہے:

آگ لگی تو سارا محلہ جل گیا..... صرف ایک دکان بچ گئی

جس کی پیشانی پر یہ بورڈ آویزاں تھا

''یہاں عمارت سازی کا جملہ سامان ملتا ہے''

ان جملوں کے بطن میں کئی ایسے سوال پل رہے ہیں جن کا تعلق فساد جیسے اجتماعی عمل سے نہیں، ذاتی مفاد اور خود غرضی سے ہے۔ مثلاً سارا محلہ جل گیا، یہ دکان کیسے بچی رہی؟ جلے ہوئے مکانوں کا عمارت سازی کی دکان سے کیا تعلق ہے؟ محلہ جل گیا لیکن انسان نہیں جلے کیوں؟ ظاہر ہے ان سوالوں کے جواب کی تلاش ہمیں انسانی عقل کے پس پردہ عیاری کی اُس وسیع دنیا سے متعارف کراتی ہے، جہاں صرف ایسے تاجرانہ ذہن کے لوگ بستے ہیں جنھیں بس منافع چاہیے۔ چاہے انسانیت کا کتنا ہی بڑا نقصان کیوں نہ ہو جائے۔ یہاں منٹو نے مرکز میں فساد کو نہیں رکھا ہے بلکہ اس تاجرانہ ذہنیت کو رکھا ہے جو اجتماعیت کی فلاح پر انفرادیت کے منافع کو فوقیت دیتی ہے، جو اپنے ایک بیٹے کی ترقی کے لیے ملت کے ہزاروں جوانوں کو تباہ کر دینے میں دریغ نہیں کرتی، جو اپنی پھول جیسی زندگی کے لیے آس پاس کی دنیا کو خاردار جھاڑیوں میں تبدیل کر دینے میں عار محسوس نہیں کرتی۔ جن کے لیے ارادے کی تکمیل اہم ہے ادارے کا فروغ نہیں۔ منٹو جس ذہنیت کو محلے اور دکان کے تناظر میں پیش کرتے ہیں آج پوری دنیا پر حاوی ہو چکی ہے۔ وہاں محلے کے جلنے کی سازش اس لیے کی گئی تھی کہ عمارت سازی کے سامان بکیں گے۔ آج ملکوں کے درمیان جنگیں اس لیے کرائی جاتی ہیں کہ اسلحہ ساز ملک کے اسلحے فروخت ہو سکیں۔

منٹو نے اس مجموعے کا آغاز ''ساعتِ شیریں'' کے عنوان سے کیا تھا جہاں گاندھی جی کی موت پر ایک خاص ذہنیت کے حامل افراد کو مسرت کا اظہار کرتے ہوئے دکھایا گیا تھا۔ درمیان کی تحریروں میں اسی خاص ذہنیت کے لوگوں نے حصولِ دنیا کے لیے انسانیت کو شرمسار کر دینے والے ہتھکنڈے اپنائے لیکن انھیں حاصل کیا ہوا اس کا خلاصہ مجموعے کی آخری دو تحریروں ''قسمت'' اور ''آنکھوں پر چربی'' میں بہ طورِ ماحصل پیش کیا گیا ہے۔ ملاحظہ ہو افسانچہ ''قسمت'':

''کچھ نہیں دوست.....اتنی محنت کرنے پر صرف ایک بکس ہاتھ لگا،
پر اس میں بھی سالا سؤر کا گوشت نکلا''
افسانچہ''آنکھوں پر چربی'' کے جملے ملاحظہ ہوں:
''ہماری قوم کے لوگ بھی کیسے ہیں....پچاس سور اتنی مشکلوں کے بعد تلاش کر کے اس مسجد میں کاٹے ہیں۔ وہاں مندروں میں دھڑا دھڑ گائے کا گوشت بک رہا ہے لیکن یہاں سور کا مانس خریدنے کے لیے کوئی آتا ہی نہیں۔''

ان تحریروں میں انھی دو فرقوں کے افراد کردار ہیں جن کے درمیان پورے مجموعے میں تصادم جاری رہا لیکن کہیں ان فرقوں کا نام نہیں آیا۔ یہاں بھی منٹو نے نام ظاہر کیے بغیر اپنی باتیں کہی ہیں اور یہ دکھایا ہے کہ جس دنیا کے حصول کے لیے ساری انسانی قدریں پامال کی گئیں، اس کا حاصل سور کے گوشت سے زیادہ کچھ نہیں اور وہی لوگ جو ایک امن پسند کی موت پر شیرینی تقسیم کر کے مسرت کا اظہار کر رہے تھے، تشدد کے مراحل سے گزر کر آج تاسف کا اظہار کر رہے ہیں۔

●●

افسانوں میں منٹو اپنی ظرافت کا بھی بڑا سوچا سمجھا استعمال کرتا ہے۔ ظرافت تشدّد کی تلخی کو کم کرتی ہے اور اس طرح جارحیت کے باوجود تشدّد کا انسانی پہلو سامنے آتا ہے۔ یعنی ہم اُن لوگوں کا چہرہ دیکھ سکتے ہیں، جو تشدّد روا رکھتے ہیں۔
منٹو نے فسادات پر نہایت دردناک افسانے لکھے ہیں۔ اگر اُس نے ''سیاہ حاشیے'' میں فسادات پر لطیفے لکھے تو یقیناً اُن کا کچھ مقصد ہوگا۔ یہ سمجھنا غلط ہے کہ جنگ، موت، قتل، خوں ریزی، ظلم اور تشدّد کے واقعات جب رونما ہوں گے تو اُن کا نقشہ ہولناک اور دردناک ہی ہوگا۔ زندگی اتنی نستعلیق نہیں کہ المیہ واقعہ میں المیہ ڈرامے کا ہیئتی حسن اور چوکسائی پیدا کرے۔
(وارث علوی: منٹو اور سنسنی خیزی)

''سیاہ حاشیے'': افسانہ یا لطیفہ

ظفر سعید

''سیاہ حاشیے'' منٹو کی بتیس مختصر ترین تخلیقات کا مجموعہ ہے۔ یہ تمام تخلیقات افسانہ ہیں یا نہیں، اس کی بحث آگے آئے گی۔ فی الحال ہم انہیں افسانے ہی کا نام دیں تو کوئی مضائقہ نہیں۔ مجموعہ کے تمام افسانے تقسیمِ ہند کے نتیجے میں ہونے والے فسادات کے پس منظر میں لکھے گئے ہیں، جن میں کہیں مصنف کا لہجہ انتہائی زہرناک ہے، کہیں جھنجلاہٹ کے آثار نمایاں ہیں اور کہیں تمسخر اور زہرخند کی کیفیت پائی جاتی ہے۔ ''سیاہ حاشیے'' سے پہلے فسادات کے موضوع پر منٹو متعدد کہانیاں لکھ چکے تھے لیکن منٹو نے فسادات کے موضوع کو بطور فیشن اختیار نہیں کیا تھا۔ اس میں شک نہیں کہ فسادات پر لکھنے والوں کی بڑی تعداد اُن فن کاروں کی تھی جو ترقی پسند تحریک سے وابستہ تھے یا اُس نظریے سے متاثر تھے۔ منٹو بھی اس حلقے میں شامل تھا۔ لیکن اس فرق کے ساتھ کہ منٹو کو چھوڑ کر تقریباً تمام ترقی پسند افسانہ نگاروں نے محض وقتی طور پر اس موضوع کو اختیار کیا اور دو ایک افسانہ لکھ لینے کے بعد اس موضوع کو بھول گئے۔ ان تمام لوگوں نے جو کچھ لکھا صرف وقتی ضرورت کے تحت لکھا اور غالباً اس لیے بھی کہ ترقی پسند حلقے میں فسادات پر کم از کم ایک افسانہ لکھ کر ترقی پسندی کا ثبوت دینا ضروری تھا۔ مزید یہ کہ ان افسانہ نگاروں نے فسادات کے صرف ایک پہلو یعنی فرقہ وارانہ یکجہتی کو خصوصیات کے ساتھ چُن لیا اور اسی پر کوئی افسانہ لکھ کر اپنے فرض سے سبکدوش ہو گئے۔ یہی وجہ ہے کہ ان فن کاروں کے افسانوں میں تنوع اور وسعت فکر کی کمی شدت سے کھٹکتی ہے اور مجموعی طور تمام افسانوں میں ناگوار یکسانیت کا احساس ہوتا ہے۔ اگر صرف پلاٹ کو پیشِ نظر رکھیں تو یہ کہنا بے جا نہ ہوگا کہ فسادات کی کسی نمائندہ کہانی کو پڑھ

لینے کے بعد دوسری کہانیوں کو پڑھنے کی ضرورت نہیں۔لیکن منٹو فسادات کے موضوع پر یا اس کے پس منظر میں مسلسل کہانیاں لکھتے رہے اور انہوں نے فسادات کے تمام اہم پہلوؤں کو احاطہ فن میں سمیٹ لیا۔منٹو نے فسادات کے افسانے کسی بنے بنائے فارمولا یا مقررہ مقصد کے تحت نہیں لکھا بلکہ فسادات کے پس منظر کو اپنے افسانوں میں طرح طرح سے برتا اور زندگی کی بعض بنیادی قدروں اور انسان کی فطرت اور نفسیات کے بارے میں ایسے انکشافات کیے کہ عجیب سا تحیّر ہوتا ہے۔''سیاہ حاشیے'' میں یہ کیفیت پختہ تر صورت میں سامنے آتی ہے۔یہاں منٹو کا انداز قطعی (Absolute) معروضی (Objective) اور غیر جانب دارانہ ہے۔وہ ایک بے لاگ مصور کی طرح واقعات و حادثات کی تصویر اتار دیتے ہیں، جس کے پس پردہ انسانی فطرت کی پستیاں اور بلندیاں منعکس ہیں اور ماحول کی ساری المناکی سمٹ کر ایک نقطہ پر آگئی ہے۔یہ افسانے صاف اور سچی چلتی پھرتی تصویریں ہیں، جن میں مصنف نے کوئی ترمیم و اضافہ نہیں کیا ہے اور نہ ہی کہیں اپنے وجود کا احساس ہونے دیا ہے۔مختصر افسانے میں اتنی زبردست قطعیت اور معروضیت بالکل نئی چیز تھی، خصوصاً ایسے وقت میں جبکہ ترقی پسند تحریک کے زیرِ اثر ایک خاص قسم کا ادب تخلیق پا رہا تھا۔اس مخصوص اندازِ تخلیق پر بعض نقادوں نے ''فارمولائی'' ادب کا الزام لگایا اور جا بجا حقایق کی پردہ پوشی کی مثالوں پر انگشت نمائی کی۔منٹو نے اپنی افتادِ طبع کے مطابق اس ''فارمولے'' یا منصوبہ بندی سے اجتناب کیا اور تقسیم کے بعد ان کے اندر مخصوص قسم کی ترقی پسندی کی کورانہ تقلید سے بغاوت کا رجحان بھی پیدا ہوا۔''سیاہ حاشیے'' میں منٹو کا باغیانہ رجحان کھُل کر سامنے آیا اور ترقی پسند حلقے میں کھلبلی مچ گئی۔''سیاہ حاشیے'' پر محمد حسن عسکری کی ''حاشیہ آرائی'' میں جہاں ایک طرف ''سیاہ حاشیے'' کی خوبیوں کو روشن کیا وہیں دوسری طرف فسادات کے تمام ادب کو نہ صرف مسترد کر دیا بلکہ ترقی پسند حلقے پر طعن و تشنیع کا بہت گہرا وار کیا۔چنانچہ ترقی پسند حلقے نے اپنے غیض و غضب کا اظہار اس طرح کیا کہ ''سیاہ حاشیے'' کو افسانے کا مجموعہ ماننے سے انکار کر دیا۔ممتاز حسین نے لکھا:

> ''یہ (سیاہ حاشیے) افسانوں کی کتاب نہیں بلکہ لطیفوں، چٹکلوں اور پہلیوں کی کتاب ہے۔یہ لطیفے اور چٹکلے فسادات کے واقعات سے مرتب کیے

گئے ہیں۔''

خلیل الرحمٰن اعظمی نے اِسے منفی کوشش کا نام دیا:

''اس نوع کی منفی کوشش کا نمونہ وہ لطیفے ہیں جو ''سیاہ حاشیے'' کے نام سے فسادات پر لکھے گئے ہیں۔''

عصمت چغتائی نے صاف طور پر یہ تو یہ بات نہ کہی مگر اپنے تذبذب کا اظہار کر کے درپردہ یہی خیال ظاہر کیا:

''میری سمجھ میں نہیں آتا کہ ''سیاہ حاشیے'' کو ادب پاروں میں شامل کروں یا اس کے لیے کوئی نئی جگہ تلاش کروں۔''

لیکن امر واقعہ یہ ہے عسکری صاحب کی ''حاشیہ آرائی'' میں ہی یہ غلط فہمی راہ پا گئی اور ''سیاہ حاشیے'' کی افسانویت مشکوک ہوگئی۔ خود عسکری صاحب نے لکھا ہے:

''منٹو نے بھی فسادات سے متعلق کچھ لکھا ہے یعنی یہ لطیفے یا چھوٹے چھوٹے افسانے جمع کیے ہیں۔''

عسکری صاحب نے جا بجا لفظ 'افسانہ' کے ساتھ ساتھ لفظ 'لطیفہ' بھی استعمال کیا ہے، جس سے یہ تاثر قائم ہوتا ہے کہ شاید وہ خود بھی یہ طے نہیں کر پائے کہ یہ تخلیقات افسانہ ہیں یا لطیفہ۔ مثلاً ایک جگہ اور وہ لکھتے ہیں:

''ان افسانوں میں یہ دونوں پہلو موجود ہیں، خوف بھی اور دلاسا بھی ،ان لطیفوں میں انسان اپنی بنیادی بے چارگیوں ،حماقتوں، نفاستوں اور پاکیزگیوں سمیت نظر آتا ہے۔''

حالانکہ نفس موضوع سے پتا چلتا ہے کہ عسکری صاحب فسادات پر لکھے گئے تمام افسانوں میں ''سیاہ حاشیے'' کے افسانوں پر آخری حکم لگاتے ہوئے لفظ لطیفہ کو بھولتے نہیں ہیں:

''فسادات کے متعلق جتنے بھی افسانے لکھے گئے ہیں ،ان میں منٹو کے یہ چھوٹے چھوٹے لطیفے سب سے زیادہ ہولناک اور سب سے زیادہ رجائیت آمیز ہیں۔''

اصل یہ ہے کہ مجموعہ میں بیشتر چیزیں بہت مختصر ہیں، یہاں تک کہ ایک یا دو جملے میں بات ختم ہو جاتی ہے۔مثلاً ''دعوتِ عمل''،''ساعتِ شیریں''،''استقلال''، رعایت'' وغیرہ مجموعہ کے کُل بتیس تخلیقات میں اس طرح کی چیزوں کی تعداد نو ہے۔ان کے علاوہ بیس تخلیقات ایسی ہیں جو زیادہ سے زیادہ ایک صفحہ پر مشتمل ہیں۔منٹو کے عہد تک اتنے مختصر افسانے کا تصور بھی نہیں تھا۔ غالباً اختصار وطوالت کے سوال پر ہی مجموعے پر لطیفے کا حکم لگایا گیا۔لیکن اگر لطیفہ اور افسانے کا ما بہ الامتیاز صرف اختصار اور طوالت کو قرار دیا جائے تو ہمیں مختصر افسانے کی پھر سے کوئی نئی تعریف کرنی ہو گی اور لطیفے میں اُن عناصر کی بھی جستجو کرنی ہو گی جو افسانے کے لیے ضروری قرار دیے گئے ہیں۔ظاہر ہے کہ یہ کوشش بے سود ہو گی کیونکہ لطیفہ کسی افسانے کا تو جُزو ہو سکتا ہے مگر خود افسانہ نہیں ہو سکتا اور افسانہ اگر واقعی افسانہ ہے تو لطیفہ سے بہت اعلیٰ و ارفع ہو گا۔صرف قد و قامت میں نہیں بلکہ معنویت میں، فکر و احساس کی رمزیت و ایمائیت میں اور سب سے بڑھ کے تخلیقی حسن کاری میں۔لطیفہ کا مقصد تو محض لطف لینا یا ہنسنا ہنسانا ہوتا ہے۔بعض اوقات اس میں طنز و استہزا کا پہلو بھی ہو سکتا ہے۔لطیفہ گوئی کے لیے کسی اعلیٰ درجے کے تخلیقی ذہن کی ضرورت بھی نہیں ہے، لیکن افسانہ محض تفننِ طبع کی چیز نہیں۔یہ تو زندگی کے بیش قیمت لمحات کا اشاریہ ہوتا ہے اور اس لیے خود بھی بیش قیمت ہوتا ہے۔افسانے کی سحر انگیزی زندگی کے لیے آب و تاب کی پیدا کردہ ہوتی ہے۔اور خود زندگی جیسی انمول پیچیدہ اور بے کراں ہوتی ہے۔افسانہ بھی ویسا ہی انمول، پیچیدہ اور بے کراں ہوتا ہے۔افسانہ تہذیب کا نمائندہ بھی ہوتا ہے اور تاریخی دستاویز بھی ،وقت اور زمانے کا نباض بھی ہوتا ہے اور زندگی کے سیلِ رواں کا شناور بھی۔لطیفہ ان سب خصائص سے معرا ہوتا ہے۔لہذا افسانہ خواہ کتنا ہی مختصر کیوں نہ ہو لطیفہ کے زمرے میں نہیں رکھا جا سکتا۔ علاوہ ازیں صنفِ افسانہ کے کچھ فنی تقاضے ہیں، اگر کوئی افسانہ اُن تقاضوں کو پورا نہیں کرتا تو زیادہ سے زیادہ یہ کہا جا سکتا ہے کہ افسانہ فنی اعتبار سے خام ہے۔لیکن افسانے کی فنی خامی اُسے لطیفے کے درجے پر نہیں پہنچا سکتی۔اس لیے ''سیاہ حاشیے'' کی تخلیقات کے لیے افسانہ اور لطیفہ دونوں الفاظ کا استعمال کرنا سخت غلطی ہے۔ہاں یہ ممکن ہے کہ ان تخلیقات میں بعض افسانہ ہوں اور بعض لطیفہ۔ لیکن عسکری صاحب نے کہیں بھی اس کی صراحت نہیں کی ہے۔

منٹو کے عمومی فنی رویّے پر غور کریں تو معلوم ہوتا ہے کہ واقعات کی پیش کش میں منٹو غیر ضروری اطلاعات سے پرہیز کرتے ہیں۔افسانہ نگار کا بیان بہت جچا تُلا ،موزوں اور برمحل ہوتا ہے۔اسی لیے منٹو کے یہاں ویسی تفصیلات اور جُزئیات نہیں ہوتی ہیں جیسی بیدی کے یہاں عام طور پر ہیں۔منٹو کی سب سے زیادہ توجہ کرداروں کو اُبھارنے پر رہتی ہے۔واقعات کو بُننے اور کہانی کو بیان کرنے میں منٹو ایک طرح کی خارجیت سے کام لیتے ہیں۔اِسی خارجیت کے سبب منٹو کے افسانے افسانہ نگار کے وجود سے الگ اپنا ایک ٹھوس اور مکمل وجود رکھتے ہیں۔ وحدتِ عمل اور وحدتِ تاثر منٹو کی کہانیوں کا خاص رنگ ہے۔الفاظ اور واقعات کے استعمال کے سلسلے منٹو چیخوف کے اس قول پر عمل کرتے ہیں:

> ’’آپ کو خبر ہے کیسے لکھنا چاہیے کہ کہانی اچھی نکلے...؟اس میں کوئی چیز غیر ضروری نہ ہونے پائے۔جس طرح جنگی جہاز کے عرشے پر ہوتا ہے کہ کوئی شئے زائد نہیں رکھی جاتی ہے۔کہانی میں یہ وصف لازم ہے۔‘‘

منٹو کے اسی فنی رویّے کی توسیع ’’سیاہ حاشیے‘‘ کے افسانے ہیں۔ایجاز و اختصار پہلے سے ہی منٹو کے فن کی نمایاں خصوصیات تھی ۔ یہ خصوصیت ’’سیاہ حاشیے‘‘ میں اپنے عروج پر پہنچ گئی۔’’سیاہ حاشیے‘‘ کے افسانے محدّب شیشے ہیں جن کے ذریعہ انسان کی ذات اور شخصیت کے باریک اور دھُندلے نقوش بھی واضح اور صاف دکھائی دیتے ہیں۔منٹو نے ان افسانوں میں کرداروں کے صرف کسی مخصوص رویہ یا کسی مخصوص ذہنی کیفیت کو پیش کیا ہے اور کہانی اس طرح تیار کی جس طرح جنگی جہاز کے عرشے پر کوئی زائد چیز نہیں رکھی جاتی ۔ان کہانیوں میں ایک ڈرامائی کیفیت موجود ہے اور ہر افسانہ ڈرامے کا ایک سین معلوم ہوتا ہے۔ یہاں کہانی افسانہ نگار کے خارج میں وجود میں آتی ہے اور افسانہ نگار اسی خارجیت کے ساتھ کہانی پیش کر دیتا ہے۔ لیکن کہانی کے مرکزی تاثر اور لہجے کی زبردست کاٹ کے پس پردہ افسانہ نگار کی اپنی فکر اور اس کا اپنا احساس کارفرما ہے۔ چنانچہ کہانی مجموعی طور پر کہیں طنز کی بھرپور علامت بن گئی ہے، کہیں درد و کرب میں ڈوبی ہوئی ہے اور کہیں زندگی کے گوناگوں تضادات کا اشاریہ بن گئی ہے اور یہ سب کچھ تقسیمِ ملک اور فسادات کے تئیں منٹو کے الم ناک ردِّعمل کا نتیجہ ہے۔

فسادات کا زمانہ ایک ہنگامی زمانہ تھا، جب تیز رفتاری کے ساتھ واقعات رونما ہو رہے تھے اور اسی تیز رفتاری کے ساتھ انسان کے اندر تغیرات بھی ہو رہے تھے۔ فساد کوئی منظم منضبط کارنامہ نہیں تھا بلکہ اچانک پھوٹ پڑا تھا اور سرعت کے ساتھ پھیل گیا تھا۔ اس سے پورے معاشرے میں انتشار کی کیفیت پیدا ہوگئی تھی۔ حادثات کا ایک طوفان تھا جو چہار سو تباہیاں مچا رہا تھا۔ اس کے کئی رخ تھے اور ہر رخ میں کوئی خاص بات تھی۔ مختلف حالات اور مختلف لمحات میں انسان سے جو کچھ سرزد ہو رہا تھا اس کا ایک ایک پہلو اپنے آپ میں اہم تھا۔ منٹو نے اسی ایک ایک لمحہ اور ایک ایک پہلو کی تصویریں اُتاریں اور ''سیاہ حاشیے'' میں پیش کر دیں۔ یہ تصویریں بے کم و کاست پیش کی گئی ہیں۔ یہاں مصنف کا بیان کم سے کم ہے اور واقعہ خود بہ خود ''ادا'' ہوتا ہے۔ کہانی اپنے مرکز سے اس طرح وابستہ ہے کہ ایک مرکزی تاثر کے سوا دوسرا کوئی تاثر پیدا نہیں ہوتا۔ قدرت اللہ شہاب کے افسانہ ''یا خدا'' کے تیسرے حصّے میں ایسے ہی چھوٹے چھوٹے نقوش ہیں اور وہ سب مل ملا کر ہجرت کے المیے کا ایک مکمل اور بھرپور نقش تیار کرتے ہیں۔ کراچی میں مہاجروں کی زندگی کے متنوع کیفیات کو پیش کرنے اور واقعات و حادثات کے زبردست طوفان کے تمام پہلوؤں کو اُجاگر کرنے کے لیے قدرت اللہ شہاب کو افسانہ کے پلاٹ کا مرکزی تار توڑنا پڑا اور محض چھوٹے چھوٹے خاکے تیار کرنے پڑے۔ یہ تمام خاکے اپنے آپ میں مکمل ہیں اور ان میں مہاجروں کی اجڑی بکھری ہوئی زندگی کے تمام نقوش نمایاں ہو گئے ہیں۔

''سیاہ حاشیے'' میں فسادات کے دوران پیش آنے والے نت نئے واقعات کے ایسے خاکے ہیں، جن میں فسادات کا پورا المیہ مجسم ہوگیا ہے۔ یہ کہانیاں محض تعفن طبع کے لیے نہیں لکھی گئی ہیں اور نہ ہی صرف انشراح قلب ان کا مقصود ہے۔ ان کہانیوں میں انسانی فطرت کا جو گہرا راز ہے، زندگی کی جو بوقلمونی ہے، دہشت کی جو فضا ہے، حالات کے جبر کا جو شدید مایوس کن ماحول ہے، بے بسی، بے حسی اور نامرادی کی جو یاس انگیز کیفیت ہے وہ لطیفے سے بہت اونچی چیز ہے۔ لطیفہ اور چٹکلہ اس ماحول اور کیفیت کا متحمل نہیں ہوسکتا۔

منٹو نے یہ افسانے ہنس کے نہیں لکھے ہیں اور نہ ہنسانے کے لیے لکھے ہیں۔ تقسیمِ وطن کی جانکاہی، فسادات کی تباہی، عقائد و تصورات کی شکستگی اور اخلاق و آداب کی برہمی سے منٹو کے

دل کو شدید صدمہ پہنچا تھا۔ اِسی صدمے کا ردِ عمل یہ افسانے ہیں۔ ہاں! یہ ضرور ہے کہ اِن افسانوں میں منٹو نے واضح طور پر اپنا نقطہ نظر پیش نہیں کیا ہے بلکہ صرف واقعات کو قلم بند کر دیا ہے۔ لیکن قصّے کی نوعیت اور اس کے شدید طنزیہ اظہار میں مصنف کا زخمی احساس پوشیدہ ہے۔ افسانہ نگار نے اپنے جذبات کا برملا اظہار نہیں کیا ہے اور نہ ہی واقعات پر کوئی رائے زنی کی ہے، لیکن اس کا مطلب یہ ہرگز نہیں کہ افسانہ نگار زندگی کے بارے میں ہر طرح کے تصور سے عاری ہے۔ موپساں اور چیخوف بھی لاتعلقی کے ساتھ زندگی کی عکاسی کرتے ہیں۔ چیخوف کے یہاں تو کہیں کہیں زندگی کی اصلاح کا عنصر بھی پایا جاتا ہے، لیکن موپاساں نے اپنے افسانوں میں زندگی کی صاف اور سچّی تصویریں پیش کر دی ہیں اور ان ہی تصویروں میں کوئی بات ایسی موجود ہے جو ہمارے لیے مشعل راہ کا کام کرتی ہے۔ ''سیاہ حاشیے'' کی کہانیاں بھی بزبان خود فن کار کے میلان کو ظاہر کرتی ہیں۔ منٹو نے سماجی اور انفرادی زندگی کے تضاد سے یہ افسانے تیار کیے ہیں۔ اسی تضاد سے انسان کی طبیعت کا اصل جوہر کھل کر سامنے آتا ہے اور ہم انسان کے 'امکانات' سے بھی واقف ہوتے ہیں۔ انسانی فطرت کی طرفگی اور بوالعجبی ''سیاہ حاشیے'' کے افسانوں کا اصل موضوع ہے، جسے فسادات کے واقعات سے ہم آمیز کر کے واقعاتی رنگ و آہنگ میں پیش کیا گیا ہے۔ ان غیر معمولی حالات میں سائنسی، مذہبی اور تہذیبی ترقیات سے بہرہ مند انسان ننگا ہو کر اپنے خول سے باہر آ گیا تھا اور اُس کی فطرت کے مبہم نقوش بھی واضح اور نمایاں ہو گئے تھے۔ ان افسانوں کی بنیاد ان ہی غیر معمولی حالات پر ہے اور ان میں بغاوت کی ایک لہر کا احساس ہوتا ہے۔ ظاہر ہے کہ یہ بغاوت فسادات کے خلاف ہے اور اُن رسومات و نظریات اور عقائد کے خلاف بھی جن سے انسان کے اوپر تہذیب اور رسمیات کا ملمع تو چڑھ گیا مگر اُن سے فطرت و کردار کی آراستگی نہ ہو سکی اور روحانی بالیدگی کے مقام سے یکسر ناآشنائی رہی۔ ''مناسب کاروائی''، ''کرامات''، ''اصلاح''، ''گھاٹے کا سودا''، ''حیوانیت''، ''جائز استعمال''، ''صفائی پسندی'' وغیرہ کہانیوں میں جو چلتے پھرتے انسان ہیں، یہ وہی لوگ ہیں جو رسمیات کے تو پابند ہیں مگر انضباطِ فطرت اور روحانی بالیدگی سے محروم ہیں۔ اس طرح دیکھیے تو منٹو نے فسادات کے لیے ذمہ دار تقسیمِ ملک کے پورے عمل پر بہت گہرا وار کیا ہے اور تقسیم سے وابستہ تمام مذہبی اور تہذیبی

تصورات پر طنز کا بہت تیز نشتر چلایا ہے۔ اس سلسلے میں منٹو کے افسانے ''موذیل'' اور ''ٹوبہ ٹیک سنگھ'' زیادہ واضح اور مفصل ہیں جبکہ ''سیاہ حاشیے'' کی کہانیاں محض علامتیں ہیں۔

منٹو نے ۱۹۴۵ء میں ایسے ہی حالات کے خلاف اسی اسلوب میں اپنے شدید ردِّ عمل کا اظہار ''موتری'' میں کیا تھا۔ تقسیم کے بعد موتری کا تعفّن اپنی انتہا کو پہنچ گیا اور منٹو کا قلم بھی زیادہ زہرناک ہو گیا۔ مزید یہ ۱۹۴۵ء صرف ایک لحظہ کے لیے موتری کی بدبو غائب ہو گئی تھی اور منٹو کو ''بدبوؤں کے اس گھر میں ایک بے نام سی مہک'' ملی تھی۔ لیکن دو سال بعد جب تقسیم کا عمل جراحی پورا ہوا تو وہ بے نام سی مہک بھی کافور ہو گئی اور منٹو کے سامنے صرف خارجی عوامل نہیں رہے بلکہ انسان کی فطرت اور زندگی کے تقاضوں کے بارے میں بعض بنیادی سوالات بھی اُن کے پیشِ نظر آئے۔ کردار کی تعمیر، جذبات کی تہذیب اور خارجی عوامل و عناصر کا باطنی زندگی سے رشتہ وہ اہم سوالات ہیں جو منٹو نے فسادات کے پس منظر میں اُٹھائے ہیں۔ ان تمام سوالات سے وابستہ انسانی ارتقا کی پوری تاریخ ہے، ہندوستان کے وہ حالات ہیں جو بعد میں تقسیمِ ملک کی صورت میں رونما ہوئے۔

مندرجہ ذیل معروضات کا یہ مقصد ہرگز نہیں ہے کہ ''سیاہ حاشیے'' کو صرف خوبیوں سے مزیّن قرار دیا جائے۔ یہ مجموعہ نقائص سے بالکل پاک نہیں ہے اور سچ تو یہ ہے کہ اس مجموعے کی بعض تخلیقات نے خود بھی قارئین اور نقادوں کو گمراہ کیا اور اس حد تک غلط فہمی پیدا ہوئی کہ محمد حسن عسکری جیسے بالغ نظر نقاد بھی تذبذب میں مبتلا ہو گئے اور دوٹوک یہ فیصلہ نہ کر سکے کہ ''سیاہ حاشیے'' کی کہانیاں اصلاً افسانہ ہیں یا لطیفہ... ''سیاہ حاشیے'' میں کچھ چیزیں ایسی ضرور ہیں جنہیں افسانہ کہنے میں تامل ہوتا ہے۔ ہر افسانہ اپنے آپ میں مکمل ہونا چاہیے۔ یعنی اس کو سمجھنے کے لیے صرف وہ افسانہ کافی ہو۔ اس کے لیے آگے پیچھے کی معلومات حاصل کرنے کی ضرورت محسوس نہ ہو۔ ایسا تبھی ممکن ہے جب افسانہ کا اپنا منظر نامہ بھی ہو اور اُس کی ابتدا اور انتہا میں ربط اور تسلسل بھی ہو۔ افسانے میں ماجرا کا بیان بھی ضروری ہے اور کرداروں کے عمل اور ردِّ عمل کا واضح نقشہ بھی سامنے ہونا چاہیے۔ قصّے کا منطقی ارتقا اور نقطہ عروج افسانے کے بہت اہم اجزا ہیں۔ اگر یہ نہ ہوں تو افسانے کا فنی جوہر باقی نہیں رہتا۔ ''سیاہ حاشیے'' میں ایک دو جملوں کی جو چیزیں ہیں

اُن میں تکمیلیت کی کمی کا احساس ہوتا ہے اور اگر انہیں مجموعہ سے الگ کر لیا جائے تو سمجھنے میں دشواری ہوگی، کیونکہ وہ چیزیں ایک ''غیر تحریری پس منظر'' میں بیان کی گئی ہیں اور اُن کا اپنا کوئی منظر نامہ بھی نہیں ہے۔ ان میں نہ قصّے کی دلچسپی ہے نہ ماجرا نگاری نہ کرداروں کے عمل و ردِّ عمل کا کوئی واضح نقشہ۔ مثلاً:

''میں سکھ بننے کے لیے ہرگز تیار نہیں۔

میرا استرہ واپس کردو مجھے۔'' (استقلال)

ان دو جملوں میں کوئی بات نہیں بنتی ہے اور نہ ہی کوئی خاص اثر ہوتا ہے۔ پھر کچھ چیزیں ایسی بھی ہیں جن میں محسوس ہوتا ہے کہ مصنف نے صرف لفظی شعبدہ بازی کی ہے۔ یعنی تقابل اور تضاد سے کوئی انوکھی اور عجیب وغریب بات پیدا کر دی ہے، مگر نہ تو وہ بات اہم ہے اور نہ ہی اس کا کوئی مقصد ظاہر ہوتا ہے:

''میری آنکھوں کے سامنے میری جوان بیٹی کو نہ مارو''

''چلو اس کی مان لو... کپڑے اتار کر ہانک دو ایک طرف۔''

(رعایت)

''مرا نہیں... ابھی جان باقی ہے۔''

''رہنے دو یار... میں تھک گیا ہوں۔''

(آرام کی ضرورت)

صاف محسوس ہوتا ہے کہ ان میں صرف جملے بازیاں کی گئی ہیں اور بات سے بات بنائی گئی ہے۔ اس طرح کی چیزوں میں یقیناً لطیفوں کا انداز پیدا ہوگیا ہے۔ ''دعوتِ عمل''، ''کھاد''، ''جوتا''، ''اُلہنا''، ''ساعتِ شیریں'' وغیرہ میں ایسی ہی شعبدہ بازی ہے، جسے فن کا نمونہ نہیں کہا جاسکتا اور نہ ہی اِن پر افسانے کا اطلاق ہوسکتا ہے۔ لیکن ''مزدوری''، ''تقسیم''، ''تعاون''، ''جائز استعمال''، ''صفائی پسندی''، ''گھاٹے کا سودا''، ''پیش بندی''، ''نگرانی میں''، ''کرامات''، ''مناسب کاروائی''، ''اصلاح''، ''ہمیشہ کی چھٹی''، ''حیوانیت''، ''کسرِ نفسی''، ''اشتراکیت'' اور ''آنکھوں پر چربی'' افسانے ہیں اور اس میں شک نہیں یہی افسانے پورے مجموعے پر بھاری ہیں۔ ●●

''سیاہ حاشیے'' میں سیکولرازم

خالد اشرف

''سیاہ حاشیے'' بتیس (۳۲) افسانچوں کا مجموعہ ہے جو تقسیم کے بعد پاکستان میں شائع ہونے والی مصنف کی اولین تخلیقی کاوش تھی۔ ان میں سے زیادہ تر چھ، آٹھ، دس سطروں سے لے کر نصف تا ڈیڑھ صفحات پر مبنی ہیں۔ اس مجموعے پر ''حاشیہ آرائی'' کے عنوان سے محمد حسن عسکری نے دیباچہ تحریر کیا تھا۔ اس دیباچہ میں ترقی پسند ادیبوں بالخصوص کرشن چندر پر کافی چوٹیں کی گئی تھیں۔ یہ وہ دور تھا جب منٹو نئے نئے پاکستان آئے تھے۔ ترقی پسند ادب اور نیا ادب کے قضیے کے بعد سے ترقی پسندوں سے اُن کے رشتے منقطع ہو چکے تھے اور عسکری انہیں 'اسلامی ادب کے دبستان میں Co-opt کرنے کے لیے کوشاں ہو رہے تھے۔ ''سیاہ حاشیے'' کے دیباچے کے علاوہ انہوں نے اپنے مضمون ''فسادات اور ادب'' میں بھی کچھ چونکا دینے والے تصورات کو مروج کرنے کی کوشش کی تھی۔ اس مضمون میں عسکری نے ایک مقام پر ان افسانہ نگاروں کی تخلیقات کے بارے میں، جو تقسیم کے دوران ہوئے، فرقہ وارانہ فسادات کی جڑیں انگریز حکمرانوں کی فرقہ راوانہ پالیسیوں میں تلاش کر رہے تھے (بالفاظِ دیگر ترقی پسندی کے سامراج مخالف نظریے کی فنی تائید کر رہے تھے) لکھا تھا:

''یہ محض مصنوعی ہی نہیں، اُن کا ایک خطرناک پہلو یہ بھی ہے کہ ان میں مسلمانوں اور پاکستانیوں کے خلاف بڑا زہریلا پروپیگنڈہ ملتا ہے... ممکن ہے کہ یہ سب باتیں بالکل انجان پنے میں اور مصیبت کی وجہ سے کی جاتی ہوں مگر ان کا مجموعی اثر مسلمانوں کے خلاف ہے۔ اول تو فسادات کی زیادہ ذمہ داری مسلمانوں

کے سر رکھی جاتی ہے، دوسرے تقسیم کو اس کی گانٹھ بتایا جاتا ہے۔ حالانکہ تقسیم یعنی پاکستان کا قیام مسلمانوں کا عزیز ترین سیاسی آدرش رہا ہے، ان افسانوں میں کوشش ہوتی ہے کہ مسلمانوں کو پاکستان کے بنیادی اصولوں سے بدظن کیا جائے۔"

شاید عسکری صاحب کہنا یہ چاہتے تھے کہ ترقی پسند افسانہ نگاروں پر یہ فرض عائد ہوتا ہے کہ وہ پاکستان کی تشکیل کو منطقی اور فطری قرار دیں اور صرف مسلمانوں پر کیے جانے والے مظالم اور زیادتیوں کو سپردِ قلم کریں۔ لیکن خود منٹو، جو ترقی پسند نہیں تھے، بہت عرصے تک عسکری کے طرز کی ادبی آئیڈیالوجی کے ساتھ نہ چل سکے۔ پاکستان میں بھی اُن کے مراسم ترقی پسند ادیبوں... احمد ندیم قاسمی، عبداللہ ملک، ظہیر کاشمیری اور احمد راہی وغیرہ سے ہی زیادہ تر رہے، مزید برآں وہ بار بار لکھتے رہے کہ وہ مذہب کی بنیاد پر کی جانی والی تقسیم سے نہ متفق تھے اور نہ ہی اس کے حامی تھے۔ ہندوستان اور پاکستان دونوں ممالک کے دوران قیام اُن کا سروکار ہندو مسلمان سے نہیں، اُس انسان سے رہا جو تقسیم کے آشوب میں مذہب کے نام پر خون بہانے والے اور معصوم عورتوں کی عزت لوٹنے والے لوگوں کے ہاتھوں بے عزت اور پامال کیا گیا۔ یہی وجہ تھی کہ پاکستان کے دورانِ قیام منٹو کے قلم سے "ٹوبا ٹیک سنگھ"، "کھول دو"، "ٹھنڈا گوشت"، "موذیل"، "رام کھلاون" اور "سہائے" جیسے شاہ کار نکلے، جن کا بنیادی تھیم تقسیم کی خونیں ہنگامہ آرائی میں انسان اور انسانیت کی موت نظر آتا ہے، نہ کہ ہندوؤں کے ذریعے مسلمانوں کی خوں ریزی یا مسلمانوں کے ذریعے ہندوؤں پر کیے جانے والے مظالم کے اعداد و شمار کی پیش کش۔ اس لیے "چچا سام کے نام ایک خط" (مجموعہ: اوپر، نیچے اور درمیان، ۱۹۵۴ء) میں لکھتے ہیں:

میرا ملک پاکستان سے کٹ کر کیوں بنا؟ کیسے آزاد ہوا۔ یہ تو آپ کو اچھی طرح معلوم ہے... جس طرح میرا ملک کٹ کر آزاد ہوا، اُسی طرح میں کٹ کر آزاد ہوا ہوں۔ اور چچا جان، یہ بات تو آپ جیسے ہمہ دان عالم سے چھُپی ہوئی نہیں ہونی چاہیے کہ جس پرندے کو پر کاٹ کر آزاد کیا ہو، اُس کی آزادی کیسی ہوگی۔"

جبکہ عسکری صاحب نظریاتی طور پر منٹو سے کوسوں دور ہیں۔ وہ اپنے مضمون "فسادات اور اردو ادب"، میں فرقہ وارانہ منفیت کی انتہا کو پہنچ جاتے ہیں۔

''ہمیں اپنے سوا کسی سے کیا غرض! ہمیں اپنے ادیبوں سے صرف اتنی بات چاہیے کہ وہ ہمیں بتائیں ہمارے اوپر کیا بیتی اور کیوں بیتی ہے۔ ہمیں ہزاروں مسلمانوں کے قتل عام پر نوحے اور مرثیے نہیں چاہئیں۔ لاکھوں آدمیوں کی موت بھی بذاتِ خود کوئی اہم معنویت نہیں رکھتی۔ اگر ہمارے پچاس لاکھ آدمی خود دار انسانوں کی طرح ظالموں کا مقابلہ کرتے ہوئے مر جائیں تو بڑی خوشی کی بات ہے، لیکن ہمارے پانچ آدمی جان بچانے کے لالچ میں میدان سے بھاگ کھڑے ہوں تو ہمارے لیے یہ ایک المیہ ہے۔ ہم تو بس یہی چاہتے ہیں کہ ہمارے ادیب ہمارے کردار کا محاسبہ کریں اور ہمیں بتائیں کہ ہمارے ساتھ کیا ٹریجڈی واقع ہوئی ہے۔ ہمارا کردار ہماری روایتوں کے شایانِ شان ہے یا نہیں۔''

محولہ بالا اور اس قسم کے دیگر بیانات، جہاں ایک طرف عسکری صاحب کے غیر واضح نظریات کی چغلی کھاتے ہیں، وہیں دوسری طرف وہ ایک ایسی غیر صحت مند فکر کا ملغوبہ بھی نظر آتے ہیں جو مذہب اور ادب کے تنگ نظر و محدود امتزاج سے وجود میں آتی ہے۔ ''سیاہ حاشیے'' کا دیباچہ محمد حسن عسکری کے ذریعے لکھوائے جانے کے بارے میں ترقی پسند ادیب محمد اسد اللہ، مصنف ''منٹو میرا دوست'' (آتش فشاں پبلیکیشنز، لاہور، ۱۹۹۱، ص ۱۰۸) کا ایک بیان ملتا ہے جو منٹو اور عسکری کے تعلق کی اصل نوعیت کو ظاہر کرتا ہے:

''میں نے ایک دن اُن سے پوچھا۔ ''اب پاکستان آنے کے بعد آپ کو کب گالیاں ملنی شروع ہوئیں؟'' کہنے لگے۔ ''یار! میرے یہاں عسکری آیا کرتا تھا۔ اُن دنوں وہ لاہور ہی میں تھا۔ وہ میرے یہاں آتا اور خاموش بیٹھا مجھے بور کرتا تھا۔ میں نے ایک دن گفتگو شروع کرنے کے لیے اُس سے کہہ دیا۔ میری کتاب ''سیاہ حاشیے'' شائع ہو رہی ہے۔ تم اُس پر دیباچہ لکھو، حالانکہ مجھے اس دیباچہ بازی سے اور دیباچہ قسم کی چیز سے نفرت ہے۔ لیکن پتہ نہیں میں نے کس موڈ میں کہہ دیا۔ چنانچہ حسن عسکری نے دیباچہ لکھا۔ اب تک مجھے علما اور حکومت گالیاں دیتی تھی، اس دیباچہ کے بعد ادیب حضرات بھی مجھے گالیاں دینے لگے۔ حالانکہ یہ سارے ادیب

میرے دوست تھے۔ لیکن سچ تو یہ ہے کہ یہ دیباچہ لکھوا کر میں نے غلطی ہی کی۔ کیونکہ وہ دیباچہ ہے بھی بے معنی۔"

ان الفاظ سے ظاہر ہوتا ہے کہ منٹو جیسا انفرادیت پسند ادیب بہت دنوں تک عسکری صاحب کے نظریہ "اسلامی ادب" اور اُن کے متعارف کرائے گئے "پاکستانی ادب" کے دبستان سے مفاہمت نہیں کر سکتا۔ یہی ہوا بھی، چنانچہ دونوں کا ساتھ بہت دنوں تک نہیں رہا۔ منٹو زندگی کے آخری لمحے تک آزادہ روی، مے نوشی، بے اعتدالی اور لامذہبیت کی زندگی بسر کرتے رہے۔ جبکہ عسکری صاحب اپنی عمر کے آخری سالوں میں مکمل طور پر مسجد نشین ہو گئے تھے۔

•

"سیاہ حاشیے" کو اکثر ترقی پسندوں نے 'لطیفے' قرار دیا۔ محمد حسن عسکری نے ان کے لیے دیباچے میں 'لطیفے یا چھوٹے چھوٹے افسانے کی ترکیب استعمال کی اور ممتاز شیریں تک نے "سیاہ حاشیے" کو "منٹو نوری نہ ناری" میں 'لطیفوں کا مجموعہ لکھا تھا۔ لیکن آج انہیں صرف لطیفے کہہ دینا کسی بھی پہلو یا نظریے سے مناسب نہیں معلوم ہوتا۔ منٹو نے جس وقت "سیاہ حاشیے" شائع کیا تھا اُس وقت تک اردو میں منی افسانے یا افسانچے کا کوئی وجود نہیں تھا۔ گو کہ پریم چند نے Fillers کے طور پر چند سطری افسانچے لکھے تھے، لیکن وہ کوئی سنجیدہ کوشش نہیں تھی۔ البتہ "سیاہ حاشیے" کے اتباع میں نریش کمار شاد نے "سرخ حاشیے" مرتب کیے تھے، جو فنی طور پر کافی اہم ہیں۔ آج افسانچہ باقاعدہ اپنی ایک منفرد شناخت قائم کر چکا ہے اور جوگندر پال و رتن سنگھ نے اس صنف کو استناد عطا کیا ہے۔ چنانچہ سعادت حسن منٹو کو اردو میں افسانچوں یا منی افسانوں کا موجد قرار دیا جا سکتا ہے۔ ویسے منٹو ہی کے مجموعے "اوپر نیچے اور درمیان" (۱۹۵۴) میں بھی "اپنی اپنی ڈفلی" کے عنوان سے ۱۴/ افسانچے شامل ہیں۔ لیکن ان میں "سیاہ حاشیے" کی طرح موضوعاتی وحدت یا خیال کی مرکزیت نہیں ہے۔

"سیاہ حاشیے" کے افسانچے جو چند سطور سے نصف یا ڈیڑھ صفحات پر محیط ہیں، ایک بڑی تخلیقی کاوش یا گہری فنی تنظیم کا نتیجہ نہیں ہیں۔ تاہم ایک دردمند تخلیقی فن کار کے جذبات کی عکاسی ضرور کرتے ہیں، جو تقسیم کے زمانے کے فرقہ وارانہ فسادات کو غیر انسانی بہیمانہ اور احمقانہ قرار

دیتا ہے۔ وہ محمد حسن عسکری کی طرح ایسا بے رحمانہ بیان نہیں دیتے کہ ''اگر ہمارے پچاس لاکھ آدمی خود دار انسانوں کی طرح ظالموں کا مقابلہ کرتے ہوئے مرجائیں تو بڑی خوشی کی بات ہے۔'' ...لیکن یہاں ''ہمارے'' سے عسکری کی مراد مسلمانوں سے ہے۔ منٹو فرقہ وارانہ جنون کی تباہ کاریوں میں ہندوؤں اور مسلمانوں کی لاشوں کے اعداد وشمار تلاش نہیں کرتے۔ بلکہ 'سہائے' کی زبان سے یہ اعلان کرتے نظر آتے ہیں:

''یہ مت کہو کہ ایک لاکھ مسلمان اور ایک لاکھ ہندو مرے۔ یہ کہو دو لاکھ انسان مرے۔ ایک لاکھ ہندو مار کر مسلمانوں نے یہ سمجھا ہوگا کہ ہندو مذہب مرگیا لیکن وہ زندہ ہے اور زندہ رہے گا۔ اسی طرح ایک لاکھ مسلمان قتل کر کے ہندوؤں نے بغلیں بجائی ہوں گی کہ اسلام ختم ہوگیا۔ مگر اسلام پر ایک ہلکی سی خراش بھی نہیں آئی۔ وہ لوگ بے وقوف ہیں جو سمجھتے ہیں کہ بندوق سے مذہب کا شکار کیا سکتا ہے۔

مذہب، دین، ایمان دھرم، یقین، عقیدت یہ جو کچھ بھی ہے، ہمارے جسم میں نہیں، روح میں ہوتا ہے، چھرے چاقو سے فنا نہیں ہوسکتا۔''

''سہائے'' (یعنی منٹو) کے ان الفاظ سے پتہ چلتا ہے کہ فرقہ وارانہ فسادات کے دوران اور بعد، وہ کبھی بھی مرنے والے اور مارنے والے کو مذہب کی بنیاد پر الگ الگ کر کے نہیں دیکھتے تھے اور فسادات کو ایک انسانی ٹریجڈی سمجھتے تھے۔ یہی اُن کی فن کارانہ عظمت کی دلیل ہے کہ ان سیاہ لمحات میں جب کہ خود اُن کو فرقہ وارانہ تعصب کی بنا پر بمبئی کی خوشحال و باعزت زندگی کو خیر باد کہنا پڑا تھا، اُن کا ذہن مذہبی منافرت سے پاک رہا۔

''سیاہ حاشیے'' کے بتیس افسانچوں میں فرقہ واریت سے پاک گہری انسانی دردمندی کی ایک زیریں لہر ہے، جو ان تخلیق پاروں کو ایک بڑی فنی وحدت میں پروئے ہوئے ہے۔ کتاب کی ابتدا گاندھی جی کے قتل کے بعد کچھ لوگوں کے ذریعے ہندوستان کے تین بڑے شہروں میں شیرینی تقسیم کیے جانے کی خبر سے ہوتی ہے، جس کو 'ساعت شیریں'' کا عنوان دیا گیا ہے...واضح ہوتا ہے کہ منٹو اُن جنونی طاقتوں کو ناپسند کرتے تھے، جنہوں نے گاندھی جی جیسے فرشتہ صفت انسان کا خاتمہ کر کے اُن کے نظریہ عدم تشدّد کو مٹانے کی مذموم کوشش کی۔ ''مزدوری'' میں بہت سے

لوگ مہنگی اشیا دوکانوں اور گوداموں سے لوٹنے میں مصروف ہیں،لیکن ایک کشمیری مزدور چاول کی بوری چرانے کی بنا پر پولیس کی گولی کا شکار ہوتا ہے تو سپاہی سے بوری اٹھانے کی مزدوری مانگتا ہے اور بوری اُس کے حوالے کر دیتا ہے! یہاں منٹو دکھاتے ہیں کہ خوشحال لوگوں کے لیے فسادات قیمتی اشیا حاصل کرنے کا موقع فراہم کرتے ہیں،لیکن غریب صرف پیٹ بھرنے کے لیے غذا کی چوری کرنے پر قناعت کرتا ہے کیونکہ اُس کا بنیادی مسئلہ بھوک ہے، جو آزادی کے بعد بھی حل نہیں ہوا ہے۔

چار صفحات پر مبنی افسانچے''تعاون'' کا مرکزی کردار ایک ایسا دولت مند ہے جو اپنے گھر کا قیمتی سامان خود اُٹھا اُٹھا کر لٹیروں کے درمیان تقسیم کر رہا ہے... شاید ناجائز ذرائع سے حاصل کی گئی دولت کا کفارہ ادا کرنے کے لیے!''تقسیم'' میں دو لٹیرے ایک مسروقہ صندوق کی تقسیم پر بحث کر رہے ہیں کہ صندوق میں سے ایک آدمی برآمد ہوتا ہے اور تلوار سے دونوں کے چار ٹکڑے کر دیتا ہے... یہ شاید قدرت کی طرف سے اُن بے ایمانوں کو ملنے والی سزا ہے۔''جائز استعمال'' میں دکھایا گیا ہے کہ مال مفت کو لوگ کس بے دردی سے استعمال کرتے ہیں، مثلاً نشہ خور پٹھان تھرماس کو نسوار رکھنے کے لیے استعمال کرنا چاہتا ہے۔''مناسب کاروائی'' میں زن وشوہر اقلیتی فرقے سے تعلق رکھتے ہیں۔فسادیوں کے خوف سے چار دن تک پوشیدہ رہنے کے بعد دونوں پریشان ہو کر فسادیوں کے سامنے خودسپردگی کر دیتے ہیں۔طرفہ تماشہ یہ کہ فسادی عدم تشدّد کا درس دینے والے عقیدے سے تعلق رکھتے ہیں،اس لیے وہ زن وشوہر کو دوسرے محلے کے فسادیوں کے حوالے کر دیتے ہیں... یہ اُن لوگوں کے کردار کی دو رنگی اور مذہبی عقیدے کے کھوکھلے پن کا اظہار ہے، جو نمائش کے لیے کچھ نام نہاد مذہبی احکامات پر عمل کرتے ہیں، بہ باطن تشدّد پسند اور کمزوروں کے خون کے پیاسے ہیں۔اس افسانچے میں منٹو نے مذہب پرستوں کے قول وفعل کی ریا کاری کو ایکسپوز کیا ہے۔

''کرامات'' میں عوام کی بدعقیدگی کو اُجاگر کیا گیا ہے،فسادات میں چُرائی گئی چینی کی بوری سمیت ایک فسادی پولیس کے خوف سے کنویں میں گر جاتا ہے اور کنویں کا پانی میٹھا ہو جاتا ہے۔لوگ اُسے ولی تسلیم کر لیتے ہیں اور اُس کی قبر پر چراغاں کا اہتمام شروع ہو جاتا

ہے۔ ''اصلاح'' اور ''سوری'' میں اُن لوگوں کی پست ذہنیت کا آشکار کیا گیا ہے جو مذہب کی ظاہری علامات کی بنیاد پر نہ صرف ایک دوسرے سے نفرت کرتے ہیں بلکہ ایک دوسرے کو قتل کر کے اپنے آپ کو سُرخ رو بھی تصور کرتے ہیں۔ یہ وہ لوگ ہیں جن کا تصورِ مذہب انتہائی محدود اور اُتھلا ہے۔ ''پٹھانستان'' میں بھی مذہب کے اُن پیروکاروں پر طنز کیا گیا ہے جو مذہب کے اساسی تصورات سے نابلد ہیں اور مذہب کے نام پر کمزوروں کا خون بہانے کو وسیلۂ ثواب سمجھتے ہیں۔ ''جیلی'' اور ''دعوتِ عمل'' میں فسادات کے دوران کے حالات کی ستم ظریفی کو اُجاگر کیا گیا ہے۔ جب ایک بچہ فساد میں مارے گئے ایک آدمی کے خون کے لوتھڑے کو جیلی Jelly سمجھ کر کھانا چاہتا ہے۔ آتش زنی میں تمام محلّہ خاکستر ہو جاتا ہے لیکن عمارت سازی کے سامان کی ایک دوکان آگ سے محفوظ رہتی ہے... محلّے کی آتش زنی میں شاید اُس دوکان کے مالک کا ہاتھ رہا ہو! ''خبردار'' کا فسادیوں کے ہتھّے چڑھا ہوا ایک مالکِ مکان اپنی جان کی نسبت دولت کو ترجیح دیتا ہے۔ زندگی میں قدم قدم پر ایسے لوگ نظر آتے ہیں جو مال و دولت کو حرزِ جان بنائے رہتے ہیں۔ ''ہمیشہ کی چھٹی'' کا فساد زدہ کردار شاید کسی سرکاری دفتر کا ادنیٰ ملازم ہے، جو بمشکل چھٹیاں منظور ہونے کے بعد اپنے گھر جا رہا ہے، جہاں غالباً اُس کے بوڑھے ماں باپ، جوان بیوی اور بہن اور چھوٹے بچے اُس کی آمد سے کچھ اُمیدیں وابستہ کیے انتظار کر رہے ہیں لیکن وہ بے چارہ قاتلوں کے نرغے میں گھِر جاتا ہے اور اُن سے گھر جانے کے لیے جان کی بھیک مانگتا ہے ''حلال اور جھٹکا'' میں ایک قاتل دوسرے قاتل کے ہاتھوں صرف اس لیے مارا جاتا ہے کہ دوسرا قاتل حلال کے بجائے جھٹکا کرنے کو زیادہ بہتر سمجھتا تھا... یہ انسانی بربریت کی ایک مثال ہے جو ۱۹۴۷ء کے زمانے میں دیکھنے کو ملتی رہتی تھیں۔

''گھاٹے کا سودا'' میں فسادات کے دوران عورتوں کی پامالی اور ارزانی کو پیش کیا گیا ہے۔ دو دوست عیاشی کرنے کے لیے ایک مصیبت زدہ لڑکی کو خریدتے ہیں، جیسے وہ کوئی حسّاس انسانی وجود نہ ہو، بلکہ مویشی ہو۔ جب اُن کو معلوم ہوتا ہے کہ وہ اُن کے ہی مذہب سے تعلق رکھتی ہے تو وہ دونوں عیاش لڑکی فروش پر خفا ہوتے ہیں اور ناقص سامان کی طرح اس مظلوم کو واپس کرنے کے لیے نکل کھڑے ہوتے ہیں۔ یہاں منٹو نے فسادات کے دوران

عورتوں کی بے حرمتی اور اُن کی خرید و فروخت کے بازاری پہلو کو اُجاگر کیا ہے۔ ''حیوانیت'' میں انسانوں اور مویشیوں کے فرق کو واضح کیا گیا ہے کہ انسان کی بہ نسبت جانور اپنی اولادوں سے زیادہ محبت کرتے ہیں۔گھر کی جوان لڑکی لاپتہ ہو جاتی ہے لیکن جان کے خوف سے پریشان والدین اُس کو بھول کر اپنی چھوٹی بیٹی اور گائے کو فسادیوں سے چھُپا لیتے ہیں۔

''کھاد'' میں دکھایا گیا ہے کہ ظاہری مذہبی علامتوں کے چکر میں آدمی خودکشی کر لیتا ہے،یعنی ایک معمولی سی نشانی کے لیے اپنی جان گنوا دیتا ہے۔ ''کسرِ نفسی'' میں ایک فرقے کے لوگ دوسرے فرقے کے دشمنوں کا ٹرین میں قتلِ عام کرتے ہیں اور اپنے فرقے کے لوگوں کی دودھ، پھل اور حلوے سے تواضع کرتے ہیں۔قاتلوں کو افسوس اس امر پر ہے کہ وہ اپنے ہم مذہبوں کی تواضع اچھی طرح نہ کر سکے۔ یہ مذہب کا ظاہر پرستانہ اور متشدّد چہرہ ہے، جس کو منٹو بار بار اُجاگر کرتے ہیں۔ ''نگرانی میں'' اور ''پیش بندی'' میں نظم و ضبط کی صورتحال کی عکاسی کی گئی ہے۔ جہاں قانون کے محافظ خود فرقہ واریت کو فروغ دینے میں ملوث ہیں، یا مظلومین کی حفاظت میں ناکام رہتے ہیں۔

''جوتا'' میں نہایت خوبصورت طریقے سے بھیڑ کی نفسیات Mob Mentality کی تصویر کشی کی گئی ہے۔ پُرتشدّد مسلمانوں کی بھیڑ سر گنگا رام کے بُت کو بھی نہیں بخشتی، جس نے ہندو، مسلمان، سکھ، عیسائی سبھی کے لیے لاہور میں اسپتال قائم کیا تھا۔حالات کی ستم ظریفی یہ ہے کہ جب گنگا رام کے مجسمے کو گزند پہنچانے والے پولیس کی گولیوں کا شکار ہوتے ہیں تو اُنہیں گنگا رام اسپتال ہی میں لے جایا جاتا ہے۔ ''رعایت'' کے فسادی ایک مظلوم لڑکی کے باپ کی درخواست اُس کو قتل کرنے سے باز رہتے ہیں، لیکن عریاں کر کے ایک طرف ہانک دیتے ہیں۔ یہاں ایک طرف عورت کی ذات کی بے توقیری اور دوسری طرف فسادیوں کے غلیظ ذہنی رویے کا اظہار ہوتا ہے جن کے لیے عورت تفریح کے سامان سے زیادہ حیثیت نہیں رکھتی۔ ''صفائی پسندی'' میں فسادی قتل و خون کے درمیان اس قدر نارمل نظر آتے ہیں کہ انہیں کمزوروں کو ذبح کرتے وقت یہ خیال رہتا ہے کہ ریل ڈبّہ خون سے گندہ نہ ہو جائے... یہ فرقہ پرستوں کی شقی القلبی اور بربریت کی انتہا ہے، ویسے بھی وہ مقتولوں کو انسان نہیں مُرغا سمجھتے ہیں۔

''صدقے اُس کے'' کی طوائف کا اُستاد نئے ملک میں خوش وخرّم نظر آتا ہے، جب کہ اکثر مہاجرین پریشان حال ہیں، کیونکہ اُن کا کاروبار چمک اُٹھا ہے... واضح ہوتا ہے انسان کے لیے پیٹ کا سوال پہلے آتا ہے، سیاست اور مذہب ثانوی حیثیت رکھتے ہیں۔ ''اشتراکیت'' میں ایک صاحبِ مال کو کچھ فسادی اس بہانے لوٹ لیتے ہیں کہ وہ ایک امیر آدمی ہے... یہ لاقانونیت پر مبنی 'انصاف' کا ایک نمونہ ہے۔ ''اُلہنا'' میں ایک بلیک مارکیٹ سے خریدے ہوئے پیٹرول کی شکایت ایک فسادی اس وجہ سے کرتا ہے کہ اس میں ملاوٹ ہونے کی بنا پر دو دوکانیں جلانے کے کام نہ آسکا۔۔۔ایک طنزیہ صورتحال کی عکّاسی کی گئی ہے کہ کچھ لوگ جرائم کے ارتکاب میں بھی جعلی قسم کی ایمانداری کو ملحوظِ نظر رکھتے ہیں۔ ''آرام کی ضرورت'' کا قاتل دوسرے فرقے کے دشمن کو نیم مردہ ہی چھوڑ دیتا ہے، کیونکہ وہ کمزوروں کو مار مار کر تھک چکا ہے۔ ''قسمت'' کے فسادی کے ہتھّے بڑی مشکل سے ایک بکس ہاتھ لگتا ہے، جس سے خنزیر کا گوشت برآمد ہوتا ہے۔گویا فسادات کچھ لوگوں کے لیے خوشحالی کا باعث بنے اور کچھ، قیمتی اشیا کی لوٹ سے محروم ہی رہے۔ ''آنکھوں پر چربی'' کا فسادی اُن لوگوں کی شکایت کرتا ہے جو مذہب کے نام پر اب مزید خون خرابہ کرنے کے لیے تیار نہیں ہیں۔ کیونکہ وہ مارکاٹ اور خون خرابے سے اُکتا چکے ہیں۔

''بے خبری کا فائدہ'' کا قاتل بے گناہوں کو قتل کرتے کرتے ذہنی طور پر ماؤف ہو چکا ہے اور جیتے جاگتے انسانوں کا قتل اُس کے لیے ایک میکانکی فعل بن کر رہ گیا ہے۔

''سیاہ حاشیے'' کے افسانچے مجموعی طور پر ایک گہرا تاثر چھوڑتے ہیں، وہ یہ کہ فرقہ وارانہ جنون اور قتلِ عام میں ملوث رہنے اور اُن سے متاثر ہونے کے باوجود انسانی سرشت کے عجیب وغریب پہلو منظرِ عام پر آتے ہیں۔ کبھی انسان دولت کے آگے اپنا وقار اور جان تک قربان کر دیتا ہے اور کبھی کبھی یہی انسان اپنے دشمن فرقے کے انسان کو معاف بھی کر دیتا ہے۔ قتل وخون کے اس سیلاب میں منٹو نے کہیں پر ہندو اور مسلمان کے طور پر فسادیوں یا اُن کے ہاتھوں قتل ہونے والوں کو پیش نہیں کیا ہے۔ کیونکہ وہ ظالم اور مظلوم دونوں ہی انسانی سرشت کے دو پہلوؤں کے طور پر پیش کرتے ہیں، جس کی بنا پر اُن کا سیکولر اور انسان دوست

رو یہ، ان منی افسانوں میں واضح ہو کر سامنے آتا ہے۔ یہی ''سیاہ حاشیے'' کا بنیادی تھیم ہے۔

●●

ہمارے خواب نیند کی حالت میں مختلف چھوٹی چھوٹی تصویروں اور پرچھائیوں کے ہجوم سے مل کے بنتے ہیں۔ جن کے متعلق تحلیل نفسی کے ماہرین کا دعویٰ ہے کہ یہ پرچھائیاں اکثر اپنے اندر گہرے جذبات کے طوفان لیے ہوتی ہیں۔ اور ان کا مفہوم دکھائی دینے والی تصویروں سے مختلف اور گہرا ہوتا ہے۔ سعادت حسن منٹو کے ''سیاہ حاشیے'' بھی کچھ ایسی ہی لفظی تصویروں کا مجموعہ ہے... ان افسانوں میں طویل سے طویل افسانہ ساٹھ یا ستّر سطور میں اور چھوٹے سے چھوٹا افسانہ دو سطروں میں ختم ہو جاتا ہے۔ لیکن جذبات کی شدت ۱۳ / یا ۱۴ / الفاظ پر مشتمل افسانے میں بھی اتنی ہی محسوس ہوتی ہے جتنی کہ نسبتاً طویل افسانوں میں۔ اور لطف یہ ہے کہ زاویہ نگاہ اور افسانوں کا منظر یکساں ہونے کے باوجود ہر افسانہ ایک دوسرے سے نمایاں طور پر الگ نظر آتا ہے۔ اگرچہ منٹو کے اِن افسانوں کا پس منظر گزشتہ فسادات ہے لیکن ان افسانوں کو لکھنے کا باعث کوئی اصلاحی، مذہبی یا ملی جذبہ نہیں اور نہ منٹو فسادات سے عام لوگوں کی طرح متاثر نظر آتا ہے۔ فسادات کے پس منظر سے منٹو نے صرف اتنا ہی فائدہ اُٹھایا ہے جتنا کہ مصور اپنے نقوش میں کوئی خاص اثر پیدا کرنے کے لیے کوئی خاص رنگ خاص مقدار میں استعمال کر جاتا ہے۔ اس کتاب میں منٹو کا مقصد سوائے اپنے ابھرتے ہوئے احساسات کو کاغذ پر ایک چابک دست فن کار کی طرح بکھیر دینے کے اور کچھ نظر نہیں آتا۔

فنی اعتبار سے افسانہ نگاری میں یہ کتاب ایک نیا تجربہ ہے، جس میں افسانہ جذبات کی انتہا ہی پر شروع اور ختم کر دیا جاتا ہے۔ اور افسانے کی باقی کل تفصیل پڑھنے والا اپنی شخصیت زاویہ نگاہ، شدتِ احساس، وسعتِ نظر اور طبیعت کی پختگی کے مطابق پُر کرتا ہے۔ اور جیسے غالب نے اپنے ایک مشہور خط میں لکھا ہے اگر بارش ایک گھنٹہ برسے تو چھت کئی گھنٹے برستی رہتی ہے۔ اسی طرح منٹو کی کتاب ''سیاہ حاشیے'' چند لمحے پڑھنے کے بعد عرصہ تک ذہن میں خیالات برستے رہتے ہیں۔ اور ہماری تہذیب کی بنیادوں پر رکھی ہوئی اخلاق کی تصویر کے گرد گھومنے والے حاشیے بنتے جاتے ہیں۔ گہرے اور سیاہ، جن کے بغیر تصویر یقیناً ادھوری رہتی ہے۔

حسنین (اردو ادب۔ لاہور، مرتب: سعادت حسن منٹو اور حسن عسکری)

سیاہ حاشیے: جداگانہ انداز کی پہچان

طاہرہ اقبال

...منٹو ۷؍ یا ۸؍ جنوری ۱۹۴۸ء کو ہندوستان سے ہجرت کر کے کراچی سے گزرتے ہوئے لاہور پہنچے اور ۱۸؍ جنوری ۱۹۵۵ء کو وفات پا گئے۔ ان سات سالوں میں انہوں نے برق رفتاری سے لکھا، پاکستان میں فلمی صنعت کا وجود نہیں تھا اس لیے منٹو کی تمام تر توجہ اپنے فن پر ہی مرکوز رہی۔ تخلیقی لحاظ سے اس دور کو ہم منٹو کا زریں دور کہہ سکتے ہیں۔

حقیقت یہ ہے کہ منٹو کو تقسیم کے حالات و واقعات نے از حد متاثر کیا، فسادات، قتل، غارت، آگ اور خون، انسانی فطرت کا بے رحم اور مسخ شدہ چہرہ، اس مکروہ چہرے کے اندر بعض اوقات روشن ضمیر کی چنگاری، جو منٹو کے نفسیاتی مطالعے کی مثال ہے۔ علاوہ ازیں اقدارو اخلاق کی شکست و ریخت، ٹوٹتے ہوئے رشتے، اجڑتی ہوئی بستیاں، نامانوس، حالات، اجنبی اشخاص، نئی زمینیں، یہ سب کچھ منٹو کے احساس کو دہلا رہا تھا لیکن ان سبھی انسانیت سوز حالات و واقعات کو، مکروہ کرداروں کو انہوں نے جو فنکارانہ اظہار دیا، دراصل یہی اُن کے فن کی معراج ہے۔ اس ننگی فطرت کے خیر و شر کے دونوں پہلوؤں کی نفسیات کا منٹو نے بغور مطالعہ کیا جہاں ایک ایسی فضا پیدا ہو چکی تھی کہ قتل و غارت گری کھیل تماشہ بن گیا تھا۔ عصمت دری ولوٹ مار معمولاتِ زندگی... اُس دور کا مجموعی مزاج سنگ دلی، بے حسی، خود غرضی اور بے رحمی بن چکا تھا۔ جہاں فرقہ پرستی، مذہبی جنون، نسلی تعصب انسانیت کے چیتھڑے اُڑا رہا تھا۔ وہاں بھی منٹو کی تیز نگاہ ضمیر کی چنگاری اور انسانیت کا شعلہ دیکھ لیتی ہے۔ منٹو کی فکر کا یہ اعتدال ہے کہ افراط و تفریط کا شکار نہیں ہوتی۔ علی ثنا بخاری لکھتے ہیں:

”برصغیر کی آزادی ہند کے مسلمانوں کے لیے دوہری آزادی کے مماثل تھی ۔فتح جتنی بڑی ہوتی ہے اُتنا ہی زیادہ قربانیوں کا تقاضہ بھی کرتی ہے ۔ہندوستان کے مسلمانوں کو پاکستان حاصل کرنے کے لیے خاک وخون کے دریا سے گزرنا پڑا ۔چنانچہ قیام پاکستان کے فوری بعد کے ادب خصوصاً افسانے پر اس موضوع کی چھاپ بڑی گہری ہے ۔منٹو کے ہاں خیالی داستانوں کی جگہ نہیں ۔وہ فرار کے قائل نہیں ،انہوں نے تلخ حقیقتوں سے کبھی منہ نہیں موڑا بلکہ اُن کا سامنا کیا ہے ۔چنانچہ قیام پاکستان کے فوراً بعد منٹو کے افسانے زندگی کی ان ہی تلخ سچائیوں کو موضوع بنائے ہوتے ہیں ایسے افسانوں کی بہترین مثال حاشیے کے افسانچے ہیں اور اسی مجموعے سے ان کی افسانہ نگاری کے تیسرے دور کا آغاز ہوتا ہے ۔

(علی ثنا بخاری سعادت حسن منٹو: تحقیق ۔اشاعت اِول ،لاہور ۲۰۰۶)

خود منٹو اس بارے میں لکھتے ہیں:

میں نے اس خون کے سمندر میں غوطہ لگایا جو انسان نے انسان کی رگوں میں بہایا تھا اور چند موتی چُن کر لایا ،عرقِ انفعال کے ،مشقت کے ،جو اُس نے اپنے بھائی کے خون کا آخری قطرہ بہانے میں صرف کی تھی ۔ان آنسوؤں کے جو اس جھنجھلاہٹ میں کچھ انسانوں کی آنکھوں سے نکلے تھے کہ وہ اپنی انسانیت کیوں نہ ختم کر سکے ... یہ موتی میں نے اپنی کتاب ”سیاہ حاشیے“ میں پیش کیے ۔

(جیب کفن: ”یزید“ اشاعتِ اول: مکتبہ جدید ،لاہور ۱۹۵۱ ص ۲۰۱)

”سیاہ حاشیے“ کا انتساب منٹو کی فکری وفنی جہات کا غماز ہے ۔اختصار میں کتنے انسانی رویوں ،سماجی نفسیات اور کرداری کوائف واضح ہو جاتے ہیں اور منٹو کا اسلوب کتنی ذمہ داریوں اور فرائض کی ادائیگی کا امین ٹھہرتا ہے ۔انتساب ملاحظہ ہو:

اس آدمی کے نام ،جس نے اپنی خوں ریزیوں کا ذکر کرتے ہوئے

کہا: ''''جب میں نے ایک بڑھیا کو مارا تو مجھے ایسا لگا، مجھ سے قتل ہو گیا۔''

(''سیاہ حاشیے''، منٹو نما: سنگِ میل پبلی کیشنز، ۱۹۹۹ء، ص ۷۴۵)

''سیاہ حاشیے'' کی فکری جہت اس مختصر بیان میں پوری طرح سمو دی گئی ہے۔ اس کی فنی بنیادیں ایک نئے تجربے اور تکنیک کو استوار کرتی ہیں۔ اسی لیے ابتداً منٹو کے مخالفین نے اسے لطیفہ گوئی یا دہ گوئی سے تعبیر کیا۔ کیونکہ وہ ایک نیا رنگ اور آہنگ افسانے کو بخش رہے تھے جو اُس عہد میں نامانوس تھا۔ منٹو کی جدّت پسندی اردو افسانے کو جو نیا انداز بخش گئی بعد ازاں یہ تکنیک باقاعدہ اردو افسانے میں مروج ہو گئی۔ منٹو کے جدت پسند ذہن نے اور ندرت پسند طبیعت نے ان چھوٹے چھوٹے نثر پاروں میں بڑی بڑی حقیقتیں، المیے اور حادثے سمو دیے ہیں۔ منٹو ان افسانچوں کو بالکل غیر جذباتی انداز میں بیان کرتے ہیں۔ ایک دو جملوں کے بعد واقعے کی سنگین صورت حال سامنے آتی ہے۔ قاری لرزتا ہے، دُبکتا ہے، بھاگ نکلنا چاہتا ہے لیکن اس کا موقع نہیں ملتا، جلد ہی بے رحم انجام اُس کے سامنے ہوتا ہے۔ یہ انجام کسی ہوائی گولی کی طرح پُرسرعت ہوتا ہے کہ قاری خود کو ہٹا ہی نہیں پاتا اور سامنا کرنا ہی پڑتا ہے اور پھر اس پر سوچ کے کئی دَر وا ہو جاتے ہیں۔ اس سارے عمل میں مصنف بالکل غیر جذباتی اور لاتعلق سا رہتا ہے۔ لاتعلق سیدھے سادے انداز میں وہ جو کچھ کہہ دیتا ہے، اُس میں زبردست ایمائیت ہوتی ہے۔ یہ ایمائیت انسانوں کے رویوں، نفسیات اور متضاد پہلوؤں کی ہمہ جہت تفصیل پیش کرتی ہے۔ مثلاً: ''پٹھانستان''

''خو... ایک دم جلدی بولو... تم کون اے؟''

''میں... میں...''

''خو... شیطان کا بچہ جلدی بولو... اندو اے یا مسلمین؟''

''مسلمین...''

''خو... تمہارا رسول کون ہے...؟''

''محمد خان...''

''ٹیک اے... جاؤ...''

("سیاہ حاشیے"، منٹو نما: سنگِ میل پبلی کیشنز، ۱۹۹۹ء ص ۷۶۴)

منٹو چند جملوں میں اتنی گہری چوٹ لگاتے ہیں کہ انسان تلملا اُٹھتا ہے۔طنز منٹو کے اسلوب کا ہمیشہ سے حصّہ رہی ہے۔اب جب کہ معاشرے کا ایک ہولناک رُخ اور بہیمانہ فطرت برہنہ ہو کر اُن کے سامنے آئی تو اُن کے طنز میں وہ کاٹ بھر گئی جو اپنی انتہا میں پہنچ کر زہر خند بن جاتی ہے۔مثلاً: دعوت عمل

آگ لگی تو سارا محلہ جل گیا صرف ایک دوکان بچ گئی جس کی پیشانی پر یہ بورڈ آویزاں تھا۔

"یہاں عمارت سازی کا جملہ سامان ملتا ہے"

("سیاہ حاشیے"، منٹو نما: سنگِ میل پبلی کیشنز، ۱۹۹۹ء ص ۷۶۴)

منٹو کا طنز ایک ایسا آئینہ ہے، جس میں معاشرے کا ہشت پہلو نظر آنے لگتا ہے۔اس گھناونی تصویر پر منٹو کہیں بھی اپنی رائے یا تبصرہ درج نہیں کرتے، نہ ہی اپنے قلبی جذبات کو ظاہر ہونے دیتے ہیں۔وہ لطیفے سناتے ہیں۔بڑے سفاک لطیفے معاشرے کے مجموعی مزاج اور معاشرتی شکست و ریخت کے آئینہ دار ہوا ہی کرتے ہیں۔اسی لیے تو اُس دور کی اصلی تصویر ہمارے سامنے آجاتی ہے۔انتہائی جامع تصویر...کیونکہ منٹو لفظوں سے رنگوں اور قلم سے برش کا کام لینا جانتے ہیں۔مثلاً "جیلی":

صبح چھ بجے پٹرول پمپ کے پاس ہاتھ گاڑی میں برف بیچنے والے کے چھرا گھونپا گیا ہے...سات بجے تک اس کی لاش لک بچھی سڑک پر پڑی رہی اور اس پر برف پانی بن بن گرتی رہی

سوا سات بجے پولیس لاش اٹھا کر لے گئی برف اور خون وہیں سڑک پر پڑے رہے۔

ایک تانگہ پاس سے گذرا بچے نے سڑک پر جیتے جیتے خون کے جمے ہوئے چمکیلے لوتھڑے کی طرف دیکھا۔اس کے منہ میں پانی بھر آیا۔اپنی ماں کا بازو کھینچ کر بچے نے انگلی سے اس طرف اشارہ کیا "دیکھو ممی جیلی"

(''سیاہ حاشیے''، منٹو نما: سنگِ میل پبلی کیشنز، ۱۹۹۹ء،ص ۷۶۳)

منٹو ان نثر پاروں میں ایک مکمل خیال، واقعے اور پس منظر کو مقید کر دیتے ہیں۔ان عنوانات ان کی فکری جہت اور طنز کے ترجمان ہوتے ہیں۔

لائنیں فکر اور خیال کے مطابق ترتیب دی گئی ہیں کہ ہر جملے کا اپنا تاثر پوری طرح قائم ہوتا ہے اور نثری نظم کی طرح ہر جملہ بنیادی خیال کی بنت بھی کرتا ہے۔ہر لائن دوسری لائن کے لیے فضا ہموار کر دیتی ہے۔اختتام کے دھچکے کے لیے ہم تیار ہو چکے ہوتے ہیں۔ان مختصر سے نثری پاروں میں واقعات کی کڑیاں انتہائی سرعت سے رونما ہوتی ہیں۔ یہ کردار اور افعال ہولناک حد تک مضحکہ خیز ہوتے ہیں۔منٹو انہیں ہجوم سے الگ کر کے قاری کی عدالت میں چھوڑ دیتا ہے۔قاری اب نتائج اخذ کرتا ہے۔واقعات کے پس منظر سے آگاہ ہوتا ہے۔کرداروں کے نفسیاتی رویوں پر حیران ہوتا ہے۔ یہ افسانچے فسادات کی افراتفری، بے چینی، جلد بازی، عدم استقامت اور سنگ دلی کے مرقعے ہیں۔ یہ اُس دور کے بلیغ استعارے ہیں۔منٹو بعض اوقات اشارے کنائے میں افسانے کو سمو دیتا ہے۔ان اشاروں میں، کنایوں میں، چند لفظوں اور لائنوں میں ایک عالم گیر انسانی المیے کو بیان کر کے حیران کر دیتا ہے۔مثلاً ''خبردار'' ایک کنایہ ہے، انسانی نیچر کا معاشرتی ہولناکی کا... اُس دور کی بے ثباتی کا: ''خبردار''

بلوائی مالک مِکان کو بڑی مشکلوں سے گھسیٹ کر باہر لے آئے،
کپڑے جھاڑ کر وہ اُٹھ کھڑا ہوا اور بلوائیوں سے کہنے لگا۔''تم مجھے مار ڈالو لیکن خبردار جو میرے روپے پیسے کو ہاتھ لگایا۔''

(''سیاہ حاشیے''، منٹو نما: سنگِ میل پبلی کیشنز، ۱۹۹۹ء،ص ۷۶۴)

منٹو کے اسلوب میں علامات سازی کا ایک پورا نظام موجود ہے۔ یہ افسانچے تقسیم اور فسادات کے عہد کی علامتیں ہیں۔انسانی رویوں کی علامتیں، بلوائیوں اور ہجوم کی نفسیات کی علامتیں، سماجی اور اخلاقی اتھل پتھل کی علامتیں۔مجموعی طور پر اُس دور کے کرداری و سماجی رویوں کی ہڑبڑاہٹ کی علامتیں۔کیونکہ ان افسانچوں میں باقاعدہ طور پر نہ تو پلاٹ ہے، نہ ہی منظر نگاری یا کردار نگاری کے لیے موزوں گنجائش... یہ ضرورت، علامت اور رمز و کنائے میں پوری

کی گئی ہے۔تکنیک کے لحاظ سے بھی یہ اُس عہد کی بے چینی، جلد بازی، افراتفری، لوٹ مار اور ہمہ گیر تبدیلی کی علامتیں بنتے ہیں۔علی ثنا بخاری لکھتے ہیں:

''اس کتاب میں منٹو نے فن افسانہ کو ایک نئے آہنگ میں پیش کیا ہے۔ یہ افسانے دو سطروں سے لے کر زیادہ سے زیادہ چار صفحات پر محیط ہیں۔ روایتی افسانے کی طرح ان میں کوئی پلاٹ نہیں۔محض تجسس کے ذریعے قاری کی توجہ مبذول کروائی گئی ہے۔اردو افسانے میں سعادت حسن منٹو مختصر ترین افسانے کی طرز کے موجد ہیں۔ان تمام افسانوں کا موضوع فسادات ہیں۔''

(علی ثنا بخاری سعادت حسن منٹو: تحقیق۔ص ۱۵۸)

''سیاہ حاشیے'' کا پس منظر تقسیم ِوطن کے فسادات ہیں لیکن اردو ادب میں یہ ایک نیا اور جرأت مندانہ تجربہ تھا، جس پر منٹو کی انفرادیت کی مہر ثبت ہے۔

برصغیر کی تقسیم ایک اہم تاریخی واقعہ تھا جو روئے زمین پر رونما ہوا۔اس نے تاریخی یا سیاسی طور پر جس قسم کے بھی حالات وواقعات کو جنم دیا ہو البتہ اس پس منظر میں سے ایک بڑے اور ہمہ گیر انسانیاتی المیے نے ضرور جنم لیا۔جب انسان ظالم ہوا تو انسانیت کے درجے سے گر کر حیوان بن گیا، جب مظلوم ہوا تو بھی انسانیت کے درجے سے گرا کر جانور بنا دیا گیا۔

ظلم اور مظلومیت کے درمیان بھی بہت کچھ ہوتا ہے، جسے منٹو نے جستہ جستہ چُن لیا ہے، جیسے کیمیا گر ریت کے ڈھیر میں سے سونے کی ذرات چُن لیتا ہے، اس طرح منٹو بہت سے میں سے کام اور مطلب کی اشیا تلاش کر لیتا ہے اور پھر جو گڑھت دیتا ہے اُن پر منٹو کی ہی چھاپ لگی ہوتی ہے۔تقسیم اور فسادات کے پس منظر میں ابھرنے والے ان گنت المیوں پر اُس دور کے سبھی افسانہ نگاروں نے لکھا لیکن منٹو کا انداز سب سے جدا گانہ رہا۔یہی جدا گانہ انداز ہی تو منٹو کی پہچان ہے۔

●●

عسکری کی حاشیہ آرائی پر ایک اور حاشیہ آرائی

ارجمند آرا

فسادات سے متعلق منٹو کے افسانوی مجموعے ''سیاہ حاشیے'' پر محمد حسن عسکری نے اپنی ''حاشیہ آرائی'' (۱۹۴۸ء) میں انہیں کہیں افسانے اور کہیں لطیفے کہا ہے۔ یعنی وہ طے نہیں کر پا رہے تھے کہ انہیں افسانے کے زمرے میں رکھیں یا نہ رکھیں، شاید اس لیے کہ افسانے کی تعریف پر یہ تحریریں پوری نہیں اتر رہی تھیں اور یہ ایک بالکل نیا طرزِ تحریر تھا جس کو تب تک کوئی نام نہیں دیا گیا تھا۔ یہ بھی واضح ہے کہ ''حاشیہ آرائی'' میں عسکری کا مقصد صریحی طور پر منٹو کے افسانوں پر بات کرنے سے زیادہ ترقی پسندی سے اپنے بغض وعناد کا اظہار کرنا تھا، اور اس کے لیے منٹو کو انہوں نے بطور اوزار استعمال کیا تھا۔

عسکری کی حاشیہ آرائی کا وہی نتیجہ نکلا جس کی انہوں نے توقع کی ہوگی، یعنی ترقی پسندوں کو اشتعال دلا کر ایسی بحث کو ہوا دینا جس سے ان کی مقصد برآری ہو۔ چنانچہ ان کے ایجنڈے کو آگے بڑھاتے ہوئے ترقی پسند نقادوں نے عسکری کے ساتھ ساتھ منٹو پر بھی حملے شروع کر دیے، اور ۱۹۴۹ء کی انجمن کی کانفرنس میں منٹو کے رجعت پسند ہونے کی قرارداد بھی پاس کر دی۔ بغور دیکھیں تو منٹو پر ان کے یہ حملے ایک انا پرست، ناراض کامریڈ کے رجعت پسندوں کی صف میں جا کھڑے ہونے سے پہنچنے والی تکلیف کا نتیجہ ہیں، نہ کہ نظریاتی اختلاف کا۔ نہ منٹو کو ترقی پسندی کے بنیادی نظریے پر اعتراض تھا، نہ ترقی پسندوں نے ہی منٹو کو اپنے نظریے سے برسرِ پیکار پایا تھا۔ ایسے میں جھگڑے کی جڑیں شاید بعض سکہ بند، کٹر قسم کے بعض ترقی پسندوں سے منٹو کی ذاتی ناراضگی میں یا فارمولائی ترقی پسندی سے منٹو کے انحراف کی پیدا شدہ صورتِ حال میں

ڈھونڈنی چاہئیں۔بعض ترقی پسندوں میں شدت، بے اعتدالی، فارمولائی سطحیت جیسی خرابیوں سے منٹو نالاں رہا تو بعض ترقی پسندوں کی نظر میں منٹو بھی نظریاتی بھٹکاؤ اور انارکی کا شکار رہا۔ظاہری کٹر مولویانہ رویّہ ملحدوں کے لیے بھی اتنا ہی مضر ہوتا ہے جتنا برا خود مومنین کے لیے۔ اس کٹرپن کی بندر بانٹ میں بلّیوں کی روٹی کی کس کے ہاتھ لگی؟؟؟

یوں بھی کہا جا سکتا ہے کہ منٹو اور ترقی پسندوں کے باہمی اختلافات کی نوعیت ایسی نہ تھی جس میں مصالحت کے امکانات نہ ہوں، لیکن انہیں بروے کار نہیں لایا گیا اور یار لوگوں نے موقعے کا برموقت فائدہ اٹھالیا۔لیکن کیا منٹو کو واقعی اس کا احساس نہ تھا کہ وہ کس کی حمایت کو قبول کر رہا ہے؟ یا اس کے حالات اتنے دگرگوں تھے، اور وہ اتنا ٹوٹ چکا تھا کہ راضی بہ رضا ہوگیا؟ یا شاید بات صرف اتنی سی ہے کہ منٹو کی اپنی افتادِ طبع تھی اور وہ نہ عسکری کو سنجیدگی سے لیتا تھا اور نہ ترقی پسندوں کو۔جب احمد ندیم قاسمی نے 'سنگِ میل' (پشاور، اکتوبر ۱۹۴۸ء) میں منٹو کے نام کھلا خط شائع کیا اور صاف لفظوں میں لکھا کہ:

> "حسن عسکری کی تنقید کی چٹان سے اچانک منٹو کے فنی کمالات کا جو فوارہ بلند ہوا ہے، اس کی وجہ محض یہ کہ عسکری کو منٹو سے ایک کام لینا ہے۔اور وہ کام ہے ترقی پسندوں کی صفوں میں انتشار پیدا کرنے کا۔"

ممتاز حسین نے 'حاشیہ آرائی' عسکری کے خلاف سخت ردِ عمل ظاہر کیا۔

بہر حال، عسکری کی کھڑی کی ہوئی بحث اور ممتاز حسین جیسے نقادوں کے اعتراض کا سیدھا نتیجہ یہ نکلا کہ فسادات سے متعلق ان مختصر تحریروں پر کوئی سنجیدہ گفتگو ہونے کے بجائے نظریاتی جدال ہونے لگا۔منٹو کی ان تحریروں کو لطیفہ اور اپنے دیباچے کو حاشیہ آرائی قرار دے کر عسکری نے خود ہی انہیں ایک غیر سنجیدہ، پست بحث کے میدان میں اتار دیا تھا، اور ممتاز حسین نے عسکری کی اصطلاح 'لطیفے' پر اصرار کرتے ہوئے انہیں لطیفے ہی قرار دیا؛ حالانکہ یہ تحریریں اس کی متقاضی تھیں کہ انسان کی مجرمانہ نفسیات کی لرزہ خیز اور بے حس وغیر جانبدار ٹھنڈی پیش کش سے قاری کو سنسنی، اضطراب اور حیرت وغم کے مارے 'ٹھنڈے گوشت' میں بدلنے کی تاثیر پر گفتگو کی جاتی۔ظاہر ہے کہ لفظ 'لطیفہ' اس طرح کی تحریروں کے لیے نہایت ناموزوں ہے۔نہ ان میں

لطف اندوزی کا کوئی پہلو ہے، نہ یہ شگوفے، چٹکلے اور کسی طرح کے نسخے ہیں، البتہ بعض میں خلافِ فطرت، انوکھے حالات کی ستم ظریفی، تضاد، بے تکے پن اور انسانی نفسیات کے کسی غیر متوقع منفی یا مثبت پہلو کو اچانک نمایاں کر کے منٹو نے دور کی کوڑی لانے کی کوشش کی ہے جس میں تخلیقیت کے اعتبار سے وہ کہیں کامیاب رہے اور کہیں ناکام۔ انھوں نے یہ پیراڈوکس یا محال صورتِ حال زبان و بیان کی مدد سے بھی پیدا کی اور وقوعوں سے بھی، نیز یہ کہ اگر ان میں ہم منٹو کا کوئی مقصد تلاش کریں تو وہ قاری کو چونکانا، سنسنی پیدا کرنا اور جھنجوڑنا ہی محسوس ہوتا ہے، شاید اس لیے کہ تاریکی میں روشنی کی کرن اور روشنی میں خیرہ کن تاریکی چھپی ہوتی ہے، جس کو نمایاں کرنا منٹو کا ایک محبوب مشغلہ ہے۔ اس طرح کی تحریروں کے لیے انگریزی اصطلاح 'بلیک ہیومر' یا 'ڈارک کامیڈی' شاید زیادہ پچتی، جسے ترجمہ کر کے عسکری یا ممتاز حسین 'سیاہ لطیفے' بھی کہہ سکتے تھے۔

بلیک کامیڈی، بلیک ہیومر، ڈارک کامیڈی، ڈارک ہیومر، موربڈ ہیومر وغیرہ ایک ایسے اسلوب کے لیے استعمال ہونے والی اصطلاحیں ہیں جن میں تکلیف دہ حالات، انسانیت سوز واقعات، سنگین جرائم، جنگ کی زائیدہ آفات، قدرتی آفات، تشدد، دہشت گردی، غربت، تعصب، جنسی جرائم، استحصال اور دیگر منفی رویوں اور ناانصافیوں پر مبنی واقعات کو ہلکے پھلکے انداز میں پیش کیا جاتا ہے تاکہ ان کی سنگینی کو زیادہ نمایاں کیا جاسکے۔ یہ اسلوب اختیار کر کے ادیب ان انسانیت سوز منفی پہلوؤں کا مذاق اڑاتا ہے، اور ان کی عریانیت کو نمایاں کر کے اپنے قارئین میں بے چینی پیدا کرنا چاہتا ہے۔ کہہ سکتے ہیں کہ منٹو نے ''سیاہ حاشیے'' کی صورت میں اردو ادب کو بلیک ہیومر سے متعارف کرایا۔

لیکن سوال یہ ہے کہ ادب برائے ادب سے لے کر پاکستانی ادب اور پھر اسلامی ادب کے تنگ دائروں کے مسافر اور پروپیگنڈسٹ، یعنی حسن عسکری نے آخر ان خلافِ مزاج مقصدی تحریروں کو اتنی اہمیت کیوں دی کہ اپنے دیباچے کے ذریعے ان کی توثیق کی۔ ایمان کی بات تو یہ ہے کہ اس دیباچے میں عسکری نے اپنے مقصد کو چھپانے کی کوئی کوشش نہیں کی ہے۔ وہ یہ کہ سرخوں کی چار رکعت کے بغض میں انھوں نے نہ صرف آٹھ رکعت کی نیت باندھی بلکہ اپنے نظریے میں فٹ بٹھانے کے لیے منٹو کی کاٹ چھانٹ بھی کی۔ 'حاشیہ آرائی' انھوں نے

اس جملے سے شروع کی ہے:

"نئے ادب کی تحریک نے اردو افسانوی ادب میں گراں قدر اضافے کیے ہیں لیکن اکثر و بیشتر نئے افسانوں کی محرک تخلیق کی اندرونی لگن نہیں، بلکہ خارجی حالات اور واقعات تھے۔"

انہوں نے یہ وضاحت کرنے کی زحمت گوارا نہیں کی کہ ایسی کون سی لگن ہوتی ہے جو بلا خارجی سبب کے وجود میں آجاتی ہے۔ حتیٰ کہ انہیں یہ خیال تک نہیں آیا کہ خارجی اسباب کے بغیر تو کبھی پیغمبر بھی نہیں آئے اور نہ ان پر وحی نازل ہوئی، تو پھر عسکری افسانہ نگاروں سے کون سے الہامی کلام کی توقع کر رہے ہیں؟؟!

اس کے بعد وہ نئے افسانے میں اندورنی لگن نہ ہونے کا سبب سیدھے ترقی پسند نظریے کو قرار دیتے ہوئے فرماتے ہیں:

"ممکن ہے یہ بہت حد تک اِس رائج الوقت عقیدے کے ماتحت ہوا ہو کہ محض خارجی ماحول کو بدل دینے سے انسانوں کی داخلی زندگی کو بدلا جا سکتا ہے۔"

جانے کیا کہنا کیا چاہتے ہیں، عسکری صاحب! کیا یہ کہ یہ افسانہ نگار اتنا سادہ لوح تھے کہ اپنی دانست میں انھوں نے خارجی واقعات پر کچھ افسانے لکھ کر خارجی ماحول کو بدل دیا تاکہ انسان کی داخلی زندگی بھی بدل جائے؟ اور کیا یہ کہ 'اندرونی لگن' رکھنا ایک بڑی خوبی اور 'خارجی حالات' سے متاثر ہونا ایک بڑی خامی ہے؟ اور یہ بھی کیا ان دونوں میں تضاد کا رشتہ ہے؟

محض تاکید اً عرض ہے کہ انسانوں کی زندگی کو 'خارجی' اور 'داخلی' میں تقسیم کرنے کا کام یہاں عسکری خود اپنی سمجھ اور عقیدے کے مطابق کر رہے ہے لیکن تھوپ رہے ہیں مارکسی اور ترقی پسند نظریے پر۔ روحانیت اور داخلیت پر بات کرنا ترقی پسند نظریے کے دائرۂ بحث میں شامل نہیں کیونکہ یہ فلسفہ صرف اور صرف ٹھوس مادّی حالات، یعنی زمین پر موجود قدرتی وسائل، اور ان قدرتی یا پیداواری وسائل پر بہت تھوڑے لوگوں کے قابض ہونے کے نتیجے میں بقیہ انسانوں کی ناداری سے، اور ان ناداروں کے ساتھ مروّج نابرابری، ناانصافی، ظلم اور استحصال

کے رشتوں سے، نیز ان استحصالی رشتوں پر مبنی انسانی معاشرت اور اس کے سپر اسٹرکچر، یعنی انسانی تہذیب و تمدن کے تمام مظاہر، سے سروکار رکھتا ہے۔ ظاہر ہے کہ اقتصادی نظام اس نظریے کی ’اساس‘ ہے جس پر کھڑی تمدن کی عمارت اپنی اساس سے ہم آہنگی کا ہی رشتہ رکھ سکتی ہے، تضاد کا نہیں۔ یعنی جیسا اقتصادی نظام ہوگا، تمام معاشرتی اور سیاسی ادارے، اور تہذیب و ثقافت بھی اسی نظام کے عکاس ہوں گے۔ مارکسی فلسفہ اسی ’خارجی‘ دنیا کے مختلف مظاہر میں کارفرما علت و معلول کی کارفرمائیوں کو نہ صرف سمجھنے کی کوشش کرتا ہے بلکہ اکثریتی طبقے پر مشتمل ناداروں کی حاکمیت کے لیے، جن کے سرمایہ محنت پر سرمایہ دار طبقے کی دنیا قائم ہے، ایک متبادل اشتراکی نظام کا تصور بھی پیش کرتا ہے۔ ظاہر ہے انصاف و مساوات پر مبنی اور استحصال سے عاری معاشرے کے اس یوٹوپیا میں انسان کے ان دکھوں اور تکلیفوں کا خاتمہ ہو جائے گا جن کا تعلق سرمایے کی غیر منصفانہ تقسیم سے ہے۔ ایسی توقع منطقی فکر پر مبنی ہے اور قطعی خلافِ تعقل نہیں۔ لیکن اس سے یہ نتیجہ اخذ کرنا کہ اس ’خارجی‘ تبدیلی سے ’داخلی‘ یا روحانی دنیا بدل جائے گی، زیادتی کی بات ہوگی، اور عسکری یا تو جان بوجھ کر گمرہی پھیلا رہے ہیں یا پھر انھوں نے مارکسی فلسفے کو سمجھنے کی کوشش نہیں کی۔ میرے نزدیک اوّل الذکر بات قرین قیاس ہے کیوں کہ میں ان پر لاعلم ہونے کا الزام نہیں دھر سکتی۔

خارجی اور داخلی دنیا کی ثنویت اور تضاد پر اصرار کرتے ہوئے عسکری اپنے اگلے ہی جملے میں افسانہ نگاروں کی سرزنش شروع کرتے ہیں کہ اپنی ادبی سرگرمیاں کمزور پڑنے پر وہ خود کو الزام نہیں دیتے۔

”انہیں کبھی یہ تشویش نہیں ہوئی کہ شاید ہماری اندرونی نشو و نما بند ہوگئی ہے جسے ہم داخلی عمل سے دوبارہ جاری رکھ سکتے ہیں۔“

یہ لفظی شعبدہ بازی غور و فکر کرنے والوں کے لیے قطعی بے تاثیر ہے، کیونکہ قانونِ فطرت تو یہ ہے کہ جب کسی شے کی نشو و نما بند ہو جائے تو اس کا مطلب سکوت نہیں، بلکہ زوال کی طرف گامزن ہونا ہے۔ ہر شے مرحلہ بہ مرحلہ عروج تک پہنچتی ہے اور پھر اس کا وہ سفر شروع ہوتا ہے جس کا انجام موت یا خاتمہ ہوتا ہے۔ یہ قانون فطرت دنیا کی ہر جاندار اور بے جان شے پر منطبق ہوتا

ہے۔البتہ کسی شے کی نشوونما رکنے کا تعلق اگر کسی اڑچن سے ہو تو اسے دور کر کے نشوونما کو دوبارہ جاری کیا جا سکتا ہے، مثلاً کم غذائیت کے شکار بیمار بچے کو مناسب مقوی غذا کھلا کر اس کی توانائی بحال کی جا سکتی ہے جس سے اس کی نشوونما پھر سے ہونے لگے گی۔لیکن عسکری صاحب کسی 'داخلی نشوونما' کا ذکر کر رہے ہیں اور یہ مان کر چلتے ہیں کہ اس داخلی نشوونما سے سب لوگ واقف ہیں، اور اس کی تعریف متعین کرنے کی کوئی ضرورت نہیں ہے۔ پھر وہ 'داخلی عمل' کا ذکر کرتے ہیں جو ایسا مجرب نسخہ ہے جس سے رکی ہوئی داخلی نشوونما کو جاری کیا جا سکتا ہے۔ چاہیے تھا کہ کم از کم داخلی عمل کا یہ نسخہ وضاحت سے بیان کر دیتے کہ یہ کون سی جڑی بوٹیوں سے تیار ہوتا ہے، اور کس پربت پر ملتا ہے اور کتنی مقدار میں اور کتنی مرتبہ اس مرکب کی خوراک لینے سے نشوونما پھر سے جاری ہو جائے گی۔اگر تخلیق کا سوتہ ہی خشک ہو گیا ہے تو زمین کو کب، کیسے اور کہاں سے پھوڑنا ہوگا کہ وہ پھر سے جاری ہو جائے۔

ان چار جملوں میں اپنا سارا فلسفہ بیان کرنے کے بعد عسکری کرشن چندر کا نام لیے بغیر، لیکن ان کے افسانوں کے موضوعات کا حوالہ دے کر ان پر براہِ راست ذاتی حملے شروع کر دیتے ہیں۔

لیجیے قارئین! حاشیہ آرائی کا پہلا پیراگراف اختتام کو پہنچا۔

اگلے پیراگراف میں ان کی لعن طعن کا موضوع وہ قحط بنتا ہے جس کے وارد ہونے سے ان کے مطابق ترقی پسندوں کی چاندی ہو گئی۔یعنی ہندوستان کی تاریخ کا ایک سیاہ باب جسے قدرت نے نہیں بلکہ برٹش راج کی پالیسیوں نے ہندوستانی عوام، بلکہ بنگال کے عوام پر مسلط کیا تھا، اور جس کے نتیجے میں سب سے بڑی انسانی ٹریجڈی وقوع پذیر ہوئی اور تیس لاکھ سے زیادہ لوگوں کی جانیں تلف ہوئیں۔عسکری کو انسان کی لائی ہوئی اس آفت پر کوئی اعتراض نہیں، ان کی شکایت تو یہ ہے کہ اس سے متاثر ہو کر افسانے کیوں لکھے گئے! ان کے نزدیک قحط پر افسانے لکھنا 'چور بازار میں چاول بیچ کر روپے بٹورنے' جیسا قبیح عمل تھا، کیونکہ اس میں شہرت بٹوری گئی۔یعنی ان کے نزدیک قحطِ بنگال ایک خارجی واقعہ تھا، جس پر افسانے اندرونی لگن سے نہیں بلکہ شہرت بٹورنے کے لالچ میں لکھے گئے۔

قحط کی سنگینی کو نظرانداز کر کے، اور اس سے متاثر و مضطرب ہو کر لکھنے والوں کی نیت پر شک کرتے ہوئے انہیں انسانیت کے ارفع منصب سے گرا کر محض ذخیرہ خور لالچی بنیے تک محدود کر کے عسکری کو تشفی نہیں ہوئی اور انہیں نے نئی نسل کے طالبِ علموں کو بھی اپنے غیض و غضب کا یوں نشانہ بنایا:

''اس زمانے میں قحط کے موضوع کو ایسا تقدس حاصل ہوا کہ طالبِ علموں تک نے اپنے جنسی تجربات کے بجائے بھوکوں کے متعلق لکھنا شروع کر دیا۔''

اس جملے کی پستی دیکھ کر میں جھنجھلا گئی کہ طلبہ جو آئندہ نسلوں کی فہم و ذکا کا خزینہ اور مستقبل کے تمدن کے پاسبان ہوتے ہیں، جن کا بے لوث آئیڈلزم، بے ریا انصاف پرستی اور ملک و قوم کے مستقبل کی خاطر بے خوفی سے جان جوکھم میں ڈالنے کے حوصلے دنیا بھر کے ہر خطے میں بڑے بڑے انقلابات کا پیش خیمہ بنے، عسکری آخر ان طلبہ کو بھی فہم و دانش، دردمندی اور انسانی جذبوں سے عاری، محض ایک فطری حیوانی عمل تک محدود دیکھنا چاہتے ہیں۔ ایسی بے حسی کی توقع آخر کون سے 'داخلی عمل' کا حصہ ہے، کوئی بتائے گا کیا؟ یہ جملہ پڑھ کر مجھے یاد آیا کہ ۲۰۱۶ء میں جب جواہر لال نہرو یونیورسٹی میں غریبی، بھکمری، فرقہ پرستی اور ذات پات سے آزادی کے حق میں نعرے لگانے کے جرم میں کنہیا کمار، عمر خالد اور دیگر کئی طلبہ جیل بھیجے گئے اور ان پر وطن سے غداری کے الزام لگائے گئے تو جے این یو کے سارے طلبہ کو ساری دنیا کی نظروں میں اخلاق باختہ ثابت کرنے کے لیے سنگھ پریوار کے اراکین جے این کے کوڑے دانوں میں استعمال شدہ کنڈوم گنتے پھر رہے تھے (راجستھان میں الور ضلعے سے ان کے ایک ایم ایل اے، گیان دیو آہوجہ نے تو یہاں تک دعویٰ کیا تھا کہ وہاں سے تین ہزار کنڈوم یومیہ برآمد ہوتے ہیں۔) عسکری بھی یہی چاہتے تھے کہ قحطِ بنگال کا اضطراب سامنے لانے والے طلبہ سے جنسی تجربے بیان کرنے کا مطالبہ کیا جائے۔ میں اس پر قطعی حیران نہیں کہ بھگوا ہو یا سبزہ، دائیں بازو کا حامی آخر کار انسان کو محض جنس زدہ حیوان تک ہی محدود دیکھنا چاہتا ہے۔ ان کا بنیادی مقصد حالات کو جیوں کا تیوں بنائے رکھنا، اور سوال کرنے والوں پر اعتراض کرنا، انہیں بے ضمیر

بنانے کی کوشش کرنا، اور اس طرح اپنے سرمایہ دار آقاؤں کی خدمت کرنا ہوتا ہے جن کے طفیل خود ان کا کاروبارِ مذہب پھلتا پھولتا ہے۔

عسکری نے لن ترانی جاری رکھتے ہوئے کہا کہ:

''جب قحط کچھ ٹھنڈا پڑا تو جہازیوں کی ہڑتال ہوگئی اور لکھنے والوں کا کاروبار چلتا رہا۔'' اور جب ۱۹۴۷ء کے فسادات ہوئے تو گویا اللہ میاں نے چھپر پھاڑ کر دیا۔''

یعنی ان کا الزام ہے کہ ترقی پسند ادیبوں نے ہر المیے سے فائدہ اٹھایا اور اس پر افسانے لکھے۔ ان کی نظر میں یہ ایسا قبیح کام تھا جس کے لیے ان افسانہ نگاروں کو تنبیہہ کی چھڑی سے پیٹنا ضروری تھا۔ گویا ادیب کا کام ٹھوس زمینی حقائق پر افسانے لکھنا نہیں بلکہ آنکھیں موند کر مراقبے میں بیٹھنا اور اپنے 'داخلی عمل' سے روحانی فیضان حاصل کرتے رہنا ہو۔

خیر و شر، ظلم اور انصاف کے موضوع پر ادیب کی جانبداری اور غیر جانبداری کے متعلق حسن عسکری کے خیالات کیا ہیں، اور ادب کی تخلیق کا کون سا نظریہ وہ پیش کر رہے ہیں، اخلاقی اقدار کا ان کے نزدیک کیا مفہوم ہے، اور کس طرح ان کے نظریات کے ڈانڈے فاشزم سے جا ملتے ہیں، اس کا تفصیلی تجزیہ عسکری کے ہی خیالات کی روشنی میں ممتاز حسین نے دلیلوں کے ساتھ اپنے مضمون ''سیاہ حاشیے'' (مشمولہ 'نقدِ حیات' الہٰ آباد پبلشنگ ہاؤس، الہٰ آباد، ۱۹۵۰ء) میں کیا ہے۔ اس لیے ''حاشیہ آرائی'' کے ان پہلوؤں پر مکرر بحث سے گریز کرتے ہوئے آگے بڑھتی ہوں۔

ترقی پسند افسانہ نگاروں کے خلاف اگلے کئی صفحے عسکری اس پر سیاہ کرتے ہیں کہ وہ اپنے داخلی جذبات سچائی سے بیان نہیں کرتے... انہیں یہ فکر ہوتی ہے کہ نہ ہندو ناراض ہوں اور نہ مسلمان۔ غیر جانب داری کے معنی یہ لیے جاتے ہیں کہ ایک جماعت کو دوسری جماعت سے زیادہ قصوروار نہ ٹھہرایا جائے... ان کی سب سے بڑی کاوش یہ ہوتی ہے کہ ہم اپنے فطری میلانات اور تعصبات کو چھپائے رکھیں... وہ یہ یقین دلانا چاہتے ہیں کہ ہمارے شریفانہ جذبات مرے نہیں، وغیرہ وغیرہ۔

یہ بالکل سچ ہے کہ فرقہ وارانہ فسادات کی جو سنگین نوعیت تھی اس کا ادراک کرانے والے افسانے کم لکھے گئے، اور اخبار کی رپورٹنگ جیسے سطحی افسانے زیادہ تعداد میں ملتے ہیں، گو کہ رپورٹنگ کی بھی اپنی اہمیت ہوتی ہے۔ لیکن کیا اس حقیقت کا تجزیہ بھی ایسا ہی سطحی ہونا چاہیے جیسا کہ عسکری صاحب نے کیا ہے؟ کیا گزشتہ صدی کے نصف اوّل میں، اردو میں لکھنے والوں کے طبقاتی پس منظر کا، فسادات کو نزدیک سے دیکھنے اور ذاتی سطح پر متاثر ہونے جیسے حقائق کا تجزیہ نہیں ہونا چاہیے؟ کیا یہ نہیں دیکھا جانا چاہیے کہ اس نفسا نفسی کے عالم میں جو عوام فسادات کی نذر ہوئے ان میں تعلیم یافتہ، بیدار ذہن، اپنی بات کہنے پر قادر کچھ افراد موجود تھے یا نہیں جو زندہ رہ گئے ہوں اور جنھوں نے حالات کی ہولناکیاں بیان کی ہوں؛ یا یہ محض گونگی آبادی تھی جو نذرِ فسادات ہوگئی اور جس کا حقیقی درد کبھی بیان نہیں کیا جا سکے گا۔ جن ادیبوں نے فسادات پر لکھا، ذاتی سطح پر ان میں سے کس کی مدبھیڑ حقیقی خطروں سے ہوئی؟ کیا یہ اس طبقے کے آسودہ حال اور مراعات یافتہ لوگ تھے جن میں سے اکثر نے ہوائی جہازوں کے ذریعے ہجرت کی یا پھر انہوں نے دلی، امرتسر اور لاہور کے کیمپوں اور ریلوے اسٹیشنوں کی آنکھوں دیکھی بپتا بیان کی ہے؟ مفلوک الحال عوام کا وجود، جن میں اکثریت عموماً 'نیچی' ذاتوں، 'اجلاف' پر مشتمل لوگوں کی ہوتی ہے، کیا متوسط اور اعلیٰ طبقے اور اعلیٰ ذات والوں کی نظر میں کوئی وقعت رکھتا تھا یا رکھتا ہے؟ یہ سوال اس لیے ضروری ہیں کہ آج کے برصغیر میں بھی، جب کہ ہم خاصے تعلیم یافتہ ہو چکے ہیں، معاشرہ اونچ نیچ کے ان تعصبات سے اوپر نہیں اٹھ سکا ہے۔ ظلم اور ناانصافی کے لاتعداد واقعات پر ہمارے تعلیم یافتہ سفید پوشوں کا ردِعمل ذات، برادری اور مذہب دیکھ کر سامنے آتا ہے۔ نربھیہ کی بے حرمتی اور قتل کے ذمہ دار نیچی ذات کے مجرموں کو ہر شخص فی الفور پھانسی پر لٹکا ہوا دیکھنا چاہتا تھا، لیکن دلت عورتوں کی ہر دن بے حرمتی کرنے والے اعلیٰ ذات والے ریپسٹ اکثر بے داغ رہتے ہیں جن کی حفاظت حکمراں جماعتیں، پولس اور عدالتیں کرتی ہیں۔ راجستھان کی بھانوری دیوی کے معروف کیس لے کر (جس میں عدالت نے واضح طور پر یہ موقف اختیار کیا تھا کہ اونچی ذات کا مرد نیچ ذات عورت کو ہاتھ لگا کر اپنا دھرم بھرشٹ نہیں کرسکتا) حال ہی ہاتھرس کیس کو یاد کیجیے جس میں ظالم کو بچانے کے لیے خود پولس نے رات کے

اندھیرے میں مظلوم لڑکی کی لاش جلادی۔یعنی سرکاری مشینری بنیادی طور پر اعلیٰ طبقوں اور اعلیٰ ذات کے افراد کے مفادات کے تحفظ کا کام انجام دیتی ہے۔حکمرانوں سے لے کر عوام تک، سزا اور جزا کا فیصلہ ذات برادری اور مذہب دیکھ کر کرتے ہیں۔جموں کے ایک مندر میں ایک ننھی بچی کی مسلسل عصمت دری اور قتل کرنے والے اعلیٰ ذات کے ہندوؤں کے حق میں ترنگا جھنڈا لے انہیں دیش بھکت ثابت کیا جاتا ہے، صرف اس وجہ سے کہ انہوں نے ایک مسلمان کو اپنے انسانیت سوز جرم کا شکار بنایا تھا۔بے گناہوں کو پیٹ پیٹ کر قتل کرنے والوں کو انعام واکرام سے نوازا جاتا ہے، اہم سیاسی عہدے دیے جاتے ہیں، کیوں کہ ان کے شکار مسلمان، دلت یا عیسائی ہوتے ہیں۔اور یہ سب آزاد ہندوستان میں تعلیم، بیداری اور ترقی کا خاصا طویل عرصہ گزرنے کے بعد، نام نہاد مہذب معاشرے میں ہو رہا ہے تو سوال یہ ہے کہ آزادی سے پہلے کا ہندوستان اب سے بہتر تھا یا بدتر؟ تب کے ذات برادری اور مذہب پر مبنی رشتوں میں نفرت اور تشدد کی نوعیت کیا تھی؟ مذہب کے نام پر بٹوارے کے دوران اتنا بڑا قتل عام آخر اسی معاشرے نے دیکھ کر کیوں اَن دیکھا کیا تھا؟ اور آخر کیوں آج بھی دستاویزات، یادداشتیں، نجی ڈائریاں یا کسی اور طرح کا لٹریچر اتنی کم مقدار میں کیوں ملتا ہے۔مرنے والوں کی تعداد کا درست تخمینہ تک کیوں مہیا نہیں ہے۔جو لوگ اُس زمانے کے ان بڑے بڑے المیوں کو نظرانداز کر رہے تھے کیا یہ وہی سفید پوش مہذب ، اعلیٰ تعلیم یافتہ ، بڑے عہدوں پر فائز صاحبانِ اختیار و اقتدار نہیں ہیں، وہ لکھاری اور صحافی نہیں ہیں جنہوں نے گزشتہ چالیس سال میں ملیانہ، ہاشم پورہ، بھاگلپور، دہلی اور گجرات کے قتلِ عام کے متاثرین اور مقتولین کے اعداد و شمار پر پردہ ڈالا اور حال ہی میں کورونا جیسی وبا کا لقمہ بن جانے والوں تک کی درست تعداد سامنے نہیں آنے دی؟ پھر ہم کیسے یقین کرلیں کہ ۱۹۴۷ء کے مظالم کو ان طبقات نے محسوس کیا ہوگا یا نظرانداز نہیں کیا ہوگا؟

ان سفاکیوں اور تشدد کے بیچ میں سے جو بھی تھوڑا بہت، سطحی یا معیاری ادب ہمیں فراہم ہوا ہے، اس کے تئیں تمسخر اور استرداد کا رویہ رکھنے سے زیادہ ضروری تھا کہ عسکری صاحب ان عوامل کا تجزیہ کرتے جن کے نتیجے میں فسادات سے متعلق ادب کی یہ افسوسناک صورتِ حال

وجود میں آئی۔ترقی پسند ادیبوں کو یوں نواز کر وہ بری الذمہ اس لیے نہیں ہو سکتے کہ فسادات کے متعلق منٹو کے افسانوں کو نظریاتی بنیادیں فراہم کرنے کا کارنامہ وہ بہ نفس نفیس انجام دے رہے تھے۔سوال یہ پیدا ہوتا ہے کہ اپنے ہی عہد میں، اپنی آنکھوں کے سامنے وقوع پذیر ہوتے تقسیم کے تازہ ترین، ہولناک اور انسانیت سوز المیے سے وہ اس قدر لاتعلق کیسے رہے؟ تشدد اور مظالم کے ایک ناقابل برداشت دور میں وہ گروہ بندیاں کیسے کرتے پھرے اور انسانی لاشوں پر اپنے ادب برائے ادب کے غیر جانبدارانہ (جس کی تعبیر خود ان ہی کی بتائے ہوئے معیاروں کے مطابق لاتعلق، بےحس اور بےضمیر ہونا ہے) رویوں کے قلعے کس طرح بناتے رہے؟

میں تو ان لوگوں کی بےحسی پر بھی ماتم کرنا چاہتی ہوں جو اُس پرتشدد دور کے زمینی حقائق کو نظرانداز کر کے آج بھی اس دور کا درست تناظر میں تجزیہ کرنے کو تیار نہیں ہیں۔لیکن فی الحال یہ نیا باب نہیں کھولنا چاہتی۔ان کی چشم کشائی کے لیے بس عسکری کے دیباچے سے یہ اقتباس پیش کرتی ہوں:

> ''فسادات کے مخصوص حالات میں منٹو نے سماجی مقصدیت کا تو جھگڑا ہی نہیں پالا...منٹو کو افسانوں کے اثرات کے بارے میں نہ زیادہ غلط فہمیاں ہیں نہ ایسی ذمہ داری انہوں نے اپنے سر لی ہے جو ادب پوری نہیں کرسکتا۔ سچ پوچھیے تو منٹو نے ظلم پر بھی کوئی خاص زور نہیں دیا، انہوں نے چند واقعات تو ضرور دکھائے ہیں مگر یہ کہیں ظاہر نہیں ہونے دیا کہ یہ واقعات یا افعال بنفسہٖ اچھے ہیں یا برے، نہ انہوں نے ظالموں پر لعنت بھیجی ہے، نہ مظلوموں پر آنسو بہائے ہیں۔انہوں نے تو یہ تک فیصلہ نہیں کیا کہ ظالم لوگ برے ہیں یا مظلوم اچھے ہیں۔''

یعنی عسکری کو ''سیاہ حاشیے'' میں منٹو کے افسانوں کی واحد خوبی یہ نظر آتی ہے کہ ان کا اسلوب بےحسی کی حد تک غیر جانبدار رہے۔اس پر وہ منٹو کو شاباشی دیتے ہوئے یہ سرٹیفیکیٹ عطا کرتے ہیں:

''منٹو نے اپنے افسانوں میں وہی کیا ہے جو ایک ایماندار (سیاسی معنوں میں ایماندار نہیں بلکہ ادیب کی حیثیت سے ایماندار) اور حقیقی ادیب کو ان حالات میں اور ایسے واقعات کے اتنے تھوڑے عرصے بعد لکھتے ہوئے کرنا چاہیے تھا۔ انہوں نے نیک و بد کے سوال ہی کو خارج از بحث قرار دے دیا ہے۔ ان کا نقطۂ نظر نہ سیاسی ہے، نہ عمرانی، نہ اخلاقی بلکہ ادبی اور تخلیقی۔''

عسکری ایک بار پھر خیر و شر کی ثنویت کا چشمہ لگا کر منٹو کا نقطۂ نظر تلاش کرتے ہیں، اور ''ادبی اور تخلیقی'' بمقابلہ ''سیاسی، عمرانی، اخلاقی'' کا دِرنایاب تلاش کر کے لاتے ہیں 'ادبی اور تخلیقی' نقطۂ نظر سے ان کی مراد کیا ہے، خود ہی ملاحظہ کیجیے:

''منٹو نے نہ تو رحم کے جذبات بھڑکائے ہیں، نہ غصے کے، نہ نفرت کے۔ وہ تو آپ کو صرف انسانی دماغ، انسانی کردار اور شخصیت پر ادبی اور تخلیقی انداز سے غور کرنے کی دعوت دیتے ہیں۔ اگر وہ کوئی جذبہ پیدا کرنے کی فکر میں ہیں تو صرف وہی جذبہ جو ایک فنکار کو جائز طور پیدا کرنا چاہیے۔ یعنی زندگی کے متعلق بے پایاں تحیر اور استعجاب۔''

یعنی، ان کی ہر دلیل کا نتیجہ وہی ڈھاک کے تین پات ہے۔ غیر جانبداری اختیار کر کے حیرت و استعجاب پیدا کرنا عسکری کی نظر میں تخلیقیت کی معراج ہے کیوں کہ انہیں ہر ایسی تحریر سے چڑ ہے جس میں کوئی مقصد ہو، پیغام یا تلقین و ہدایت ہو۔ ترقی پسندوں کی ضد میں انہوں نے غیر جانبداری اور استعجاب پیدا کرنے کو ہی 'ادبی اور تخلیقی' ہونا قرار دیا۔ اس غیر جانبداری کی وضاحت وہ طرح طرح سے، پورے زور شور سے اور مسلسل کرتے نظر آتے ہیں، اور اسی طرزِ استدلال میں سے ان کا وہ فاشسٹ رویّہ بھی واضح طور پر ابھرا ہے جس کا ذکر ممتاز حسین نے کیا ہے۔

''اس دیباچے کو پڑھ کر ایک احساس شدت سے ابھرتا ہے کہ عسکری مریضانہ ذہنیت رکھتے ہیں، جس کو علاج کی ضرورت ہے۔''

وہ لکھتے ہیں:

''اگر کوئی دو سو عورتوں اور بچوں کی کھوپڑیوں کا ہار گلے میں پہن لیتا ہے تو یہ غیر متوقع بات نہیں ہے۔ جب قتل عام مشغلہ بن چکا ہو تو اس میں کوئی خوف کی بات باقی نہیں رہ جاتی۔ لیکن جب ہم یہ دیکھتے ہیں کہ قاتلوں کو یہ فکر ہو رہی ہے کہ خون سے ریل کا ڈبہ گندا ہو جائے گا تو ہم ضرور ایک طرح کی بے چینی محسوس کرتے ہیں۔''

''صفائی پسند'' میں منٹو نے حسبِ معمول پیراڈوکس سے استہزا پیدا کیا ہے۔ قاتلوں کے لیے قتل کرنا ویسا ہی معمول کا کام بن چکا ہے جیسے بقر عید پر لوگوں کا جانوروں کو ذبح کرنا، جو وہ اپنے گھروں میں نہیں بلکہ محلے کے گلی کوچوں اور سڑکوں پر کرتے ہیں، تاکہ ان کے گھر گندے نہ ہوں۔ لیکن اس محدود مقصد کے افسانے کی تعمیم کر کے عسکری نے قاتلوں اور مجرموں کی ہی نہیں بلکہ عام انسانوں کو بھی انتہائی بے حسی کا حامل نفسیاتی مریض بنا دیا ہے اور 'قتل عام کے عام ماحول میں، کھوپڑیوں کا ہار گلے میں پہننا انہیں غیر معمولی سفاکی کا رویہ نہیں لگتا، اور یہ کہ ریل کا ڈبہ گندا ہو جانے کے قاتلوں کے خدشے پر محض' ایک طرح کی بے چینی' محسوس کرتے ہیں۔ ایک ایسا جذبہ ان کے دل میں پیدا ہوتا ہے جس کی تعریف بھی متعین نہیں کی جا سکتی، مثلاً قاتلوں سے نفرت، غصہ، کراہ، جھنجھلاہٹ وغیرہ وغیرہ۔ ذرا غور کیجیے یہ عسکری کا یہ ردِ عمل اس دور میں ہے جب فسادات اور قتل عام کے زخم ابھی سرحدوں کے آر پار بالکل تازہ تھے۔ کیا ہم یہ نتیجہ نکال سکتے ہیں کہ عسکری ان فسادات کے اثر سے بے حسی کی انتہا پر پہنچ چکے تھے یا پھر یہ ان کا کلاس کریکٹر تھا جس کے تحت عام آدمی کا مرنا اعداد و شمار کے سوا اور کچھ نہیں ہوتا؟ دونوں صورتوں میں عسکری سے ہمدردی ہی کی جا سکتی ہے کہ تنگ نظری اور بغض وعناد نے انہیں نارمل انسانی جذبوں سے بھی عاری کر دیا تھا۔

عسکری نے اپنے ایک اور مضمون 'فسادات اور اردو ادب' میں تقسیم یعنی پاکستان کے قیام کو 'مسلمانوں کا عزیز ترین سیاسی آدرش' قرار دیتے ہوئے لکھا ہے:

ہمیں ہزاروں مسلمانوں کے قتل عام پر نوحے اور مرثیے نہیں چاہئیں۔ لاکھوں آدمیوں کی موت بھی بذاتِ خود کوئی اہم معنویت نہیں رکھتی۔

اگر ہمارے پچاس لاکھ آدمی خود دار انسانوں کی طرح ظالموں کا مقابلہ کرتے ہوئے مرجائیں تو یہ بڑی خوشی کی بات ہوگی۔لیکن ہمارے پانچ آدمی جان بچانے کے لالچ میں میدان سے بھاگ کھڑے ہوں تو ہمارے لیے یہ ایک المیہ ہے۔"

(ماہنامہ آجکل، منٹونمبر، نئی دہلی، مئی ۲۰۱۲۔بحوالہ خالد اشرف، منٹو محمد حسن عسکری اور نظریہ)

کیا عسکری کی اس دعوتِ مبارزت میں آپ طالبان کے جہاد کی آہٹیں سن سکتے ہیں؟ ستم ظریفی یہ ہے کہ اس اسلامی عسکریت پسند عسکری نے انسان نواز، تہذیبی رواداری کے حامی منٹو کے مجموعے پر دیباچہ لکھا جس نے لکھا تھا: "یہ مت کہو کہ ایک لاکھ ہندو اور ایک لاکھ مسلمان مرے ہیں، یہ کہو کہ دو لاکھ انسان مرے ہیں۔"

کاش منٹو بتائے کہ عسکری سے رسوائی نامہ لکھوا کر پچھتایا تھا یا نہیں!

●●

محمد حسن عسکری نے "سیاہ حاشیے" پر "حاشیہ آرائی" یوں کی ہے کہ: "انہوں نے (منٹو نے) ظالموں پر لعنت بھیجی ہے نہ مظلوں پر آنسو بہائے ہیں۔انہوں نے یہ تک فیصلہ نہیں کیا کہ ظالم لوگ بُرے ہیں یا مظلوم اچھے ہیں۔" میرے خیال میں یہ دُرست نہیں، اُس نے قاتلوں کے سامنے آئینہ رکھ دیا ہے، جس میں اُن کی بربریت اور انسانی فطرت کی کشاکش کی پے چیدہ تصویر واضح ہو کر دکھائی دیتی ہے۔منٹو کسی بھی موقع پر انسان دوستی کا رویہ ترک نہیں کرتا۔یہ اور بات ہے کہ اُس کی زہرخند رمزیت میں ظالم و مظلوم اور ظلم ملفوف ہیں۔وہ عموماً دوسرے معاصرین کی طرح کھلے اور ننگے اشارے نہیں کرتا۔"سیاہ حاشیے" میں بظاہر ۳۲؍افسانچے ہیں، ان میں "تعاون" اور "مزدوری" بھی ہیں، جو ساٹھ اور ستّر جملوں پر مشتمل ہیں۔"آرام کی ضرورت"، "اُلہنا" اور "دعوتِ عمل" بھی جو دو دو اور تین فقروں کے افسانچے ہیں۔ممتاز مفتی نے "سیاہ حاشیے" کے تمام افسانچوں کو ایک مختصر افسانہ قرار دیا ہے اور بلاشبہ یہ رائے بے حد وقیع ہے۔

(ڈاکٹر انوار احمد: "سعادت حسن منٹو، برصغیر کا تخلیقی ضمیر")

منٹو سیاہ حاشیے اور ترقی پسندی

ندیم احمد

معمولی ادیب تو خیر کیا بچتے ہیں بڑے فن کاروں کو بھی کسی ایسے آفاقی نظام کا سہارا لینا پڑتا ہے جو وقتی طور پر ہی سہی لیکن ان کے بے ربط احساسات میں ایک توازن پیدا کرے۔کسی آفاقی نظام کے بغیر ادیب کچھ چکرا سا جاتا ہے۔محض محسوسات کے بھروسے ادیب کچھ دور تو چل سکتا ہے لیکن زیادہ دنوں تک ادب تخلیق نہیں کرسکتا۔اسے کسی نہ کسی نظام کا سہارا لیناہی پڑتا ہے۔یہ سہارا مذہب اشتراکیت یا شہوانیت، کوئی بھی چیز ہوسکتی ہے۔اتفاق سے منٹو نے اپنی ابتدا میں اشتراکیت کا انتخاب کیا۔منٹو کو اگر باری علیگ جیسے کمیونسٹ رہنما نہ بھی ملتے تو بھی وہ اشتراکیت کی طرف کھنچے چلے جاتے کیونکہ اس زمانے کا عام رجحان ہی یہی تھا۔ہندوستان ہی میں نہیں ساری دنیا میں عام نوجوان اس تحریک میں ایک عجیب وغریب کشش محسوس کر رہے تھے۔سرریلسٹوں تک نے موجودہ سماجی نظام پر تنقید کے لیے اشتراکی نقطۂ نظر کی پابندی قبول کرلی تھی۔محمد حسن عسکری نے اس صورت حال پر گفتگو کرتے ہوئے ایک دفعہ بڑی عمدہ بات کہی تھی:

''کسی آفاقی نظام پر یقین کے بغیر عام فن کار کا تخیل اتنا مہمل، بے جان اور بانجھ ہو جاتا ہے کہ مصوری کو موت سے بچانے کے لیے یہ رائے دی گئی کہ مصور تجارتی کمپنیوں کے اشتہار بنایا کریں۔کم سے کم لکس سوپ کے پرچار سے اشتراکیت کا پروپگنڈہ تو بہتر ہے۔اور تو الگ رہے سوریلسٹوں کو دیکھیے جو ہر پابندی یہاں تک کہ عقل کی پابندی تک سے آزاد ہونا چاہتے ہیں لیکن ان کی لاچاری اور بے بسی قابل غور ہے۔ان کے بنیادی اُصول ہیں:

۱- ذہن میں لاشعور کی نمائندگی

۲- مارکسی نقطۂ نظر سے موجودہ سماج پر تنقید

ممکن ہے اشتراکیت گھناؤنی اور قابل نفرت ہو لیکن اس کو کیا کیا جائے کہ دنیا بے اختیار اس کی طرف کھنچی چلی جا رہی ہے۔"

ایک نوجوان ادیب کی حیثیت سے منٹو نے بھی اس اشتراکی انقلاب کا اثر قبول کیا۔ اس زمانے میں اشتراکیت اور اس کے زیر اثر لکھے گئے روسی فکشن کا مطالعہ منٹو نے ۱۹۳۶ء کے نام نہاد ترقی پسندوں کے مقابلے میں کچھ زیادہ ہی کیا تھا۔ افسانے کی دنیا میں قدم رکھنے سے پہلے اس نے ۱۹۳۳ء میں روسی ادب کے تراجم پیش کیے اور رسالہ 'ہمایوں' اور رسالہ 'عالمگیر' لاہور کے لیے روسی اور فرانسیسی ادب نمبر مرتب کیے۔ وکٹر ہیوگو کے ناول Last Days of Condemned کا ترجمہ 'اسیر کی سرگذشت' ۱۹۳۳ء میں شائع ہو چکا تھا۔ آسکر وائلڈ کے ڈراما 'ویرا' کا ترجمہ منٹو نے 'انقلاب روس کی خونی داستان' کے ذیلی عنوان کے ساتھ ۱۹۳۴ء میں کیا۔ روسی افسانوں کے تراجم پر مشتمل اس کی کتاب باری علیگ کے بائیس صفحات کے دیباچے کے ساتھ ۱۹۳۴ء میں شائع ہوئی۔ گویا اس طرح آہستہ آہستہ نہایت ہی غیر محسوس طریقے سے وہ ادبی دنیا میں ایک نئی ادبی تحریک کے لیے راہ ہموار کر رہا تھا۔ باری علیگ نے جو اس نئے ادیب میں ایک بڑا انقلابی دیکھ رہے تھے 'روسی افسانے' کے دیباچے میں لکھا:

"روسی ادب کے مطالعہ کے بعد مترجم نے روسی طرز کا ایک مختصر طبع زاد افسانہ 'تماشا' لکھا ہے۔ افسانہ کا محل وقوع امرتسر کی جگہ ماسکو نظر آتا ہے۔ خالد نقاب پوش ہندوستانی خاتون کا بچہ ہونے کی نسبت سرخ دامن کا پروردہ دکھائی دیتا ہے۔"

ایک آتش نفس انقلابی کی طرح منٹو نے اس دور میں روس کے اشتراکی انقلاب اور روسی ادب کا پرجوش علمی اور عملی خیر مقدم کیا تھا۔ اپنی تخلیقی زندگی کے تشکیلی دور کی طرف اشارہ کرتے ہوئے منٹو نے خود اس حقیقت کا اعتراف کیا ہے:

"کہاں ماسکو، کہاں امرتسر، مگر میں اور حسن عباس نئے نئے باغی نہیں تھے۔ دسویں جماعت میں دنیا کا نقشہ نکال کر ہم کئی بار خشکی کے راستے روس پہنچنے کی

اسکیمیں بنا چکے تھے۔ حالانکہ ان دنوں فیروز الدین منصور ابھی کامریڈ ایف۔ ڈی منصور نہیں بنے تھے اور کامریڈ سجاد ظہیر شاید بنّے میاں ہی تھے۔ ہم نے امرتسر ہی کو ماسکو متصور کرلیا تھا اور اسی کے گلی کوچوں میں مستبد اور جابر حکمرانوں کا انجام دیکھنا چاہتے تھے۔ کٹرہ جمیل سنگھ، کرموں ڈیوڑھی، یا چوک فرید میں زاریت کا تابوت گھسیٹ کر اس میں آخری کیل ٹھونکنا چاہتے تھے۔"

سوویت روس اور اشتراکیت اس دور میں منٹو کے لیے عجیب وغریب کشش رکھتے تھے اور یہ کشش اس کے پاکستان جانے کے بعد بھی قائم رہی۔ چنانچہ قیام پاکستان کے دوران لکھے گئے اپنے ایک فیچر نما مضمون 'کارل مارکس' میں اُس نے لکھا:

"سوویت روس اب خواب نہیں۔ خیال خام نہیں۔ دیوانہ پن نہیں... ایک ٹھوس حقیقت ہے... وہ ٹھوس حقیقت جو ہٹلر کے فولادی ارادوں سے کئی ہزار میل لمبے جنگی میدانوں میں ٹکرائی اور جس نے فاشیت... آہن پوش فاشیت کے ٹکڑے ٹکڑے کردیے... وہ اشتراکیت جو کبھی سر پھرے لونڈوں کا کھیل سمجھا جاتا تھا۔ وہ اشتراکیت جو کبھی دل بہلاوے کا ایک ذریعہ سمجھا جاتا تھا... وہی اشتراکیت جس کے ساتھ یورپ کی متعدد طہارت پسند قوموں نے ایک فاحشہ کا سا سلوک کیا... وہی اشتراکیت جو ننگ دین اور ننگ انسانیت یقین کی جاتی تھی۔ آج روس کی وسیع و عریض میدانوں میں بیمار انسانیت کے لیے امید کی ایک کرن بن کر چمک رہی ہے۔ یہ وہی اشتراکیت ہے۔ جس کا نقشہ آج سے تقریباً ڈیڑھ سو سال پہلے کارل مارکس نے تیار کیا... قابل احترام ہے یہ انسان جس نے اپنی ذات کے لیے نہیں، اپنی قوم کے لیے نہیں۔ اپنی نسل کے لیے نہیں۔ اپنے ملک کے لیے نہیں۔ بلکہ ساری دنیا کے لیے۔ ساری انسانیت کے لیے، مساوات اور اخوت کا ایک ذریعہ تلاش کیا۔"

۱۹۳۵ء میں جب منٹو علی گڑھ مسلم یونی ورسٹی میں زیر تعلیم تھا اس زمانے میں منٹو سے اپنی پہلی ملاقات کا ذکر کرتے ہوئے سردار جعفری نے بھی اس کی انقلاب پسندی اور اشتراکی

نظام سے والہانہ شیفتگی کا ذکر کیا ہے:

''جب مشاعرے سے باہر نکلا تو ایک انتہائی ذہین آنکھوں اور بیمار چہرے کا طالب علم مجھے اپنے کمرے میں یہ کہہ کر لے گیا۔ میں بھی انقلابی ہوں۔ اس کے کمرے میں وکٹر ہیوگو کی بڑی تصویر لگی ہوئی تھی اور میز پر چند دوستوں کے ساتھ اس کی اپنی تصویر تھی۔ جس کی پشت پر گورکی کا ایک اقتباس لکھا ہوا تھا۔ یہ سعادت حسن منٹو تھا۔ اس نے مجھے بھگت سنگھ پڑھنے کے لیے دیے اور وکٹر ہیوگو اور گورکی سے آشنا کیا۔''

روسی ادیبوں سے منٹو کی یہ محبت اس انقلاب کی خاطر تھی جو وہ دنیا بھر میں لانا چاہتا تھا۔ اس محبت کے جذبے کے ساتھ ساتھ برطانوی سامراج کی وحشت و بربریت سے حقارت کا جذبہ بھی اس کے یہاں شباب پر تھا چنانچہ ان دونوں جذبوں کی فنکارانہ تجسیم منٹو کے پہلے افسانوں کے مجموعے ''آتش پارے'' میں موجود ہے۔ ۱۹۳۶ء میں شائع ہونے والی اس کتاب کے بیشتر افسانے انقلابی حقیقت نگاری کے بہترین بیانیہ کی حیثیت رکھتے ہیں۔ اس مجموعے میں شامل چند افسانوں کے یہ اقتباسات دیکھیں:

''ان دنوں جب کبھی میں سلیم کے جواب پر غور کرتا ہوں تو مجھے معلوم ہوتا ہے کہ سلیم درحقیقت انقلاب پسند واقع ہوا ہے۔ اس کے یہ معنی نہیں کہ وہ کسی سلطنت کا تختہ اُلٹنے کے درپے ہے۔ یا وہ دیگر انقلاب پسندوں کی طرح چوراہوں میں بم پھینک کر دہشت پھیلانا چاہتا ہے، بلکہ جہاں تک میرا خیال ہے، وہ ہر چیز میں انقلاب دیکھنا چاہتا ہے۔ یہی وجہ ہے کہ اس کی نظریں اپنے کمرے میں پڑی ہوئی اشیاء کو ایک ہی جگہ پر نہ دیکھ سکتی تھیں۔ ممکن ہے میرا یہ قیافہ کسی حد تک غلط ہو مگر میں یہ وثوق سے کہہ سکتا ہوں کہ اس کی جستجو کسی ایسے انقلاب کی طرف رجوع کرتی ہے جس کے آثار اس کے کمرے کی روزانہ تبدیلیوں سے ظاہر ہیں۔ (انقلاب پسند)

ہر وہ چیز جو تم سے چرا لی گئی ہو، تمھیں حق حاصل ہے کہ اسے ہر ممکن طریقے سے اپنے قبضے میں لے آؤ... مگر یاد رہے تمہاری یہ کوشش کامیاب ہونی چاہیے ورنہ

ایسا کرتے ہوئے پکڑے جانا اور اذیتیں اٹھانا عبث ہے۔

لڑکے اٹھے اور باباجی کو شب بخیر کہتے ہوئے کوٹھری کے دروازے سے باہر چلے گئے۔ بوڑھے کی نگاہیں ان کو تاریکی میں گم ہوتے دیکھ رہی تھیں۔ تھوڑی دیر اسی طرح دیکھنے کے بعد وہ اٹھا اور کوٹھری کا دروازہ بند کرتے ہوئے بولا: ''آہ! اگر بڑے ہو کر وہ صرف کھوئی ہوئی چیزیں واپس لے سکیں! بوڑھے کو خدا معلوم ان لڑکوں سے کیا امید تھی؟ (چوری)

وقت گزرتا گیا... وہ خونی گھڑی قریب تر آتی گئی۔

سہ پہر کا وقت تھا۔ خالد، اس کا باپ اور والدہ صحن میں خاموش بیٹھے ایک دوسرے کی طرف خاموش نگاہوں سے تک رہے تھے۔ ہوا سسکیاں بھرتی ہوئی چل رہی تھی۔

تڑ... تڑ... تڑ... تڑ......

یہ آواز سنتے ہی خالد کے باپ کے چہرے کا رنگ کاغذ کی طرح سفید ہو گیا۔ زبان سے بمشکل اس قدر کہہ سکا: گولی! (تماشہ)

''تماشہ'' کا یہ آخری اقتباس بتاتا ہے کہ ۱۹۱۹ء میں رونما ہونے والے جلیانوالہ باغ کے قتل عام نے انقلابی منٹو کو بری طرح متاثر کیا تھا۔ سات برس کے منٹو پر اس واقعہ نے ایسی وحشت قائم کر رکھی تھی کہ زندگی کے آخری ایام میں بھی وہ اس کی گرفت سے نہ نکل سکا۔ اس کے افسانے 'اسٹوڈنٹ یونین کیمپ''، ''سوراج کے لیے'' اور '۱۹۱۹ء کی ایک بات'' میں بھی اس سانحہ کا ذکر موجود ہے۔ ''آتش پارے'' کے افسانوں کے ذریعہ منٹو ایک نئے انقلابی کی حیثیت سے پوری طرح قائم ہو چکا تھا۔ انجمن ترقی پسند مصنّفین ابھی وجود میں نہیں آئی تھی لیکن منٹو نے عام زندگی کے المیوں کو سمیٹنا شروع کر دیا تھا۔ 'آتش پارے' کے متعلق فتح محمد ملک نے درست لکھا ہے کہ:

''اس کتاب کا ہر افسانہ انقلابی حقیقت نگاری کی روسی روایت سے پھوٹا ہے۔ اگر ہم 'آتش پارے' کا موازنہ نامور ترین ترقی پسند افسانہ نگاروں کے پہلے افسانوی

مجموعہ کے ساتھ کریں تو یہ حقیقت بخوبی واضح ہو جاتی ہے کہ جس وقت یہ لوگ خواب و خیال کی وادیوں میں فرار کی راہوں پر گامزن تھے اور ایک پادر ہوا رومانیت ان کا ادبی مسلک ہو کر رہ گئی تھی عین اس وقت سعادت حسن منٹو زندگی کے سنگین حقائق سے مردانہ وار پنجہ آزما تھے۔''

اردو ادب کی تاریخ کی یہ بہت بڑی ستم ظریفی تھی کہ جس شخص نے زندگی کی سفاک حقیقتوں اور ٹھکرائے ہوئے مخلوق کے مصائب و آلام کو سب سے پہلے اپنے افسانوں میں جگہ دی اور اس طرح ۱۹۳۶ء کی تحریک کی اصلی روح کو برقرار رکھا اس پر ترقی پسندوں نے رجعت پرستی کی تہمت عائد کی اور اس طرح مطعون کیا کہ ملاح بھی پانی مانگنے لگے۔ ترقی پسند تحریک نئی بنیادوں پر نئی تعمیر کا خواب لے کر آئی تھی اور بقول سلیم احمد:

''اس کا بنیادی یقین یہ تھا کہ معاشرے کو ادب کے ذریعے بدلا جاسکتا ہے اس کا مطلب یہ ہوا کہ یہ تحریک خارجی تبدیلیوں سے زیادہ انسانوں کی باطنی تبدیلیوں میں یقین رکھتی تھی اور اندر کے انقلاب کو حقیقی انقلاب سمجھتی تھی اور ان معنوں میں اس تحریک کا مقصد صرف ایک خاص قسم کا ادب پیدا کرنا نہیں تھا۔ بلکہ وہ ادب کے ذریعے ایک نیا طرز زندگی تخلیق کرنا چاہتی تھی۔''

کم سے کم منٹو کی نظر میں اس تحریک کا یہی مقصد تھا۔ اپنی تحریروں کے ذریعے اس نے ساری زندگی اسی طرز کی معنویت دریافت کرنے میں گزاری۔ ممکن ہے وہ ساری عمر ایک مخصوص طرح کا ترقی پسند رہا ہو لیکن نام نہاد ترقی پسندوں نے بعض خارجی اسباب کی بنا پر اس کے ساتھ جو سلوک کیا وہ ہماری ادبی تاریخ کا ایک نہایت ہی تکلیف دہ واقعہ ہے۔ فتح محمد ملک نے اس واقعہ کی طرف اشارہ کرتے ہوئے ایک دفعہ یہ بات کہی تھی کہ:

''یہ کتنی المناک حقیقت ہے کہ ترقی پسند تحریک اپنے عروج کو پہنچنے کے بعد انڈین کمیونسٹ پارٹی کی آمریت کا شکار ہو کر انحطاط کے راستوں پر سرپٹ دوڑنے لگی اور نوبت یہاں تک آ پہنچی کہ جس شخص نے اپنے معاصرین پر فکری صلابت اور نظریاتی استقامت میں سبقت حاصل کرتے ہوئے آغاز کار ہی میں حریت فکر و عمل

کی روشن مثال قائم کر دی تھی اس پر کمیونسٹ ملّائیت نے رجعت پسندی کا فتویٰ صادر کر دیا۔"

ترقی پسندوں سے منٹو کا اصل جھگڑا تقسیم ہند کے بعد شروع ہوا۔ محمد حسن عسکری سے ادبی رفاقت بھی اس کی ایک وجہ بنی۔ 'جھلکیاں' میں محمد حسن عسکری نے ترقی پسندی پر جس طرح کے تیز حملے کیے تھے اس سے ترقی پسند بھنّائے ہوئے تھے۔ منٹو، عسکری اتحاد انہیں کسی قیمت پر گوارا نہ تھا۔ اس زمانے کی ادبی سیاست کو یاد کرتے ہوئے انتظار حسین صاحب نے "چراغوں کا دھواں" میں بڑی دلچسپ اور معنی خیز باتیں کہی ہیں۔ انہوں نے لکھا ہے کہ:

"عسکری، منٹو دوستی بہت بار آور ثابت ہوئی۔ عسکری صاحب کو جس شے کی اس وقت تلاش تھی وہ اولاً منٹو صاحب ہی کے یہاں انہیں دستیاب ہوئی۔ اصل میں وہ پاکستانی ادب کی ضرورت کا اعلان تو کر بیٹھے تھے مگر انہیں کوئی ایسا نمونہ دستیاب نہیں ہو رہا تھا جسے وہ اعتماد کے ساتھ پاکستانی ادب کے طور پر پیش کر سکیں۔ "کھول دو" نے ان کی اس ضرورت کو پورا کیا۔ ادھر کراچی میں ممتاز شیریں نے پاکستانی ادب کے دو نمونے دریافت کیے۔ قدرت اللہ شہاب کی طویل مختصر کہانی "یا خدا" اور محمود ہاشمی کے رپورتاژوں کا مجموعہ "کشمیر اداس ہے" عسکری صاحب اور ممتاز شیریں کو اول اول انہیں تین نمونوں پر گذارہ کرنا پڑا۔ ترقی پسندوں کو "کھول دو" کی حد تک منٹو صاحب سے کوئی شکایت نہیں تھی۔ یہ افسانہ ان کے لیے قابل قبول تھا۔ جب حکومت کو اس پر اعتراض ہوا تو اور زیادہ قابل قبول ہو گیا۔ تین ترقی پسند رسالوں "سویرا"، "ادب لطیف" اور "نقوش" پر بیک وقت سرکاری عتاب آیا تھا۔ ان میں 'نقوش' کی بڑی خطا یہ تھی کہ اس میں "کھول دو" شائع ہوا تھا۔ سرکاری کارروائی کے خلاف ترقی پسند ادیبوں کو تو احتجاج کرنا ہی تھا۔ عسکری صاحب بھی اس احتجاج میں پیش پیش تھے۔ عسکری صاحب ترقی پسند ادب پر اعتراض کرنا اپنا حق سمجھتے تھے۔ سرکار کو یہ حق دینے کے روادار نہیں تھے۔"

یہ وہ زمانہ تھا جب ترقی پسندوں کو منٹو کے محاسن بھی عیوب نظر آ رہے تھے۔ جن افسانوں کو

ترقی پسند ایک زمانے میں سر پر لیے پھرتے تھے اب وہ ان کے لیے باعث ننگ تھے۔ یہ جھگڑا ۱۹۴۷ء کے آس پاس شروع ہوا تھا چنانچہ ایک سال کے بعد ۱۹۴۸ء میں جب منٹو کے افسانوں کا مجموعہ ''چغد'' سامنے آیا تو انہوں نے اپنے ترقی پسند احباب کا ذکر ان الفاظ میں کیا:

''اس کتاب کا ایک افسانہ ''بابو گوپی ناتھ'' جب ''ادب لطیف'' میں شائع ہوا تو میں بمبئی ہی میں مقیم تھا۔ تمام ترقی پسند مصنّفین نے اس کی بہت تعریف کی۔ اس کو اس سال کا شاہکار افسانہ قرار دیا۔ علی سردار جعفری، عصمت چغتائی اور کرشن چندر نے خصوصاً اس کو بہت سراہا۔ 'ہل کے سائے' میں کرشن چندر نے اس کو نمایاں جگہ دی۔ مگر یکا یک خدا معلوم کیسا دورہ پڑا کہ سب ترقی پسند اس افسانے کی عظمت سے منحرف ہو گئے۔ شروع شروع میں دبی زبان میں اس پر تنقید شروع ہوئی، سرگوشیوں میں اس کو برا بھلا کہا گیا۔ مگر اب بھارت اور پاکستان کے تمام ترقی پسند ممٹیوں پر چڑھ کر اس افسانے کو رجعت پسند، اخلاق سے گرا ہوا، گھناؤنا اور شر انگیز قرار دے رہے ہیں۔ یہی سلوک میرے افسانے ''میرا نام رادھا ہے'' کے ساتھ کیا گیا، حالانکہ جب شائع ہوا تھا تو تمام ترقی پسندوں نے اچھل اچھل کر اس کی تعریف وتوصیف کی تھی۔''

آگے چل کر منٹو نے سردار جعفری کے ایک خط کے حوالے سے ترقی پسندوں سے ان کے اختلاف کے ابتدائی وجوہ کو ان لفظوں میں بیان کیا:

''یہاں لاہور سے میرے پاس ایک خبر آئی ہے کہ تمہاری کسی نئی کتاب پر حسن عسکری مقدمہ لکھ رہے ہیں۔ سمجھ میں نہیں آسکا تمہارا اور حسن عسکری کا کیا ساتھ ہے۔ میں حسن عسکری کو بالکل مخلص نہیں سمجھتا۔ 'ترقی پسندوں' کی 'خبر رسانی' کا سلسلہ اور انتظام قابل داد ہے۔ یہاں کی خبریں 'کھیت واڑی' کے 'کرملن' میں بڑی صحت سے یوں چٹکیوں میں پہنچ جاتی ہیں۔ علی سردار کو یہاں سے جو خبر ملی، بڑی معتبر تھی۔ چنانچہ نتیجہ یہ ہوا کہ ''سیاہ حاشیے'' پریس کی سیاہی لگنے سے پہلے ہی 'روسیاہ' کر کے رجعت پسندی کی ٹوکری میں پھینک دی گئی۔''

''سیاہ حاشیے'' تک آتے آتے حالات بالکل بدل چکے تھے۔ اس کتاب کو ترقی پسندوں نے محض اس لیے ٹاٹ باہر کیا کہ اس کا بیانیہ ان کے سیاسی اعتقادات پر ضرب لگاتا تھا اور اس کا دیباچہ ایک ایسے شخص نے لکھا تھا جسے ترقی پسند اپنا سب سے بڑا دشمن سمجھتے تھے۔ ''سیاہ حاشیے'' پر جو لے دے شروع ہوئی اس میں گرمی اس وقت آئی جب احمد ندیم قاسمی نے منٹو کے نام ایک کھلی چٹھی لکھی۔ تیرہ صفحات پر پھیلا ہوا یہ خط بقول فتح محمد ملک ''محمد حسن عسکری کی نثری ہجو تھی'' اس وقت تو منٹو یا عسکری صاحب نے اس کا جواب نہیں دیا مگر جب ۱۹۵۱ء میں وہ 'یزید' کا اختتامیہ لکھنے بیٹھے تو ''سیاہ حاشیے'' کے حوالے سے ترقی پسندوں کے حسن سلوک کا ذکر کرتے ہوئے لکھا کہ

''میرے ایک عزیز دوست نے تو یہاں تک کہا کہ میں نے لاشوں کی جیبوں میں سے سگریٹ کے ٹکڑے، انگوٹھیاں اور اس قسم کی دوسری چیزیں نکال نکال کر جمع کی ہیں۔ اس عزیز نے میرے نام ایک کھلی چٹھی بھی شائع کی جو وہ بڑی آسانی سے مجھے خود دے سکتے تھے...... مجھے غصّہ تھا اس کا نہیں کہ مجھے الف نے کیوں غلط سمجھا۔ مجھے غصہ تھا اس بات کا کہ الف نے محض فیشن کے طور پر ایک سقیم و عقیم تحریک کی انگلی پکڑ کر بیرونی سیاست کے مصنوعی ابرو کے اشارے پر میری نیت پر شک کیا اور مجھے اس کسوٹی پر پرکھا جس پر صرف 'سرخی' ہی سونا تھی۔''

منٹو، عسکری اتحاد ترقی پسندوں کا ایک نیا مسئلہ تھا جسے انہوں نے یوں حل کیا کہ انجمن ترقی پسند مصنّفین کے اجلاس میں باقاعدہ ناموں کا اعلان کر کے منٹو سمیت چند ادیبوں کے بائیکاٹ کا اعلان کر دیا۔ نوجوان ادیبوں میں انتظار حسین بھی ان میں سے ایک تھے۔ 'نظام' میں ان کا قلم بعض اہم ترقی پسندوں کے خلاف رواں تھا۔ چنانچہ احتشام صاحب نے انہیں خط لکھا:

''بارود خانہ، لکھنؤ

۲۰ر جولائی ۴۸ء

محترمی تسلیم!

کئی دن ہوئے آپ کا خط ملا تھا کہ عید نمبر کے لیے کچھ لکھوں۔ میری خود خواہش تھی لیکن کچھ نہ لکھ سکا۔ ایک نظم ارسال خدمت ہے۔ اگر پسند آئے تو شائع

کر دیجیے گا۔ موقعہ ملا تو پھر کچھ لکھوں گا۔ 'نظام' تو نہ جانے کہاں سے کہاں پہنچ گیا۔ مجھے صحیح طور پر اب تک اندازہ نہ ہو سکا کہ آپ اور عسکری صاحب اور آپ کے دوسرے ہم خیال کیا چاہتے ہیں۔ وہ کھل کر کچھ نہیں کہتے۔ عسکری صاحب تو اب کچھ صاف صاف کہنے لگے ہیں مگر ابھی تھوڑی سی جھنجھلاہٹ اور بڑھے گی تو وہ اور صاف باتیں کریں گے۔ جس راہ پر آپ لوگ چاہتے ہیں اس پر میں آپ کے ساتھ نہ چل سکوں گا۔ ادھر آپ حضرات نے میرے متعلق بہت کچھ لکھا ہے۔ لیکن میں جواب الجواب کے طور پر کچھ نہیں کہنا چاہتا۔ خیر اختلافات رکھنا برا نہیں بشرطیکہ ہم لوگ پُر خلوص ہوں۔

''نظام'' کبھی ملتا ہے کبھی نہیں۔ آپ کے بعض اڈیٹوریل تو بہت تکلیف دہ تھے لیکن بعض پسند آئے۔ آپ ترقی پسندی کو بھی تقسیم کرنا چاہتے ہیں تو پھر میں نہ جانے کس کے حصے میں پڑوں گا، اور پڑوں گا بھی یا نہیں۔ آپ ملت کی حکومت چاہتے ہیں اور میری عقل حیران ہے۔ آپ حضرات کا جوش وخروش نو دولتوں اور مذہب بدلنے والوں کا سا ہے۔ یہ کارواں کہاں جائے گا۔ میں نے دو مختصر مضامین حال ہی میں لکھے تھے۔ ایک ''نیا دور'' کراچی میں شائع ہو رہا ہے۔ دوسرا ''نقوش'' میں۔ میری خواہش ہے کہ آپ اور عسکری صاحب اس کے متعلق اپنے تاثرات سے مجھے آگاہ کریں۔ لیکن طعن وطنز کا نہیں، صحیح تنقید کا متمنی ہوں۔ یقین رکھیے کہ ہندوستان یا ہندوستان کے ادیب پاکستان کے دشمن نہیں ہیں۔ وہ کسی کے دشمن نہیں ہیں۔ لیکن پاکستان جس طرح بنا ہے اس کی وجہ سے آپ خود مشکوک ہیں اور پریشان۔ آپ کے یہاں خود یہ کانٹا کھٹکتا ہے کہ جو کچھ ہوا اچھا نہیں ہوا۔ لیکن آپ آج محب وطن اور وفادار بن کر نہ جانے کیا کیا کہہ رہے ہیں۔ مجھے احساس ہے کہ آپ اور عسکری صاحب دونوں خام کار اور پر جوش ہیں لیکن یاد رکھیے ابھی آپ ردعمل کے ایک شدید دور سے گزریں گے۔

حسن عسکری صاحب سے تسلیم کہیے گا۔ ناشر نے 'آخری سلام' بھیج دیا ہے۔ پڑھ

لوں تو اپنی رائے بھیج دوں گا۔ ابھی پڑھا نہیں۔ ترجمہ یقیناً اچھا ہی ہوگا۔ امید ہے کہ آپ لوگ اچھے ہوں گے۔"

نیازمند
احتشام حسین

احتشام حسین صاحب بڑے معتدل تھے لیکن دوسرے ترقی پسند اس رویے سے کوسوں دور تھے۔ انجمن کے اجلاس میں منٹو کے بائیکاٹ کے بعد بقول انتظار صاحب:

"پارٹی نے رجعت پسند ادیبوں کا حقہ پانی بند کر دیا تھا۔ باقاعدہ ناموں کا اعلان کیا گیا کہ فلاں فلاں ادیب ترقی پسند رسالوں میں نہیں چھپیں گے۔ مزید اعلان کیا گیا کہ سرکاری اور غیر سرکاری رجعت پسند رسالوں کا بائیکاٹ کیا جاتا ہے۔ کوئی ترقی پسند ان سے قلمی تعاون نہیں کرے گا۔"

اس زمانے کے ادبی ماحول میں لاہور سے تین رسالوں کی بڑی دھوم تھی۔ "سویرا" اور "ادب لطیف" تو پوری طرح قائم تھے۔ 'نقوش' ابھی ابھی نکلا تھا۔ تینوں ترقی پسند ادب کے ترجمان تھے اور ترقی پسند جم کر اس میں کوس لمن الملک بجا رہے تھے۔ مکتبۂ جدید کی جانب سے منٹو اور عسکری کی مشترکہ ادارت میں نکلنے والے رسالے "اردو ادب" کا بھی ڈنکا بج رہا تھا۔ دراصل یہی وہ رسالہ تھا جس کے پہلے شمارے کی اشاعت کے بعد ترقی پسندوں اور منٹو کے درمیان کبھی نہ ختم ہونے والے اختلاف نے حتمی شکل اختیار کر لی تھی۔ "اردو ادب" کے دو ہی پرچے نکلے مگر بڑی دھوم دھام سے۔ پہلے پرچے کی اشاعت کے بعد ہی منٹو اور عسکری سمیت چند رجعت پسند ادیبوں کا بائیکاٹ ہو چکا تھا چنانچہ اس کے دوسرے شمارے میں منٹو نے احمد ندیم قاسمی کے اس خط پر 'حقہ پانی بند' کی سرخی جمائی جس میں یہ اطلاع تھی کہ اب منٹو پر ترقی پسندوں کے دروازے ہمیشہ کے لیے بند ہیں۔

"مجھے معلوم ہوا ہے کہ آپ میرا وہ خط جو میں نے کوئٹہ سے لکھا تھا، اپنے رسالہ 'اردو ادب' میں شائع کر رہے ہیں، میرے اس خط کی اشاعت روک لیں، جب میں نے آپ سے افسانہ طلب کیا تھا، تو ہماری انجمن (انجمن ترقی پسند مصنّفین) نے

ایسی کوئی پابندی عائد نہیں کر رکھی تھی کہ وہ رسالے جنہیں ترقی پسند ادب کی نمائندگی کا دعویٰ ہے، ایسے ادیبوں کی تحریریں شائع نہ کریں جنہیں ترقی پسند ادب کی تحریک سے اتفاق نہیں، اب یہ فیصلہ ہو چکا ہے اور میں انجمن کے منشور، آئین اور فیصلوں کا پابند ہونے کے باعث یہ نہیں چاہتا کہ میرا وہ خط پڑھ کر ہماری تحریک کے ہمدرد الجھن میں پڑ جائیں، امید ہے آپ میرا وہ خط روک لیں گے اور اگر ایسا ناممکن ہوا تو یہ خط بھی شائع کر دیں گے۔ شکریہ!''

انقلاب کی بات کرنے والا منٹو اب خود نام نہاد انقلابیوں کے ہاتھوں معتوب ہو چکا تھا۔ ترقی پسندوں سے منٹو کا یہ اختلاف انقلاب کی روح کو برقرار رکھنے کے لیے ضروری تھا۔ اگر منٹو غالی ترقی پسندوں کی طرح سوچتا تو آج حالات اس موافق نہ ہوتے سلیم احمد نے درست لکھا ہے کہ:

''۱۹۳۶ء کی تحریک نے اپنے زمانے کے حاضر و موجود سے بغاوت اور زندگی کے غیر تخلیقی اسلوب کی نفی کی جو بنیاد ڈالی تھی اس کے جھوٹے پیغمبروں کا حشر ہمارے سامنے ہے۔ حالات سے ابتدائی پسپائی کے بعد ان میں سے بیشتر اسٹیبلشمنٹ کا حصہ ہیں اور اس ماحول سے سمجھوتہ کر چکے ہیں جس کو رد کرنے کے لیے اس تحریک نے انقلاب کا نعرہ بلند کیا تھا۔ دراصل اس تحریک نے صرف تین ہی سچے پیغمبر پیدا کیے۔ میرا جی، منٹو اور عسکری۔''

اور ان تینوں کے بارے میں ترقی پسندوں کا سرکاری نظریہ یہ تھا کہ سماج اور معاشرے کے تعلق سے ان کا رویہ نیک نہیں ہے۔

اگر منٹو صرف ایک طرح کا، صرف نیک یا صرف بد ہوتا تو بڑی خطرناک چیز ہوتا۔ اس کے یہاں بہت سی باتیں بالکل ان مل بے جوڑ ہیں اور اس کی فطرت کا یہ ان مل بے جوڑ پن ہی اس کے افسانوں میں ٹھوس تخلیقی تجربے کی شکل میں ظاہر ہوا ہے۔ اس کے کردار بیک وقت فرشتہ بھی ہیں اور شیطان بھی۔ یعنی یہاں دہشت اور رجائیت ایک دوسرے کو کاٹتی نہیں بلکہ ساتھ ساتھ چلتی ہیں۔ انسان کا قتل کیسے چلے جانا ہولناک چیز ہے لیکن اس سے بھی زیادہ دہشت ناک

عمل یہ ہے کہ لوگوں کو یہ فکر بھی لاحق ہو کہ کہیں خون سے ریل کا ڈبہ نہ گندہ ہو جائے۔ تقابل اور تضاد سے پیدا ہونے والی یہ معنویت انسانی زندگی کے متعلق ہمارے استعجاب اور تحیر میں بے پایاں اضافے کا سبب بنتی ہے۔ منٹو کے یہاں غیر معمولی واقعات قدم قدم پر ہوتے ہیں لیکن اس کے افسانوں کی بڑائی ان غیر معمولی واقعات کے درمیان اچانک درآنے والی کسی معمولی بات میں چھپی ہوتی ہے۔ غیر معمولی حالات میں غیر معمولی واقعات یا افعال ہمیں چونکانے میں کامیاب نہیں ہوتے لہٰذا فنکار کو بالکل معمولی اور روزمرہ کی سی باتوں سے مدد لینی پڑتی ہے۔ معمولی باتوں سے چونکانے کے اس عمل کو بعض لوگ منٹو کی شعبدہ بازی سمجھ بیٹھے ہیں جب کہ حقیقت اس کے برعکس ہے۔ عسکری صاحب نے درست کہا تھا کہ:

> ''ایسے لوگوں کو بیس سال سے منٹو پر یہی اعتراض رہا ہے کہ منٹو تو بس ایسی باتیں کرتا ہے جس سے لوگ چونک پڑیں۔ شاید یہ کوئی غیر شریفانہ یا غیر ادیبانہ بات ہو۔ لیکن میں نے جو تھوڑا بہت ادب پڑھا ہے اس سے تو یہی پتہ چلتا ہے کہ لوگوں کو چونکانا ادیب کا ایک مقدس فریضہ ہے۔''

اب رہا یہ سوال کہ منٹو نے ہمیں چونکانے کے بعد انسانی فطرت یا بڑے بڑے معاشرتی مسائل کے متعلق تفکر پر کتنا اکسایا تو اس کے لیے آپ ''ہتک''، ''کالی شلوار''، ''کھول دو''، ''بو''، ''ٹھنڈا گوشت''، ''نیا قانون'' اور ''بابو گوپی ناتھ'' جیسے افسانے پڑھ لیں۔ کیا ان افسانوں کو پڑھنے کے بعد زندگی کے متعلق ہمارے شعور میں کوئی تبدیلی نہیں آتی، کیا ان افسانوں سے گذرنے کے بعد حقیقت کے متعلق ہمارے محدود تصور میں وہ گھنا پن نہیں آتا جو آدمی کے جسمانی، ذہنی اور اخلاقی اعصاب کو یک لخت زندہ کردے۔

منٹو کے یہاں چونکانے کا عمل دراصل انسانی معنویت اور انسانی صداقت کی تلاش کا دوسرا نام ہے۔ میں یہاں منٹو کو بودلیر اور فلوبیر سے بھڑانا نہیں چاہتا لیکن منٹو نے وہی کیا جو فرانسیسی میں ان دونوں بدنام لوگوں نے کیا تھا۔ بودلیر نے اپنی شاعری اور فلوبیر نے مادام بواری کے ذریعہ متوسط طبقہ کو جس طرح چونکایا تھا اس کی نظیر اردو میں منٹو کے علاوہ کہیں اور نظر نہیں آتی۔ منٹو کا ایک ادبی اصول ہی یہ تھا کہ عام لوگوں کو چونکایا جائے۔ چونکنے کو وہ شخصیت کی

نشوونما کے لیے ضروری سمجھتا تھا اس کا خیال تھا کہ جس شخص کے اعصاب زندہ ہوں وہ چونکنے سے گھبراتا نہیں اور بقول عسکری صاحب ''جو آدمی دوسروں کو چونکانا چاہے اس میں پہلے خود چونکنے کی صلاحیت ہونی چاہیے۔ جس شخص کے جسمانی ذہنی اور اخلاقی اعصاب زندہ نہ ہوں وہ کسی کو کیا چونکائے گا۔ ننگی کیا نہائے گی کیا نچوڑے گی۔'' منٹو نے اپنے آپ کو زندہ رکھا تھا۔ بہت ہی خطرناک حد تک زندہ! ہمارے یہاں بہت سے لوگ منٹو کو ادبی دیانت داری کے حوالے سے کیا کچھ نہیں کہتے لیکن اب آپ منٹو کی اس دیانت داری کا حال عسکری صاحب کی زبانی سنیے یہ اقتباس میں نے بیسیوں دفعہ پڑھے ہیں اور ہر بار منٹو کو سوچتے وقت ایک تھرتھری سی محسوس کی ہے:

''منٹو شرابی تھا، جو کچھ بھی تھا وہ سب کو معلوم ہے یہ کوئی ڈھکی چھپی بات نہیں لیکن اخلاقی طہارت کی جیسی دھن منٹو کو تھی ویسی میں نے کسی اور میں نہیں دیکھی، وہ باہر سے رند تھا اندر سے زاہد...... گو ناصح کبھی نہیں بنا۔ یہ اخلاقی طہارت وہ اپنے اندر بھی ڈھونڈتا تھا، اور دوسروں میں بھی۔ بہت سے افسانے جو بعض لوگوں کو فحش معلوم ہوئے دراصل اس کی اسی طہارت پسندی کے نمونے ہیں۔ اسی طرح بعض افسانوں میں چند حضرات کو پاکستان کی مخالفت نظر آئی، حالانکہ اس میں منٹو نے ٹھیٹ اسلامی دیانت داری اور اس اخلاقی احتساب کا مظاہر کیا تھا جس کا استعمال وہ اوروں پر ہی نہیں، اپنے آپ پر بھی کرتا تھا۔ پھر آزادی فکر و احساس کچھ ایسی اس کی گھٹی میں پڑی تھی کہ یہ میسر نہ ہو تو وہ سانس نہیں لے سکتا تھا۔ ہزاروں روپے کی آمدنی پر لات مار کر ہندوستان سے چلا آیا اس لیے کہ وہاں ''ڈان'' اس کے پڑھنے کو نہیں مل پاتا تھا۔ یہ وہ اخبار ہے جس نے منٹو کی زندگی میں اسے دو دو کالم لمبی گالیاں دیں۔ اس کی کتابوں کی ضبطی کا مطالبہ کیا، اور اس کے مرنے کے بعد افسوس کا ایک لفظ نہ لکھا۔ شرابی اور آوارہ منٹو کا وہ حال تھا 'باطل سے نہ دبنے والوں' کا یہ حال۔ ہمارے ملک میں منٹو کی جس طرح قدر دانی ہوئی وہ ہماری تہذیبی زندگی کا ایک خونی ورق ہے۔ پھر آج جس طرح منٹو کی مجاوری ہو رہی ہے وہ بھی ہم دیکھ

رہے ہیں۔اگر مجھ میں منٹو جیسی جرأت ہوتی تو میں ُسیاہ حاشیے' کا دوسرا حصہ لکھتا۔"

منٹو کے اخلاقی احتساب کا ہی یہ کرشمہ ہے کہ اس کے افسانوں کا انسان اپنے افعال و اعمال کے ذریعے ہمیں ہر وقت جگائے رکھتا ہے۔انسان بحیثیت ظالم، انسان بحیثیت مظلوم، انسان بحیثیت تماش بین، لیکن ان انسانوں کو پیش کرتے وقت منٹو کا کمال یہ ہے کہ اس نے سچ اور جھوٹ کا جھنجھٹ ہی نہیں پالا۔وہ تو انسان کو ایک کل کی حیثیت سے اپنی تمام دہشت ناکی اور رجائیت کے ساتھ بیک وقت محسوس کرنا چاہتا تھا۔اس معاملے میں اس کی معروضیت ہمیں دوستو فسکی کی یاد دلاتی ہے جو اپنے کرداروں کو دور کھڑے رہ کر ناخن تراشتا ہوا دیکھنا چاہتا ہے۔عسکری صاحب نے منٹو پر لکھتے ہوئے اس سلسلے میں بڑی عمدہ بات کہی تھی کہ:

"منٹو نے نیک اور بد کے سوال ہی کو خارج از بحث قرار دے دیا ہے ان کا نقطۂ نظر نہ سیاسی ہے، نہ عمرانی، نہ اخلاقی، بلکہ ادبی اور تخلیقی، منٹو نے تو صرف یہ دیکھنے کی کوشش کی ہے کہ ظالم یا مظلوم کی شخصیت کے مختلف تقاضوں سے ظالمانہ فعل کا کیا تعلق ہے، ظلم کرنے کی خواہش کے علاوہ ظالم کے اندر اور کون کون سے میلانات کارفرما ہیں، انسانی دماغ میں ظلم کتنی جگہ گھیرتا ہے، زندگی کی دوسری دلچسپیاں باقی رہتی ہیں یا نہیں۔منٹو نے نہ تو رحم کے جذبات بھڑکائے ہیں، نہ غصے کے، نہ نفرت کے، وہ تو آپ کو صرف انسانی دماغ، انسانی کردار اور شخصیت پر ادبی اور تخلیقی انداز سے غور کرنے کی دعوت دیتے ہیں۔"

منٹو نے عام انسانوں کی زندگی ان کے تصور کائنات اور لائحۂ حیات کا گہرا مشاہدہ کیا ہے۔کم سے کم اس وقت تو مجھے کسی ایسے آدمی کا نام یاد نہیں آرہا ہے جس نے ہمارے یہاں مشاہدے کے ذریعہ حاصل ہونے والی بصیرت کو اتنی خوبی سے اپنے افسانوں میں منتقل کیا ہو جو منٹو کا خاصہ ہے۔منٹو کو عام انسانوں کی معمولی معمولی باتوں کا تجزیہ کرنے میں بڑا مزہ آتا ہے۔وہ انسانوں کو اپنی تمام تر خواہشوں اور حماقتوں کے ساتھ پیش کرتا ہے یہی وجہ ہے کہ اس کا انسان کسی دوسری دنیا کی مخلوق نہیں بلکہ اسی دنیا کا باسی معلوم ہوتا ہے۔ہم اس کے ساتھ انسانی سطح پر معاملہ کر سکتے ہیں اس کے ساتھ کچھ وقت گذار سکتے ہیں اور اس کے تجربات میں اپنا عکس دیکھ

سکتے ہیں۔ ''نیا قانون'' میں انسانی حماقتیں اس کی خدائی معصومیت اور خود کو دھوکہ دینے کی صلاحیت کا جس شدت سے اظہار ہوا ہے وہ نئے افسانے میں 'آنندی' کے علاوہ کہیں اور نظر نہیں آتا یا کم سے کم مجھے نظر نہیں آتا۔

جب استاد منگو نے اپنی ایک سواری سے اسپین میں جنگ چھڑ جانے کی افواہ سنی تھی تو اس نے گاما چودھری کے چوڑے کاندھے پر تھپکی دے کر مدبرانہ انداز میں پیشین گوئی کی تھی۔ دیکھ لینا چودھری، تھوڑے ہی دنوں میں اسپین میں جنگ چھڑ جائے گی۔ اور جب گاما چودھری نے اس سے یہ پوچھا تھا کہ اسپین کہاں واقع ہے تو استاد منگو نے بڑی متانت سے جواب دیا تھا ''ولایت میں اور کہاں۔''

استاد منگو نے سر پر سے خاکی پگڑی اُتاری اور بغل میں داب کر بڑے مفکرانہ لہجے میں کہا: ''یہ کسی پیر کی بددعا کا نتیجہ ہے کہ آئے دن ہندوؤں اور مسلمانوں میں چاقو اور چھریاں چلتے رہتے ہیں۔ اور میں نے اپنے بڑوں سے سنا ہے کہ اکبر بادشاہ نے کسی درویش کا دل دکھایا تھا اور اس درویش نے جل کر یہ بددعا دی تھی۔ جا تیرے ہندوستان میں ہمیشہ فساد ہی ہوتے رہیں گے...... اور دیکھ لو جب سے اکبر بادشاہ کا راج ختم ہوا ہے ہندوستان میں فساد پر فساد ہوتے رہتے ہیں۔''

''پہلی اپریل کو صبح سویرے استاد منگو اٹھا اور اصطبل میں جا کر تانگے میں گھوڑے کو جوتا اور باہر نکل گیا۔ اس کی طبیعت آج غیر معمولی طور پر مسرور تھی... وہ نئے قانون کو دیکھنے والا تھا۔ اس نے صبح کے سرد دھند لکے میں کئی تنگ اور کھلے بازاروں کا چکر لگایا۔ مگر اسے ہر چیز پرانی نظر آئی ...... آسمان کی طرح پرانی۔ اس کی نگاہیں آج خاص طور پر نیا رنگ دیکھنا چاہتی تھیں۔''

''پہلی اپریل کو بھی وہی اکڑفوں...... پہلی اپریل کو بھی وہی اکڑفوں ... ... اب ہمارا راج ہے بچہ!'' لوگ جمع ہو گئے اور پولس کے دو سپاہیوں نے بڑی مشکل سے گورے کو استاد منگو کی گرفت سے چھڑایا۔ استاد منگو دو سپاہیوں کے درمیان کھڑا تھا۔ اس کی چوڑی چھاتی پھولی ہوئی سانس کی وجہ سے اوپر نیچے ہو رہی تھی۔

منہ سے جھاگ بہہ رہا تھا اور اپنی مسکراتی ہوئی آنکھوں سے حیرت زدہ مجمع کی طرف دیکھ کر وہ ہانپتی ہوئی آواز میں کہہ رہا تھا۔''وہ دن گذر گئے جب خلیل خاں فاختہ اڑایا کرتے تھے......اب نیا قانون ہے میاں... نیا قانون۔''

یوں منٹو کے تصور انسان اور افسانوں میں اس کی پیش کش کے علاوہ بھی بعض چیزیں ایسی ہیں جو اردو افسانے کو منٹو کی دین ہیں۔فاروقی صاحب نے قمر احسن پر گفتگو کرتے وقت یہ بات کہی تھی کہ:

''نئے افسانے کی تاریخ کے بارے میں عام خیال یہ ہے کہ وہ منٹو کے افسانے''پھندنے'' سے شروع ہوتی ہے۔ یہ افسانہ ۱۹۵۵ء میں لکھا گیا تھا لیکن ۱۹۵۵ء کے بعد بھی صدہا ایسے افسانے لکھے گئے ہیں (بلکہ آج بھی لکھے جا رہے ہیں) جن میں اور''پھندنے'' میں کوئی بات مشترک نہیں ہے......لیکن اس بات سے بھی انکار ممکن نہیں کہ''کفن'' اور''پھندنے'' دونوں افسانوں میں بہت سی چیزیں ایسی ہیں جن کا وجود ان کے پہلے افسانے میں نہیں ملتا۔''

جس زمانے میں نئے افسانے کے نام پر صرف خام مواد پیش کیا جا رہا تھا اور افسانے میں نام نہاد حقیقت نگاری اور جذبات کی ریل پیل تھی اس وقت بھی منٹو کا رویہ بڑا تخلیقی تھا۔منٹو کے اس تخلیقی رویے کا اظہار یوں تو اس کے بیشتر افسانوں میں ہوا ہے لیکن''سیاہ حاشیے'' کی منی کہانیاں اور وہ افسانے جو فسادات کے پس منظر میں لکھے گئے ہیں اس میں یہ رویہ زیادہ طاقتور صورت میں ظاہر ہوتا ہے۔''سیاہ حاشیے'' کی چیزیں اور وہ افسانے جن میں کسی نہ کسی حوالے سے فسادات کا ذکر ملتا ہے اس کے متعلق یہ غلط فہمی بہت عام ہے کہ یہ افسانے فسادات کے موضوع پر ہیں۔اس غلط فہمی کو پھیلانے میں ہمارے بعض ترقی پسند نقادوں نے جو زور صرف کیا ہے اس کے بھی کئی وجوہ ہیں۔اول تو یہ کہ کسی طرح ٹھونک پیٹ کر منٹو کو ترقی پسند چوکھٹے میں قید کیا جائے دوسری یہ کہ وہ ترقی پسند افسانہ نگار جنہوں نے فسادات کے موضوع پر دو چار افسانے لکھ کر انسانیت کے نام پر آنسو بہائے ہیں ان کی کمک کے لیے منٹو کا نام استعمال کیا جا سکے۔جب کے حقیقت اس کے برعکس ہے منٹو کے افسانے فسادات پر ہیں ہی نہیں وہ تو انسانوں پر لکھے

گئے افسانے ہیں۔تخلیق کار منٹو فسادات پر لکھ بھی نہیں سکتا تھا۔اسے خوب معلوم تھا کہ محض خارجی حالات اور واقعات کے بیان سے انسانوں کی داخلی زندگی کو نہیں بدلا جاسکتا۔محض فرض سمجھ کر لکھنے کے بجائے منٹو نے تخلیق کی اندرونی لگن کو اہمیت دی تھی۔''ٹھنڈا گوشت''،''سہائے''، ''گورمکھ سنگھ کی وصیت''،''کھول دو''،''شریفن''،''موذیل''،''خدا کی قسم''اور''سیاہ حاشیے'' کے منی افسانے محض چند مخصوص خیالات کی حمایت میں نہیں لکھے گئے اور نہ ہی یہ افسانے ظلم کے خلاف لوگوں میں نفرت پیدا کرنے کے لیے لکھے گئے ہیں۔یہ افسانے تو اس حقیقت کا بیان ہیں کہ انسانی دماغ میں ظلم کرنے کی خواہش کتنی جگہ گھیرتی ہے۔ظلم کرنے والا ظلم کرتے وقت کیا کیا سوچ رہا ہوتا ہے اور اس کی سائیکی کن مراحل سے گذرتی ہے۔ظلم کے نتیجے میں انسانی دماغ کس طرح معطل ہوتا ہے۔

•

گاڑی رکی ہوئی تھی۔

تین بندوقچی ایک ڈبے کے پاس آئے۔کھڑکیوں میں سے اندر جھانک کر انہوں نے مسافروں سے پوچھا۔''کیوں جناب کوئی مرغا ہے۔''

ایک مسافر کچھ کہتے کہتے رک گیا۔باقیوں نے جواب دیا۔''جی نہیں!''

تھوڑی دیر کے بعد چار نیزہ بردار آئے۔کھڑکیوں میں سے اندر جھانک کر انہوں نے مسافروں سے پوچھا۔''کیوں جناب کوئی مرغا ورغا ہے۔''

اس مسافر نے جو پہلے کچھ کہتے کہتے رک گیا تھا جواب دیا۔''جی معلوم نہیں ... آپ اندر آکے سنڈاس میں دیکھ لیجیے۔''

نیزہ بردار اندر داخل ہوئے۔سنڈاس توڑا گیا۔تو اس میں سے ایک مرغا نکل آیا۔ایک نیزہ بردار نے کہا۔''کردو حلال۔''

دوسرے نے کہا۔''نہیں یہاں نہیں۔ڈبہ خراب ہو جائے گا... باہر لے چلو۔''

(صفائی پسند)

کلونت کور نے تھوک نگل کر اپنا حلق تر کیا اور پوچھا:''پھر کیا ہوا؟''

ایشر سنگھ کے حلق سے بمشکل یہ الفاظ نکلے: ''میں نے... میں نے پتا پھینکا ...لیکن ...لیکن'' ...اس کی آواز دب گئی۔

کلونت کور نے اسے جھنجھوڑا: ''پھر کیا ہوا؟''

ایشر سنگھ نے اپنی بند ہوتی ہوئی آنکھیں کھولیں اور کلونت کور کے جسم کی طرف دیکھا جس کی بوٹی بوٹی تھرک رہی تھی: ''وہ... وہ مری ہوئی تھی ...لاش تھی ... بالکل ٹھنڈا گوشت ...جانی، مجھے اپنا ہاتھ دے...''

کلونت کور نے اپنا ہاتھ ایشر سنگھ کے ہاتھ پر رکھا جو برف سے بھی زیادہ ٹھنڈا تھا۔ (ٹھنڈا گوشت)

''میں نے اس کی شہ رگ پر چھری رکھی۔ ہولے ہولے پھیری اور اس کو حلال کردیا۔''

''یہ تم نے کیا کیا؟''

''کیوں؟''

''اس کو حلال کیوں کیا؟''

''مزہ آتا ہے اس طرح۔''

''مزہ آتا ہے کے بچے، تجھے جھٹکا کرنا چاہیے تھا۔ اس طرح...'' اور حلال کرنے والے کی گردن کا جھٹکا ہوگیا۔'' (حلال اور جھٹکا)

''نہیں میری بیٹی کو کوئی قتل نہیں کرسکتا۔''

''میں نے پوچھا... کیوں؟''

بڑھیا نے ہولے ہولے کہا... ''وہ خوبصورت ہے ...اتنی خوبصورت ہے کہ اسے کوئی قتل نہیں کرسکتا۔ اسے طمانچہ تک نہیں مار سکتا۔''

میں سوچنے لگا... ''کیا وہ واقعی اتنی خوبصورت تھی۔ ہر ماں کی آنکھوں میں اس کی اولاد چندے آفتاب و چندے ماہتاب ہوتی ہے لیکن ہوسکتا ہے کہ وہ لڑکی در حقیقت خوبصورت ہو۔ مگر اس طوفان میں کون سی خوبصورتی ہے جو انسان کے

کھردرے ہاتھوں سے بچی ہے ...ہوسکتا ہے پگلی اس خیال خام کو دھوکہ دے رہی ہو ...فرار کے لاکھوں راستے ہیں ...دکھ ایک ایسا چوک ہے جو اپنے ارد گرد لاکھوں بلکہ کروڑوں سڑیوں کا جال بن دیتا ہے۔

(خدا کی قسم)

''میری آنکھوں کے سامنے میری جوان بیٹی کو نہ مارو۔''
چلو اسی کی مان لو...کپڑے اتار کر ہانک دو ایک طرف۔''

(رعایت)

اس کے حلق سے صرف اتنا نکل سکا: ''جی میں ...جی میں اس کا باپ ہوں ...''

ڈاکٹر نے اسٹریچر پر پڑی ہوئی لاش کی طرف دیکھا، پھر لاش کی نبض ٹٹولی اور اس سے کہا کھڑکی ''کھول دو...''

مردہ جسم میں جنبش ہوئی، بے جان ہاتھوں نے ازار بند کھولا اور شلوار نیچے سرکا دی

بوڑھا سراج الدین خوشی سے چلایا: ''زندہ ہے ...میری بیٹی زندہ ...

ڈاکٹر سر سے پیر تک پسینے میں غرق ہو چکا تھا۔ (کھول دو)

پکڑلو ...پکڑلو ...دیکھو جانے نہ پائے۔شکار تھوڑی سی دوڑ دھوپ کے بعد پکڑلیا گیا۔ جب نیزے اس کے آر پار ہونے کے لیے آگے بڑھے تو اس نے لرزاں آواز میں گڑگڑا کر کہا۔ مجھے نہ مارو ...مجھے نہ مار ...میں تعطیلوں میں اپنے گھر جارہا ہوں۔'' (ہمیشہ کی چھٹی)

''مرا نہیں ...دیکھو ابھی جان باقی۔''

''رہنے دو یار ...میں تھک گیا ہوں۔'' (آرام کی ضرورت)

''ہماری قوم کے لوگ بھی کیسے ہیں ...پچاس سور اتنی مشکلوں کے بعد تلاش کر کے اس مسجد میں کاٹے ہیں۔ وہاں مندروں میں دھڑا دھڑ گائے کا گوشت بک

رہا ہے لیکن یہاں سور کا مانس خریدنے کے لیے کوئی آتا ہی نہیں!

(آنکھوں پر چربی)

چھری پیٹ چاک کرتی ہوئی ناف کے نیچے تک چلی گئی۔ ازار بند کٹ گیا۔
چھری مارنے والے کے منہ سے دفعتاً کلمۂ تاسف نکلا۔

چ، چ، چ، چ مسٹیک ہوگیا۔" (سوری)

•

عسکری صاحب نے جس زمانے میں "فسادات اور ہمارا ادب" میں یہ لکھا کہ فسادات ادب کا موضوع نہیں بن سکتے تو کافی ہائے توبہ مچی اور لوگ یہ کہتے ہوئے پائے گئے کہ اب عسکری منٹو کو کہاں لے جائیں گے۔ لیکن جب عسکری صاحب کا مضمون "منٹو فسادات پر" سیاہ حاشیے کے دیباچے کے طور پر سامنے آیا تو لوگوں کو ان کا جواب مل گیا۔ فسادات سے متعلق منٹو کے افسانوں کا محاکمہ کرتے ہوئے عسکری صاحب نے صاف لفظوں میں یہ بات کہی کہ

"یہ افسانے فسادات کے متعلق نہیں ہیں، بلکہ انسانوں کے بارے میں ہیں۔ منٹو کے افسانوں میں آپ انسانوں کو مختلف شکلوں میں دیکھتے رہے ہیں۔ انسان بحیثیت طوائف کے، انسان بحیثیت تماش بین کے وغیرہ ان افسانوں میں بھی آپ انسان ہی دیکھیں گے، فرق صرف اتنا ہے کہ یہاں انسان کو ظالم یا مظلوم کی حیثیت سے پیش کیا گیا ہے اور فسادات کے مخصوص حالات میں۔ سماجی مقصد کا تو منٹو نے جھگڑا ہی نہیں پالا۔ اگر تلقین سے آدمی سدھر جایا کرتے تو مسٹر گاندھی کی جان ہی کیوں جاتی۔ منٹو کو افسانوں کے سماجی اثرات کے بارے میں نہ زیادہ غلط فہمیاں ہیں نہ انہوں نے ایسی ذمہ داری اپنے سر لی ہے جو ادب پوری کر ہی نہیں سکتا۔ سچ پوچھیے تو منٹو نے ظلم پر بھی کوئی خاص زور نہیں دیا انہوں نے چند واقعات تو ضرور ہوتے دکھائے ہیں، مگر یہ کہیں نہیں ظاہر ہونے دیا کہ یہ واقعات یا افعال بنفسہ اچھے ہیں یا برے۔ نہ انہوں نے ظالموں پر لعنت بھیجی ہے نہ مظلوموں پر آنسو بہائے ہیں۔ انہوں نے تو یہ تک فیصلہ نہیں کیا کہ ظالم لوگ برے ہیں یا مظلوم اچھے ہیں۔"

ظلم یا ظالم کے متعلق اپنے تاثرات اور تعصبات بیان کرنے کے بجائے منٹو کے افسانے انسانی قدروں کے زوال اور انسانی دماغ کے مکمل مفلوج ہو جانے کے نتیجے میں پیدا ہونے والی صورت حال کا بیان کرتے ہیں۔ یہی وہ خوبی بھی ہے جو منٹو کے افسانوں کو فسادات پر لکھے گئے دوسرے افسانوں سے ممتاز کرتی ہے۔ عسکری صاحب نے درست لکھا ہے کہ فسادات پر لکھتے ہوئے منٹو کا رویہ ہی بدلا ہوا ہے ان کے مطابق

> ''منٹو کے افسانوں میں انسان ہر وقت اور بیک وقت انسان بھی ہوتا ہے اور حیوان بھی۔ اس میں خوف کا پہلو یہ ہے کہ انسانیت کے احساس کے باوجود انسان حیوان بننا کیسے گوارا کر لیتا ہے اور تسکین کا پہلو یہ ہے کہ وحشی سے وحشی بن جانے کے بعد بھی انسان اپنی انسانیت سے پیچھا نہیں چھڑا سکتا۔ منٹو کے ان افسانوں میں یہ دونوں پہلو موجود ہیں۔ خوف بھی اور دلاسا بھی۔''

منٹو کوئی قاضی، مفتی، محتسب یا چوکیدار تو تھا نہیں کہ انسانوں کے اچھے برے ہونے کا فیصلہ کرتا پھرتا اس نے انسانوں کو مصفا و منزہ اور معصوم بنانے کی کوشش نہیں کی۔ انسان جس حیثیت سے اس کے تجربے میں آتے گئے اس کا بیان اس نے اپنے افسانوں میں نہایت ہی طاقتور طریقے سے کیا ہے۔ ایک انسان کے اچھے یا برے ہونے کا معاملہ دراصل اتنا پیچیدہ ہے کہ آسانی سے اس کے مضمرات کو واضح بھی نہیں کیا جا سکتا۔ منٹو کو اس حقیقت کا ادراک تھا یہی وجہ ہے کہ اس کے افسانوں میں بیسویں صدی کا انسان اپنی ساری روحانی مایوسیوں، مجبوریوں، معذوریوں اور حسرتوں کے ساتھ اپنی شکست کا منظر دیکھنے کے لیے موجود ہے۔ منٹو کے افسانے ان معنوں میں محض افسانے نہیں بلکہ اپنے دور کی سماجی اور اخلاقی تاریخ میں ایک دستاویز کی حیثیت رکھتے ہیں۔ منٹو کے افسانوں میں اگر کوئی طوائف/ انسان سماجی نظام اور وقت کے جبر کا شکار ہوتا ہے تو یہ ناکامی صرف ان تک محدود نہ رہ کر زندگی کے اس نظام کی شکست میں ظاہر ہوتی ہے جس میں ہم اور آپ سانسیں لے رہے ہیں۔

منفی عناصر کی موجودگی میں بعض لوگوں کو منٹو سے یہ شکایت ہے کہ ان کے افسانے اخلاقی اعتبار سے انحطاطی ہیں پتہ نہیں۔ یہ لوگ یونانی فلسفیوں اور بودلیر کی شاعری کے بارے

میں کیا خیال رکھتے ہوں گے جس نے کہا تھا کہ میں بچے ابال بال کر کھاتا ہوں۔ نام نہاد اخلاقیات کا دعویٰ کر کے منٹو کے افسانوں کو جس طرح مطعون کیا گیا اس سے ہمارے ذہنی اضمحلال کا پتہ چلتا ہے۔ اصل میں منٹو کے یہاں معمولی اخلاقیات سے یکسر کنارہ کشی کا رجحان ایک نئی اخلاقیات ڈھونڈنے کی کوشش سے عبارت ہے اور یہ کوشش منٹو کو اکیسویں اور بیسویں صدی کے بڑے فن کاروں کے درمیان لا کھڑا کرتی ہے۔ صنعتی دور کے بڑے فنکاروں کے اخلاقی رجحانات کے تعلق سے عسکری صاحب نے یہ بات کہی تھی کہ:

> ''ان فنکاروں کے روحانی مسئلے اور ان کی بیزاری اپنی جگہ پر مسلم، لیکن اب ایک خالص فنی مسئلہ پیدا ہوتا ہے۔ اخلاقی معیار چھوڑنے کو تو چھوڑ دیئے جائیں کوئی بات نہیں، لیکن کسی نہ کسی معیار کے بغیر... یہ معیار شعوری ہو یا غیر شعوری، اس سے بحث نہیں۔ فن پارے کی تخلیق کس طرح ممکن ہے؟ فن پارے کے اجزا اور کل کے درمیان، اور اس طرح فن پارے اور اس سے متاثر ہونے والے آدمی کے درمیان کسی نہ کسی طرح کا تعلق، کسی نہ کسی طرح کا رشتہ تو ہونا ہی چاہیے اور ان رشتوں کا کوئی معیار بھی لازمی ہے۔ یہ مسئلہ نفسیاتی کیا معنی، حیاتیاتی بھی بن سکتا ہے لیکن فی الحال فنکار کے نقطۂ نظر سے دیکھتے ہوئے ہم اسے ایک بہت بڑا فنی مسئلہ کہیں گے۔ یہ مسئلہ یوں حل ہوا کہ فن برائے فن کا نظریہ وجود میں آیا۔ یہاں بھی میں بڑے زور شور سے اس بات سے انکار کروں گا کہ یہ نظریہ اخلاقی حیثیت سے انحطاط پرستانہ ہے۔ میں اوپر دکھا آیا ہوں کہ معمولی اخلاقی تعلقات فنکار کے لیے کس طرح ناممکن ہو گئے تھے۔ یہ نظریہ اخلاقیات سے یکسر کنارہ کشی نہیں ہے بلکہ فن اور فنکار کے لیے ایک نئی اخلاقیات ڈھونڈنے کی کوشش ہے۔''

گویا نئے فنکار بشمول منٹو کے یہاں اخلاقیات کے معنی محدود نہیں بلکہ ان میں بڑی وسعت ہے۔ منٹو حالات کا لحاظ کیے بغیر ہر مروجہ اخلاقی قانون کو ماننے کے لیے تیار نہیں۔ وہ راہبوں کی طرح اخلاقیات کو دماغ کی کمزوری تو نہیں بتاتا لیکن اخلاقیات کے مروجہ معیار کو بجنسہٖ

قبول کرنے سے انکاری ہے۔ منٹو کے اندر خود نئی اخلاقی اقدار فراہم کرنے کی کتنی سکت موجود تھی یہ ایک الگ بحث کا موضوع ہے لیکن اپنے بعض افسانوں میں اس نے نیک کو بد اور بد کو نیک سمجھ کر جو تجربے کیے ہیں، وہ اسی نئی اخلاقی حقیقت تک پہنچنے کی ایک لڑکھڑاتی ہوئی سی کوشش ضرور ہے۔

> صبح سویرے جب وہ اُٹھ کر بالکنی میں آتی تو ایک عجیب سماں نظر آتا۔ دھند لکے میں انجنوں کے منہ سے گاڑھا گاڑھا دھواں نکلتا اور گدلے آسمان کی جانب موٹے اور بھاری آدمیوں کی طرح اٹھتا دکھائی دیتا۔ بھاپ کے بڑے بڑے بادل بھی ایک شور کے ساتھ پٹریوں سے اُٹھتے اور آنکھ جھپکنے کی دیر میں ہوا کے اندر گھل مل جاتے۔ پھر کبھی کبھی جب وہ گاڑی کے کسی ڈبے کو جسے انجن نے دھکا دے کر چھوڑ دیا ہو، اکیلے پٹریوں پر چلتا دیکھتی تو اسے اپنا خیال آتا۔ وہ سوچتی کہ اسے بھی کسی نے زندگی کی پٹری پر دھکا دے کر چھوڑ دیا ہے اور وہ خود بخود جارہی ہے، دوسرے لوگ کانٹے بدل رہے ہیں اور وہ چلی جارہی ... نہ جانے کہاں؟ پھر ایک روز ایسا آئے گا جب اس دھکے کا زور آہستہ آہستہ ختم ہوگا اور وہ کہیں رک جائے گی، کسی ایسے مقام پر جو اس کا دیکھا بھالا نہ ہوگا۔ (کالی شلوار)

منٹو دراصل اس حقیقت کو جانتا تھا کہ نیکی اور بدی جیسے اخلاقی تصورات سے متعلق ہمارے یہاں جو خیالات متداول ہیں وہ ایک زمانے سے چلے آرہے ہیں اور ان کا تعلق زیادہ تر اس سماجی نظام سے ہے جو اندر سے مکمل ہم آہنگ تھا۔ اب جب زمانہ بدل چکا ہے اور صورت حال وہ نہیں جو آج سے دو سو سال قبل ہم آہنگی اور توازن کے زمانے میں تھی تو نئی حقیقتوں کو دریافت کرنے کے لیے منٹو نے چیزوں کو اُلٹ پلٹ کر دیکھنا شروع کیا۔ اس کام کے لیے اسے جس چیز کی قربانی سب سے پہلے دینی پڑی وہ اس کے نیک جذبات تھے۔ پتہ نہیں منٹو نے اندرے ژید کو پڑھا تھا یا نہیں لیکن اس معاملے میں وہ ژید کا ہم نوا نکلا۔ ژید کا مشہور بلکہ رسوائے زمانہ جملہ ہے:

''نیک جذبات سے صرف برا ادب پیدا ہوتا ہے۔''

عسکری صاحب کے مطابق:

''اس بیان سے یہ نتیجہ نکالنا غلط ہے کہ ژید فن کار کو نیکی سے بالکل بے نیاز ہو جانے کا مشورہ دیتا ہے بلکہ اسے کہنا یہ ہے کہ معاشرے کا اندرونی توازن بگڑ چکا ہو، مگر نیک و بد کا تصور وہی چلا آ رہا ہو جو مکمل ہم آہنگی اور توازن کے وقت تھا، تو ایسا تصور فن کار کو صحیح تخلیق میں مدد نہیں دے سکتا۔ کیونکہ اس کا کام نئی حقیقتوں کی دریافت بھی ہے۔ بالکل انہیں معنوں میں بودلیر نے شیطان کو جلاوطنوں کا عصا اور موجدوں کا چراغ کہا ہے۔ اگر آپ کو نئے اخلاقی معیار ڈھونڈنے ہیں تو مروجہ معیاروں کو بجنسہ قبول نہیں کر سکتے اس کے لیے تو بعض وقت نیک کو بد اور بد کو نیک سمجھ کر تجربہ کرنا پڑے گا کہ حقیقت کیا ہے۔''

دراصل انیسویں صدی میں نوآبادیاتی اقتدار کے بوجھ تلے گردن کو جھکائے ہمارے بعض ناقدین نے ادب کو چند احکام کا پابند بنانے کی کوشش کی تھی۔ انہوں نے ادب سے جو مطالبے کیے اس میں جذبات، اصلیت اور افادیت پر اتنا زور دیا گیا کہ آنے والے زمانے میں کیا شاعری اور کیا نثر ہر چیز کو اسی چھلنی سے چھانا گیا۔ اس تثلیث کے پہلے رکن یعنی جذبات نے تو وہ دھما چوکڑی مچائی کہ ہر کوئی اپنے کچے پکے جذبات کے سہارے ادب تخلیق کرنے کا دعویدار ہوا۔ جذبات تنظیم بھی چاہتی ہے اس کی انہیں نہ تو فکر ہی تھی اور نہ ہی اتنی مہلت۔ وہ تو بس مولانا حالی کی بنائی ہوئی ایک نئی شریعت پر عمل کرنا جانتے تھے۔ ان پر عمل کرنا ان کے لیے یوں بھی آسان تھا کہ دل پر چوٹ کھا کر کچھ نظمیں اور کچھ افسانے تو لکھے ہی جا سکتے ہیں۔ خدا شکر خورے کو شکر ہی دیتا ہے کہ مصداق انہیں قاری بھی میسر آ گئے لیکن ان تمام معاملات میں جس چیز کا حال سب سے زیادہ پتلا ہوا وہ ادب تھا۔ عسکری صاحب نے درست کہا تھا کہ

''حالی تک کو یہ شکایت پیدا ہوئی کہ ہمارے ادب کا بہت بڑا حصہ جذبات سے خالی ہے۔ اگر یہ ادب جذبات سے خالی ہے تو کیوں؟ اس میں جذبات کی جگہ اور کیا ہے؟ جذبات کی کمی کے باوجود یہ ادب واقعی ادب ہے یا

نہیں؟ ان سوالوں پر حالی کی نسل نے کبھی غور نہیں کیا۔ جو سوال مسٹر مکالے
کے ذہن میں پیدا نہیں ہوسکا وہ ان بیچاروں کے ذہن میں کہاں سے آتا۔"

ترقی پسند بھی چونکہ مولانا حالی کی ہی نسل کی کڑی تھے اور جس طرح کا کام وہ ادب سے لینا چاہتے تھے اس میں جذباتیت سے بڑی امیدیں تھیں لہٰذا یہاں بھی جذبات کی ریل پیل ہے۔ منٹو چونکہ ایک بڑا ادیب تھا اور خالص جذبے کی کمزوریاں اس پر عیاں تھیں لہٰذا اکثر وہ ذہن کو جذبات سے الگ کر کے اشیا اور خیالات کو مجرد شکل میں برتنے پر بھی قادر تھا منٹو نے جذبات سے پیچھا چھڑایا اور ترقی پسندوں نے اس سے۔ اس کھینچا تانی میں منٹو کا تو کوئی نقصان نہیں ہوا لیکن ترقی پسندوں کو ایک بڑے فنکار سے ہاتھ دھونا پڑا۔ اب انقلاب پسند منٹو کا راستہ بالکل الگ تھا اور وہ اپنے مضمون 'گناہ کی بیٹیاں گناہ کے باپ' میں اپنے کمیونسٹ ساتھیوں کے بارے میں اس طرح کی رائے بھی دینے پر مجبور تھا۔ (اتفاق سے اس کا یہ مضمون علی احمد فاطمی صاحب کی کتاب 'کامریڈ منٹو' میں بھی شامل ہے)

"مجھے نام نہاد کمیونسٹوں سے بڑی چڑ تھی۔ وہ لوگ مجھے بہت کھلتے تھے جو نرم نرم صوفوں پر بیٹھ کر درانتی اور ہتھوڑے کی ضربوں کی باتیں کرتے تھے۔ یہی وجہ ہے کہ چاندی کی لٹیا سے دودھ پینے والا کامریڈ سجاد ظہیر میری نظروں میں ہمیشہ ایک مسخرہ رہا۔ محنت کش مزدوروں کی صحیح نفسیات کچھ ان کا اپنا پسینہ ہی بطریق احسن بیان کرسکتا ہے۔ اس کو دوات کے طور پر استعمال کر کے، اس کے پسینے کی روشنائی میں قلم ڈبو ڈبو کر گرانڈیل لفظوں میں منشور لکھنے والے ہوسکتا ہے بڑے مخلص آدمی ہوں۔ مگر معاف کیجیے میں اب بھی انہیں بہروپیے سمجھتا ہوں۔"

••

تقسیمِ ہند کی خوچکاں تاریخ کا البم

ڈاکٹر فاروق اعظم قاسمی

کسی نے سچ کہا ہے منٹو اُس کبوتر کی سی نگاہ رکھتا تھا، جو مرے ہوئے بیل کے کھُر میں پھنسے دانے کو چُگ لیتا ہے۔

اس وقت میرے سامنے منٹو کے افسانچوں کا مجموعہ ''سیاہ حاشیے'' ہے۔ اُس کے بتیس افسانچوں کے مطالعے کے بعد محسوس ہو رہا ہے کہ منٹو تقسیمِ ہند کی آگ کے دریا میں غوطہ کھا رہا ہے یا اُسے کوئی زبردستی غوطہ کھلا رہا ہے۔ دانستہ یا نادانستہ منٹو نے تقسیم کی پوری خونی پکچر دیکھی تھی۔ اپنے اس عمل پر وہ نہ تو کھل کر پچھتا پایا ہے اور نہ ہی کسی کے سامنے اپنی دیکھی ہوئی خونی داستان بیان کر پایا ہے۔ منٹو کوئی عام انسان تو تھا نہیں۔ وہ ایک خاص انسان تھا، جو صدیوں میں پیدا ہوا کرتا ہے۔ وہ بہت حسّاس دل لے کر پیدا ہوا تھا۔ وہ ظلم و ناانصافی نہیں دیکھ سکتا تھا۔ اُس نے بے شمار مصائب جھیلے لیکن اپنا ضمیر نہیں بیچا۔ اُس کا کہنا تھا کہ ڈراما (ریڈیائی ڈرامے) یا فلمی کہانیاں لکھنا اُس کے پیٹ کی مجبوری تھی مگر افسانہ اُس کا شوق اور فن تھا۔ یہی وجہ ہے کہ ڈراما وہ مذاق مذاق میں لکھ ڈالتا تھا لیکن افسانے کے لیے اُس دماغ سوزی کرنی پڑتی تھی۔ اب بھلا ایسا فن کار و قلم کار جس نے بذاتِ خود انسانی سماج کے خونی منظر نامے کا مشاہدہ کیا ہو کیسے خاموش رہ سکتا تھا۔

منٹو نے خود کو اپنے ان افسانوں میں پیوست کر دیا ہے۔ وہ منٹو جسے مبہم اور آہستہ آواز میں کچھ کہنا بالکل پسند نہیں لیکن اپنے افسانچوں میں سسکیاں لیتا ہوا محسوس ہوتا ہے۔ الفاظ اُس کی ہچکیوں میں پھنسے پھنسے محسوس ہوتے ہیں۔ یہی وجہ ہے کہ اُس کے افسانوں سے کہیں زیادہ ان

افسانچوں میں ایمائیت پائی جاتی ہے۔ افسانہ ''سہائے'' میں تو منٹو نے یہ کہا تھا: ''یہ مت کہو کہ ایک لاکھ ہندو مرے اور ایک لاکھ مسلمان مرے بلکہ یہ کہو کہ دو لاکھ انسان مرے'' لیکن اپنے ایک افسانچے ''سوری میں لکھتا ہے:

''چھُری پیٹ چاک کرتی ہوئی ناف کے نیچے تک چلی گئی۔ ازار بند کٹ گیا۔ چھُری مارنے والے کے منہ سے دفعتاً کلمہء تاسُف نکلا۔

''چ چ چ چ... مِشٹیک ہوگیا۔''

بادی النظر میں یہ لگتا ہے افسانچہ نگاری آزاد نظم کی طرح کام چوری کا شغل ہے اور آج بڑی حد تک فلیش کے طور پر ان دونوں میں طبع آزمائی ہو رہی ہے۔ اس کے برعکس منٹو کے افسانچوں نے یہ سمجھایا کہ اگر کوئی حساس دل فن کار اپنے سماج کی کربناکیوں کو تخلیق کی صورت دینا چاہے لیکن اُس کا درد اور کرب آنسوؤں میں حارج ہوں تو افسانچہ نگاری کا سہارا لیا جاسکتا ہے۔ منٹو کے یہ چند سطری افسانچے اپنے اندر معانی کا ایک جہان رکھتے ہیں۔ ان سطروں میں منٹو ایک مہاتما، ایک صوفی اور ایک عظیم انسان دکھائی پڑتا ہے۔

''سیاہ حاشیے'' کو تقسیمِ ہند کی خونچکاں تاریخ کا البم کہا جاسکتا ہے۔ ایسا البم جس کی ہر تصویر درد و کرب، آہ وفغاں اور خون و آنسوؤں کا ایک مونتاژ نظر آتی ہے۔ ●●

تقسیم کے تشدد پر منٹو نے سب سے پہلے اپنے چونکا دینے والے ردعمل کو ''سیاہ حاشیے'' کے توسط سے ریکارڈ، پر لانے کی کوشش کی تھی۔ دو سطروں سے لے کر چار پانچ صفحات کو محیط مختصر کہانیوں کے اس مجموعہ میں لوٹ مار، عصمت دری، قتل اور قتل سے بچنے کی انتھک کوشش، پولیس کی بدعنوانی، غرض کہ تشدد کی کتنی ہی تصویریں محفوظ ہیں۔ فسادات کے واقعات کو منٹو نے انتہائی کم فاصلے سے ایک تیسرے آدمی کی زبان میں بیان کیا ہے۔ کم جذباتی بلکہ غیر جذباتی اسلوب میں بیان کی گئی یہ چھوٹی چھوٹی کہانیاں سنگینی کے ساتھ ایک ٹھنڈا اثر پیدا کرتی ہیں۔ تقسیم کے حوالے سے لکھے گئے دوسرے ادب کے برعکس، یہ کہانیاں اپنے موضوع کے باعث نہیں، بلکہ سیاہ مزاح کے مخصوص برانڈ کی وجہ سے امتیازی شان رکھتی ہیں۔

(لیزلی فلیمنگ: ''فسادات اور مہاجرین''۔ انگریزی سے ترجمہ)

حاشیے کا منٹو

شاداب رشید

''سیاہ حاشیے'' کے یہی وہ افسانے تھے جس کی بدولت اردو کے جدید ادیبوں نے اِن افسانوں کو لطیفہ گوئی کی سند سے نوازا اور منٹو کو حاشیے پر ڈھکیل دیا۔ اس لیے ایسا کہا جاسکتا ہے کہ مشہور زمانہ منٹو کو بدنام زمانہ منٹو بنانے میں ''سیاہ حاشیے'' کا بہت اہم رول رہا ہوگا۔ ایک ایسے وقت جب احمد ندیم قاسمی کسانوں اور محبت کی کہانیاں لکھنے میں اور حسن عسکری ادب کو پاکستانیت اور اسلام کا چوغہ اوڑھانے میں مصروف تھے وہیں منٹو نے زمانے کی آنکھ میں آنکھ ڈال کر ''سیاہ حاشیے'' کی تخلیق کی۔ وقتی طور پر ان مختصر ترین افسانوں کو حاشیے پر پھینک دیا گیا مگر وقت کے ساتھ ساتھ یہی مختصر ترین افسانے آج افسانچہ نگاری کا نقیب بن گئے۔

کہا جاتا ہے کہ ''سیاہ حاشیے'' کی خاصیت یہ تھی کہ وہ اُس زمانے کے عکاس تو تھے ہی مگر آج بھی اُن کی معنویت اور relevance اُسی طرح برقرار ہے۔ مگر وہ کیا وجہ تھی جو منٹو کو کفایت لفظی کے ساتھ افسانے لکھنے پر مجبور ہونا پڑا۔ یہ سچ ہے کہ زندگی کے آخری دنوں میں ایک وقت ایسا بھی آیا تھا جب شراب کی ایک بوتل کے حصول کی خاطر وہ روز ایک افسانہ لکھا کرتا تھا۔ لیکن ۱۹۴۸ میں جب ''سیاہ حاشیے'' کے افسانے لکھے گئے تھے، ایسے حالات نہ تھے۔ پھر کیا وجہ تھی کہ چند سطریں گھسیٹ کر افسانہ لکھنے کا کوٹہ پورا کرنا چاہتا تھا؟ کیا اُس کے پاس الفاظ ختم ہوتے جا رہے تھے یا کردار کم پڑ گئے تھے؟ آخر ایسی کیا وجہ تھی جو منٹو نے اس form کو اپنایا؟

افسانے کے ناقدین بھی اس بات کا اعتراف کریں گے کہ کہانی اپنا form خود چنتی ہے اور اس بات میں بھی دو رائے نہیں کہ منٹو واقعی میں Jenius تھا اور وہ جانتا تھا کہ کس کہانی

کے لیے کون سا form صحیح ہے، شاید اسی لیے منٹو نے جب اپنے اطراف فسادات کی ہولناکی دیکھی تو اسے صفحۂ قرطاس پر قلم بند کرنا شروع کر دیا۔ ''کھول دو''، ''ٹھنڈا گوشت''، ''ٹوبہ ٹیک سنگھ''، ''گورمکھ سنگھ کی وصیت'' جیسے افسانے اس کی مثالیں ہیں لیکن کچھ واقعات ایسے بھی تھے جنہیں بیان کرنے کے لیے لمبی تمہید، کردار، ماحول کی عکاسی اور طویل مکالمے درکار نہ تھے۔ اس لیے صرف چند تفصیلات اور مختصر مکالموں کے سہارے ایسے افسانے تخلیق کیے جن کو منٹو نے خود ''سیاہ حاشیے'' کا عنوان دیا۔ کہنے کو یہ مختصر افسانے، افسانچے ہیں، لیکن ان کی چند سطریں اپنے اندر فسادات کا پورا منظر نامہ بیان کرنے کی قوت رکھتی ہیں۔

سب سے پہلے حسن عسکری نے ''سیاہ حاشیے'' کے دیباچے میں ان افسانوں پر لطیفہ گوئی کا لیبل لگایا۔ جس کے بعد کئی اور ادیبوں نے بھی بھیڑ چال میں ان افسانوں کو لطیفہ گوئی تو کچھ نے انہیں پہیلیاں تک کہہ دیا۔ ویسے حسن عسکری کی بات سے اعتراض تو کیا جاسکتا ہے کہ انھوں نے سارے افسانوں کو ایک ہی کٹگھرے میں کھڑا کر دیا لیکن اگر ہم 'پٹھانستان' اور 'کرامات' جیسے افسانے پڑھیں تو پہلی قرأت میں یہ افسانے کسی لطیفے سے کم نہیں لگتے، اور اِن کی قرأت کرتے ہی ہمارے چہرے پر بھی ایک مسکراہٹ آجاتی ہے لیکن یہ مسکراہٹ عام مسکراہٹ نہ ہو کہ ایک ایسی چبھتی ہوئی طنزیہ مسکراہٹ ہوتی ہے جو ہمیں اندر تک ہلا کر رکھ دیتی ہے۔ ''کرامات'' افسانے میں جہاں انسان، جسے اشرف المخلوقات بھی کہا جاتا ہے، صرف کنویں کا پانی میٹھا ہو جانے پر اس کنویں میں گرنے والے شخص کو ولی مان بیٹھتا ہے، وہیں ''پٹھانستان'' میں جہاں ایک پٹھان، جن کے بارے میں مشہور ہے کہ وہ اپنی بات کے آگے کسی کو خاطر میں نہیں لاتے اور منطق کا استعمال کیے بغیر اپنے طے شدہ بندھے ٹکے اصولوں پر چلتے ہیں، کی خوبصورت عکاسی کی ہے۔ ان افسانوں کا گہرائی سے مطالعہ کرنے پر انسان کی حد درجہ بے وقوفی اور اندھی عقیدت کی قلعی کھل جاتی ہے۔ دونوں افسانے بہ ظاہر تو ہلکے پھلکے چٹکلے معلوم ہوتے ہیں مگر یہ فریب نظر ہے۔ یہ افسانے اصل میں زندگی کی کڑوی سچائیوں کی جیتی جاگتی مثالیں ہیں۔ لیکن اب اس کا کیا کریں عسکری صاحب کی آنکھ پر چڑھا چشمہ ان طنزیہ افسانوں کو سمجھنے میں حائل رہا اور فکشن کی بہترین سمجھ کے باوجود وہ ان افسانوں کو ڈی کوڈ کرنے میں ناکام رہے۔

منٹو کے یہی مختصر ترین افسانے ایک معنی میں جدیدیت کی بنیاد گزار بھی کہے جا سکتے ہیں کہ بغیر پلاٹ اور بغیر ٹھوس کرداروں کے افسانے لکھنے کا جو چلن جدید افسانے نے اختیار کیا تھا اُس کے کئی عکس ہمیں ''سیاہ حاشیے'' کے افسانوں میں ملتے ہیں۔ اگر جدیدیت کے علَم بردار چاہتے تو ان افسانوں کو مشعلِ راہ بنا کر جدیدیت کا علَم آگے بڑھاتے تو اتنی جلدی زوال پذیر نہ ہوتے۔ جدیدیت کے امام نے اپنی اُمت کی غلط نشاندہی کی اور اُنہیں راستے سے بھٹکا دیا۔ جدیدیت پسندوں نے بھی اپنے اِمام کے دکھائے غلط راستے پر آنکھوں پر پٹی باندھے چل پڑے اور وہیں اُن کا اِمام خاموشی سے راستہ بدل کر قصّہ گوئی کی اُسی روایت پر چل پڑا، جس کی بنیاد پریم چند اور دوسرے ترقی پسند افسانہ نگاروں نے ڈالی تھی۔ کاش اُن کے اِمام اور خود جدیدیوں نے ''سیاہ حاشیے'' کو اگر کھنگالا ہوتا اور اُن کا بھرپور تجزیہ کیا ہوتا تو آج جدیدیت کی زنبیل بھی لازوال اور بہترین افسانوں سے بھری ہوتی۔ مگر ہائے افسوس کہ جدیدیت کا چراغ بہت ہی کم وقت کے لیے ٹمٹمایا اور بجھ گیا۔ حالانکہ منٹو کا افسانہ 'پھندنے' کو جدیدیت پسندوں نے کچھ کچھ اہمیت تو دی لیکن...اس پر گفتگو کبھی اور سہی۔

منٹو کے ''سیاہ حاشیے'' جدیدیت کے دور میں لکھے گئے تمام افسانوں پر بھاری ہیں۔ مختصر افسانہ 'دعوتِ عمل' کا ہی اگر ہم مطالعہ کریں تو دو جملوں میں تحریر کردہ افسانہ پوری کہانی بیان کر دیتا ہے۔ یہ مختصر افسانہ آج بھی relevant ہے۔ آج کے جدید دور میں کئی ایسے واقعات ہمارے سامنے آئے ہیں جب انشورنس کمپنیوں سے پیسے وصولنے کے لیے کئی بڑے بزنس مین اور صنعت کاروں نے اپنے ہی کارخانوں کو نذرِ آتش کر دیا۔ ایسی کئی مثالیں آج بھی دیکھنے میں آتی ہیں کہ پہلے اناج کی ذخیرہ اندوزی کی جاتی ہے پھر جب بازار میں دام بڑھ جاتے ہیں تو یہی اناج مافیا ذخیرہ اندوز کیے اناج کو اونچے داموں پر فروخت کرتے ہیں۔ صرف دو جملوں میں منٹو نے پورے سسٹم کے کام کرنے کے طریقے کو کھول کر رکھ دیا کہ جو آگ لگاتا ہے وہی آگ بجھانے کا سامان بھی مناسب داموں پر مہیا کرتا ہے۔ اور کمال کی بات یہ ہے کہ ہم سب کچھ دیکھتے ہوئے بھی اِن باتوں کو اَن دیکھا کر رہے ہیں۔ امریکا جیسے ملک کی مثال بھی ہمارے سامنے ہے جو بہ ظاہر تو پوری دنیا میں امن و امان قائم کرنے کے لیے پیش پیش ہے لیکن یہی وہ ملک ہے جو

سب سے زیادہ ہتھیار بنانے پر پیسے خرچ کرتا ہے اور دنیا کے کئی ممالک کو ہتھیار فروخت بھی کرتا ہے۔ یہ منٹو کی دور اندیشی ہی تھی کہ اُس نے امریکا کا یہ چہرہ پہلے ہی دیکھ لیا تھا اور شاید اسی لیے منٹو نے ''سیاہ حاشیے'' کے علاوہ امریکا کے خلاف الگ سے 'چچا سام کے نام خط' کی ایک سیریز لکھی۔ ''سیاہ حاشیے'' کی طرح ہی اِن خطوط کو بھی اُس زمانے میں لوگ سمجھ نہیں سکے اور اُسے بھی حاشیے پر پھینک دیا گیا مگر آج پاکستان میں ہی اِن خطوط پر سب سے زیادہ بحث و مباحثے ہو رہے ہیں۔

فسادات میں دشمن سے بدلہ لینے کا ایک طریقہ یہ بھی دیکھنے میں آیا ہے کہ دشمن کی ماں بیٹیوں کی عزت لوٹ لی جائیں۔ کئی واقعات تو ایسے بھی سننے میں آئے ہیں کہ مظلوموں کو باندھ کر اُن کی آنکھوں کے سامنے ہی اُن کی بیویوں بیٹیوں کی عصمت تار تار کر دی گئیں۔ اس فعل کو فسادی اپنی مردانگی سے منسوب کرتے ہیں۔ کمزور اور بزدل انسان جب باہر کی دنیا میں کچھ نہیں کر سکتے ہیں تو بیڈ روم کی چار دیواری میں اپنی ساری طاقت عورت پر نکالتے ہیں اور اُسے ہی مردانگی کا ثبوت سمجھتے ہیں۔ ایک کورین فلم میں سیریل کِلر طوائفوں کو پیسے دے کر اپنے گھر بلواتا ہے اور پھر ان پر بربریت کا پہاڑ توڑ دیتا ہے جس کا اختتام وہ اُن لڑکیوں کے سر میں کیل ٹھونک کر کرتا ہے۔ جب وہ پکڑا جاتا ہے تو ایک پولیس والا اُس کی اس بربریت سے یہ نتیجہ اخذ کرتا ہے کہ دراصل وہ نامرد ہے اور اُن لڑکیوں کے سر میں کیل ٹھونک کر اپنی جسمانی بھوک کو تسکین پہنچاتا ہے جس کا اعتراف وہ سیریل کِلر بھی کر لیتا ہے۔ اسی طرح افسانہ 'گھاٹے کا سودا' میں بھی دو (نام نہاد بزدل) دوست، جو فساد میں دوسرے مذہب والوں کو کوئی نقصان نہیں پہنچا پانے کے پچھتاوے کا یہ حل نکالتے ہیں کہ غیر مذہب کی لڑکی خرید کر اپنا سارا غصہ اُس پر نکالیں۔ جب ذہن اور جسم کو تسکین پہنچ جاتی ہے تو اُس شخص میں انسانیت کا جذبہ جاگتا ہے اور وہ لڑکی کا نام پوچھتا ہے، لیکن لڑکی کا نام سنتے ہی جب اُسے پتا چلتا ہے کہ وہ تو اُس کے ہی مذہب کی ہے تو دونوں دوست ٹھگا ہوا سا محسوس کرتے ہیں اور یہ فیصلہ کرتے ہیں کہ لڑکی واپس کر آئیں تا کہ دوبارہ جا کر وہ صحیح مذہب کی لڑکی لا کر اُس سے اپنا بدلہ پورا کریں۔

پاکستان ہجرت کرنے کے بعد منٹو نے خود کو اُن قدامت پسند مسلمانوں کے بیچ پایا جو ہندوستان سے ہجرت کر آنے والے ہم مذہب بھائیوں کو بھی مسلمان ماننے کو تیار نہ تھے اور اُن

پر مہاجر کا ٹھپّا لگا کر اُنھیں ہمیشہ کے لیے خود سے دور کر دیا۔ یہیں سے پاکستان کی بنیاد میں وہ دراڑ پڑ گئی جس کی ضرب کہیں نہ کہیں بنگلہ دیش کے قیام کی وجہ بنی۔

اِن قدامت پسند مسلمانوں نے پاکستان بننے کے بعد نہ صرف غیر اعلانیہ مذہبِ اسلام کو نافذ کیا بلکہ اِسے ہی اپنا اوڑھنا بچھونا بنا لیا۔ وہ مذہب اسلام کی روایات سے تو پوری طرح جڑ گئے لیکن دین کا اصل مفہوم نہ کبھی سمجھا اور نہ کبھی سمجھنے کی ضرورت محسوس کی۔ پاکستانی فلم ''خدا کے لیے'' میں نصیر الدین شاہ کا مکالمہ بہت ہانٹ کرتا ہے کہ ''ہم حرام کا پیسہ جیب میں رکھ کر حلال گوشت کی دکان ڈھونڈتے ہیں۔'' یہ ہے وہ منظر جس کو منٹو نے ستّر پچھتر سال پہلے دیکھ لیا تھا۔ سور کا گوشت حرام ہے یہ تو جان گئے لیکن انسان کی جان کتنی اہمیت رکھتی ہے اُسے کبھی جاننے کی کوشش نہیں کی۔ اسی لیے آئے دن ہمیں کئی ایسے وحشت ناک واقعات سننے میں آتے ہیں کہ فلاں مسجد میں گولیاں چل گئیں یا فلاں اسکول کو بم سے اُڑا دیا گیا۔ افسانہ ''قسمت'' صرف ایک جملے پر محدود ہے۔ لیکن اس ایک جملے کے پیچھے کی کہانی ہمیں سوچنے پر مجبور کر دیتی ہے کہ آخر وہ کس محنت کی بات کر رہا ہے؟ کیا اُس نے کہیں چوری کی تھی؟ یا کسی کا قتل کر کے اُس سے وہ بکس چھین کر لا رہا تھا؟ یا فسادات میں اوروں کی طرح اُس نے بھی بڑی محنت سے کہیں ہاتھ صاف کیا تھا؟ ان تمام اعمال میں سے جو بھی عمل اُس نے کیا تھا اسلام کی رَو سے نہ اُسے غلط گا اور نہ اِس عمل کا اُسے کوئی پچھتاوا ہے لیکن اُسے اِس بات کا ملال بے شک ہے کہ اُس کی قسمت کتنی خراب ہے جو اتنی محنت کرنے کے بعد اُس کے ہاتھ آئے بکس میں سور کا گوشت ہے اور سور کا گوشت اسلام میں حرام ہے، جو اُس کے کسی کام کا نہیں۔

ہماری نسل نے تقسیم نہیں دیکھی اور نہ ہی اُن فسادات کو دیکھا مگر ہمارے بزرگوں کی منہ زبانی اُسے محسوس ضرور کر سکتے ہیں۔ مگر ہمارے بعد کی نسل اس سب سے مبرّا ہے۔ جدید ٹکنالوجی نے ان کی حساسیت چھین لی ہے، کسی ہولناک واقعے کے پیچھے کا درد وہ محسوس ہی نہیں کر سکتے۔ اور تقسیم کے بعد اتنے فسادات اور دنگے ہو چکے ہیں کہ آہستہ آہستہ وہ ان سب کے عادی ہوتے جا رہے ہیں۔ اس لیے تقسیم کا کرب اور فسادات اُن کے لیے کوئی معنی نہیں رکھتے۔ ایسے میں منٹو کے ''سیاہ حاشیے'' وہ طاقت رکھتے ہیں جو بے حس دل کو بھی جھنجوڑ دے۔ ●●

معروضی آرٹ کا بے مثال نمونہ

محمد اسلم پرویز

اس بات کو دوہرانے کی چنداں ضرورت نہیں کہ تقسیم، ہجرت اور فسادات اردو افسانہ کے اہم موضوعات اور ہمارے فکشن کے ناقابل فراموش موڑ رہے ہیں۔ پنجابی، ہندی بنگالی اور دوسری زبانوں کے مقابلے میں اردو کی ادبی، تہذیبی اور ثقافتی زندگی کے مختلف مظاہر پر اس نے اتنے گہرے اثرات مرتب کیے کہ ستّر پچھتّر سال گزر جانے کے بعد بھی ہم یہ نہیں کہہ سکتے کہ اردو ادب کا لکھاری اس کے سائے کی ہولناک گرفت سے آزاد ہے۔ یہ بات بھی ہر شخص جانتا ہے کہ آج فسادات ظلم کی سیاست کا کارگر ہتھیار ہی نہیں اقتدار ہتھیانے کی شاہ کلید بن چکے ہیں۔ موجودہ عہد میں منافرت کی سیاست اور بربریت کی تجارت کے نت نئے چہرے اور روپ نمودار ہو رہے ہیں۔ ارون دھتی رائے نے فرقہ پرستی کے سائے میں پنپنے والی سیاست کا حقیقت افروز جائزہ لیتے ہوئے اپنے مضمون میں اسے ایک متحرک سمفونک آرکسٹرا سے تعبیر دی ہے، بہت سے سروں اور ہاتھوں والا سمفونک آرکسٹرا... جس کے ہر ہاتھ اور سر کے پاس بجانے کے لیے مختلف ساز ہیں۔

وقتی طور پر تھمنے کے بعد بھی فسادات کی سیاست اور فرقہ وارانہ منافرت کے اثرات ایک طرف عام آدمی کی زندگی کو مضطرب تو دوسری طرف فن کاروں کے تخلیقی سوتوں کو مرتعش یا منجمد کرتے رہتے ہیں۔ یہ ذکر بھی یہاں خالی از دلچسپی نہ ہوگا کہ جنوں خیز منافرت کو جنم دینے والے مراکز کی تلاش ہمیں بٹوارے کے اُس المیے تک پہنچا دیتی ہے، جس کی جڑیں تاریخ میں بہت دور تک پھیلی ہوئی ہیں۔ ظاہر ہے بٹوارہ کوئی ایسا سانحہ تو نہیں تھا جو آیا اور گزر گیا۔ یہ تو ایسی اندھی

بارودی سرنگ ہے، جس میں ہم ۱۹۴۷ء کے بعد سے گزر رہے ہیں اور ہماری معاشرت اور معیشت آج بھی اُس کی جارحیت سے نبرد آزما ہے، چہ جائیکہ ہم اُس کے سیاق، تاریخ اور مضمرات سے آگاہ ہوں یا نہ ہوں... اُروشی بٹالہ اپنی یادداشتوں میں بٹوارے کے حوالے سے لکھتی ہیں: ''تقسیم ہماری زندگی میں کس قدر ہمہ وقت موجود ہے کہ اُسے تاریخ کی کتابوں کے اوراق میں آسانی سے بند نہیں کیا جاسکتا۔'' شاید یہی وجہ ہے کہ معاصر اردو فکشن میں ایسے لکھنے والوں کی کمی نہیں جو تقسیم اور ہجرت کے تجربے سے براہ راست تو نہیں گزرے لیکن اس سانحے کی گونج اور خاموشیاں اُن کی تحریروں میں صاف سُنی جاسکتی ہیں۔

آزادی اپنے ساتھ بٹوارے کا تحفہ اور بٹوارہ اپنے ہاتھوں میں فرقہ وارانہ فسادات کا نذرانہ لے کر حاضر ہوا تھا۔ کہتے ہیں مذہب کے عنوان سے کھیلا جانے والا یہ خونی ڈراما اس قدر غیر انسانی تھا کہ ایک بھیانک سانحہ کی حیثیت سے اسے یاد کرنا جتنا عذاب ناک تھا، بھولنا اُتنا ہی مشکل... ظاہر ہے جب کوئی سانحہ آپ کی آنکھوں کے سامنے اس قدر صاف، شفاف اور واشگاف طور پر رونما ہوا اور اُس کے معروف منطقے اتنے نمایاں اور روشن ہوں تو اُن میں چھپی ہوئی چھوٹی چھوٹی سچائیاں اور اکائیاں بھی افسانوی کینواس پر خود فریبیوں کی بھینٹ چڑھ کر بے معنی اور بے ثمر ہو جاتی ہیں۔

تقسیمِ وطن کے بعد اور باعث پھوٹ پڑنے والے فسادات کے آشوب کو انسان دوستی کے تناظر میں دیکھنے اور دکھانے کے ردِّعمل کو رد نہیں کیا جاسکتا۔ فسادات کے سماجی و سیاسی اسباب دریافت کرنے اور زندگی کے اندھیرے میں انسانیت کی ٹمٹماتی لو کو ڈھونڈنے کی کوششوں نے چونکہ اخباری رپورٹ اور افسانے کے بنیادی فرق کو بڑی حد تک معدوم کر دیا تھا لہٰذا آج اِن تحریروں کی نوعیت، ماہیت اور ادبی قدر و قیمت فقط اتنی رہ گئی کہ اُن کی مدد سے اُس دور کی تاریخ رقم کی جاسکے۔ فسادات اور تقسیم پر مختلف زاویوں سے لکھے گئے ان افسانوں کی مصیبت یہ رہی کہ قتل و غارت گری، عورتوں کی عصمت دری، مکانوں اور جائیدادوں کی آتش زنی، دن دھاڑے خوں ریزیوں کا بیان تو خوب ہوتا ہے لیکن اُس زمانے کے روحانی انتشار کی موجودگی کا احساس ہمیں ان میں کم کم ملتا ہے۔ افسانوی صفحات پر جذبات میں اُچھلتے،

مچلتے، گرجتے، کڑکتے اور چھاتیاں پیٹتے افسانوں پر ہی حسن عسکری نے کہا تھا کہ فسادات ادب کا موضوع بن ہی نہیں سکتے۔ فسادات پر لکھے گئے افسانوں کو عسکری صرف ادبی نقطہ نظر سے ہی دیکھنا پرکھنا چاہتے تھے۔ اُن کے مطابق قتل و غارت گری یا جسمانی تکالیف کا بیان کسی تحریر کو ادب کا درجہ عطا نہیں کرسکتا۔ مظلومیت کے احساس کے بغیر فسادات کے واقعات کو دیکھنے کی جو بات انہوں نے کہی، اس سے مراد وہ معروضیت ہے، جس سے اُس وقت کے بیشتر افسانے محروم تھے۔ جبکہ یہی معروضیت ''سیاہ حاشیے'' کے افسانوں کا طرۂ امتیاز ٹھہرتی ہے۔

فن کارانہ بے تعلقی اور معروضیت کو عسکری آرٹ کے جن اولین اصولوں میں شمار کرتے آئے ہیں، اُس کی روشنی میں دیکھیں تو اندازہ ہوتا ہے کہ ''سیاہ حاشیے'' کے متن کی اوپری پرت انتہائی سرد، بے تعلق اور خاموش ہے لیکن خاموشی کی دبیز اور بے تعلقی کی ٹھنڈی سطح کے نیچے درد ناک چیخیں، وحشیانہ قہقہے اور غصّے اور گھٹن کی سرگوشیاں بھی سُنی جاسکتی ہیں۔ انسان کے باطن کی گہرائیوں میں قبضہ جما کر بیٹھا تشدّد اور تعصب اظہار کے لیے اپنا space خود کس طرح خلق کرتا اور کرواتا ہے ''سیاہ حاشیے'' کا متن اسی اجمال کی تفصیل (تفصیل؟) پر گواہ ہے۔

انسان اپنی فطرت میں کیا ہے؟

اس کی اچھائیوں اور برائیوں کے حیاتیاتی سرچشمے کہاں سے پھوٹتے ہیں؟

مجرد اصطلاحوں میں سوچنے والے آدمی کے ساتھ فرقہ وارایت کیا سلوک کرتی ہے؟

طاقت اور تشدّد کے مابین رشتے کی نوعیت اور معنویت کیا ہے؟

آپس میں بیر نہ رکھنے والی مذہب کی بنیادی تعلیم کو انسان کی پیچیدہ نفسیات اور ایذا رسا جبلت کس سطح پر اخذ کرتی ہے؟

زندگی اور موت، تخلیقیت اور بانجھ پن کے تصادم کی حقیقت کیا ہے؟

غرض کہ بٹوارے کے دوران اور اُس کے بعد کی ذہنی اور سماجی فضا نے ایسے کتنے ہی سوالوں کو جنم دیا تھا۔ بے شک ''سیاہ حاشیے'' اِن سوالوں کے شافی و کافی جواب نہیں دیتے لیکن افسانوں کی فن کارانہ تفتیش اِن ہی سوالوں سے عبارت ہے۔

اختصار نویسی کو بہ طور پیٹرن اختیار کرنے کے باوجود اِس چھوٹے سے مجموعے میں جو

چیز سب سے پہلے متوجہ کرتی ہے وہ ہے تازگی اور تنوع کا احساس ...وحشی پن، درندگی اور جنوں خیز منافرت کی تصویروں سے بھرے اِن افسانوں میں کرب، غصّے، جذبات اور جھلاہٹ کا بہ آواز بلند اظہار نہیں لیکن حیرتوں کو برانگیختہ اور دم بخود کرنے کی اہلیت اِن میں اب بھی موجود ہے۔ مختلف تناسب میں سیاہ وسفید خانوں میں بٹی اور گھلی ملی زندگی سے کسب کیے گئے واقعات اور حادثات اپنے اندر جو گہرا، گھنا اور تہہ دار سچ چھپائے ہوئے ہے، منٹو کی فنی بصیرت کا نقطۂ عروج نہ بھی ہو تو تخلیقی کائنات میں شامل تمام تر عناصر کا اُسے نقطۂ اشتراک ضرور کہا جا سکتا ہے۔ گویا یہ سچ اُسی شعریات کو نمایاں کرتا ہے جو منٹو کے فن کا اٹوٹ حصّہ ہے۔

کہتے ہیں وقتی، ہنگامی، جذباتی خروش اور رقت آمیزی سے محفوظ رہنے کے لیے موضوع سے زمانی فاصلہ ضروری ہے۔ لیکن ''سیاہ حاشیے'' کے افسانے تو فسادات کے پُرشور سنّاٹے کے سائے میں بیٹھ کر منٹو نے اُس وقت تحریر کیے تھے، جب مناظر زخم آلود تھے اور خون کی لکیر ابھی خشک نہیں ہوئی تھی۔ فرقہ وارانہ شناخت پر ہونے والے جسمانی اور نفسیاتی تشدّد کے یہ تماشے منٹو کے لیے سوہان روح سے کم نہ تھے۔ انسان کے ہاتھوں انسان کی تذلیل کو وہ پھٹی آنکھوں اور بھینچی مٹھیوں سے دیکھ رہا تھا اور توضیحی انداز میں بیان کرنے کے بجائے انتہائی معروضیت اور اختصار کے ساتھ فریم کر رہا تھا۔ فریم کرنے کے اس عمل میں ہی واقعہ خود کو از سر نو خلق کرتا ہے یا کہہ سکتے ہیں کہ واقعہ منٹو کے ہاتھوں میں ڈھلک کر افسانہ بن جاتا ہے۔

اختصار پسندی اور معروضیت دونوں مل کر افسانے کا جو منفرد ڈیزائین بناتے ہیں اُس میں جذبات کا ضروری یا غیر ضروری وفور نہیں۔ جذبے کی کمی بلکہ شوریدہ سر جذبات کے انکار سے پیدا ہونے والی معروضیت تشخص کو بے دخل کرنے کا حیلہ اور باطنی وقوعوں و صداقتوں کی دریافت کا وسیلہ بن جاتی ہے۔ ظاہر ہے یہ معروضیت یوں ہی حاصل نہیں ہو جاتی کہ فسادات کی ہولناکیوں کو حواس کے وساطت سے دیکھنے، سمجھنے محسوس کرنے اور برداشت کرنے کے بعد ہی یہ منٹو اور ''سیاہ حاشیے'' کے افسانوں کے حصّے میں آئی ہے۔

اہم بات یہ کہ مذکورہ معروضیت کی اساس فکری بھی ہے اور لسانی بھی۔ معاشرتی جبر، عیّاری اور خود فریبی کے کسی نہ کسی کلیدی رمز کا عکس تو یہ افسانے پیش کرتے ہیں لیکن خیر و شر کے

اخلاقی تصورات سے اس قدر آزاد ہیں کہ تشدد اور جبر اپنی انتہا کو پہنچ کر مضحکہ خیز نظر آنے لگتا ہے۔ تفصیلات سے اجتناب برتتے ہوئے قلم کی اخلاقی ذمہ داری کو منٹو پوری فن کارانہ ہنر مندی کے ساتھ قبول کرتا ہے اور مزے کی بات اس میں یہ ہے کہ جس وجہ سے ''سیاہ حاشیے'' کے افسانے معطون ہوئے اُسی سفاکی اور معروضیت کی فن کارانہ تاکید نے انہیں زیادہ معنی خیز اور زیادہ بشر دوست بنا دیا۔ ہر چند کہ ادراک سے اظہار تک کے سفر میں اختصار پسندی اور معروضیت کو بطور حرفت منٹو اِس سے قبل بھی آزما چکا تھا، لیکن یہاں معروضیت بجائے خود ایک صنفی اور ہیئتی تشکیل کا روپ دھارن کر لیتی ہے۔ چنانچہ کہہ سکتے ہیں کہ دل کو چھو لینے والی یہ مختصر کتاب شدّتِ تاثر، اختصار و ایجاز، ایمائیت اور طنز کا ایسا نمونہ بن جاتی ہے، جس کی مثال اردو فکشن میں تو کم سے کم نہیں ملتی۔ ممتاز شیریں اپنے مضامین کے توسط سے تقسیم کے بعد منٹو کی شخصیت اور اُس کے تخلیقی و فنی گراف میں تغیر اور ارتقا کے جو مراحل دریافت کر رہی تھیں مجھ ناچیز کی رائے میں ''سیاہ حاشیے'' کے افسانے ایک خاص معنی میں اُسی تغیر اور ارتقا کا لانچنگ پیڈ ہیں۔

فسادات کی سنگینی اور انسانی وجود کی بے توقیری کو بیان کرنے کے لیے منٹو جس معروضیت اور اختصار کو بروئے کار لاتا ہے وہ دونوں مربوط اور ایک دوسرے پر منحصر ہیں۔ اختصار پسندی نے اگر معروضیت کی تشکیل کی تو معروضیت نے اختصار پسندی کی راہ ہموار ہی نہیں کی، اختصار کے دامن کو وسیع بھی کیا۔ مُشاہدہ، تجربہ، مطالعہ، ادراک، طرزِ احساس کے خلاقانہ استعمال میں تحفظات اور جذباتیت کا شمّہ برابر بھی شائبہ نہیں۔ یہ افسانے ہمارے حافظے کا آج زندہ اور دھڑکتا ہوا حصّہ ہیں تو ظاہر ہے یہ زبان کے کفایت شعارانہ استعمال اور فن کارانہ بے تعلقی کی ہی کرشمہ سازی ہے۔ لطف یہ کہ جس داخلی اضطراب و التہاب نے ان افسانوں کی تخلیق کی، اِس کا اظہار متن یا متن کے حاشیے پر بھی نہیں ملتا، البتہ اپنی ایک غیر افسانوی تحریر میں منٹو یہ کہتا ہوا ضرور نظر آتا ہے کہ:

> ''...میں نے اُس خون کے سمندر میں غوطہ لگایا جو انسان نے انسان کی رگوں سے بہایا اور چند موتی چن کر لایا، عرقِ انفعال کے، مشقت کے جو اُس نے اپنے بھائی کے خون کا آخری قطرہ بہانے میں صرف کی تھی۔ ان

آنسوؤں کے جو اس جھنجھلاہٹ میں کچھ انسانوں کی آنکھوں سے نکلے تھے کہ وہ اپنی انسانیت کیوں نہیں ختم کر سکے ... یہ موتی میں نے اپنی کتاب ''سیاہ حاشیے'' میں پیش کیے۔''

یہ بات بھی خیال انگیز ہے کہ خون کے سمندر میں غوطہ لگانے کے بعد منٹو جن موتیوں اور معنویت سے معمور کہانیوں کو چُن کرلانے کی بات کہہ رہا ہے، وہ سب کی سب عجیب وغریب طور پر گناہ کے احساس سے عاری ہیں۔ انسانی اقدار کے انہدام کی المناکیاں بیانیہ کے ماتھے پر تلک کی طرح سجی نظر نہیں آتیں لیکن گہرے انسانی اور نفسانی حقایق تک یہ افسانے اگر رسائی پاتے ہیں تو اس کا سراغ ہمیں منٹو کے سچ بولنے کے حوصلے، سلیقے، قرینے اور میلان میں ڈھونڈنا ہوگا، جس کا بڑا گہرا لیکن معروضی رشتہ اُس کی فنی سرشت سے ہے۔ اُس وقت جب ظلم وستم کے واقعات اور سانحات کو انسان دوستی کے رومانی تصور میں ملفوف کرنے کی کوشش جاری تھی، منٹو کہانی کے لیے ایسا تخلیقی ایڈیم وضع کرتا ہے، جو حقیقت کو جذبات کے جھاگ یا اسلوب کے گلیمر میں چھُپنے کا موقع نہیں دیتا۔ لطیفوں کے جانے پہچانے پیٹرن میں واقعہ/ وقوعہ تو دکھائی دیتا ہے مگر بہت کچھ نظروں سے اوجھل ہوتا ہے۔ سطحِ آب پر گلیشیز کا دکھائی دینے والا چھوٹا حصّہ ہمیں اُس بڑے حصّے کی اصلیت کا نظارہ کرواتا ہے، جو زیرِ آب ہے۔ یہی نہیں افسانے کا اسلوبیاتی پیٹرن طنز، تلخی اور زہرناکی کو شعوری طور پر subvert کرتے ہوئے طُرفگی کا کوئی نہ کوئی نیا پہلو تو نکال ہی لیتا ہے ساتھ ہی ایک خاص نوع کی اندرونی وحدت اور موزونیت بھی قائم کرتا چلتا ہے۔ ''دعوتِ عمل'' کے عنوان سے لکھا افسانہ/ افسانچہ ملاحظہ کریں:

آگ لگی تو سارا محلہ جل گیا... صرف ایک دوکان بچ گئی جس کی پیشانی پر یہ بورڈ آویزاں تھا:

یہاں عمارت سازی کا جملہ سامان ملتا ہے۔

اب اسے ہم افسانچہ کہیں یا محض کہانی کا ڈھانچہ...! کہ محولہ بالا عبارت، واقعاتی تسلسل کی تمہید نہیں، بجائے خود مکمل افسانہ ہے۔ باوجود اس کے افسانہ کا جوہر اور توانائی کا مرکز یہاں حقیقتِ واقعہ ہی ہے۔ لیکن افسانہ نگار کا سارا زور واقعہ کو بیان کرنے پر نہیں، واقعہ کے

اَن کہے منطقوں کی جانب موہوم اور معنی خیز اشارے کرنے اور رمز کو تشکیل دینے پر ہے۔ افسانہ منافرت اور اُس کے دباؤ میں فرقہ وارانہ تصادم اور ٹکراؤ کی کوئی کہانی بیان کرتا ہے، نہ ظالم و مظلوم کی درجہ بندی کرتا ہے، نہ ہی بستیوں کے اُجڑنے اور اُجاڑے جانے کے مناظر پیش کرتا ہے۔ دو اڑھائی آدھی ادھوری سطروں میں تمام ہونے والا افسانہ آگ لگنے، لگائی جانے اور سارے محلے کے جل کر خاکستر ہونے کی محض اطلاع فراہم کرتے ہوئے ایک ایسی دوکان کے معجزانہ طور پر محفوظ رہ جانے کو نشان زد کرتا ہے، جہاں عمارت سازی کا جملہ سامان ملتا ہے۔

بہ ظاہر اس سیدھے سادے لیکن تہہ دار فقرے کی بُنت میں المیہ اور طربیہ عناصر کی موجودگی افسانے کو نئے ڈائمنشن سے ہم کنار کرتی ہے اور اُس جہت کی طرف لے جاتی ہے، جس کے تحت تشدّد کے محور پر گھومنے والی بدمعاشوں، احمقوں اور قاتلوں کی دُنیا زندگی کی مرکزیت اور فضلیت سے ابھی خالی نہیں ہوئی ہے۔ خاکستر زندگی کے اندر امکانات کے جلوے ہمیں دوبارہ تعمیری عمل کے لیے مدعو کرتے ہیں۔ یہاں بھی معروضیت ایک ’نہتے‘ افسانہ نگار کا ہتھیار ہے تو اختصار فن کارانہ صوابدید کا ثبوت...! ’’سیاہ حاشیے‘‘ کے بیشتر افسانوں میں یہ وصف قدرِ مشترک کا درجہ رکھتا ہے کہ جس نقش سے افسانہ اپنے معنی پاتا ہے، اُس میں ڈبکیاں لگانے کے بجائے افسانہ نگار اُسے انتہائی بے نیازی سے قاری کے روبرو رکھ کر بے تعلق ہوجاتا ہے۔ گویا اپنے کرداروں کو اچھا یا بُرا اور ظالم یا مظلوم ثابت کرنے میں اُسے کوئی دلچسپی نہیں۔ لہٰذا اگلے پچھلے واقعات کو اپنے تعصبات، تجربات، علم ومشاہدے کی روشنی میں دریافت کرنے اور اُنھیں پلاٹ کی زنجیر میں باندھنے کی ذمہ داری اب قاری کے سر آن پڑتی ہے۔

سب جانتے ہیں منٹو کا ادبی وفنی رویہ کس قدر آزادانہ، غیر جانب دارانہ اور غیر مشروطانہ تھا اور ویسے بھی عوام دوستی اور فسطائیت دشمنی کے برانڈیڈ فرموں اور فارمولوں سے اُسے الرجی تھی۔ کرشن چندر کی طرح انسان دوستی کی روایت کو اُس منزل پر لانے کے لیے وہ قطعی تیار نہ تھا جہاں بقول ممتاز حسین کرشن چندر ظالم کو صرف ظالم ہی نہیں کہتے بلکہ اُس کی کلائی مروڑنے میں بھی جھجھک محسوس نہیں کرتے۔ جبکہ ترقی پسند نقادوں (بشمول ممتاز حسین) کا ’’سیاہ حاشیے‘‘ پر سب سے بڑا اعتراض ہی یہ تھا کہ ان افسانوں میں منٹو کی غیر جانب داری، فنی بے پروائی کی اُن حدوں

میں داخل ہو جاتی ہے جہاں ظالم کو ظلم کرنے اور مظلوم کو ظلم سہنے کی اجازت ہے۔ افسوس! اہلِ علم اور صاحبانِ فکر و نظر نے اس امر پر توجہ ہی نہیں دی کہ ''سیاہ حاشیے'' کے تجربے کے پیچھے سب سے بڑی قوت انسانی اعمال سے پیدا شدہ حقیقت کا ادراک ہے۔ اگر ایمانداری سے اور بہ نظرِ غائر ان افسانوں کا مطالعہ کیا جائے تو ہمیں ماننا ہوگا کہ جبر و تشدد کے خونی بطون سے برآمد ہونے والے مشاہدے اور تجربے کو سوچی سمجھی لاتعلقی کے ساتھ منٹو جب بیان کرتا ہے تو روشنی کی وہ خاص لکیر بھی متن کے اندرونی حاشیے میں رینگتی چلی آتی ہے، جو ہزاروں سال سے ادب میں ہیومنزم کی روکی زائیدہ ہے۔ کرہ ارض پر ہماری آئندہ موجودگی کا ثبوت کیا وہی دوکان (اور انسان؟) نہیں، جس کی پیشانی پر یہ بورڈ آویزاں ہے: ''یہاں عمارت سازی کا جملہ سامان ملتا ہے۔''

کہنا غلط نہ ہوگا کہ ''سیاہ حاشیے'' کے افسانوں میں منٹو کی فنی توجہ مذہبی جنون کی کوکھ سے پھوٹنے والے فسادات کے سیلاب پر نہیں، اُس میں غوطہ لگانے والے آدمی اور اُس کے انسانی ڈائمنشن کو دریافت کرنے میں ہے۔ نمائشی مذہب، آرائشی اخلاقیات مذہبی نرگسیت اور کوتاہ اندیشی میں مبتلا خود کو مہذب مآب سمجھنے والی سائیکی نے جس آدمی کو ایک پیروڈی میں تبدیل کر دیا ہے۔ اُسی کے ساکت اور متحرک امیجز ہی اِن افسانوں/ افسانچوں کا تخلیقی و فنی منبع ہیں۔ ''سوری''، ''اصلاح''، ''اشتراکیت''، ''صفائی پسندی''، ''جوتا''، ''آرام کی ضرورت''، ''کرامات''، ''مزدوری''، ''بے خبری کا فائدہ'' جیسے افسانے کسی غیر معمولی پن سے متعلق نہیں، یہ تو بس زندگی کے بے اصل اور بے معنی ہونے کی خبر دیتے ہیں لیکن کامیڈی اور ٹریجیڈی کے امتزاج سے تیار ہوئی اس خبر میں انسانی زندگی کی مضحکہ خیزی اور ہولناکی کا پورا منظرنامہ پوشیدہ ہے۔

زندگی کی معمولی اور بے رنگ باتوں اور وقوعوں سے اخذ کیے گئے یہ افسانے ایک تسلسل اور تواتر کے ساتھ افسانے کے صفحات پر جب ابھرتے ہیں تو اُن میں اس قدر ارتباط ملتا ہے کہ بہ آسانی ایک کینواس پر انہیں چُنا یا گوندھا جاسکتا ہے۔ آدمی اور آدمی، آدمی اور معاشرہ، آدمی اور سیاسی، مذہبی ثقافتی اور اخلاقی نظام کے مابین جو خلیجیں حائل ہیں، اُنہیں منٹو اپنے باریک بیں مشاہدے، شدید ردِ عمل اور بے دردانہ فہم سے آشکار کرتا ہے۔ اس نکتے کو یاد دلانے

کی ضرورت نہیں کہ ہر وقت اور بیک وقت انسان اور حیوان ہونے کا عمل/خلل یہاں آدمی کو فقط گرامر کا موضوع نہیں رہنے دیتا بلکہ اُس کے ساختی ڈھانچے کو چلتا پھرتا چٹکلہ بنا دیتا ہے۔ متخالف، متضاد اور متنوع صورتحال میں گھرے آدمی کی کھینچی گئی اِن تصویروں میں بحیثیت افسانہ نگار منٹو کی شرکت فقط کیمرا کلک کرنے والے کی ہے۔کلک کرنے والے ایسے بے ریا، بے تعلق شخص اور اجنبی ناظر کی، جو کیمرے کے پیچھے اپنی تمام تر sensibility کے ساتھ موجود تو ہے مگر شفاف و سفاک فن کار کا وژن اُسے اپنے اندر کے دردمند اور بشر دوست آدمی کو سامنے لانے کی اجازت دیتا ہے، نہ آرٹ کا ڈسپلن کیمرے کے لینس کو چھونے کی... یوں فن کا کالعدم کرنے والی فن کاری ''سیاہ حاشیے'' کو معروضی آرٹ کا منفرد اور بے مثال نمونہ بنا دیتی ہے۔ظالم اور مظلوم آدمی کو منٹو اُس کی تمام تر نفاست، کثافت اور خباثت کے ساتھ دیکھتا ہے اور فنی نقطۂ نظر سے اُسے قبول کرتا ہے۔موقلم کی ہلکی سی جنبش یہاں گفتہ صداقت سے ناگفتہ صداقت تک، زبان سے خاموشی تک، بالائی ساخت سے باطنی ساخت تک پھیلی ہوئی ہے۔اپنے مقاصد کی تکمیل کے لیے اقدار کشی، اقتدار پرستی، تشدد اور عصبیت کسی اقدام سے دریغ نہیں کرتی لیکن سفاکی، بربریت اور جارحیت جب اسلوب زیست کی شکل اختیار کر لیتی ہے تو تشدد بھی اپنا تھرل کھو دیتا ہے۔افسانہ ''آرام کی ضرورت'' ملاحظہ ہو:

''مرا نہیں... دیکھو ابھی جان باقی ہے۔''

''رہنے دو یار... میں تھک گیا ہوں۔''

بے نام اور بے چہرہ افراد کے فقط دو مکالموں کو محیط محولہ بالا افسانہ ہمیں بتاتا ہے کہ فرقہ وارانہ فسادات کے خونی کھیل نے لوگوں کے جینے کے اسلوب کو کس قدر brutal اور اُن کی زبان کو کس قدر casual بنا دیا تھا۔لیکن افسانے کی منطق، واقعہ میں نہیں مکالموں کے wraper میں موجود پس واقعہ میں ہے۔بیانیہ کو افسانوی فریم سے بے دخل کرنے کے بعد مکالمے پس واقعہ کی جس صورتحال کو منکشف کرتے ہیں، اُس کا سارا پس و پیش تضادات اور تناقصات سے معمور ہے۔یوں تو کچھ بھی غیر معمولی، ناقابل قیاس اور حیران کُن نہیں، کرداروں کے عمل اور ردِّ عمل کی صورتیں بھی انتہائی فطری انداز میں سامنے آتی ہیں تاہم جوں ہی واقعہ سے

گزر کر ہم پسِ واقعہ کی سرحدوں میں داخل ہوتے ہیں، طاقت اور تشدّد کی جدلیات چھپا کے سے ہمیں آ لیتی ہے۔ اور ہم سوچتے رہ جاتے ہیں کہ یہ کیا چیز ہے؟ کدھر سے آئی ہے اور کہاں جائے گی؟ اس کے معنی کیا ہیں؟ مکالمے کے سپاٹ چہرے پر تناؤ کی ایک خراش، ایک شکن، ایک سلوٹ بھی دکھائی نہیں دیتی اور دکھائی نہ دینے والی یہی خراش، شکن اور سلوٹ اُن حقایق اور عقائد کو بے نقاب کرتی ہے جو افسانوی متن میں درج نہیں۔ گویا جو بیان ہوا اور جو بیان نہیں ہوا دونوں ہی معنی سے لبریز ہیں۔ اِس تخلیقی اتصال سے تشکیل پانے والے افسانوی متن میں فاصلہ پر کھڑے افسانہ نگار/ راوی کی چمکیلی پُر اسرار مسکراہٹ جب شامل ہو جاتی ہے تو حقیقت سے رابطے کی ایک نئی راہ بھی استوار ہو جاتی ہے۔

''رہنے دو یار... میں تھک گیا ہوں۔'' اُکتاہٹ، کوفت، احساسِ شکست کو مترشح کرنے والے، اس سیدھے سادے جملے کی تہہ میں جو ڈراما کارفرما ہے وہ بتاتا ہے کہ مکالمے کو ادا کرنے والے شخص میں قتل کرنے کا اندرونی اُبال، جوش اور تموّج سرد پڑ چکا ہے۔ تشدّد کی مسلسل کاروائی سے تھکے ہوئے شخص کا سہجتا سے گھائل پر دوبارہ قاتلانہ حملہ کرنے سے منع کرنا محض سبب کا بیان نہیں بلکہ موجود حقیقت کو غیر موجود صداقت کے منطقے میں لے جانا بھی ہے۔ کسی کو موت کے گھاٹ اُتارنے سے انکار کا سبب اپنی تھکن کو ٹھہرانا بجائے خود ایک خونی ڈرامے کا کرٹین کال ہے۔ یہ مکالمہ دونوں کرداروں کے گزشتہ بہیمانہ افعال اور سائیکی کو ہی نہیں، اس خون آلود سینریو کو بھی اُجال دیتا ہے۔

''سیاہ حاشیے'' میں منٹو نے دانستاً ایک ایسا پیرایہ اختیار کیا ہے جس میں جزئیات نگاری، فضابندی، منظر سازی اور کردار نگاری سے رشتہ استوار کرنے کی گنجائش نہیں... ''تقسیم''، ''تعاون''، ''حیوانیت''، ''مزدوری''، ''جائز استعمال''، ''اشتراکیت''، ''صفائی پسندی''، ''کرامات''، ''بے خبری کا فائدہ'' جیسے نسبتاً طویل افسانوں کا کینوس بھی اتنا مختصر ہے کہ بیانیہ کا مدار جذبات کو پھیلانے کے بجائے بھینچنے اور compress کرنے پر ہے۔ جزئیات کے بیان سے اجتناب کو منٹو کس طرح بہ طور فنی حکمت عملی اپنے تصرف میں لاتا ہے اُس پر گفتگو اگلے صفحات پر ہوگی۔ سرِ دست انتہائی مختصر افسانچوں سے بحث ہے، جن میں فنی اظہار کا دروازہ مکالموں میں کھلتا ہے۔

مکالموں کی مہین دھند کے عقب میں افسانہ اپنے پورے خدوخال اور قد و کاٹھی کے ساتھ موجود ہے، جسے قاری اپنے مخصوص تصورِ حیات اور اپنے لسانی، تہذیبی اور فکری تقاضوں سے نمو کرتا ہے۔ ورطۂ حیرت میں ڈالنے والی بات یہ ہے کہ افسانے کے عمودی عمق میں ہی قاری کو اُس کے اُفقی پھیلاؤ کا سُراغ مل جاتا ہے۔ محدود الفاظ اور محدود space میں بھی وسیع وعریض کھُلے پن کا احساس ''سوری'' اور دوسرے کئی افسانوں/ افسانچوں میں ہوتا ہے۔ ان کے لسانیاتی عمل میں مختلف اوضاع یوں صادر ہوتے ہیں کہ افسانہ اپنے فنی لوازمات کے ساتھ مکالماتی سطروں میں سمٹ آتا ہے اور قرأت کے دوران لمحہ بھر کی کوند میں قاری کردارسازی، فضابندی اور منظرنگاری کا جلوہ دیکھ لیتا ہے۔ ''سوری'' ملاحظہ ہو:

چھُری پیٹ چاک کرتی ہوئی ناف کے نیچے تک چلی گئی۔ ازار بند کٹ گیا۔ چھُری مارنے والے کے منہ سے دفعتاً کلمہ ءِ تاسُف نکلا۔

''چ چ چ چ... مشٹیک ہوگیا۔''

''سوری'' افسانے کا کلیدی لفظ نہیں، مرکزی کردار ہے۔ غلط فہمی کے محور پر گھومتا یہ مرکزی کردار بظاہر ایک سپاٹ اور بے سواد کلمہ ہے لیکن تاسف کے اس کلمے کے نیچے بٹوارے اور فسادات کی نہ جانے کتنی کہی، ان کہی کہانیاں سانسیں لے رہی ہیں۔ چھری کا پیٹ چاک کرنا، ازار بند کا کٹنا، منہ سے کلمہ تاسّف کا نکلنا اور 'چ چ چ...' کی آواز کے توسط سے جو نقش مرتب ہوتا ہے، وہ چھری سے پیٹ کے چاک ہونے اور ازار بند کٹ جانے سے پہلے اور بعد کی حقیقت بیان نہیں کرتا صرف اُس حقیقت کی موجودگی کا احساس کراتا ہے جس کا اشارہ کہیں اور نہیں اُسی نام نہاد 'کلمہ تاسف' میں پنہاں ہے۔ جس نے مارا اور جو مارا جا رہا ہے، افسانہ نگار نے دونوں کا مذہبی تشخص قائم نہیں کیا لیکن قرأت سے اندازہ ہوتا ہے کہ دونوں کا تعلق ایک ہی مذہب سے ہے۔ بے شک قاتل اور مقتول کی شناخت کا راز اور جواز دونوں ہی اِزار بند میں ہے لیکن افسانے کا سروکار تو ازار بند کٹنے سے پہلے اور ازار بند کٹنے کے بعد کا ہے۔ جب قاتل اور مقتول دونوں متعین کیے گئے دائرے میں اپنا قانون اور اپنی لاقانونیت کو وضع کر رہے ہیں۔

بربریت کی اندھی گلیوں میں بھٹکنے والے یہ گُم نام، بے نام اور بے چہرہ لوگ، جن کا کوئی

ذاتی وجود نہیں ہے۔ مضحکہ خیز حد تک سنجیدگی سے جارحانہ طرزِ عمل اپنائے ہوئے یہی وہ لوگ ہیں جو بابو راؤ پٹیل کی طرح ایک فرد یا دو تین افراد کا بدلا پوری قوم بلکہ پورے مذہب سے لینا چاہتے تھے لیکن اس حقیقت سے واقف نہ تھے کہ ۱۹۴۷ء محض جغرافیائی اور تاریخ کا بٹوارہ نہ تھا بلکہ یہ تہذیبی، ثقافتی، ذہنی اور جذباتی ساختیے کی تقسیم بھی تھی۔ افسانے کے اس مختصر چوکھٹے میں مارنے والا اور مرنے والا دونوں ٹھوس جسم ہیں اور نہ ٹھوس کردار... اپنی دانست میں مذہب کا واضح شخصی تصور رکھنے باوجود دونوں جیتے جاگتے گوشت پوست کے انسان نہیں بلکہ سیاسی، طبقاتی جماعتی یا مذہبی تجرید ہیں۔ یا پھر ہم یہ کہہ سکتے ہیں کہ دونوں اصل میں ایک ہیں، جنہیں نام اور مذہب نے دو حصوں میں کاٹ کر الگ کر دیا اور بعد میں کہا گیا۔

''چ چ چ چ... مشٹیک ہو گیا۔''

یا پھر کہا بھی نہیں گیا...!

غلط فہمی کی بنیاد پر کسی کو جان سے مارنے کی کہانی منٹو نے اپنے ایک افسانے ''آخری سلیوٹ''، میں بھی رقم کی ہے۔ رب نواز نے رام سنگھ پر جو گولی چلائی تھی وہ بھی ایک مشٹیک تھی۔ جبکہ ''سوری''، میں قاتل اور مقتول کے نام بتائے گئے، نہ اُن کے مذہب کی شناخت کی گئی۔ گویا یہاں قاتل رام سنگھ بھی ہو سکتا ہے اور رب نواز بھی۔ سوال یہ ہے کہ اگر وہ رام سنگھ/ رب نواز ہے تو پھر اُس کا چاقو کسی دوسرے رام سنگھ/ رب نواز کا پیٹ چیرنے کے لیے کیونکر آمادہ ہوا؟ اس سیدھے سے سوال کا سیدھا جواب تو یہی ہے کہ رب نواز/ رام سنگھ سمجھ کر...! مگر اس سوال سے بھی اہم سوال یہ ہے کہ مذکورہ افسانچے کے رام سنگھ/ رب نواز کو اس غلط فہمی میں مبتلا کرنے والے محرکات کیا تھے؟ مذہب کے نام پر ہونے والے فسادات کے دوران خوف کی ایک ہی چادر میں لپٹے ایک سے خواب دیکھنے والے آدمی سے اپنے خواب و خوف شریک بھائی کو قتل کرنے کی غلطی آخر کیسے سرزد ہو گئی...؟

قتل پر اظہارِ افسوس کے بہانے منٹو کا کٹھور قلم ''سوری''، میں ایسا متن تشکیل کرتا ہے جو زندگی کی بدہیئتی و بے حرمتی کی طرف بلیغ اشارہ ہے۔ اہم بات یہ ہے کہ اس کا شیوہ گفتار اپنے موقف کو شامل متن کرنے کے بجائے پس واقعہ میں درج کرتا ہے۔ بٹوارے کے بعد ''آخری

سلیوٹ'' کے رام سنگھ اور رب نواز کو الگ الگ یونیفارم، تمغے، بندوق اور قومیت کا احساس فراہم کر کے سرحد پر کھڑا کر دیا گیا تھا مگر یہاں تو دوستوں اور دشمنوں کی شناخت کے لیے سرحد ہے نہ ہی یونیفارم اور نہ ہی تمغے... اور تو اور دونوں ایک دوسرے سے اتنے ملتے جلتے ہیں کہ ایک چنے کی دو دال معلوم ہوتے ہیں اور یہی مشابہت ''چ چ چ... مسٹیک ہو گیا'' کا جواز بن جاتی ہے۔ اس کلمہ تاسف کے بطن میں مارنے اور مرنے والے کے ٹوٹنے اور ٹوٹ کر بھی بے تعلق نہ ہونے والے رشتے کی کہانی بھی منٹو نے چپکے سے رکھ دی ہے۔

یہ ایک علاحدہ توجہ طلب موضوع ہے کہ ٹوٹنے اور نہ ٹوٹ پانے والے اس رشتے کی کہانی کو افسانے کا عنوان اور اختتام یعنی کلمہ تاسف ایک دوسرے ہی paradoxial موڑ پر لا کر کھڑا کر دیتا ہے۔ سوال یہ کہ غلطی سے کسی کو موت کے گھاٹ اُتار دینے کی کہانی کیا ''سوری'' جیسے نکمے سے عنوان کے تحت لکھی جا سکتی ہے؟ اور اگر لکھی گئی تو اُس کا سبب کیا ہے؟ سوال یہ بھی ہے کہ ازار بند کٹنے کے بعد جس حقیقت کا انکشاف ہوتا ہے اُس کے اظہارِ تاسف میں کیا کوئی جذباتی گہرائی ہے یا پھر یہ اوپری دل سے نکلا اپنی غلطی کا بے ساختہ، رسمی اور اُڑتا اُچٹتا ہوا سا اظہار بھر ہے؟ تاسف کے اس کلمے میں کوئی سوچ یا جذبات کار چاؤ نہیں، ایک انوکھی قسم کی سنگین بے تعلقی ہے جو ''گورمکھ سنگھ کی وصیت'' کے اختتامی فقرے: ''جیسی تمہاری مرضی'' کی یاد دلاتی ہے اور افسانوی فضا کو مزید ہولناک اور ironical بنا دیتی ہے۔

''سوری'' یوں تو تین فقروں اور ایک عدد کلمہ تاسف کو محیط ہے مگر غور کریں تو اس کا کینوا اس وسیع ہوتا چلا جاتا ہے اور یہ ہر اُس ''مسٹیک'' کی کہانی بن جاتا ہے جہاں اقتدار انسانی رشتوں کی چھاتی پر پاؤں رکھ کر ''چ چ چ...'' کہے یا بنا کہے آگے بڑھ جاتا ہے۔

فرقہ وارانہ منافرت کے درمیان پلنے اور پنپنے والے اسٹریوٹائپ تانوں بانوں کے اندر منٹو ایسی بچکانہ اور احمقانہ چیزیں تلاش رہا ہے جو بربریت کے نہایت ہولناک چہروں سے ہمیں متعارف کرواتی ہے۔ تقدیر، قدرت اور انسان کے انفرادی یا اجتماعی عمل کے بے تکے، بے ڈھنگے اور بے ہودے پن کو اپنے فنی اور باطنی تجربے کی روشنی میں وہ نہ صرف دیکھ رہا تھا اور قبول کر رہا تھا بلکہ اُس پر مسکرا بھی رہا تھا۔ حماقتوں، بدمذاقیوں اور غیر انسانی

کارگزاریوں کو جاننے اور پہچاننے کے عمل/ ردِّعمل سے بیدار ہونے والی یہ مسکراہٹ ''سیاہ حاشیے'' میں کہیں چار صفحات پر پھیلی ہوئی ہے تو کہیں دو آدھی ادھوری سطروں پر!

دھیان رہے: شرارت سے بھری یہ مسکراہٹ پھیکی نہیں، گہری اور معنی خیز ہے۔ لوہے کے ٹکڑے کی طرح سرد، سنگین اور سفّاک...!

برصغیر میں فرقہ وارنہ بربریت اور ہولناک منافقت کے مناظر کی حقیقت پسندانہ تصویریں ہمیں دکھا دکھا کر افسانہ نگار مسلسل یہ جتا رہے تھے کہ اخلاقی اور سماجی طور معاشرہ کس قدر گل سڑ چکا ہے۔ لیکن منٹو کا فنی ایجاز اور اصرار حقیقت کو بیان یا تلاش کرنے میں نہیں حقیقت خلق کرنے میں مضمر ہے۔ منٹو جانتا تھا کہ آرٹ کا وظیفہ جذبات کی برانگیختگی میں نہیں کہ جذباتیت اکثر آرٹ کے لیے سُم قاتل کی حیثیت رکھتی ہے۔ ''سیاہ حاشیے'' کا کینوس اتنا مختصر ہے کہ واقعات و کوائف کو پیچ وخم عطا کرنے والے زندہ و متحرک کرداروں کی تفصیلات کو بیان کرنے کی گنجائش ہے نہ اُن کرداروں کی چلتی پھرتی تصویروں کے لیے پلاٹ کا مناسب فریم ورک... اظہار سے زیادہ اخفا سے کام لینے کے عمل نے جذبات اور جزئیات نگاری کے اسکوپ کو بھی محدود کر دیا ہے۔ ''خبردار''، ''قسمت''، ''ہمیشہ کی چھٹی''، ''استقلال''، ''صدقے اُس کے''، ''اُلہنا''، ''رعایت''، ''قسمت'' میں واقعہ و کردار اور زماں و مکاں کی تفصیلات سے گریز بیانیہ کو از حد minimize کر دیتا ہے۔ فسادات کے موضوع پر لکھے گئے زیادہ تر افسانوں میں جس طرح giving ہی اصل میں not giving ہے، کہہ سکتے ہیں ''سیاہ حاشیے'' میں not giving ہی giving ہے۔ حقیقت موجود ہے مگر پوری طرح سامنے نہیں آتی، لہٰذا واقعہ اور کرداروں کے غائب حصوں کی تلاش کا عمل قاری کو انجام دینا ہوتا ہے۔ بیدی نے کہیں کہا تھا:

> ''افسانے اور شعرگوئی میں کوئی فرق نہیں، ہے تو صرف اتنا کہ شعر چھوٹی بحر میں ہوتا ہے اور افسانہ ایک ایسی لمبی اور مسلسل بحر میں، جو افسانے کے شروع سے لے کر آخر تک چلتی ہے۔''

''سیاہ حاشیے'' کے افسانوں میں اسلوب میں کساؤ کے باوجود منٹو نے جو غضب کا space خلق کیا ہے، وہ اُنہیں چھوٹی بحر میں لکھے ہوئے طویل افسانے بنا دیتا ہے۔ افسانے

کی محدود واقعاتی فضا زندگی کی پہنائیوں کے دریچے کھول دیتی ہے۔ مختصر سے مختصر افسانے کے حاشیے میں کوئی دلچسپ پہلو، کوئی مقناطیسی کشش رکھنے والا زاویہ، کوئی ٹیڑھی لکیر، کوئی تاریک گوشہ ایسا مل جاتا ہے جو واقعہ کی واقعیت کو افسانے کے گھٹے ہوئے حصار میں مکمل کر لیتا ہے۔ ایک ایک لفظ کو منٹو نے نہ صرف دانتوں سے پکڑ کر خرچ کیا بلکہ مختلف رموز و اوقاف کو بھی پوری ذمہ داری سے استعمال کیا۔ ''سیاہ حاشیے'' کے متون کی close study ہمیں بتاتی ہے کہ کم سے کم لفظوں میں زیادہ سے زیادہ معنویت بھرنے کی صلاحیت، نفیس حس مزاح اور تیز مشاہدے کو اسلوب میں سلیقے سے برتنے کی مہارت نیز گہری نفسیاتی بصیرت تک رسائی حاصل کرنے کے لیے اظہار کے وسائل کس طرح تلاشے اور تراشے جاسکتے ہیں۔ اِن نام نہاد مختصر افسانوں میں بھی دکھائی نہ دینے والا کہانی پن کا عنصر افسانوی گراف میں محسوس کیا جاسکتا ہے کہ مواد کی تخفیف تجسس کی عدم موجودگی کا نتیجہ نہیں۔ بساط کی تنگی قاری کو ''پھر کیا ہوا؟ آگے کیا ہوتا ہے؟'' کہنے کا موقع بے شک نہ دیتی ہو لیکن افسانہ نگار کی ذہنی اُپج اُن سرحدوں تک خود پہنچنے اور ہر دور اور ذہن کے قاری کو پہنچانے کی سعی کرتی ہے جو ابھی بے خد و خال جہاں کا حصّہ ہیں۔ چند افسانے بہ طور مثال پیش ہیں:

صدقے اُس کے

مجرا ختم ہوا۔ تماشائی رخصت ہو گئے۔ تو استاد جی نے کہا: ''سب کچھ لُٹا پٹا کر یہاں آئے تھے لیکن اللہ میاں نے چند دنوں ہی میں وارے نیارے کر دیے۔

استقلال

''میں سکھ بننے کے لیے ہرگز تیار نہیں۔

...میرا اُسترا واپس کر دو مجھے۔''

اُلہنا

دیکھو یار، تم نے بلیک مارکٹ کے دام بھی لیے اور ایسا رڈی پٹرول دیا کہ ایک دُکان بھی نہ جلی۔''

خبر دار

بلوائی مالک مِکان کو بڑی مشکلوں سے گھسیٹ کر باہر لے آئے

، کپڑے جھاڑ کر وہ اُٹھ کھڑا ہوا اور بلوائیوں سے کہنے لگا۔ ''تم مجھے مار ڈالو لیکن

خبر دار جو میرے روپے پیسے کو ہاتھ لگایا۔''

فسادات کے موضوع پر لکھے گئے رسمیہ طرزِ عمل کو ضرب پہنچا کر منٹو جس فنی کرب اور فنی مسئلے سے بیک وقت نبرد آزما اور عہد براہ ہوا ہے، اُس نے مختصر قامت کے افسانے/افسانچے کو پُرشکوہ بنا دیا ہے۔ زندگی کی آنکھ میں آنکھ ڈال کر دیکھنے کے باوجود اپنے جذبات کو جس طرح اُس نے لگام دی ہے، یہ کام کوئی بڑا فن کار ہی انجام دے سکتا تھا۔ محولہ بالا افسانوں کے ہیئتی ڈیزائن میں راوی کا بیان اور مکالموں کا مزاج فسادات کی غم آلود صورتحال پر اچٹتے تبصرے کا سا ہے۔ معاشرتی ردّعمل کا بے ساختہ ردّعمل ...غور کرنے والی بات یہ ہے کہ منٹو نے انہیں اس طرح نہیں لکھا جیسے عموماً وہ ریڈیو کے لیے ڈرامے یا زندگی کے آخری دنوں میں رسائل کے لیے افسانے لکھا کرتا تھا۔ یہ افسانے/افسانچے انتہائی محتاط انداز میں ترتیب دیے گئے ہیں۔ بظاہر تخلیقیت سے عاری مکالمے فقط informative text کا کام انجام دیتے ہیں لیکن درحقیقت افسانے کی فکری جہت جس تہہ داری کا تعین کر رہی ہے اُسے نشان زد کرتے ہیں۔ دھار دار آلے کی صورت، شدید اور بے آواز ضرب لگاتے ہوئے ...! بابو راؤ پٹیل کی فلمی صحافت پر تبصرہ کرتے ہوئے منٹو نے لکھا تھا کہ ''اُس میں (بابو راؤ پٹیل میں) ایک ناقابل نقل طنز اور مزاح تھا، ایک زہر تھا۔'' میرے خیال میں ''سیاہ حاشیے'' کے مکالموں میں بابو راؤ پٹیل کی شخصیت اور قلم کا وہی مزاح، وہی طنز اور وہی زہر در آیا ہے۔ خوبی یہ کہ افسانوی فریم میں ڈرامائی تاثر کے ساتھ ساتھ یہ مکالمے detachment کا گہرا احساس بھی پیدا کرتے ہیں۔ یہ اپنا دامن تو نہیں پسارتے مگر تفصیلات اور جزئیات اِن میں یوں سمٹتی ہے گویا مکالمے بیانیہ کی ساختیاتی ضرورت ہی نہیں بجائے خود اُس کے فنی اوزار ہوں۔ سفاکی، معروضیت اور اختصار کو جس حزم وضبط کے ساتھ منٹو نے یہاں برتا ہے، اُس کی مثال اردو افسانے کی تاریخ میں اس سے پہلے نظر نہیں آتی۔ ''مزدوری''، ''صفائی پسندی''، ''اصلاح''، ''کرامات''، ''بے خبری کا فائدہ''،

''تعاون'' اور ''تقسیم'' جیسے نسبتاً طویل افسانوں/ افسانچوں میں بھی منٹو کی دلچسپی گوشے کھولنے میں نہیں، گرہیں کسنے میں ہے۔ ''سیاہ حاشیے'' کے بعض حاشیے قطعی طور پر اتنے تاریک ہیں کہ اُن منطقوں پر قدم رکھنے کے خیال سے ہی کپکپی چڑھنے لگتی ہے۔ گو کہ افسانے فقط دہشت ناک اور ہولناک صورتحال کی مضحکہ خیزی کی اُن terms کو بیان کرتے ہیں، جسے اجتماعیت اور سیاست نے پیدا کیا ہے۔ تخریبی رجحانات کو انسانی فطرت گھبرائے بغیر کس طرح قبول کرتی ہے، اُسے سمجھنے کے لیے ''سیاہ حاشیے'' کے انتساب سمیت ۳۲/ افسانوں کو پہلو بہ پہلو رکھ کر دیکھنے کی ضرورت ہے۔ تشدّد کی دنیا اور بچے کی روزمرہ کی زندگی دلچسپ لیکن خوفناک طریقے سے ''جیلی'' میں یوں یکجا ہو گئی ہے، گویا کسی نے دودھ میں تیزاب ملا دیا ہو۔ واقعہ ٹوٹ پھوٹ کر واہمہ میں تحلیل ہو جاتا ہے، ستم گری، ستم ظریفی میں اور انتشار و اضطرار، ارتباط میں... منٹو نے افسانے کو قنوطی بنائے بغیر اُسے بیک وقت موت اور زندگی غم و نشاط، تاریکی اور روشنی، آرزومندیوں اور اُس کی پسپائیوں کا کھیل بنا دیا ہے۔ افسانہ ''جیلی'' ملاحظہ ہو:

> صبح چھ بجے پٹرول پمپ کے پاس ہاتھ گاڑی میں برف بیچنے والے کے چھرا گھونپا گیا... سات بجے تک اس کی لاش لک بچی سڑک پر پڑی رہی اور اس پر برف پانی بن بن گرتی رہی
>
> سوا سات بجے پولیس لاش اٹھا کر لے گئی برف اور خون وہیں سڑک پر پڑے رہے۔
>
> ایک ٹانگہ پاس سے گذرا بچے نے سڑک پر جیتے جیتے خون کے جمے ہوئے چمکیلے لوتھڑے کی طرف دیکھا۔ اس کے منہ میں پانی بھر آیا۔ اپنی ماں کا بازو کھینچ کر بچے نے انگلی سے اُس طرف اشارہ کیا ''دیکھو ممی، جیلی!''

دو متضاد صورتحال کی آمیزش اور تصادم سے افسانہ تشکیل پاتا ہے لیکن افسانے کا دارومدار بچے کے مکالمے ''دیکھو ممی جیلی'' پر ہے۔ جانی پہچانی صورت حال اور نامانوس response کے تضاد کو بچے کا مکالمہ ایک بے نام رشتے سے باندھ دیتا ہے اور معلوم ہوتا ہے افسانہ واقعہ کا نہیں صورت حال یا مخصوص سچویشن کا ہے۔ ہولناک فضا میں انتہائی لاتعلقی سے فریم کیے گئے

اس مختصر سے مکالمے کے بعد گمبھیر، دبیز اور بے پایاں خاموشی کو ہم سُن سکتے ہیں۔ خون کے چمکتے لوتھڑے اور جیلی میں کیا رشتہ ہے؟ معصومیت اور بربریت کی دورخی ironic صورت حال ہمارے اندر بہت دیر تک اور بہت دور تک بجلی پیدا کرتی رہتی ہے۔ لاش کو اُٹھا کر لے جانے کے بعد سڑک پر برف اور خون کے چمکیلے لوتھڑے کا جیلی میں تبدیل ہونا پگھلتے سچ کا ٹھوس حقیقت میں اور ٹھوس حقیقت کا ایک معنی خیز التباس میں تبدیل ہونا بھی ہے۔ سان پر چڑھا ہوا منٹو کا اسلوب روح کے عفریتوں سے ہمیں اس طرح متعارف کرواتا ہے کہ ہم خود کو اُس کی خندہ زنی میں شریک ہونے پر مجبور پاتے ہیں۔ ''حیوانیت''، ''مزدوری''، ''ساعتِ شیریں''، ''کرامات''، ''صفائی پسندی''، ''گھاٹے کا سودا'' اور دوسرے افسانوں میں بھی منٹو نے ظالمانہ سرگرمیوں کو انتہائی سادگی سے کہہ کر اُس کے اندرونی درد کو بہت ٹھنڈے پن سے اُجاگر کیا ہے۔ جیسے کوئی تیز دھار دار چاقو سے آپ کو گدگدی کرنے کی کوشش کر رہا ہو۔

دھیان رہے لطیفے کے فنکشنل اسٹرکچر میں بھی منٹو اپنی لاتعلقی اور دوری کو برقرار رکھتے ہوئے افسانہ کی بافت میں پوری طرح شامل ہے۔ سوال یہ ہے کہ اپنے تجربوں کے انکشاف و اظہار کی راہیں منٹو لطیفوں اور چٹکلوں میں کیوں تلاش رہا تھا؟ کیا فسادات کی ہولناک صورتحال کو نئے طریقے سے محسوس کرنے یا اپنے احساس کو نئے زاویے سے تدوین کرنے کا یہ کوئی قرینہ تھا؟ یا پھر لطیفہ کا فارم اصل میں اُس کرب سے جان بچانے اور نجات پانے کی فنی تدبیر تھی، جس سے اُس وقت ذہنی، جذباتی اور روحانی طور پر وہ نبرد آزما تھا۔ ظاہر ہے جب معاشرے میں مارنے مرنے کا سلسلہ اس قدر ذلیل سطح پر واقع ہو رہا ہو کہ انسانیت کی دہائی بے کار اور تعلیم و تلقین کے راستے بند اور بے اثر ہو چکے ہوں، انسانی جذبات جہالت اور جارحیت کے حصار میں ہوں، ایسی ہولناک صورتحال کو ایک مضحکہ خیز تماشے کی حیثیت سے دیکھنے اور ان میں سے لطیفے تراشنے کے عمل میں ہی منٹو نے اپنے تخلیقی اظہار کے امتیازات کی نشاندہی کی اور اس طرح اپنے فنی منصب کو endorse کیا۔

لیکن اس کتاب کے ساتھ ایک ٹریجیڈی یہ رہی کہ دیباچہ نگار حسن عسکری نے ہی اسے لطیفوں اور چٹکلوں کی کتاب کہہ کر متعارف کرایا اور کامیڈی یہ ہوئی کہ بعد میں بھی ہر کسی نے ان

افسانوں کی تشکیل میں مضمر فنی رموز کو جانچنے، پرکھنے کے بجائے انہیں لطیفے اور چٹکلے کے کھونٹے سے باندھنے میں عافیت جانی، جبکہ حقیقت اس کے بالکل برعکس ہے۔ کہتے ہیں حسن عسکری زندگی کی طرح ادب میں بھی تجربوں سے گھبراتے نہیں تھے بلکہ ادب میں تو وہ تجربوں کے منتظر رہتے تھے۔ لیکن جس نئے تجربے اور نئی ہیئت کی جستجو منٹو سے "سیاہ حاشیے" کے افسانے تحریر کروا رہی تھی، اُسے عسکری لطیفوں اور چٹکلوں سے موسوم کرکے آگے بڑھ جاتے ہیں۔ جبکہ حسن عسکری بڑی بے تکلفی اور سہولت سے "سیاہ حاشیے" کے متن کی تہہ میں اُتر کر اُس سے ہم کلام ہو سکتے تھے اور دوسروں کو بھی اُن ساعتوں میں شریک کر سکتے تھے۔۔ لیکن المیہ یہ ہوا اور المیہ غور طلب ہے کہ عسکری جب لطیفہ کہہ کر ان افسانوں کو tag کرتے ہیں تو اُس کے بعد التفات تو درکنار انصاف کی نظروں سے بھی وہ محروم کر دیے جاتے ہیں۔

"سیاہ حاشیے"، میں منٹو نے جو فارم اختیار کیا ہے اسے محض جدت کا شوق قرار نہیں دیا جا سکتا۔ لیکن بہر حال یہ تو کہا ہی جا سکتا ہے کہ فنی اظہار کے اس طریقے ہائے کار نے ایک نئی صنف (افسانچہ) کے وجود میں آنے کی راہ استوار کی۔ اس نئی صنف کی تشکیل کے اصول و طریقۂ کار، اِس کے امتیازی فنی پہلو اور اِس کی شناختی نشانیوں کا کوئی جامع تصور ممکن ہے منٹو کے ذہن میں اُس وقت نہ رہا ہو، لیکن "سیاہ حاشیے"، کے افسانوں میں بے نام، بے ہیئت مواد جس طرح قابلِ مطالعہ متن میں ڈھلتا ہے اُس کے پیچھے مخصوص صنفی اوصاف و عناصر کے ادراک کے خاموش اور بے آواز عمل کو بہر حال رد نہیں کیا جا سکتا۔ اپنے ادبی سفر کا آغاز ہی منٹو "عالم گیر" اور "ہمایوں"، کے روسی اور فرانسیسی ادب نمبر مرتب کر چکا تھا، اُس سے اندازہ ہوتا ہے کہ انگریزی، فرانسیسی اور روسی ادبیات بھی اُس کے مطالعے میں رہا ہوگا لیکن اس کے باوجود یہ بات دعویٰ سے نہیں کہی جا سکتی کہ مغربی ادب کے شارٹ فکشن، فلیش فکشن یا پام اسٹوریز کی روایت اور میلانات سے بھی وہ کما حقہ واقف تھا۔

منٹو اور اردو میں صنفِ افسانچہ پر تحقیق کرنے والے (ڈاکٹر علی ثنا اللہ بخاری اور ڈاکٹر عظیم راہی) دونوں اس امر پر متفق نظر آتے ہیں کہ منٹو افسانچہ کی صنف کا موجد ہے، جبکہ قمر رئیس اپنے مضمون "معاصر افسانہ کا منظر اور پس منظر"، میں جوگیندر پال اور رتن سنگھ کے حوالے سے اردو

افسانہ میں منی کہانیوں اور افسانچے لکھنے کے بڑھتے رواج پر تبصرہ کرتے ہوئے ایک جگہ کہتے ہیں: ''پریم چند اور اُن کے معاصرین نے بھی اس طرح کی کہانیاں لکھی ہیں لیکن وہ اُن کو filler کا نام دیتے تھے۔ ان کا شمار سنجیدہ ادبی کاوشوں میں نہیں ہوتا تھا۔'' قمر رئیس کے خیال سے بھلا کسے انکار ہوگا لیکن پریم چند اور اُن کے معاصرین کی تحریروں کی شناخت اگر ایک نئے فارم کے طور پر نہیں کی گئی تو اس کا راز اور جواز ہمیں اُس کے content اور پیش کیے جانے والے اسلوب میں ڈھونڈنا چاہیے۔ اُن تحریروں کا سنجیدہ ادبی کاوشوں میں شمار کرنا اگر غلط ٹھہرتا ہے تو ''سیاہ حاشیے'' کے افسانچوں کو بھی اُن fillers کے ساتھ نتھی کرنا مناسب نہیں۔ محض ہیئت، خدوخال اور آکار میں مختصر ہونے کے باعث ہی یہ 'افسانچے' کہلانے کے مستحق ہیں، وگرنہ تین چار سطروں میں سمٹی عبارتوں کا دامن اتنا کشادہ ہے کہ اِنھیں بہ آسانی اور بہ خوبی مروجہ افسانوی فارم میں ڈھالا جاسکتا تھا۔ انسانی تجربے کو کم سے کم الفاظ میں بیان کرنے کے باوجود، اپنے proportion میں یہ افسانے مکمل ہیں۔ ''سیاہ حاشیے'' کے افسانوں کو fillers اس لیے بھی قرار نہیں دیا جا سکتا کہ ابتدائی فقرے سے پہلے ہی یہ شروع ہو چکے ہوتے ہیں مگر اختتامی سطروں کے ساتھ ختم نہیں ہوتے بلکہ اختتام بجائے خود ایک لامحدود آغاز کا حصّہ بن جاتا ہے۔ الفاظ کے افراط سے عاری اشاریے اِن میں تھم کی اخلاقی ذمہ داری کا بوجھ پوری فن کارانہ ہُنر مندی کے ساتھ اُٹھاتے ہیں۔ افسانوی معروض میں واقعات کی ترتیب کو مرکزی حیثیت دینے سے چونکہ منٹو گریز کرتا ہے لہٰذا ہیئت میں پیوست جُزئیات و تفصیلات flashes میں دکھائی دیتی ہیں۔ منٹو کا طریق اظہار یہاں بے حد اوریجنل، منفرد اور اُس سے بالکل مختلف ہے جس سے اردو فکشن آشنا اور مانوس تھا۔ تخلیقی شدّت، احتیاط اور فنی انہماک سے تشکیل پانے والا یہ متن من بہلاوے یا چٹکلے ٹائپ کی چیز نہیں اور نہ ہی منٹو نے اِس کی شناخت الل ٹپ سے کی۔ ''سیاہ حاشیے'' کے افسانوں کا مقصد تکنیک اور زبان کے امکانات کو کھنگالنا ہے، نہ کہ فسادات اور بٹوارے کی زہرناکیوں کو comic relief کے طور پر بیان کرنا ہے۔ لیکن ہوا یہ کہ حسن عسکری کی لطیفے والی برانڈنگ نے ''سیاہ حاشیے'' کے فنی امتیازات کو ایک جھٹکے سے پس پُشت ڈال دیا۔ اپنے دیباچہ میں عسکری نے اِنہیں کہیں افسانہ لکھا تو کہیں لطیفہ اور چٹکلہ کہا ہے۔ اس لحاظ سے ایک مسئلہ

اُن کی صنفی شناخت سے بھی وابستہ ہو جاتا ہے۔ظفر سعید نے اپنے مضمون ''لطیفہ اور افسانہ'' میں غالباً پہلی بار ''سیاہ حاشیے'' کی صنفی شناخت پر تفصیل سے بحث کی اور اُن فن پاروں کے لیے افسانہ اور لطیفہ دونوں الفاظ کے بیک وقت استعمال کو غلط ٹھہرایا تھا۔مضمون میں ظفر سعید لکھتے ہیں:

> ''منٹو کے عہد تک اتنے مختصر افسانے کا تصور بھی نہیں تھا۔غالباً اختصار وطوالت کے سوال پر ہی مجموعے پر لطیفے کا حکم لگایا گیا۔لیکن اگر لطیفہ اور افسانے کا مابہ الامتیاز صرف اختصار اور طوالت کو قرار دیا جائے تو ہمیں مختصر افسانے کی پھر سے کوئی نئی تعریف کرنی ہوگی۔اور لطیفے میں اُن عناصر کی بھی جستجو کرنی ہوگی جو افسانے کے لیے ضروری قرار دیے گئے ہیں۔''

اس میں شک نہیں کہ ''سیاہ حاشیے'' کے بعض افسانوں کی ہیئت لطیفوں اور چٹکلوں سے اتنی ملتی جلتی ہے کہ اُن کے درمیان حدِ فاصل کھینچنا مشکل معلوم ہوتا ہے۔لطیفوں اور چٹکلوں کی طرح یہاں بھی ایجاز واختصار، مزاح کا عمل دخل، طنز کی کارفرمائی وحدتِ تاثر اور غیر متوقع اور چونکاؤ اختتام کی اہمیت کلیدی ہے۔لیکن تمام تر مشابہت کے باوجود فن اور غیر فن کا بنیادی فرق کسی صورت فراموش نہیں کیا جاسکتا۔یہ ممکن ہے کہ آپ چٹکلہ وضع کرنے کی کوشش کریں اور متن افسانے کی صورت میں نمودار ہو جائے یا افسانہ لکھنے کی نیت سے اٹھایا ہوا قلم اچانک لطیفے کا روپ اختیار کرلے۔ایسے طویل اور مختصر افسانے ہمیں ہر دور کے فکشن میں مل جاتے ہیں، جو لطیفے یا چٹکلے کی بنیاد پر لکھے گئے ہیں۔لیکن جو بات افسانوں اور لطیفوں کے مابین امتیاز قائم کرتی ہے وہ ہے محرکات اور تشکیلی عمل کا مقصد... دونوں کے درمیان پائی جانے والی سطحی اور ظاہری مشابہت کے باوجود مقصد کی کارفرمائی دونوں کو ایک دوسرے ممیز کرتی ہے۔

جاننے والے جانتے ہیں کہ لطیفے ایک خاص ٹرک سے مربوط ہوتے ہیں، جبکہ آرٹ کا کھیل ہی دوسرا ہے۔اس کھیل میں تو کرافٹ کو بھی داخلے کی اجازت صنفی اور تخلیقی شرطوں پر ہی ملتی ہے مگر جہاں تک ٹرک یا ہاتھ کی چالاکی کا معاملہ ہے آرٹ کی شریعت میں یہ شجرِ ممنوعہ سے کم نہیں۔ایک لطیفہ اپنے آپ میں کتنا ہی دلچسپ اور معنی خیز کیوں نہ ہو، دوسری تیسری قرأت/سماعت میں اسی لیے چوپٹ ہو جاتا ہے کہ تخلیقی وفنی قدر سے وہ عموماً محروم ہوتا ہے، جبکہ

ادب پارے میں یہ تخلیقی وفنی قدر اساسی حیثیت رکھتی ہے اور ہر دور کے قارئین کو دینے کے لیے اُس کے پاس کچھ نہ کچھ نیا ہوتا ہے۔

"سیاہ حاشیے" کے افسانے چونکہ کسی فارمولے یا ٹرک پر ٹکے نہیں ہیں اور فن کی شعریات پر پورے اُترتے ہیں، شاید اسی لیے ستّر پچھتر سال بعد بھی اُن کی معنویت تلف ہوئی ہے نہ لطف تلپٹ ہوا ہے۔ چٹکلوں کی طرح یہ افسانے اپنے قاری کو معنیاتی سلسلے کی کسی بند گلی میں نہیں چھوڑتے بلکہ امکانات کی اُن شاہراہوں پر پہنچاتے ہیں جو ڈسکورس کو نئے مفہوم عطا کرتی ہے۔ منٹو جس طرح بے معنی لفظوں کو افسانوی متن کا حصّہ بنا کر معنویت سے بھر دیتا تھا، اُسی طرح لطیفہ کے اسٹرکچر کو بھی اُس نے غیر معمولی اہمیت کا حامل بنا دیا ہے۔ اس لیے یہ کہنا کہ یہ فسادات کی صورتحال سے تراشے گئے چٹکلے ہیں، اِن کی حقیقت اور معنویت کو reduce کرنا ہی نہیں اُن کے فن کارانہ اکتساب کو جھُٹلانے جیسا ہے۔ یہ فن پارے لطیفے یا چٹکلے ہونے کی تہمت شاید اس لیے بھی سہہ رہے ہیں کہ اِن کی زمرہ بندی افسانچہ، منی افسانہ، پام اسٹوریز، مائکرو فکشن یا شارٹ فکشن کے اصولوں کے تحت نہیں کی گئی۔ ظاہر ہے جس دور میں منٹو اِنہیں لکھ رہا تھا اُس میں اِن اصناف کا تصور نہ تھا، کم سے کم اردو فکشن میں... یہاں میں بہ اصرار کہنا چاہتا ہوں کہ منٹو نے یہ افسانے نہ بطور چٹکلے لکھے تھے اور نہ ہی پڑھنے والوں کو یہ اِس بات کی اجازت دیتے ہیں کہ اِنہیں لطیفے یا چٹکلے کی طرح پڑھا جائے۔

اصل بات یہ کہ کشت وخون، وحشی پن، بے معنی تشدّد اور درندگی کا جو کھیل برصغیر میں منٹو دیکھ رہا تھا وہ اُس کے لیے اتنا ہی لغو تھا جتنا کہ لطیفوں اور چٹکلوں کی دنیا ہوتی ہے۔ دس گیارہ سال پہلے امرتسر کی تنگ گلیوں سے بھاگ کر جب وہ بمبئی آیا تو اس کا خیال تھا کہ اس خوبصورت اور وسیع شہر کی فضا فرقہ وارانہ جھگڑوں سے پاک ہوگی۔ مگر یہاں بھی بہ قول منٹو بنائے فساد وہی پرانی تھی، یعنی مندر اور مسجد، گائے اور سور... ملحوظ رہے کہ جس آدمی کو مندر، مسجد اینٹوں کا ڈھیر اور، گائے، سوّر، گوشت کا ڈھیر دکھائی دیتا ہو اُسے مندر اور مسجد، گائے اور سور کے عنوان سے ہونے والے تشدّد میں انسان کے مقدس لہو کی ارزانی کس قدر لغو، absurd اور مضحکہ خیز معلوم ہوتی ہوگی۔

''ٹوبا ٹیک سنگھ'' میں مذہب کی بنیاد پر تقسیم کی ستم ظریفی اور مضحکہ خیزی کو دیکھنے اور دکھانے کے لیے منٹو نے پاگل خانے کا لینڈ اسکیپ تیار کیا تھا۔ وارث علوی کے مطابق ''ٹوٹیک سنگھ'' کے پاگل خانے کی حد جہاں ختم ہوتی ہے وہیں سے ایک نئے اور ایک بڑے پاگل خانے کی شروعات ہوتی ہے۔ ''سیاہ حاشیے'' کے صفحات پر مجھے اسی نئے اور بڑے پاگل خانے کی روداد درج نظر آتی ہے۔ ایک ایسے پاگل خانے کی جہاں مہاتما گاندھی کی موت پر شیرنی بانٹی جاتی ہے اور دوکان جلانے کے لیے رڈی پیٹرول مہنگے داموں بیچا اور خریدا جاتا ہے۔ جہاں لوٹ میں حاصل ہونے والے تھرماس کا جائز استعمال نسوار کو ٹھنڈی اور گرم رکھنے کے لیے کیا جاتا ہے اور سکھ بنانے کے لیے لوگوں سے اُن کے استرے چھین لیے جاتے ہیں۔ جہاں خالی بندوق دکھا کر معصوم بچے کی روح قبض کی جاتی ہے اور چوروں لٹیروں کی قبروں پر دیے جلائے جاتے ہیں۔ جہاں افراد اپنی بربادیوں کا جشن مناتے ہیں اور گھر کے مالکان اپنے گھر کا قیمتی سامان خود لٹیروں کے حوالے کر جاتے ہیں۔ جانوروں سے بھی جہاں انسانی سلوک کی امید کی جاتی ہے اور انسانوں کو مرغا کہہ کر مخاطب اور حلال کیا جاتا ہے۔ دوسرے مذاہب کے افراد کو چلتی گاڑی سے نکال نکال کر ہلاک کرنے کے بعد ہم مذہب مسافروں کی تواضع حلوے، دودھ اور پھلوں سے کی جاتی ہے اور مذہب کی پہچان جہاں ازار اتار کر لی اور دی جاتی ہے۔

غرض کہ ''سیاہ حاشیے'' کے افسانے مل کر ایک ایسا پاگل خانہ تعمیر کرتے ہیں جہاں ہر پاگل، عقلمند اور ہر ظالم، معلم اخلاق ہونے کے مغالطے میں مبتلا ہے۔ اور جیسا کہ میں پہلے کہہ چکا ہوں کہ منٹو لطیفے کے فارم کی ضرورتوں، تقاضوں اور حدود سے بخوبی واقف تھا لہٰذا اُس نے حیوانی جبلتوں، انسانی حماقتوں اور عقائد و نظریات کی ستم ظریفیوں کی تاریخ رقم کرنے کے لیے افسانے کی رسمی ہیئت کو رڈ کر کے چٹکلے اور لطیفے کے فارم سے کام لیا۔ یہ بات بھی یہاں خاطر نشان رہے کہ افسانوی معروض نے ہی مذکورہ فارم کو articulate کیا ہے۔ چٹکلوں کی طرز پر محدود حصار میں گردش کرتا ''سیاہ حاشیے'' کا ہر کردار ایک ایسا نقش تشکیل دیتا ہے، جو کسی دوسرے نقش کی نامعقولیت / معقولیت کو اُجاگر کرتے ہوئے خود اپنی لغویت کو دریافت کرتا ہے۔ لیکن یہ

لغویت اور absurdity دل کی دُکھن اور روح کی چبھن کے عنصر سے خالی نہیں۔ستم گری، ستم ظریفی کا اور ستم ظریفی ستم گری کا روپ دھارن کر کے کس طرح خوش طبعی کا سامان فراہم کرتی ہے اُس کی ایک مثال ہمیں ''پٹھانستان'' میں دیکھنے کو ملتی ہے۔افسانہ ملاحظہ ہو:

''خو،ایک دم جلدی بولو،تم کون اے؟''

''میں...میں...''

خو...شیطان کا بچہ جلدی بولو...ماندوائے یا مسلمین؟''

''مسلمین ...''

''خو تمہارا رسول کون اے؟''

''محمد خان۔''

''ٹیک اے...جاؤ۔''

صورتحال کی یہ absurdity عجیب وغریب گدگدی سی پیدا کرتی ہے۔لفظوں کے اس صوتی اثر کے پیچھے ایک بہت ہی منفرد طاقت اور خلاق ذہن کام کر رہا ہے جو اُسے اتنی چوکسائی،ایجازِ بیان اور حزم واحتیاط سے بیان کرتا ہے کہ افسانہ لفظوں کی کفایت شعاری کا عمدہ نمونہ بن جاتا ہے۔صفحہ پر لطیفے کے انداز میں لکھا گیا متن سنجیدگی کو مجروح کرتے ہوئے افسانے کی integrity کو قائم رکھتا ہے۔''سیاہ حاشیے'' کے افسانوں/افسانچوں میں ظرافت کا طنز سے رشتہ گوشت اور ناخن کا ہے۔رسول کا نام پوچھنے پر نرغے میں آئے شخص کا 'محمد خان' کہنا قاری کی توقعات کے افق کو تہہ بالا کر دیتا ہے لیکن جواب میں پٹھان کا ''ٹیک اے...جاؤ۔'' کہنا selective hearing کی ایک بے ہودا مثال ہے جو لغویت کا ایک دوسرا ہی دائرہ کار قائم کرتی ہے۔منٹو کی خلاقانہ بصیرت اعتقاد کے بحران اور بحران کی لغویت کو اُس کے پورے تناظر میں دیکھ رہی ہے۔پٹھان کے سامنے کھڑا شخص شاید نہتا ہے لیکن بہتر جانتا ہے اُس اینٹھے خان کو کیسے سادھا جا سکتا ہے۔جارحانہ فخر مردانہ پندار،طاقت،اکڑ اور خبیثیت 'محمد' کے ساتھ 'خان' کے لیبل کو چسپاں کرتے ہی آسودہ ہو جاتی ہے اور پٹھان کو ''ٹیک اے...جاؤ۔'' کہنے دینے پر مجبور کر دیتی ہے۔محمد کے ساتھ خان کا لاحقہ محض انتشار و پراگندگی،بے اطمینانی،

ہلاکت خیزی اور عدم تحفظ کی فضا میں لطیفوں کے لیے گنجائشیں نکالنا یا پوری بات کو ہنسی کے پٹاخوں میں اُڑانا بھر نہیں ہے۔فقرہ اپنی منطق اور سوجھ بوجھ کے غلاف میں موقع پرستی اور دوغلے پن کا کھلا اظہار ہے لیکن جس کے مضحک پہلوؤں اور الم ناک نتائج سے خود کھیلنے والا واقف نہیں۔ تُرپ کے پتہ کی طرح پھینکا گیا یہ فقرہ پٹھان کی اُس نام نہاد سادہ لوحی کو جس کا بنیادی تصور نسلی رتبے اور دبدبے کے جذبے میں شرابور ہے کٹھرے میں لا کر کھڑا کر دیتا ہے۔ یہ بتانے کی ضرورت نہیں ہے کہ طاقت اور جارحیت، جہالت اور نرگسیت جب انفرادی دائرے سے نکل کر اجتماعی منطقے پر پھیلتی ہے اور جب ایک فرد بے چہرہ بھیڑ میں تبدیل ہوتا ہے تو کتنا پُرتشدد اور سفّاک ہو جاتا ہے۔ ہم سب بہتر جانتے ہیں کہ دوسری قوموں سے نفرت و حقارت کو پالنے پوسنے کا کام نسلی برتری کا یہی جذبہ بخوبی انجام دیتا رہا ہے۔

فرد پر انبوہ کا اثر ایک مسلمہ حقیقت ہے۔مہذب فرد بھی بے چہرہ بھیڑ کا حصہ بن کر ایسی تخریبی کاروائی میں غیر شعوری طور پر شریک ہو جاتا ہے جو بصورت دیگر اُس کے لیے ممکن نہیں۔"شیطان کا بچہ" کہہ کر مخاطب کرنے والے شخص کو اُس کے جواب کے بعد آزاد کرنے کا عمل ہی اصل میں فرد پر انبوہ کے اثرات کے تسلط کی ابتدا ہے اور فیصلوں پر قبضے و اختیار کی تاریخ کا نقطہ آغاز بھی ....یہی وہ موڑ ہے جب سماجی و اخلاقی بحران مذہبی ادعائیت کا پیش خیمہ بن جاتا ہے اور مذہبی، نسلی طبقاتی اور قومی تصور کی پہلی جعلی اینٹ رکھ دی جاتی ہے۔اور پھر مرحلہ وار اینٹ پر اینٹ چڑھتی چلی جاتی ہے اور منافرت کی دیوار بڑھتی چلی جاتی ہے۔ ''پٹھانستان'' یہ معاملہ فہمی اور سادہ لوحی کی کہانی نہیں بلکہ آنے والے جبر و استبداد کی سونامی کا اشارہ ہے۔مزے کی بات یہ ہے کہ منٹو نے اس افسانے کو آنسوؤں کی زبان میں یا حقارت کے لہجے میں بیان کرنے کے بجائے طنز آمیز تبسم کے ساتھ سپردِ قلم کیا ہے۔

''سیاہ حاشیے'' کی دُنیا میں ایسے افراد جہاں تہاں مل جاتے ہیں جو انفرادی حیثیت میں بے ضرر ہیں، لیکن اجتماعی منافرت نے انہیں کس قدر فعال، متحرک اور پُرتشدد بنا دیا ہے۔نفرت، حقارت اور بربریت صرف اُن نیم پاگل، بد دماغ، سنکی افراد کی جاگیر نہیں کہ جن کے ہاتھ میں اقتدار کی کنجیاں ہیں بلکہ منافرت کا یہ بھیڑیا اُن سیدھے سادے، بے ضرر، مہذب و متمدّن

انسانوں کی کھال کے اندر بھی دُم دبائے، پنجے سمیٹے اور پاؤں سکوڑے بیٹھا ہوا ہے اور جب ایک اندھی بھیڑ اُن سے آن ملتی ہے تو اپنے وحشیانہ اوتار میں بھونکنے اور بھنبھوڑنے لگتا ہے۔ مذہبی جنون، خوف و ہراس کے مرکز و محور پر گردش کرنے والے زیادہ تر افسانوں میں ظالم و مظلوم دونوں ہی اپنے تمام تر انسانی ڈائمنشن کے ساتھ موجود ہیں۔ ''اصلاح''، ''گھاٹے کا سودا''، ''کرامات''، ''مناسب کاروائی''، ''آنکھوں پر چربی''، ''صفائی پسندی''، ''رعایت'' اور ''مزدوری'' جیسے افسانے فقط ''کیا ہوا؟'' کو فوکس کرتے ہیں جبکہ ''کیوں ہوا؟'' کا جواب متن کی دہلیز کے باہر منہ باندھے خاموش ہے۔ اپنے تخلیقی تجربے میں منٹو نے اس صورتحال کو جس عدم تعلقی اور جذباتی نفاق کے ساتھ پیش کیا ہے، جس کے یہاں رحم دلی اور انسانی ہمدردی کا کوئی گزر نہیں۔

ہزاروں سال کی تہذیب، ثقافت، تمدن، اخلاقی اور مذہبی تعلیمات نے عقل و شعور کو جس سفر پر روانہ کیا ہے اُس کی تفصیلات تاریخ کے صفحات میں محفوظ ہیں اور یہ ہمیں بتاتی ہیں کہ ۱۹۴۷ء کے سانحات نے مروجہ اخلاقی نظام کو منہدم تو کیا ہی ساتھ ہی ایک جعلی اخلاقیات پالنے پوسنے کا کام بھی مختلف اداروں اور اُن کے ٹھیکداروں نے بڑی مستعدی سے انجام دیا۔ یہ اُسی جعلی اخلاقیات کے پالن پوشن کا ثمر تھا کہ اشرف المخلوقات کہلانے والا آدمی نہ صرف حیوانی سطح پر آگیا بلکہ انسانی فطرت سے ہی محروم کر دیا گیا۔ یہ انسانی تعلقات کے حسن کے دم توڑنے اور جذباتی سوتوں کے خشک ہونے سے زیادہ آدمی کو اُس کی بنیادی صفات سے محروم کر دیے جانے کے المناک اور مضحک پہلو کو پیش کرتا ہے۔ ''پانچ دن'' کا پروفیسر کہتا ہے: ''انسان کو مارنا کچھ نہیں، اُس کی فطرت کو ہلاک کرنا بہت بڑا ظلم ہے۔'' اقدار سے عاری ہوتی ہوئی اکائیاں گوشت پوست کے انسان کو کس طرح ایک ہیومن روبوٹ میں بدل دیتی ہے، اِس کا اظہار ''صفائی پسندی'' میں ملتا ہے۔ افسانے میں اُجاگر ہونے والے نیزہ بردار کردار نہیں، اخلاقیات کی باطنی تقلیب کی علامت ہیں، جن کی تشکیل سنگین حقایق سے مرتب ہوئی ہے۔ افسانوی حرفت کا مظاہرہ کیے بغیر منٹو نے اپنے تخیل کی آنکھ سے اُن المیوں اور طربیوں کا سراغ لگایا ہے، جن کی تفہیم اسلوبِ زیست سے عبارت ہے۔ افسانہ ملاحظہ ہو:

گاڑی رکی ہوئی تھی

تین بندوقچی ایک ڈبّے کے پاس آئے۔ کھڑکیوں میں سے اندر جھانک کراُنھوں نے مسافروں سے کیا پوچھا[مسافروں سے پوچھا]: ''کیوں جناب کوئی مرغا ہے؟''

ایک مسافر کچھ کہتے کہتے رک گیا۔ باقیوں نے جواب دیا: ''جی نہیں۔''

تھوڑی دیر بعد چار نیزہ بردار آئے۔کھڑکیوں میں سے اندر جھانک کرانھوں نے مسافروں سے پوچھا: ''کیوں جناب کوئی مُرغا ورغا ہے؟''

اس مسافر نے جو پہلے کچھ کہتے کہتے رُک گیا تھا جواب دیا: ''جی معلوم نہیں... آپ اندر آکے، سنڈاس میں دیکھ لیجیے۔''

نیزہ بردار اندر داخل ہوئے۔سنڈاس توڑا گیا اُس میں سے ایک مُرغا نکل آیا۔

ایک نیزہ بردار نے کہا: ''کر دو حلال۔''

دوسرے نے کہا: ''نہیں۔یہاں نہیں۔ڈبا خراب ہو جائے گا... باہر لے چلو۔''

مذہب یہاں جبر کا محض آلہ کار ہے اور اُس کی انتہائی ہولناک صورت پیش کرتا ہے۔ یوں تو جبر وتشدّد کی متعدد صورتیں اور جہتیں ''سیاہ حاشیے'' کے دوسرے افسانوں میں بھی جہاں تہاں دکھائی دے جاتی ہیں، لیکن زیرِ بحث افسانے میں جبر کے جس نئے چہرے سے ہم متعارف ہوتے ہیں، وہ ہمیں بنیادی سوالوں سے روبرو کراتا ہے۔صداقت اور حسن کے رشتے کی نوعیت کیا ہے؟ انسانی تعلقات سے عبارت زندگی میں داخل ہونے والا جبر بھی کیا سیاہ وسفید خانوں میں تقسیم کیا جاسکتا ہے؟ عدل وانصاف جیسے آفاقی تصور کو نسبت اور تناسب کے میزان میں تولنا کیا جائز ہے؟ اقدار اور اقتدار کا بحران انسانی فطرت کو بھی ردّ فطرت کے عمل سے گزرنے پر مجبور کرسکتا ہے؟

فیناٹک آئیڈیالاگ جس نئی اخلاقیات کی وکالت کرتا ہے اُسے اُس کی پوری خباثت اور حماقت کے ساتھ پیش کرنے کے لیے منٹو نے معروضی لہجے کو ترجیح دی ہے اور اس طرح تخلیقی حکمت عملی سیاسی شعور کو بھی ادبی پیرایہ فراہم کردیتی ہے۔سیدھے سادے حقیقت پسندانہ اسلوب

میں لکھے گئے واقعہ کی اصل حقیقت اختتامی سطر میں مضمر ہے۔''یہاں نہیں۔ڈبا خراب ہو جائے گا... باہر لے چلو۔'' یہ فقرہ افسانے کی موضوعی حرکت میں تندی اور شدت تو پیدا کرتا ہی ہے ساتھ ہی زندگی کے ایک نئے تصور، ایک نئے معیار، ایک نئے نظام اقدار اور اخلاقیات کے ایک نئے برانڈ کو بھی پروجیکٹ کرتا ہے۔کہنے کی ضرورت نہیں کہ اقدار کی بے توقیری، بے حُرمتی، انسانی اقدار کی نفی اور stupidity اختتامی فقرے کی نابھی میں موجود ہے۔

''ٹھنڈا گوشت'' کا ایشر سنگھ تو ایک لاش کے ساتھ وحشیانہ سلوک کرنے کے بعد اپنی قوت مردومی کھو بیٹھتا ہے، جبکہ ایک مخصوص سانچے میں ڈھالے گئے ''صفائی پسندی'' کے نیزہ بردار کتنی سہجتا سے آفاقی حقیقتوں اور صدیوں کی متوارث روایتوں پر خطِ نسخ کھینچ دیتے ہیں۔افسانہ اُن کی اُس بے شرمی، بے حسی اور بے ضمیری کو ٹھوس اور عملی طریقہ کار کی بنیاد فراہم کرتا ہے۔ستم یہ نہیں دوسرے مذہب سے تعلق رکھنے والے افراد کو مرغا کہہ کر مخاطب کیا جاتا ہے،ستم یہ بھی نہیں کہ مرغوں کی طرح ہی انہیں حلال کر دیا جاتا ہے،ستم ظریفی یہ ہے کہ بے گناہوں کی گردن پر چھری پھیرنے والے زندگی کی لطافت اور حسنِ جمال کی رعنائی اور ذوقِ سلیم اور سلیقہ مندی کے ضوابط سے محروم نہیں ،اسی لیے ریل کے ڈبے کو خون سے آلودہ کرنا نہیں چاہتے۔سوال یہ ہے کہ کیا محض اس احساس کی بنا پر انسان ہونے کی تہمت اُن پر لگائی جاسکتی ہے؟ صفائی پسندی کا یہ احساس اُن کی ذہنی یا روحانی غلاظت کا کرشمہ نہیں ،اِسے تو فیناٹک آئیڈیالاگ نے اُن کے احساسِ نظام میں پروگرام کیا ہوا ہے۔ظاہر ہے نیزہ برداروں کی یہ نام نہاد صفائی اور نفاست پسندی اُن کے بہیمانہ اعمال سے زیادہ ڈروانی اور بھیانک معلوم ہوتی ہے۔انسانیت بیچ کر اخلاقیات خریدنے والے بربریت کے یہ نئے سفیر اثباتیت، انسانیت اور صداقت کے آفاقی واحدے کو ہی نابود کرنے کی متمنی ہیں۔

عسکری کہتے ہیں منٹو نے ظلم پر بھی کوئی خاص زور نہیں دیا ہے۔اُن کا یہ کہنا تو درست ہے کہ غیر معمولی حالات میں اگر کوئی چیز ہمیں چونکا سکتی ہے تو وہ معمولی اور روزمرہ کی باتیں ہیں۔ یہی وجہ ہے کہ اگر کوئی آدمی دو سو بچوں اور عورتوں کی کھوپڑی کا ہار گلے میں پہن لیتا ہے تو یہ غیر متوقع بات نہیں لیکن اگر اُس آدمی کو ریل کا ڈبہ خراب ہونے کی فکر ہے تو پڑھنے والا بے چینی

محسوس کرتا ہے۔لیکن حسن عسکری آگے چل کر جب یہ کہتے ہیں کہ وحشی سے وحشی بن جانے کے بعد بھی انسان اپنی انسانیت سے پیچھا نہیں چھڑا سکتا تو لگتا ہے جیسے وہ افسانے کے موقف کو twist کر رہے ہیں۔ نیزہ برداروں کی صفائی پسندی اُن کی انسانیت سے پیچھا نہ چھڑا پانے کا نتیجہ نہیں بلکہ اُن کے نا انسان ہونے کا شاخسانہ ہے۔جو واقعات منٹو نے ہوتے دکھائے ہیں وہ بذاتِ خود ultimate brutuality کی علامت ہیں،لہٰذا یہ کہنا کہ منٹو نے ظلم پر کوئی خاص زور نہیں دیا ہے، دُرست نہیں ہے۔ شر کی حقیقت کے اندر جھانکنے اور بربریت کو کانکریٹ صورت میں دیکھنے کے باوجود منٹو نے عناصرِ شر کی تجسیم نہیں کی بلکہ ان کہا چھوڑ دینے کی تکنیک استعمال کی ہے۔افسانہ غیر انسانی بہمیت کو ان کہے منطقے میں منکشف کرتا ہے۔چونکہ فن کی ماہیئت اور اُس کا مقصد دونوں ایک دوسرے میں پیوست ہیں،اس لیے انہیں الگ کر کے دیکھنا،سمجھنا اور پرکھنا ممکن نہیں۔''سیاہ حاشیے'' کے افسانے خیر وشر کے درمیان بین طور پر امتیاز نہیں کرتے۔ زندگی کو اُس کی تمام تر پیچیدگیوں اور تناقصات کے ساتھ گرفت میں لانے کی جہت نے ہی اُسے سیاہ وسفید ظالم ومظلوم اور اچھے برے خانوں میں بانٹنے سے بچائے رکھا۔لیکن افسانہ نگار کی اخلاقی حس اور وجدان کے طور پر تہہ نشین ضرور ہے۔کٹھور معروضیت، جذباتیت سے گریز،ضبطِ غم کے باوجود ''سیاہ حاشیے'' کے افسانوں میں آنے والے ان کہے وقفوں اور منطقوں میں ظالموں پر بھیجی گئی لعنتیں بھی ہیں اور مظلوموں پر بہائے گئے آنسو بھی موجود ہیں۔بربریت کے ٹھیکداروں کو بے نقاب کرنے کی جہت بھی ہے اور فرقہ پرستی پر تیکھے غصّے کا اظہار بھی۔بس اُن کا سُر جتنا دھیما ہے،اثر اُتنا ہی خاموش...!

عتیق اللہ اپنے ایک مضمون میں منٹو کے حوالے سے کچھ اس طرح رقم طراز ہیں:

> ''منٹو کے قریب الفہم اور سہل المعنی متن کی تہہ میں جو متن دیگر مخفی ہے۔اُس کی دہشت بظاہر متن سے پیدا ہونے والے دہشت کے احساس سے کہیں زیادہ ہے بھیانک تاثر فراہم کرتی ہے۔اُس کے پہلو بہ پہلو دردمندی کی وہ کیفیت بھی شدت کے ساتھ محسوس کی جا سکتی ہے،جو خوف و دہشت ہی کی کوکھ سے نمو پاتی ہے۔''

موجودہ عہد میں منصوبہ بند سفاکیوں، استحصال و استبداد کی اندہ ناک تاریکیوں، تاجرانہ منافرتوں کے خون میں لتھڑے جن گلیاروں سے ہم گزر رہے ہیں اُس کی آہٹ ستّر پچھتر سال پہلے لکھے گئے ''صفائی پسندی''، ''کرامات''، ''مناسب کاروائی''، ''نگرانی میں''، ''بے خبری کا فائدہ''، ''پٹھانستان''، ''ساعتِ شیریں'' جیسے افسانوں میں سُنی جا سکتی ہے۔ان برسوں میں انسانی معاشرہ جس بے باکی، بے شرمی اور ڈھٹائی سے dehumanise ہوا ہے اُس کی ایک صورت ''بے خبری کا فائدہ'' میں بھی بیان ہوئی ہے۔ افسانے کے ابتدائی حصّے میں نہایت اختصار سے ایک ایسے سفاک بندوقچی کو پیش کیا گیا ہے جس کا zero point tolerance اپنی نظر کے احاطے میں آنے والے ہر کسی کو بلاتخصیص نشانہ بنا رہا ہے۔اُس کی گولیوں سے یک کے بعد دیگرے ہلاک ہونے والوں کا بیان صحافیانہ نہیں افسانوی مشاہدہ ہے۔پہلی گولی سے چھٹی گولی کی روداد واقعاتی عمل کو جامد نہیں کرتی بلکہ قاری کو تجسس کو مہمیز کرتی ہے اور افسانے کے اختتام میں وہ دیکھتا ہے کہ خالی بندوق بھی کس قدر ہیبتناک ہو سکتی ہے۔گویا عام آدمی سے لے کر بوڑھی عورت اور غریب ماشکی کے ڈھیر ہو جانے والے امیجز تخلیقی عمل میں جذب ہونے کے بعد افسانے کی داخلی منطق کی تعبیر پیش کرتے ہیں۔افسانے کا اختتامی حصّہ ملاحظہ کریں:

> ''جب بندوقچی کی پانچویں اور چھٹی گولی بھی بے کار گئی تو گولیاں چلانے والا بھنّا گیا۔دفعتاً سڑک پر ایک چھوٹا بچہ دوڑتا ہوا دکھائی دیا۔گولیاں چلانے والے نے پستول کا منہ اس کی طرف موڑا۔
>
> ''اس کے ساتھی نے کہا۔''یہ کیا کرتے ہو؟''
>
> گولیاں چلانے والے نے کہا۔''کیوں؟''
>
> ''گولیاں تو ختم ہو چکی ہیں۔''
>
> ''تم خاموش رہو...! اتنے سے بچّے کو کیا معلوم۔''

پتھریلی آنکھوں سے دیکھنے کا عمل بے کل کر دینے والا ہے، ساتھ ہی آئرنی کا تاثر شرکی تہوں کو کھولتا اور معنویت کو گہراتا ہے۔خوش اسلوبی سے لکھے گئے اس مختصر افسانے/ افسانچے میں منٹو نے مذہب کے نام پر ہونے والے انسانیت سوز واقعات کی داستان capsul کر دی

ہے۔لوگ کہتے ہیں تو غلط نہیں کہتے کہ طاقت بندوق کی نال میں ہوتی ہے، چہ جائیکہ بندوق بھری ہو یا خالی۔گولیاں ختم ہونے کے بعد قتل وخون اور غارت گری کا تماشا بند نہیں ہوتا بلکہ نئے سرے سے شروع ہوتا ہے۔وارث علوی نے کہا تھا کہ منٹو کی فن کارانہ خوبی یہ ہے کہ فسادات پر افسانہ وہ وہاں ختم کرتا ہے جہاں سے خوں چکانی کا آغاز ہوتا ہے۔پستول میں سے جھنجھلاتی ہوئی نکل کر کھڑکی سے باہر جھانکتے ہوئے آدمی کو دوہرا کرنے یا سڑک پر گزرنے والے ماشکی کو اوندھے منہ گرانے یا پھر بنا چیخ کے ایک بوڑھیا کو ڈھیر کرنے والی گولیاں اتنا ڈراونا منظر پیش نہیں کرتیں جتنا معصوم بچے کے سامنے خالی بندوق تانے سپاہی کا امیج خطرناک بلکہ دہشتناک معلوم پڑتا ہے۔:''تم خاموش رہو...! اتنے سے بچّے کو کیا معلوم۔''اختتامی فقرہ افسانے کی پوری کہانی کو اپنے لبِ خاموش سے ادا کر دیتا ہے۔یہ فقرہ مثل گرداب کے ہے، جس کی گہرائی میں قاری اُترتا چلا جاتا ہے۔افسانہ تشدّد کی جدلیات اور خوف کی نفسیات کو بیان کرنے کا حیلہ نہیں بجائے خود تشدّد اور خوف کی سیاست کا استعارہ ہے۔

''سیاہ حاشیے'' کا ہر افسانہ ایک فریم ہے، جس میں تشکیل پانے والے کسی کردار، واقعہ، کیفیت، جذبہ، صورتحال، منظر کے توسط سے منٹو اپنے تجربہ اُس چوکھٹے میں نمایاں کرتا ہے۔مرکز میں نمایاں ہونے والا یہ تجربہ پچھلے/ اگلے تجربے سے الگ بھی ہے اور اُس میں پیوست بھی ہے۔یہ صفت ''سیاہ حاشیے'' کے افسانوں میں جہاں معنویت کے کئی دائرے بناتی ہے وہیں اُنہیں داخلی وحدت بھی عطا کرتی ہے۔ممتاز مفتی اپنے مضمون میں ''سیاہ حاشیے'' تک پہنچنے کا ایک راستہ یہ سجھایا ہے کہ انہیں الگ الگ تحریروں کے مجموعے کے طور پر نہیں بلکہ ان ٹکڑوں کو جوڑ کر بنائے ہوئے مونتاژ کی صورت میں دیکھا جائے۔الگ الگ چھوٹی بڑی بتیس فریم میں جبر کا ایک نیا چہرہ ہے، ایک نئی صورتحال، جو ایک کولاژ بناتی ہیں۔ان چہروں کو اگر تھوڑا zoom out کر کے دیکھیں تو سبھی ایک ہی گردن سے جڑے ہیں، راون کے الگ الگ چہروں کی طرح...!

........گویا ''سیاہ حاشیے''، یعنی بتیس چہروں کا راون!

●●

دیارِ غیر میں

منٹو اور سیاہ حاشیے

جیتندر بھاٹیہ

منٹو کا قد اتنا بڑا ہے کہ اُن کی شخصیت کی تصویر کسی بھی زاویے سے لی جائے، اُس میں اُن کا کوئی نہ کوئی حصّہ فریم سے باہر رہ جاتا ہے۔ اُن کے بارے میں اُردو، ہندی، انگریزی اور دوسری زبانوں میں اتنا کچھ لکھے جانے کے بعد بھی مجھے محسوس ہوتا ہے کہ یہ ہمارے برصغیر کے ایک بے حد نظر انداز کیے جانے والے کردار تھے، جنہیں تمام بدکاریوں کے باوجود آج کے آلودہ سماج کا ایک عریاں رول ماڈل بنا کر پیش کیا جا سکتا ہے۔ موہن بھاگوت کی طرح وہ بھی تقسیم کے سخت خلاف تھے۔ لیکن اس سے آگے ہندو وادیوں کی ان سے مماثلت ختم ہو جاتی ہے۔ وہ جس سماج کے حمایتی تھے۔ اُس سے آزادی کے گزشتہ پچھتّر برسوں میں ہم بہت دور نکل آئے ہیں۔ میں نہیں جانتا کہ آج کے بھگوا جھنڈے والے دور میں اگر منٹو زندہ ہوتے تو اُن کا کیا حشر ہوا ہوتا؟ لیکن ملک کے سب سے زیادہ فراخ دل، ترقی پسند اور آزاد سماجی دور میں بھی وہ ہمیشہ کٹ گھرے میں کھڑے کیے جاتے رہے۔ اِن کی زندگی میں چھ مرتبہ اُن پر عریانیت و فحاشی کا الزام لگایا گیا۔ لیکن کوئی مائی کا لال ملزم یا وکیل اُن کا جُرم ثابت نہیں کر پایا۔ کیوں کہ منٹو کا جُرم اگر تھا تو صرف یہ کہ سماج کے جن بدصورت دماغی ناسوروں کو ہم بے حد احتیاط اور شاعرانہ ڈھنگ سے شرافت اور شریف النفسی کے پردوں میں چھپائے پھرتے ہیں، انہیں وہ بے باکی سے بھری محفل میں سب کے روبرو پیش کرنے کی قوت رکھتے تھے۔

موجودہ زہر آلود دور میں سعادت حسن منٹو ہونے کا مطلب کیا ہے؟ شاید بہت کچھ! شاید کچھ بھی نہیں!!! انسان کی فطرت ہے کہ وہ اپنی غلطیوں سے بھی نہیں سیکھتا۔ برسوں پہلے منٹو نے

فرقہ واریت کے جس زہر پر انگلی رکھی تھی، اُس کا نشیلا غلط اثر آج بھی ہمارے سماج کو اُسی طرح مذہبی تہہ خانوں میں بانٹتا جا رہا ہے۔ در حقیقت منٹو ہندو مسلمان، ہندو عیسائی یا سکھ ہونے کی جگہ صرف ٹوبا ٹیک سنگھ تھے، جنہیں انسانوں کا بٹوارہ کبھی سمجھ میں نہیں آیا۔

یوں تو منٹو نے ڈراموں، ریڈیو کے پروگراموں، ناول یاداشتوں وغیرہ، نثر کی ہر صنف میں طبع آزمائی کی لیکن اُن کی اصلی شناخت بہ طور افسانہ نگار رہی ہے اور وہ خود بھی اس بات کا اعتراف کرتے تھے۔ بلکہ انتقال سے قبل انہوں نے اپنی قبر کے لیے جو کتبہ تحریر کیا تھا (جسے بعد میں اہلِ خانہ نے ڈر کے مارے اُسے بدل دیا تھا۔) اس میں انہوں نے لکھا تھا کہ:

''یہاں سعادت حسن منٹو دفن ہے! جو اب بھی منوں مٹی کے نیچے دبا سوچ رہا ہے کہ وہ بڑا افسانہ نگار ہے یا خدا...''

منٹو کے ''ٹوبا ٹیک سنگھ''، ''کھول دو''، ''ٹھنڈا گوشت'' اور ''کالی شلوار'' جیسے افسانے آج بھی زندہ ہیں، بلکہ لافانیت کا درجہ پا چکے ہیں۔ لیکن پھر بھی اِن کی کتاب ''سیاہ حاشیے'' جو بے حد کم لفظوں میں نہایت گہری بات پیش کرتی ہے بلکہ میں اِس بات کو مانتا ہوں کہ اس کتاب کے افسانچوں کو اگر دُنیا کے بہترین افسانچوں کے مقابلے میں رکھا جائے تو ''سیاہ حاشیے'' کسی بھی نقطہ نظر سے اُنیس نہیں دکھائی دے گی۔

جاپان کے نوبل انعام یافتہ فکشن نگار یاسوناری کاواباتا نے اپنی کتاب ''پام آف دی ہینڈ اسٹوریز'' میں جن چھوٹی چھوٹی ماورق الفطرت اور حیرت انگیز کہانیاں تخلیق کی ہیں وہ سب محاسبہ نفس اور محاکمہ ذات کے زیر اثر لکھی گئی ہیں، جنہیں پڑھ کر آپ گہری فکر میں ڈوب جائیں گے۔ گو کہ ''سیاہ حاشیے'' کے افسانے تقسیمِ ہند کے دور سے تعلق رکھتے ہیں، لیکن اِن کے سیاسی اور سماجی اثرات بہت دور تک جاتے ہیں۔ اور ان میں کسی بھرم یا الجھاؤ کی کوئی گنجائش نہیں ہے۔ یہ سماجی تقسیم پذیری کے کسی بھی عہد میں اتنی ہی بھیانک ثابت ہوں گی۔

مناسب کاروائی

''میاں بیوی نے کہا: ''ہم دونوں اپنا آپ تمہارے حوالے کرتے ہیں... ہمیں مار ڈالو۔''

جن کو متوجہ کیا گیا تھا وہ سوچ میں پڑ گئے ''ہمارے دھرم میں تو جیو

ہتیا پاپ ہے!''

انہوں نے آپس میں مشورہ کیا اور میاں بیوی کو مناسب کاروائی کے

لیے دوسرے محلے کے آدمیوں کے سپرد کر دیا۔''

اختصار کے ساتھ منٹو جس بدنمائی اور خامی کی جانب اشارہ کر کے آگے نکل جاتے ہیں وہ کسی بھی دوسرے تخلیق کار کی تخلیق کے مقابلے میں کہیں زیادہ پُر تاثیر ہے۔

اٹلی کے فکشن نگار اتالو کالونیو نے بھی اسی طرح کی طنزیہ انداز میں کچھ عمدہ چھوٹی کہانیاں قلم بند کی ہیں، جو ہماری اخلاقی قدروں پر بار بار وار کرتی ہیں۔لیکن یہ کہانیاں منٹو کے بہت بعد میں لکھی گئی ہیں، جن میں دوسری عالمی جنگ کی پرچھائیاں ہوتے ہوئے بھی ہمارے اپنے بٹوارے کے پرتشدّد غیر انسانی پن کی عکاسی نہیں ہے۔''سیاہ حاشیے'' میں جس فرقہ وارانہ نفرت میں ڈرے ہوئے سماج کی کہانیاں ہیں، اُن میں ہمارے دور کے لیے ایک نہایت سنجیدہ انتباہ موجود ہے کہ اپنے مذہبی جنون میں ڈوب کر ہم کسی بھی لمحہ درندگی کی اُس کھائی میں گر سکتے ہیں۔ان معنوں میں یہ کہانیاں لافانی ہی نہیں، ہمارے دور میں تقسیم ہوتے سماج کے خطروں کو اُجاگر کرتی ہیں۔منٹو کے الفاظ میں:

''رہنما جب آنسو بہا کر یا لوگوں کو اُکسا کر کہتا ہے کہ دھرم خطرے میں

ہے تو اس میں کوئی حقیقت نہیں ہوتی! مذہب ایسی چیز نہیں جو خطرے میں

پڑ سکے...! اگر کسی بات کا خطرہ ہے تو اُن لیڈروں کا جو اپنے مفادات کے

لیے دھرم کو خطرے میں ڈالنے کی بات کرتے ہیں۔''

منٹو کی ''سیاہ حاشیے'' سے گزرتے ہوئے مجھے مصر کے نوبل انعام یافتہ فکشن نگار نجیب محفوظ کی کتاب ''ایکوز آف اے آٹو بائیو گرافی'' کی بھی یاد آئی۔جس میں نجیب محفوظ منٹو والے انداز میں ہی چھوٹی چھوٹی کہانیاں کہتا ہے۔ممکن ہے کہ محفوظ نے منٹو کا بھی مطالعہ کیا ہو۔کیونکہ منٹو کی تخلیقات عربی میں بھی ترجمہ کی گئی ہیں۔لیکن محفوظ کا دور یقیناً منٹو جتنا پُرتشدّد اور تکلیف دہ نہیں ہے۔بلکہ اپنی تحاریر کے ذریعے کئی مرتبہ خلیل جبران کے قریب چلے جاتے ہیں۔

میں نے ایک قوی الجثہ آدمی کو دیکھا جس کا پیٹ سمندر جتنا بڑا تھا اور منہ اتنا چوڑا کہ اُس میں ہاتھی سما جائے۔

میں نے حیرت کے مارے اُس سے پوچھا: ''آپ کون ہیں مہاراج؟''

اُس نے اتنی ہی حیرت سے میری جانب دیکھتے ہوئے کہا: ''میں نسیان ہوں، فراموشی ہوں۔ تم اتنی جلدی کیسے مجھے بھول سکتے ہو؟

(یاداشت کا پھیر۔ نجیب محفوظ)

منٹو کسی بھی لحاظ سے مذہبی مبلغ نہیں، لیکن پھر بھی وہ آپ کے شعور، بصیرت اور فراست وفکر کے محافظ ہیں۔ اُن کی تحریریں تقسیمِ ہند کے دور میں مذہبی تشدّد کی ہولناکی کی جانب ہماری توجہ مبذول کراتی ہیں۔، جسے پوری طرح سے بھول جانے کے باوجود آج ہم اُسی طرح کی فرقہ واریت کا شکار ہو رہے ہیں۔

تقسیمِ ہند کے بعد ہجرت اور تباہی کے شکار ہمارے ملک کے ایک بڑے پنجابی، سندھی اور بنگالی طبقے نے دوبارہ اپنے پیروں پر کھڑا ہونا سیکھا ہے۔ خاص بات یہ ہے کہ اُن میں زیادہ تر ذاتی طور پر حادثات کا شکار ہونے کے باوجود آج مذہبی تنگ نظری کا شکار نہیں ہیں۔

اس کے برخلاف ایک شاطر سیاسی جماعت ہے، جس نے ذاتی طور پر تقسیم کے وقت کچھ نہیں کھویا لیکن پھر بھی وہ آج پورے سماج کو اُسی طرح دوبارہ تقسیم کرنے کی زہریلی قواعد میں جٹی ہوئی ہے۔ میں اس حوالے میں اکثر ایک مثال کی طرح اپنے دوست لاجپت رائے کے آنجہانی والد ڈاکٹر دیس راج کو یاد کرتا ہوں، جو کراچی کے ایک غریب مسلمان محلّے میں اپنی ڈسپنسری چلاتے تھے۔ تقسیم کے دوران فسادیوں نے انہیں مار مار کر سڑک پر مرنے کے لیے چھوڑ دیا۔ وہ کسی طرح گرتے پڑتے سرحد کے پار گجرات پہنچے، جہاں کئی برسوں تک اُن کے لیے چلنا پھرنا اور روزگار پانا ناممکن رہا۔ لیکن اہم بات یہ ہے کہ ڈاکٹر دیس راج اُن حادثات سے ذرا بھی بے چین نہیں ہوئے اور اپنی زندگی کے آخری دس برس، پہلے ہی کی طرح ناگپور کے ایک مسلم محلّے میں غریبوں کا علاج کرتے ہوئے گزارے۔ مجھے محسوس ہوتا ہے کہ طول وطویل تقریر

کرنے والے قدآور لیڈروں سے زیادہ ہمارے ملک کا اصل سیکولر کردار ڈاکٹر دیس راج جیسے گمنام چہروں سے بنا ہے۔ جن کے غیر مذہبی خیالات اور عظیم سوچ کی آج نہ کہیں کوئی یادگار قائم کی گئی ہے اور نہ ہی انہیں کوئی یاد رکھنے والا باقی بچا ہے۔

قتیل شفائی کا ایک شعر ہے

شمع جس آگ میں جلتی ہے نمائش کے لیے
ہم اُسی آگ میں گمنام سے جل جاتے ہیں!

''سیاہ حاشیے'' کی ہولناک کہانیوں میں بھی تمام نا اُمیدی سے پُر ہولناک واقعات کے درمیان اُمید سے بھرا بے حد نمایاں اصلی چہرہ اکثر جھانکتا دکھائی دے جاتا ہے۔ بہ شرط یہ کہ ہم اُسے پہچاننے کی تکلیف گوارہ کریں۔

جوتا

ہجوم نے رُخ بدلا اور سر گنگارام کے بُت پر پل پڑا۔ لاٹھیاں برسائی گئیں، اینٹیں اور پتھر پھینکے گئے، ایک نے منہ پر تارکول مل دیا۔ دوسرے نے بہت سے پُرانے جوتے جمع کیے اور ان کا ہار بنا کر بُت کے گلے میں ڈالنے کے لیے آگے بڑھا۔ مگر پولیس آ گئی اور گولیاں چلنا شروع ہوئیں۔

جوتوں کا ہار پہنانے والا زخمی ہو گیا۔ چنانچہ مرہم پٹّی کے لیے اُسے سر گنگارام ہسپتال بھیج دیا گیا۔

دراصل منٹو کی کہانیوں میں محض برداشت نہ ہونے والی درندگی دیکھنے والے معزز اور شریف لوگ وہی ہیں جو گزشتہ دور میں اُن پر عریانیت کا الزام لگا رہے ہیں اور سماج کے تمام بدصورت نشانات کو خوبصورت قالینوں سے ڈھک دینے میں یقین رکھتے ہیں۔ یہی نہیں! یہ وہ لوگ ہیں جو وقت آنے پر دھرم اور جیوتیا کی دہائی دے کر ستائے ہوئے لوگوں کو عطائیوں کے حوالے کر دینے کا مادہ بھی رکھتے ہیں۔

لاہور کے میانی صاحب کی قبرگاہ میں منٹو کی قبر پر کندہ کتبہ غالب کے ایک شعر کے دوسرے مصرعے سے متاثر ہے۔

؎ لوحِ جہاں پہ حرفِ مکرّر نہیں ہوں میں

لیکن منٹو کی تحریروں میں فحاشی و عریانیت اور منفی پہلو کا واسطہ دینے والوں کے جواب میں غالب کے ایک شعر کا دوسرا مصرعہ پیش کیا جاسکتا ہے۔

دردکا حد سے گزرنا ہے دوا ہو جانا

منٹو کے ساتھ تقسیم کے تمام خوفناک نظاروں کو یاد کرنا آج کے مشکل ترین وقت میں اُس کی وجوہات کو تلاش کرنا اور اُن کی تشخیص کرنا ہی ہے۔

منٹو کے ''سیاہ حاشیے'' محض تقسیم کی تاریخ کے چند خوفناک واقعات نہیں ہیں۔ اِن میں آنے والے دور اور ہماری آئندہ نسلوں کے لیے سنجیدگی سے انتباہ دیا گیا ہے اور اپنے وقت کو صحیح ڈھنگ سے پہچاننے اور اُسے دُرست کرنے کی گہری چاہ بھی ہے۔

اُنہیں یاد رکھنا ایک طرح سے نسیاں کے مرض کی اور لفظوں کی موت کی مخالفت کرنا ہے، کیونکہ نسیاں اور نئی تاریخ کو قلمبند کرنے کا کھیل آج کل ہر طرف مستعدی سے کھیلا جارہا ہے۔ لیکن روسی ادیب و شاعر میند یلنتیشام کہتے ہیں کہ: ''جو یاد رکھتا ہے، اُسے ہی ہم آخر کار موجد مانتے ہیں اور کزاستکیز کے الفاظ میں

> ''ایک سچی تخلیق تخلیق کار کی پُر اثر چیخ بن کر ہمارے سامنے آتی ہے۔ ایک ایسی یادگار چیخ، جو تخلیق کار، اُس کے اجداد، اُس کے ہم عصر اور اُس کی بول چال پر منڈلارہے نسیاں کے بادلوں کی مزاحمت میں قلم کار کے گلے سے پھوٹتی ہے اور نسیاں کے خلاف رچی جانے والی ایسی تخلیق ہی آخر کار موت یا فنا پذیری کو چیلنج دینے کی قوت بھی رکھتی ہے۔

منٹو کی یہ کہانیاں فنا پذیری کو چیلنج دینے اور تاریخ کو یاد رکھنے کی اس مشکل مہم میں کہاں تک کام آئیں گی، یہ فیصلہ خود آپ کو کرنا ہوگا۔

(ہندی سے ترجمہ: قاسم ندیم)

●●

شبدوں میں کروٹ لیتی تراسدی

نریندر موہن

بٹوارہ میرے بچپن سے جُڑا ہوا ہے۔ بٹوارے کے دور کے دردناک امیجز لگاتار میرا پیچھا کرتے رہے ہیں اور اُن سے پیچھا چھُڑانے کے لیے میں لگاتار اس کے بارے میں لکھتا رہا ہوں۔ کبھی سوانحی حوالے سے تو کبھی ڈراموں اور نظموں کے وسیلے سے تو کبھی مضامین اور تنقیدی تحریروں کے توسط سے۔ میں لکھتا رہا منٹو پر ناٹک، منٹو کی سوانح اور مرتب کرتا رہا منٹو کو الگ الگ صورتوں اور نوعیتوں میں... مقصد بٹوارے کی ٹریجیڈی سے باہر آنے کا تھا۔ لیکن سوال یہ ہے کہ ماضی کے اُس مکڑ جال سے کیا میں باہر آپایا...؟ جتنا میں اس سے آزاد ہونے کا جتن کرتا بٹوارہ اتنا ہی میرے وجود سے لپٹتا چمٹتا جاتا اور میرا ہمزاد نریند مجھے چوکنّا کرتا رہا:

> ''کس سے مکت ہونا چاہتے ہو؟ دیکھو ذرا، فرقہ وارانہ بٹوارہ تمہاری نسوں تک اُتر آیا ہے۔ گھروں کی چوکھٹ پر دستک دے رہا ہے۔ تم ایک اگنی کانڈ (۱۹۴۷ء) سے ہی نہیں، آزادی کے بعد لگاتار جگہ بدلتے اگنی کانڈوں میں گھرتے رہے ہو۔ یہ تمہیں کتنا جھُلسائے، جھلستے رہو کہ یہی تمہاری شکتی ہے۔''

میں اپنے اُس ہمزاد کا منہ دیکھتا رہ جاتا ہوں۔ اس کی باتیں مجھے چبھتی ہیں، اندر ہی اندر کچوٹتی ہیں۔ مجھے محسوس ہوتا ہے کہ جیسے بچپن کے امیجز میری طرف دوڑتے چلے آرہے ہوں۔ بٹوارے کا تیر اگر جگر کے پار ہوگیا ہوتا تو ظاہر ہے یہ خلش تو نہ ہوتی۔

بہرحال ایک تیر ہے، جو منٹو اور میرے جگر میں یکساں روپ سے پیوست ہے اور وہ تیر ہے بٹوارہ...! بٹوارہ منٹو کے لیے محض ایک موضوع یا حادثہ نہیں، وہ ایک جیتا جاگتا احساس تھا جو

باہر کے بجائے اندر کی طرف مڑا ہوا ہے۔ اس تجربے کو کس نے کیسے قبول کیا یا قبول کرنے سے انکار کیا اس کی تفصیل میں جانے کا یہ موقع نہیں، سر دست صرف اتنا کہنا ہے کہ یہ تجربہ تا عمر کہانی کار منٹو کا پیچھا کرتا رہا اور یہ تجربات افسانوں میں ڈھلتے رہے۔ کبھی "کھول دو" میں تو کبھی "ٹوبا ٹیک سنگھ" میں، کبھی "موتری" میں تو کبھی "موذیل" میں، کبھی "ٹیٹوال کا کتا" میں تو کبھی "شریفن" میں۔ تقسیم منٹو کی فکر کا اہم حصّہ بنتی گئی۔ یہ ایک بڑا حادثہ ضرور تھا لیکن حادثے سے کہیں بڑھ کر اُن کے لیے یہ ایک نجی المیہ تھا۔ یہ المیہ اُن کے لیے اندرونی بھی تھا اور باہری بھی۔ پورے وجود کو ہلا دینے والا ضمیر کو دہلا دینے والا، معاشرتی سیاسی اور تہذیبی معیاروں کو تارتار کر دینے والا، پاگل بنا دینے والا... منٹو نے پاگل بنا دینے والے اس المیے کو جس شدّت سے جھیلا اُسی شدت سے اُس دور کا کوئی مصنف شاید ہی جھیل پایا ہو۔ منٹو اور بٹوارے پر الگ سے گفتگو کر چکا ہوں لہٰذا یہاں منٹو کی ایک مختصر سی کتاب "سیاہ حاشیے" پر دھیان مرکوز کرنا چاہتا ہوں۔ جس میں منٹو نے احساس کی شدت کو حقیقی موضوع سے اس طرح تاننے کی کوشش کی ہے کہ احساس، مواد، تکنیک، اسلوب اور زبان سب یک جان ہو گئے ہیں۔ "سیاہ حاشیے" پر تین حصوں میں بات ہو سکتی ہے۔

(۱) "سیاہ حاشیے" لکھے جانے کے ٹھیک پہلے۔

(۲) "سیاہ حاشیے" لکھتے ہوئے۔

(۳) "سیاہ حاشیے" لکھے جانے کے بعد۔

یہ تینوں حصّے الگ تھلگ نہیں ہیں سمے اور سماج میں پروئے ہوئے ہیں آج تک۔

۱۹۴۸ء جنوری کا مہینہ تھا۔ ۷ / یا ۸ / جنوری جب منٹو بمبئی کے دنگوں سے دہشت زدہ ہو کر کراچی سے ہوتا ہوا لاہور پہنچا تھا۔ یہ وہ لاہور نہیں تھا جسے چھوڑ کر وہ ۱۹۳۴ء یا ۱۹۳۵ء میں بمبئی چلا گیا تھا اور وہاں سے وہ کسی نہ کسی بہانے دوستوں سے ملنے یا مقدموں کے سلسلے میں کورٹ میں پیش ہونے کے لیے کبھی اکیلا تو کبھی عصمت چغتائی کے ساتھ آتا رہا۔ وہ لاہور آج اُسے بے نور، بے رونق نظر آرہا تھا۔ بمبئی کے ہولناک دنگوں کی آگ سے نکل کر وہ لاہور آیا تھا سکون کی تلاش میں اور یہاں بھی ویسے ہی حالات دیکھ کر وہ تلملا اُٹھا۔ بمبئی ہو یا لاہور دنگوں کی

دہشت سے وہ دہل اُٹھا تھا۔ یہاں بھی وہی خون آلود ماحول تھا جیسا وہ بمبئ میں چھوڑ آیا تھا۔ اسے لگتا تھا دونوں طرف خون سے لت پت راہوں میں وہ دو جانوروں کے درمیان کھڑا ہے۔ بٹوارے سے کٹے پھٹے لوگوں کی چیخیں جیسی ادھر ہیں ویسی ہی اُدھر۔ آنکھوں کے سامنے ہوتے لوٹ مار، خوں ریزی، آگ زنی، عصمت دری کے واقعات سے وہ جسمانی اور روحانی طور پر خود کو خالی خالی محسوس کر رہا تھا۔ دوسرے لکھنے والوں کی طرح ۱۹۴۸ء سے ۱۹۵۰ء کا عرصہ منٹو کے لیے بھی خوابوں کے ٹوٹنے کا وقفہ تھا۔ حالانکہ بٹوارے سے پہلے ہی بمبئ میں فرقہ وارانہ صورتحال قائم ہو چکی تھی اور فسادات جاری تھے۔ ۱۹۴۸ء میں اس نے ''سیاہ حاشیے'' کی کہانیاں لکھی تھیں۔

لاہور پہنچ کر جس چونکا دینے والی صورتحال اور روحانی اضطراب میں گرفتار ہوا اُس سے باہر نکلنا اُس کے لیے آسان نہیں تھا۔ جمع پونجی ختم ہو چکی تھی اور اب اہلِ خاندان کے ساتھ گزر بسر کرنا مشکل ہو گیا تھا۔ بے چینی کے عالم میں تین مہینوں تک اُس کے دماغ میں کھلبلی مچی رہی۔ لاہور کے جن فلمی اسٹیڈیوز میں اُسے کام مل سکتا تھا، اُن پر تالے پڑے ہوئے تھے۔ ماحول میں مردنی چھائی ہوئی تھی۔ مہاجروں کے کیمپوں میں پسری بدحالی کو دیکھتا تو اُس کی سمجھ میں نہ آتا کہ میرا ملک ہندوستان سے کٹ کر وجود میں کیونکر آیا؟ ان حالات میں منٹو کے لیے سب سے پہلے اپنی ذات کے اگنی کنڈ سے باہر آنے کی ضرورت تھی تاکہ وہ لکھنے پڑھنے اور تخلیقی کاموں کی طرف متوجہ ہو سکے۔ چنانچہ اُس نے ہلکے پھلکے موضوعات پر لکھنا شروع کیا۔ اس سے اُس کا ذہنی تناؤ کسی قدر کم ہوا اور وہ دنگوں کے تجربات کو ''سیاہ حاشیے'' کے عنوان سے رقم کرنے لگا۔ یہ طنزیہ اسلوب میں تحریر کی ہوئی ایسی کہانیاں تھیں، جن میں مزاح کی ہلکی پھلکی لکیروں میں بھی المناک سچائیاں اپنی موجودگی کا احساس کراتی ہیں۔

دنگوں کے دوران اور اُن کے بعد دنگوں کے جو نشان منٹو کے ذہن پر مرتسم ہوئے تھے یہ کہانیاں اسی نقش کو لفظوں میں سمیٹ رہی تھیں۔ رنگ اور لکیروں کے بنا جیسے کوئی پینٹنگ ... خالی کینواس پر مچلتا کوئی آکار یا لفظوں میں کروٹ لیتی ہوئی ٹریجیڈی کی یہ افسانوی سیریز ... بٹوارے کی کیل نے اُس کی روح کو کس قدر چھلنی کر دیا تھا، ان کی پہلی نشاندہی ''سیاہ حاشیے'' کی یہ چھوٹی چھوٹی کہانیاں کرتی ہیں۔ دنگوں پر لکھتے ہوئے منٹو کسی گہرے اندھیرے سے باہر آیا

چاہتا تھا یا ہم یہ کہہ سکتے ہیں کہ ان کہانیوں نے اداسیوں کے اندھیرے میں ڈوبنے سے اُسے بچا لیا تھا۔ خودکشی کی طرف بڑھتے ہوئے اُس کے قدموں کو ان کہانیوں نے بڑھ کر جیسے روک لیا تھا۔ اور اُس لمحے یہ سوال منٹو نے اپنے آپ سے ضرور کیا ہوگا کیا تم وہی منٹو ہو جو حکومت کی اندھیر گردیوں، حرامزدگیوں کا پردہ فاش کرنے کے لیے یہاں آئے تھے۔

''سیاہ حاشیے'' کی کہانیوں کے ریشے ریشے میں پچھتاوے اور پگھلاؤ، ہمدردی اور کرونا کے آنسو سمائے ہوئے ہیں۔ یہ انسان کے حیوان بننے، حیوان سے انسان بننے کے تضاد اور طنز سے پُر اور ڈائلیما کو پیش کرنے والی کہانیاں ہیں۔ ان میں گہرے سروکار والی سروکار ہینتا موجود ہے۔ کردار اور صورت حال کی نزاکت کو، اُس کے خوف کو اور ہجرت کی ٹریجیڈی کے چھوٹتے ہوئے تجربے کو، ایک ایک ٹکڑے، ایک ایک منظر کو فوکس کرتے ہوئے فرقہ وارانہ فسادات کی پوری صورتحال کو منٹو نے سمیٹ لیا تھا۔

''مزدوری'' آگ زنی اور لوٹ کھسوٹ کے چھوٹے چھوٹے متحرک مناظر ہیں: ہارمونیم کی پیٹی اُٹھائے خوش خوش گاتا جار ہالڑکا، شکر کی بوری کا بازار میں گرنا، ایک شخص کا آگے بڑھ کر چھُرے سے اُس بوری کا پیٹ چاک کرنا اور انتڑیوں کے بجائے سفید سفید دانوں والی شکر کا اُبل کر باہر آنا، اونچے مکان کی کھڑکی میں سے ململ کا تھان پھڑ پھڑاتا ہوا باہر نکلنا، کشمیری مزدور کا چاول کی بوری لے کر دوڑنا، تڑ تڑ کی آواز اور گولیاں کا چلنا اور آخر میں پولیس کی گولی سے مزدور کا زخمی ہونا اور بوری سمیت گر پڑنا اور پھر اختتام میں کشمیری مزدور کا پولیس کے سامنے بہت کچھ کہنا اور آخر میں تھک ہار کر چاول کی بوری کی طرف حسرت بھری نگاہوں سے دیکھ کر تھانیدار کے آگے ہاتھ پھیلا کر کہنا: ''اچھا حضور تم بوری اپنے پاس رکھو... میں اپنی مزدوری مانگتی... چار آنے...'' طنز کی نوکیلی دھار کے ساتھ یہ متحرک منظر منٹو کے جادوئی قلم کا کمال ہے۔ اسی طرح کہانی ''تعاون'' میں بھی جھنجھلاہٹ، غصّہ دردناکی کے ساتھ تضادات کے مضحکہ خیز اور ڈرامائی پہلو دیکھے جا سکتے ہیں۔ کہانی ''سوری'' میں تو نہ غصّہ ہے نہ چیخ پکار ہے بس ایک معمولی مسٹیک کا اظہار ہے، جس کے لیے منٹو نے کلمہ تاسف کا لفظ استعمال کیا ہے: ''چ... چ... چ... چ... مسٹیک ہوگئی۔'': کسی کو غلطی سے موت کے گھاٹ اُتار دینے کی مسٹیک۔ ''سیاہ حاشیے'' کی کہانیوں

میں اندر تک کچوٹتے تضادات کے ساتھ تلملا دینے والا زہرناک طنز بھی ہے لیکن کہانی کی زبان ایک دم سیدھی سادی۔ 'تقسیم' میں تو تشدد اور ظلم کا فقط ایک ساؤنڈ ٹریک ہے۔ یہی نہیں کہانی ''صفائی پسندی'' جبر و ناانصافی کو ایک نئے اسلوب میں بیان کرتی ہے۔

طنز و مزاح سے لیس منٹو کی اِن دلگداز کہانیوں پر اُس وقت بڑی کڑی تنقید کی گئی۔ایک طرف ترقی پسندوں نے کوسا تو دوسری طرف رجعت پرستوں نے۔رجعت پرستوں کی سوچ کس قدر پچھڑی ہوئی اور دقیانوسی ہے اس کا اُسے خوب اندازہ تھا مگر ان کہانیوں پر ترقی پسندوں کے ردّعمل کو برداشت کر پانا اُس کے لیے مشکل ہو رہا تھا۔ظاہر ہے وہ مکھی پر مکھی مارنے والا ترقی پسند نہیں تھا۔وہ چار دھارا کو پارٹی لائین کے بجائے روزمرہ کی زندگی سے کھینچ کر لانے کا ہمنوا تھا۔یہ موقف اس کے کئی ترقی پسند احباب کو منظور نہ تھا۔پاکستان کی ترقی پسند انجمن نے اس کا بائیکاٹ کیا جو منٹو کو بہت ہی ناگوار گزرا۔ترقی پسندوں کے اس حلقے سے منٹو کے اختلاف ''بو'' کہانی کو لے کر ہی شروع ہو چکے تھے۔''سیاہ حاشیے'' کی مختصر سی کتاب پر ترقی پسندوں کا حلقہ پہلے ہی سے خفا تھا۔وچار دھارا کو اغوا کرنے والوں کے اشارے پر اُس کا مذاق اُڑانے میں کوئی کسر نہیں چھوڑی گئی۔ترقی پسندوں کی اس تنقید کا جواب ''یزید'' میں ''جیب کفن'' کے عنوان سے شامل اپنی تحریر میں منٹو نے بہت ہی سنبھل کر دیا ہے۔وہ لکھتا ہے:

> ''یقین مانیے کہ مجھے اُس وقت دُکھ ہوا۔بہت بڑا دُکھ۔جب میرے چند ہم عصروں نے میری اس (سیاہ حاشیے) کوشش کا مضحکہ اُڑایا، مجھے لطیفے باز، یاوہ گو، سنکی، نامعقول اور رجعت پسند کہا گیا۔میرے ایک عزیز دوست نے تو یہاں تک کہا کہ میں نے لاشوں کی جیبوں میں سے سگریٹ کے ٹکڑے، انگوٹھیاں اور اسی قسم کی دوسری چیزیں نکال نکال کر جمع کی ہیں۔اس عزیز نے میرے نام ایک کھلی چٹھی بھی شائع کی جو وہ بڑی آسانی سے مجھے دے سکتے تھے، اس میں بھی انہوں نے ''سیاہ حاشیے'' کی تضحیک میں کھلے طور پر قلم کاری کی۔''

ظاہر ہے منٹو کا اشارہ احمد ندیم قاسمی کی طرف ہے

> ''مجھے غصّہ تھا، اس کا نہیں کہ الف نے مجھے کیوں غلط سمجھا۔مجھے غصّہ تھا: اس

بات کا کہ الف نے، محض فیشن کے طور پر ایک سقیم و عقیم تحریک کی انگلی پکڑ کر، بیونی سیاست کے مصنوعی ابرو کے اشارے پر میری نیت پر شک کیا اور مجھے اُس کسوٹی پر پرکھا جس پر صرف ''سُرخی'' ہی سونا تھی۔''

منٹو نے ترقی پسندوں کی تنقید اور الزام کا انتہائی معقول جواب دیا ہے۔ بڑی بات یہ ہے کہ ''سیاہ حاشیے'' کے افسانچے، بنا کچھ کہے اُن الزامات کو بے بنیاد ثابت کر دیتے ہیں۔ ان افسانوں کی ساخت اور بھیتری بناوٹ میں جو طنز و مزاح کی دھندلی لکیریں ہیں، وہ ان الزامات کو جس طرح سے منہدم کرتی ہیں وہ دیکھنے لایق ہے۔ کہانی کہنے کا براہ راست اسلوب، ڈرامائی انداز، غیر متوقع اختتام اور اختتام کے بعد دور تک لہراتی آواز... ان آوازوں میں آئرنی، تضاد، تناؤ، تنازعہ کا جو پسارا ہے، ویسا اس سے پہلے اردو ہندی کہانی میں شاید ہی ملے۔

کچھ افسانوں کا ذکر ہم اوپر کر آئے ہیں۔ یہاں دو تین افسانے دیکھیے۔ عنوان ہے ''دعوتِ عمل'':

''آگ لگی تو سارا محلہ جل گیا... صرف ایک دوکان بچ گئی جس کی پیشانی پر یہ بورڈ آویزاں تھا:

''یہاں عمارت سازی کا جملہ سامان ملتا ہے۔''

زبردست آگ زنی کا حوالہ ہے۔ پورا محلّہ جل کر راکھ ہو چکا ہے۔ مگر تناؤ، طنز اور آئرنی کی خاموش اور بے آواز سمٹی ہوئی لہریں دیکھیے۔ اس کہانی میں ہی نہیں منٹو کی لگ بھگ سبھی کہانیوں میں آخری سطر یا آخری سطریں پوری کہانی کو نئے مفہوم اور ایک نئے ڈائمنشن کو روشن کر دیتی ہیں۔ ''پٹھانستان'' کہانی دیکھیے:

''خو، ایک دم جلدی بولو، تم کون اے؟''

''میں... میں...''

''خو شیطان کا بچہ، جلدی بولو... اِندو اے یا مُسلمین؟''

''مسلمین۔''

''خو تمہارا رسول کون ہے؟''

''محمد خان۔''

''ٹیک اے... اوَ۔''

مکالموں میں رچے اس افسانے کی آخری سطر''ٹیک اے... جاؤ۔'' کی آواز فسادات کے پیچھے کی نفسیات کو چیرتی ہوئی تضادات کو اُجا گر کرتی جاتی ہے۔المیاتی مزاح کی پتلی سی لکیر قاری کے چہرے پر ابھرتی اور ڈوبتی رہتی ہے۔''آرام کی ضرورت'' کہانی کی دو سطریں دیکھیے:

''مرا نہیں... دیکھو ابھی جان باقی ہے۔''

''رہنے دو یار... میں تھک گیا ہوں۔''

لگتا ہے دو سطروں، دو مکالموں میں منٹو نے ایک پورا ڈرامار چنے کی سعی کی ہے۔انسانی فطرت کے دو پہلو... دنگوں کا تشدّد (پہلی سطر) اور دنگوں کے بیچ انسانیت کو بچالے جانے کی طلب...

دور تک پھیل جاتی ہے۔دو سطروں میں چھُپا یہ طنز بلاشبہ افسانہ دُنیا کے عظیم مائکروفکشن میں شامل کرنے کے لایق ہے۔

''سیاہ حاشیے'' بٹوارے کے حوالے سے لکھی گئی منٹو کی کہانیوں کی پہلی دستک ہے تضادات طنز اور تضاد سے لبریز۔یہ نثر پارے حقیقت میں مختصر کہانیوں (افسانچوں) کی شروعات کرنے والے ہیں۔ان سبھی کہانیوں کو ایک ساتھ رکھ کر دیکھیں وہ ڈھیلے ڈھالے کرافٹ میں انسانی اور غیر انسانی ،ترحم اور تشدد ،نرمی اور سختی کے تضادات میں بندھی''سیاہ حاشیے'' کی مختصر مختصر کہانیاں سیدھے ہمارے آج سے جڑتی ہیں۔محمد حسن عسکری نے ٹھیک ہی لکھا ہے:

> ''فسادات کے موضوع پر جتنا کچھ لکھا گیا ہے اُس میں کوئی چیز انسانی دستاویز کہلانے کے قابل ہے تو منٹو کے یہ افسانے ہیں۔''

بڑے افسانوں کا ایک وصف یہ بھی ہے کہ وہ محض اپنے دور تک محدود نہیں رہتا مختلف ادوار میں وقت اپنے تناظر میں اسے آنکتا اور ناپتا ہے۔''سیاہ حاشیے'' کے افسانے آج بھی ہمارے آس پاس منڈلاتے نظر آتے ہیں اور کل بھی انہیں اپنے آس پاس ہی منڈلاتا دیکھیں گے۔ ●●

''سیاہ حاشیے'' گہرے زخم کرتا ہے

جے شری سنگھ

عنوان ''سیاہ حاشیے'' بذاتِ خود سنجیدہ ہے لیکن ''سیاہ'' اور ''حاشیے'' جیسی علامتوں میں پوشیدہ معنی کچھ اور بے حد سنجیدہ حصوں کی جانب اشارہ کرتے ہیں۔ اگر یہ افسانہ نگار منٹو کے ذریعے نشان زد کیے گئے ''سیاہ حاشیے'' ہوں تو اِن کی سنجیدگی مزید شدید تر ہو جاتی ہے۔ تقسیم کے سانحے کے پردے پر تحریر کردہ حاشیے ہیں اور اس لیے بذاتِ خود سیاہ ہیں۔

''سیاہ حاشیے'' میں موجود افسانے صرف کہنے کی حد تک منی کہانیاں یا افسانچے ہیں لیکن حقیقت میں انہیں تقسیم کے سیاہ صفحات سے بھرے ناولوں کی ایک جھلک سمجھا جا سکتا ہے۔ ان ٹکڑوں میں افسانہ نگار نے حقیقی کہانیوں کو چھوئے بغیر صرف حاشیے میں درج چھوٹے چھوٹے مکالموں کے ذریعے تقسیم کا سانحہ، ہندو مسلم فسادات، آتش زنی لوٹ مار اور قتل و غارت کی بے رحم تصاویر کو الفاظ کے ذریعے بیان کرنے کی کوشش کی ہے۔ ''سیاہ حاشیے'' آنکھوں دیکھے اور کانوں سُنے دردناک تجربات کی مستند دستاویز ہے۔ ان میں نسل کشی کی بھیانک شکل نظر آتی ہے اور ظلم کی انتہا بھی اپنی حدود کو پار کرتی دکھائی دیتی ہے۔ ابتدا میں دبی زبان میں ایک مکالمہ موجود ہے کہ دہلی میں گاندھی جی کا قتل ہوا اور اُسی خوشی میں کئی جگہوں پر مٹھائیاں بانٹی گئیں۔

بس...!

اسی کے بعد اگلے صفحات سے درندگی کا خونی کھیل شروع ہو جاتا ہے، جسے مصنف نے ''سیاہ حاشیے'' کہنا مناسب سمجھا ہے۔

افسانچوں کے پس منظر میں خوف پیدا کرنے کے موثر ترین طریقے اپنا کر ایسا ماحول

بنایا گیا ہے کہ جس سے خوف کھا کر لوگ خود ہی اپنی سرزمین چھوڑ کر بھاگنے لگے۔ آتش زنی اور لوٹ مار کے مناظر مکالموں کے ساتھ اس دستاویز کے صفحات پر درج ہوئے ہیں۔ بازاروں میں آگ لگا دی گئی ہے، چہار جانب افراتفری اور لوٹ مار جاری ہے۔لوٹ مار کے ان مناظر میں جس قدر لوٹ مچی ہے، غربت اور بے بسی کے مناظر بھی اتنے ہی دل خراش ہیں۔ مسلح غنڈے بازاروں سے بڑی اور قیمتی اشیا لوٹ کر گاڑیوں میں لدوا رہے ہیں۔غریب اور مزدور قسم کے لوگ لوٹ مار کے موقع پر چاول، شکر اور پاپڑ جیسی معمولی چیزیں لے کر بھاگ رہے ہیں۔کوئی تانگہ میں بڑی الماریوں اور صندوقوں کو لے کر بھاگ رہا ہے تو کوئی گھروں سے اُٹھائی گئی خواتین کو ہی لوٹ کا مال سمجھ کر اُٹھا لیے جا رہا ہے۔تیزی سے گزرتی موٹروں سے اُن کے چیخنے چلّانے کی آوازیں سُنائی دے رہی ہے۔لوٹ مار کے اس بازار میں کوئی سب کچھ چھوڑ کر اپنی پسندیدہ چیزوں پر ہاتھ صاف کر رہا ہے تو کوئی پیٹھ پر چاول کی بوری اُٹھائے دوڑ رہا ہے۔تمام قیمتی سامان کو چھوڑ صرف چاول کی بوری اس لیے کہ اُس کے گھر والے جو سدا ہی بھوکا سونے کے عادی ہیں وہ چند دنوں تک پیٹ بھر چاول کھا سکیں۔ باقی بہت سا سامان آگ کے حوالے کر دیا گیا ہے۔قیمتی کپڑے آگ میں جل کر خاک ہو رہے ہیں۔

لوٹ مار کا بازار، آگ اور لوٹ مار کی گرمی سے گرم ہے۔ اچانک پولیس کی گولیوں کی آواز ایک غریب مزدور کا پیچھا کرتی دور تک نکل جاتی ہے۔ پولیس باقی لٹیروں کو چھوڑ کر چاول کی بوری لے کر بھاگتے کشمیری مزدور کے پیچھے دوڑ پڑتی ہے۔ اس کی تیز دوڑتی ٹانگوں میں گولی ماردی جاتی ہے۔گولی لگتے ہی غریب مزدور بوری کے ساتھ گر پڑتا ہے۔''حضرت آپ مجھے کیوں پکڑتی... میں تو غریب آدمی ہوتی... چاول کی ایک بوری لیتی...گھر میں کھاتی... آپ ناحق مجھے گولی مارتی۔'' اُس کا یہ معصوم سا مکالمہ لوٹ مار کے بعد کی پولیس کی کاروائی پر کلنک کی طرح پت جاتا ہے۔لوٹ کا مال بتا کر چاول کی بوری چھین لیے جانے پر شکست خوردہ مزدور پولیس سے چار آنے کی اپنی مزدوری مانگتا ہے۔طاقت وروں کے اس لوٹ کے میلے میں اپنے بھوکے خاندان کے لیے اگر وہ چاول کی ایک بوری تک نہ لوٹ پایا تو نہ سہی کم سے کم اُس بوری کو ڈھونے کی مزدوری تو اُسے مل جائے۔

کوئی اپنے خاندان کو بچانے کی تگ ودو میں اپنے گھر کا سامان گاڑیوں پر لاد کر محفوظ مقام پر جانا چاہتا ہے، لیکن لٹیرے اُس کی گاڑی بیچ راہ میں روک کر اُس آدمی پر ہی لوٹ کا سامان لیے جانے کا الزام لگاتے ہیں، اُسے گاڑی سے اُٹھا کر باہر پھینک دیتے ہیں اور اُس کا سامان لوٹ لیتے ہیں۔ کسی مکان کے مالک کو مکان سے گھسیٹ کر باہر نکالا جارہا ہے۔ مکان مالک اپنی جان کی پرواہ کیے بنا چیختا ہے: ''تم مجھے مار ڈالو لیکن خبردار جو میرے روپے پیسے کو ہاتھ لگایا۔'' پولیس طاقت وروں کی حویلیاں چھوڑ کر غریبوں کی بستیوں میں جا کر لوٹ کا ،مال تلاش کر رہی ہے۔ پولیس کی لاٹھی سے خوف زدہ ایک شخص بازار سے لوٹ کر لائی گئی شکر کی دو بوریوں کو اندھیرے کنویں میں ڈال آتا ہے۔ اگلی صبح اچانک کنویں کا پانی لوگوں کو میٹھا لگنے لگتا ہے۔

کوئی اپنے گھر کو لوٹتے ہوئے دیکھ نہیں سکتا اس لیے دروازے پر کھڑے لٹیروں کے لیے گھر کا دروازہ کھول دیتا ہے۔ وہ انہیں شائستگی سے کہتا ہے کہ جسے اس گھر کا جو سامان پسند آئے وہ اُسے بصد شوق سے لے جائے بشرطیکہ یہ قیمتی چیزیں جو اُس کی محنت کی کمائی سے خریدی گئیں اور اس گھر میں محفوظ کی گئیں، برباد نہ ہوں، ضائع نہ ہو۔ یہ مناظر کتنے دل خراش ہیں جیسے کوئی اس کے جگر کا ٹکڑا چھین کر لیے جارہا ہو۔ اپنے جگر کے ٹکڑے کو ہی چھیننے والے کی گود میں ڈال دے کہ: ''لے جانا چاہتے ہو تو لے جاؤ لیکن اس کی حفاظت کرنا۔''

فسادی لوٹ مار اور تشدّد کی حدیں پار کر جاتے ہیں اور انسانوں کو قتل کرنے سے بھی دریغ نہیں کرتے۔ ایک جوڑا دو دنوں تک زندہ رہنے میں کامیاب ہو جاتا ہے لیکن جب انہیں لگتا ہے کہ وہ خود کو مزید نہیں بچا سکے تو وہ خود کو قاتلوں کے حوالے کر دیتے ہیں۔ مذہبی تنگ نظری اور تعصب سے بڑا کوئی گناہ نہیں۔ مذہبی عصبیت رکھنے والے لوگ جان بچا کر بھاگنے والے معصوموں کو بھی قتل کر دیتے ہیں۔ کوئی قاتل پستول کی ایک ایک گولی سے ایک ایک انسان کی جان لیتا ہے۔ اُس کی گولیاں غریبوں، بے بسوں کمزوروں اور بزرگوں کو اپنا نشانہ بنا رہی ہیں۔ آخری گولی نشانے سے چوک جاتی ہے۔ اس غلطی سے قاتل چڑ جاتا ہے۔ اُس وقت ایک معصوم بچہ سڑک پر دوڑتا ہوا آتا ہے۔ قاتل خالی پستول اُس معصوم کی جانب تان دیتا ہے۔

ساتھی کا سوال کرنے پر وہ جواب دیتا ہے کہ اتنے سے بچے کو کیا معلوم کہ گولیاں ختم ہو چکی ہیں۔ قاتل اُس معصوم کو خوف زدہ کرکے قتل کرنا چاہتا ہے۔قتل کی سب سے وحشیانہ اور معصوم شکل مختصر کہانی ''جیلی'' میں نظر آتی ہے۔جہاں رات کے وقت ایک ٹھیلے والے کے پیٹ میں چھُرا گھونپ کر ہلاک کر دیا گیا۔ پولیس صبح لاش اُٹھا کر لے جاتی ہے۔برف پر پڑے اُس کے جمے ہوئے خون کے لوتھڑے کو دیکھ کر قریب سے گزرتے ہوئے ایک معصوم کے منہ میں پانی آجاتا ہے۔معصوم بچہ اپنی ماں کا بازو پکڑ کر کھینچتا ہے اور سڑک کی جانب اشارہ کرکے کہتا ہے: ''دیکھو ممّی جیلی!''محفوظ گھر کا وہ بچہ اپنی عمر کے لحاظ سے سڑکوں پر سے گزرتے ہوئے چاکلیٹ ،جیلی جیسی بچوں کے لیے سازگار چیزوں کے خواب دیکھ رہا ہے اور وہیں سڑکوں پر آدمیوں کی شناخت کرکے اُن کا قتل کیا جا رہا ہے۔

''سیاہ حاشیے'' میں موجود یہ تمام مناظر معصوم ذہن اور اُن کی نفسیات پر گہرا اثر ڈالنے والے ہیں۔اس کا خیال ہی ہمیں جھنجوڑ کر رکھ دیتا ہے۔لیکن ایک حقیقت یہ بھی ہے کہ یہ سب کچھ اُن لاکھوں بے گناہوں نے خود بھوگا ہے۔دورِ حاضرہ میں بھی کچھ ایسے بزرگ ہیں جنھوں نے بچپن میں اُن خوفناک مناظر کو اپنی آنکھوں کے سامنے ہوتے ہوئے دیکھا ہے۔وہ لوگ آج تک اُس خوف سے باہر نہیں نکل پائے ہیں۔

کہیں کوئی خاندان قاتلوں سے جان بچا کر بھاگ رہا ہے،لیکن ایک خاندان صرف اپنے لوگوں کو ہی نہیں بلکہ اپنے پالتو جانوروں کو بھی گھر والوں کی طرح قاتلوں سے بچانا چاہتا ہے۔بچھڑا پیچھے رہ گیا ہے گائے اپنی جان کی پرواہ کیے بنا بچھڑے کے لیے رنبھا رہی ہے۔ چھُپا ہوا خاندان اپنی موت کے بارے میں سوچ کر ڈر رہا ہے۔

کوئی کسی کے گلے پر چھُری آہستہ آہستہ چلا کر قتل کا مزہ لینا چاہتا ہے تو کوئی جھٹکے سے گردن اُڑا کر قتل کا مزہ لے رہا ہے۔کوئی ایسا بھی ہے جس نے کبھی کسی کا قتل نہیں کیا لیکن خون کی ہولی میں وہ بھی معصوموں پر گولیاں داغ کر قاتل ہونے کا سکھ حاصل کر رہا ہے۔قاتلوں کے مکالموں سے پتا چلتا ہے کہ وہ اتنے قتل کر چکے ہیں کہ وہ قتل کرتے کرتے تھک چکے ہیں:

''مرا نہیں...دیکھو ابھی جان باقی ہے۔''

''رہنے دو یار... میں تھک گیا ہوں۔''

خود کو تھکا دینے والی حد تک، ہم نے انسانوں کو معاشرے کی خدمت کرتے دیکھا اور سُنا ہے، لیکن یہ کیسے انسان ہیں؟ جو خود کو تھکا دینے والی حد تک قتل کرنے کا کام انجام دے رہے ہیں۔ قتل کے اہداف کیا ہیں؟ یہ کس کا دیا ہوا ہے؟ اِسے مکمل کرنے کے بعد کس کو دکھانا ہے؟ اگر وہ قتل کا ہدف مکمل کر لے تو اُسے کیا ملے گا؟ ایسے سارے سوالات کا جواب عام انسان کی سمجھ سے بالاتر ہے۔ سچ ہی بتایا گیا ہے کہ تقسیم کے سانحے میں لاکھوں جانیں گئیں۔ لاکھوں نے یوں ہی اپنی جانیں نہیں گنوادی ہوں گی۔ کس قدر غیر انسانی طریقے سے تعصب کا ایسا خوفناک کھیل کھیلا گیا ہوگا۔ ''سیاہ حاشیے'' میں درج محض تخیل سے ہی روح لرز اُٹھتی ہے۔

قتل کرنے سے قبل کوئی یہ جانچتا ہے کہ آیا کوئی ہم مذہب ہے یا دیگر مذاہب والا ہے۔ ''سیاہ حاشیے'' بتاتے ہیں کہ قتل کا یہ سارا کھیل باقاعدہ پولیس کی نگرانی میں کھیلا گیا۔ پولیس کو کب کہاں ہونا ہے اور کب کہاں نہیں ہونا یہ سب پہلے سے طے شدہ تھا۔ کب کہاں جانا ہے اور کب تک اپنی آنکھیں بند رکھنا ہے، یہ سب سوچی سمجھی سازشوں کا حصّہ رہا ہے۔ ''سیاہ حاشیے'' کی ''پیش بندی'' اور ''نگرانی میں'' ان دو کہانیوں کے مکالمے یہ بتاتے ہیں کہ تقسیم کی طرح آتش زنی، لوٹ مار اور قتل کے کھیل بھی ظالم اور طاقتور آقاؤں کی نگرانی میں کھیلے گئے۔ اس لیے صرف وہی لوگ مارے گئے جنہیں شناخت کر لیا گیا تھا۔ دوکانیں بھی وہی جلیں جنہیں جلایا گیا۔ وہی مکان لٹے جنہیں سوچ سمجھ کو لوٹا گیا۔ کہاں کون لوٹے گا؟ کب کس کا قتل ہوگا؟ یہ سب اس زمین پر منحصر رہا جہاں وہ رہے اور جہاں انہیں نہیں ہونا چاہیے تھا۔

جو لوگ گاڑیوں میں چھُپ چھُپا کر سرحد پار بہ حفاظت فرار ہونے کی کوشش میں رہے انہیں بھی اسٹیشنوں پر شناخت کر کے مارا گیا۔ اور مرتے وقت اس بات کا بھی خیال رکھا گیا کہ مقتول کے خون سے گاڑی کا ڈبہ خراب نہ ہو جائے۔ کہیں سے آنے والی گاڑیوں میں بچ کر آنے والے دوسرے مذہب کے ماننے والے لوگوں کو گاڑی سے اُتار کر قتل کیا گیا اور ان ہی بے رحم قاتلوں نے باقی ماندہ مسافروں کو جو کہ اُن کے ہم مذہب تھے، انہیں حلوہ پوری، دودھ مٹھائی دے کر اُن کا استقبال کیا۔ اس پورے کھیل میں انسانیت کہیں نہیں تھی۔ یہ اپنی مرضی سے

اپنی زمین کا انتخاب نہیں ہے۔ یہ صرف دو ملکوں کی تقسیم کے نام تعصب کا بھیانک روپ تھا۔

کوئی شخص اپنی بیٹی کو قتل نہ کرنے کی التجا کرتا ہے تو قاتل کہتا ہے کہ: ''چلو، اسی کی بات مان لو... کپڑے اُتار کر ہانک دو ایک طرف...'' کوئی بنا جانچ کے ہی ہم مذہب کو حلال کر دینے کے بعد افسوس جتاتے ہوئے کہتا ہے کہ: ''اوہو مشٹیک ہوگیا۔'' فسادی جس مجسمے پر کالک پوت کر توڑ پھوڑ کر رہے ہیں، سر پھوٹنے کے بعد اُسی مجسمے کے نام پر بنے اسپتال میں علاج کے لیے روانہ کیا جا رہا ہے، کوئی قتل سے بچنے کے لیے اپنے جسم پر نشان بنا رہا ہے تو کوئی جبراً مذہب تبدیل کر دینے پر زندہ رہنے کو تیار نہیں ہے۔ کوئی قتل کرنے سے قبل پوچھتا ہے کہ: ''بتا تو ہندو ہے یا مسلمان؟'' مسلمان ہے تو رسول کا نام بتا کر بچ جا نہیں تو اگلے ہی لمحے مٹی میں مل جاؤ گے۔

کالے بازار میں لوٹ کا مال فروخت ہو رہا ہے۔ لوٹ مار کے دوران اُٹھائی گئی لڑکیاں غیر مذہب والوں کو فروخت کی جا رہی ہیں اور خریدی بھی جا رہی ہیں۔ جو قتل نہیں کر پا رہے ہیں وہ غیر مذہب کی لڑکیوں کی آبرو تار تار کر کے اُن کے مذہب کو بدنام کرنے کے منصوبے بنا رہے ہیں۔ خریدنے والوں کو دوسرے مذہب کی بتا کر لڑکیاں فروخت کی جا رہی ہیں۔ فروخت کرنے والوں کو اُن کی دوگنی قیمت سے مطلب ہے۔ مذہب سے اندھی عقیدت رکھنے والے نوجوان جنسی ہوس کا شکار ہو گیا ہے۔ وہ اپنے ہی مذہب کو بازار کے درمیان لوٹ رہا ہے، لُٹا رہا ہے۔ دھرم، ایمان سب جنسی ہوس کے گڑھے میں گر کر بدبو پھیلا رہے ہیں۔

''سیاہ حاشیے'' میں شامل چھوٹے چھوٹے مکالماتی قصّے گہرے زخم دینے والے ہیں۔ ان میں موجود زیریں احساسات و جذبات کو اس مضمون میں درج کرنے کے لیے میرے پاس الفاظ نہیں ہیں۔ ''سیاہ حاشیے'' عبارتی مصوری یا تصاویر کا ایک ایسا دستاویز ہے جو قارئین کو شدید طور پر بے چین کر سکتا ہے۔ بالکل اس طرح جیسے منٹو کی دوسری کہانیاں قارئین کو کرب میں مبتلا کر دیتی ہیں۔

(ہندی سے ترجمہ: قاسم ندیم)

●●

منٹو جنہیں آپ صرف مزے کے لیے نہیں پڑھتے

لوک متر گوتم

بہت سارے قلم کاروں کو پڑھنے کے بعد ہمارا فوری تاثر یہ ہوتا ہے کہ: ''واہ! پڑھ کر مزہ آگیا''۔ یہاں مزہ سے میری مراد چٹپٹا پن بالکل نہیں ہے۔ منٹو کی تحریروں کے مزہ کا اگر کوئی عنوان قائم ہوسکتا ہے تو وہ ہے ''تخلیقی انبساط''۔ منٹو ایک ایسے قلم کار ہیں جو اپنی تحریروں کے ذریعہ نہ صرف اپنے معاشرے کے چہرے پر تھپڑ رسید کرتے ہیں بلکہ اُس زناٹے دار تھپڑ کی تپش پڑھنے والا بھی اپنے گال پر محسوس کرتا ہے۔ یہ کتنی عجیب بات ہے کہ منٹو کی اُن تحریروں کا ذکر ان دنوں جس طرح ہوتا ہے اور موضوع بحث بنتی ہیں، اپنے زمانے میں ان پر اس قدر چرچا نہیں ہوا۔ تو کیا اس کا مطلب یہ ہے کہ منٹو کی تحریریں آج کے زمانے میں، پہلے سے زیادہ مطابقت رکھتی ہیں۔ گزشتہ دو تین دہائیوں سے برصغیر میں جس کہانی کار پر سب سے زیادہ گفتگو ہوئی وہ کوئی اور نہیں سعادت حسن منٹو ہی ہے۔

ہندی کے مشہور مصنف راجندر یادو انہیں برصغیر کا چیخوف کہتے ہیں۔ وہ کہتے ہیں کہ چیخوف کے بعد منٹو وہ واحد قلم کار ہے جس نے کوئی ناول لکھے بغیر کہانی کاروں میں اپنا ایک مقام بنایا ہے۔ حالانکہ منٹو نے ایک ناول ''بغیر عنوان کے'' بھی لکھا ہے لیکن اُن کی اصل شناخت مختصر کہانیوں کے حوالے سے ہی بنتی ہے۔ وہ ایک بہت بڑے کہانی کار ہیں۔ لیکن دنیا کے عظیم کہانی کاروں کی طرح منٹو کے سر پر عظمت کا تاج نہیں دھرا گیا۔ کیونکہ منٹو کے ساتھ ایک مسئلہ یہ ہے کہ انہیں دنیا عظیم فن کار تو تسلیم کرتی ہے لیکن اسی کے ساتھ ''ایک بدنام لیکھک'' کا تمغہ بھی اُن کے فن کے سینے پر ٹانک دیتی ہے۔ گویا منٹو اپنی بدنامی کی وجہ سے عظیم ہے یا عظمت نے اُسے

بدنام کیا ہے۔

بات عظمت کی ہو یا بدنامی کی منٹو اپنی ذات میں منفرد ہے۔کوئی نہ اُس کی عظمت کا ساتھ دیتا نظر آتا ہے نہ بدنامی کا... جی ہاں! سعادت حسن منٹو کے ساتھ کوئی نہ تھا... نہ کوئی مذہب، نہ کوئی جماعت، نہ کوئی نظریہ، نہ بھارت نہ پاکستان، نہ ہندو نہ مسلمان۔نہ کوئی ترقی پسند، نہ رجعت پرست۔جس زمانے میں منٹو اپنی تحریروں کے ذریعہ سرگرم تھے اسی زمانے میں ترقی پسندوں کی تنظیم متحرک تھی۔اس تنظیم کے اہم عہدے پر منٹو کے قریبی دوست سجاد ظہیر فائز تھے ساتھ ہی اس تنظیم کا منٹو بھی حصہ تھے۔لیکن منٹو کی مدد کو کوئی نہیں آیا۔ان کی زندگی میں ان کی کہانیوں کی وجہ سے انہیں پانچ بار عدالتوں کا سامنا کرنا پڑا۔دو مرتبہ برٹش دورحکومت میں اور تین بار پاکستان کے دورحکومت میں... اس دوران کسی نے منٹو کا ساتھ نہیں دیا نہ کسی نے دستخطی مہم ہی چلائی۔نہ ادب کی کسی بڑی شخصیت نے ان کے حق میں ادنیٰ سا بیان دیا۔

آخر اس کی کیا وجہ تھی کہ کسی نے بھی منٹو کا ساتھ نہیں دیا۔سب سے پہلے تو یہ بات جاننا چاہیے کہ منٹو بذات خود اس قدر پرجوش، پُراعتماد اور اپنا موقف اس قدر مستحکم اور مضبوط انداز سے رکھتے تھے کہ ان کے ذریعہ پیش کیے گئے دلائل کی وجہ سے عدالت اُن پر کوئی بھی الزام ثابت نہیں کرسکی۔جب وہ عدالت میں اپنی کہانیوں کے حق میں دلائل پیش کرتے تھے پوری عدالت ہمہ تن گوش ہوکر ان کی باتوں کو سنتی، اعلیٰ ذہن منصف گویا اپنے علم میں اضافہ کرتے۔لیکن پھر یہ سوال اپنی جگہ قائم رہتا ہے کہ منٹو کی شخصیت میں ایسی کون سی بات تھی جس سے لوگ متاثر ہوتے تھے، وہ اپنی تحریروں کے ذریعہ سب کو جھنجوڑ کر رکھ دیتے تھے پھر بھی ان کے مداح نہیں بنتے تھے۔ہم دیکھتے ہیں کہ عوام اپنے پسندیدہ مصنفین کے بڑے مداح ہوتے ہیں، فین فالورس اُن کی آواز پر مر مٹنے کے لیے تیار رہتے ہیں لیکن منٹو کے ساتھ ایسا کیوں نہیں ہوا؟

شاید اس کی وجہ یہ ہوسکتی کہ منٹو ایک غیر جانب دار مصنف تھے، ان کے لیے کوئی اپنا یا کوئی پرایا نہیں تھا، یہ میرا نظریہ ہے، ان کی تحریر میں میری پارٹی پرائی پارٹی ایسی تقسیم نہیں تھی۔جب کہ ہم دیکھتے ہیں کہ دنیا کے ہر بڑے مصنف، شاعر کا اپنا ایک نظریہ ہوتا ہے۔حتیٰ کہ مہاکوی گوسوامی تلسی داس، رامائین میں رام راون کے حوالے سے لکھتے ہیں کہ:

اُت راون، اِت رام دہائی۔ جیتی جیتی جئے پری لڑائی

درج بالا مصرعہ میں تلسی داس راون کو ''اُت'' گروہ اور رام کو ''اِت'' گروہ یعنی اپنی پارٹی کا کہہ رہے ہیں۔ اس طرح کی تفریق منٹو نے اپنی تحریروں میں کبھی نہیں کی۔ ان کی کئی چھوٹی چھوٹی کہانیاں ہیں جن میں اُن کے اس مزاج کی عکاسی ہوتی ہے۔ وہ اپنے کاٹ دار الفاظ بڑی اچھی طرح سے قاری کے سامنے رکھتے ہیں۔ یہاں میں چند مثالوں سے ''سیاہ حاشیے' کی کہانیوں کے اندرونی بھید کو سمجھنے کی کوشش کروں گا۔ ان کی ایک مختصر کہانی ہے '' گھاٹے کا سَودا'' اس میں تحریر کرتے ہیں:

> دو دوستوں نے مل کر دس بیس لڑکیوں میں ایک لڑکی بیالیس روپے دے کر خریدی، اس کے ساتھ رات گزار کر ایک نے اس لڑکی سے پوچھا '' تمھارا نام کیا ہے''۔ لڑکی کا نام سن کر اس لڑکے کا سر گھوم گیا وہ لڑکی تو اسی کے مذہب کی تھی۔ جب کہ فروخت کرنے والے نے دوسرے مذہب کی کہہ کر فروخت کیا تھا۔ لڑکی نے جواب دیا '' اُس نے آپ لوگوں سے جھوٹ بولا تھا''۔ یہ سن کر وہ دوڑا دوڑا اپنے دوست پاس گیا اور کہنے لگا '' اُس حرام زادے نے ہمارے ساتھ دھوکہ کیا ہے۔ ہمارے ہی مذہب کی لڑکی تھما دی۔ چلو واپس کر آئیں''!

اس کہانی میں منٹو کا انداز دیکھیے! اس میں انہوں نے اپنا کلیجہ نکال کر رکھ دیا ہے۔ عموماً قلم کار عوام کے ساتھ بڑی ہمدردی کرتے ہیں، ان کے دوغلے پن اور منافقت پر سے پردہ اُٹھانے سے بچتے ہیں۔ لیکن ہم دیکھتے ہیں کہ اس چھوٹی سی کہانی میں منٹو نے ثابت کر دیا ہے کہ شیطان وہی لوگ نہیں ہیں جو بڑی چالاکی سے ہندو مسلم کو بانٹنے کی سیاست کر رہے ہیں اور ان کی حقیقت فسادات کی شکل میں سب کے سامنے آگئیں بلکہ معمولی نظر آنے والا عام انسان بھی اس وحشی پن میں پیچھے نہیں ہے۔ وہ لوگ بھی کتنی آسانی سے اور دھلڑے سے اپنے مذہب کی آڑ میں اپنا گھناونا چہرہ رکھتے ہیں۔ اس کہانی میں دیکھا جاسکتا ہے کہ کس طرح ایک عورت کی عصمت کو تار تار کر دیتے ہیں۔ انہیں اپنے اس جلّاد پن پر ندامت نہیں ہے دُکھ تو اس بات کا ہے کہ جس لڑکی کی عزت کے ساتھ انہوں نے کھلواڑ کیا وہ اپنے ہی مذہب کی نکل آئی۔ گویا ان کی نظر

میں دوسرے مذہب کی عورت کو برباد کرنے میں کوئی مسئلہ نہیں تھا۔ کیونکہ ان کے نقطۂ نگاہ سے دوسرے مذہب کی عورت عورت کہاں ہوتی ہے؟ وہ تو ہوتی ہی اسی لیے کہ اُسے نوچا جائے، اپنی ہوس کا نشانہ بنایا جائے۔ اس کہانی میں منٹو نے بڑی خوبی سے فسادیوں کو بے نقاب کیا ہے کہ عام انسان سے لے کر سماج کے بڑے لوگوں کی ساری منافقت اور اپنے مذہب والوں کے تئیں ہمدردیاں اور دوسرے لوگوں کے لیے نفرتوں کو اُجاگر کر دیا ہے۔ اسی موضوع سے ملتی جُلتی منٹو کی ایک اور کہانی ہے ''کسر نفسی''۔ اسے بھی ذرا پڑھیے:

> چلتی گاڑی روک لی گئی۔ جو دوسرے مذہب کے تھے اُن کو نکال نکال کر تلواروں اور گولیوں سے ہلاک کر دیا گیا۔ اس سے فارغ ہو کر گاڑی کے باقی مسافروں کی حلوے، دودھ اور پھلوں سے تواضع کی گئی۔ گاڑی چلنے سے پہلے، تواضع کرنے والوں کے منتظم نے مسافروں کو مخاطب کر کے کہا: ''بھائیو اور بہنو! ہمیں گاڑی کی آمد کی اطلاع بہت دیر میں ملی۔ یہی وجہ ہے کہ ہم جس طرح چاہتے تھے اس طرح آپ کی خدمت نہ کر سکے۔''

منٹو پھر ایک بار اپنی اس مختصر کہانی میں مذہبی حساسیت کو تار تار کرتے ہیں۔ وہ بڑے ہی سنجیدہ انداز سے پوری صورتحال پر طنز کرتے ہیں جس پر اگر ہم رونا چاہیں تو رو نہیں سکتے اور اگر ہنسنا چاہیں تو ہنسی ہمارے لبوں سے غائب ہوتی نظر آتی ہے۔ وہ سوال کھڑا کرتے ہیں کہ آخر یہ کون لوگ ہیں جو محض اس بات سے کہ یہ لوگ ہمارے ہم مذہب ہیں انہیں حلوہ، دودھ اور پھل پیش کرتے ہیں؟ تو دوسری طرف محض دوسرے مذہب کے ہونے کی وجہ سے ان پر بے رحمی کے ساتھ گولیاں برسا دیتے ہیں، تلواروں سے ٹکڑے ٹکڑے کر دیتے ہیں۔ کیا انسان اس قدر وحشی ہوسکتا ہے؟ ظاہر ہے کہ عام طور سے انسان ایسا نہیں کرتا۔ وہ انسانوں کے ساتھ کسی بے جان مشین کی طرح پیش نہیں آتا۔ لیکن جب کسی کا برین واش کر دیا جاتا ہے تو وہ جیتے جاگتے انسان کی بجائے ایک مشینی غلام (روبوٹ) کی طرح کام کرنے لگتا ہے۔ پھر اس میں انسانوں جیسا کچھ نہیں بچتا بلکہ اُس کھلونے کی طرح ہو جاتا ہے جس میں چابی بھر دی جاتی ہے اور وہ کھلونا ناچنے لگ جاتا ہے۔ جتنی اس میں چابی بھری ہوتی ہے اتنی دیر کھلونا چلتا پھرتا رہتا ہے اس کے بعد گویا

ساقط ہو جاتا ہے۔اس طرح کے لوگ صرف منٹو کے زمانے میں ہی تھے ایسا نہیں بلکہ آج کے زمانے میں بھی ایسے روبوٹ ہمیں نظر آتے ہیں۔موجودہ دور میں بھی چابی والے انسان نما کھلونے کام کر رہے ہیں۔

حال ہی میں جس طرح کھرگون، دلی، آسام، کولکتہ اور راجستھان میں فساد برپا ہوئے اور ان میں چابی بھرے کھلونے کی طرح انسانوں نے جو وحشیانہ حرکتیں کیں وہ سب کے سامنے ہیں۔ اس سے یہ بات ثابت ہوئی کہ اس طرح کے لوگ نہ صرف ۱۹۴۷ء کے بٹوارے کے وقت موجود تھے اور نہ ہی وہ اچانک پیدا ہو گئے تھے بلکہ اس طرح کے لوگ آج بھی ہیں اور مستقل پیدا ہو رہے ہیں۔بلکہ ماضی کی بہ نسبت ان کی تعداد میں اضافہ ہی ہوا ہے۔یہ لوگ برف کی مانند ٹھنڈے اور چاقو کی دھار جیسے خطرناک ہیں۔یاد کیجیے اُس منظر کو جب راجستھان آئے ہوئے ایک کمزور سے بوڑھے مزدور کو کس بے رحمی سے محض اس لیے قتل کر ڈالا گیا کہ وہ دوسرے مذہب کا تھا۔اس قاتل نے کلہاڑی سے اس مزدور کے ٹکڑے بڑے مزے لے لے کر بنائے۔اسے جنگلی جانور کی طرح کاٹ کر پھینک ڈالا۔وہ وحشی اس قدر جری ہے کہ اُس نے اِس منظر کی ویڈیوگرافی کے لیے اپنے ساتھ ایک اور ساتھی کو لایا تاکہ لوگ اس کی ''بہادری'' کو دیکھ سکیں۔منٹو نے ایسے گھناونے جلادوں کو کئی دہوں پہلے ہی دیکھ لیا تھا۔منٹو اِن گھناونے کارناموں سے اس قدر دکھی اور اُن پر غصہ تھے کہ اُن کے تئیں اپنی نفرت کا اظہار بھی ضروری نہیں سمجھتے تھے۔

دیکھا جائے تو منٹو بڑے بے رحم مصنف نظر آتے ہیں جو کسی مروت و لاگ لپیٹ کے معاشرے کی درندگی و حیوانیت کو قاری کے سامنے لا کر ویسی کہ ویسی لا کھڑا کر دیتے ہیں۔منٹو کی یہ بہت ہی ہولناک سچائی ہے۔وہ اپنے کرداروں کی حیوانیت کو لیپا پوتی کرکے چھُپانے یا انہیں اچھا بنانے کی کوشش نہیں کرتے بلکہ جیسا ہے اسے ویسا کہ ویسا پیش کر دیتے ہیں نہ ہی وہ اپنے قاری کا شور مچاتے نظر آتے ہیں۔شاید یہ بات ان کے اندر کے غصہ کا اظہار ہو۔شاید وہ یہ کہنا چاہتے ہیں کہ جو ہنگامہ تم نے برپا کیا ہے اب اس کو تم ہی جھیلو۔اُن کی ایک کہانی صرف دو جملوں پر مشتمل ہے۔اس کا نام ہے ''آرام کی ضرورت''۔ذرا دیکھیے:

"مرا نہیں... ادیکھو ابھی جان باقی ہے"

"رہنے دو یار... امیں تھک گیا ہوں!"

یہ محض دو سطریں یا کچھ الفاظ نہیں ہے بلکہ یہ ساری انسانیت کو منہ چڑاتے الفاظ ہیں۔ یہ اپنے معاشرے کی بربریت کو دکھاتا وہ "بلیک ہول" ہے جو تمام انسانیت کو نگل لینا چاہتا ہے۔ "مرا نہیں دیکھو ابھی جان باقی ہے" یہ الفاظ انسان کے وجود کا سنگین مذاق ہیں۔ اسی پر بس نہیں اس کے بعد کی جو سطر ہے وہ اِس سے بھی زیادہ سنگین، ہولناک اور انسانیت کے ماتھے پر کلنک ہے، یہ چھ الفاظ انسانی بربریت کے اور انسانیت کو شرم سار کرنے والے ہیں۔ وہ ہتھیارا، جلاد، خونی ادھ مرے شخص پر اس لیے "رحم" کرتا ہے کہ وہ تھک گیا ہے۔ کیا انسانیت کو آج تک کسی مصنف نے اس طرح آئینہ دِکھایا ہے؟؟!! حیران کر دینے والی دو سطروں پر مشتمل یہ کہانی دیگر کئی مصنفین اور قلم کاروں کی طول طویل تحریروں پر بھاری نظر آتی ہیں۔ اسی طرز پر ایک اور کہانی ہے اِشتراکیت۔ آئیے اس پر بھی نظر ڈالتے ہیں:

وہ اپنے گھر کا تمام ضروری سامان ایک ٹرک میں لدوا کر دوسرے شہر جا رہا تھا کہ راستے میں لوگوں نے اُسے روک لیا۔ ایک نے ٹرک کے مال و اسباب پر حریصانہ نظر ڈالتے ہوئے کہا: "دیکھو یار کس مزے سے اتنا مال اکیلا اُڑائے چلا جا رہا ہے۔"

اسباب کے مالک نے مسکرا کر کہا: "جناب یہ مال میرا اپنا ہے۔"

وہ تین آدمی ہنسے۔ "ہم سب جانتے ہیں۔"

ایک آدمی چلّایا: "لوٹ لو۔ یہ امیر آدمی ہے... ٹرک لے کر چوریاں کرتا ہے۔"

مرحوم راحت اندوری کہا کرتے تھے کہ جب ہم زمین میں کٹے ہوئے سر بوئیں گے تو اس سے لہو کی فصل ہی اُگے گی۔ جب دوسرے مذہب کے لوگوں کو لوٹنا، کاٹنا نیکی تصور کیا جائے، کسی بھی پرائی چیز پر نظر پڑتے ہی اسے لوٹنے کا خیال آئے تو یہ سوچ کسی خاص کے لیے اپنی فطرت کیونکر بدل سکتی ہے۔ جب اس کے دماغ میں یہ بات بٹھادی گئی ہو کہ دوسروں کا مال، عزت و

آبرو ہوتی ہی لوٹنے کے لیے ہے تو پھر ایسے لٹیرے کے اندر پنپنے والی لوٹ کی خواہش کے محور کو کیونکر بدلا جاسکتا ہے۔لوٹنے والا سچ جانتے ہوئے بھی اُسے قبول کرنے کو تیار نہیں ہوگا؟ کہ یہ اُس کی فطرت کے منافی ہوگا۔لٹیرے کو یہ پتا چل جائے کہ جو شخص اپنا مال ٹرک میں لاد کر ایک شہر سے دوسرے شہر جارہا ہے اور وہ شخص کوئی چور اُچکا نہیں ہے یا اس کی طرح لٹیرا نہیں ہے۔اس سچائی کو قبول کر لینے سے اس کی لوٹ مار کی خواہش کا کیا بنے گا؟ جو خواہش اس قدر مستحکم ہو چکی ہو اس کو اتنی آسانی سے کیسے ترک کیا جاسکتا ہے؟ امیر انسان اپنی دولت سے اس لیے خاطر خواہ فائدہ نہیں اُٹھا پاتا کہ لوگ امیر اور امیری کے دشمن ہیں اور اپنے ہم مذہب ہیں۔منٹو''اشتراکیت''میں بتاتے ہیں کہ جس شخص کے منہ کو ایک مرتبہ خون لگ جائے تو وہ ہر جگہ خون چاٹنے کے لیے منہ مارتا رہتا ہے۔خون چاٹنے کی یہ لت اسے ہمیشہ بے چین کیے رہتی ہے۔اس بے چینی میں مذہب اور اپنی قوم کا استعمال کرنے سے باز نہیں آتا۔

یہاں منٹو کی پانچ مختصر کہانیوں پر ہم گفتگو کر رہے ہیں۔اُن کی پانچویں کہانی ہے''حلال اور جھٹکا''۔زمانہ گزرنے کے ساتھ ساتھ جس طرح ہندی اور اردو کو اردو کا جامہ پہنا دیا گیا اسی طرح ذبح کرنے کے انداز کو بھی ہندو مسلم کے خانوں میں ڈال دیا گیا۔حلال اور جھٹکا یہ الفاظ صرف منٹو کے زمانے میں ہی نفرت کا اشارہ تھے بلکہ آج کے زمانے میں بھی ان الفاظ کو کرناٹک اور آندھرا پردیش کے کچھ علاقوں میں نفرت کے بازار کے لیے وقتاً فوقتاً گرم کیا جاتا رہا ہے۔منٹو نے سات دہائی پہلے ہی ان الفاظ کا اصل روپ دیکھ لیا تھا۔دیکھیے کس خطرناک انداز سے ذہن و دماغ کو ماؤف کرنے والی چار سطریں اُس نے لکھی ہیں:

''میں نے اُس کی شہ رگ پر چُھری رکھی،ہولے ہولے پھیری اور اُس کو حلال کر دیا۔''

''یہ تم نے کیا کیا؟''

''کیوں؟''

''اُس کو حلال کیوں کیا؟''

''مزا آتا ہے اس طرح''

''مزا آتا ہے کے بچے، تجھے جھٹکا کرنا چاہئے تھا... اس طرح''۔

اور حلال کرنے والے کی گردن کا جھٹکا ہوگیا۔''

کہانی بڑی سادگی بلکہ معصومانہ انداز کے ساتھ آگے بڑھتی ہے، پھر ایک شخص بڑے درد ناک انداز سے دوسرے شخص کا جھٹکا کر دیتا ہے۔ انہیں پڑھتے ہی قارئین کی آنکھوں میں اندھیرا سا چھا جاتا ہے۔ منٹو کچھ اس انداز سے لکھتے ہیں اور بات کو اس قدر سہل طریقے سے پیش کرتے ہیں کہ قاری کو چونکنے کا بھی موقع نہیں مل پاتا۔ کہانی میں جھٹکا اس وقت لگتا ہے جب ایک کردار یہ کہتا ہے کہ: ''تم نے یہ کیا۔ کیا؟'' پہلے شخص چونک کر پوچھتا ہے: ''کیوں کیا ہوا؟'' اس کیوں کا جواب وہ کچھ یوں دیتا ہے ''مزہ آتا ہے اس طرح سے''۔ اس جملے میں ''مزہ'' انسانی تشدد کی انتہا ہے۔ دوسرا شخص اس کو مشورہ دیتا ہے کہ تجھے جھٹکا کرنا چاہیے تھا۔ کہانی میں جب کلائمکس آتا ہے تو کرداروں کی بربریت قاری کو چونکا دیتی ہے۔ جب مشورہ دینے والا شخص حلال کرنے والے کا سر گردن سے اُڑا دیتا ہے۔ درج بالا منٹو کی پانچوں کہانیاں ہی نہیں ان کے ذریعہ لکھا گیا سارا افسانوی ادب آج بھی نہ صرف مقبول ہے بلکہ ان پر بحث و مباحثے بھی کیے جا رہے ہیں۔ سعادت حسن منٹو نے جس طرح چھوٹے چھوٹے واقعات کو الفاظ کا جامہ پہنایا ہے وہ اِن کہانیوں کو اُس وقت تک زندہ رکھیں گے جب تک انسان اپنے اندر کے حیوان کو پالتا رہے گا۔

(ہندی سے ترجمہ: ملک اکبر)

●●

> اس کتاب (سیاہ حاشیے) میں منٹو نے فن افسانہ کو ایک نئے آہنگ میں پیش کیا ہے۔ یہ افسانے دو سطروں سے لے کر، زیادہ سے زیادہ چار صفحات پر محیط ہیں۔ روایتی افسانے کی طرح اِن میں کوئی پلاٹ نہیں۔ محض تجسس کے ذریعے قاری کی توجہ مبذول کروائی گئی ہے۔ اردو افسانے میں سعادت حسن منٹو مختصر ترین افسانے کی اس طرز کے موجد ہیں۔ ان تمام افسانوں کا موضوع فسادات ہیں۔
>
> (ڈاکٹر علی ثنا بخاری: ''سعادت حسن منٹو۔ تحقیق'')

مختصر کہانی اور منٹو

چندرکانت بھونجال

۱۹۷۰ء کی دہائی میں مراٹھی میں بہت اچھے ماہنامے اور سہ ماہی رسالے شائع ہوتے تھے۔ اس زمانے میں ماہنامہ ''ستیہ کتھا'' میں چھپنا لکھنے والے کے لیے کسی اعزاز سے کم نہ تھا۔ بہت سے رسائل اُس وقت اچھی کہانیوں کی حصولیابی کے لیے ''کتھا اِسپردھا'' کا انعقاد بھی کرتے، جس نے ایک طرف نئے لکھنے والوں کو کتھا لیکھن کی طرف متوجہ کیا تو دوسری طرف اس نے پرانے لکھنے والوں کو بہتر سے بہتر لکھنے کے لیے فضا بھی ہموار کی۔ ۱۹۷۰ء کے بعد اچھے کہانی کاروں کی جو نئی نسل مراٹھی ادب کے افق پر نمودار ہوئی، اُس میں اِن رسائل اور اُن کی ''کتھا اِسپردھا'' نے بھی ایک اہم بھومیکا ادا کی۔

پھر یوں ہوا کہ ۱۹۸۰ء کی دہائی میں بہت سارے ماہنامے اور سہ ماہی رسالے بند ہونے لگے لہٰذا کہانی کاروں کے سامنے ایک مسئلہ یہ آن کھڑا ہوا کہ اب اُن کی کہانیاں چھپے تو کہاں چھپے؟ اس کمی کو محسوس کرتے ہوئے بہت سے اخبارات نے سنڈے ایڈیشن میں ضمیمے شائع کرنے شروع کیے اور اس طرح کہانیوں کی اشاعت کے لیے بھی گنجائشیں نکلنے لگیں۔ ان ضمیموں میں جگہ کا مسئلہ تھا لہٰذا صورتحال یہ بنی کہ کہانی جتنی مختصر ہوگی اُس کے چھپنے کا امکان اُتنا ہی زیادہ ہوگا۔ کم سے کم اسپیس میں زیادہ سے زیادہ کہانیاں سمونے کے لیے اب کہانیوں پر الفاظ کی حدیں مقرر ہونے لگیں۔ کتھا کاروں کے لیے آٹھ سو سے ہزار الفاظ میں کہانی لکھنا کسی چیلنج سے کم نہ تھا اور ۱۹۹۰ء کے آتے آتے اسپیس کا یہ دائرہ اور سکڑنے لگا اور لکھنے والوں سے مزید اختصار کا تقاضہ کیا جانے لگا گویا چیلنج اور سخت ہوگیا۔ اس زمانے میں مَیں ناسک میں رہائش پذیر تھا وہاں

''سنواد'' نام سے مقامی شاعروں، ادیبوں اور کہانی کاروں کی ایک تنظیم کافی سرگرم تھی۔اس نے'' کتھا لیکھین کی چنوتیاں'' کے عنوان سے ایک کانفرنس کا انعقاد کیا جس میں منوہر شہانے، چندرکانت ورتک جیسے نامور لکھنے والوں نے شرکت کی تھی۔کانفرنس میں یہ بحث بھی سامنے آئی کہ اخبارات کہانیوں کو بہت کم جگہ فراہم کرتے ہیں۔چنانچہ محدود الفاظ کے دائرے میں رہ کر ایک اچھی کہانی کس طرح لکھی جائے؟ بحث کے دوران مَیں نے جی۔اے۔کلکرنی کی مختصر کہانیوں کی مثال دیتے ہوئے کہا تھا کہ ہمیں کم سے کم الفاظ میں بامعنی کہانی لکھنے کا آرٹ جی اے سے سیکھنا چاہیے اور محدود الفاظ میں کہانی لکھنے کے چیلنج کو قبول کرنا چاہیے۔ ہندی میں ''لگھوتم کتھا'' لکھی جارہی ہیں، اس طرح کی کہانیاں مراٹھی میں بھی لکھی جانی چاہئیں۔غرض کہ کانفرنس میں کہانی کے آرٹ اور کرافٹ پر کھل کر گفتگو ہوئی۔

درج بالا باتیں آج میرے ذہن میں یوں آئیں کہ اِن کا پس منظر ایک ہے۔گزشتہ دنوں فیس بُک پر کہانیوں کے ایک مقابلے کا اعلان کیا گیا تھا، جس کا عنوان تھا'' مائے سِکس ورڈ اِسٹوری'' (یعنی چھ الفاظ میں کہانی کہنے کا مقابلہ) فیس بک یوں تو بے مقصد باتوں، مباحث اور چیٹ کے لیے مشہور بلکہ بدنام ہے لیکن اس بات سے شاید کسی کو انکار نہ ہوگا کہ بے نتیجہ مباحث کے لامتناہی سلسلوں کے درمیان'' مائے سِکس ورڈ اِسٹوری'' جیسے ایونٹ بھی گاہے بہ گاہے فیس بُک کی دیوار پر نظر آجاتے ہیں۔شاید یہی وجہ تھی کہ چھ لفظوں کو محیط کہانی مقابلہ میں بہت سے لوگوں نے دلچسپی دکھائی اور بڑھ چڑھ کر اس میں حصہ لیا کہ یہ مقابلہ اپنی صلاحیت کو پیش کرنے کا سنہری موقع بھی تھا۔چھ لفظوں میں مکمل کہانی کہنے کا یہ تصور اصل میں ہیمنگ وے کی انتہائی مختصر کہانی سے مستعار ہے۔کہتے ہیں ایک مرتبہ ہیم نگ وے نے شراب خانے میں اپنے ہم خیال دوستوں کے ساتھ شرط لگائی کہ وہ محض چھ الفاظ میں کہانی پیش کریں۔دوستوں نے چیلنج قبول کیا مگر چھ لفظوں میں کہانی کوئی پیش نہ کرسکا۔تب ہیمنگ وے نے کورے کاغذ پر ایک کے بعد ایک چھ لفظ رقم کیے اور مکمل کہانی دوستوں کے سامنے رکھ دی۔کہانی کچھ اس طرح تھی۔

"For sale: baby shoes never used"

اس مختصر کہانی میں ایک بڑی کہانی کا مواد اور مظروف موجود ہے۔صرف چھ لفظوں کے

توسط سے کہانی کہنے کا مطلب ایک بڑی کہانی کے تصور کو محض چھ لفظوں میں سمیٹ لینا بھی ہے۔

اسی لیے ''مائے سِکس ورڈ اِسٹوری'' والے مقابلے کا اعلان ہوتے ہی فیس بک پر نہ صرف comments کی برسات ہونے لگی بلکہ ایک کے بعد ایک مختصر کہانیاں بھی فیس بک کی دیوار پر اُبھرنے لگیں۔

اس سے پہلے مراٹھی زبان میں مختصر نظم کہنے کا سہرا منوہر اونکار کے سر جاتا ہے۔انہوں نے جو مختصر نظمیں لکھیں، وہ لوگوں کے ذہنوں سے محو نہیں ہوئی ہے۔لیکن فیس بک پر''مائے سِکس ورڈ اِسٹوری'' جیسے ایونٹ کا منٹو کے ''سیاہ حاشیے'' سے زیادہ قریبی تعلق ہے۔ہمینگ وے کی کہانی کی تعریف میں پُل باندھنے والے بہت کم لوگوں کو پتا ہوگا کہ منٹو نے فسادات پر بے حد مختصر کہانیاں لکھی ہیں۔اس بات کو عام طور پر نظر انداز کر دیا جاتا ہے کہ ہمارے ہاں بھی ایک ایسا قلم کار موجود ہے، جس نے اسی طرز پر متعدد شاہکار کہانیاں تحریر کی ہیں۔سوال یہ ہے کہ ہمیں سچ مچ اس کا علم نہیں یا ہم دانستہ اُسے فراموش کر رہے ہیں۔منٹو کی ایک کہانی ہے''اُلہنا'' اُس میں صرف اَٹھارہ الفاظ استعمال کیے گئے ہیں۔کہانی ملاحظہ ہو:

''دیکھو یار،تم نے بلیک مارکٹ کے دام بھی لیے اور ایسا رڈی پٹرول دیا کہ ایک دکان بھی نہ جلی۔''

تقسیم کے بعد ہونے والے فرقہ وارانہ فسادات کے پس منظر میں لکھی گئی اس کہانی میں اس قدر مناظر بھرے ہوئے ہیں کہ اسے پڑھ کر ہم مبہوت رہ جاتے ہیں، حالانکہ افسانوی متن میں اس کی کوئی تفصیل درج نہیں ہے۔فسادات، جن کے عذاب سے ہم ابھی تک پیچھا نہیں چھڑا سکے ہیں۔کیا آپ کو نہیں لگتا کہ موجودہ دور میں ہونے والے تشدد کے پس منظر میں منٹو کی ایسی کہانیوں کو یاد نہیں کرنا چاہیے تھا؟ کیا وجہ ہے کہ اس طرف نہ ہماری نظر جاتی ہے نہ ہمارے میڈیا کی... ہمارا معاشرہ کچھ یوں بن گیا ہے کہ ہم ہر کارنامے کے لیے مغربی ممالک کو دادِ تحسین دیتے ہیں۔''سیاہ حاشیے'' کو نظر انداز کرنے کے پیچھے بھی ہماری یہی نفسیات کام کر رہی ہے۔

دراصل منٹو کی تحریروں پر تقسیم ملک کے اثرات بہت گہرے ہیں۔''کھول دو''، ''ٹھنڈا گوشت''، ''ٹوبا ٹیک سنگھ'' اور ''ٹیٹوال کا کتا'' جیسی کہانیاں اس کی عمدہ مثالیں ہیں۔ان کہانیوں

میں منٹو نے تقسیم ملک کی بھرپور عکاسی پیش کی ہے۔انہیں پڑھ کر تقسیم کی ساری سچائیاں سامنے آ جاتی ہیں۔تقسیم ملک محض ایک سانحہ نہیں تھا بلکہ اس کی وجہ سے لاکھوں انسانوں کے دل و دماغ پر،نفسیات پر،خیالات پر بڑے گہرے اثرات پڑے۔یہ سانحہ نہ صرف سیاسی تھا بلکہ اس نے لوگوں کی تہذیب و ثقافت،برتاؤ اور دل و دماغ پر دوررس اثرات مرتب کیے۔بھارتی زبان و ادب پر بھی تقسیم کے اثرات صاف دیکھے جاسکتے ہیں۔خاص طور پر اردو،پنجابی،ہندی، بنگالی اور سندھی زبان پر اس کے اثرات ہمیں آپ بیتیوں مختلف لوگوں کی ڈیلی ڈائریوں،نظموں، افسانوں اور ڈراموں میں ملتے ہیں۔

تقسیم ملک ادب اور تاریخ،ادب اور معاشرت اِن کے آپسی تعلقات پر کچھ اس انداز سے اثر انداز ہوا کہ قلم کاروں کے لیے نئے موضوعات ہاتھ لگے اور انہوں نے نئے انداز سے لکھنے کی شروعات کی۔دوسرے کو نقصان پہنچانے کی جو سائیکی اس وقت پروان چڑھ رہی تھی بعد میں اس نے جو ہولناک صورتحال اختیار کی وہ کسی تبصرے کی محتاج نہیں۔تقسیم کے موقع پر جو وحشت اور بربریت،آتش زنی اور تشدد کے مظاہرے ہوئے تھے،آج بھی ہم کسی نہ کسی شکل میں ہندوستان کے مختلف مقامات پر دیکھ سکتے ہیں۔ادب میں بھی یہ الگ الگ صورتوں میں سامنے آتے رہتے ہیں۔

قتل وخون کا جو بازار اُس وقت گرم تھا منٹو نے ''سیاہ حاشیے'' کی کہانیوں میں اُسے بالکل منفرد اسلوب میں بیان کیا۔منفرد اندازِ نظر کی ایک مثال ''دعوت عمل'' ملاحظہ ہو:

''آگ لگی اور سارا محلہ جل کر خاک ہوگیا صرف ایک دکان بچ گئی اس دکان پر بورڈ لگا تھا۔

''یہاں گھر جلانے کا سامان ملتا ہے۔''

اس کہانی میں منٹو نے صرف بیس الفاظ کو اپنے تصرف میں لایا ہے۔تقسیم کے پس منظر میں ہونے والے فسادات کے تناظر میں لکھی گئی اس کہانی میں زیادہ تفصیلات پیش نہیں کی گئی ہیں اور نہ ہی اس کی ضرورت تھی۔لیکن اس کے باوجود ان بیس الفاظ میں تقسیم کی سنگین صورتحال از خود قارئین کی آنکھوں کے سامنے آجاتی ہے۔چند مثالیں دیکھیں:

''جوتا''

''ہجوم نے رُخ بدلا اور سر گنگا رام کے بُت پر پل پڑا۔ لاٹھیاں برسائی گئیں، اینٹیں اور پتھر پھینکے گئے، ایک نے منہ پر تارکول مل دیا۔ دوسرے نے بہت سے پُرانے جوتے جمع کیے اور ان کا ہار بنا کر بُت کے گلے میں ڈالنے کے لیے آگے بڑھا۔ مگر پولیس آگئی اور گولیاں چلنا شروع ہوئیں۔

جوتوں کا ہار پہنانے والا زخمی ہوگیا۔ چنانچہ مرہم پٹّی کے لیے اُسے سر گنگا رام ہسپتال بھیج دیا گیا۔

''آرام کی ضرورت''

''مرا نہیں... دیکھو ابھی جان باقی ہے۔''

''رہنے دو یار... میں تھک گیا ہوں۔''

قتل وخون کے مناظر کو پیش کرنے کے لیے منٹو طویل کہانیاں لکھ سکتے تھے اور انہوں نے لکھی بھی لیکن ''سیاہ حاشیے'' میں انہوں نے خوں ریزی اور درندگی کی تصویر کشی کے لیے مختصر کہانی لکھنے کا راستہ اپنایا۔ یہ اختصار مسئلے سے سرسری طور پر گزرنے سے نہیں زیادہ گہرائی میں جا کر دیکھنے کے بعد قائم ہوا ہے۔ اسی لیے ادبی قدر کی حیثیت رکھتا ہے۔

''قسمت'':

''کچھ نہیں دوست... اتنی محنت کرنے پر صرف ایک بکس ہاتھ لگا تھا، پر اُس میں بھی سالا سوّر کا گوشت نکلا۔''

اِس طرح کُل ۳۲/ انتہائی مختصر کہانیاں منٹو نے لکھیں، جو اُس کی فن کارانہ عظمت کی حقیقت کو بیان کرتی ہیں۔

منٹو کے کام پر مثبت اور منفی دونوں انداز سے لکھا گیا ہے۔ لیکن اگر ان کے سارے ادب پر اک طائرانہ نظر ڈالی جائے تو اندازہ ہوتا ہے کہ وہ ایک آزاد/ روشن خیال مصنف تھے۔ کسی عقیدے یا نظریے کے دائرے میں انہیں قید کرنا محال تھا۔ کسی دباؤ یا pressure کو وہ کبھی قبول نہیں کرتے تھے۔ سیاسی، سماجی، اخلاقی، مذہبی، تہذیبی اور ثقافتی دباؤ میں وہ کبھی نہیں

آتے۔ وہ ایک کامیاب کہانی کار تھے اس میں تو کوئی دو رائے نہ تھی۔ اپنے مخصوص اسلوب میں وہ اپنا ادبی سرمایہ بڑھاتے جاتے تھے۔ ان کا تحریری کام کبھی مقصد سے ہٹ کر نہیں رہا۔ کھلی آنکھ سے وہ سارے معاشرے کو دیکھتے تھے۔ کسی سانحہ پر جب وہ قلم اُٹھاتے تو ڈرامائی عنصر اور طنز کی لہر پڑھنے والے کو بھونچکا کر دیتی تھی۔

منٹو کے نقاد اُس کی آزاد خیالی پر ہمیشہ سوال اُٹھاتے رہے ہیں۔ ان کا کہنا تھا کہ اس طرح برائی کو پیش کرنے سے لاقانونیت کی حوصلہ افزائی ہوتی ہے۔ منٹو کی یہ آزاد خیالی لوگوں کو گمراہ کر رہی ہے۔ اس طرح معاشرتی بُرائیوں کو کھول کر بیان کرنے سے معاشرے میں بے حیائی عام ہوتی ہے۔ کچھ لوگ منٹو پر یہ بھی الزام لگاتے رہے کہ وہ معاشرے کے بُرے لوگوں اور بُری عورتوں ہی کو موضوع بناتے ہیں۔ منٹو کی کہانیوں کا باریک بینی سے مطالعہ کریں تو احساس ہوتا ہے کہ وہ کسی محدود آزادی کے قائل نہیں تھے۔ ساتھ ہی وہ یہ بھی مانتے تھے کہ زندگی کے کسی بھی شعبہ میں مطلق آزادی کوئی معنی نہیں رکھتی۔ ہمیں یہ بات یاد رکھنی چاہیے کہ منٹو نے کبھی مکمل آزادی کی وکالت نہیں کی۔

منٹو کی مختصر کہانیوں میں ہمیں تقسیم سے پہلے کے سماجی ماحول، اس وقت کے لوگوں کی ذہنیت اور تقسیم کے بعد کے ماحول، مذہب کے نام پر ہونے والے خون ریز فسادات، ہندو مسلم کے نام پر چلنے والی سیاست نمایاں نظر آتی ہے۔ منٹو کی نگاہ میں سیاست کوئی شجر ممنوعہ نہ تھی لیکن انہوں نے اپنی ذہن پر سیاست کو کبھی مسلط ہونے نہیں دیا۔ نہ ہی کسی کہانی میں کسی مخصوص سیاسی فکر کی نمائندگی کی۔ بلکہ اس سے بہت آگے بڑھ کر انہوں نے ہمیشہ انسانوں سے محبت اور اخلاقی اقدار کو اپنی تحریروں میں اُجاگر کیا۔

لہٰذا میرا خیال ہے کہ آج کے سوشل میڈیا کے زمانے میں اِس عظیم کہانی کار کو یاد رکھا جانا چاہیے۔

(ہندی سے ترجمہ: ملک اکبر)

●●

کیسے ہوسکتا ہے یہ، اس طرح؟

لوک ناتھ یشونت

یہ سال ۱۹۸۸ء کی بات ہے جب میری نظموں کے پہلے مجموعے" آتا ہوون زاؤ دیا" (اب ہوجانے دیجیے) کی ڈی ٹی پی کا کام ناگپور کے محل علاقے میں شروع تھا۔ مراٹھی میں میری نظموں کا یہ اولین مجموعہ تھا۔ چونکہ میں روایتی اکشر جڑنی (حروف جوڑنے کا عمل) کے بجائے نئی تکنالوجی سے اُسے کمپوز کروانے کا خواہشمند تھا لہذا اس کے لیے مجھے اکثر چندر پور سے ناگپور آنا پڑتا تھا۔ کبھی کبھی مشہور کارٹونسٹ منوہر سپرے سر میرے ساتھ ہوا کرتے۔ کمپوزنگ مشہور ٹائپوگرافر اور مراٹھی زبان کے ماہر ڈاکٹر ششی کانت بھجاڑے سر کر رہے تھے۔ انہوں نے بھی کچھ عرصہ قبل ہی اس نئی کمپیوٹر تکنالوجی میں مہارت حاصل کی تھی۔

ایک دن نظموں کے مجموعے پر کام کرنے کے بعد ایوت محل سے نکلتے وقت اچانک فساد برپا ہوگیا۔ سڑک کے اطراف ہندوؤں اور مسلمانوں کی بستیاں ہیں۔ اس دور میں شیام سنیما کے قریب کے علاقے میں شعری مجموعے کی ڈی ٹی پی کا کام شروع تھا۔ اس کے قریب ہی ایک مذہبی تنظیم کا قومی صدر دفتر ہے۔

درمیان میں ایک گلی، وہی میرے آنے جانے کا راستہ۔ نہ جانے کیا ہوا...؟ اچانک بھگدڑ مچ گئی۔ زوردار پتھراؤ شروع ہوگیا۔ میرے پاس کرائے کی سائیکل تھی - وہ بھی ایک دوست کے نام پر لائی ہوئی۔ دونوں طرف سے شوروغوغا بلند ہونے لگا۔ میں خوفزدہ تھا کیونکہ مجھے اس مین روڈ کے علاوہ محل علاقے کی کوئی سڑک معلوم نہیں تھی۔ میں الجھن میں پڑ گیا تھا سونے پہ سہاگہ یہ کہ سائیکل کرائے کی لی ہوئی تھی۔ فساد جاری تھا۔ میں گوں مگوں کی کیفیت میں مبتلا تھا۔

کیا کیا جائے، کیا نہ کیا جائے، کچھ نہیں سمجھ پارہا تھا۔ میں مکمل طور پر تھک چکا تھا۔ میری حالت ہندی فلم ''جاگتے رہو'' کے بے بس ہیرو کی طرح ہوگئی تھی۔ دہلی کے چاندنی چوک کی طرح اس علاقے میں بھی چھوٹی چھوٹی تنگ و تاریک گلیاں ہیں۔ آخر کار جان پر کھیل کر، سائیکل کو بھی بچانے کے لیے ایک تنگ گلی میں داخل ہوگیا۔ وہاں تمام گھروں کے دروازے بند تھے۔ میں نے سوچا، چلو کسی گھر کے احاطے میں داخل ہو جاتے ہیں، پھر چاہے کچھ بھی ہو جائے؛ لیکن سبھی کمپاؤنڈ کے گیٹ بند تھے۔

میری سمجھ میں نہیں آرہا تھا کہ کیا کرنا ہے۔ 'فیویکول' تھا کہ دماغ میں جمع ہو رہا تھا۔ دونوں جانب سے نعرے بازی جاری تھی۔ پتھراؤ کی آوازیں بھی مسلسل آرہی تھیں۔ سمجھ نہیں آرہا تھا کہ کہاں جانا ہے؟ کہاں پناہ لینی ہے؟ پتہ نہیں کس گھر سے تیز دھار دار ہتھیار لے کر کون نمودار ہو جائے گا؟ لوگ اس وقت بچوں کی کہانیوں کے راکشسوں میں تبدیل ہو گئے تھے۔

میں بے حد خوف زدہ تھا۔ جسم کا سارا خون پانی اور دماغ کیچڑ میں تبدیل ہوگیا تھا۔ چہار سو شور و غل اور دہشت کو دیکھ کر پختہ یقین ہوگیا تھا کہ اب یہاں سے بچ نکلنا ممکن نہیں۔ بڑے بوڑھے اور سمجھدار لوگ تو کہتے آئے ہیں کہ دُنیا کا ہر مذہب امن اور بھائی چارہ سکھاتا ہے۔ لیکن میری بے بس اور معصوم آنکھیں دیکھ رہی تھیں کہ امن اور بھائی چارہ سکھانے والا مذہب کس طرح آدمی کو پالتو السیشین میں تبدیل کر دیتا ہے اور پھر وہ غرانے لگتا ہے، بڑی بڑی باتیں کرتے ہوئے 'شیطان' بن جاتا ہے۔ میں دہشت زدہ تھا کہ کیا انسان ایسا بھی برتاؤ کرسکتا ہے...؟ اس سوال نے میرے تحت الشعور کو تار تار کر دیا تھا، خوفناک.... بہت ہی خوفناک... کہاں جاؤں، کس کے پاس جاؤں؟ کچھ سجھائی نہیں دے رہا تھا۔ میں سائیکل کے ساتھ گلی میں کھڑا ہوا تھا۔ ایک مسئلہ اور بھی تھا۔ میں نے بلغاریائی کٹ داڑھی رکھی ہوئی تھی۔ اس داڑھی کی وجہ سے ہندو مجھے مسلمان اور مسلمان مجھے ہندو سمجھ سکتا تھا۔ اس وقت لفظ انسان، اپنی وقعت کھو چکا تھا۔ ہندو اور مسلمان دونوں ہی 'کافر' کہہ کر مجھ پر وار کر سکتے تھے۔ میں اس وقت ان دونوں کی نظر میں 'انسان' نہیں تھا۔ خوف سے میرا حلق سوکھ کر کانٹا ہوگیا تھا۔ جسم میں ایک عجیب سی کپکپی شروع ہوگئی تھی۔ مجھے مذہب کے جھگڑے میں موت واضح طور پر نظر آنے لگی۔ کان

سماعت سے عاری ہوگئے۔آنکھوں کے آگے تاریکی چھانے لگی۔حیات سے متعلق تمام نام نہاد فلسفے شہر کے اس نالے میں ضم ہوگئے جو شہر کی گندگی کو بہا کر لے جاتا ہے۔

تنگ گلی میں میری سائیکل اور میں دونوں طرف فسادیوں کی مکروہ صورتیں اور پاگلوں سی آوازیں...گلیاں نامعلوم......

مرتا کیا نہ کرتا کے مصداق میں سائیکل لے کر اس گلی سے باہر نکل آیا۔دل میں کہا،اب جو بھی ہو جائے...اور تھر تھر کانپتے ہوئے سائیکل پر سوار ہو گیا...ایک بار انسانوں کی اس خوفناک دہشت سے نکل آیا۔

میں اب بھی ہر وقت انسانوں کی پیدا کردہ اس جان لیوا دہشت کو محسوس کرتا ہوں۔وہ میرے ڈی این اے میں شامل ہوگئی ہے۔انسان کو شیر،اور شیر سے زیادہ خونخوار درندہ بننے میں وقت نہیں لگتا۔ورنہ ہٹلر کے غیر انسانی حراستی کیمپ کیسے وجود میں آتے؟

جب خیر لانجی کے بھیالال بھوتمنگے کے بچوں اور بیوی کو گاؤں والوں نے بے دردی سے کچل کر مار ڈالا تو بیوی اور بچوں کو جس جسمانی تکالیف سے گزرنا پڑا ہوگا اس کا کوئی تصور بھی نہیں کرسکتا۔سب کچھ تخیل میں ہے۔اتنے سالوں کے بعد میں اپنے بیٹے یمک کی بے وقت موت کا غم دور نہیں کرسکا۔وہ کسی بھی وقت سمندر کی لہروں کی طرح اُٹھتا رہتا ہے۔بھیالال بھائی کو کس قدر درد ہوتا ہوگا،اپنے آپ کو انسان کہنے والے ایسی حرکت کیسے کرسکتے ہیں؟،یہ سوال مجھے اور میرے وجود کو ہر وقت تیز دھار دار نیزے کی طرح رات بے رات چھیدتا رہتا ہے اور ناقابل برداشت درد سے میری نیند حرام ہو جاتی ہے۔مزید برآں یہ کہ مرے پر سو درے،کی طرح ترقی پسند ریاستی حکومت خیر لانجی کو'تنازعہ مکت ابھیان' کے تحت 'تنازعہ مکت گاؤں' قرار دے کر نقد انعام سے نوازتی ہے،اس وقت یہ فیصلہ کرنا مشکل ہو جاتا ہے کہ'ہنسیں یا روئیں'۔دماغ ماؤف ہو جاتا ہے۔

ایسے وقت میں انسانیت کا فلسفہ بتانے والی تمام باتیں لایعنی اور بے کار لگتی ہیں۔

انسانیت کی یہ تمام باتیں'ربڑ' کی طرح ہوتی ہیں۔جتنا کھینچیں،کھنچتی چلی جاتی ہیں۔چھوڑنے کے بعد،دوبارہ اپنی اصل جگہ پر واپس آجاتی ہیں۔میں نے بذات خود اس جان لیوا

واقعہ سے اپنی حد تک بہت کچھ سیکھا ہے۔ وگرنہ' گجرات فائلز کے مطالعہ سے یہ سب کچھ عیاں ہو جاتا ہے۔

ایک زمانے کے بعد میں نے سعادت حسن منٹو کی تخلیقات کا مطالعہ کیا تو محسوس ہوا یہ تو جذبات میرے اپنے ہیں۔ اسی لیے میں نے آہستہ آہستہ، جب بھی وقت میسر آیا، ان مختصر ترین کہانیوں کا اپنی مادری زبان مراٹھی میں ترجمہ کیا۔

برسوں گزر جانے کے بعد بھی منٹو کی کہانیوں پر زمانے کی گرد نہیں بیٹھی اور نہ ہی وہ پرانی ہوئیں۔ یہ کہانیاں اگر انگریزی میں ہوتیں تو ساری دنیا میں پھیل جاتیں۔ یہ کہانیاں وقت کی قید سے ماورا ہیں، کیونکہ انسان کی بنیادی جبلت میں تغیر واقع نہیں ہوتا۔

(مراٹھی سے ترجمہ: قاسم ندیم)

●●

''سیاہ حاشیے'' کی بیشتر کہانیاں اختتام میں ایک ستم ظریفانہ موڑ ضرور لیتی ہیں، لیکن اِن کہانیوں کی اصل تاثیر کرداروں کی اُس سمجھ میں پنہاں ہے جس کے تحت وہ اُس واقعہ میں حصہ لیتے ہیں۔ ''تعاون'' میں جس مکان پر بلوائیوں نے حملہ کیا ہے، اُن بلوائیوں کی لوٹ مار میں مدد کرنے والا کوئی اور نہیں اُس مکان کا مالک ہے۔ وہ بس یہ چاہتا ہے کہ مکان کی بے اندازہ دولت اور قیمتی سامان لوٹ کھسوٹ کی نذر نہ ہو جائے۔ لیکن جب وہ بلوائیوں سے اپنی شناخت کا اعلان کرتا ہے اُس سے پہلے، قاری اندازہ لگا چکا ہوتا ہے کہ وہ کون ہے۔ لہٰذا اختتام میں قاری کو بالکل حیرانگی نہیں ہوتی۔ جبکہ ''کرامت'' میں ہم اُس نقطہ کو یاد کرتے ہیں جس میں لوگ شکرگزاری کے طور پر ایک ایسے شخص کی قبر پر چراغ جلاتے ہیں جو چینی کی لوٹی ہوئی بوری کو چھپانے کی کوشش میں کنویں میں گر کر مر گیا تھا۔

اِسی طرح ''ساعتِ شیریں'' میں ہماری ملاقات اُن لوگوں سے ہوتی ہے جو مہاتما گاندھی کی موت کی خوشی میں بچوں میں مٹھائی تقسیم کر رہے ہیں۔ اخباری رپورٹ کی شکل میں لکھی گئی یہ چار سطری کہانی ''سیاہ حاشیے'' کی اولین کہانی ہے۔

(لیزلی فلیمنگ: ''فسادات اور مہاجرین''۔ انگریزی سے ترجمہ)

سیاہ رنگ کے حاشیے پر
سفید چاک سے لکھے افسانے

مکرند ساونت

یوں تو دنیا میں ہر روز لاکھوں لوگ منوں ٹنوں کاغذ کالے کرتے ہیں، ہزاروں کتابیں روزانہ چھپتی ہیں، لاکھوں نظمیں، غزلیں، شعروشاعری اور کہانیاں وجود میں آتی ہیں اور اس طرح ہر دور میں سخن ور حضرات سامنے آتے رہتے ہیں۔ ایسا بہت کم ہوتا ہے کہ لکھنے والوں کے اس جمِ غفیر میں کوئی مصنف عالمی ادب میں اپنا مقام پیدا کر جائے۔ لیکن ایک قلم کار ایسا ہے جس نے ہر زبان کے ادب میں اپنا ایک نقش، مقام اور اثر بنائے رکھا... وہ ہے افسانہ نگاری کا بے تاج بادشاہ سعادت حسن منٹو...! جس کی بادشاہت کا خاتمہ زمانے کے ساتھ ختم نہیں ہو رہا ہے نہ مستقبل میں ختم ہونے کے امکانات ہیں۔ زمانے کے جس دور میں بھی منٹو کو پڑھا جائے گا اُس کی بادشاہت قائم رہے گی اور وقت کے موافق اُس کی تحریروں کے خدوخال نکھر کر سامنے آتے رہیں گے۔ کہتے ہیں اصل خوبصورتی اور اصل غلاظت کبھی باسی یا پرانی نہیں ہوتی۔ منٹو کا کمال یہ ہے کہ اُس نے معاشرے کی غلاظت کو اس فن کارانہ خوبی سے پیش کیا کہ پڑھنے والا اُسے اپنے آس پاس محسوس کرنے لگتا ہے۔ اسی لیے ہم کہتے ہیں کہ منٹو کا قلم اور اُس سے برآمد ہونے والا ہر شبد وقت کے ساتھ آگے بڑھتا رہتا ہے اور بڑھتا رہے گا۔

منٹو نے شبدوں کے توسط سے خواب لکھے۔ بعض خواب اس قدر ڈراونے اور بھیانک ہیں کہ قاری کانپ کانپ جاتا ہے کیونکہ یہ خواب نہیں حقیقتیں ہیں، خواب سے زیادہ چونکانے اور ڈرانے والی حقیقت... منٹو سچ کو آئینہ دکھاتے ہیں۔ جب قاری اُس آئینے میں اپنا چہرہ دیکھتا ہے تو وہ ڈر جاتا ہے، سہم جاتا ہے اور ایک نئی حقیقت کاغذ پر اپنا چہرہ سنوارنے لگتی ہے۔ منٹو اپنے

قلم کے معمولی خط یا معمولی اسٹروک کے ذریعہ اس چہرے کو سنوارتے نظر آتے ہیں۔ ان لکیروں اور خطوط میں تہذیب وتمدن کو لگی ٹھوکروں کے گرنے اور سنبھلنے کا جلوہ اور قصّہ بھی ہم دیکھ سکتے ہیں۔ منٹو نے معاشرے کے حقائق کو کاغذ پر اُتارا اور ریڈیو پر ڈرامے پیش کیے۔ ہم دیکھتے ہیں کہ منٹو کے ہر جملے میں ایک کہانی چھُپی نظر آتی ہے اور کہانی میں زندگی کی ایک حقیقت...

منٹو کی کہانی کے کردار اپنی کہانی خود بیان کرتے ہیں، ہر کردار کی ایک الگ کہانی اور الگ الگ کہانی میں نت نئے کردار...! منٹو نے ادب میں ایسی نئی جہت دریافت کی ہے جو دنیا کے کسی افسانہ نگار نے اس سے پہلے شاید نہیں کی ہے۔ منٹو صرف کہانی لکھتے ہیں انہیں کہانی کے کردار کے نام، پتا، مذہب، مسلک اور عمر سے کوئی سروکار نہیں ہوتا، اُن کا بنیادی سروکار اُن کرداروں کی ذات، اُن کے وجود اُن کی داخلی کشمکش اُن کے باطن میں جاری تصادم سے ہوتا ہے۔ مختلف تفصیلات سے اپنی کہانی کو بچاتے ہوئے منٹو کی تمام تر توجہ صرف اپنے کرداروں کی داخلی کشمکش اور تصادم پر مرکوز ہوتی ہے۔ کہانی کہنے کے اس گُر نے نہ جانے کتنے بے نام کرداروں کو مقبول بنایا اور کتنوں کو امر کر دیا ہے۔ ایسے ہی بے نام کرداروں کی کہانیوں کا ایک نام ''سیاہ حاشیے'' بھی ہے۔

قلم میں استعمال ہونے والی روشنائی جسے ہم سیاہی بھی کہتے ہیں کہ عام طور سے اس کا رنگ کالا ہوتا ہے۔ منٹو کو اسی کالک سے محبت ہے۔ وہ کہتے ہیں ''لوگ مجھے سیاہ قلم کار کہتے ہیں، حالانکہ مَیں تختہ سیاہ پر کالے چاک سے نہیں لکھتا بلکہ سفید چاک استعمال کرتا ہوں تاکہ تختہ سیاہ کی سیاہی اور زیادہ نمایاں ہوجائے۔'' سیاہ رنگ کو ہمارے سماج میں اَشُبھ مانا جاتا ہے اور یہی اشبھ منٹو کو تخلیقی قوت فراہم کرتا ہے۔ منٹو نے اس سیاہ رنگ کو حقیقت کا روپ دے دیا اور خود سفید چاک لیے زمانے کے سامنے کھڑا ہوگیا ہے۔ منٹو کسی واعظ کی طرح دنیا کو سدھارنے کی صلاح نہیں دینا چاہتے اور نہ ہی سدھارنے کی کوشش کرتے ہیں۔ وہ تو بس معاشرے کو آئینہ دکھاتے ہیں۔

''سیاہ حاشیے'' میں دوسرا لفظ ''حاشیہ'' ہے۔ حاشیہ جس کے معنی مارجن کے ہوتے ہیں اصل میں بکھری ہوئی چیزوں کو جہاں سمیٹا جاتا ہے۔ چاہے وہ کوئی کپڑا ہو، کتاب ہو، بیاض کے

صفحات ہوں یا اندھیرا۔ حاشیہ سرحد کو بھی کہا جاتا ہے۔ ''سیاہ حاشیے'' میں جو کہانیاں پیش کی گئی ہیں وہ دو ممالک کی سرحد کے آس پاس چلتی ہیں۔ کمال تو یہ ہے کہ منٹو نے ان کہانیوں میں اس بات کا بھی کہیں اظہار نہیں کیا ہے کہ کہانی کا کردار کس سرحد کا رہنے والا ہے۔ وہ بس حاشیے پر ہے۔

کہانی ''تعاون'' میں بلوائی ایک شاندار مکان پر حملہ کر دیتے ہیں اور وہاں کی قیمتی چیزوں کو لوٹنا شروع کر دیتے ہیں۔ اس ہنگامہ آرائی میں ایک شخص بلوائیوں کی رہنمائی کرتا ہے کہ کون سی قیمتی شئے کہاں رکھی ہے اور اسے کیسے نکالا یا اُٹھایا جا سکتا ہے۔ وہ چاہتا ہے کہ بلوائی اپنی من پسند چیزیں سلیقے سے لے جائیں، سامان اور مکان کی بربادی نہ کریں۔ انہیں نقصان نہ پہنچائیں۔ لیکن بلوائی اس کی ایک نہیں سنتے اور ہر چیز تہس نہس کر دیتے ہیں۔ وہ شخص کوئی اور نہیں اُس شاندار مکان کا مالک ہے۔ وہ لوٹ مار میں بلوائیوں کے ساتھ صرف اس لیے تعاون کر رہا ہے کہ اپنے گھر کا یہ سارا ساز و سامان اُس نے بڑی محنت اور محبت سے جمع کیا ہے۔ اس کہانی میں تقسیمِ ملک اور اس کے پس منظر میں ہونے والی تباہ کاریوں بربادیوں، لوٹ مار اور غضب ناکیوں کو بیان کیا گیا ہے۔ تقسیم ملک کی صورتحال پر اس کہانی میں کڑا طنز ہے۔ منٹو یہ بتانا چاہ رہے ہیں کہ جب بٹوارہ طے ہو چکا ہے تو کیوں نہ ہر چیز سلیقے سے ہو۔ ایک دوسرے کو تعاون کر کے چیزیں آپس میں بانٹ لی جائیں۔ لیکن ہوا اس کے برعکس۔ ''تعاون'' دونوں جانب کے لوگوں کو آئینہ دکھانے کا کام کرتی ہے۔

کہانی ''جائز استعمال'' میں ایسے پٹھان کو بتایا گیا ہے جس کے سر پر خون سوار ہے۔ وہ ہر طرف لوٹ مار کرتا ہے، کئی لوگوں کا خاتمہ کر چکا ہے۔ پولیس کی گولی اس کو بھی چھُو کر نکل گئی ہے بڑی جدو جہد کے بعد اس کے ہاتھ ایک تھرماس لگتا ہے۔ اُس کے دوست و احباب کہتے ہیں کہ اس میں گرم چیز گرم اور ٹھنڈی چیز ٹھنڈی رہتی ہے تم اس کا کیا کرو گے؟ تو وہ جواب دیتا ہے کہ مَیں اس میں نسوار رکھوں گا تاکہ وہ ٹھنڈی میں ٹھنڈی اور گرمی میں گرم رہے۔ حالانکہ نسوار پر موسموں کا کچھ بھی اثر نہیں ہوتا۔ ہم نے بھی اس قدر جدو جہد اور قربانیوں کے بعد آزادی کو حاصل کی، اس آزادی کا ہم نے کیا کیا؟ ہم نے بھی تو اس میں نسوار ہی ڈال دی ہے۔

منٹو اس بات کے گواہ تھے جب ملک افراتفری کے دور سے گزر رہا تھا، ساتھ ہی ملک آزاد بھی ہو رہا تھا۔اس دوران ملک کی آزادی کی خوشی تھی تو بٹوارے کی وجہ سے لوگوں کے بچھڑنے کا غم بھی تھا۔ایک طرف آزاد ہونے کی خوشی تھی تو دوسری طرف اس بات کا خوف بھی تھا کہ کوئی اور بھی آزاد ہو چکا ہے۔

کہانی ''کرامت'' میں منٹو نے اپنے مخصوص انداز میں معاشرے پر طنز کیا ہے۔اس میں بتایا گیا ہے کہ تقسیم ملک کے دوران ہوئی لوٹ مار میں ایک شخص پنساری کی دکان سے شکر کی دو بوریاں لوٹ کر لے آتا ہے۔لیکن جب اُسے بھنک لگتی ہے کہ پولیس لوٹ کا مال برآمد کرنے کے لیے خانہ تلاشی کر سکتی ہے تو وہ شکر کی بوریوں کو کنویں میں پھینکنے لے جاتا ہے۔پھینکتے وقت خود اپنا توازن کھو بیٹھتا ہے اور بوری کے ساتھ وہ بھی کنویں میں گر پڑتا ہے۔لوگ باگ رسیاں ڈال کر اُسے کنویں سے نکالتے ہیں مگر چند گھنٹوں بعد وہ مر جاتا ہے۔مرنے کے بعد جب دوسرے دن لوگ کنویں کا پانی پیتے ہیں تو انہیں پانی میٹھا لگتا ہے۔یعنی وہ کوئی بزرگ شخصیت تھی جس کی کرامات نے کنویں کے پانی کو میٹھا کر دیا۔کنویں میں گر کر مرنے والی کی کرامت مان کر دوسرے دن سے اُس کی قبر پر لوگ دیے جلانا شروع کر دیتے ہیں۔اس کہانی میں سعادت حسن منٹو نے معاشرے کی اندھی عقیدت اور عقل سے پرے کاموں پر تیکھا وار کیا ہے۔ یہ کہانی نہ صرف قاری کو اُس کے باطنی چہرے سے روبرو کراتی ہے بلکہ اپنے آپ میں جھانکنے پر مجبور بھی کرتی ہے۔

ایک اور کہانی میں منٹو آگ زنی میں خاک ہوئے محلے کا ذکر کرتے ہیں۔سارا محلہ جل کر خاکستر ہو گیا مگر اتفاق سے صرف ایک ایسی دوکان آگ کی لپٹوں سے محفوظ رہ گئی جس میں گھروں کو تعمیر کرنے کا ساز و سامان ملتا ہے۔اس کا مطلب یہی ہوا کہ بڑے سے بڑا سانحہ کے بعد بھی زندگی کے امکانات نابود نہیں ہوتے۔

''گھاٹے کا سودا'' کہانی میں ایک لڑکی کی عصمت دری کرنے والے دو دوستوں کا قصّہ بیان ہوا ہے، جو عصمت دری کرنے کے لیے دوسرے مذہب کی لڑکی چاہتے تھے مگر اُنہیں اُن کے مذہب کی لڑکی تھما دی گئی۔سودے میں گھاٹے کا احساس ہوتے ہی وہ لڑکی کو واپس

کرنے کا فیصلہ کرتے ہیں۔اُن کا یہ فیصلہ لڑکی کو ہی نہیں کہانی پڑھنے والے کو بھی حیران کر دیتا ہے۔اس بات کو منٹو نے جس طرح پیش کیا ہے وہ پڑھنے والے کے دماغ ہی سُن نہیں کرتی بلکہ انہیں اپنے دل کی دھڑکنیں بھی تھمتی نظر آتی ہے۔

پیٹ چاک کرتے ہوئے چھُری جب اِزار بند کاٹتے ہوئے نیچے تک جاتی ہے تو بلوائیوں کو اپنی غلطی کا پتا چلتا ہے۔منٹو کا کمال یہ ہے کہ وہ بہت سے باتیں بغیر لکھے بھی کہہ جاتے ہیں۔یہ وصف ان کہانیوں میں موجود سیاہی کو نمایاں کرتی ہیں۔

نفرت اور محبت کا کھیل کس حد تک پہنچ چکا ہے، اُسے ''کسر نفسی'' میں منٹو نے بیان کیا ہے۔ بلوائیوں کے ذریعہ ایک ریل گاڑی کو لوٹنے کی منظرکشی کی ہے۔بلوائی دوسرے مذاہب کے لوگوں کو تباہ برباد کر کے نیز ان کے ساز وسامان کو لوٹ لیتے ہیں اور پھر اپنے ہم مذہب لوگوں کے پاس آ کر لوٹے ہوئے سامان میں سے انہیں حلوہ اور دیگر کھانے پینے کی چیزوں سے اُن کی خاطر ومدارت کرتے ہیں اور معذرت طلب کرتے ہوئے کہتے ہیں کہ ہمیں ریل کے آنے کی خبر تاخیر سے پہنچی ورنہ آپ کی مزید خاطر تواضع کرتے۔

ایک مفلوک الحال مزدور گولی سے لہولہان ہونے کے باوجود چوری کا مال پولیس کے حوالے کرتے ہوئے اُس سامان کو اُٹھائے جانے کی مزدوری کا مطالبہ کرتا ہے۔ایسے افسانوں میں زمانے کے کرب کی سیاہی نمایاں ہو کر سامنے آجاتی ہے۔''سیاہ حاشیے'' پر سفید چاک سے لکھی گئی یہ کہانیاں منٹو کے لیے امید کی کرنیں ہیں۔یہ سیاہ رنگ کے حاشیے ہی اُس کے سفید چاک کو قوت اور روشنی فراہم کرتے ہیں۔اور ہم گھنے اندھیرے میں بھی معاشرے کے مختلف گھناونے پہلوؤں کو صاف وشفاف طور پر دیکھ سکتے ہیں۔

ہم بھی غلاظت میں نفاست کی تلاش جاری رکھ پائیں، اس بات کا حوصلہ ہمیں سیاہ رنگ کے حاشیے پر سفید چاک سے لکھے منٹو کے یہ افسانے دیتے ہیں۔یہ ہمارے لیے بیک وقت دعا بھی ہیں اور بد دعا بھی، لعنت بھی اور نعمت بھی ہے۔منٹو ایک ایسا پارس ہے جسے چھُو کر لوہا سونا نہیں بلکہ پارس بن جاتا ہے۔

(مراٹھی سے ترجمہ: ملک اکبر) ●●

بٹوارے کا مہا اُتسو

اُروِش کوٹھاری

کالج کے زمانے میں پہلی بار میں منٹو کی کہانیوں سے روبرو ہوا تھا اور اسی دوران "سیاہ حاشیے" کی کچھ کہانیاں بھی نظروں سے گزری تھیں۔ اُس وقت اِن مختصر کہانیوں کو پڑھنے کے بعد احساس ہوا کہ منٹو کی دوسری کہانیوں کے مقابلے میں یہ تو بڑی معصوم سی کہانیاں ہیں۔ جیسے کوئی بچہ اپنے کسی بڑے کی انگلی تھامے راستے سے گزر رہا ہے اور اپنی بے لوث آنکھوں سے سامنے کے مناظر دیکھ رہا ہے۔ لیکن یہ خیال بھی ذہن میں بار بار سر اُٹھاتا رہا کہ "کھول دو" جیسی قاتلانہ کہانی لکھنے والے تخلیق کار کو "سیاہ حاشیے" لکھنے کی ضرورت آخر کیوں کر محسوس ہوئی ہوگی؟ ان مختصر عبارتوں میں غیر معمولی اثر کرنے والی بہت سی کہانیاں ہیں۔ یہ الگ بات ہے کہ سطحی نظر سے دیکھنے اور پڑھنے والے کو ان کہانیوں میں محض جملے بازی نظر آئے گی۔

فرقہ وارانہ تشدّد اور منافرت کی جڑیں کس طرح انسان کے باطن تک پہنچ جاتی ہے منٹو جیسے فن کار نے اس کا اظہار مختلف رنگوں کی کہانیوں کے توسط سے کیا ہے۔ سوال یہ ہے کہ اُن کہانیوں سے الگ منٹو نے "سیاہ حاشیے" جیسی انتہائی مختصر کہانیوں کا پیٹرن کیوں منتخب کیا؟ بارہا غور کرنے کے بعد بالآخر ۲۰۰۲ء کے گجرات نے مجھے اس سوال کا جواب دے دیا۔ جب منافرت اور فرقہ وارانہ فسادات کی آگ میں پورا گجرات جل رہا تھا اور اُس آگ کی لپٹیں اور اُس کے بھیانک سائے میرے چھوٹے سے گاؤں اور آس پاس کے تعلقہ مقام یا ضلع تک پہنچ چکی تھی۔ ہر سوچنے والے ذہن اور حساس دل کو ان ہولناک مناظر نے متاثر کیا۔ یہ

واقعات میرے ذہن پر بھی بُری طرح حملہ آور ہوئے اور جس ذہنی کوفت سے مجھے گزرنا پڑا، وہ بیان سے باہر ہے۔

میرا گاؤں محمید اواد جو احمد آباد سے قریب ہے اور قریب ہونے کی وجہ سے ہمیں ہندو مسلم فسادات کی جانکاری برابر مل رہی تھی۔لیکن یہ بھی سچ ہے کہ کئی دہائیوں سے ہمارے گاؤں میں ہندو مسلم امن و امان کے ساتھ رہتے بستے آئے تھے۔احمد آباد تو خیر سے ہندو مسلم فسادات کے لیے بدنام زمانہ تھا لیکن خود احمد آباد میں بھی گزشتہ کئی برسوں سے چھوٹی موٹی کشیدگی کے علاوہ کوئی فرقہ وارانہ فساد نہیں ہوا تھا۔لیکن ۲۰۰۲ء کے سانحہ نے برسوں کا ریکارڈ ہی نہیں لوگوں کی پراگندہ ذہنیت کا ریکارڈ بھی توڑ دیا تھا۔

میٹھاکھلی علاقہ مغربی احمد آباد کا پاش علاقہ کہلاتا ہے۔فساد کے دوران برانڈیڈ کپڑوں پینٹالون کے شوروم پر دنگائیوں نے حملہ کیا۔اہم بات یہ ہے کہ لوٹ مار کے لیے جو بھیڑ آئی تھی ان میں کئی لوگ اپنی کاروں سے اس نیک کام کو انجام دینے کے لیے آئے تھے۔جب مَیں نے اخبار میں یہ خبر پڑھی تو سب سے پہلے میرے ذہن میں منٹو کے ''سیاہ حاشیے'' کے کردار گردش کرنے لگے۔اس دوران میڈیا اور ذرائع ابلاغ کے دوسرے وسائل نے جس طرح ان وارداتوں کو ٹھنڈے کلیجے سے دیکھا اور پیش کیا وہ بہت خوف زدہ کرنے والا تھا۔یہی نہیں دبے لفظوں میں انہیں justify کرنے کی کوشش گجراتی بھاشا کے متعدد اخبارات اور رپورٹروں کی جانب سے ہو رہی تھی۔اُسے دیکھ کر یہی لگنے لگا تھا کہ ''سیاہ حاشیے'' کے نام کی مختصر سی کتاب سے کردار باہر نکل کر حالات اور واقعات کو نیا روپ دے رہے ہیں۔

منٹو نے بھی ''سیاہ حاشیے'' کی شروعات کسی کہانی کے بجائے اسوسیٹ پریس کی ایک چھوٹی سی خبر کی بنیاد پر کی تھی۔۳۱؍جنوری ۱۹۴۸ء کی اُس خبر میں کہا گیا تھا کہ مہاتما گاندھی کے قتل کی خوشی میں امرتسر، گوالیار اور ممبئی کے کئی علاقوں میں میٹھائیاں تقسیم کی گئیں۔

حقیقت پر مبنی خبریں جب گھائل تخیّل سے کندھا ملانے لگے یا اُس سے بھی آگے نکل جانے کی کوشش کرنے لگے تب کسی بھی طرح کے ردعمل یا مدافعت کی قوت نہیں بچتی۔ہر طرف گھٹن، حبس اور پریشانی کی کیفیت احساس پر طاری رہتی ہے۔۲۰۰۲ء کے وحشی پن اور

درندگی پر مَیں نے اپنی تجزیاتی رپورٹیں پیش کی تھیں اُس میں میری اس بوکھلاہٹ کو محسوس کیا جاسکتا ہے۔ اہم بات یہ ہے کہ اس سے پہلے مَیں نے کبھی سیاسی معاملات پر تبصرہ و تجزیہ نہیں کیا تھا۔ لیکن ۲۰۰۲ء کے فرقہ وارانہ تشدد نے مجھے اتنا بے چین اور بوکھلا دیا تھا کہ پھر روزمرہ کی زندگی میں وقوع پذیر ہونے والے معمولات اور واقعات نے بھی اُس سانحہ کو بھولنے نہ دیا۔

تشدد کے جنون اور انہیں واجب ٹھہرانے کی کوششوں کے خلاف صرف مضامین لکھ کر دل کے کرب سے نجات نہیں مل رہی تھی۔ ایک شہری ہونے کے ناطے مقامی سطح پر جو کوششیں مَیں نے کی اس سے دل پر چھائے ہوئے گھرے سائے چھٹ نہیں پا رہے تھے کہ یہ شاید میرے بس میں ہی نہیں تھا۔ صاف دلی سے بتاؤں تو میں یہی کہوں گا کہ اس سے درد کا تھوڑا سا کیتھارسس ہوسکتا تھا۔

اسی اُدھیڑ بن میں من کے کونے میں برسوں پہلے پڑھی ہوئی ''سیاہ حاشیے'' کی کہانیاں دل و دماغ میں بجلی کی طرح کوندی اور خیال آیا کہ آخر منٹو جیسے کہانی کار نے بھی اُس وقت کے حالات کو دیکھ کر وہی کرب محسوس کیا ہوگا جس سے میں نبرد آزما ہوں۔ لیکن یہ سوال بھی مسلسل میرے اندر گردش کرتا رہا کہ لمبی کہانیوں میں اپنے کرب و بے چینی کو بخوبی پیش کرنے کے باوجود آخر وہ کون سے محرکات ہوں گے جس نے انھیں ''سیاہ حاشیے'' جیسی مختصر مختصر کہانیاں لکھنے پر مجبور کیا ہوگا؟

مَیں کہانی کار نہیں ہوں لیکن ایک قاری کی حیثیت سے ''سیاہ حاشیے'' کی اصل معنویت مجھ پر اُس وقت کھلی جب میں نے اپنے سامنے اور اپنے آس پاس ۲۰۰۲ء گجرات کے دنگے دیکھے۔ ان واقعات نے مجھے اس قدر دل برداشتہ کر دیا کہ بھی قلم اٹھانے پر خود کو مجبور پایا۔ اُس وقت مجھے احساس ہوا کہ طویل مضامین یا تجزیاتی انداز کی رپورٹنگ کے نعم البدل شاید اُس صورتحال کی سنگینی اور سمویدناؤں کو پیش کرنے سے معذور رہے۔ لوگوں نے اپنی آنکھوں سے اتنا کچھ دیکھ لیا تھا کہ اب کوئی اخباری یا صحافتی اسٹوری لوگوں کو جھنجوڑنے یا اُن کے جذبات کو چھونے میں ناکام ہے۔ اسی لیے میں نے ایک ایسا طرز تحریر اپنایا جو ''سیاہ حاشیے'' سے مستعار تھا۔ یہاں منٹو کے اسلوب کی نقل کرنا یا اپنے نام کے آگے کہانی کار کا تمغہ بھی لگانے کی کوئی خواہش

کارفرما نہ تھی۔ یہ محض منٹو کی دکھائی گئی راہ پر اپنی ضمیر کی آواز کو درج کرنے کی کوشش ہے۔
''سیاہ حاشیے'' کی طرز پر لکھی گئی چند کہانیاں ملاحظہ ہوں:

ھیبت ناک نظارہ

۶۰/افراد کو زندہ جلانے کا، حیوانی، غیر انسانی، شیطانی، وحشیانہ، دہشت گردانہ، ناقابل معافی جُرم!

...... آج کے دن کی ایک خبر

کل کے انسانیت کو شرمسار کرنے والے غیر انسانی، شیطانی، وحشیانہ ،دہشت گردانہ عمل سے ۶۰/بے قصور لوگوں کے قتل عام سے غم و غصے سے بھڑکے لوگوں نے دوسرے فرقے کو ۲۵۰/سے زیادہ انسانوں کو موت کے گھاٹ اُتار دیا۔

عوام کا غصہ بتدریج ٹھنڈا ہو رہا ہے۔

...... ایک اور دن کی خبر

تیاری

''اُن لوگوں کی ایک بھیڑ آرہی ہے۔لاٹھی کاٹھی، تلوار، آری، پائپ جو بھی ملے اس کے ساتھ چوکنّا رہنا ہے۔اس بار ان کو مزہ چکھا ہی دینا ہے۔''

''لیکن یہ سب آپ کو کس نے بتایا ہے؟''

''بتائے گا کون؟ کل ہی ہم نے ان کی دوکانوں کو جلایا ہے۔اب کیا وہ لوگ خاموش بیٹھے رہیں گے؟''

انسانیت

لوگوں کو زندہ جلائے جانے جیسی دہشت گردی پر بہار آئی ہوئی تھی۔
کسی نے ٹرین میں جلایا تو کسی نے ٹرین سے باہر...!

''ان لوگوں نے ٹرین کے سبھی نوجوانوں کو زندہ جلایا ہے، لیکن ہم نے کچھ تو انسانیت دکھائی''۔ایک شخص نے بڑے رازدارانہ انداز سے بتایا کہ

''چھوٹے بچوں کو ہم نے پولیس تھانے چھوڑ آئے ہیں اور صرف اُن کے بڑوں کو ہی جلایا۔''

بھائی چارہ

''شام کو پوریاں بیلنے آجانا...!''

''کیوں؟ آج کوئی جشن ہے؟''

''نہیں! نہیں! پولیس ہمارے کچھ بھائیوں کو گرفتار کر کے یہاں لائی ہے، اِن لوگوں نے پڑوس کے گاؤں والوں کو زندہ جلا دیا تھا۔ اِن گرفتار شدہ لوگوں کو محلے محلے باری باری کھانا کھلا رہے ہیں۔ آج ہماری باری ہے۔''

....

۲۰۰۲ء کے دنگوں کے بعد یہ کہانیاں ''سیاہ حاشیے'' کے افسانوں کے پیٹرن پر لکھی گئی تھیں اور اس اُمید سے لکھی گئی تھیں کہ آنے والے وقتوں میں یہ اُمید کی کرن بنیں گی اور انسان کے باطن میں انسانیت اور بشر دوستی کے جذبات موجزن ہوں گے۔ لیکن بیس برس گزرنے کے بعد حالات یہ ہو گئے ہیں کہ گاندھی جی کے پُتلے کو گولی مارنے اور ان کے قاتل کی پوجا کھُلے عام ہو رہی ہے۔ منافرت کی سیاست نے گویا ترقی کر لی ہے۔ نفرت کی یہ آگ آج 'اکھنڈ دیپک' کا درجہ حاصل کر چکی ہے، نفرت کی آگ کی پوجا کرنے والے عام ہی نہیں مقبول ہو چکے ہیں۔ ان نفرتوں کے سوداگروں کا گروہ دن بہ دن بڑھتا جا رہا ہے۔ حیرت کی بات یہ ہے کہ ان نفرت کے پجاریوں میں کچھ لوگ منٹو کے دیوانے بھی ہیں۔ وہ منٹو اور ''سیاہ حاشیے'' کی تعریف کرتے ہیں لیکن حیرت ہے کہ آئے دن ہونے والی نفرت کی ان گھٹناؤں پر وہ کوئی لب کشائی نہیں کرتے۔ ان واقعات سے اُن کے کانوں پر جُوں تک نہیں رینگتی۔ ایسی کوئی آواز کیوں نہیں اُٹھتی جو ''سیاہ حاشیے'' کی سیاہی کو مدھم کر دے، دھندلا کر دے...

۲۰۰۲ء میں جب اِن کہانیوں کے پیش لفظ میں لکھا تھا کہ یہ کہانیاں اگر آپ کو حالات کے تناظر میں relivant لگتی ہیں تو ہمیں سمجھنا ہوگا کہ ذیابطیس اور بلڈ پریشر کی طرح ہماری انسانیت کو جانچنے کا وقت آچکا ہے۔ اس بات کو بیس برس گزر گئے اب تو اس بات کا کچھ معنی بھی

نہیں بچا ہے۔ بات اب آزادی کے امرت مہوتسو منانے کی چل رہی ہے۔لیکن آج کا ماحول دیکھ کر لگتا ہے کہ ہر طرف بٹوارے کا مہوتسو منایا جا رہا ہے۔سوشل میڈیا پر، ٹی وی کے مباحثوں میں، سیاسی گلیاروں اور عوامی جلسوں میں روزانہ ''سیاہ حاشیے'' میں بیان کی جانے والی بربریت اور نفرت مسلسل اور اچھی خاصی تعداد میں اُنڈیلی جا رہی ہے۔ دردناک ماحول اور اس کے ذریعہ وجود میں آنے والے المناک فضا tragicomic and comic tragic کو بطور ''سیاہ حاشیے'' ہمیشہ یاد کیا جائے گا۔لیکن نفرت سے بھرے اور انسانی جذبات سے عاری دلوں پر دستک دینے کی اُس کی طاقت پر سوالیہ نشان کھڑا ہو رہا ہے۔مجھے یہ فکر محض اس لیے نہیں ہو رہی ہے کہ مَیں منٹو پریمی ہوں بلکہ اس لیے ہو رہی ہے کہ مَیں ایک انسانی وجود رکھتا ہوں۔

(گجراتی سے ترجمہ: ملک اکبر)

●●

منٹو صاحب نے ابھی تک افسانوں میں نعرہ لگانے سے گُریز کیا ہے۔مگر پاکستان بننے کے بعد ان کی افسانہ نگاری میں بنیادی تبدیلیاں واقع ہوئی ہیں۔ممکن ہے ان تبدیلیوں کے محرکات ایک سے زیادہ اور گوناں گوں ہوں، مگر میرے خیال میں پاکستان کے وجود میں آنے کا اثر بھی ان کی طبعیت پر بہت گہرا پڑا ہے۔مثلاً ایک تو ان کی اخلاقی حس بڑی شدید ہوگئی ہے اور وہ سطح پر رہ کر نہیں بلکہ زندگی گہرائیوں میں پہنچ کر نیک و بد کے متعلق واضح فیصلے کرنے لگے ہیں۔اس کی ایک شہادت ہم نے ''کھول دو'' میں دیکھی ہے، دوسری طرف ''سیاہ حاشیے'' میں انہوں نے ظالم و مظلوم کی سطحی اصطلاحت سے گزر کر دونوں کی شخصیت کا اندر سے جائزہ لیا ہے۔اُن کے خارجی افعال کو بالکل نئے پس منظر میں پیش کیا ہے۔یہی وجہ ہے کہ محترمہ عصمت چغتائی نے ان لطیفوں کو احمقانہ کہنے کے باوجود اعتراف کیا ہے کہ بعض لطیفوں کو پڑھ کر رونا آجاتا ہے۔چونکہ محترمہ سچی فن کارانہ طبعیت رکھتی ہیں اس لیے سیاسی نعرے انہیں اس حقیقت کا اعتراف کرنے سے نہیں روک سکے۔فسادات کے متعلق یہ لطیفے لکھ کر منٹو نے یہ ثابت کر دیا ہے کہ قومی حادثات کو ہضم کرنے کی صلاحیت اُن میں اوروں سے کئی گنا زیادہ ہے۔پھر فنی طور پر بھی منٹو کے یہاں زیادہ اختصار، زیادہ جامعیت، نکیلا پن آگیا ہے۔

(محمد حسن عسکری: پاکستانی ادب-تخلیقی عمل اور اسلوب)

اشوتھامہ کا شاپ ہیں
''سیاہ حاشیے'' کے افسانے

سنجے چھیل

یہ کتنا بڑا المیہ ہے کہ آج بھی ہمیں ''سیاہ حاشیے'' پر گفتگو کرنے کی ضرورت محسوس ہو رہی ہے ۔شرد جوشی ہوں یا ہری شنکر پرسائی ،انہوں نے جو تیکھے طنز اپنی تحریروں میں پیش کیے ہیں ہم آج بھی اُن کی چبھن محسوس کر سکتے ہیں ۔کہنے کا مطلب یہ ہے کہ آج بھی کچھ نہیں بدلا۔ہمارا معاشرہ ویسا ہی ہے جیسا برسوں پہلے تھا۔اب اس کے چہرے پر ہم لاکھ میک اَپ تھوپیں اُس کی اندرونی سچائی چھُپ نہیں سکتی ۔سرحد کے بٹ جانے سے لے کر انسانوں کے کٹ جانے تک کچھ بھی نہیں بدلا۔اگر کچھ بدلا ہوا ہوتا تو آج ہم ''سیاہ حاشیے'' کو بھول چکے ہوتے ۔ یا کم از کم یہ ہوتا کہ آج یہ کہانیاں ہمیں اس قدر relivant محسوس نہ ہوتیں ۔مَیں قسمیہ کہہ سکتا ہوں کہ ''سیاہ حاشیے'' کی تمام کہانیاں آج بھی زندہ ہے ۔اب ہم اسے کیا کہیں انہیں تخلیق کرنے والے مصنف کی کامیابی یا ہمارے معاشرے کی ناکامی؟؟

ویسے اطلاعاً عرض ہے کہ مَیں اُن لوگوں میں نہیں جو خود کو منٹو کا مداح کہتے ہیں ۔

مجھے لگتا ہے کہ منٹو کی تحریروں میں گھٹا ٹوپ اندھیرا ہے،اندھیرے کا یہ شیڈ مجھے اردو اور ہندی کے دوسرے لکھنے والوں کے یہاں دکھائی نہیں دیتا ۔میری بات سے بہت سے لوگ چونک اُٹھیں گے ۔ظاہر ہے چونکانے پر صرف منٹو کا ہی تو کاپی رائٹ تو نہیں ہے ۔اپنی تمام تر حدود کے باوجود یہ تسلیم کرنے میں عار نہیں کہ منٹو کے کام نے مجھے حیرت زدہ ضرور کیا ہے مگر یہ کام اپنا مداح بنانے میں ناکام رہا... مثبت، عظمت، اچھائی یا زندگی کی تمام کمیوں کو نشان زد کرنے کے باوجود اُس کا فن زندگی کے مثبت پہلوؤں پر کوئی روشنی نہیں ڈالتا ۔منٹو کو زندگی

کی بدصورتی تو دکھائی دیتی ہے مگر خوبصورتیوں سے وہ آنکھیں پھیر لیتا تھا۔

یہ درست ہے کہ فن کار جب سماج کی حقیقتوں کو اپنے فن میں ڈھالتا ہے تو وہ سماج کی کجیوں، کمیوں اور اندھیرے کو بھی پیش کرتا ہے لیکن اس کے باوجود زندگی مختلف اور متنوع رنگوں کا نام ہے۔ محض سیاہ رنگ سے تصویر کشی کرنے والے فن کار کو مَیں کیا کہوں؟؟ بس اتنا کہہ سکتا ہوں کہ شاید اسی سیاہ رنگ نے منٹو کا مدّاح ہونے سے مجھے محروم رکھا۔ ''سیاہ حاشیے'' کے ساتھ میرا رشتہ تو کچھ کچھ love-hate کا سا ہے۔

کیوں...؟

اس کیوں کا جواب آپ کو منٹو کے افسانے ''جیلی'' میں مل جائے گا۔ مجھے یہ افسانے ایک قسم کے کربناک چُٹکلے لگتے ہیں۔ چٹکلے؟ ممکن ہے یہ بات سُن کر آپ چونک گئے ہوں؟ دیکھیے! عموماً چٹکلے سن کر ہم ہنس پڑتے ہیں، ایک مسکراہٹ ہمارے ہونٹوں پر چلی آتی ہے۔ لیکن ''سیاہ حاشیے'' کے ان چٹکلوں کا کیا کریں، یہ ہمیں چونکا دیتے ہیں یا کچھ لمحوں کے لیے بھونچکا کر دیتے ہیں، یا پھر رُلاتے ہیں۔ اس لحاظ سے ہی میں نے ''سیاہ حاشیے'' کو کربناک چٹکلے کہا ہے۔ دونوں میں مجھے یکسانیت نظر آتی ہے اور وہ ہے ''سرپرائز''۔

کسی کہانی کا انجام سرپرائز سے پُر ہو حیرت سے لبریز تو اسے فن کارانہ مہارت سمجھا جاتا ہے۔ لیکن مجھے ''سیاہ حاشیے'' کی ساری کہانیاں ''سرپرائز'' اور حیرت سے بھری ہونے کے باوجود ایسی معلوم ہوتی ہیں جیسے حمل وضع ہونے سے قبل ہی برآمد ہوگئی ہیں۔ قبل از وقت ساقط حمل کی وجہ سے پیدا ہونے والے آدھے ادھورے بچے (premature baby)، خون میں سنے گوشت کے لوتھڑے جیسے لگتے ہیں مجھے یہ افسانے۔ اگر یہ کہیں کوڑے دان میں یا سڑک کے کنارے پڑا ہوا دکھائی دے تو مَیں اُس سے منہ پھیر لوں گا پر مَیں ایسا کر نہیں سکتا نہ میں اُسے اُٹھا کر چوم سکتا ہوں۔ تو پھر مَیں کیا کروں؟ احساس کی سطح پر یہ کوئی اچھا تجربہ بھی تو نہیں ہے۔

ظاہر ہے یہ دنیا نہ مَیں نے بنائی ہے، نہ میری مرضی سے چلتی یا رکتی ہے۔ یہ دنیا اپنی تمام تر خوبصورتیوں اور بدصورتیوں کے ساتھ میرے سامنے اور میرے آس پاس موجود ہے۔ اپنے سامنے اور آس پاس پھیلی اس دنیا میں میری حیثیت ایک ایسی معمولی اکائی کی ہے جو خود اپنی

زندگی کا نقشہ ٹھیک نہیں کرسکتا نہ اُسے سنوار سکتا ہے۔تو اِس معاشرے کی کیا بات کروں؟ یہ معاشرہ جو مجھے بند گلی سے نکال نہ پائے بلکہ دن بہ دن اندھیروں کی طرف لے جائے، جو آئے دن مجھے لہولہان مناظر دکھائے۔ان حالات میں مَیں کیا کروں؟؟ زندگی کا یہ کالا رنگ، یہ تاریکی ، یہ اندھیرا پن مجھے نہ غالب کی غزلوں میں نظر آتا ہے نہ ہی پریم چند کی کہانیوں میں دکھائی دیتا ہے۔مَیں نے اپنے خون کی جانچ کئی مرتبہ ادب کی تجربہ گاہ میں کروایا تو سب کچھ نارمل نکلا۔تب میں اس نتیجے پر پہنچا ہوں کہ منٹو ہی بڑی بیماری ہے جو اب تک گرفت سے باہر ہے۔

اب آئیے سیاہ حاشیے کی خاصیت پر بات کرتے ہیں۔منٹو کی یہ ایسی تحریر ہے جو کم لفظوں میں بہت کچھ کہہ جاتی ہے۔ یہ ایک اہم کلا کاری ہے۔کم لفظوں میں اہم بات کہہ دینا یہ کوئی معمولی بات نہیں۔آج بہت سے لوگ اس بات کو پسند کرتے ہیں کہ کم لفظوں میں بات سامنے آجائے۔وہ اس اختصار کی جادوگری پر فدا ہیں۔لیکن معاف کیجیے! اختصار سے بات کہہ دینا ہی ادب کا اختصاص نہیں۔اور محض اختصار کی وجہ سے کسی تحریر کو فنی شاہکار کا رتبہ نہیں دیا جاسکتا۔(اگر ایسا ہے تو پھر آپ مہا بھارت یا الف لیلہ کی داستانوں کو ہم کس کھاتے میں ڈالیں گے؟) ان کے سامنے کوئی بھی چھوٹی سی کہانی ایک دردناک چٹکلا بن کر رہ جائے گی۔جب مَیں یہ بات کہتا ہوں تو اس کا مطلب یہ قطعی نہیں ہے کہ مَیں ''سیاہ حاشیے'' کی کہانیوں میں چھُپے درد، چیخوں اور خونریزی کو سمجھ نہیں پا رہا ہوں۔

......لیکن مائی لارڈ... ! مجھے یہ سب دیکھنا نہیں ہے۔

ایسا ہوتا ہے کہ مجھے بار بار آئینہ دیکھنا اچھا نہیں لگتا۔

تو کیا آئینہ نہ دیکھنا کوئی سماجی گناہ ہے؟

اسی طرح ''سیاہ حاشیے'' کی عظیم سچائیوں کا مقابلہ کرنا میرے بس میں نہیں ہے اور یہ کوئی جُرم نہیں ہے۔ ہاں ! آپ کہہ سکتے ہیں انتہائی ڈرپوک انسان ہوں۔اب ہوں تو ہوں۔کیونکہ آج سے ۲۰۔ ۲۵ سال قبل جب ''سیاہ حاشیے'' کا مطالعہ کیا تھا تو لگا تھا یہ گزشتہ دور کی غمگین کر دینے والی منحوس باتیں ہیں۔پر اب لگتا ہے کمبخت یہ باتیں اب بھی زندہ ہیں۔آج ہی کی کہانی لگتی ہیں۔لیکن پھر وہی سوال۔لیکن پھر کہتا ہوں آج کا سامنا نہ کرنا کوئی جُرم تو نہیں۔ یا شاید کوئی

جرم ہے؟

منٹو اَمر ہے اور ''سیاہ حاشیے'' کے افسانے بھی امر ہیں ۔جیسے مہابھارت کا وہ کردار اشوتھامہ بھی امر ہے ۔اشوتھامہ: جسے شاپ دیا گیا تھا۔مجھے ان دونوں کے امر ہونے سے کوئی فرق نہیں پڑتا۔مسئلہ یہ ہے کہ یہ باتیں امر ہونے کے ساتھ ساتھ ہمیں ایک دوسرا شاپ ،بددعا ایسی ملتی ہے کہ ہم بار بار وہی کربناک لمحے جیتے رہتے ہیں ۔نہ چاہتے ہوئے بھی۔

''سیاہ حاشیے'' کے افسانے کتنے بھی حقیقت پسند ہوں اور منٹو چاہے کتنا ہی عظیم افسانہ نگار ہو۔مَیں سنجے چھیل آج یہ اعلان کرتا ہوں کہ مَیں اس مختصر مضمون کے ذریعہ سعادت حسن منٹو اور اس کے ''سیاہ حاشیے'' پر فاتحہ پڑھتا ہوں ۔مَیں رب سے دعا کرتا ہوں کہ لوگوں کو نجات ملے اور مجھے ایسے خوفناک اور زہریلے منظر پھر کبھی نہ دکھائی دیں ۔آمین!

(گجراتی سے ترجمہ)

●●

اردو کے معاصر افسانچوں کے تناظر میں ''سیاہ حاشیے'' کی معنویت پر ش کاف نظام کے پوچھے گئے سوال کے جواب میں:

وارث علوی: بھئی دیکھو...منی افسانے کی بات...تو اب میاں نظام صاحب جو منی افسانہ ہے کہتے ہیں اتنا مختصر بھی ہوسکتا ہے کہ پوسٹ کارڈ پر لکھ دیا جائے ۔بھئی ہم تو کہتے ہیں کہ افسانہ تین سو سطروں کا بھی ہوتا ہے ۔لیکن وہ لطیفہ نہیں ہے ۔اس کو کیسے ثابت کریں گے آپ؟ یہ بڑی چیز ہوگی؟ ہے نا! آپ تین سطروں کا بھی افسانہ لکھ سکتے ہیں اور پانچ سطروں کا بھی ۔لیکن افسانہ اور لطیفہ میں کیا فرق ہے اس کو تجریدی طریقے پر بیان کرتا ہے ۔عملی تنقید میں کانکریٹ شکل میں سامنے ہو تو کچھ افسانوں کا موازنہ کر کے لطیفوں اور افسانوں کا فرق بتایا جا سکتا ہے کہ یہ افسانہ ہے لطیفہ نہیں ہے ۔منٹو کے مختصر افسانے لطیفوں سے مختلف ہیں اور سیاہ حاشیے جو ہیں وہ افسانے نہیں لطیفے ہیں ۔لطیفے ہی ہیں بہت اہم ، بہت اچھے ۔لیکن چٹکلے ہیں اس طرح اب طویل افسانے لے لیجیے تو ''ایک چادر میلی سی'' یہ ناول ہے تو اس کی جو definete تعریف جو ہے وہ متعین نہیں ۔

(وارث علوی: ''انٹرویو...ش کاف نظام'' شاعر افسانہ نمبر)

سیاہ حاشیے: یعنی درد کی دستاویز

راجیو پٹیل

کبھی کبھی کچھ واقعات زندگی میں اس طرح آتے ہیں کہ اُن کے اثرات بڑے دوررَس ثابت ہوتے ہیں اور جو زندگی کا رُخ بدل کر رکھ دیتے ہیں۔ مزہ یہ ہے کہ اُن واقعات کا تذکرہ بہت کم ہوتا ہے اور ہوتا بھی ہے تو بہت کم لفظوں میں اُسے یاد رکھا جاتا ہے۔ یہاں میں آر کے نارائین کے ناول پر بنی وجے آنند کی فلم ''گائیڈ'' کے حوالے سے اپنی بات کہنے کی کوشش کروں گا۔ فلم میں روزی کا راجو پر شک کرنا فلم کا اتنا اہم وقوعہ اور موڑ ہے کہ اس کے بعد پورے فلم کا رُخ ہی بدل جاتا ہے اور فلم رومانی زاویہ چھوڑ کر ایک فلسفیانہ رُخ اختیار کر لیتی ہے۔ سوال یہ ہے کہ جو بات اتنا بڑا بدلاؤ لانے والی ہے اس پر فلم کا بہت کم footage خرچ ہوا اور مکالموں میں الفاظ بھی کم سے کم استعمال ہوئے۔ جواب ہے اُس کا پس منظر... روزی کا راجو پر بھرپور اعتماد و بھروسہ ہے، اس کے لیے فلم میں بہت گہری بنیادیں موجود ہیں۔ لہٰذا ان کا ایک دوسرے کے تئیں بے اعتمادی اتنا بڑا event بن جاتی ہے کہ اُسے بیان کرنے کے لیے نہ مزید الفاظ کی ضرورت بچتی ہے نہ مناظر کی۔

اسی طرح حقیقی زندگی میں بھی جب کوئی شخص اپنی ماں کو خط لکھتا ہے تو لازماً وہاں ماں بیٹے کے درمیان بننے والا رشتہ لفظوں کا متقاضی نہیں ہوتا، نہ ماں کے لیے نہ بیٹے کے لیے! یہی نہیں جب کوئی خودکشی پر آمادہ ہو اُس کے لیے الفاظ بے معنی ہو جاتے ہیں۔ گویا کسی بات میں جب کوئی بہت بڑا معاملہ یا کوئی غیر معمولی جذبہ یا کوئی سنگین صدمہ موجود ہو تب لفظوں کی ضرورت نہیں رہتی۔

اِس تمہیدی گفتگو کا مقصد یہ سمجھنا اور سمجھانا ہے کہ ''سیاہ حاشیے'' کے افسانوں میں معمولی الفاظ بھی اس قدر تاثر سے پُر، طاقت ور اور توانا کیوں ہیں۔ سیدھے سادے لفظوں میں قوت کہاں سے آتی ہے؟ کیا اختصار ان کی قوت اور توانائی کا راز ہے؟؟ الفاظ کا کم سے کم استعمال ہی کیا ''سیاہ حاشیے'' کی کہانیوں طرّہ امتیاز ہے؟ منٹو کے افسانوں کا سرسری مطالعہ یہ بتادیتا ہے کہ جس اضطراب نے منٹو کو یہ کہانیاں لکھنے پر مجبور کیا، وہی اضطراب پڑھنے والے کے مقدر کا بھی حصّہ بن جاتا ہے۔ منٹو کی کہانیاں قاری کو بے چین کرتی ہیں لیکن وہ کیا بات ہے جو ''سیاہ حاشیے'' کو ان کی دوسری کہانیوں سے منفرد مقام عطا کرتی ہے۔

بھارت پاک کی تقسیم کے دوران ہونے والے پُرتشدد واقعات و سانحات کے تانوں بانوں سے بُنی گئی یہ مختصر کہانیاں منٹو کے کرب و اضطراب کی عکاس وترجمان ہیں۔

عالمی ادب میں کم الفاظ میں افسانے لکھنا قریب سوا سو سال پہلے سے جاری ہے۔ ملکی ادب میں بھی اس طرز پر مختلف زبانوں میں کافی کام ہوا ہے۔ محض اختصار کی وجہ سے انہیں جاتک کتھاؤں، زین یا پنچ تنتر کی کہانیوں کے ساتھ جوڑ کر دیکھنا نادانی ہوگی۔ بچوں کے لیے لکھی گئی کہانیاں، حکایات یا دیگر لوک کہانیوں کا مقصد پیغام پہنچانا ہے۔ انہیں خالص ادب نہیں کہہ سکتے جبکہ ''سیاہ حاشیے'' خالص ادب ہے لہٰذا فکشن کی کسوٹی پر ہی اسے جانچنا اور آنکنا ہوگا۔

ہندی ادب میں مختصر کہانیوں کے لیے ''لگھو کتھا'' کا لفظ استعمال کیا جاتا ہے۔

۱۹۰۱ء میں چھتیس گڑھی مصنف مادھو راؤ سپرے نے اپنی ہندی ''لگھو کتھا ٹوکری بھر مٹی'' لکھی جو ''چھتیس گڑھ متر'' ہندی رسالے میں چھپی۔ جسے ہندی زبان کی پہلی لگھو کتھا کہا جاتا ہے۔ اس کے بعد ہندی زبان کے کئی مصنفین نے اس طرز پر مختصر کہانیاں لکھیں۔ اس کا مختصر ہونا بہت سی غلط فہمیوں کی وجہ بنا۔ مختصر ہونے کی وجہ سے بہت سے قاری اسے کسی لطیفے یا اقوالِ زریں ٹائپ کی چیزوں کے ساتھ ملانے کی کوشش کرنے لگے۔ مختصر کہانیاں جن دو اجزائے ترکیب سے مل کر وجود میں آتی ہے وہ ہے اختصار اور کہانی۔ مختصر کہانی کا مختصر ہونا جتنا ضروری ہے اتنا ہی ضروری ہے اُن کا کہانی ہونا۔ مختصر کہانیوں میں طنز بالکل ہوسکتا ہے لیکن ہمیں لطیفے اور طنز کے نفیس فرق کو سمجھنا ہوگا۔

سعادت حسن منٹو نے ''سیاہ حاشیے'' کے لیے مختصر کہانیوں کا فارم کیوں اختیار کیا؟

''سیاہ حاشیے'' کی کہانیوں کا موضوع تقسیم ملک ہے۔ تقسیم ملک کی بنیادی وجہ سیاسی رہی ہے لیکن ملک سے محبت اور مذہب سے محبت اس بٹوارے میں کارفرما تھی۔ ذیل کی سطور میں ہم اسے سمجھنے کی کوشش کرتے ہیں۔

جب انگریزوں سے ملک کو آزاد کرانے کی تحریک چل رہی تھی تو اسی وقت یہ سوچ بھی گردش کر رہی تھی کہ یہ ملک ہندوؤں کا ہے اور ان کو ہی یہاں رہنے کا حق ہے۔ یہاں پر ہندوؤں کے علاوہ مسلم، عیسائی، پارسی اور یہودی وغیرہ رہتے تھے۔ لیکن مسلمان نہ صرف سب سے بڑی اقلیت تھے اس ملک پر اپنے حق کے دعویدار بھی تھے۔ ظاہر ہے ہندوؤں کو یہ بات گوارا نہیں تھی کہ مسلم اس ملک پر اپنے دعوے کا اظہار کرے۔ جبکہ مسلمانوں کی ایک بڑی آبادی کبھی یہ سوچ بھی نہیں سکتے تھے کہ یہ ملک ان کا نہیں ہے۔

پھر کچھ ہندوؤں کو ایسا کیوں لگتا تھا کہ بھارت مسلم لوگوں کا نہیں ہے۔ ایسی سوچ رکھنے والے ہندو یہ سمجھتے تھے کہ مغل حکمرانوں نے یہاں کے لوگوں پر ظلم وستم کیا ہے اور یہاں پر اپنی قوم کے لوگوں کو لا کر بسایا ہے لہٰذا انہیں یہاں سے لوٹ جانا چاہیے تب ہی صحیح معنوں میں بھارت ایک آزاد راشٹر کہلائے گا۔ خیال رہے کہ اس طرح کا نظریہ سبھی ہندوؤں کا نہیں بلکہ کچھ ہی لوگ اس طرح کی سوچ رکھتے تھے۔

جب بات راشٹر کی ہوتی ہے تو چاہنے نہ چاہنے کے باوجود پوری گفتگو سیاسی ہو جاتی ہے۔ جو یہ کہتا ہے کہ مسلم اس ملک کے نہیں ہے تو اس بات کے لیے ان کے پاس دلائل ہوتے ہیں۔ یہ دلائل یا تو بہت ہی مضبوط ہو سکتے ہیں یا نہایت بودے۔ لیکن سوال ان کے ریفرنس ٹو کانٹکسٹ ہے جو اسے یا تو اہم بنا دیتی ہے یا معمولی۔

بھارت پاک کی تقسیم کے دو سرے ہیں۔ ایک سرا مذہبی ہے اور دوسرا سیاسی۔

مذہب کا یہ تصور کہ ہمیں اللہ یا بھگوان دیکھ رہا ہے یا کوئی طاقت ہے جو اس سارے نظام پر حکومت کر رہی ہے۔ یہ سوچ بہت عمدہ ہے۔ اگر یہ تصور لوگوں کے دماغ میں رہے تو لوگ غلط کام کرنے سے بچیں گے۔

ہم یہ جانتے ہیں کہ کوئی بھی تصور اچھا یا برا نہیں ہوتا بلکہ اس کے ماننے والے اور اس کا استعمال کرنے والے اس نظریہ کو اچھا یا برا اپنے اعمال کے ذریعہ کرتے ہیں۔کیا نیوکلیائی بم کی ایجاد انسانوں کی جان لینے کے لیے بنائی گئی تھی؟ نہیں۔جبکہ اس کی پہچان محض انسانوں کی جان لینے کی بن گئی ہے۔اسی طرح مذہب کا تصور برا نہیں ہے بلکہ اس کے ماننے والوں اور خود غرض لوگوں نے اس کو ہائی جیک کرلیا ہے اور دھرم، ایشور کی تصویر کو اس قدر بگاڑ دیا ہے کہ دھرم جیسی سوپر پاور پر سے لوگوں کا بھروسہ اُٹھ گیا ہے۔لوگ ناستک بن گئے۔

جب اس ملک کو انگریزوں کے چُنگل سے آزاد کرانے کی جدو جہد جاری تھی، اسی دوران میں کچھ ہندوؤں کے دل و دماغ میں یہ بات بھی چل رہی تھی کہ انگریزوں کے ساتھ ساتھ یہاں کے مسلموں نے بھی اس ملک کو چھوڑ دینا چاہئیے۔حالانکہ ایسی سوچ کے لوگ بہت کم تعداد میں تھے لیکن وہ ان عہدوں پر فائز تھے جہاں سے عام جنتا کی سوچ پر اثر انداز آسانی سے ہوا جاسکتا تھا۔خیر اس طرح کی اندرونی سیاست نے اس ملک کی ایک قوم کو یہ ملک چھوڑنے پر گویا مجبور کردیا۔اس طرح تقسیم ملک کا فیصلہ تو ہوگیا لیکن ساتھ ہی اس فیصلے سے بہت ساری تباہیاں ،بربادیاں دونوں ملکوں کا مقدر بن گئیں۔اس کے گہرے زخم دونوں جان کا ناسور بن گئے۔جو لوگ حکومت چاہتے تھے انہوں نے مذہب کی آڑ میں یا اس کا سہارا لے کر مذہب پر مبنی ملک سے محبت کے تصور کو بڑی چابکدستی سے پھیلایا۔ظاہر ہے اس طرح کی اندرونی سیاست نے ایک قوم کو اپنا دیش چھوڑنے پر گویا مجبور کردیا۔

یہ فیصلہ تو ہوگیا لیکن اس فیصلے سے دونوں ملکوں میں بدامنی اور شورشیں پھیلیں۔جس نے دونوں ملکوں کو شدید نقصان پہنچایا۔جو لوگ حکومت حاصل کرنا چاہتے تھے انھوں نے بڑی چالاکی سے سچی جھوٹی مذہبیت کا سہارا لے کر دو قوموں کے دلوں میں ایک دوسرے کے خلاف دراڑیں پیدا کیں اور مذہب کی بنیاد پر نام نہاد دیش پریم کے تصور کو بڑے پیمانے پر پھیلایا۔نفرت کا زہر اس قدر پھیلایا گیا کہ جب ملک آزاد ہوا تو ہندو مسلم دونوں کو یہ لگنے لگا کہ اب مسلموں کے لیے ایک الگ ملک ہونا چاہیے۔برٹش راج کے خاتمے کے بعد ملک کے اقتصادی حالات بہت کمزور تھے۔لہٰذا مجوزہ پاکستان کو معاشی امداد کرنے کی بات سامنے آئی۔

پاکستان کو ۷۵ رکروڑ روپے دینا طے پایا۔ یہ طے کرنے کے لیے کون سا پیمانہ لیا گیا یا کس حساب سے یہ رقم متعین کی گئی ہم اس بحث میں نہیں پڑنا چاہتے لیکن یہ بات غور کرنا چاہیے کہ ان سب باتوں سے ایک عام انسان پر اس کا کیا اثر ہوا ہوگا۔ جو ملک ابھی بنا نہیں یعنی پاکستان کو ۲۰ رکروڑ روپے دیے گئے اور پھر سیاست کی وجہ سے ۵۵ رکروڑ روپے کی دوسری قسط پر روک دینے کا فیصلہ کیا گیا۔ لیکن گاندھی جی اس بات کے حق میں نہیں تھے کہ جب وعدہ کر دیا گیا ہے تو بقایا رقم کو روکنا مناسب نہیں ہے۔ لہٰذا باقی ماندہ ۵۵ رکروڑ روپے پاکستان کو ادا کر دیے گئے۔

''سیاہ حاشیے'' میں جو ظلم و ستم کے سایے نظر آتے ہیں۔ ایک انسان کا دوسرے انسان کے تئیں نفرت کا زہر کس حد تک پھیل چکا تھا اُسے تلاش کرنے کی یہ ایک کوشش ہے۔ اگر ہم اس کی جڑوں کو تلاش کرنا چاہتے ہیں تو ''سیاہ حاشیے'' میں ہمیں اُن کی جڑوں کے ریشے ملیں گے۔ آج کے زمانے میں بھی ۷۵ رکروڑ روپے کی رقم کافی بڑی رقم سمجھی جاتی ہے تو اس وقت اتنی بڑی رقم کس قدر بڑی معلوم ہوتی ہوگی اندازا لگایا جاسکتا ہے۔ لیکن اگر ہم اس وقت کی معاشی صورتحال کے تناظر میں تحقیق کرتے ہیں تو پتا چلتا ہے کہ یہ رقم کچھ خاص بڑی نہیں تھی۔ لیکن دوسری طرف یہ رقم اتنی چھوٹی بھی نہ تھی۔ آپ سوچ رہے ہوں گے ایک ہی وقت میں رقم بڑی اور معمولی بھی کیسے ہوسکتی ہے؟ اس بات کو سمجھنے کے لیے ہمیں اس وقت کے حالات و تناظر پر غور کرنا چاہیے۔ ایک نومولود ملک پاکستان کو اپنے پیروں پر کھڑے ہونے کے لیے ۷۵ رکروڑ روپے کی رقم بہت معمولی ہے۔ اس وقت انگریزوں نے بھارت کو اقتصادی طور سے کمزور کر دیا تھا اس صورتحال میں اتنی بڑی رقم دینا کیونکر ممکن ہوتا۔ ظاہر ہے کہ جو لوگ دنیا کو نہیں جانتے، اُن کے معاشی حالات سے ناواقف ہیں ان کے نکتہ نگاہ سے یہ رقم تو بہت بڑی رقم تھی۔ آپ ان ہندوؤں کے نقطۂ نظر سے دیکھیں جو یہ سوچتے تھے کہ اس ملک پر مسلمانوں کا کوئی حق نہیں ہے ان کی نگاہ میں یہ رقم دینا ہندو عوام کی حق تلفی ٹھہری۔ یہ لوگ سوچتے تھے کہ مسلمانوں کے آباو اجداد (مغلوں) نے اس ملک کو لوٹا اور برباد کیا ہے لہٰذا انہیں یہ ملک چھوڑ کر چلے جانا چاہیے۔ اس سوچ کے لوگوں کے لیے یہ بات کیونکر قابل قبول ہوتی کہ ان دشمنوں کو ۷۵ رکروڑ

کی ''خطیر'' رقم دی جائے۔

دوسرا مسئلہ یہ تھا کہ جن لوگوں کی ملکیتیں، جائیداد، کارخانے، کھیت اور زمینیں تھیں اُن کو کیا دوسرے ملک میں اتنی ہی جائیدادیں ملیں گی؟؟ نہیں بالکل نہیں۔ ایسا نہیں تھا۔ اس کے لیے کوئی متعین اُصول نہیں تھا۔ سب کچھ یونہی چھوڑ کر جانا ہے۔ ان جائیدادوں پر جس کا دل چاہے قبضہ کرلے گا۔ یعنی جس کی لاٹھی اس کی بھینس والا معاملہ تھا۔ نہ کوئی منصوبہ نہ کوئی حساب کتاب۔ سب کچھ چھوڑ چھاڑ کر ملک سے ہجرت کرلو۔ گویا یہ طریقہ تسلیم کرلیا گیا تھا۔

ہر انسان کے اندر ایک درندہ چھُپا ہوتا ہے جب تک قانون اور گرفت کا ڈر رہوتا ہے تو یہ درندہ قابو میں رہتا ہے لیکن جیسے ہی اس درندے کو پتا چلتا ہے کہ کچھ بھی کرو کوئی پوچھنے والا نہیں ہے تو انسان کے اندر موجود درندہ جاگ اُٹھتا ہے اور وہ بے دریغ بربادیاں پھیلاتا ہے۔ اور جب تشدد کا کھیل مذہب کے بینر تلے کھیلا جاتا ہے تو وہ ایک اندھی طاقت میں بدل جاتا ہے۔ کیونکہ تب انسان کسی کے سامنے جوابدہ نہیں ہوتا۔

درج بالا تینوں مسائل اس وقت سب کے ساتھ جُڑے ہوئے تھے۔ ہندو یہ سوچ سوچ کر غصے میں تھے کہ جن کے آبا و اجدا نے اپنے ملک کو لوٹ کر تاراج کر دیا ہے، کنگال کر دیا ہے ایسے لوگوں کو ۵۷ رکروڑ روپے کی مدد کرنا کس رو سے دُرست تھا۔ اب اس پر بحث کی جاسکتی ہے کہ ان کی یہ سوچ جائز تھی یا ناجائز لیکن بہر حال اس وقت یہ سارے خیالات کچھ ہندوؤں کے دل و دماغ میں چھائے ہوئے تھے۔ اس کے علاوہ تقسیم کی کوئی منصوبہ بندی نہیں کی گئی جس کی وجہ سے لوٹ مار اور مار کاٹ کی راہیں آسان ہوگئیں۔ ہر کوئی لوٹ مار کو بڑے اطمینان سے انجام دے دیتا تھا۔ ان سب کی بنا پر ملک کی تقسیم کے پس منظر میں بہت سارے فرقہ وارانہ فسادات ہوئے، کئی لوگوں کی جانیں گئیں، بہت سوں نے اپنے خاندان کو کھو دیا۔ بہت سوں کے پاس اپنے زندہ رہنے کا کوئی مقصد بچا نہیں تھا۔

آئیے اب زرا ان لوگوں کے بارے میں غور کرتے ہیں جو مسئلے کا حل تشدد میں نہیں دیکھتے بلکہ انسانیت کے نظریہ سے مسئلے کو حل کرانا چاہتے ہیں۔ ظاہر ہے کہ ایسے لوگ جب تقسیم ملک جیسے المناک حادثے کے گواہ بنے ہوں گے تو ان کے دل پر کیا اثرات ہوئے ہوں گے؟ انہیں یہ

منظر دیکھ کر کس قدر صدمے سے دو چار ہونا پڑتا ہوگا کہ ایک مذہب کو ماننے والا دوسرے مذہب کے افراد کو اُن کی ماں بہن کی عزت و آبرو کو تار تار کر رہا ہے، محض اس وجہ سے کہ وہ دوسرے مذہب کا ہے۔!!

اس سے زیادہ کرب ناک اور تکلیف دہ بات کیا ہوگی؟

ہر مسئلے کو انسانیت کی نقطۂ نظر سے دیکھنے والا شخص جب مذہب کی آڑ میں کھیلے جانے والے پاگل پن کو دیکھتا ہوگا تو اس کے دل پر کیا گزرتی ہوگی؟ ظاہر ہے کہ وہ بوکھلا اُٹھے گا۔ وہ صدمے میں دو چار ہو کر گُم سُم ہو جائے گا، وہ بولنا چاہے گا تو چیخ اُٹھے گا یا رو دے گا۔ یا پھر باوجود کوشش کے بولنے کی کوشش کرے گا تو اُس کی آواز بیٹھنے لگے گی، وہ بہت کم بول پائے گا۔ یہ معاملہ سعادت حسن منٹو کے ساتھ ہوا۔ جب وہ انسان کو مذہب کا سہارا لے کر شیطان بنتے دیکھتا ہے تو اس کے سامنے بولنے کے لیے کچھ بچتا نہیں۔ وہ بس ایک سرد آہ بھر کر رہ جاتا ہے۔ اس نے تھوڑا چیخنے کی کوشش کی لیکن وہ رو پڑا۔

''سیاہ حاشیے'' ان ہی آہوں، چیخوں اور آنسوؤں کی دستاویز ہے۔ گھر اور قبر میں بنیادی فرق یہ ہے کہ قبر میں انسان کروٹ نہیں لیتا ہے اور گھر میں پاؤں پسار کر سوتا ہے، ادھر وہ کروٹیں بھی بدل لیتا ہے۔ لیکن قبر میں ایسا کچھ نہیں کر سکتا اس لیے قبر میں کروٹ کے لیے بھی زمین چھوڑی نہیں جاتی۔ سیاہ حاشیے افسانہ کہاں ہے یہ تو ایک کنارے سے دوسرے کنارے تک پھیلا ہوا قبرستان ہے جہاں ہواؤں سائیں سائیں کرتی ہے اور خاموشیاں بات کرتی ہے۔ انسانیت کی قبر کے لیے زیادہ الفاظ کی ضرورت نہیں۔ ورنہ منٹو بھی منہ میں زبان رکھتا ہے۔

(گجراتی سے ترجمہ: ملک اکبر)

●●

> ہمارے ملک میں منٹو کی جس طرح قدر دانی ہوئی وہ ہماری تہذیبی زندگی کا ایک خونی ورق ہے۔ پھر آج جس طرح منٹو کی مجاوری ہو رہی ہے، وہ بھی ہم دیکھ رہے ہیں۔ اگر مجھ میں منٹو جیسی جرأت ہوتی تو ''سیاہ حاشیے'' کا دوسرا حصّہ لکھتا۔
>
> (محمد حسن عسکری: ''منٹو'' - آدمی اور انسان)

حاشیے پر تاریک لکیریں

انصار علی

جرمن ڈرامہ نگار برتولت بریخت نے کہا تھا کہ وقت کے تاریک لمحات کے پیٹ سے تاریک نغمے ہی نکلتے ہیں۔فیض احمد فیض اس تناظر میں یوں گویا ہوتے ہیں کہ ''یہ داغ داغ اُجالا یہ شب گزیدہ سحر، انتظار تھا جس کا یہ وہ سحر تو نہیں''۔تو ساحر لدھیانوی بھی اس بات کی تائید کرتے ہوئے اپنے آپ کو روک نہ سکے اور انہوں نے کہا ''یہ کفن بیچنے والے، روح کی آواز... یہ چمن کے سوداگر؟؟'' ماضی کے ان تاریک پہلوؤں اور المناک لمحات پر ایک فنکار کس طرح اپنا ردعمل پیش کرتا ہے۔درج بالا سطور اس کی عمدہ مثالیں ہیں۔جتنے عظیم مفکرین، ادیب اور کلا کار گزرے ہیں ان کا فطری ردعمل ایسا ہی ہوتا ہے وہ عموماً اسی انداز سے ان موضوعات کی طرف متوجہ ہوتے ہیں۔مشہور روسی ناول نگار فیودر دوستوئیفسکی نے بھی اپنے اطراف میں پیش آنے والے سنگین حالات کو اپنے ناول کے ذریعہ پیش کیا ہے۔اس کے کردار جابجا اُسی تاریکی کی عکاسی کرتے نظر آتے ہیں۔ان کے ناولوں میں انسانوں کے اندرون میں چھپی اور بیرونی تاریکی نمایاں نظر آتی ہے۔

جنگ عظیم دوم کے بعد کا منظر نامہ: نو آباد کالونیوں میں اب آزادی کی جوت جگ رہی تھی۔جمہوریت کا شور تھا ہر طرف اس کی بازگشت سنائی دے رہی تھی البتہ برصغیر میں کچھ مختلف آوازیں اُٹھنے لگی تھیں۔سیاست مذہب کا چوغا پہنے منظر عام پر آنے لگی تھی۔لہٰذا تقسیم ملک کا مطالبہ مذہب کی بنیاد پر ہونے لگا تھا۔یہی نئی قوم کی بنیاد بننے جارہا تھا۔اس عقیدے کی بنیاد پر بننے والی ریاست میں غریب عوام کی اکثریت کا خیال رکھا جائے گا اس پر کسی نے بھی گفتگو نہیں

کی۔ان حالات میں ان کی مادی ضروریات، ان کی خواہشات کو ن ملحوظ رکھتا۔ بڑی جانفشانی اور خونریزی کے بعد یہ قوم وجود میں آئی تھی۔ اس قوم کو سیاست دانوں نے وعدہ کیا تھا کہ اس پاک سرزمین پر اہل ایمان سلامت رہیں گے۔

۱۵/اگست ۱۹۴۷ء کا دن ایک روشن صبح لے کر آیا جب جنوبی ایشیا غلامی کی زنجیروں سے آزاد ہوا جو نو آبادیاتی نظام میں صدیوں سے جکڑا ہوا تھا۔ یہ دنیا کا تاریک ترین دور تھا۔ معروف ماہر عمرانیات اشیش نندی اپنے ایک مضمون میں رقمطراز ہیں کہ پوری خطے میں ایک بھی شخص ایسا نہیں ہوگا جو اس سانحہ میں کسی اچھے یا روشن پہلو کو دیکھے۔ معروف افسانہ نگار سعادت حسن منٹو کے لیے تو یہ دن تاریخ کا سیاہ ترین دن تھا جب ملک کی تقسیم ہوئی۔ اس دن اس کے لیے دنیا ڈوب سی گئی۔ اپنے ارد گرد اس نے ناقابل برداشت نیکروفیلیا کا عنصر محسوس کیا۔ اب اس کے لیے دنیا ویسی نہیں رہی تھی اس لیے اُس نے اس آزاد دنیا میں رہنے کی بجائے موت کے منہ میں جانا بہتر سمجھا۔

چلتا پھرتا بمبئی: ۱۹۳۰ء میں منٹو بمبئی آئے۔ بہ ظاہر ان کا بمبئی آنے کا مقصد ہفت روزہ ''مصور'' کی ادارت تھا لیکن انہیں بمبئی کچھ اس طرح بھائی کے انہوں نے اس کو اپنا گھر بنالیا۔ وہ بڑے فخر کے ساتھ کہتے ہیں کہ میں خود چلتا پھرتا بمبئی ہوں۔ ممبئی کا دوران کا سب سے بہترین دور تھا۔ پھر وہ ۱۹۴۰ء کی دہائی کے اوائل میں ڈیڑھ سال کے لیے دہلی آئے۔ یہاں کا دورانیہ ان کے لیے بڑا سخت گذرا۔ کیونکہ وہ آل انڈیا ریڈیو میں اپنے ہی ساتھیوں کا مقابلہ نہیں کرسکے جہاں وہ اردو سیکشن کے لیے ڈرامے لکھا کرتے تھے۔ یہاں سے عاجز ہو کر وہ بہت جلد بمبئی لوٹ آئے۔ ممبئی کا بنیادی تنوع جو بوہیمین طرز زندگی کا عکاس ہوتا ہے جس میں 'پروا نہیں' کا رویہ ہونا چاہیے وہ عوامل ہیں جس کی وجہ سے منٹو اِس کاسموپولیٹن شہر کے قریب ہو گئے۔ اس کے کئی برسوں بعد انھوں نے ''محمد بھائی'' عنوان سے ایک کہانی لکھی جس کا موضوع بمبئی ہی تھا جس میں منٹو نے بمبئی کے شب و روز کو بہت عمدگی کے ساتھ پیش کیا ہے۔ انہوں نے اپنی آنکھوں سے بمبئی کو جیسا دیکھا ٹھیک اسی طرح اس کہانی میں پیش کر دیا۔

منٹو کی کہانیاں وین گوگ کی پینٹنگ کی طرح ہیں۔ روشن رنگ اور بولڈ اِسٹروک کی

طرح، منٹو کی کہانیوں میں بھی تقسیم کے بعد کے روشن رنگوں کو سیاہ راستے پر گامزن دکھایا گیا ہے۔ شائستگی سے اپنی بات پیش کرنے کا مادہ منٹو میں نہیں ہے لہٰذا اس کا مزاج سیاہ رنگ کی طرح اور الفاظ کاٹ دار ہوتے ہیں۔ وہ متوسط طبقے کی حساسیت و اقدار پر پورا نہیں اُترتا۔ اگر ایسا ہوتا تو اِس غریب ادیب کو فحاشی کے الزام میں عدالتوں کے چکّر لگانے ہی کیوں پڑتے؟؟

۱۵/ اگست ۱۹۴۷ء کا ''منحوس دن'' طلوع ہوا اُن دنوں منٹو بمبئی میں تھے۔ وہ بمبئی ٹاکیز کے لیے کہانیاں لکھ رہے تھے۔ پورے شہر میں فسادات اور ہنگامہ آرائیاں کا بازار گرم تھا۔ جس کے گہرے اثرات منٹو کے دل و دماغ پر پڑ رہے تھے۔ فلم کی مشہور شخصیت اشوک کمار اور دیگر دوستوں کی یقین دہانیوں کے باوجود منٹو کے حساس ذہن کو سکون نہیں ملا۔ سیرل ریڈ کلف کے ذریعہ کھینچی گئی تفریق کی لکیر کے بعد پنجاب میں نسل کشی جاری تھی۔ یہ بات بھی منٹو کے لیے بڑی تشویش کا باعث تھی۔ جب منٹو کے سب سے قریبی دوست اداکار شیام کے رشتہ دار پنجاب فسادات میں ہلاک ہو گئے تو اس نے ایک دن کربناک انداز میں کہا کہ یہ وہ حالات ہیں جن میں انسان اپنے قریبی دوست کو بھی قتل کرسکتا ہے۔ ظاہر ہے کہ منٹو کو یہ معلوم تھا کہ جس دنیا کا اس نے خواب دیکھا تھا اس کا خاتمہ ہو گیا ہے۔ پھر نئی دنیا کے پاس اس عدم اعتماد، بے گانگی اور بے یقینی صورتحال کا کوئی علاج نہیں تھا۔

۱۹۴۸ء میں منٹو کو بمبئی سے کراچی جانے والے جہاز پر جو اپولو بندر سے روانہ ہوا تھا پر سوار ہو گیا۔ یہ اُن کی کئی کہانیوں کا منظر تھا جو الگ الگ اوقات میں لکھی گئیں۔ منٹو جب لاہور پہنچے تو انھوں نے عصمت چغتائی اور شاہد لطیف کو ایک خط لکھ کر پرزور انداز سے یہ کہا کہ وہ پہلی فرصت میں ٹرین پکڑ کر لاہور آجائیں یہاں آپ کے لیے روشن امکانات منتظر ہیں۔ گو کہ پاکستان میں بحیثیت ایک فن کار اُنہیں اپنی زمین تنگ محسوس ہونے لگی تھی۔ منٹو میں یہ ''مہارت'' بھی نہ تھی کہ لاہور سے نقل مکانی کر جانے والے لوگوں کی جائیدادوں پر قابض ہو جائے۔ وہ شراب کی پیاس بجھانے کے لیے ہر روز ایک نئی کہانی لکھتے تھے۔ ظاہر ہے کہ یہ کہانیاں اس ہنگامہ خیز حالات میں لکھی گئی ہیں جو سیاہ ترین کہانیاں ہیں۔ ان کہانیوں میں ہر طرف تاریکیاں ہی تاریکیاں ہیں جہاں لوگوں کو تشدد، بے رحمی اور نفرت کے گڑھوں میں پھینک دیا گیا تھا۔

یہ ۱۹۸۰ء کی دہائی کے اوائل کا واقعہ ہے جب میں پہلی بار منٹو کی دنیا سے متعارف ہوا۔ آئی پی ٹی اے کالج کے طلبہ کے درمیان ڈراموں کے مقابلے جاری تھی۔ مَیں بہت سے ڈرامے دیکھ نہیں پایا تھا، ایک دن میرا ایک قریبی دوست مجھے بہ اصرار ایک ڈرامہ دیکھنے کھینچ لے گیا۔ وہ ڈرامہ "ٹھنڈا گوشت"، منٹو کی کہانی پر مبنی تھا۔ اُردو تو دُور مجھے ہندی بھی ٹھیک سے نہیں آتی تھی اس لیے بیچ بیچ میں میرا دوست میری رہنمائی کرتا تھا کہ اسٹیج پر کیا چل رہا ہے۔ اس ڈرامے نے مجھ پر بڑے دیر پا اثرات مرتب کیے۔ میرے لیے یہ سب بڑے جھٹکے کی طرح تھا جس نے مجھے جھنجوڑ کر رکھ دیا تھا۔

اس جھٹکے نے مجھے منٹو کی دنیا میں آنے پر مجبور کر دیا۔ اس کے بعد مَیں نے منٹو کی کتابوں کی تلاش شروع کر دی۔ انھیں پڑھنے کے بعد میرے سامنے ایک نئی دنیا کُھل کر سامنے آگئی جس میں ہر طرف تاریکیاں اور عجیب وغریب واقعات تھے۔ تقسیم کے پس منظر میں لکھی گئیں کہانیاں بہت چونکا دینے والی ہیں۔ جیسے اغوا شدہ خواتین کی بازیابی کے مشن پر مامور ایک رضا کار یہ جانتے ہوئے بھی کہ یہ لڑکی اپنے ہی عقیدے سے تعلق رکھتی ہے اس کو انتہائی نازیبا گالیوں سے نوازتا ہے، ایک بوڑھی عورت اپنی کھوئی ہوئی بیٹی کو تلاش کرنے کے لیے ماری ماری پھر رہی ہے، ایک شخص ایک مردہ جسم پر اپنی مردانگی دکھا رہا ہے، ایک سِکھ نوجوان اپنے والد کی آخری خواہش پوری کرنا چاہتا ہے کہ اس کے والد نے ایک مسلم جج کو تحفہ پہنچانے کی ذمہ داری دی ہے جب وہ جج کے مکان پر پہنچتا ہے تو دکھائی دیتا ہے کہ فسادی اس کے گھر کو تہس نہس کر رہے ہیں وہ وہاں سے لوٹ آتا ہے، ایک مسلم شخص جو کسی طرح فسادیوں سے بچ گیا ہے جب اس کے گھر پہلا بچہ پیدا ہوتا ہے تو وہ اسلامی تاریخ کے سب سے مکروہ شخص کے نام پر اپنے بیٹے کا نام یزید رکھتا ہے۔ یہ وہ مناظر ہیں جو منٹو کی کہانیوں کے ذریعہ سامنے آتے ہیں۔ منٹو معاشرے کی کربناکی کو پیش کرتا ہے جو انسانی ذہن کے اندھیروں میں اضافہ کرتا ہے۔

انسانوں کے ساتھ انسانوں کے اس غیر انسانی سلوک، دردناک واقعات وفسادات کے منظر نامے طنزیہ اسلوب میں "سیاہ حاشیے" کے ٹکڑوں میں نظر آتے ہیں۔ "سیاہ حاشیے" کے ہر ٹکڑے میں ہم ایک پُر اسرار ہنسی کو سن سکتے ہیں۔ یہ وہ ہنسی ہوتی ہے جب انسانی جذبات و

احساسات کا اظہار برداشت کے باہر ہو جاتا ہے تو وہ پراسرار ہنسی میں تبدیل ہو جاتا ہے۔ ایسا ہی ایک ٹکڑا ہے جس میں بتایا گیا ہے کہ ایک بچہ ایک ایسی سڑک سے گزرتا ہے جہاں کچھ دیر پہلے فسادیوں کے ذریعہ خون ریزی ہوئی ہے جگہ جگہ خون بہہ رہا ہے جو سڑک پر جم گیا ہے، بچے کی آنکھیں انسانی گوشت کے لوتھڑے پر چمکتے ہوئے خون کو جیلی سمجھتی ہے اور اُس کے منہ میں پانی بھر آتا ہے۔ وہ اپنی ماں سے کہتا ہے: ''دیکھو ممی جیلی!''۔ ایک اور کہانی میں ایک کشمیری مزدور پولیس کی گولی کا شکار ہو جانے کے باوجود چار آنے مزدوری کا تقاضا کرتا ہے یہ مزدوری اسے چاول کا تھیلا جو اس نے لوٹ مار کے دوران حاصل کی تھی۔ پولیس اُس کا پیچھا کرتی ہے اور دھر دبوچتی ہے۔ تب وہ چرائی ہوئی چاول کی بوری پر حسرت بھری نظر ڈال کر کہتا ہے کہ جو بوری وہ لے کر اتنی دور تک دوڑا ہے کم سے کم اُس کی مزدوری دے دی جائے۔ کیونکہ اُس کے بچے گھر میں بھوکے ہیں۔

منٹو انسانی نفسیات اور معاشرے کا بڑی گہرائی کے ساتھ مشاہدہ کرتے ہیں جس کا عکس ان کی کہانیوں میں بڑا واضح نظر آتا ہے۔ ان پر معروف افسانہ نگار کرشن چندر نے بھی تبصرہ کرتے ہوئے لکھا ہے کہ جس طرح بھگوان شیو نے سماج کی تمام برائیوں کے زہر پی لیا تھا اسی طرح منٹو نے اپنی کہانیوں میں معاشرے کی زہرناکیوں کو بڑی تفصیل کے ساتھ پیش کیا ہے۔ سماج کے تاریک پہلوؤں کو بڑی تفصیلات کے ساتھ پیش کیا تھا جس کی وجہ سے ترقی پسند حلقوں سمیت ان پر تضحیک آمیز تبصرے ہوئے اور کہا گیا کہ منٹو نے انسانی سانحات کی سنگینی پر سیاہ طنز کیے جو انتہائی غیر انسانی ہیں۔

اپنے افسانوں پر ہونے والی سماجی تنقید پر منٹو اپنے انداز میں جواب دیتے ہیں کہ ''اگر آپ میری کہانیوں کو برداشت نہیں کر سکتے ہیں تو اس کا مطلب ہے زمانہ ناقابل برداشت ہے...'' منٹو کی تحریروں میں جو تلخی نظر آتی ہے وہ نظام کی بوسیدگی کی عکاس ہے۔ جو وہ دیکھتے ہیں اسی کو اپنی تحریروں میں پیش کرتے ہوئے معاشرے کو آئینہ دکھاتے ہیں۔ ورنہ بے ہوش اور مردہ سکینہ ''کھول دو'' کے الفاظ سن کر کیونکر غیر ارادی طور سے اپنی شلوار کھول سکتی ہے؟ بشن سنگھ اپنے حواس سے عاری ہونے کے باوجود انسانوں کی بنائی ہوئی سرحدی باڑھ اپنی جان کیوں

دیتا ہے۔ باہر کے لوگ جو باشعور دنیا سے تعلق رکھتے ہیں وہ یا تو ہر طرف جاری بے ہودہ تشدد کے فریق بنے ہوئے ہیں یا لاتعلق ہیں۔ منٹو اس کہانی میں بشن سنگھ کے کردار میں خود اپنے آپ کو پیش کرتے ہیں جو دنیا کے سب سے بڑے سیاسی ڈرامے میں ایک لاچار کردار نبھا رہے ہیں۔ وہ اس تاریخی سانحہ کا محض ایک تماشائی بنے کھڑے ہیں۔ وہ اس المیہ کے گواہ ہیں جسے انہوں نے ''سیاہ حاشیے'' کے عنوان سے ان سیاہ ترین رنگوں کو پیش کیا ہے۔ وہ اپنی کہانی ''کھول دو'' میں ڈاکٹر کے کہنے پر کھڑکی کھول سکتا تھا۔ منٹو کے یہاں مذہب بس اس قدر جگہ پایا تھا کہ وہ اپنی ہر کہانی کے شروع صفحہ کے اوپر ۷۸۶ لکھ دیتے ہیں۔ ان کو ہندوؤں اور مسلمانوں کی تعداد سے کچھ فرق نہیں پڑتا۔

''انکل سام کے نام خطوط'' منٹو نے اپنی موت سے چند سال پہلے لکھے تھے۔ طنز و مزاح سے بھرپور ان خطوط میں جو پیشن گوئی منٹو نے کی تھی وہ ہو بہو ثابت ہو کر رہی۔ منٹو کے مشاہدات کو پڑھ کر قاری حیران ہو جاتا ہے کہ منٹو نے کئی دہائیوں قبل پیشن گوئی کر دی تھی کے پاکستان مغرب کے ساتھ فوجی معاہدہ کر لے گا اور اس کو مذہبی بنیاد پرستی مدد کرے گی۔ ''ہمارے ملا روس کے کمیونزم کا بہترین تریاق ثابت ہوں گے...''

''کوچہ وکیلان'' ۲۰۲۰ء میں مجھے امرتسر جانے کا موقع ملا۔ یہ منٹو کے ابتدائی زمانے کا ٹھکانہ رہا ہے اور اس مقام پر مبنی ان کی بہت سی کہانیاں ہیں۔ فصیل بند شہر کی طرف بڑھتے ہوئے میں درگاہ ظہیرا پیر کی درگاہ کے قریب سے گزرا (جس کا ذکر منٹو کی ایک کہانی میں ملتا ہے)۔ مَیں ایک ہال کے دروازے میں داخل ہوا۔ یہاں کی تنگ گلیاں ویسی ہی ہیں جیسی مَیں نے آٹھ سال قبل دیکھی تھی۔ بس جلیانوالا باغ کے قریب کچھ تبدیلیاں نظر آ رہی ہیں۔ ہیریٹیج اسٹریٹ میں مہاراجہ رنجیت سنگھ کا ایک بہت بڑا گھڑ سوار مجسمہ ہے، گولڈن ٹیمپل کے کِرتن کی دھن لہراتی ہے۔ مَیں فرید چوک سے بھی گزرا۔ یہ تاریخی نشان بھی ان کی کہانیوں میں دکھائی دیتا ہے۔ ساتھ ہی کٹرہ جیمل سنگھ بھی پہنچا۔ کوچہ وکیلان نام کے کسی سائن بورڈ کی توقع نہ کرتے ہوئے مَیں نے فیصلہ کیا کہ بستی کے کسی بزرگ سے اس مقام کے بارے میں پوچھوں گا۔ مجھے ایسے بزرگ کی تلاش تھی جسے سات دہائیوں قبل کے ماضی کی یاد ہو۔ کلچہ ہاؤس کے قریب مجھے ایک

سفید داڑھی والے سردار جی دکھائی دیے۔ان کی طرف میری نظریں کھنچ گئیں۔مَیں نے ان سے دریافت کیا ''پاجی! کیا یہاں کوچہ وکیلان نامی جگہ ہے''؟ انہوں نے نفی میں سر ہلا دیا۔مَیں نے گفتگو کو آگے بڑھاتے ہوئے اُن سے کہا ''اِک وڈّا لیکھک سی، اُنہا دا نام منٹو، او اِتھے رہندے سی۔کوچہ وکیلان۔''

''کِس زمانے دی گل کر رہے ہو؟''

''بٹوارے دے ٹائم دی گل ہے''۔

ایک لمبا عرصہ گزر گیا، بہت ساری چیزیں بدل گئیں، بہت سارے لوگ دنیا سے رخصت ہو گئے۔مَیں اس دور میں آیا تھا اس وقت میری عمر آٹھ سال تھی۔اس زمانے کے اُکھاڑ پچھاڑ کی تصویر میری ذہن میں آتی ہے۔مَیں نے اس بزرگ کا شکریہ ادا کیا اور وہاں سے آگے بڑھ گیا۔ یہیں کہیں قریب ایک سات سالہ لڑکا بطور منٹو رہا ہوگا جس نے جلیان والا باغ کی ہولناکیوں اور جنون کو اپنی آنکھوں سے دیکھا ہوگا۔جسے منٹو نے اپنی ایک کہانی ''۱۹۱۹ء کی ایک بات'' میں پیش کیا ہے۔مَیں نے تھیلا کنجر کی بہنوں الماس اور شمشاد کی چیخیں سنیں، جب ان کے جسم کو گولیوں سے چھلنی کر دیا گیا تھا۔ان کی آہ وزاریاں مجھے اپنے کانوں میں سنائی دینے لگیں۔سِول لائنز کے قریب ٹھنڈی سڑک تھی جہاں الماس اور شمشاد نے انگریز افسروں کے سامنے اپنے فن کا مظاہرہ کیا تھا، وہ جگہ اب بھی موجود ہے۔اگر کوئی موجود نہیں ہے تو بس منٹو نہیں ہے۔وہ شہر سے غائب ہو چکا ہے جہاں اُس نے اپنی جوانی کے دن گزارے تھے۔بمبئی کی وہ گلیاں جگہیں جسے منٹو نے دیکھا تھا ان کے ذہن و دماغ میں رچ بس گئی تھیں۔جنہیں وہ کبھی بھول نہیں سکتے تھے۔وہ اپنے آپ کو چلتا پھرتا بمبئی کہتے تھے۔ناگپاڑہ، عرب گلی، فارس روڈ، بائیکلہ اور جے جے ہسپتال وغیرہ جہاں ممد بھائی، ڈھونڈو، سراج، سلطانہ اور سہائے جیسے کردار خلق کیے کیا وہ اپنے خالق کو یاد کرتے ہوں گے۔

(انگریزی سے ترجمہ: ملک اکبر)

●●

منٹو کا اور میرا شاید روحانی رشتہ ہے

جمیل گُلریز

ہمارے عزیز اسلم پرویز صاحب کا حکم ہے کہ میں سعادت حسن منٹو پر کچھ لکھوں۔ میں نے لکھنے کی حامی تو بھر لی لیکن اب سمجھ میں نہیں آرہا ہے کہ آغاز کہاں سے کروں۔

میں اس دنیائے فانی میں سن ۱۹۴۹ء میں وارد ہوا اور منٹو صاحب ۱۹۴۸ء میں ہی ہندوستان سے ہجرت کر پاکستان جا چکے تھے۔

اس لئے یہ امید تو بالکل ہی نہیں ہے کہ ان کی آواز میرے کانوں میں پڑی ہوگی۔

لیکن اپنی والدہ سے سنا تھا کہ ہمارے والد کا مقام ریٹریٹ Reatreat نامی عمارت میں کیڈل روڈ کے ساحل سمندر ہوا کرتا تھا۔ اور جب میں اس دنیا سے بے حد دور تھا، تب والد صاحب نے اس بنگلے کا اوپری حصہ فلم ایکٹر شیام کو کرائے پر دے رکھا تھا۔ جی ہاں، وہی شیام، جنھوں نے منٹو سے کہا تھا کہ ہوسکتا ہے طیش میں آ کر ہوسکتا تمھیں بھی ماردوں۔

امی جی کی بات کا یقین مجھے اس وقت آیا جب میں گنجے فرشتے میں بابوراؤ پٹیل کا خاکہ پڑھ رہا تھا۔ اس میں منٹو نے لکھا ہے جب نذیر لدھیانوی نے بابوراؤ پٹیل کے سامنے میری تعریف کی:

''بابوراؤ نے کہا،'' مجھے معلوم ہے۔ وہ سالا عابد گل ریز ہر ہفتے مجھ کو مصور پڑھ کے سنا جاتا ہے۔

''پھر وہ مجھ سے مخاطب ہوا،'' یہ سالا منٹو کیا ہوا؟''

میں نے اس کو اس کا مطلب سمجھایا۔''

اس سے مجھے یہ اندازہ ہوا کہ میرے والد عابد گل ریز منٹو کے ترجمہ کیے کالم جو ہفت روزہ ''مصور'' میں شائع ہوتے تھے بابو راؤ پٹیل کو پڑھ کر سنایا کرتے تھے۔ اپنے اُسی خاکے میں منٹو ایک جگہ اور لکھتا ہے:

''... میں بابو راؤ کے پاس پہنچا، اس لیے کہ وہ اردو کا ایک ہفتہ وار اخبار ''کارواں'' بھی نکالتا تھا، صرف اس غرض سے کہ عابد گل ریز کے لیے جو اس کا دوست تھا، روزی کا ایک وسیلہ بن جائے، مگر وہ ایک لاابالی طبیعت کا شاعر آدمی تھا اور ان دنوں اخبار سے علاحدہ ہو کر مکالمہ نویسی، گیت نگاری اور فلم سازی کے چکر میں پڑا تھا۔ میں نے بابو راؤ کو برطرفی کا وہ نوٹس دکھایا جو مجھے نذیر نے بھیجا تھا، اسے دیکھ کر بابو راؤ ایک لحظہ کے لئے چکرا گیا، بہت بڑی گالی دے کر اس نے صرف اتنا کہا: ''ایسا''

میں نے اثبات میں سر ہلایا۔''

اس سے یہ اندازہ تو ہو ہی جاتا ہے کہ منٹو صاحب میرے والد سے واقف تو تھے۔ میرے والد جو کسی زمانے میں روزنامہ ''انقلاب'' کے مدیر تھے، انہوں نے ''باتیں'' کے عنوان سے روزانہ ایک طنز و مزاح نظم کا سلسلہ ''سگریٹ باز'' کے عنوان سے شروع کیا تھا۔

جب میں نے منٹو کو پڑھنا شروع کیا تب مجھے بالکل اندازہ نہیں تھا کہ وہ اتنے اپنے اپنے سے کیوں لگتے ہیں۔ امی کی شیام کے بارے باتیں بہت بعد میں یاد آئیں۔ اور سمجھ میں آیا کہ منٹو اپنے اپنے سے کیوں لگتے ہیں۔

جب، ۲۰۱۴ء میں، ایڈورٹزنگ پیشہ سے دامن کو بچانا شروع کرنے کے بعد میں نے منٹو کو نئے سرے سے پڑھنا شروع کیا۔ تب تک سوشل میڈیا نے بھارت میں بھی جڑیں جما لی تھیں اور ان اردو دانوں سے پالا پڑنے لگا تھا، جنھوں نے اردو ابھی ابھی یا تو رومن میں یا پھر دیونا گری میں نئی نئی سیکھی تھی۔ آج بھی اردو کے بڑے جشن میں جو لوگ شرکت کر رہے ہیں ان میں ۷۰ فیصد وہی لوگ ہیں جنھوں نے اردو رومن میں پڑھی ہے۔

ان سے بحثیں بھی ہوتی رہیں اور ان سے سن سن کر مجھے احساس ہوا کہ ان لوگوں نے منٹو

کی وہی پندرہ بیس افسانے پڑھے ہیں جن کا زیادہ تر انگریزی میں ترجمہ ہوا ہے۔ان میں کھول دو، ٹوبہ ٹیک سنگھ، کالی شلوار، ٹھنڈا گوشت وغیرہ شامل ہیں۔اور ان لوگوں نے اپنی محدود سمجھ کے مطابق منٹو پر ایک لقب، ایک خطاب یا ایک لیبل چسپاں کر دیا ہے، اور وہ لیبل ہے، فحش رائٹر، ڈارک رائٹر۔

میں سوچ میں پڑ گیا کیا منٹو کے ''سیاہ حاشیے'' کا ترجمہ ابھی تک نہیں ہوا؟ ''سیاہ حاشیے'' جنہیں منٹو نے" لطائفِ فسادات" کے نام سے تحریر کیا تھا کیونکہ وہ اس قدر تشدد، بے رحمی اور بربریت دیکھ چکے تھے کہ انھیں یہ قصہ لطائف ہی لگے۔ یہ بات سمجھنی چاہیے کہ ''سیاہ حاشیے'' میں فسادات موضوع نہیں ہے بلکہ ان انسانوں کی بات ہوئی ہے۔

جی ہاں! ''سوری'' کو ہی دیکھ لیجیے جہاں ایک شخص کسی کے پیٹ میں خنجر گھونپ کر اس وقت افسوس ظاہر کرتا ہے جب خنجر ناف سے نیچے پہنچ جاتا ہے۔اب یہ ہنسنے کا مقام ہے کہ اسے اپنے غیر انسانی فعل کا افسوس نہیں بلکہ اس بات کا غم ہے کہ اس کے ہاتھوں اپنے ہم مذہب کی جان گئی۔اسی طرح آج کے دور میں بھی ایسے انسان ضرور موجود ہوں گے جو ماب لینچنگ میں اُن سے جب اپنے ہم کسی مذہب شخص کی جان جاتی ہوگی تو وہ بھی اسی طرح کیا ''سوری'' ہی کہتے ہوں گے۔

اسی طرح ''کرامات''، میں بھی مسکراہٹ سی لبوں پر ابھرتی ہے جب معلوم ہوتا ہے کہ شکر کی بوریوں کی وجہ سے کنوئیں کا پانی میٹھا ہو جاتا ہے لیکن چراغ اس چور کی قبر پر جلنے لگتے ہیں۔اور اس طرح چوری کی گئی شکر کی بوریاں ایک چور کو ولی بنا دیتی ہیں۔

''گھاٹے کا سودا'' بھی کیا کسی لطیفہ سے کم ہے۔ دو دوستوں نے ایک لڑکی کے ساتھ رات بتائی، عیش کیے لیکن صبح انھیں غصہ اس بات پر آرہا ہے کہ انھیں ان کے ہی مذہب کی لڑکی تھما دی گئی تھی جبکہ وہ غیر مذہب کی لڑکی کے ساتھ یہ کھیل کھیلنا چاہتے تھے تا کہ اس کے مذہب پر حرف آئے۔کس قدر بچکانہ بات ہے۔

سب سے بڑا لطیفہ تو " مناسب کاروائی " ہے۔ جہاں بھوک سے پریشان حال میاں بیوی اپنے آپ کو قتل ہونے کے لئے محلہ والوں کے حوالے کر دیتے ہیں لیکن چونکہ محلہ والے

جینی ہیں اس لیئے وہ سوچ میں پڑ جاتے ہیں کیونکہ ان کے دھرم میں تو جیو ہتیا پاپ ہے۔اس لیے وہ دوسرے محلہ والوں کو سونپ دیتے ہیں اُنھیں قتل کرنے کے لیے۔

منٹو نے صحیح عنوان رکھا تھا ''لطائفِ فسادات''

ہاں، ایک بات میں بار بار کہتا رہتا ہوں۔جب سوشل میڈیا میں ٹوئٹر نے قدم رکھا تب ایک ٹوئٹ کے لئے ۸۰ کیریکٹر کی ہی اجازت ہوتی تھی۔

کچھ ذہین بچوں نے ان ۸۰ کیریکٹر ہی میں مکمل کہانیاں لکھنی شروع کیں، انگریزی میں۔اور اسے نام دیا Terribly Tiny Tales۔یہ اپنے آپ میں ہی ایک بڑی ایجاد تھی انگریزی افسانوں میں۔

میں نے اکثر لوگوں کو یاد دلایا ہے کہ جو کمال آپ نے آج انگریزی میں کیا ہے۔اردو میں وہ کمال سعادت حسن منٹو تین چوتھائی صدی پہلے کر گئے تھے، اردو میں۔وہ آج بھی دستیاب ہے "سیاہ حاشیے" کے عنوان سے۔

مجھے سمجھ آ گیا کہ ان لوگوں تک منٹو کا سارا کام پہونچا ہی نہیں۔

اس کے علاوہ مجھے یہ بھی خیال آیا کہ منٹو کی تحریر جو زندگی کے فلسفے سے لبریز ہے، ایک روز سڑکوں پر بکھری ملے گی۔وہ اس لیے کہ میرے بعد گھر میں کوئی نہیں بچا ہے جو اردو پڑھ سکتا ہے۔

اس لیے میں نے YouTube پر Jameel Gulrays نام سے اپنا چینل شروع کیا اور روز منٹو کا ایک افسانہ اپلوڈ کرنا شروع کیا کہ جو پڑھ نہ سکتے ہوں وہ سن تو لیں۔اب تک میں تقریباً ۲۷۰ افسانے اپلوڈ کر دیے ہیں- اس کے علاوہ منٹو کے مضامین، منٹو کے خط چچا سام کے نام اور اسلم پرویز صاحب کی کتاب ''آپ کا سعادت حسن منٹو'' (منٹو کے خطوط)... اسے اگر کوئی پڑھ لے تو فلمسازی کے بارے میں کافی کچھ سیکھ جائے۔) میں اپلوڈ کر چکا ہوں۔

اب رہ گئے ہیں ان کے ڈرامے۔کوشش ہے کہ کسی طرح ان ڈراموں ساری جلد کہیں سے مل جائیں تو انھیں بھی اپلوڈ کر دوں۔

جب میں نے کتھاکتھن کا گروپ بنا کر مختلف زبانوں میں مختلف افسانہ نگاروں کے

افسانے سنانے شروع کیے تو میں نے حلف اٹھالیا کہ وہ پندرہ بیس افسانے سن کر لوگوں نے ایک غلط رائے منٹو کے بارے میں قائم کرلی ہے، وہ افسانے میں ہرگز نہیں سناؤں گا۔

میں اپنے اس فیصلہ پر ثابت قدم ہوں۔ ایک دلچسپ قصہ ہے۔ ہمیں ایک بار نوئیڈا کے انٹرنیشل اسکول میں افسانے سنانے کی دعوت دی گئی جو ویسے تو اسکول کی طرف سے مدعو لوگوں کے لیے تھی لیکن اس میں اسکول کچھ بچے بھی شامل ہونے والے تھے۔ جب ہم اسکول پہونچے تو پرنسپل نے ہمیں بلا کر تشویش ظاہر کی۔ "آپ اسکول میں سنا رہے ہیں اور آپ نے منٹو کا انتخاب کیا ہے۔ کیا بچوں کو منٹو کی کہانیاں سنائی جانی چاہئیں؟ ہم نے انھیں دلاسہ دیا کہ جی ہاں، بچوں کو بھی منٹو کی کہانیاں سننی چاہئیں۔

ہم نے اُس دن منٹو کے مکالماتی افسانے "لعنت ہے ایسی دوا پر"، "تصویر" (ان کا یہ غیر مطبوعہ افسانہ ہم نقوش کے منٹو نمبر سے لیا تھا) "پھوجا حرام دا" اور "دیوانہ شاعر" جیسے افسانے سنائے۔ یہ افسانے پرنسپل صاحب کو بھی پسند آئے اور انہوں نے کہا: "منٹو کے ایسے بھی افسانے ہیں، ہمیں معلوم ہی نہیں تھا۔"

اب آخر میں میں اپنا ایک جرم قبول کرنا چاہتا ہوں کہ مجھے "دیوانہ شاعر" بے حد پسند ہے۔ جب بھی جہاں بھی مجھے موقعہ ملتا ہے، میں یہ افسانہ ضرور پڑھتا ہوں۔

اس افسانے کے کچھ حصے میں آپ کو سنا کر آپ سے اجازت لوں گا۔

"میں آہوں کا بیوپاری ہوں،
لہو کی شاعری میرا کام ہے،
چمن کی ماندہ ہواؤ!
اپنے دامن سمیٹ لو... کہ
میرے آتشیں گیت،
دبے ہوئے سینوں میں ایک تلاطم برپا کرنے والے ہیں،
میں ان لاشوں کے گیت گاتا ہوں،
جن کی سردی دسمبر مستعار لیتا ہے

میرے سینے سے نکلی ہوئی آہ
وہ لُو ہے جو جون کے مہینے میں چلتی ہے۔
میں آہوں کا بیوپاری ہوں،
لہو کی شاعری میرا کام ہے...

سینے میں قید کیے ہوئے الفاظ باہر نکلنے کے لیے مضطرب ہوتے ہیں۔اپنے آپ سے بولنا اس الوہیت سے گفتگو کرنا ہے۔جو ہمارے دلوں کی پنہائیوں میں مستور ہوتی ہے۔"

"اسکول کے ایک طالب علم کی طرح انقلاب کے حقیقی معانی سے تم ابھی نا آشنا ہو، انقلابی وہ ہے جو ہر ناانصافی اور ہر غلطی پر چلا" اٹھے۔انقلابی وہ ہے جو سب زمینوں، سب آسمانوں، سب زبانوں اور سب وقتوں کا ایک مجسم گیت ہو، انقلابی، سماج کے قصاب خانے کی ایک بیمار اور فاقوں مری بھیڑ نہیں، وہ مزدور ہے تنومند، جو اپنے آہنی ہتھوڑے کی ایک ہی ضرب سے ارضی جنت کے دروازے وا کر سکتا ہے۔میرے عزیز! یہ منطق، خوابوں اور نظریوں کا زمانہ نہیں، انقلاب ایک ٹھوس حقیقت ہے۔یہ تمھارے ساتھ موجود ہے۔اس کی لہریں بڑھ رہی ہیں۔کون ہے جو اس کو روک سکتا ہے۔یہ بندھ باندھنے پر نہ رک سکیں گی!" ●●

"سیاہ حاشیے" سعادت حسن منٹو کے افسانچوں کا مجموعہ ہے، جو تقسیم کے موقع پر پھوٹ پڑنے والے فسادات کے پس منظر میں تخلیق ہوا ہے۔اس کے بعض افسانے صرف دو جملوں میں تمام ہو جاتے ہیں۔اس قدر اختصار کے باوجود ان کے مطالعے سے خیالات و تاثرات کی سلسلہ در سلسلہ لہریں ذہن میں یک کے بعد دیگرے ابھرنے لگتی ہیں۔فسادات کے موضوع پر بہت کچھ لکھا گیا ہے مگر اس مجموعہ کی تحریریں اپنی انسان دوستی، اسلوبیاتی تنوع اور تاثر کے باعث شاہکار کا درجہ رکھتی ہیں۔

(خواجہ محمد زکریا- بیک کور نوٹ: "سیاہ حاشیے-تجزیاتی مطالعہ" سجاد شیخ)

زہریلے ٹیکے: سیاہ حاشیے

اتول تیواری

''سیاہ حاشیے'' منٹو صاحب نے ۱۹۴۸ء میں لکھنے شروع کر دیے تھے۔ سیاہ حاشیے میں بتیس چھوٹی چھوٹی یہ کہانیاں انہوں نے لکھیں۔ اور ان کی خاصیت یہ ہے کہ یہ کہانیوں سے زیادہ تصویریں لگتی ہیں۔ they were like snapshots۔ منٹو دو، تین چار، سطروں کی، ایک سطر کی کہانی میں جس طرح اپنی بات کہہ جاتے ہیں اس فارم میں کہہ پانا لگ بھگ ناممکن ہے۔ دوہوں میں کم شبد ہوتے ہیں منٹو کی کہانیوں میں بھی کم شبد ہیں۔ چودہ شبدوں کی کہانی ہے، اٹھارہ شبدوں کی کہانی ہے۔ اور پوری مکمل کہانی ہے اس میں کہانی اور اُس کی گرامر کی وہ ساری چیزیں شامل ہیں جو کہانی کے فارم کے لیے ضروری قرار دیا گئی ہے۔ یعنی ایک ابتدا، مڈل اور انجام۔ ایک سطر کی کہانی ہے۔

''میں سکھ بننے کے لیے ہر گز تیار نہیں... میرا اُسترا واپس کر دو مجھے۔''

ایک ڈائلاگ میں کہانی ختم۔

''سیاہ حاشیے'' کے نام کے بارے میں بھی کئی اٹکلیں ہیں کہ یہ نام کیسے آیا؟ ایک زمانے میں جب جرنلزم میں تھوڑے بہت ethics ہوا کرتے تھے۔ ایسا کہتے ہیں جب کوئی بُری خبر چھپتی تھی تو اُس کے آس پاس ایک سیاہ حاشیہ ہوتا تھا اور شاید یہ جو بُری خبر منٹو لکھے رہے تھے، چھوٹی چھوٹی، اس کے لیے انہوں نے ''سیاہ حاشیے'' کا ٹائٹل دیا۔ کچھ لوگ کہتے ہیں its like a injection tab جیسے ٹیکہ نہیں لگایا جاتا ہے، تھوڑا سا زہر شریر میں ڈال دیا جاتا ہے۔ جس سے زیادہ زہر نہ پھیلے شریر میں، وہ بیماری نہ آئے۔ اس طرح کے چھوٹے چھوٹے ٹیکے

تھے، جو منٹو دے رہے تھے۔ ذرا ذرا سا زہر اس لیے دے رہا تھا کہ اور باقی زہر کے اثر سے آپ محفوظ رہ سکیں۔ یہ وہ ٹیکے تھے جو منٹو لگا رہے تھے ''سیاہ حاشیے'' کی کہانیوں سے۔

مارگریٹ بروک واہٹ نام کی ایک خاتون تھیں جنھوں نے تقسیم کے سانحے کی سب سے زیادہ فوٹو گراف کھینچے تھے اور یہ بات بھی دھیان میں رکھنے والی ہے کہ وہ محض ایک جرنلسٹ نہیں تھیں، وہ ایک فن کار ایک تخلیقی فنکار تھیں۔ تقسیم کے دوران ہونے والے فسادات کے ہولناک مناظر کو اپنے میں کیمرے میں قید کرنے والے ایک غیر ملکی فوٹو گرافر قازیہ بریسوف کا نام بھی بہت اہم ہے۔ اس کے علاوہ ایک ہندوستانی فوٹو گرافر سنیل جانا بھی ہیں جنھوں نے قحط بنگال اور بٹوارے کے بعد مشرقی پاکستان سے لوٹنے والے مہاجرین کی تصویریں کھینچی تھیں۔ یہ فوٹو گرافر اُس وقت جو کام کر رہے تھے جن کی وجہ سے بٹوارے کی داستان، مہاتما گاندھی کی موت، اُس وقت کے تشدد کی اصل حقیقت دنیا والوں کے سامنے پہنچ سکی تھیں۔ یہی کام ایک اور کلاکار اپنے انداز سے کر رہا تھا، اُس کا نام تھا سعادت حسن منٹو۔ وہ بھی snap shot کے ذریعے بٹوارے کی تصویریں کہانیوں کے فارم میں دنیا والوں کو پہنچانے کی کوشش کر رہا تھا۔ میں ''سیاہ حاشیے'' کے افسانوں کے بارے میں کچھ کہنے کے بجائے اس کے انتساب کے بارے میں کہنا چاہوں گا جس میں اس کتاب کی روح بسی ہوئی ہے:

''اُس آدمی کے نام...
جس نے اپنی خوں ریزیوں کا ذکر کرتے ہوئے کہا:
''جب میں نے ایک بڑھیا کو مارا
تو مجھے ایسا لگا، مجھ سے قتل ہو گیا ہے۔''

منٹو جس کے بارے میں مشہور ہے کہ وہ صرف سیاہی کا ادیب تھا، صرف کالک دکھاتا تھا، زندگی کے صرف منفی پہلوؤں کو پیش کرتا تھا... دیکھ لیں اُس کے اندر کتنی اُمید ہے کہ کسی کو قتل کرنے کا احساس اُس وقت ہوا جب اُس نے کسی بوڑھیا کو مارا، اُس سے پہلے نہیں تھا۔

●●

سراج الدین، سکینہ اور سیاہ حاشیے کے افسانے

سلیم عارف

منٹو کے ''سیاہ حاشیے'' کا اگر تاریخی وقت دیکھیں تو ۴۸-۱۹۴۷ء کے درمیان کا کچھ نظر آتا ہے۔ یہ وہ دور تھا جب منٹو ایک طرح سے ہندوستان سے بددل اور بدظن ہو کر اور کچھ اپنے گھر والوں خاص طور پر اپنی بیوی صفیہ کی وجہ سے پاکستان شفٹ ہو گئے تھے۔ پاکستان پہنچنے کے بعد کچھ وقت کے لیے منٹو کا ذہن بوجھل اور قلم رُکا ہوا تھا اور پہلی جو چند چیزیں اُن کے قلم سے نکلیں، میرے خیال میں، ''سیاہ حاشیے'' کی کہانیاں اُن میں سے ایک تھی۔ ''سیاہ حاشیے'' ایک طرح سے منٹو کا بہت ہی سکتے کے عالم میں لکھا ہوا پارٹیشن پر reaction ہے، جو مختلف طریقے سے اُن کہانیوں میں آتا ہے۔ ہم اُن کے اس ردِّ عمل کو کیا کہیں گے؟ انہیں واقعات کا بیان نہیں کہہ سکتے، یہ نرے خیالات بھی نہیں، جو اُن کے تخیل اور تصور میں آئے، پھر یہ کیا ہیں؟

کچھ چیزیں انہوں نے اُس وقت دیکھی ہوں گی، کچھ سمجھی ہوں گی۔ مگر بات یہ ہے کہ اُس وقت پورے ماحول پر جو پاگل پن چھایا ہوا تھا، اُسے دیکھ کر منٹو صاحب ''سیاہ حاشیے'' میں جس طرح react کرتے ہیں، وہ ہم سب کو شاک کرتا ہے اور ہمیں اُس ماحول میں لے جا کر کھڑا کر دیتا ہے، جہاں یہ سب جاری تھا۔ اہم بات یہ ہے کہ یہاں بھی منٹو ایک خاص طرح کی دوری بنائے رکھتے ہیں۔ ان کہانیوں میں کہیں کہیں ہیومر کے elements نظر آتے ہیں، کہیں طنز جیسا لگتا ہے اور کہیں ایسا محسوس ہوتا ہے کہ منٹو آدمی کی شرافت پرستی کو انڈر لائین کر رہے ہیں۔ یہ چھوٹی چھوٹی کہانیاں جو دو تین سطروں سے چار پانچ صفحات پر سمٹی ہوئی ہیں، اصل میں اُس وقت کے واقعات اور حالات کا منظر نامہ ہے۔ مطلب دو تین سطروں سے لے کر پانچ

صفحات تک، یہ الگ الگ خاکے ہیں، انہیں ہم ٹوڈل کہہ سکتے ہیں، کچھ رف اسکیچ ہیں جن میں لوٹ مار اور قتل و غارت گری کا ذکر ہے، عصمت دری کا ذکر ہے۔ چھپ کر یا جان بچا کر بھاگنے کی کوشش بھی یہاں نظر آتی ہے۔ پولیس کا کرپشن، اُس کی بے رحمی بھی دکھائی دیتی ہے اور جس طرح سے لوگ باگ اُس دنگے فساد میں شامل ہو رہے تھے اور جس جوش و خروش سے اُس میں حصّہ لے رہے تھے، اُس کو بھی منٹو صاحب نے اس انداز میں انڈر لائین کیا ہے کہ ہمارے سامنے تھوڑی دیر کے لیے انسانیت پر سوال کھڑا ہو جاتا ہے کہ آخر ایک آدمی دوسرے آدمی کے ساتھ دھرم یا مذہب کے نام پر کس حد تک تشدد کر سکتا ہے یا کس حد تک جا سکتا ہے؟

اور ان سب کے ساتھ منٹو صاحب کا کمال یہ ہے کہ ایک تیسرے آدمی کی طرح، ایک out side the action کردار کی مانند وہ چیزوں کو دیکھتے ہیں۔ ایسا معلوم ہوتا ہے کہ کیمرہ پین کر کے بڑے ہجوم cover کرتے ہوئے اچانک چھوٹے سے کلپ کو زوم کر دیتا ہے۔ تین سطروں کا یہ منظر فوکس کرنے بعد کیمرہ اچانک دوسرے حادثہ پر شفٹ ہو جاتا ہے پھر وہاں سے گھوم کر کسی تیسرے واقعہ پر مرکوز ہو جاتا ہے۔ ''سیاہ حاشیے'' کے یہ افسانے یہ ایک طرح کا کولارژ ہے جو الگ الگ طریقوں اور زاویوں سے ہمیں اُس وقت جو گھٹ رہا، جو کچھ ہو رہا تھا اُسے جوں کا توں، بغیر کسی ماسکنگ کے بالکل ننگا کر کے دکھاتا ہے۔ اُس میں منٹو صاحب ایک افسانہ نگار کی حیثیت سے کہیں بھی جذباتی نہیں ہوتے، کہیں بھی ایسا نہیں لگتا کہ منٹو مرنے والے کو ہمدردانہ نظروں سے دیکھ رہے ہیں یا مارنے والے کو دیکھتے ہوئے اُن کے دل میں نفرت کا جذبہ جاگ رہا ہے۔ اُن کی آنکھ سے نہ کہیں آنسو نکلتا ہے نہ کہیں اُن کا دل بھر آتا ہے۔ بہت ہی ڈی ٹیچیڈ طریقے سے وہ اِن مناظر کو دیکھتے ہیں۔ بالکل ایسے جیسے کوئی بے جان کیمرہ دیکھتا ہے سچائی کو، جس کھلے پن اور ننگے پن کے ساتھ ایک کیمرہ دیکھتا ہے منٹو صاحب بھی تقریباً ویسے ہی انسان کی انسانیت اور حیوانیت کے اُن واقعات اور مناظر کو دیکھتے نظر آتے ہیں۔ اور جب وہ اُن حادثات کو بیان کرتے ہیں تو اُن کے ایک ایک لفظ کی جو دھار ہے بالکل اُس قاتل کے چھرے کی دھار جیسی ہے جو ایک وار میں آدمی کو موت کے گھاٹ اُتار دیتا ہے۔ ایک جھٹکے سے وہ کسی کے پاجامے کا ناڑا کھول دیتا ہے، اُتنی ہی بے رحمی اور بے نیازی

کے ساتھ کسی کا سامان لوٹ کر لے جا رہا ہے۔ کہانیوں میں مختلف کردار جس طرح اپنا ردِ عمل درج کرتے ہیں اُنہیں دیکھ کر لگتا ہے کہ یہ سبھی ایک عجیب و غریب پاگل پن میں مبتلا ہیں، انسانیت کے خلاف جو ایک مہم چل رہی ہے وہ، اُس کا اٹوٹ حصّہ ہیں۔ تشدد اور قتل و غارت گری کے سائے میں رہتے رہتے گویا وہ سبھی اس کے عادی ہو چکے ہیں اور انہوں نے مانو اُسے قبول کر لیا ہے۔ اسی لیے اُن کے رویے اور برتاؤ میں ایک بے نیازی آ گئی ہے۔

اس حوالے سے کچھ مثالیں جو یاد آتی ہیں۔ اس میں ایک کہانی ''تعاون'' ہے۔ یہ ایک مختصر سی کہانی ہے۔ جس میں ایک شخص عمارت میں آئے لٹیروں کی مدد کرتا ہے، اور اُنہیں اطلاعات فراہم کرتا ہے کہ کون سا سامان کہاں رکھا ہوا ہے۔ لیکن جب اُس شخص کی شناخت ہوتی ہے تب تک پڑھنے والا اندازہ لگا چکا ہے کہ وہ کوئی اور نہیں مکان کا مالک ہے۔ اس لیے اختتام میں جب ایک کتا لٹیروں پر حملہ کرتا ہے تو پڑھنے والے کو تعجب نہیں ہوتا۔

اسی طرح اُن کی ایک اور کہانی ہے ''کرامت'' اس میں، اُس شخص کی قبر پر اچانک دیے جلائے جانے لگتے ہیں کہ گزشتہ رات اُس کی لاش کنویں سے برآمد ہونے کے بعد کنویں کا پانی معجزاتی طور پر میٹھا ہو گیا تھا۔ جبکہ حقیقت یہ تھی کہ وہ پولیس کے ڈر سے لوٹی ہوئے شکر کی دو بوریاں کنویں میں پھینکنے گیا تھا لیکن بوری سمیت خود کنویں میں گر پڑا تھا۔ لاش تو کنویں سے نکال لی گئی مگر چوری کی ہوئی دونوں بوریوں کی شکر کنویں کے پانی میں گھُل چکی تھی اور پانی میٹھا ہو گیا لہٰذا دوسرے دن سے اُس کی قبر پر دیے جلنے لگے۔

یا جیسے ''ساعتِ شیریں'' میں مہاتما گاندھی کی موت پر ایک اخباری رپورٹ شائع ہوئی کہ لوگ مہاتما گاندھی کی موت پر مٹھائیاں بانٹ رہے ہیں۔ ایک کہانی ''گھاٹے کا سودا'' یاد آتی ہے، جس میں دو دوست پیسے دے کر ایک ایسی لڑکی کو لے تو آتے ہیں لیکن شب بسری کے بعد اُس کا نام پوچھنے پر اُنہیں پتا چلتا ہے کہ اُن کے ساتھ دھوکا ہوا ہے کہ اُن کے مذہب کی لڑکی انہیں تھما دی گئی ہے چنانچہ وہ اُسے واپس لوٹا دیتے ہیں۔ ایک کہانی ''صفائی پسندی'' ہے۔ جو قاتل ہیں وہ اتنے صفائی پسند ہیں کہ اُنہیں اس بات کی بہت پرواہ ہے وہ اُس جگہ کو گندہ کرنا نہیں چاہتے جہاں اُن کے ہم مذہب مسافر سفر کر رہے ہیں، اس لیے دوسرے مذہب سے

تعلق رکھنے والے مسافر کو ٹرین کے ڈبے کے باہر لے جا کر قتل کرتے ہیں۔ یہ چھوٹے چھوٹے واقعات یا انہیں آپ Inncedents کہہ لیں، جن کو منٹو نے اپنی طرح لکھا ہے۔ ان کہانیوں کو پڑھنے کے بعد یہ بات بلا تامل کہی جا سکتی ہے کہ "سیاہ حاشیے" کی یہ کہانیاں بھی صرف منٹو صاحب ہی لکھ سکتے تھے کیونکہ وہی ظلم و جبر کے تماشے کو اس طرح دیکھ سکتے تھے۔

گویا یہ ساری ایسی کہانیاں ہیں جو آدمی کے اُس پاگل پن اور وحشیانہ پن کو پیش کرتی ہیں جو ہمارے خون کو کھولا بھی دیتی ہیں اور ٹھنڈا بھی کر دیتی ہیں۔ انہیں پڑھتے ہوئے ہم ایک عجیب و غریب landscape سے گزرتے ہیں اور تھوڑی دیر بعد یہ سوچنے پر مجبور ہو جاتے ہیں کہ کیا ایسا واقعی ہوا تھا؟ اگر ایسا ہوا تھا تو کس طرح ان لوگوں نے یہ کیا اور ایک رائٹر اس کو کتنی بے رحمی سے قلم بند کر رہا ہے۔ ان چھوٹے چھوٹے events میں منٹو صاحب اُس پاگل اور وحشی انسان کو اُس کی انسانیت کے بارے میں بھی یاد دلانے کی کوشش کرتے نظر آتے ہیں۔ بیان کی جانے والی ساری گندگی، بدتمیزی اور بے رحمی کے بیچ بھی رحم اور انسانی ہمدردی کے ننھے منے زاویے بھی ہمیں نظر آتے ہیں۔ "سیاہ حاشیے" کا جو تیور ہے، جس میں منٹو بالکل بے لوث، بے نیاز ہو کر اُسے ایک intellectual joke کی طرح کہا ہے۔ اس میں ہیومر کے ساتھ طنز بھی لے آتے ہیں۔

"سیاہ حاشیے" کو ہم وہ منیچر اسکیچیز کہہ سکتے ہیں جن سے "ٹھنڈا گوشت" اور "کھول دو" جیسی طویل کہانیوں سے برآمد ہوئی ہیں۔ ان کہانیوں کو دیکھ کر مجھے لگتا ہے جیسے کوئی پینٹر جب بڑے کینواس کو پینٹ کرنے کی کوشش کرتا ہے تو اُس کے مختلف حصوں میں، چھوٹے چھوٹے گوشے اسکیچ کرتا ہے۔ پھر اُن سارے elements کو ایک کینواس پر جمع کرتا ہے اور اُس کا اپنا ایک لینڈ اسکیپ تیار ہوتا ہے، جس میں بہت سارے واقعات اور سانحات درج ہوتے ہیں اور آپ کا ذہن اور نگاہ ایک حصّے سے دوسرے حصّے تک، ایک جگہ سے دوسری جگہ پہنچ جاتی ہے۔

"سیاہ حاشیے" کے اِن افسانوں کو پڑھ کر کئی بار میرا دل ہوا کہ میں اِن کہانیوں کو اسٹیج پر لائٹ اور ساؤنڈ کی طرح flashes میں پیش کروں، ایک اسپیس اپنا بنا کر۔ روایتی ڈرامے کے

طور پر مجھے نہیں لگتا کہ اِنہیں یہ موثر ڈھنگ سے پیش کیا جا سکتا ہے۔ اگر کبھی موقع ملا تو میں کسی بڑے سے کیمپ میں رئیل ایکٹروں کے ساتھ پورا سیٹ اَپ کر کے ''سیاہ حاشیے'' کھیلنا چاہوں گا اور اُس کا اختتام ہوگا ''کھول دو'' پر۔ کیونکہ کہیں نہ کہیں مجھے ''کھول دو'' کی یہ کہانی ''سیاہ حاشیے'' کا ہی ایک جزُ لگتی ہے۔ منٹو صاحب نے اُن سارے تجربات کو جن سے وہ گزرے تھے، جو انہوں نے دیکھے تھے اُن کی حسّاس طبعیت اس سانحہ کو اپنے باطن میں جذب کر رہی تھی اُس کا اگر کوئی culmination ہوسکتا ہے تو وہ مجھے ''کھول دو'' کہانی ہی میں نظر آتا ہے۔ ''سیاہ حاشیے'' کو جب جب میں پڑھتا ہوں اس کا مجھے اختتام سکینہ اور سراج الدین کے انجام میں ہی دکھائی دیتا ہے۔ ●●

آخر وہ کیا چیز ہے جو لوگوں کو بیٹے کی حیثیت سے، باپ کی حیثیت سے، شوہر اور خاندان کے ایک فرد کی حیثیت سے منافرت اور وحشت کے تانڈو میں چھلانگ لگانے پر مجبور کرتی ہے۔ منٹو کی کہانیوں میں زیادہ سفاکیت اور زیادہ کڑواہٹ اُبھرتی ہے۔ اُن کے تحریر کردہ دو افسانوں ''کھاد'' (سیاہ حاشیے'' اور ''یزید'' میں بھی یہ پوری شدّت کے ساتھ موجود ہے۔ دونوں کہانیاں منٹو نے پاکستان ہجرت کرنے کے بعد لکھیں اور دونوں افسانوں کو اُس وقت کی سیاسی صورتحال سے کاٹ کر نہیں دیکھا جا سکتا۔ ''کھاد'' منٹو کا یہ انتہائی مختصر افسانہ ایک سکھ کے باطنی ڈائلیما سے کو بیان کرتا ہے۔ داڑھی اور کیس، جو اُس کی مذہبی شناخت کا علامیہ ہے، سے اُس سکھ کی جذباتی وابستگی بالآخر موت کا سبب بن جاتی ہے حالانکہ دنگائیوں نے اُس کی گردن نہیں کیس کاٹے تھے۔ جان تو بچ گئی، مگر بالوں اور داڑھی سے محروم کر دیے جانے کے باعث وہ اس قدر دل برداشتہ ہوا کہ خود کشی کر لی۔ موت کے بعد اُس کا دوست انتہائی منطقی اور پُر لطف انداز میں اُس کی خودکشی کے اقدام کو احمقانہ قرار دیتا ہے کیونکہ کیس اور داڑھی سے اپنے مرحوم دوست کے مذہبی اور ثقافتی تلازمات کو وہ سمجھتا نہیں، سمجھنا ہی نہیں چاہتا۔ اور یہی افسانے کی تھیم لائین ہے۔ ''کھاد کا طنز اس بات میں مضمر ہے کہ ثقافتی علامتیں نفس کی تذلیل یا تذلیل سے باہر ہوتی ہیں اور کسی پر کوئی داغ نہیں چھوڑتی۔

ششی جوشی (سعادت حسن منٹو کی دنیا- انگریزی سے ترجمہ)

سیاہ حاشیے کی عصری معنویت

سُنیتا

فلموں میں پُر تشدد سین کو بڑے ہی ڈرامیٹک انداز سے فلمایا جاتا ہے۔ جسے دیکھ کر ناظرین کے رونگٹے کھڑے ہو جاتے ہیں۔ یہ مناظر ناظرین کو سانس روک کر بیٹھنے یا آرم چیئر کو مضبوطی سے تھامنے پر مجبور کر دیتے ہیں۔ اس کے لیے منظر کو کچھ اس انداز سے فلمایا جاتا ہے کہ ناظرین اسے دیکھ کر سہم اُٹھتے ہیں۔ اِس اِفیکٹ کے لیے ڈائریکٹر مذکورہ سین کو کلوز اپ میں دِکھاتا ہے ساتھ ہی میوزک کا سہارا بھی لیتا ہے۔ دنگے فساد کا سین ہو یا کسی کا ذاتی بدلا لینے کا منظر، جس میں ایک شخص مدمقابل کے پیٹ میں چھُرا گھونپنے پر آمادہ ہے، اُس وقت اُس کردار کا چہرہ غصہ کی حالت میں لال پیلا ہوتا ہے، سانسوں کے اُتار چڑھاؤ کے باعث، دانت بھینچتے ہیں، ناک پھولتی ہے، چہرہ ٹیڑھا میڑھا ہونے لگتا ہے۔ چہرے سے اُس کی نفرت، غصہ اور جھلاہٹ کا اندازہ لگایا جاسکتا ہے۔ اُسی طرح جس کے پیٹ میں چھُرا گھونپا جارہا ہوتا ہے وہ چیخ رہا ہوتا ہے، وہ پوری شدت کے ساتھ اپنی ساری طاقت کو مجتمع کر کے فیزکلی اس کو چھرا گھونپنے سے روک رہا ہوتا ہے۔ پورے ماحول میں اس کی چیخیں سنائی دیتی ہیں، بالآخر حملہ آور چھُرا اس کے سینے میں گھونپ دیتا ہے، حملہ آور کے چہرے پر بدلا لینے کی خوشی کا اظہار بتایا جاتا ہے گویا اُس نے بہت اہم کام انجام دے دیا ہو، مرنے والا تڑپ تڑپ کر دم توڑ دیتا ہے، کچھ لمحوں بعد اس کا لرزتا ہوا جسم ٹھنڈا پڑ جاتا ہے۔ حملہ آور بڑے فاتحانہ انداز سے اُس چھُرے پر لگے ہوئے خون کو اپنی آستین سے پوچھتا ہے۔ اب یہاں اگر حملہ آور کسی ذاتی بدلے کی وجہ سے حملہ کر رہا ہو تو منظر کچھ ایسا فلمایا جاتا ہے کہ وہ چھُرے کو وہیں چھوڑ کر نکل جاتا ہے اور اگر یہ منظر

کسی فساد کے لیے پیش کیا گیا ہو تو حملہ آور اِس صورت میں چھُرے کو وہاں نہ پھینکتے ہوئے اپنے دوسرے شکار کی تلاش میں آگے بڑھ جاتا ہے۔ تلوار سے وار کیا گیا ہو یا بندوق چلائی جا رہی ہو تو کچھ اسی طرح کا ماحول فلموں میں بتایا جاتا ہے۔

اب ذرا تصور کیجیے کہ درج بالا مناظر کو کچھ اِس انداز سے پیش کیا جا رہا ہو یا کسی تحریر میں ایسا لکھا گیا کہ محض حملہ آور وار کر رہا ہے۔ مدمقابل گر کر مر رہا ہے، کچھ لوگ مار رہے ہیں تو کچھ لوگ مر رہے ہیں، کوئی جان بچا کر بھاگ رہا ہے اور اس وقت کچھ بھی شور شرابا نہیں سنائی دے رہا ہے۔ نہ کرداروں کے چہروں کے اُتار چڑھاؤ، نہ خوف ناک میوزک۔ اُسی طرح کسی تحریر میں ہولناک منظر پیش تو کیا جا رہا ہے لیکن بس یونہی سرد مہری کے ساتھ پیش کر دیا گیا ہو تو کیا پڑھنے والے یا دیکھنے والے اپنی کرسی کے ہتھے کو ڈر سے بھینچ لیں گے؟ ان کے چہروں پر خوف کے آثار نظر آئیں گے؟ پڑھنے والے کے چہرے پر اُداسی چھائے گی۔ نہیں بالکل نہیں۔ اس قدر سپاٹ انداز سے کسی منظر کو پیش کرنے سے ناظرین اور قارئین پر کچھ اثر نہیں پڑے گا۔ نہ غصے سے لال پیلا ہوتا چہرہ، اور خوف کے مارے مرنے والے کی آنکھیں پھٹی دکھائی نہ دیں تو ایسے منظر کا کیا حشر ہوگا آپ سمجھ سکتے ہیں۔ لوگوں پر اس کا کچھ بھی اثر نہیں پڑے گا۔ اِموشنل ڈائیلاگ، جذبات کو اُبھارنے والے بول نہ ہو تو قارئین اور ناظرین کے ہاتھ کچھ نہیں لگے گا۔ اب ذرا ایسی ہی تحریر پر نظر ڈالیں تو اسے پڑھ کر قاری اپنی تصور کی آنکھ سے اس کے تحریر کے پیچھے کی اصلیت کو جاننے کی کوشش کرے گا۔ تحریر کی یہ سرد مہری قاری کے اندر جا کر ایک چیخ میں تبدیل ہوگی، اس کی سنگینی کو اگر تصور میں لایا جائے تو قاری کے رونگٹے کھڑے ہو جائیں گے۔ دیکھنے اور پڑھنے والے کی تصور کی طاقت خود محسوس کرائیں گی کہ یہ حقیقت کتنی ہولناک ہے۔ وہ سوچے گا کہ جہاں چیخیں سنائی دینی چاہیے تھی، وہاں چیخیں نہیں ہیں، لوگ کٹ رہے ہیں، لاشیں گر رہی ہیں، بندوقیں چل رہی ہیں نہ چیخیں ہیں نہ شور شرابہ۔ نہ غصے میں لال ہوتی آنکھیں، نہ دانت بھینچتے ہوئے حملہ آور... اس بربادی کے بعد زندہ رہنے کے تصور سے عاری ماحول کی امید ختم ہوتی نظر آ رہی ہو تب قاری کی تصور کی دنیا اپنا کام کرتی ہے۔ اس کے جذبات مچل اُٹھیں گے، اِس بھیانک دنیا کا چہرہ اس کی نگاہوں میں گھوم جائے گا۔ انسانوں کی اس حیوانیت پر ہمارا سر

شرم سے جھکا محسوس ہوتا ہے۔ ہم صرف ''سوری'' بول کر اس ''غلطی'' کو سدھار نہیں سکتے۔ یہ تصور دھیرے دھیرے ہمیں اپنی لپیٹ میں لیتا ہے۔ پڑھنے والے کو سُن کر دیتا ہے، قاری مبہوت ہو جاتا ہے، ساکت سوچنے پر مجبور کر دیتا ہے۔ ٹھہر ٹھہر کر اُس کے دل و دماغ میں کچوکے لگا تا ہے۔ میرے خیال سے ''سیاہ حاشیے'' کا انداز ایسا ہی ہے۔ یعنی انسانوں کی بربریت کو بغیر کسی منظر کشی کے پیش کر دیا گیا ہے۔ خوفناک کرداروں کے چہروں کی تفصیلات نہ پیش کر کے قاری کے اندرون کے جذبات کو جھنجوڑنے کی کوشش کی گئی ہے۔ ان میں دل دہلا دینے والے مناظر ایک کے بعد ایک کسی ppt کی طرح قاری کے سامنے آتے جاتے ہیں۔ یہ کہانیاں ایسی نہیں ہے کہ قاری اسے پڑھ کر اُچھل پڑے اور دوڑ کر اپنے کسی جاننے والے کو بتاتا پھرے کہ یہ کہانی پڑھو زبردست ہے۔ ہوسکتا ہے منٹو کی دیگر کہانیاں ایسی ہوں گی لیکن ''سیاہ حاشیے'' کی کہانیاں قاری کو مبہوت، ساکت کر کے اس کے دل و دماغ کو شَل کر دیتی ہیں۔ وہ اُسے ہکّا بکّا کر کے رکھ دیتی ہیں۔ اِن کہانیوں میں چھُپی آہیں، چیخیں ہمیں سنائی دیتی ہیں۔ جذبات میں تلاطم پیدا ہونے لگتے ہیں۔ ہولناک چہرے ہمیں دکھائی دینے لگتے ہیں۔ یہ چھوٹے چھوٹے معمولی نظر آنے والے قصے قاری کے دماغ پر بم کی طرح برستے جاتے ہیں۔ قاری کی Curiosity بڑھتی جاتی ہے اور وہ ''آگے کیا؟''، ''آگے کیا؟'' کی بجائے اور کیا کیا ہوا میں اُلجھتا چلا جاتا ہے۔ کیونکہ یہ قصے قاری بڑے اطمینان سے پڑھ جاتا ہے۔ یہ کہانیاں ایسی لکھی گئی ہیں جیسے یہ اخبارات کی رپورٹیں ہیں۔ لیکن یہ رپورٹ نہیں بلکہ قصے ہیں۔ حقیقی قصے...

جب ان کہانیوں میں چاقو، چھُرے، تلوار بندوقیں، لوٹ مار کے بارے میں ہم پڑھتے ہیں، ان میں پیش کی گئیں کارستانیاں اور چالبازیاں جب ہم پر چلتی ہیں تو ہمارے جسم ساکت ہوتا محسوس ہوتا ہے کیونکہ یہ ساری باتیں ہمارے آس پاس ہی کی محسوس ہوتی ہیں۔ کبھی ہم ان کے خاموش تماشائی تو کبھی اس کا حصہ بھی ہو سکتے ہیں۔ تب ہم نے اپنے آنکھ کان بند کر لیے تھے اب یہ کہانیاں گویا ہماری زبان بن کر ہمارے سامنے آگئی ہیں، یہ سب کہانیاں ہمارے کان مروڑ کر ہماری آنکھوں کو کھولنے اور زبان کو بولنے پر مجبور کر رہی ہیں۔ ان سطروں میں ہمارے لیے اشارہ ہے کہ یہ سب مناظر آپ ہی کے پیدا کیے ہوئے ہیں۔ یہ کہانیاں پردوں کو چاک

کر کے حقائق ہمارے سامنے لے آتی ہیں۔ یہ کہانیاں ہمارا مذاق اُڑاتی ہیں کہ اب تک آپ ان سے منہ موڑے ہوئے تھے، لو تمھاری کارستانیاں سنو اور پڑھو۔ یہ کہانیاں ہم پر طنز کرتی ہیں۔

ایسا لگتا ہے کہ اس حیوانیت کے لیے سب لوگ پہلے ہی سے تیار تھے۔ وہ لوگ مخالفین کے لیے پہلے ہی غصّے میں بھرے بیٹھے تھے، گویا ایک دوسرے کو دیکھنا بھی انہیں گوارا نہیں۔ ایسا لگتا ہے اپنے ذہن و دل میں یہ حیوانیت انہوں نے پہلے ہی سے بٹھا رکھی تھی۔ انہیں اس بات پر کوئی شرمندگی نہیں بلکہ وہ ان ''کارناموں'' کو دُرست مان رہے تھے، ان کا اندرون انہیں کچوکے نہیں لگا رہا تھا اور یہی سوچ ان کی اِس بربریت کو تقویت پہنچا رہی تھی چنانچہ اب جو ہو رہا ہے وہ محض اس سوچ کا نتیجہ تھا۔ اس سوچ کا یہی کچھ منطقی انجام ہونا تھا۔ سعادت حسن منٹو اِس بات پر حیرت زدہ نہیں ہے کہ ٹرین کے ٹائلٹ میں چھُپے ''مُرغے'' کو موت کے گھاٹ اُتار دینا حیوانیت نہیں ہے بلکہ حیوانیت اور بربریت تو یہ ہے کہ ایسی سوچ کو پروان چڑھایا گیا، اس بربریت کو صحیح تسلیم کیا گیا۔ اب تو صرف اس سوچ کو execute کیا جارہا ہے۔ یہ قصّہ گو ''سیاہ حاشیے'' کی کہانیوں میں رپورٹر کا جامہ پہنے گھوم رہا ہے۔ اس میں جو کہانیاں پیش کی گئی ہیں وہ اسی سوچ کا عملی جامہ قاری کے سامنے پیش کرتی ہیں۔ مارنے والوں کی سوچ ایسی بن گئی ہے کہ ہم جو کر رہے ہیں وہ صحیح ہے ہم مار کر رہیں گے اور مرنے والے بھی گویا اپنے آپ کو مرنے کے لیے تیار کر چکے ہیں۔ پورا ماحول ہی ایسا بن گیا ہے گویا وہ زمبیوں کے نرغے میں آچکے ہوں۔ جن کے جذبات، احساسات کی قوت کو معطل یا فنا کر دیا گیا ہو، بس اُن کے اندر ایک ہی جذبہ ہے جو چیخ رہا ہے، چلا رہا ہے کہ دشمن کو ختم کرو، اُسے لُوٹو اور برباد کرو۔

یہ منٹو کا کمال ہے کہ وہ اپنی تحریروں کے ذریعہ ہمیں چڑاتا ہے، بڑی چابکدستی سے معاشرے کے حقائق کو پیش کرتا ہے۔ یہ فارم منٹو نے دانستاً اپنایا ہے۔ وہ یہ چاہتے ہیں کہ جن میاں بیوی کی جوان بیٹی برباد ہو چکی ہے، اس کی عصمت تار تار ہو گئی ہے اور اب اس کا کہیں اتا پتا نہیں ہے۔ اس صورتحال اور کرب کو بیان کرنے والا جُملہ کیوں اور کیسے کسی قاری کو پگھلا سکتا ہے کیونکہ اب ایسا کوئی ماحول ہی بچا نہیں ہے جس میں یہ کوئی انوکھی بات ہو یا قاری کو سوچنے پر مجبور کرے کہ یہ کوئی غلط ہو رہا ہے۔ قاری کو تو وہاں لے جانا چاہیے وہ خود یہ محسوس کرنے لگے کہ

یہاں کسی اور کی بیٹی کا قصہ نہیں ہے بلکہ یہ میری بیٹی کا معاملہ ہے، اسکی روح کانپ جانا چاہیے یہ سوچ کر کہ یہ ہماری جوان بیٹی ہو سکتی تھی۔ منٹو جانتے تھے کہ شور و شرابے کو ہنگاموں کے ذریعے خاموش نہیں کیا جا سکتا اس کا توڑ خاموشی ہے، مبہوت کر دینے والی خاموشی... یہ مہارت ان میں موجود تھی اور بڑی آسانی سے وہ اس مہارت کا استعمال کر کے قاری کو سوچنے پر مجبور کر دیا کرتے تھے۔ وہ محض ایک قصہ گو نہیں تھے نہ ہی انہیں اپنا نام روشن کرنا تھا وہ تو انسانوں کو آئینہ دکھانے کا کام کر رہے تھے۔ وہ انسانوں کو نہایت صاف آئینہ دکھاتے ہیں۔ جو بالکل دھندلا نہیں ہوتا۔ جو سچ کو جوں کا توں پیش کر دیتا ہے۔ کئی مرتبہ ایسا محسوس ہوتا ہے کہ منٹو آہستہ آہستہ سفید کرتے پاجامے، چپّل اور چشمہ پہنے ان بھیانک منظر پیش کرنے والے راستوں سے گزر رہے ہیں اس طرح ''سیاہ حاشیے'' کے قصے بناتے چلے جا رہے ہیں۔ یہ آدمی فساد زدہ علاقے سے چھُپتے چھپاتے فسادیوں کے بیچ سے گزر رہا ہے، وہ اُن کے گھروں میں گھُس کر اُن کی باتوں کو سنتا ہے، وہ جلی ہوئیں دکانوں میں جھانکتا ہے جہاں محنت کی کمائی کا صفایا ہو چکا ہے، وہ صندوق اُٹھاتے مزدوروں، ٹرین میں سفر کر رہے سازشیوں کو اور ٹائلٹ میں پناہ لیے ہوئے ''مرغوں'' کو جانتا ہے، وہ بستیوں گلیوں میں گھوم رہا ہے اور یہ سب اپنی آنکھوں سے دیکھ رہا ہے، سن رہا ہے اور وہ ان سب کو اپنی روح میں بڑے سلیقے سے اُتار رہا ہے، محسوس کر رہا ہے اور جان رہا ہے۔ اس تجربے سے گزرنے کے بعد وہ کانپ رہا ہے اور درد میں ڈوبا ہوا ہے لیکن شاید اسے ان سب پر کوئی تعجب نہیں ہو رہا ہے۔

ہر طرف دھول مٹی اُڑ رہی ہے، لوگ بے یار و مددگار بھاگے جا رہے ہیں، گاڑیاں، بسیں، ٹرکیں یہاں سے وہاں دوڑ رہی ہیں، مار کاٹ لوٹ یہ سب سارے مذہب کے ماننے والوں کا مقصد بن گیا ہے۔ یہ صحیح یا غلط ہے اس کا انہوں نے پہلے ہی گلا گھونٹ دیا ہے۔ ان سب ہولناک مناظر کا جو اثر منٹو کی روح پر ہوا ہے اسے قلم کا سہارا لے کر وہ صفحات پر لے آتا ہے اور یہ ہم سب جانتے ہیں کہ منٹو اس میں بڑی مہارت رکھتے ہیں کہ اپنی بات کیسے پیش کرنا ہے۔

انہوں نے جو کہانیاں ڈیلیور کی ہیں جو قصے بیان کیے ہیں آج ۲۰۰۲ء میں بھی زندہ ہیں، سانس لے رہے ہیں۔ یہ بات ہمیں چھُری بن کر، بندوق بن کر ہمارے باطن کو زخمی کر رہی

ہے۔گولیاں چل رہی ہیں۔آج بھی ہونے والے یہ قصے ہمیں مبہوت کردینے کے لیے کافی ہیں،نظارے بدلے نہیں ہیں۔ہم آئے دن کئی بار ایسی باتیں سنتے رہتے ہیں،کسی آرٹیکل میں،کسی اسٹیج سے،کسی ویڈیو میں یہ ہولناک باتیں ہم دیکھ سکتے ہیں۔اسی لیے منٹو کے ''سیاہ حاشیے'' آج بھی کتنے relevant ہیں ہم او پر بتا چکے ہیں۔لیکن آج ۲۰۰۲ءمیں اس ضمن میں بات اس قدر بڑھ گئی ہیں تو منٹو کے دور میں پُر تشدّد کارگزاریاں کرنے والے مجھے معصوم لگنے لگے ہیں کہ وہ ماحول کے اثرات سے بوکھلا گئے تھے۔اس زمانے میں تو لوگ چاقو چھرے،بندوق اور تلواروں سے زخمی ہوتے تھے اور موت کے گھاٹ اُترتے یا اُتارے جاتے لیکن اب تو معاملہ یہ ہے کہ اب دل و دماغ کو ٹیوسٹ کیا جارہا ہے اور منصوبہ بند ڈھنگ سے لوگوں کو پُر تشدد مشین میں بدلا جارہا ہے۔اور یہ کام نہایت انہماک سنجیدگی اور اطمینان سے ہورہا ہے،جیسے انہیں کوئی جلدی نہیں۔سازشی طریقے سے دھیرے دھیرے یہ زہر سماج میں گھول رہے ہیں۔

سازشی دماغ خود ہی صحیح غلط کا فیصلہ کر رہے ہیں اور تاریخ کے گڑے مردے اُکھاڑ کر عام لوگوں کو ورغلانے کا کام کتنا ضروری ہے ثابت کرنے پر تُلے ہوئے ہیں۔وہ نصابی تعلیم کو بدل رہے ہیں،نظموں کو توڑ مروڑ کر پیش کر رہے ہیں،مقامات کے نام بدل رہے ہیں تاکہ قدیم آثار مٹ جائیں۔تاکہ آنے والی نسلیں ان سے ناواقف رہ جائیں۔اب حملہ جسموں پر نہیں بلکہ دماغوں کو take over کرنے کا کام ہورہا ہے۔اگر آج منٹو زندہ ہوتے تو وہ اِن سازشی اور زخمی دماغوں کے سفر پر بھی نکل پڑتے اور وہاں کی غلاظت کو کاغذی سیاہی کا سہارا لے کر پیش کردیتے۔جس کی بدبو ہم ہمارے دماغوں تک پہنچتی محسوس کرتے،جسے پڑھ کر ہم چوکنا ہوتے۔بطور افسانہ نگار وہ اس بات کو بحسن خوبی پیش کردیتے تھے۔

آج کل ادب کے معاملے میں ہم اس قدر قلاش ہو چکے ہیں کہ اب ہمارے جذبات کو scratch کرنے والی کہانیاں نہیں آرہی ہیں۔تحریر کی وہ کاٹ ہو جو قاری کو گھائل کردے،اس کے سامنے سوالات کھڑا کرے۔سوال پیدا ہونا ضروری ہے۔ہم صرف نیوز رپورٹس بنانے،ویڈیوز اُتارنے اور آرٹیکلس چھاپنے میں ہی پھنسے ہوئے ہیں۔یہ مضامین،مباحث اور باتیں ہمیں جگا نہیں پارہی ہیں بلکہ سُلا رہی ہیں،منجمد،اِمیون کر رہی ہیں۔ہم دیکھتے ہیں اچھے بھلے

انسان بھی انسانیت کے وسیع تناظر سے صرفِ نظر کرتے ہوئے selective خیال کو اپنا رہے ہیں۔ پورا ماحول ٹوٹ پھوٹ کا شکار ہو چکا ہے۔ یا پھر یہ بات ہے کہ سازشی اتنا چالاک ہے کہ وہ اس ایریا کو نہایت دھندلا کر کے پیش کر رہا ہے کہ لوگوں کی توجہ اس طرف جا ہی نہیں رہی ہے۔ یہ سازشی لوگ اپنے مفادات کے بیج بو رہے ہیں۔

قلم میں آج بھی طاقت ہے کہ تصورات کے گھوڑوں کو آسمان پر اُڑایا جا سکتا ہے۔ جس کی بدولت ہم سیاسی سازشوں سے دو قدم آگے رہ کر اُنہیں بے نقاب کر سکتے ہیں۔ آج ہمیں پہلے کی بہ نسبت ''سیاہ حاشیے'' جیسی تحریروں کی زیادہ ضرورت ہے۔ لیکن سوال یہ پیدا ہوتا ہے کہ کب اور کیسے کوئی ایسی چھوٹی چھوٹی کہانیاں، تیکھے جملے لکھے گا جو ہمیں جھنجھوڑ کر رکھ دے اور ہمارے ذہنوں دماغوں میں بیٹھی دھول مٹّی کو صاف کر دے؟؟؟

●●

تقسیم کے حوالے سے لکھے گئے ادب میں منٹو کی کہانیوں کو اپنے معاصرین میں متعدد وجوہات کی بنا امتیازی حیثیت حاصل ہے۔ ''ٹھنڈا گوشت''، ''کھول دو''، ''ٹوبا ٹیک سنگھ'' کے علاوہ ''سیاہ حاشیے'' کے افسانوں میں دہشت و سفاکیت اور غیر انسانیت کے مظاہر کو اُنہوں نے دو ٹوک انداز میں اور بے حد بے نیازی کے ساتھ پیش کیا ہے۔ ''سیاہ حاشیے'' کا انگریزی ترجمہ خالد حسن نے ''sketches and stories'' کے عنوان سے کیا ہے۔ اس میں ۳۲/ ایسی کہانیاں ہیں جو چار پانچ صفحات پر بھی پھیلی ہوئی ہیں اور تین چار سطروں میں بھی سمٹی ہوئی ہیں، لیکن اپنے اثر کے لحاظ سے یہ زبردست ہیں اور ہمیں اندر سے سرد کر دیتی ہیں، پڑھنے والا اِن سے پیچھا نہیں چھڑا پاتا۔ مثال کے طور ''مناسب کاروائی'' میں عدم تشدّد بجائے خود تشدّد کی سازش، بلکہ تشدّد کا بہانہ بن جاتا ہے۔ ''جیلی'' میں برف بیچنے والے کا خون بچے کی معصوم آنکھوں میں جیلی بن کر سامنے آتا ہے اور اُسے دیکھ کر اُس کے منہ میں پانی آجاتا ہے۔ لیزلی فلیمنگ نے ان فن پاروں کو ''دانشورانہ لطیفے'' کہا ہے، لیکن اِنہیں ''دانشورانہ لطیفے'' کہنا اِن کی طنز کی دھار کو کُند کرنے جیسا ہوگا۔

تیجونت سنگھ گل: منٹو اور پنجابی کہانیاں۔ (انگریزی سے آزاد ترجمہ)

تجزیے

مزدوری-تجزیہ

سجّادشیخ

''سیاہ حاشیے'' میں شامل افسانوں میں بہ لحاظ ترتیب یہ افسانہ دوسرے نمبر پر ہے اور اس مجموعے کے مختصر افسانوں میں یہ طویل ترین افسانہ ہے، جوکُل پانچ صفحات پر مشتمل ہے ۔اس افسانے کا پلاٹ بھی آغاز، وسطی حصّے اور انجام پر مبنی ہے ۔ابتدائی حصّے میں ایک شہر کے مین بازار میں لوٹ کھسوٹ کا بازار گرم ہے ۔ بہ قول منٹو: ''اُس گرمی میں اضافہ ہوگیا، جب چاروں طرف آگ بھڑکنے لگی۔''

نہایت کفایت شعاری سے منٹو نے بلوائیوں کی لوٹ مار کے مختلف مناظر یہاں بہت vividly پیش کیے ہیں ۔ان مناظر کا ذکر محض چند بیانیہ جملوں میں کیا گیا ہے جبکہ کچھ مناظر کی ڈرامائی انداز سے من وعن عکاسی کی گئی ہے ۔ چند مثالیں ملاحظہ کیجیے:

۱ ایک آدمی ہارمونیم کی پیٹی اُٹھائے خوش خوش گاتا جارہا تھا۔

۲ ایک چھوٹی عمر کا لڑکا جھولی میں پاپڑوں کا انبار ڈالے بھاگا جارہا تھا... ٹھوکر لگی تو پاپڑوں کی ایک گڈی اس کی جھولی سے گر پڑی ۔

۳ ایک شخص سر پر سلائی کی مشین اُٹھائے چلا جارہا تھا۔

۴ بازار میں دھب سے ایک بھری ہوئی بوری گری ۔ایک شخص نے جلدی سے بڑھ کر اپنے چھُرے سے اُس کا پیٹ چاک کیا۔ آنتوں کے بجائے شکر، سفید سفید دانوں والی شکر اُبل کر باہر نکل آئی ۔

۵ ''ہٹ جاؤ... ہٹ جاؤ''... ایک تانگا تازہ تازہ روغن شدہ

الماریوں سے لدا ہوا گزر گیا۔

۶ ایک موٹر میں غالباً دو عورتوں کو اغوا کر کے لے جایا جا رہا تھا۔ اُن کی چیخیں موٹر کے ہارن میں دب گئیں۔

۷ اونچے مکان کی کھڑکی سے ململ کا تھان پھڑ پھڑاتا ہوا باہر نکلا... شعلے کی زبان نے ہولے سے اُسے چاٹا... سڑک تک پہنچا تو راکھ کا ڈھیر تھا۔

۸ ایک جگہ لوگ لوٹ مار کے مال میں سے مفت لیمونیڈ کی بوتلیں پی رہے ہیں۔

۹ گلے میں موٹر کا ٹائر ڈالے ہوئے آدمی نے دو بوتلیں لیں۔اور شکریہ ادا کیے بغیر چل دیا۔

افسانے کا ہر جملہ بلوائیوں کی لوٹ کھسوٹ کا ذکر بہت سادہ مگر موثر انداز میں پیش کر رہا ہے۔

افسانے کے درمیانی حصّے میں ایک کشمیری مزدور پر کیمرہ فوکس کیا گیا ہے۔دراصل پولیس کی آمد سے ذرا پہلے تمام بلوائی لوٹ مار کے بعد جائے واردات سے کھسک گئے ہیں۔ البتہ ایک سادہ لوح کشمیری مزدور پولیس کی آمد سے بے خبر چاولوں کی ایک بوری اٹھا لیتا ہے۔ پولیس آتے ہی تڑاتڑ گولیاں چلانے لگتی ہے۔یہ مزدور پیٹھ پر بوری اُٹھائے بھاگنے کی کوشش کرتا ہے۔تعاقب کرتی پولیس سٹیاں بجا کر اُسے روکنے کی کوشش کرتی ہے لیکن وہ رُکنے کا نام نہیں لیتا۔اچانک ایک سپاہی اپنا پستول نکال کر اس پر فائر کر دیتا ہے۔کشمیری مزدور کی پنڈلی گولی لگنے سے زخمی ہو جاتی ہے۔بوری اس کی پیٹھ سے گر جاتی ہے لیکن وہ جلدی سے اُسے اٹھا کر ایک بار پھر سرپٹ بھاگتا ہے۔عین اُس وقت جب پولیس تعاقب ختم کرنے والی ہے کشمیری مزدور لڑکھڑا کر گر پڑتا ہے اور سپاہی اسے بوری سمیت تھانے لے جاتے ہیں۔ راستہ بھر وہ احتجاج کرتا ہے کہ پولیس اُسے کیوں گرفتار کر کے لیے جا رہی ہے۔وہ تو ایک غریب آدمی ہے اور صرف چاولوں کی ایک بوری گھر لے جانا چاہتا تھا۔افسانہ تھانے میں انجام پذیر ہوتا

ہے۔ تھانے میں بھی وہ مزدور اپنی صفائی پیش کرتے ہوئے کہتا ہے:

''حضرت، دوسرا لوگ بڑا بڑا مال اُٹھاتی... میں تو فقط ایک چاول کی بوری لیتی... حضرت میں بہت غریب ہوتی۔ ہر روز بھات کھاتی۔''

جب وہ تھک ہار گیا تو اس نے اپنی میلی ٹوپی سے ماتھے کا پسینہ پونچھا اور چاول کی بوری کی طرف حسرت بھری نگاہوں سے دیکھ کر، تھانے دار کے آگے ہاتھ پھیلا کر کہا: ''اچھا حضرت تم بوری اپنے پاس رکھ... میں اپنی مزدوری مانگتی... چار آنے!''

کشمیری مزدور کے اس حسرت ناک جملے پر افسانہ ختم ہو جاتا ہے۔ منٹو کا ایمائی انداز یہاں بھی بہت فن کارانہ طریقے سے نمایاں ہوتا ہے۔

''سیاہ حاشیے'' میں شامل دیگر افسانوں کی طرح اس افسانے میں بھی کیمرے کا خصوصی فوکس بلوائی ہیں۔ اگرچہ انہیں لوٹ مار کرتے ہوئے دکھایا گیا ہے لیکن یہ لوگ بالعموم اس وحشیانہ پن سے نابلد ہیں جس کی توقع بلوائیوں سے کی جاتی ہے۔ اس کے برعکس تقریباً سبھی لوگ نچلے اور نچلے درمیانہ طبقے سے تعلق رکھتے ہیں اور محض اپنی روزمرہ کی ضروریات پوری کرنے کے لیے ''مالِ غنیمت'' میں اپنا اپنا حصّہ لے جا رہے ہیں کیونکہ عام حالات میں بھی انہیں یہ ضروریاتِ زندگی میسر نہیں ہیں۔ چنانچہ فسادات کے زمانے میں تخریبی کارروائیاں کرنے اور افراتفری پھیلانے والوں کی دیکھا دیکھی یہ لوگ بھی اپنے بیوی بچوں کی ضروریات پوری کرنے نکل کھڑے ہوئے ہیں۔ چند مثالیں ان ''بلوائیوں'' کی حقیقت اجاگر کرنے کے لیے کافی ہیں:

۱ سلائی کی مشین سر پر اُٹھالے جانے والا شخص۔

۲ پاپڑوں کی جھولی بھرے بھاگنے والا لڑکا۔

۳ بازار میں گری بوری سے شکر کی جھولیاں بھر کر لے جانے والے لوگ... اور اُن میں ایک ایسا شخص جس کے تن پر کرتہ تک نہیں، اس لیے اپنا تہبند اُتار کر اس میں شکر لے جانا چاہتا ہے۔

۴ اپنے شیر خوار بچوں کے لیے خشک دودھ کے ڈبے لے جانے

والا آدمی۔

۵ اور افسانے کا معتد بہ حصّے کا المیہ ہیرو... ایک کشمیری مزدور جو اپنے اور اپنے افرادِ خانہ کے لیے چاولوں کی ایک بوری کا طلب گار ہے۔

یہ غریب کشمیری مزدور دن بھر دو دو آنے چار چار آنے کے عوض بوجھ اُٹھاتا یا محنت مشقت کر کے اپنا اور اپنے بیوی بچوں کا پیٹ پالتا ہے۔لوٹ مار کے دوران وہ بھی اپنی جان پر کھیل کر ایک بوری چاول کی پیٹھ پر اُٹھا کر بھاگ نکلتا ہے مگر جلد ہی تعاقب کرنے والے ایک سپاہی کی گولی سے زخمی ہو جاتا ہے۔اس کے باوجود وہ اپنے زخموں کی پروانہ کرتے ہوئے بوری اُٹھا کر بھاگنے کی کوشش میں لڑکھڑا کر گرتا ہے اور پولیس کے ہتھے چڑھ جاتا ہے اور پولیس اُسے گرفتار کر کے بوری سمیت تھانے لے جاتی ہے۔وہ اپنی صفائی پیش کرتے ہوئے تھانیدار کو بتاتا ہے کہ وہ کوئی چور یالٹیرا نہیں وہ تو محض ایک ضرورت مند ہے، جسے اپنے بال بچوں کا پیٹ پالنے کے لیے چاولوں کی ایک بوری چاہیے کیونکہ وہ غریب لوگ ہر روز بھات کھا کر گزارا کرتے ہیں۔ یہ بوری وہ اپنی پیٹھ پر اُٹھا کر لایا ہے، اُسے بچانے کی کوشش میں اس کی پنڈلی بھی زخمی ہوگئی ہے۔لیکن جب اُس کی تمام گزارشات ناکام ہو جاتی ہیں تو وہ کہتا ہے کہ تھانیدار بوری بے شک اپنے پاس رکھ لے مگر اُس کی چار آنے مزدوری تو اُسے دے دی جائے، جس کا وہ بجا طور پر حق دار ہے۔مزدور کے اس التجائیہ جملے پر افسانہ ختم کر دیا گیا ہے لیکن ہم جانتے ہیں کہ اُسے جس قسم کی (سامراجی) پولیس سے واسطہ پڑا ہے وہ مزدوری ادا کرنے کی بجائے اس کے ساتھ کیسا سلوک کرے گی۔قانون برطانوی ہند کی کئی دفعات اور ذیلی دفعات کے تحت اس پر مقدمہ قائم کیا جائے گا اور عدالت میں پیشی سے پہلے حوالات میں رکھ کر اُسے کیسی کیسی اذیتیں دی جائیں گی اور پھر فردِ جرم عائد کر کے اسے عدالت کے کٹہرے اور پھر وہاں سے جیل بھیج دیا جائے گا۔اس غریب کشمیری مزدور کے پاس مقدمے کی پیروی کے وسائل ہیں نہ ہی وکیلوں کی بھاری فیس ادا کرنے کے ذرائع۔منٹو خوب جانتا ہے کہ ایسے مفلوک الحال کمزور اور نادار لوگ معمولی سے معمولی جرم پر بھی فوراً قانون کی شدید گرفت میں آجاتے ہیں اور سامراجی نظامِ عدل کا عبرتناک نمونہ بن جاتے ہیں۔جبکہ ’’بڑے‘‘ اور ’’لمبے مال‘‘ پر ہاتھ صاف کرنے

والے مک مکا کر کے صاف بچ نکلتے ہیں۔

منٹو نے اس غریب محنت کش کا ایک اور روپ بھی ہمارے سامنے پیش کیا ہے۔ قوتِ جسمانی کے علاوہ وہ عزم وہمت کا مالک ہے۔ زخمی پنڈلی کے باوجود وہ ایک بھاری بوجھ اٹھا کر بھاگنے کی کوشش کرتا ہے مگر لڑکھڑا کر گرتا ہے اور دبوچ لیا جاتا ہے۔ اس کی پنڈلی میں ایک سپاہی کے پستول کی گولی پیوست ہے۔ زخم سے خون جاری ہے، اُسے فرسٹ ایڈ فراہم نہیں کی گئی۔ زخمی پنڈلی پر پٹی تک نہیں باندھی گئی حالانکہ اُسے فوری طبی امداد اور پنڈلی میں پیوست گولی کو نکالنے کی خاطر جلد از جلد سرجری کی ضرورت ہے۔ ستم بالائے ستم کہ وہ کشمیری مزدور خود بھی اپنے زخم سے زیادہ بوری چھن جانے پر مزدوری کا طلب گار ہے نہ کہ طبی امداد کا حالانکہ وہ یقیناً اس کا مستحق ہے۔ اُسے اپنے ذاتی زخم کے بجائے اپنے بال بچوں کا پیٹ پالنے کی زیادہ فکر ہے۔ وہ ایک devoted سربراہِ خاندان ہے۔ جو مزدوری کے چار آنے پا کر اپنے بیوی بچوں کے لیے تھوڑا سا بھات خریدنے کے لیے زیادہ بے کل و بے چین نظر آتا ہے۔ پیٹ کا دوزخ بھرنا اس کی ترجیحات میں اولین ترجیح ہے۔

ہم اُس غریب کشمیری مزدور کو مفلوک الحال طبقے کا نمائندہ کردار کہہ سکتے ہیں۔ اُس کا افلاس، اُس کی محرومیاں، اُس کی ناکام آرزوئیں اور حسرتیں، اُس جیسے لاکھوں بے یار و مددگار لاچار انسانوں کی ناکامیوں، نامرادیوں اور دُکھوں اور تکلیفوں کی نمائندگی کرتی ہیں۔ خود اُس کی زخمی پنڈلی کشمیری مزدور کی زخمی روح کی علامت بن گئی ہے۔

منٹو خود بھی کشمیری تھا اور کشمیر کے افلاس زدہ عوام کی تکلیفوں اور دکھوں سے بہ خوبی واقف تھا۔ زیرِ نظر افسانے کا المیہ ہیرو... کشمیری مزدور کے حوالے سے اُس نے مفلوک الحال اور ستم زدہ کشمیریوں کی زندگی کی حقیقت پسندانہ عکاسی کی ہے۔ یہ غریب کشمیری بھات (یعنی صرف اُبلے ہوئے چاول) کھا کر گزراوقات کرتے ہیں۔ اُن کے لباس کھردُرے پٹو یا کھدّر کے ہوتے ہیں جنہیں دُھلوا نہ سکنے کے باعث وہ میل کچیل سمیت پہنے رہتے ہیں۔ بوسیدہ اور چکٹ میلے لباس میں ملبوس جنتِ ارضی کشمیر کی حسین وادیوں سے رزق کی تلاش میں نکل آنے والے یہ ان پڑھ اور غیر ہنر مند مزدور محنت و مشقت کرتے اور ہندوستان کے ہر شہر میں نہایت

قلیل اُجرت پر بھاری بوجھ اٹھاتے دکھائی دیتے ہیں۔

یہ غریب خوبصورت محنتی جفاکش لوگ اگر بدقسمتی سے کسی جرم میں ملوث ہو جائیں تو پولیس کے تشدّد یا تعزیرات ہند کا شکار ہو کر کسمپرسی کے عالم میں حوالات یا جیل کی سلاخوں کے پیچھے دم توڑ دیتے ہیں۔اُن کی زندگی غیر مختتم محرومیوں، دکھوں اور پریشانیوں سے عبارت ہے۔

اُن کے برعکس کچھ بلوائی سنگین تخریبی کاروائیوں میں مصروف ہیں۔اُن کا ذکر بھی بہت معروضی انداز سے کیا گیا ہے۔مثلاً مکانوں، دوکانوں اور دیگر املاک کو نذر آتش کرنے والے یا لوہے کا سیف اُٹھا کر بھاگنے والے لوگ جو لاٹھیوں کا بے دریغ استعمال کر کے اس سیف کو توڑ کر اس میں موجود دولت لوٹنا چاہتے ہیں۔بھاری بھرکم راشن کو ٹانگوں یا ٹرکوں میں لاد کر لے جانے والے بلوائی یا پھر چیختی چلاّتی نوجوان لڑکیوں یا خواتین کو اغوا کر کے غائب ہو جانے والے اونچے طبقوں کے لوگ جن کی گاڑیوں کے ہارن کی آوازوں میں اغواشدہ خواتین کی چیخ و پکار اور نالہ شیون کی آوازیں مدغم ہوتی دکھائی گئی ہیں۔اشرافیہ کے گھناونے اور سنگین جرائم کے باوجود منٹو نے اُن کی پیش کش میں جذباتیت کو علاحدہ رکھ کر detached یا مکمل معروضی رویہ اپنایا ہے۔

''مزدوری'' ایک panoramic افسانہ ہے، جس میں متعدد مناظر دکھائے گئے ہیں۔ہر منظر... غزل کے اشعار کی طرح ایک منفرد حیثیت کا حامل ہے۔لیکن بحیثیت مجموعی ... یہ مناظر ایک وسیع و بسیط منظر نامے کی تکمیل کرتے ہیں جس میں فسادات کے دنوں میں سرحد کے دونوں طرف کسی بھی بڑے شہر میں بر پالوٹ مار کو موضوع بنا کر حد درجہ حقیقی عکس بندی کی گئی ہے۔

تمام مناظر کیمرے کی آنکھ سے لیے گئے ہیں، شاٹس کی طرح ہیں اور ہر منظر ٹھوس مگر حقیقت پسندانہ اور متحرک تصاویر پر مشتمل ہے۔یاد رہے کہ ''سیاہ حاشیے'' منٹو کی پاکستان آمد سے چند ماہ بعد یعنی ستمبر ۱۹۴۸ء میں شائع ہوئی تھی۔وہ بمبئی سے جنوری ۱۹۴۸ء میں پاکستان آیا تھا اور تقریباً دس سال تک فلمی دنیا سے گہری وابستگی کے باعث cinematographic تکنیک کا طویل تجربہ رکھتا تھا، جسے اُس نے ''سیاہ حاشیے'' اور بعد ازاں دیگر افسانوں میں بڑی چابکدستی

اور فنی مہارت سے استعمال کیا۔ یہی وجہ ہے کہ ''مزدوری'' میں خصوصی طور پر متنوع مناظر کی متحرک تصاویر بہت اثر انگیز ہیں اور قاری کے دل و دماغ پر انمٹ نقوش رقم کرتی ہیں۔

آیئے ذرا زیرِ نظر افسانے کے چند مناظر کو غور سے دیکھیں۔ ان میں کچھ ایسے مناظر ہیں جن کی اپیل محض بصری ہے۔ مثلاً:

''ایک چھوٹی عمر کا لڑکا جھولی میں پاپڑوں کا انبار ڈالے بھاگا جا رہا تھا... ٹھوکر لگی تو پاپڑوں کی ایک گڈی اس کی جھولی سے گر پڑی۔''

''ایک آدمی کرتے کے بغیر تھا، اس نے جلدی سے اپنا تہبند کھولا اور مٹھیاں بھر بھر کر (شکر) اس میں ڈالنے لگا۔''

''کاؤ اینڈ گوٹ'' دودھ کے کئی ٹین، دونوں ہاتھوں پر اٹھائے، اپنی ٹھوڑی سے اُن کو سہارا دیے، ایک آدمی دکان سے باہر نکلا اور آہستہ آہستہ بازار میں چلنے لگا۔''

''دور دھوئیں میں ملفوف موٹر کے پاس، ایک آدمی کا سایہ دکھائی دیا۔''

''ایک دم لنگڑاتا لنگڑاتا مزدور لڑکھڑایا اور گر پڑا۔ بوری اُس کے اوپر آ رہی۔

مندرجہ بالا تمام تصاویر خالصتاً بصری (visual) اپیل کی حامل ہیں۔ ممکنہ کفایتِ لفظی (utmost economy) سے بنائی گئی یہ تمام لفظی تصویریں افسانے میں پیش کردہ واقعات کو ایسے حقیقت پسندانہ انداز میں پیش کرتی ہیں گویا سب کچھ ہماری آنکھوں کے سامنے رونما ہو رہا ہے۔ محولا بالا واقعات و تصاویر کے علاوہ ''مزدوری'' میں کئی واقعات اپنے صوتی تاثرات کے باعث صرف سمعی اپیل (auditory) کے حامل ہیں۔ مثلاً:

۱ ''بازار میں دھب سے ایک بھری ہوئی بوری گری۔''

۲ ''پوں پوں... پوں پوں''... موٹر کی ہارن کی آواز کے ساتھ دو عورتوں کی چیخیں بھی تھیں۔''

۳ ''ایک آواز آئی: ''کوئی آگ بجھانے والوں کو تو اطلاع دے دے... سارا مال جل جائے گا۔''

۴ ''پولس کے سپاہی سیٹیاں بجاتے اس کی طرف لپکے...''

۵ ''سپاہی ہانپنے لگے۔ ایک نے تنگ آ کر پستول نکالا اور داغ دیا۔''

۶ ''بہت دیر کے بعد۔ تڑ تڑ کی آواز آئی گولیاں چلنے لگیں۔''

یہ متنوع آوازیں افسانہ ختم کرنے کے بعد بھی کانوں میں گونجتی رہتی ہیں اور قاری کو haunt کرتی رہتی ہیں۔

''مزدوری'' میں پیش کردہ جن واقعات کی نشاندہی کی گئی ہے اُن کی اپیل قاری کے لیے یا تو محض بصری (Visual) ہے یا کلیتہً سمعی (Auditory) ہے اُن کے علاوہ منٹو نے کچھ ایسی تصاویر بھی بنائی ہیں جو بیک وقت بصری بھی ہیں اور سمعی بھی۔ مثلاً

ا بلند آواز آئی: ''آؤ آؤ لیمونیڈ کی بوتلیں پیو... گرمی کا موسم ہے۔''

۲ ''اونچے مکان کی کھڑکی سے ململ کا تھان پھڑ پھڑاتا ہوا باہر نکلا، شعلے کی زبان نے ہولے سے اُسے چاٹا... سڑک تک پہنچا تو راکھ کا ڈھیر تھا۔''

۳ ''بازار میں دھب سے ایک بھری ہوئی بوری گری۔ ایک شخص نے جلدی سے بڑھ کر اپنے چھُرے سے اُس کا پیٹ چاک کیا۔ انتوں کے بجائے شکر، سفید سفید دانوں والی شکر اُبل کر باہر نکل آئی۔''

۴ ''ایک آدمی ہارمونیم کی پیٹی اٹھائے خوش خوش گاتا جا رہا تھا:

''جب تم ہی گئے پردیس، لگا کر ٹھیس، او پیتم پیارا، دُنیا میں کون ہمارا۔''

۵ ''سیٹیوں کے گلے خشک ہو گئے مگر وہ کشمیری مزدور نہ رُکا۔ اس کی پیٹھ پر وزن تھا: معمولی وزن نہیں۔ ایک بھری ہوئی بوری تھی لیکن وہ یوں دوڑ رہا تھا جیسے پیٹھ پر کچھ ہے ہی نہیں۔''

۶ ''گولی کشمیری مزدور کی پنڈلی میں لگی۔ بوری اس کی پیٹھ سے گر پڑی... لیکن ایک جھٹکے سے بوری اٹھائی اور پیٹھ پر ڈال کر بھاگنے لگا۔''

۷ ''... اُس نے اپنی میلی ٹوپی سے ماتھے کا پسینہ پونچھا اور چاول کی بوری کی طرف حسرت بھری نگاہوں سے دیکھ کر، تھانے دار کے آگے ہاتھ پھیلا کر کہا: ''اچھا حضرت تم بوری اپنے پاس رکھ... میں اپنی مزدوری مانگتی ... چار آنے۔''

سمعی اور بصری اپیل کے حامل یہ ہولناک، مضحکہ خیز، دلخراش اور دلگداز مناظر قاری کے دل و دماغ پر ایسا بھرپور تاثر چھوڑ جاتے ہیں جسے بہ آسان فراموش نہیں کیا جاسکتا۔

حقایق کی ایسی پُر تاثیر معروضی vivid اور graphic پیش کش جس کفایت لفظی سے ''مزدوری'' میں کی گئی ہے، وہ ''سیاہ حاشیے'' میں شامل افسانوں کی عمومی خصوصیت کی نشاندہی کرتی ہے۔

●●

''سیاہ حاشیے'' منٹو کی یہ کتاب پتہ نہیں کس کیفیت کے تحت وجود میں آئی ہوگی۔ منٹو نے خود اس کا نام ''سیاہ حاشیے'' دیا ہے گویا اُن کی کوئی باضابطہ حیثیت نہیں، کہنا چاہیے یہ کوئی بہت بڑی تخلیق نہیں بلکہ ایک مارجنلائز ٹیکسٹ کی ہے۔ ''سیاہ حاشیے'' میں ایک طرح سے جو چیز موجود تھی اُن کی عکاسی کی گئی ہے۔ لیکن جو حاشیہ منٹو نے قائم کیا ہے، اس میں انسانی صورتحال یا انسان دوستی کا تصور اُس سے وابستہ ہے۔ ''سیاہ حاشیے'' کہیں کہیں چند جملے ہیں، کہیں تو لگتا ہے کہ منٹو فقرے بازی کر رہا ہے۔ چھوٹے چھوٹے واقعات ہیں، لیکن اس میں منٹو نے اتنا کچھ کہہ دیا ہے کہ معلوم ہوتا ہے کہ اُس کی انسان دوستی ایک انتہائی پیچیدہ شکل رکھتی تھی۔ اپنی انسان دوستی کا وہ کبھی اعلان نہیں کرتا۔ وہ مبلغ نہیں بنتا۔ کسی طریقہ کی اشتہار بازی کے پھیر میں نہیں پڑتا۔ انسان کو جیسا کہ وہ ہے اس طرح سے دیکھنے کی کوشش کرتا ہے۔ برے سے برے انسان میں بھی اُس کے انسان ہونے کا جو بھید ہے وہ تلاش کر لیتا ہے۔

شمیم حنفی (منٹو: ایک سیاہ حاشیہ'' تقریب میں تقریر کا اقتباس)

صفائی پسندی - تجزیہ

سجّاد شیخ

یہ ایک حیرت انگیز چونکا دینے والا ڈرامائی افسانہ ہے، جس میں منٹو نے ایک گاڑی پر حملہ آور ہونے والے بلوائیوں کی صفائی پسندی کو مرکزِ توجہ بنا کر قاری کو ورطۂ حیرت میں ڈال دیا ہے کہ نہایت سفاکی اور سنگ دلی سے اپنے مخالف مذہب کے لوگوں کو موت کے گھاٹ اُتارنے والوں میں بھی صفائی کا احساس باقی ہے۔

گاڑی رُکی ہوئی تھی ایک ڈبے میں بلوائیوں کے ہم مذہب مسافر سوار تھے۔ تین بندوقچی اُس ڈبے کے پاس آئے انہوں نے کھڑکیوں میں سے اندر جھانک کر پوچھا:

"کیوں جناب کوئی مُرغا ہے؟"

مخالف مذہب کے پیروکاروں کے لیے استعمال کی جانے والی یہ اصطلاح ایک طرف تو اُن کی سنگ دلی اور سفاکی کو عریاں کرتی ہے اور دوسری طرف اُن کے فرقہ وارانہ جذبات کا شکار ہونے والوں کی بے بسی، بے کسی اور المناک انجام کی طرف اشارہ کرتی ہے۔ ایک کے سوا سبھی مسافروں نے اس سوال کا جواب نفی میں دیا۔ ایک مسافر اپنے باقی ہم سفروں سے مختلف کردار کا مالک تھا۔ اُس نے کسی قدر تذبذب کا مظاہرہ کیا۔ وہ کچھ کہتے کہتے رُک گیا۔ باقی مسافروں کے اجتماعی جواب کے علاوہ غالباً اُس کا ضمیر بھی حقیقتِ حال بیان کرنے میں آڑے آیا۔ ممکن ہے وہ یہ سوچ رہا ہو کہ ایک غیر مذہب سے تعلق رکھنے والے ہم سفر کی موجودگی کا اقرار کرے یا نہ کرے۔ اُس کے چھپنے کا راز فاش کر دے یا خاموش رہے۔

جلد ہی اُسے اِس تذبذب سے نجات مل گئی ۔چار نیزہ بردار ڈبے کے پاس آئے ۔ کھڑکیوں میں سے اندر جھانک کر انھوں نے مسافروں سے پوچھا:

''کیوں جناب کوئی مُرغا ورغا ہے؟''

اُن نیزہ بردار بلوائیوں نے ''مُرغا ورغا'' کہہ کر اس اصطلاح کو عمومی حیثیت دے دی، گویا وہ واقعی ایک مُرغے کی تلاش میں ہیں ۔(اپنے مخالفین کو انسانوں کے بجائے ایک حقیر جانور قرار دے کر موت کے گھاٹ اُتارنا نسبتاً آسان ہے ۔بقول ہکسلے زمانہ جنگ میں دشمنوں کو انسانی درجے سے گرا کر ہلاک کرنے والے ضمیر کی خلش سے بچ جاتے ہیں ۔)

اس مرتبہ باقی مسافروں کے جواب دینے سے پہلے ہی متذبذب مسافر بول اُٹھا:

''جی معلوم نہیں... آپ اندر آ کے سنڈاس میں دیکھ لیجیے۔''

اس بہ ظاہر مبہم جواب کے ذریعے اس نے اپنے ہم سفروں کا راز فاش بھی کر دیا ہے۔ بلوائیوں کو اندر آ کر سنڈاس میں چھپے ہوئے شخص کی تلاش کے لیے بُلا بھی لیا ہے، لیکن کھلے بندوں ایسا کرتے ہوئے حجاب بھی محسوس کیا ہے ۔اس کے مبہم جواب کے عقب میں اُس کے ضمیر کی خلش بھی دیکھی جا سکتی ہے ۔ایک ہم سفر کا راز فاش کرنے کی قبیح حرکت کو اُس کے ضمیر کی حمایت حاصل نہیں ۔بہر حال اُس کے تذبذب اور مبہم جواب نے اُسے باقی مسافروں سے ممتاز کر دیا ہے۔

''نیزہ بردار اندر داخل ہوئے ۔سنڈاس توڑا گیا اُس میں سے ایک
مُرغا نکل آیا۔''

موت کے خوف سے سنڈاس میں پناہ لینے والے شخص کی حالت کا اندازہ لگانا مشکل نہیں ۔گاڑی رکنے سے پہلے ہی متوقع خطرے کے پیشِ نظر سنڈاس میں گھس کر دروازے کو اندر سے بند کر لینا ایک بالکل فطری بلکہ جبلی عمل تھا ۔لیکن اس کے ایک ہم سفر نے دشمن کو اشاروں کنایوں میں اس کی جائے پناہ کا پتا بتا دیا ہے ۔منٹو نے اس دہشت زدہ آدمی کی طرف زیادہ توجہ نہیں کی ۔کیونکہ وہ تو قاتلوں کے کردار میں پائے جانے والے تضاد کو اُجاگر کرنے پر پوری توجہ مرکوز کیے ہوئے ہے ۔چنانچہ جب سنڈاس توڑ کر چھپے ہوئے شخص کو باہر نکال لیا گیا تو ایک

نیزہ بردار نے کہا: ''کردو حلال۔''

یہاں سے افسانہ ایک اچانک موڑ کاٹ کر اپنے چونکانے والے انجام کی طرف بڑھتا ہے:

دوسرے نے کہا: ''نہیں۔ یہاں نہیں۔ ڈبا خراب ہو جائے گا... باہر لے چلو۔''

اس نیزہ بردار کے یہ الفاظ سُن کر قاری چکرا جاتا ہے۔ ایسے سفاک اور خون آشام بلوائیوں میں بھی احساسِ جمال باقی ہے۔ وہ ڈبے کو خون آلود کرنے کے خلاف ہیں۔ اُنھیں ابھی اس بات کا ہوش ہے کہ اس طرح ڈبہ خراب ہو جائے گا اور یہ صفائی پسند وہ لوگ ہیں جو اپنے مخالف... غیر مذہب کے پیروکار کو مرغا قرار دے کر اُسے حلال کرنے کے لیے جارہے ہیں۔

''حلال'' کے لفظ سے ظاہر ہوتا ہے کہ ڈبے پر حملہ آور بلوائی مسلمان ہیں۔ اس ضمن میں منٹو نے وضاحت سے تو نہیں بتایا لیکن افسانے کے مزاج سے پتہ چلتا ہے کہ بلوائیوں کا تعلق اسلام سے ہے۔ وہ یقیناً مسلمان ہیں، صفائی اُن کے مذہب میں نصف ایمان کا درجہ رکھتی ہے۔ وہ صفائی پسند ہیں۔ مرغے کو حلال کرنے جارہے ہیں۔ اس کے خون سے گاڑی کے ڈبے کو آلودہ نہیں کرنا چاہتے۔

اس سے یہ نتیجہ بھی اخذ کیا جا سکتا ہے کہ گاڑی کے اس ڈبے میں سوار دیگر مسافر بھی مسلمان ہیں۔ ابتدا میں انھوں نے سنڈاس میں چھپے ہوئے شخص کی جان بچانے کے لیے مصلحتاً جھوٹ بولا تھا۔ لیکن جب اُن کے ایک ساتھی نے بلوائیوں کو اندر آکر سنڈاس چیک کرنے کی دعوت دی تو وہ خاموش رہے۔ سنڈاس توڑ کر جب چھپے ہوئے شخص کو باہر نکال لیا گیا تو پھر بھی وہ خاموش تماشائی بنے رہے۔ انھوں نے اُس کی جان بچانے کی کوئی کوشش نہیں کی۔ نہ تدبیر، نہ سفارس، نہ التجا... یہ کیسے بودے مسلمان ہیں جو صریحاً ظلم کے خلاف کوئی صدائے احتجاج بلند نہیں کرتے۔

خدا کے بتائے ہوئے پیغام **لاتفسدوا فی الارض** کی حقانیت کے قائل ہیں۔ مظلوموں کی حمایت کرنے کے بارے میں رسولِ خدا کے احکامات اور احادیث سے لاعلم بھی

نہیں۔لیکن ظالموں کوظلم سے باز رکھنے کی کوئی عملی یا زبانی کوشش نہیں کرتے بلکہ اپنی خاموشی اور لاتعلقی سے ظلم کے فروغ کا باعث بن جاتے ہیں۔

منٹو خود بھی ایک مسلمان ادیب ہے لیکن گاڑی میں سوار بودے مسلمانوں کو اُس نے جس بے باک اور بے لاگ سچائی کے حوالے سے عریاں کیا ہے، یہ اُسی کا حصّہ ہے۔اپنے ہم مذہبوں کے بارے میں اتنی تلخ سچائی کا ایسا برملا اظہار منٹو ہی کرسکتا تھا۔ ●●

''سیاہ حاشیے'' میرے خیال میں فسادات کی تاریخ کا ایک ایسا گھناؤ ناورق ہے جس پر انسان کی بنیادی کمزوریاں اور خود غرضیاں مرقوم ہیں۔منٹو نے ایک مختصر سے پیمانے پر اس قتل وغارت کی وسعت کا نقشہ کھینچا ہے۔اور کہیں کہیں تو یہ اس قدر بلیغ ہوگیا ہے کہ منٹو کی نظر کی داد دینی پڑتی ہے۔بعض مقامات پر اُس نے اختلاج اور بحران کے اس دور کے منطق پر ایک لطیف تبصرہ کیا ہے کہ ہر صحیح الدماغ انسان اُسے تسلیم کرتے ہوئے سوچ میں پڑ جائے گا۔لیکن حالات اور واقعات نے اس زمانے میں جس منطقی استدلال سے کام لیا، اُس کا نتیجہ منٹو کے استقلال سے ظاہر ہے۔

منٹو کی یہ کاوش تاریخی اعتبار سے بے حد اہم ہے۔یہ مختصر سا کتابچہ اغلباً فسادات کی تاریخ پر ایسی نفسیاتی سند رہے گا، جو آئندہ کی وقعت کی ضامن ہے۔یہ مختصر سے تراشے اپنے آپ میں اس قدر خیال افروز ہیں کہ ان سے کئی کتابیں مرتب ہوسکتی ہیں۔بظاہر ان واقعات کو لطیفوں کا جامہ پہنایا گیا ہے، ممکن ہے فسادات کے عین بعد اکثر لوگوں نے ہندو، مسلمان اور سکھ کی روشنی میں اکثر کرداروں کی بدحواسیوں اور کج بینیوں کے مظاہروں پر قہقہہ لگایا ہو لیکن آج دو برس کے بعد ہر کردار میں انسان کی جھلک لوٹ آئی ہے۔اب ان میں سے لطیفے سے زیادہ ایک طنز اور تلخی کا خطرناک کوڑا ابھرتا دکھائی دیتا ہے اور قاری کا دل دہل جاتا ہے... ''سیاہ حاشیے'' میرے نزدیک منٹو کی سب سے اہم پیش کش ہے۔

مختصر نویسی کے سلسلے میں منٹو نے افسانے کو اور زیادہ مختصر ہونے کی دعوت دی ہے۔اس نے احساس دلایا ہے کہ دو جملوں سے اکثر وہی تاثر یا اُس سے بھی شدید تاثر پیدا کیا جاسکتا ہے، جتنا ایک عام اچھے افسانے میں ہوتا ہے...آئندہ کا افسانوی ادب اس کے اثرات قبول کرنے کے لیے تیار ہے؟ ... یہ دیکھنا ابھی باقی ہے۔

یوسف ظفر (اردو ادب۔لاہور، مرتب: سعادت حسن منٹو اور حسن عسکری)

پٹھانستان-ایک مطالعہ

پروفیسر صغیر افراہیم

''خو، ایک دم جلدی بولو، تم کون اِئے؟''

''میں... میں...''

''خو شیطان کا بچہ، جلدی بولو... اِندوا ہے یا مُسلمین؟''

''مُسلمین۔''

''خو تمہارا رسول کون اے؟''

''محمد خان۔''

''ٹیک اے... جاؤ۔''

سعادت حسن منٹو کے مختصر ترین افسانوں کے مجموعے ''سیاہ حاشیے'' کی یہ مختصر ترین کہانی ترتیب کے لحاظ سے بارہویں نمبر پر ہے، اور عنوان ہے ''پٹھانستان''۔ اگر صرف ''پٹھان'' ہوتا تو نسلی مذہبی، مسلکی، لسانی، علاقائی شناخت کا اشاریہ بنتا مگر کج کُلا ہی شان رکھنے والا منٹو جدّت و نُدرت کا مظاہرہ کرتا ہے۔ غور کیجیے، روبوٹ کی طرح حرکت کرنے والے اُس منظر نامہ میں انگلستان، بلوچستان، ہندوستان یا پاکستان نہیں۔ کُفرستان اور قبرستان بھی نہیں۔ تو پھر تخصیص و تمیز کا یہ کونسا پیمانہ ہے؟ کیا اشرف المخلوقات کو حقیر و ذلیل ثابت کرنے، یا پھر دم توڑتی انسانیت کی ستم ظریفی کا ہے؟

۱۹۵۲ء میں مکتبہ جدید، لاہور سے شائع ہونے والا یہ مجموعہ روزِ اوّل سے اختلاف

واتفاق کی کشاکش کی علامت رہا ہے جسے طشت از بام کرنے، دیباچہ لکھنے اور حاشیہ آرائی کرنے والوں میں محمد حسن عسکری سرِفہرست ہیں۔ پھر ممتاز شیریں اور ممتاز حسین نے اسے اپنے اپنے نقطہ نظر سے دیکھا ہے۔ صنفی درجہ نہ ملنے کے باوجود اِس کی اتباع میں درجنوں مجموعے آچکے ہیں جن میں ''سلوٹیں'' (جوگندر پال)، ''مانک موتی'' (رتن سنگھ)، ''قتل کا موسم'' (رونق جمال)، ''یادوں کے سائبان'' (ایم آئی ساجد)، ''پھول کے آنسو'' (عظیم راہی)، ''آتشیں لمحوں میں'' (عارف خورشید)، ''یہ دھواں کہاں سے اُٹھتا ہے'' (شکیل سعید)، ''قطرہ قطرہ'' (قاضی مشتاق احمد)، ''جگنوشہر'' (بشیر مالیرکوٹلوی) پسندیدہ نگاہوں سے دیکھے گئے ہیں۔ جوگندر پال، رتن سنگھ، انیس رفیع اور بشیر مالیرکوٹلوی نے اسے ایک صنفی حیثیت عطا کرنے کے ممکن جتن کیے ہیں۔ لہٰذا صارفیت کے اِس دور، خصوصاً کووِڈ-۱۹ کے بعد کی بدلی ہوئی فضا میں، جدید طرزِ اظہار پر مبنی مجموعہ (سیاہ حاشیے) کو لطیفوں، چٹکلوں اور پہیلیوں کی کتاب کے زمرے میں شامل نہیں کیا جاسکتا ہے۔ دراصل فسادات کی لایعنیت کا یہ آج بھی مظہر ہے۔

منٹو کے توسط سے بیسویں صدی کی آخری دہائیوں میں افسانہ، افسانچہ، مِنی کہانیوں کی صنفی ہیئتی ساخت پر زبردست بحث چل رہی تھی مثلاً مختصر ترین مگر مکمل ہو۔ چند لفظوں یا دو تین جملوں میں واقعہ مقید ہو۔ موضوع کے تانے بانے قاری کے ذہن میں خود بخود منسلک ہوتے جائیں، وہ انھیں وسعت دیتا چلا جائے۔ باریکی کا یہ کام نہایت مشکل ہے، چاول پہ قل ھو اللہ لکھنے کا ایسا عمل ہے جس کی تعبیر وتفسیر قاری اپنے اعتبار سے کرتا ہے۔ تیکھی بحث میں قاضی عبدالستار، رتن سنگھ، ریوتی سرن شرما، عابد سہیل اور انیس رفیع پیش پیش تھے۔ بعد میں محمد بشیر مالیرکوٹلوی بھی اس میں شامل ہوگئے۔ اور کہا کہ آفاقی سچائیوں کے اشاراتی اظہار کے لیے جو کام تلمیحات، تمثیلات، تجریدی آرٹ سے لیا جاسکتا ہے، وہی ہُنر مندی افسانچہ میں کیوں نہیں تحلیل ہو سکتی ہے۔ اس کے بھی اندورن میں کتنے ہی پُر پیچ مناظر ہوتے ہیں جن کے معنی قاری کے ذہن میں تہہ بہ تہہ کھُلتے چلے جاتے ہیں۔ مختصر ترین افسانوں کی روایتی تعبیر وتفہیم سے قطع نظر، آئیے اس کو جاپانی صنف ہائیکو کے توسط سے دیکھنے کی کوشش کرتے ہیں۔ یہ ہائیکو مشہور شاعر گوپال داس نیرج کے ہیں۔

(۱) وہ ہیں اپنے،
دیکھے ہوں میں نے، جیسے کچھ سپنے
(۲) جنم مَرن، سَمے کی گنتی کے ہیں، دو[۲] چرن
(۳) جھونپڑی، نہیں اُن پے
جنھوں نے حویلی گڑھی
(۴) میری جوانی،
پھولوں پر اوس کی، ایک کہانی

اصناف یا تجربات پر آج بھی زور و شور سے بحثیں ہو رہی ہیں، اور ہوتی رہیں گی۔ ''سیاہ حاشیے'' کے افسانچوں پر بھی تبصرہ ہوتا رہے گا کہ کیا یہ معنیاتی خلا کی کہانیاں ہیں جن میں اظہارِ بیان کی کوئی مربوط شکل نہیں، بلکہ یہ اظہار اور اخفا کے لامتناہی سلسلے کو برانگیخت کرتی ہیں اور مجموعی طور پر فسادات کی لایعنیت پر مہر ثبت کرتی ہیں تبھی تو معروف دانشور محمد اسلم پرویز، جنھوں نے منٹو کی تحریروں کو مختلف زاویوں سے دیکھا اور پرکھا ہے، وہ اب انھیں مختصر ترین افسانوں کے توسط سے دیکھنے کی دعوت دے رہے ہیں۔

مقامی لب ولہجہ، انسانی نفسیات، خوف و دہشت، نرغے میں آیا ہوا فرد، جبرِ مسلسل کا غماز ہے۔ اس میں جذبات کو بھڑکانے نیز مشتعل جذبات کو مزید ہوا دینے کا عکس ہے لیکن دوسرے لمحہ میں ہی قاری محسوس کر لیتا ہے کہ اس کے کرداروں کے باطن میں مچی ہوئی ہلچل میں جذباتیت نہیں، آدمیت ہے جو غیر جانب داری کی علامت ہے۔ اور اِسی نقطہ سے مِنی کہانی کا دائرۂ امکان بڑا ہو جاتا ہے۔ مذہبی، مسلکی، جغرافیائی، لسانی اور نسلی حد بندیاں چرمراتی ہوئی محسوس ہوتی ہیں۔ کسی ایک فریق کے لیے جذباتی طرفداری نظر نہیں آتی۔ منٹو اِس کا قائل بھی نہیں تھا۔ اُس کے یہاں تو انسانیت مقدم ہے جو اشارہ بن کر اُبھرتی ہے۔

منٹو نے ''پٹھانستان'' کی زیریں لہروں میں فضا اور ماحول کو مشاہدہ اور تخئیل کے ساتھ ہم آمیز کیا ہے۔ مکالماتی تکنیک پر لکھی گئی اس تحریر کا انداز بیان ڈرامائی ہے جس میں منظر نامہ بتدریج رونما ہوتا ہے۔

تحیّر، خوف، دہشت، رقت، اسرار اور انسانی فطرت وجبلت کے تمام عناصر سموئے ہوئے جملے، اختتام پر ایک ایسا تاثر ثبت کرتے ہیں جن سے دل و دماغ میں وہ شدید تناؤ پیدا ہوتا ہے جو تاریخ کی تاریک ترین حقیقت پر از سرِ نو غور کرنے پر مجبور کرتا ہے۔

کہانی کے بطن سے پیدا ہونے والی کہانیوں میں قاری فضا، ماحول، کردار، واقعہ اور صورتِ حال خود گڑھتا ہے اور ذہن میں ترتیب دیتے ہوئے منظر نامہ میں اسباب وعلل تلاش کرتا ہے۔ اور یہ بھی نتیجہ اخذ کر لیتا ہے کہ دو قومی نظریہ (ٹو نیشن تھیوری) کا تصور تو تحریکِ آزادی کے رہنماؤں کے خواب خیال میں نہیں تھا، اور اگر تھا بھی تو کیا اِس شکل میں؟ جس میں انسانیت، محبت، مروت اور بھائی چارے کو بالائے طاق رکھ دیا گیا ہو۔ مٹھی بھر مفاد پرستوں نے جس شدّت سے اپنے جُداگانہ تشخص کی آواز اُٹھائی کہ ہماری تہذیب وثقافت الگ، ہماری زبان اور اس کی ساخت الگ، ہمارے رہن سہن کے طور طریق الگ، ہمارے رسم ورواج، تیج تہوار الگ۔ اِس زہریلی سوچ اور اُس کے برملا اِظہار نے صدیوں کی ثقافتی میراث کو بے دردی سے روند دیا۔ برسوں کی یاری اور ہم سائیگی اس کے آگے کچھ نہیں ٹھہر سکی۔

''پٹھانستان'' ہی نہیں بلکہ ''سیاہ حاشیے'' کے تمام افسانچے اُس وقت خلق کیے گئے ہیں جب روایات، نظریات، رجحانات میں تبدیلیاں آرہی تھیں، ہیئتی تجربے ہو رہے تھے۔ تقسیم اور فسادات کے کرب سے کراہتے ہوئے بے سہارا لوگوں کو بسانے کے جتن ہو رہے تھے۔

نباضِ وقت منٹو کے لیے تقسیم کا خارجی واقعہ زیادہ اہم نہیں تھا۔ اُس کے لیے سب سے زیادہ لرزہ خیز عمل صدیوں کے سرمایۂ اقدار کا خاک میں مل جانا تھا۔ اُس نے تقسیم وطن کو انسانی سائیکی کی تفتیش کا اساسی حوالہ بنایا ہے اور تمام توجہ اُس امر پر مرکوز کی ہے کہ مہذب زندگی کا دعویٰ کرنے والا انسان، کس طرح حیوانی سطح کو پار کر جاتا ہے۔ اُس کی سیاسی اور سماجی آگہی نہ صرف کسی صورتِ حال کو عام ڈگر سے ہٹ کر دیکھتی ہے بلکہ اس کی پیش کش کا انداز بھی جُداگانہ ہوتا ہے۔

اختصار، کفایت لفظی اور گفتگو کا نوکیلا انداز منٹو کا طرۂ امتیاز ہے۔ ''سیاہ حاشیے'' میں شامل افسانچوں میں وہ نمایاں ہے، خصوصاً ''پٹھانستان'' میں کیوں کہ اِس شہ پارے کی بُنت میں

ہندوستان اور پاکستان کے مابین قبرستان کا لاشعوری منظر اُبھرتا ہے جو تخصیص وتمیز کو سلب کر لیتا ہے۔ اِسی لیے یہ مختصر ترین کہانی کسی ایک دائرے یا وقت میں محدود نہ رہ کر آج کے تناظر میں بھی دعوتِ فکر دے رہی ہے اور نئے سرے سے انسانوں کے بارے میں سوچنے پر اُکسا رہی ہے۔

••

...منٹو کا ایک افسانچہ ملاحظہ فرمائیں: ''آگ لگی تو سارا محلّہ جل گیا۔ صرف ایک دکان بچی جس کی پیشانی پر بورڈ آویزاں تھا۔ یہاں عمارت سازی کا جملہ سامان ملتا ہے۔ (دعوتِ عمل)

خوبصورت تخلیق ہے میرا مقصد اس پر نکتہ چینی کرنے کا نہیں۔ محض غور کرنے کی غرض سے اس کا حوالہ دے رہا ہوں۔ اس قسم کے افسانچے جن کی جسامت بہت کم ہے، جو افسانے کی تکنیک سے بہت دور ہیں۔ افسانے کا نعم البدل نہیں بن سکتے۔ آخراور زبانوں کے مقابلے میں ہمارے یہاں یہ صنف مقبول کیوں نہ ہوسکی۔ کئی سوال قائم ہوتے ہیں۔ کیا یہ افسانچہ براہِ راست قاری کے ذہن میں سرائیت کرتا ہے؟ کیا اسے پڑھ کر قاری کی تشنگی برقرار رہتی ہے؟ کیا یہ علامتی ہے؟

آگ لگتی ہے، پورا محلہ جل جاتا ہے۔ یہ کیسا کرشمہ ہے بھائی پورا محلہ جل گیا ایک دوکان فائر پروف ثابت ہوئی جبکہ مکان دکان، حویلی عمارت کوئی بھی ہو اس میں لکڑی کا موجود ہونا لازمی ہے، عمارت سازی کے سامان میں بھی لکڑی کا دخل ہونا ضروری ہے۔ جہاں لکڑی ہے، وہاں آگ لپکتی ہی لپکتی ہے۔ توبہ توبہ استاد منٹو کی تخلیق میں مشاہدے کی کمی، یہ کیسے ممکن ہے؟ چلیے دوسرا پہلو دیکھتے ہیں۔ کیا آگ لگانے والوں نے یہ سوچ کر دوکان محفوظ رکھ دی کہ فساد کے بعد محلے والوں کو تعمیر سازی کا سامان دور سے لانے کی دقت درپیش نہ ہو؟ کیا فسادیوں کی سوچ بھی مثبت ہوسکتی ہے؟ جن کا مقصد ہی انسانوں کا قتل تھا، کیا آگ لگانے والے عمارت سازی کی اس دوکان کے مالک ہی تھے جو اس لالچ میں تھے کہ فساد کے بعد ان کا سامان خوب بکے گا۔ یہاں عمارت سازی کی دوکان کوئی علامت تو نہیں۔ بات کافی غور وخوض کے بعد سمجھ میں آتی ہے کہ بلوائی تعمیر سازی کی دوکان والے ہی تھے...

محمد بشیر مالیر کوٹلوی (حالیہ افسانچے اور سیاہ حاشیے، شاعر، منٹو نمبر ۲۰۱۲ء)

بے خبری کا فائدہ-تجزیہ

ابو بکر عباد

یوں تو منٹو نے اپنی زندگی میں سینتیس کتابیں لکھیں جن میں افسانے، خاکے، ریڈیو ڈرامے، فیچر، فلم اسکرپٹ، مضامین اور بعض روایتوں کے مطابق اس فہرست میں ایک ناول بھی شامل ہے۔ مگر شواہد بتاتے ہیں کہ ادبی زندگی کے آغاز میں شہنشاہِ افسانہ سعادت حسن منٹو نے جس صنف ادب کو حد درجہ شوق سے پڑھا لکھا اور اس پر فخر کیا وہ افسانہ نہیں ڈرامہ تھا۔

سو، اگر کہیے کہ منٹو فطرتاً ایک ڈرامہ نگار تھا تو غلط نہ ہوگا۔ تسلیم کہ منٹو نے کوئی عظیم ڈرامہ تحریر نہیں کیا لیکن اس حقیقت سے انکار غالباً ممکن نہیں کہ منٹو کے بیشتر افسانوں میں عظیم ڈرامائی عناصر اور کیفیتیں موجود ہیں۔ ویسی ہی سماں بندی، کرداروں کے واضح نقوش، تصادم، تضاد و تقابل، اندھیرے اجالے کی بولیاں، شور کا سکوت، خاموشی کی آوازیں، تحیر، اختتام پر قاری کے ذہن و دل کی دنیا میں Big bang جیسے گہرے سناٹے کی کیفیت اور پھر کیتھارسس کا عمل۔ دوسری جانب افسانے کے متن سے اس کے خالق کی قطعاً لاتعلقی۔ جیسے افسانہ نگار کو نہ تو واقعات کو اپنے جذبہ و احساس یا نظریے سے ہم آہنگ کرنے کا شوق ہے، نہ کرداروں سے کوئی ہمدردی، محبت، نفرت، غصہ یا رنجش۔ اور نہ ہی ان کے اچھے برے اعمال سے کوئی مطلب۔ منٹو اپنے ماقبل اور ہم عصر افسانہ نگاروں؛ بالخصوص فسادات کے تعلق سے لکھنے والوں کے برعکس اپنے افسانوں میں نہ تو کسی طرح کی نصیحت، یا تلقین کا شائبہ آنے دیتے ہیں، نہ ظالم یا مظلوم کرداروں سے کسی نوع کی پسندیدگی، یا ناپسندیدگی کے اظہار کا تاثر جھلکنے دیتے ہیں۔ اور نہ ہی وہ قاری کے اندر کسی نوع کی دہشت، نفرت یا خوف کے جذبات پیدا کرنے کے لیے بے جا حربوں کا

استعمال کرتے ہیں ۔منٹو اس خوبی سے واقعات بیان کرتے ہیں کہ ذاتی جذبات واحساسات، یا نجی تعصبات وتحفظات کہیں بھی ظاہر نہیں ہونے دیتے ۔ وہ تو اپنے افسانوں میں بس اسٹیج سجادیتے ہیں جس پر تمام کردار ظاہر و باطن کے ساتھ اپنا اپنا رول ادا کرتے چلے جاتے ہیں ۔اور ان افسانوی ڈرامے میں پیش آئے واقعات وحادثات، اور کرداروں کے اچھے برے ہونے کا فیصلہ وہ قاری کے ذمے چھوڑ دیتے ہیں ۔یقین کیجیے کہ منٹو اپنے افسانوں میں ظالم، مظلوم، قاتل، مقتول، طوائف، دلال اور پارسا وغیرہ کے اوصاف وعیوب کو نہیں، بلکہ بشری خوبیوں اور خامیوں کے مجموعے مختلف قماش کے انسان کو پیش کرتے ہیں، بلکہ انسان کے باطن کو، اور باطن سے بھی زیادہ اس کی انفرادی نفسیات کو ۔اور وہ بھی سیدھے سرل اور سامنے کی نفسیات کو نہیں، بلکہ بالعموم وہ اپنے افسانوں میں کرداروں کی اَن اَن دیکھی فطرت کا اظہار اور ان جانی نفسیات کو دریافت کرتے ہیں، جن سے بسا اوقات خود افسانوں کے کردار بھی واقف نہیں ہوتے ۔ بالکل ویسے ہی جیسے منٹو کے افسانوی متن پر عام قاری کو کسی اور چیز کا گمان ہوتا ہے، جب کہ تربیت یافتہ قاری بین المتون سے کسی اور معنی کی تشکیل کرتا ہے ۔ان کے اسی نوع کے افسانوں میں سے ایک مختصر سا افسانہ یا کہیے افسانچہ ''بے خبری کا فائدہ'' ہے ۔

منٹو کا افسانچہ ''بے خبری کا فائدہ'' ان کے مجموعے ''سیاہ حاشیے'' میں شامل ہے ۔''سیاہ حاشیے'' کے افسانوں/افسانچوں کو تب کے متعدد ناقدوں نے ان کی اہمیت کا اعتراف کرنے کے باوجود از قسم افسانہ ماننے سے انکار، اور لطیفوں سے تعبیر کیا تھا۔غالباً اس لیے کہ تب اردو میں افسانچے کی قسم معرض وجود میں نہ آئی تھی اور صنف اِفسانہ کی تعیین میں قرات کے مقررہ وقت اور مناسب ضخامت کی شرائط بھی عائد کی جاتی تھیں ۔

منٹو کے دوسرے افسانوں کی طرح ''سیاہ حاشیے'' کے افسانچے بھی قطعاً غیر معروضی ہیں ۔ بطور خاص فسادات کے موضوع پر لکھنے والے ہمارے متعدد نامور افسانہ نگاروں کی تخلیقات کے برخلاف منٹو کے افسانوں میں کسی بھی نوع کے تحفظات وتعصبات کی جھلک نہیں ملتی ۔نہ ہی کسی طرح کی تبلیغ، تنبیہہ اور تصفیہ کرنے ، یا دو فسادی فرقوں میں مصنوعی توازن بنائے رکھنے کی کوشش دکھائی دیتی ہے ۔منٹو نے تو بشمول ''سیاہ حاشیے'' فسادات کے تعلق سے تمام افسانوں

کے بیانیے اس طرح خلق کیے ہیں جیسے انھیں کوئی راوی نہیں بیان کر رہا ہو، ڈرامے کی صورت کرداروں کے افعال اور واقعات خودبخود وقوع پذیر ہو رہے ہوں۔ یا الیکٹرونک میڈیا کی زبان میں کہیے کہ بغیر کسی کمنٹری کے حساس اور انوکھے واقعات لائیو ٹیلی کاسٹ ہو رہے ہوں۔

''بے خبری کا فائدہ'' دراصل قاری کو انسانی زندگی، انفرادی فطرت اور فسادات کی نفسیات کے تعلق سے آگاہی بخشنے والا مختصر سا فن پارہ ہے۔ بارہ تیرہ پوری، آدھی اور پونی سطروں میں محیط اس افسانے میں گولی چلانے والے ایک مرکزی کردار کے علاوہ مختلف جنس، عمر اور طبقے کے پانچ دوسرے کردار، اور چھے الگ الگ سین ہیں۔ چاہیں تو یوں کہہ لیں کہ بشمول گولی چلانے والے کے ''بے خبری کا فائدہ'' میں چھے کردار اور چھے سین ہیں۔ اور دلچسپ مطابقت یہ کہ پستول میں گولیاں بھی چھے ہیں۔ افسانے میں کوئی تمہیدی بیان نہیں، کسی منظر کی عکاسی نہیں، کسی کے جذبات و احساسات کا انکشاف نہیں، اور نہ ہی زمان و مکان کا کوئی ظاہری تعین ہے۔ حد تو یہ ہے کہ کسی کردار کی مذہبی شناخت بھی کسی طور قائم نہیں ہو پاتی۔

افسانے کے آغاز میں شک ہوتا ہے کہ گولی چلانے والا آدمی پولس یا فوج کا سپاہی ہے، اور موقع و محل کرفیو کا ہے۔ تیسرے، چوتھے، پانچویں سین تک آتے آتے شک گزرتا ہے کہ گولی چلانے والا پولس یا فوج کا سپاہی نہیں، کوئی سنکی شخص ہے۔ لیکن آخری سین کے بعد سب کچھ پلٹ جاتا ہے۔ اب اندازہ ہوتا ہے کہ یہ کوئی فساد زدہ علاقہ ہے اور گولی چلانے والا شخص کوئی سنکی، یا پولس یا فوج کا آدمی نہیں، بلکہ کسی ایک فرقے کا نفرتوں کا پروردہ انتہائی سفاک فرد ہے، جو مخالف فرقے کے بے قصوروں کو اپنی بہیمت و بربریت کا شکار بنا رہا ہے۔ لیکن کس فرقے کا معلوم نہیں۔ بس یہ کہ آدمی ہے اور بے قصور آدمیوں کی جانیں لے رہا ہے۔

پہلے اس افسانچے کے کرداروں کو جان لیں پھر تمام سین کو ترتیب وار دیکھنے کی کوشش کی جائے گی۔ مرکزی کردار ایک بے نام شخص ہے جس کے ہاتھ میں بھری ہوئی پستول ہے۔ افسانے میں اس شخص کی عمر، اس کی وضع قطع اور اس کے حلیے کا کوئی اشاریہ موجود نہیں ہے جس سے اس کے مذہب یا فرقے کی شناخت ممکن ہو سکے۔ اس شخص کے ساتھ اس جیسا ہی بے نام اور بے شناخت اس کا ایک ساتھی ہے، جس کی موجودگی کا علم افسانے کے آخری

حصے میں تب ہوتا ہے جب وہ اپنے پستول والے ساتھی کے ایک عمل پر حیرت کا اظہار کرتا ہے۔ دوسرا کردار کھڑکی سے جھانکتا ہوا ایک آدمی ہے۔اس کی بھی شناخت، عمر اور حلیے کا ہر اندازہ مفقود ہے۔ پانی سے بھرا مشکیزہ اٹھائے سڑک پر جاتا ہوا ایک سقہ/ماشکی تیسرا کردار ہے۔افسانے کا چوتھا کردار فاصلے سے دکھائی دینے والی ایک بوڑھی عورت ہے جس کی پیٹھ گولی چلانے والے کی طرف ہے، اس کا چہرہ نظر نہیں آتا ہے،لباس ڈسکرائب نہیں کیا گیا۔ پانچواں کردار سڑک پر دفعتاً نظر آجانے والا ایک چھوٹا سا بچہ ہے۔اور چھٹا کردار پستول سے گولیاں چلانے والے کا ساتھی۔

افسانے کی فضا کو بوجھل اور مرکزی کردار کے فعل کو ناپسندیدہ بنانے کے لیے منٹو نے انتہائی لمحاتی اور بڑا ہی انوکھا طریقہ کار استعمال کیا ہے۔افسانے کے پہلے سین کی پہلی سطر ہے: ''لبلبی دبی۔پستول سے جھنجھلا کر گولی باہر نکلی۔''

دوسرے سین کی پہلی سطر ہے: ''لبلبی تھوڑی دیر بعد پھر دبی۔دوسری گولی بھنبھناتی ہوئی باہر نکلی۔''

پستول سے دو مرتبہ گولی چلنے کے لیے منٹو نے دونوں گولیوں کے لیے ایک ہی کیفیت بیان کرنے والی الگ الگ صفتوں کا استعمال کیا ہے۔پہلی گولی کے لیے ''جھنجلا کر'' اور دوسری کے لیے ''بھنبھناتی ہوئی''۔ظاہر ہے یہ دونوں صفات کسی کے لیے تب استعمال کی جاتی ہیں، جب اس سے کوئی کام مجبوراً یا زبردستی کروایا جائے۔ یا وہ انتہائی تابعدار ہونے کے باوجود حکم بجالانے میں اپنی ناپسندیدگی کا اظہار کرتا ہے تب۔گویا اب پستول کی دونوں گولیاں محض گولیاں نہیں رہیں، دو کردار کی حیثیت اختیار کر جاتی ہیں۔(چونکہ یہ نہیں فکشن میں کثرت سے غیر ذی روح کردار ہوتے ہیں) اور یہ دونوں کردار اپنے مالک یعنی صاحب پستول کا حکم بجالانے سے پہلے 'جھنجھلا کر' اور 'بھنبھنا کر' اپنی مجبوری، بے بسی اور ناپسندیدگی کا اظہار کر دیتے ہیں۔شاید اس لیے کہ پستول کی یہ دونوں گولیاں نہیں چاہتیں کہ بلا وجہ وہ بے گناہوں کی ہلاکت کا باعث بنیں۔

پہلا سین: افسانے کے پہلے سین میں پستول والا آدمی کھڑکی سے باہر جھانکنے والے

ایک آدمی پر گولی چلاتا ہے اور جھانکتا ہوا آدمی وہیں ڈھیر ہو جاتا۔

دوسرا سین: دوسرے سین میں تھوڑی دیر کے بعد پستول والے آدمی کو سڑک پر ایک ماشکی / سقہ نظر آتا ہے جو پانی سے بھرا مشک لے کر جا رہا ہے۔ پستول والا آدمی اس پر گولی چلاتا ہے۔ گولی مشک کو چھیدتی ہوئی ماشکی کو لگتی ہے۔ ماشکی اوندھے منھ گرتا ہے۔ اور اس کے چھدے ہوئے جسم کا خون مشک کے پانی کے ساتھ مل کر بہنے لگتا ہے۔ غالباً منٹو یہ کہنا چاہتے ہیں کہ قاتل کی نظر میں انسانی خون کی قیمت سڑک پر بہتے پانی سے زیادہ وقعت نہیں رکھتا۔

تیسرا سین: تیسرے سین میں پستول والا آدمی گولی چلاتا ہے، لیکن نشانہ چوک جاتا ہے اور گولی ایک گیلی دیوار میں پیوست ہو جاتی ہے۔

چوتھا سین: چوتھے سین میں پستول والا آدمی پھر گولی چلاتا ہے۔ اب کی بار اس کا نشانہ خطا نہیں کرتا۔ ''چوتھی گولی ایک بوڑھی عورت کی پیٹھ میں لگی۔ وہ چیخ بھی نہ سکی اور وہیں ڈھیر ہوگئی۔'' 'ہائے رام'، 'یا اللہ'، 'واہے گرو'، یا 'او گاڈ' جیسی کوئی بھی آواز اس کے منھ سے نہیں نکلی، جس سے اس کے ہندو، مسلمان، سکھ یا عیسائی ہونے کا ثبوت مل سکے۔ بس وہ ایک ضعیف عورت ہے۔ شاید کسی کی ماں، نانی یا دادی۔

پانچواں سین: پانچویں سین میں پستول والا آدمی لگاتار دو گولیاں چلاتا ہے۔ لیکن پانچویں اور چھٹی دونوں گولیاں بے کار جاتی ہیں۔ نہ کوئی ہلاک ہوتا ہے، نہ زخمی۔ دو گولیوں کے ضائع جانے سے گولیاں چلانے والا شخص غصے سے بھنّا جاتا ہے۔

چھٹا سین: چھٹے سین میں غصے سے بھنائے ہوئے پستول والے آدمی کو اچانک سڑک پر ایک ننھا سا بچہ دوڑتا ہوا دکھائی دیتا ہے۔ قاتل شخص پستول ننھے بچے پر تان دیتا ہے۔ پستول والے قاتل شخص کا ساتھی اس سے کہتا ہے: ''یہ کیا کرتے ہو؟'' تعجب اور تجسس سے لبریز یہ وہ لمحہ ہے جب قاری کے دل میں قاتل شخص کے ساتھی کے لیے ہمدردی کا جذبہ پیدا ہوتا ہے۔ کیوں کہ فطری طور پر قاری کے ذہن میں یہ بات آتی ہے کہ قاتل کا ساتھی نہیں چاہتا کہ ایک معصوم بچے کی جان لی جائے۔ قاتل اپنے ساتھی کے ''یہ کیا کرتے ہو'' کے جواب میں سوال کرتا ہے: ''کیوں؟'' اس کا ساتھی جواب دیتا ہے: ''گولیاں تو ختم ہو چکیں ہیں۔'' چند ثانیے

پہلے قاری کے دل میں قاتل کے ساتھی کے لیے ہمدردی کا جو جذبہ موجزن ہوا تھا، یہ جاننے کے بعد اچانک معدوم ہو جاتا ہے، کہ قاتل کے ساتھی کی حیرت اور اس کا سوال معصوم بچے کی جاں بخشی کے لیے نہیں، اس کی جانب خالی پستول تاننے بنا پر تھے۔ بچے کی طرف خالی پستول تاننے والا قاتل اپنے ساتھی سے کہتا ہے: ''تم خاموش رہو اتنے سے بچے کو کیا معلوم؟''

یہاں افسانے کا متن ختم ہو جاتا ہے لیکن افسانہ ختم نہیں ہوتا۔ اوپن اینڈ کی تکنیک میں لکھے ہوئے اس افسانے کے اختتام کے بعد قاری کے ذہن و دل میں اس افسانے کی متعدد کونپلیں پھوٹنے لگتی ہیں، ممکنہ انجام تشکیل پانے لگتے ہیں، نوع بہ نوع منظر سامنے آنے لگتے ہیں، مختلف سوالات جنم لیتے ہیں اور ایسے ایسے اسٹیج سجنے لگتے ہیں جو افسانے کے متن میں افسانہ نگار نے جان بوجھ کر قاری کے ذہنوں کے لیے چھوڑے ہیں۔

کیا چھوٹا بچہ پستول کی دہشت سے مر جاتا ہے، سفاک قاتل اسے ٹارچر کرتا ہے، اسے اغوا کر لیتا ہے، یا کچھ نہیں۔ ''بے خبری کا فائدہ'' کس کو ہوتا ہے؟ بچے کو جو پستول کی ہلاکت خیزی سے بے خبر ہے۔ اس لیے اس پر جان لیوا دہشت طاری نہیں ہوتی۔ یا بے خبری کا فائدہ کچھ دیر پہلے تین بے گناہوں کا قتل کرنے والے سفاک قاتل کو ہوتا ہے۔ جسے مزید گولی خرچ نہیں کرنی پڑے گی اور بچہ پستول کی دہشت سے ہی مر جائے گا۔ یا پھر قاتل کو کھڑکی سے جھانکتے شخص، سڑک پر جاتے ہوئے ماشکی اور ناتواں بوڑھی عورت کی بے خبریوں کا فائدہ ہوا، کیوں کہ انھیں مارنے میں قاتل کو کوئی خاص جدو جہد نہیں کرنی پڑی، کوئی مشقت نہیں اٹھانی پڑی۔

کہنے کی ضرورت نہیں کہ افسانے کا آغاز انتہائی تجسس آمیز، ارتقا قاری، یا سامع کو ہمہ تن گوش یا متن مرکوز بنا دینے والا اور اختتام تحیر خیز ہے۔ منٹو نے اتنے چھوٹے سے افسانے میں حقیقت کا رنگ بھرنے میں کوئی کسر نہیں چھوڑی ہے۔ چھے گولیوں میں سے تیسری، پانچویں اور چھٹی گولیاں خالی جاتی ہیں، فلمی ہیرو کی طرح چھے گولیوں سے چھے آدمیوں کو نہیں مارا گیا ہے۔ غور کرنے کی بات یہ بھی ہے کہ جن گولیوں سے جانیں جانے والی ہیں وہ گولیاں پستول سے جھنجلا کر یا بھنا کر نکلتی ہے، اور جن گولیوں سے آدمی مرنے سے بچ جاتے ہیں تو پستول والا جھنجلاتا ہے، بھناتا ہے۔

پورے افسانے کو منٹو کے اس فنی طریقہ کار اور مصنف کے فکری اور ذہنی رویّے کے اظہار سے آزاد خود مکتفی بیانیہ کا ایسا نمونہ کہنا چاہیے جو منٹو کا امتیاز اور اس کی منفرد شناخت ہے۔ یعنی یہ کہ منٹو اپنے افسانوی ٹریٹمنٹ میں کرداروں کے حوالے سے نہ تو محبت، نفرت اور غصہ کے جذبات ابھارنے کی کوشش کرتے ہیں۔ نہ بیانیے میں ظلم و کرم، جائز و ناجائز اور کمترین و بہترین کی حمایت و مخالفت اور تحسین و تحقیر کے لہجے اور اسلوب کو اپنا شیوہ بناتے ہیں۔ ان کے افسانوں کے راوی بھی اپنے بیان میں سماجی، معاشرتی اور نظریاتی مقصد کی جانب جھکاؤ سے خود کو حد درجہ محفوظ رکھتے ہیں۔ شاید اس لیے کہ مثبت رجحان کی تلقین اور منفی رویّے کی تذلیل بحیثیت افسانہ نگار منٹو کی سرشت میں نہیں ہے۔ کہ منٹو اپنی کہانیوں میں لوگ باگ کے مبہم رویّوں کی دھند، لاشعور اور تحت الشعور کی گہری رنگین کھائیوں اور ان کی نفسیات کے تاریک سمندر کی غواصی کر کے زندگی سے متعلق بے پایاں تحیر اور ساکت کر دینے والے استعجاب کی تخلیق میں یقین رکھتے ہیں۔ وہ واقعات کے لیگل، یا اِلّی گل ہونے، کرداروں کے بھلے برے اطوار طے کرنے، نتائج نکالنے اور نظریے قائم کرنے کا فیصلہ وہ قاری پر چھوڑ دیتے ہیں۔ کہ کوئی بھی فن پارہ وجود میں آنے کے بعد 'خالق رمصنف'، 'مخلوق رمتن' اور ان دونوں کے تعلق سے رائے قائم کرنے والے 'قاری' اپنے اپنے طور پر منشا کے تعین، معنی خیزی اور مفاہیم کی برآمدگی کے لیے آزاد اور خود مکتفی ہوتے ہیں۔ منٹو نے یہی اصولی زاویہ اور فنی طریقۂ کار ''بے خبری کا فائدہ'' میں اپنایا ہے۔

(ہندی سے ترجمہ: ملک اکبر) ●●

ہمارے ایک بہت اہم افسانہ نگار سعادت حسن منٹو نے فسادات کی کلبیت سے اوب کر چھوٹے چھوٹے مگر زہریلے لطیفے گڑھے اور انہیں ''سیاہ حاشیے'' کا نام دے کر شائع کرایا۔ محمد حسن عسکری نے ان کا تجزیہ اپنے نقطہ نظر سے کرتے ہوئے کرشن چندر اور خواجہ احمد عباس جیسے ترقی پسند نظریات رکھنے والے ادیبوں کا مذاق اڑایا۔

رام لعل (اردو کہانی پر تقسیمِ وطن کے اثرات)

تاریخ کے ملبے میں دبی ہوئی چیخیں

''کرامات''، ''رعایت'' اور ''حیوانیت'' کے حوالے سے

نگار عظیم

بٹوارے سے پہلے اور بعد میں جو فسادات رونما ہوئے اس نے ہندوستان اور پاکستان دونوں کو اپنی لپیٹ میں لے لیا تھا۔ ہزاروں افراد اس تقسیم، ہجرت اور فسادات کی زد میں آئے۔ جانیں گئیں، گھر سے بے گھر ہوئے، عصمتیں لٹیں، بچوں بوڑھوں کا سفاکانہ قتل ہوا۔ سیاست کے مہرے چلے، حالات بد سے بدتر ہوتے چلے گئے۔ ہر انسان متاثر ہوا زندگی مفلوج ہوگئی۔ اس پُرآشوب وقت کا بیان منٹو اس طرح کرتے ہیں:

> ۱۶/اگست کا دن میرے سامنے بمبئی میں منایا گیا۔ پاکستان اور بھارت دونوں آزاد ملک قرار دیے گئے تھے۔لوگ مسرور تھے۔مگر قتل اور آگ کی وارداتیں جاری تھیں۔ ہندوستان زندہ باد کے ساتھ ساتھ پاکستان زندہ باد کے نعرے بھی لگتے تھے۔ کانگریس کے ترنگے کے ساتھ پاکستانی پرچم بھی لہراتا تھا۔ پنڈت جواہر لعل نہرو اور قائد اعظم محمد علی جناح دونوں کے نعرے بازاروں اور سڑکوں میں گونجتے تھے۔ سمجھ میں نہیں آتا تھا کہ ہندوستان اپنا وطن ہے یا پاکستان۔ اور وہ لہو کس کا ہے جو ہر روز بے دردی سے بہایا جا رہا ہے؟ وہ ہڈیاں کہاں جلائی یا دفن کی جائیں گی جن پر سے مذہب کا گوشت پوست چیلیں اور گدھ نوچ نوچ کر کھا گئے تھے؟ ہندوستان آزاد ہوگیا تھا، پاکستان عالم وجود میں آتے ہی آزاد ہوگیا تھا۔لیکن انسان ان دونوں

مملکتوں میں غلام تھا۔تعصب کا غلام، مذہبی جنون کا غلام، حیوانیت و بربریت کا غلام۔(منٹو: مرلی کی دھن مجموعہ گنجے فرشتے)

جب تک ہم منٹو کے اِن جملوں کی کاٹ، گہرائی اور گیرائی کو نہیں سمجھیں گے ''سیاہ حاشیے'' کے افسانوں کو بھی نہیں سمجھ سکیں گے۔اس کا ایک ایک لفظ انسان کی محکومیت بربریت خوں چکانی، غارت گری اور مظلومیت کی ایسی سچائی ہے جسے قبول کرنے سے ہم کتراتے رہے ،خوف کھاتے رہے۔منٹو ۷ ریا ۸ رجنوری ۱۹۴۸ء کو بمبئی سے کراچی اور پھر کراچی سے لاہور منتقل ہوئے۔ یہاں آنے کے بعد انہوں نے کچھ مضامین اور افسانے لکھے جو''امروز'' میں شائع ہوئے۔ ۳۲ رمختصر افسانوں پر مشتمل مجموعہ''سیاہ حاشیے'' کی صورت میں ۱۹۴۸ء میں منظر عام پر آیا جسے مکتبہ جدید لاہور نے شائع کیا۔اس میں حسن عسکری کا مضمون''حاشیہ آرائی'' دیباچے کے طور پر شامل تھا۔

''سیاہ حاشیے'' کے افسانے مختصر ترین (منی) افسانے کی پیدائش بھی ہے اور ابتدا بھی۔ جسے آگے چل کر افسانچہ نام ملا۔اس طرح افسانچے کے جنم داتا منٹو ہوئے۔''سیاہ حاشیے'' کے یہ افسانچے منٹو کی انفرادیت میں شمار ہیں۔تختۂ سیاہ پر سفید چاک سے لکھنے والے منٹو اگر اس مجموعے کو''سیاہ حاشیے'' کا عنوان دیتے ہیں تو صاف ظاہر ہے منٹو وہ فٹ نوٹ لکھ رہے ہیں جو بہت اہم ہے، جس کی عبارت اور مفہوم آپ کو تلاش کرنا ہے۔''سیاہ حاشیے'' کے یہ ۳۲ رافسانے منٹو کے بموجب''عرق انفعال'' کے وہ موتی ہیں، جن کو وہ خونی سمندر سے چن کر لائے، جو انسان نے انسان کے جسم سے بہایا تھا۔اس بٹوارے سے جو انقلاب برپا ہوا اس کے داغ اور خون کے چھینٹے انسان اور اس کی انسانیت پر سوال کھڑے کرتے ہیں۔منٹو نے تو ان خونیں مظالم کی بس نقاب کشائی کی ہے۔''سیاہ حاشیے'' کا انتساب اس کی منہ بولتی تصویر ہے۔ یہ انتساب اس آدمی کے نام ہے جس نے اپنی خونریزیوں کا ذکر کرتے ہوئے کہا:

''جب میں نے ایک بڑھیا کو مارا تو مجھے ایسا لگا مجھ سے قتل ہوگیا۔''

...یعنی درندہ صفت وحشی وہ قاتل انسان جو نہ جانے کتنے قتل کر چکا ایک بڑھیا کے قتل پر کف افسوس...؟ چہ معنی دارد...

کیا واقعی اس میں انسانیت کی کوئی رمق باقی تھی جو منٹو کو نظر آگئی اور ''سیاہ حاشیے'' کا انتساب بن گئی۔ منٹو کے ان افسانوں پر تبصرہ کرتے ہوئے محمد حسن عسکری جو رائے دیتے ہیں وہ بہت اہم ہے۔ ''فسادات کے متعلق جتنا بھی لکھا گیا ہے اس میں اگر کوئی چیز انسانی دستاویز کہلانے کی مستحق ہے تو وہ یہ افسانے ہیں۔'' (مضمون حاشیہ آرائی) ''سیاہ حاشیے'' کے افسانچوں کو انسانی دستاویزات کہنے والے یہی عسکری اپنے ایک دوسرے مضمون ''فسادات اور اردو ادب'' میں فسادات پر لکھے گئے ترقی پسند افسانہ نگاروں کی تحریروں کو بے جان، کھوکھلا اور مصنوعی قرار دیتے ہوئے کہتے ہیں کہ:

> ''...ان کا (ترقی پسند افسانہ نگاروں کا) مجموعی اثر مسلمانوں کے خلاف ہے۔ اول تو فسادات کی ذمہ داری مسلمانوں کے سر رکھی جاتی ہے دوسرے تقسیم کو محض گانٹھ بتایا جاتا ہے، حالانکہ تقسیم یعنی پاکستان کا قیام مسلمانوں کا عزیز ترین آدرش رہا ہے۔ افسانہ نگاروں کی کوشش ہوتی ہے کہ مسلمانوں کے بنیادی اصول سے بدظن کیا جائے۔''

اپنے اس مضمون میں حسن عسکری نے جو مباحث اُٹھائے اور اُن سے جو نتائج اخذ کیے ہیں، اُس سے پتا چلتا ہے کہ ترقی پسند افسانہ نگاروں نے اشتراکی سیاست اور پارٹی لائین سے مطابقت رکھتے ہوئے افسانے تحریر کیے ہیں۔ جس حقیقت کو حسن عسکری بڑی سہولت سے فراموش کر گئے وہ یہ ترقی پسند افسانہ نگاروں کی اشتراکی سیاست اور پارٹی لائین کی مطابقت نہ ہندوستان نوازتھی اور پاکستان کے نظریے کی مخالفت پر محیط تھی بلکہ انسان دوستی کے آفاقی تصور اور سیکولرازم اُن کے افسانوں کی رگوں میں خون کی طرح جاری وساری تھا۔

منٹو اور ترقی پسند افسانہ نگاروں کی تحریروں میں فنی اعتبار سے چاہے جتنا فرق ہو انسان دوستی کا آفاقی تصور دونوں میں یکساں طور پر سرگرم عمل ہے۔ اگر ایسا نہیں ہے تو سوال یہ اُٹھتا ہے کہ منٹو کے کس افسانے میں تقسیم اور تقسیم کے نتیجے میں ہونے والے فرقہ وارانہ فسادات کو مسلمانوں کا آدرش تسلیم کیا جا سکتا ہے۔ ''جوتا''، ''سوری''، ''صفائی پسندی''، ''آرام کی ضرورت''، ''بے خبری کا فائدہ''، ''جیلی''، ''حیوانیت''، ''مناسب کاروائی''، ''اشتراکیت''،

''رعایت'' یا انسانی دستاویزات کہے جانے والے دوسرے کس افسانے میں منٹو دوقومی نظریے یا پاکستان کے قیام کو دُرست قرار دیتے ہیں؟ منٹو کے ان افسانوں کا بغور مطالعہ کیا جائے تو اندازہ ہوتا ہے کہ مذہب کے نام پر ہونے والے تشدد پر منٹو کا موقف کم وبیش وہی ہے جو ترقی پسندوں کا رہا ہے ۔ جس کا ذکر منٹو نے شیام پر لکھے اپنے خاکے ہی میں نہیں ، دوسرے کئی افسانوں، مضامین، خاکوں اور تحریروں میں بھی کیا ہے۔

فسادات پر لکھے گئے ترقی پسند افسانہ نگاروں پر ممتاز شیریں بھی حسن عسکری کے انداز میں حملہ آور ہیں۔ اپنے مضمون ''دوسرا گناہ'' میں وہ بھی ''سیاہ حاشیے'' کو لطیفوں کا مجموعہ ہی کہتی ہیں۔ حسن عسکری اور ممتاز شیریں گویا دونوں نے رجعت پسندی کا ثبوت دیا۔ اس کے برعکس ''سیاہ حاشیے'' کے انتساب کی روشنی میں اگر ہم منٹو کے موقف کو سمجھنے کی کوشش کریں کہ جس آدمی کے نام یہ انتساب ہے وہ ہندو، مسلم، سکھ، عیسائی، کون ہے کوئی وضاحت نہیں ملتی۔ وہ کوئی بھی ہو سکتا ہے۔ ''سیاہ حاشیے'' کی اشاعت کے بعد ایک طرف اس کتاب کی پذیرائی ہوئی تو دوسری طرف تنقید، تنقیص اور تضحیک کا ہدف بھی بنی۔ تضحیک نہ بھی کہیں تو اتنا تو ضرور کہا جا سکتا ہے کہ منٹو معتوب ہوا۔ منٹو پر اس کا بہت اثر ہوا۔ اپنے دل کا درد انہوں نے ''جیب کفن'' میں کچھ اس طرح بیان کیا ہے:

> ''یقین مانیے کہ مجھے اس وقت دکھ ہوا۔ بہت بڑا دکھ۔ جب میرے چند ہمعصروں نے میری اس کوشش کا مضحکہ اڑایا۔ مجھے لطیفہ باز، بادہ گو، سنکی، نامعقول اور رجعت پسند کہا گیا۔ میرے ایک دوست نے تو یہاں تک کہا کہ میں نے لاشوں کی جیبوں سے سگریٹ کے ٹکڑے، انگوٹھیاں، اور اس قسم کی دوسری چیزیں نکال نکال کر جمع کی ہیں۔''

اس مفروضے کو مان بھی لیں تو اس حقیقت کو جھٹلایا نہیں جا سکتا کہ لاشیں تو موجود تھیں۔ لاشیں، جو پہلے جیتے جاگتے انسان کی شکل میں سانسیں لے رہی تھیں۔ سگریٹ کے کش لگا رہی تھیں اور جن کی جیبوں میں مختلف چیزیں تھیں اور انگلیوں میں انگوٹھیاں... سوال تو یہ ہے کہ یہ لاشیں کس کی تھیں؟ انسانوں کی... کون تھے یہ انسان؟ ہندو، مسلمان، سکھ یا عیسائی. آخر یہ کسی نہ کسی

مذہب قوم وملت کے ضرور ہوں گے۔ تھے تو انسان ہی۔سگریٹ اُن مرنے والوں کی ذہنی آسودگی/ انتشار کی غماز ہے تو انگوٹھیاں ان کی خوشحالی کی۔لیکن اب وہ صرف لاشیں ہیں۔اگر اُن لاشوں کی سگریٹ اور انگوٹھیاں آپ کو نظر نہ آتیں تو شاید اُن لاشوں سے آپ کا نہ کوئی تعلق ہوتا اور نہ کوئی پہچان۔شکر ہے اُن کی انگوٹھیاں اور سگریٹ منٹو آپ کو دکھا رہے ہیں، تو ایک طرح سے ٹھیک ہی کر رہے ہیں۔کیونکہ یہ لاشیں تو غائب ہو جائیں گی، کیونکہ بہ قول منٹو اُن کے مذہب کا گوشت تو چیل اور گدھ نوچ نوچ کر کھا جائیں گے۔لیکن چوری کی ہوئی سگریٹ اور انگوٹھیاں رہ جائیں گی جو تاریخ کی کھونٹی پر ٹنگی رہ جائیں گی تاریخ کے صفحات پر...!

کیسا ہولناک مذاق ہے۔لاشوں کا ذکر نہ ہو کر انگوٹھیوں اور سگریٹوں کا ذکر ہو رہا ہے۔ بٹوارے کا یہ ناقابل فراموش سانحہ اور پھر سانحہ کی کوکھ سے جنمے مزید سانحات... خون چاقو، گولی، انسان، عزت آبرو، رشتے ناطے، آگ، زمین اور سرحدیں سب کچھ خلط ملط ہو گئے ہیں اور رہ گئے ہیں بنتے بگڑتے دائرے اور اُن میں قید چیخیں، آہیں، سسکیاں... الفاظ کہیں کھو جائیں گے، گم ہو جائیں گے زبان گنگ ہو جائے گی، اظہار کے وسیلے مٹ جائیں گے۔تب وقت کی ڈائری پر"سیاہ حاشیے" ابھریں گے۔ایسے حالات میں منٹو نے اپنے قلم کو جنبش دینا تھی اور یہ نقش بنانے تھے۔"سیاہ حاشیے" کے مختصر ترین جملوں اور چند الفاظ میں اس وقت کی تاریخ چیخ رہی ہے۔زیرِ نظر مضمون میں تاریخ کے ملبے میں دبی اُن چیخوں کی سمت اور رفتار سمجھنے کی کوشش کروں گی جو"سیاہ حاشیے" کے متن میں محفوظ ہے۔

"کرامات"

پہلی چیخ "کرامات" ہے۔فساد کے موقع پر لوٹ پاٹ کے پس منظر میں لکھے افسانے میں پولیس جگہ جگہ چھاپے مار کر لوٹا ہوا مال برآمد کر رہی ہے۔لوگ ڈر کے مارے رات کے اندھیرے میں لوٹا ہوا مال چھپانے یا باہر پھینکنے میں جٹ گئے تاکہ پولیس اور قانونی گرفت سے بچ سکیں۔ایک آدمی کے پاس لوٹی ہوئی شکر کی دو بوریاں تھیں۔چھپائے تو کہاں چھپائے؟ اسے کچھ نہ سوجھی تو رات کے اندھیرے میں ایک بوری کنویں میں ڈال آیا۔دوسری بھی لے کر چل دیا لیکن دوسری بوری کے ساتھ وہ خود بھی کنویں میں جا گرا۔شور شرابا سن کر لوگ اکٹھا

ہوئے رسیاں ڈالی گئیں، دو آدمی نیچے اترے اور کسی طرح اس آدمی کو نکال لیا۔لیکن چند گھنٹوں کے بعد وہ مرگیا۔دوسرے دن جب لوگوں نے استعمال کے لیے کنویں سے پانی نکالا تو وہ میٹھا تھا۔اُس رات سے اس آدمی کی قبر پر دیے جلنے لگے۔

بہ ظاہر یہ لوٹ مار اور فساد کی ہولناکی پر ایک سیدھا سادا مختصر افسانہ ہے۔لیکن اس کی اصل کہانی اُس کے اختتام میں ہے جس سے اس کی تہ داریت میں اضافہ ہو جاتا ہے۔ لوٹ پاٹ تقریباً ہر فساد کا حصہ ہوتی ہے، جس کے ہاتھ جو لگا، لے کر بھاگا۔دوکان ہو، مکان ہو یا بازار لوٹنے والے کو کچھ نہیں سوجھتا۔جو مل جائے جہاں مل جائے ہاتھ صاف...کوئی روکنے والا نہیں۔انتظامیہ دیر سے جاگتی ہے اور پولیس ایسے میں ذرا آرام سے ہی آتی ہے۔بلکہ بعض مرتبہ تو پولیس کی نگرانی میں ہی سارے کام انجام پاتے ہیں۔(ملاحظہ ہو افسانچہ ''نگرانی میں'') لوٹنے والے بھی کئی طرح کے ہوتے ہیں۔غریب مفلوک الحال، ضرورت مند، شر پسند یا پھر لالچی لیکن منٹو کے اس افسانچے کا مرکزی کردار ضرورت مند کم لالچی زیادہ معلوم پڑتا ہے، وگرنہ ایک بوری شکر پر قناعت کر جاتا، دو بوریاں کیونکر اُٹھا لاتا۔دو بوری شکر تو پورے محلہ کے کام آجاتی۔گویا اُس کی یہ لوٹ کسی محرومی کی وجہ سے نہیں۔پنساری تو بے قصور برباد ہوا۔افسانے میں دوکان کا لُٹنا تو ایک سمبل ہے، علامت ہے۔اصل میں لُٹی تو انسانیت اور شرافت ہے۔کہاں ہیں رشتے؟ کہاں ہے محبت، معصومیت اور انسانیت؟ کہاں ہے بھائی چارہ اور ایمان...؟ اگر کچھ ہے تو شکر کی بوریاں...اور اُنہیں لوٹنے والے ہاتھ، جن کا کوئی مذہب نہیں ہوتا کوئی دیش کوئی ذات نہیں ہوتی۔

''سیاہ حاشیے'' کے افسانے ہوں یا فسادات کے موضوع پر لکھے گئے کرشن چندر، خواجہ احمد عباس، احمد ندیم قاسمی جیسے ترقی پسند افسانہ نگاروں کے افسانے، ان میں لوٹنے والے ہاتھوں اور کاٹی جانے والی گردنوں کو کسی خاص مذہب، دیش یا ذات میں نہیں باندھا گیا ہے اور یہی سچائی حسن عسکری برداشت نہیں کر سکے۔اُنہیں ان میں مسلمانوں اور پاکستان کے خلاف زہریلا پروپیگنڈہ دکھائی دینے لگا۔یہاں بھی افسانے کا پس منظر وہ سب بیان کر جاتا ہے، جس پر کسی قوم، مذہب یا نسل کی اجارہ داری نہیں۔لیکن افسانے کا ابھی ایک حصہ باقی ہے، جو زیادہ گمبھیر اور

تکلیف دہ ہے۔ اس آدمی کے مرجانے کے بعد دوسرے دن جب لوگوں نے استعمال کے لیے کنویں سے پانی نکالا تو وہ میٹھا تھا کہ شکر کنویں کے پانی میں گھل چکی تھی، جو کسی کے علم میں نہیں تھی۔ چنانچہ اسی رات سے اس آدمی کی قبر پر دیے جلنے لگے۔ یعنی عوام کی نظر میں وہ کوئی پہنچا ہوا پیر فقیر یا پھر کراماتی ثابت ہو گیا۔ جہالت تو ہم پرستی، قبر پرستی اور کمزور ایمان کی جو صورتحال منٹو نے دکھائی وہ مزید ترقی یافتہ صورت میں اب تک چلی آرہی ہیں۔ پنساری اپنے مال اسباب سے لٹ گیا اور لوٹنے والا جان ہی ہار گیا لیکن لگتا ہے جو سب سے بڑی چیز لٹی یا لُٹ رہی ہے وہ کسی کو دکھائی ہی نہیں دی۔ ہے نہ کرامات؟؟

منٹو نے اس ضعیف الاعتقادی پر اور بھی افسانے لکھے ہیں۔ آپ کو یاد ہوں گی منٹو کی دو کہانیاں ''شاہ دولہ کا چوہا'' اور ''صاحب کرامات'' یہ منٹو کے وہ افسانے ہیں جنہیں نظر انداز نہیں کیا جا سکتا۔ ''شاہ دولہ کا چوہا'' کی سلیمہ اور بیٹا مجیب... اس سماج پر بہت بڑا سوال ہیں۔ مجیب اور اُس کی ماں سلیمہ کا نہیں، ہمارے سماج کا ہی سر چھوٹا ہو گیا ہے اسی سبب وہ تنزلی کی طرف بڑھ رہا ہے۔ گویا پورا معاشرہ ''شاہ دولہ کا چوہا'' بن چکا ہے یا بن رہا ہے۔ اسی طرح ''صاحب کرامات'' میں موجو کی بیٹی اور بیوی کو ایک ڈھونگی مولوی جنسی استحصال کرتا ہے اور اپنی داڑھی اور پٹے وہ تکیے کے نیچے بہ طور اپنی نشانی چھوڑ بھاگ جاتا ہے۔ داڑھی اور پٹّا مکر و فریب کا آلہ کار ہے اس لیے موجو کی آنکھیں اُسے نہیں دیکھ پاتیں اور وہ اپنی بیوی اور بیٹی سے کہتا ہے:

''... تم نہیں سمجھیں، وہ کوئی کرامات والے بزرگ تھے۔ ہمارا کام کر گئے اور یہ نشانی چھوڑ گئے۔'' اُس نے اُن بالوں کو چوما آنکھوں سے لگایا اور اُن کو جیناں کے حوالے کر کے کہا۔ ''جاؤ اِن کو کسی صاف کپڑے میں لپیٹ کر بڑے صندوق میں رکھ دو، خدا کے حکم سے گھر میں برکت ہی برکت رہے گی۔''

اُففففف... کہاں جا رہے ہیں ہم؟ ''صاحب کرامات'' میں کرامات کرنے والے مولوی صاحب اور اُن کا پٹّا اور داڑھی تو ہمیں نظر آجاتی ہے لیکن ''کرامت'' میں تو آلہ کرامت یعنی شکر کنویں کے پانی میں گھل چکی ہے۔ اب ہم کس سماج اور مذہب کی دہائی دیں؟ کس انسانیت کی بات کریں؟ کس سسٹم کو دوش دیں؟ اُس آدمی کا خوف تو سمجھ میں آتا ہے جو لوٹی ہوئی شکر

کی بوریاں کنوئیں میں پھینکنے جارہا ہے لیکن، وہ لوگ کس خوف کے سائے میں جی رہے ہیں جو کنوئیں کا پانی میٹھا ہونے کے بعد اُس شخص کی قبر پر دیے جلانے لگے۔غرضیکہ غور وفکر کی دعوت دیتا یہ مختصر افسانہ ''کرامات'' جس کی سب سے بڑی خوبی یہ ہے کہ یہ افسانہ کچھ نہ کہہ کر بھی بہت کچھ کہہ جاتا ہے۔تو ہم پرستی کے اس بازار میں آج بھی بہت بھیڑ ہے۔بڑی رونق ہے۔

''رعایت''

گزشتہ برسوں میں مرتب ہونے والی تشدّد کی نئی شعریات بڑے زور وشور سے ہمارے معاشرے میں پروان چڑھی ہے۔ان میں ایک ماب لینچنگ ہے۔اس میں ایک بے نام بھیڑ کسی ایک نہتے آدمی کو چاروں طرف سے گھیر کر تشدّد کا نشانہ بناتی ہے۔یہ بے بس شخص لوگوں کے سامنے گڑگڑاتا ہے، رحم کی بھیک مانگتا ہے مگر بھیڑ پر کوئی اثر نہیں ہوتا۔رحم کرنے کے بجائے بھیڑ تشدّد کو ایک نئی شکل دے دیتی ہے، جو پہلے سے زیادہ ہولناک اور خطرناک ہوتی ہے۔تشدد کے اس بدلتے اسالیب کی جھلکیاں ہمیں ''سیاہ حاشیے'' کے مختلف افسانوں میں بھی ملتی ہے۔''صفائی پسندی''،''حلال اور جھٹکا''،''مناسب کاروائی''،''بے خبری کا فائدہ'' اور ''رعایت'' جیسے افسانچوں میں اُن کی خوں خواری نت نئے روپ میں سامنے آتی ہے۔

فسادات کے موضوع پر لکھے افسانے ہمیں ایک ایسی دنیا میں لے جاتے ہیں جہاں انسان کا انسانیت سے دور دور تک واسطہ نظر نہیں آتا۔گناہ کا احساس لوگوں کو کسی روحانی اضطراب یا عذاب میں مبتلا نہیں کرتا بلکہ اُنہیں ایک عجیب وغریب قسم کی روحانی سرشاری سے دو چار کرواتا ہے۔ان کی آنکھوں پر چربی چڑھی ہے اور کھال موٹی ہو چکی ہے اور وہ غلاظت کے ایسے جوہڑ میں گرے ہیں کہ باہر آنے کے امکانات معدوم ہیں۔ایسی صورت حال میں عورت ظلم واستبداد کا خاص طور پر نشانہ بنائی جاتی ہے۔مرد تو اپنے بے شرمانہ مظالم کے باعث بھی شرمسار نہیں ہوتے لیکن انسانیت شرمسار ہو جاتی ہے۔ پناہ مانگتی ہے، ہاتھ جوڑتی ہے، بھیک مانگتی ہے، گڑگڑاتی ہے۔''رعایت'' کے اس جملے پر غور کیجیے:

''میری آنکھوں کے سامنے میری جوان بیٹی کو نہ مارو!''

آہ...اس ایک جملے میں، کتنا درد، کرب اور بے بسی ہے۔یہ ایک بوڑھے باپ کے

الفاظ ہیں اپنی بیٹی کی زندگی کے لیے۔ گڑگڑاتا ہوا بزرگ کا چہرہ اس فقرے میں ڈوبتا ابھرتا دکھائی دیتا ہے۔ ایک بے بس باپ، جو بس بیٹی کی زندگی چاہتا ہے۔ ویسے تو سارے باپ ایک ہی طرح کے ہوتے ہیں لیکن ''رعایت'' کے اس بے چہرہ بے نام باپ کی آواز میں ''کھول دو'' کے سراج الدین کی آواز اور اُس کا چہرہ آپ کو نہیں دکھائی دیتا؟ بوڑھا سراج الدین تو اسٹیچر پر مردہ پڑی اپنی سکینہ کے مردہ جسم میں حرکت دیکھ کر خوشی سے چلایا تھا: ''میری بیٹی زندہ ہے میری بیٹی زندہ ہے۔'' خوشی میں وہ یہ بھی نہیں دیکھ سکا تھا کہ اُس کی بیٹی کے لرزتے ہاتھ اپنا ازار بند کھول رہے ہیں۔ یہاں بھی فساد میں ظالموں کے ہتھے چڑھی جوان بیٹی اور اس کا بوڑھا باپ ہے۔ سراج الدین کو ''کھول دو'' کے رضا کاروں نے یہ موقع نہیں دیا تھا کہ وہ اُن کے سامنے اپنی بیٹی کی عزت اور جان کے لیے گڑگڑا سکے لیکن مذکورہ افسانے کا بے نام بے بس باپ اپنی بے بس بے نام بیٹی کی زندگی کے لیے ظالموں کے آگے گڑگڑا رہا ہے۔ ''میری آنکھوں کے سامنے میری جوان بیٹی کو نہ مارو'' اور افسانے کے اختتامی فقرے کا پہلا حصّہ پڑھ کر لگتا ہے کہ اُن ظالموں کا دل پسیج گیا ہے، تب ہی تو وہ کہتا ہے۔ ''چلو اس کی مان لو...'' یعنی وہ بڑی ''رعایت'' سے اُس کی بات مان رہے ہیں لیکن فقرے کا آخری حصہ افسانے کو ایک دوسرے ہی موڑ پر لے جاتا ہے۔ اپنی بات کو مکمل کرتے ہوئے کہتا ہے:

''...کپڑے اُتار کر ہانک دو ایک طرف''

یہ انسان کی انسان کے ساتھ ایسی ''رعایت'' ہے جو اُسے اشرف المخلوقات کہنے کے لائق نہیں رکھتی۔ پستی کی انتہا ہے یہ۔ کیا منٹو غلط کہتا ہے کہ ''میں تہذیب و تمدن کی چولی کیا اُتاروں گا جو ہے ہی ننگی۔'' اس دو سطری افسانے نے فساد، قانون، سماج، نظام، انسانیت اور سوسائٹی کی دھجیاں اڑا دیں۔ افسانہ تو اِن دو سطروں کے بعد ختم ہو جاتا ہے لیکن باپ اور بیٹی کی درد بھری چیخیں کانوں میں گونجتی رہتی ہیں۔ گونگی چیخیں... اس بیٹی کی جس کو منٹو نے کوئی نام نہیں دیا اور نہ ہی اُن کا مذہب، قوم یا نسل کی نشان دہی کی ہے۔ وہ بس حوا کی بیٹیاں ہیں۔ ''رعایت'' کو آج کے پس منظر میں رکھ کر غور کریں کیا کچھ بدلا ہے؟ ہر پل کہیں نہ کہیں حوا کی بیٹیاں بے لباس ہو رہی ہیں۔ وہ چیخ چیخ کر پکارتی ہیں، اُن کا گلہ رُندھ جاتا ہے اور کپڑے چیتھڑے ہو جاتے ہیں اور

اُن کے بوڑھے، بے بس، غریب ماں باپ اپنی بیٹی کو تماشا بننے سے نہیں روک پاتے ہیں بلکہ اس کوشش میں خود تماشا بن جاتے ہیں۔ ذہن پر نقش ہو جانے والا یہ افسانہ جتنا مختصر ہے اُس کا اثر اُتنا ہی گہرا اور زخم اُتنا ہی دیر پا ہے۔

''حیوانیت''

یہ ایک بڑا عجیب و غریب افسانہ ہے۔ ''سیاہ حاشیے'' کے دوسرے افسانوں کی طرح یہ بھی بٹوارے کے ملبے میں دبی ہوئی ایک ایسی چیخ ہے، جس کی آواز ہمیں نہیں سنائی دیتی لیکن یہ ایسے بہت سے سوالیہ نشان قائم کرتے ہوئے چلتی ہے، جن کی نوعیت سماجی بھی ہے اور سیاسی بھی، اخلاقی بھی، فکری بھی ہے اور جذباتی بھی ہے۔ منٹو کو تشدّد کے داخلی اور خارجی عوامل سے آگاہی بھی تھی اور اُس جبر کے خلاف آواز اُٹھانے کا اُسے سلیقہ بھی تھا۔ فرقہ وارانہ صورتحال نے اشرف المخلوقات کو ایک وحشی حیوان میں تبدیل کر دیا تھا۔ انسان کی حیوانیت سے مراد اُس کا جانوروں سے بدتر کام انجام دینا۔ ماحول وہی فساد، لوٹ مار اور قتل و غارت گری۔ خوف و ہراس کے خوفناک ماحول نے انسانی دل و دماغ کو مفلوج کر دیا ہے۔ لہٰذا اُسے احساس ہی نہیں کہ وہ انسانی سطح سے اُتر کر حیوان سے بھی گئی گزری حالت کو پہنچ گیا ہے۔ اُس کے سوچنے سمجھنے کی صلاحیت معدوم ہو چکی ہے۔

افسانے میں ایک ایسے خاندان کا حال بیان کیا گیا ہے، جو فسادات کی صورتحال میں پھنسا ہوا۔ جوان بیٹی کا پتہ نہیں چل رہا۔ بھینس بلوائی بھگا لے گئے ہیں، ایک عدد گائے بچ گئی ہے مگر اُس کا بچھڑا نہیں مل رہا ہے۔ ایک چھوٹی بچی ہے جسے ماں اپنے سینے سے چمٹائے ہوئے ہے اور صرف گائے ہے جو اُن دونوں میاں بیوی کا اثاثہ ہے۔ جو انہوں نے بلوائیوں سے بچایا ہوا ہے مگر بلوائی اب بھی چاروں طرف موجود ہیں جن سے چھپ کر میاں بیوی کہیں اندھیرے میں چھُپے ہوئے ہیں۔ اندھیرے کے ڈر سے بچی رونا شروع کر دیتی ہے تو اُس کی آواز سناٹے کو چیرتی ہوئی ایسے پھیل جاتی ہے ''جیسے فضا میں کوئی ڈھول پیٹ رہا ہو۔'' بچا کچھا مال واسباب اور جان بچانے کی فکر میں خوفزدہ ہو کر ماں روتی ہوئی بچی کا منہ بند کر دیتی ہے۔ آواز دب جاتی ہے اور باپ احتیاطاً اس پر موٹی گاڑھے کی چادر ڈال دیتا ہے۔ خاموشی

چھا جاتی ہے کہ ماں کے خوف اور باپ کے احتیاط نے بچی کی جان لے لی۔ منہ بند ہو گیا اور آواز دب گئی، لیکن سانسیں رک گئیں اور قصہ تمام ہوا۔ دوسری طرف ایک اور ماں ہے وہ ہے گائے۔ کچھ ہی دیر بعد کسی بچھڑے کی آواز آتی ہے تو گائے چونکی ہو جاتی ہے اور بچھڑے کی آواز سن کر دیوانہ وار ڈکارنے لگتی ہے۔ اب اُس کو بھلا کون چپ کرائے۔ نہ ہی اُسے اپنی جان بچانے کا شعور رہے نہ ہی دشمن کے خطرے کا احساس۔ دور سے مشعلوں کی روشنی دکھائی دینے لگتی ہیں۔ بیوی اپنے میاں سے غصہ میں کہتی ہے: ''تم کیوں اس حیوان کو اپنے ساتھ لے آئے تھے۔''

سوال یہ ہے کہ حیوان کون؟

عورت ماں، گائے ماں یا باہر مشعلوں کو اٹھائے انسانوں کی بھیڑ!

چلاتی ڈکارتی گائے اُسے حیوان لگ رہی تھی جبکہ وہ خود حیوانیت سے گزر چکی ہے۔

دراصل منٹو نے یہ افسانہ ایک کمزور عورت یا بہادر گائے پر نہیں لکھا۔ افسانہ تو خطرناک صورتحال میں بھی اپنے وجود کی حفاظت سے متعلق لکھا گیا ہے۔

منٹو کے تینوں افسانوں کے مرکزی کردار انسان ہیں۔ انسان جنہیں کسی مخصوص خانے میں رکھ کر وہ نہ دیکھتے ہیں اور نہ دکھانا چاہتے ہیں۔ جیسا کے میں نے کہا یہ افسانے نہیں بٹوارے کے ملبے میں دبی ہوئی چیخیں ہیں۔ ان چیخوں کا کوئی مذہب نہیں ہے، کوئی ذات نہیں ہے، کوئی صنف یا نسل نہیں ہے، یہ بس چیخیں ہیں، بے بس مجبور انسانوں کی چیخیں۔ منٹو کی آنکھیں انہیں کسی معاشرتی، سیاسی، قومی، مذہبی، نسلی یا صنفی خانے میں رکھ کر نہیں دیکھتیں۔ ''سیاہ حاشیے'' کے افسانوں کے انسان بھی بس انسان ہیں۔

نہ فرشتہ ہیں اور نہ شیطان۔

نہ ظالم ہیں، نہ مظلوم۔

نہ ہندو ہیں نہ مسلمان...

●●

تعاون-تجزیہ

اسلم جمشیدپوری

سعادت حسن منٹو اپنے افسانوں کی انفرادیت کے لیے دنیا بھر میں مشہور ہیں۔انھوں نے اپنے افسانوں میں انسانی نفسیات اور معاشرہ کے مخفی پہلوؤں کو موضوع بنایا ہے۔اُن کے افسانے کا ایک وصفِ خاص یہ بھی ہے کہ وہ اپنے اختتام پر چونکاتے ہیں۔قاری افسانہ پڑھتے پڑھتے جب اختتام سے گزرتا ہے تو نہ صرف تحیر و تجسس کا شکار ہوتا ہے، بلکہ غور وفکر کے سمندر میں غوطہ زن ہو جاتا ہے۔ یہی وہ مقام ہے جب کہانی یا افسانہ قاری کے اندر داخل ہو جاتا ہے اور اُسے مضطرب کر دیتا ہے۔آپ کے افسانوں کے موضوعات اور اسلوب اپنے معاصرین میں امتیاز رکھتے ہیں۔منٹو کے افسانوں کو ہم ہندوستان کی کسی بھی زبان اور کسی بھی عالمی زبان کے سامنے رکھ سکتے ہیں۔

اردو میں مقبول ومعروف افسانہ نگاروں کی صفِ اول میں آپ کا شمار ہوتا ہے۔

اردو میں افسانچہ نگاری کی شروعات کا سہرا بھی آپ کے سر بندھتا ہے۔تقسیمِ ہند، فرقہ وارانہ فسادات، ہندو مسلم فسادیوں کا قہر، پناہ گزی کیمپوں کے حالات، انسان کی شرافت اور اُس کا کمینہ پن، ظلم و جور کا گرم بازار جیسے موضوعات پر آپ نے چھوٹے چھوٹے افسانے جو تین سطروں سے لے کر ڈیڑھ سو سطروں پر مشتمل ہے، بہت سارے افسانے قلم بند کیے۔ایسے چھوٹے افسانوں کا مجموعہ ''سیاہ حاشیے'' کے نام سے ۱۹۴۸ء میں منظرِ عام پر آیا۔اس زمانے میں منٹو کی خاطر خواہ پذیرائی نہیں ہوئی۔کسی نے انہیں لطیفہ کہا تو،تو کسی نے تاثراتی اور کسی نے ہنگامی ادب کے زمرہ میں رکھا۔بہت بعد میں ہندو پاک میں جب چھوٹے چھوٹے افسانے لکھے

گئے تو آپ کی تقلید ہوئی۔ جوگندر پال نے اُسے افسانچہ کا نام دیا۔ اور پوری زندگی افسانچہ نامی صنف کو استحکام بخشنے میں لگادی۔ موجودہ وقت میں افسانچہ نگاروں کی تعداد بے شمار ہے۔ شاید ہی کوئی افسانچہ نگار ایسا ہو، جس نے ''سیاہ حاشیے'' کے افسانچے نہ پڑھے ہوں اور اُن کے اثرات قبول نہ کیے ہوں۔ منٹو کے ''سیاہ حاشیے'' کے سبھی افسانچے ادبی شہ پارے ہیں یا نہیں یہ ایک تحقیق طلب امر ہے۔ جس سے ہمیں سردست کوئی سروکار نہیں ہے۔

''تعاون'' سعادت حسن منٹو کے ذریعہ تحریر کردہ ایک افسانچہ ہے، جو''سیاہ حاشیے'' کی زینت ہے۔ ''تعاون'' کا موضوع یوں تو فساد کے دوران لوٹ مار ہی ہے، مگر یہ افسانچہ ہمیں غوروفکر کی دعوت دیتا ہے۔ دراصل اس افسانچے میں چالیس پچاس لٹھ بند لوگوں کا ایک گروہ ہے، جو فساد میں لوٹ مار کے لیے ایک دُکان کی طرف جارہا ہے۔ اسی دوران ایک دُبلا پتلا آدمی فسادیوں سے مخاطب ہو کر کہتا ہے کہ بھائیوں اس مکان میں بے انتہا دولت ہے۔ آؤ ہم سب مل کر اس مکان پر قابض ہو جائیں اور سامان آپس میں بانٹ لیں۔ وہ فسادی اُس شخص کی رہنمائی میں اس گھر پر حملہ بولتے ہیں۔ مکان میں تالا لٹکا ہوا ہے۔ تالا توڑنے کی تیاری ہو رہی ہے لیکن اتنے میں وہی دبلا پتلا شخص چابیوں کا گُچھا لیے حاضر ہوتا ہے۔ اور ایک چابی سے تالا کھول دیتا ہے۔ فسادی مکان کے اندر داخل ہوتے ہیں۔ شور شرابا، لوٹ مار شروع کر دیتے ہیں۔ آپس میں سامان کے لیے لڑتے مرتے بھی ہیں۔ وہ دبلا پتلا شخص سب کو چپ بھی کراتا ہے اور قیمتی سامان کے ٹوٹ جانے اور خراب ہو جانے کا واسطہ دیتا ہے۔ اور سب کو خاموش کراتا ہے اور سامان نہ توڑنے کا واسطہ دیتا ہے۔ بہت دیر بعد ایک خوں خوار کتا گھر کے اندر گھس آتا ہے جو تین لٹیروں کو بھنبھوڑ ڈالتا ہے۔ کتے کے خوف سے سبھی لٹیرے بھاگ جاتے ہیں۔ صرف ایک لٹیرا رہ جاتا ہے۔ وہ اُس دُبلے پتلے آدمی سے پوچھتا ہے۔ ''تم کون ہو؟'' دُبلا پتلا آدمی مُسکرا کر جواب دیتا ہے۔: ''اس گھر کا مالک... دیکھو دیکھو!... تمہارے ہاتھ سے کانچ کا مرتبان گر رہا ہے۔''

افسانچہ یہاں ختم ہو جاتا ہے۔ اور قاری کے ذہن میں بہت سارے سوالات چھوڑ جاتا ہے۔ کیا وہ شخص فسادیوں کا واقعی معاون ہوتا ہے؟ کیا وہی دبلا پتلا شخص اس گھر کا مالک ہے

تھا؟ ایک کتے کے ڈر سے لٹھ بند لوگوں کا فرار ہونا؟ کیا وہ چالیس پچاس لوگ کتے کا مقابلہ نہیں کر سکتے تھے؟ اس آخری شخص کے پوچھنے پر کہ تم کون ہو؟ وہ بلا پتلا شخص مسکراتا کیوں ہے؟ کیا واقعی اُس شخص کے ہاتھ سے کانچ کا مرتبان گر رہا تھا؟ کیا وہ دبلا پتلا شخص اُن چالیس پچاس لٹھ بند لوگوں پر کتے کی دہشت سوار کرنا چاہتا تھا؟ آخر اُس شخص نے فسادیوں کو لوٹ مار کی اجازت کیوں دی؟ اور وہ شخص قدم قدم پر فسادیوں کی مدد کیوں کر رہا تھا؟ اس شخص کو فسادیوں سے کیا خطرہ تھا؟ کیا وہ فسادی اُس شخص کو مار رہے تھے؟ کیا وہ فسادی اُس گھر کی طرف بڑھ رہے تھے؟ یہ اور اس جیسے بے شمار سوالات قاری کے ذہن میں گردش کر رہے تھے۔

قاری واپس افسانچہ کے عنوان پر جاتا ہے۔ ''تعاون'' یہ کیسا تعاون ہے کہ ایک شخص آبیل مجھے مار کے مصداق اپنے گھر کی طرف فسادیوں کو بلاتا ہے اور گھر کا تالا کھول کر لوٹ مار کی اجازت دیتا ہے۔ وہ کس کا تعاون کر رہا ہے اپنا یا فسادیوں کا؟ فسادیوں کا تعاون تو قدم قدم پر نظر آ رہا تھا کہ اُس کا تعاون آخر میں اُس کے مسکرانے پر کھلتا ہے۔ یعنی اُس شخص کو اس بات کا یقین ہے کہ فسادی دیر سویر اُس کے گھر کو لوٹ لیں گے۔ اس لیے وہ اُن فسادیوں کو پہلے ہی اپنے گھر میں لے آتا ہے۔ اُس کے گھر کا جو نفیس اور قیمتی سامانوں سے بھرا ہوا ہے۔ اس لیے شاید اُسے سامان کے ٹوٹنے اور بکھرنے کا اندیشہ ہے اسی لیے وہ فسادیوں سے سامان کو سلیقہ سے اُٹھانے کی بات کہتا ہے۔ کہانی کے آخر میں کتے کا داخلہ سب کو حیرت میں ڈال دیتا ہے۔ ایک خوں خوار کتے نے چالیس پچاس لوگوں پر دہشت طاری کر دی، یہ بات جہاں عقل وفہم سے پرے لگتی ہے، وہیں اُس دبلے پتلے شخص کی بہترین منصوبہ بندی بھی لگتی ہے۔ ایسا کر کے اُس شخص نے نہ صرف اپنے گھر کو لٹنے سے بچایا بلکہ آس پڑوس کے گھر کی بھی حفاظت کی اور اس طرح اُس شخص نے ایک طرف تو فسادیوں کے دل میں خوف و دہشت بٹھانے کا کام کیا دوسری طرف اپنا بھی تعاون کیا۔

سعادت حسن منٹو کا یہ افسانچہ اپنے آپ میں مختلف و منفرد ہے۔ جو ہمیں نہ صرف غور وفکر کی دعوت دیتا ہے بلکہ انسانی نفسیات کو بھی سمجھنے میں مدد کرتا ہے۔ اس دبلے پتلے شخص کا کہانی کے آخر میں مسکرانا بڑا ہی معنی خیز ہے۔ مسکراتے ہوئے جواباً کہنا کہ وہ اس گھر کا مالک

ہے۔ ایسا لگتا ہے وہ اپنے منصوبہ میں صد فی صد کامیاب ہے اور بہ ظاہر فسادیوں کا ''تعاون'' کرتا نظر آتا ہے، جب کہ وہ اپنا ہی تعاون کر رہا ہوتا ہے۔ غور سے دیکھا جائے تو اصل ''تعاون'' کتے کا ہے جو اپنے مالک کو لٹتا ہوا دیکھ کر اپنی جان کی پرواہ نہ کرتے ہوئے فسادیوں میں سے تین چار کو بھنبھوڑ ڈالتا ہے، جس سے فسادیوں کے حوصلے پست ہو جاتے ہیں اور وہ راہ فرار اختیار کر لیتے ہیں۔

''تعاون'' سعادت حسن منٹو کا ایک اچھا افسانچہ ہے، جو ہمارے ذہن کو مختلف زاویوں سے کسرت کرنے کی ترغیب کرتا نظر آتا ہے تا کہ ہم کہانی میں جو کچھ بیان ہوا ہے اُس کے اندرون میں اُتر سکیں۔

●●

محمد حسن عسکری نے افسانے کے بارے میں جو مضامین لکھے ہیں ان میں فسادات کے موضوع پر لکھے ہوئے افسانہ کے بارے میں ان کا مضمون بہت اہم ہے۔ انہوں نے یہ مضمون قیامِ پاکستان کے فوراً بعد ''نیا دور'' کراچی (مدیر ممتاز شیریں اور محمد شاہین) کے ''فسادات نمبر'' کے لیے لکھا تھا اور انہوں نے بعض ایسی باتیں کہی تھیں جن سے اتفاق کرنا بہت مشکل تھا، مثلاً انہوں نے سب سے پہلے ترقی پسند ادیبوں پر الزام لگایا کہ ''نئے افسانوں کی محرک تخلیق کی اندرونی لگن نہیں بلکہ خارجی حالات و واقعات تھے۔'' اور پھر دعویٰ کیا کہ ''فسادات کا موضوع بن ہی نہیں سکتے۔''

عسکری نے یہ دعویٰ اس وقت کیا جب اردو میں زیادہ تر افسانہ نگار فسادات کے موضوع پر افسانے لکھ رہے تھے اور ان میں ترقی پسند پیش پیش تھے۔ محمد حسن عسکری کی عادت تھی کہ وہ عموماً ایسی اختلافی باتیں کہتے تھے جو مروجہ اصول اور نظریے کے خلاف ہوتی تھیں، لوگ چونک اُٹھتے تھے اور پھر ان کی باتیں موضوعِ گفتگو بن جاتی تھیں۔ مہینوں ان کے چھیڑے ہوئے موضوع پر بحث و مباحثہ جاری رہتا تھا اور وہ اسی میں خوشی محسوس کرتے تھے۔ دراصل انھوں نے اسی طرح رفتہ رفتہ خود کو متنازع فیہ، بنایا اور اپنی اہمیت منوائی۔

شہزاد منظر (محمد حسن عسکری۔ تنقیدی مطالعہ)

کرامات-تجزیہ

محمد بشیر مالیر کوٹلوی

تقسیم وطن کا سانحہ گزرا نفرت کی آندھیاں جیسے زنجیریں توڑ کر قید خانوں سے نکل آئیں اور چاروں طرف پھیل گئیں۔ ابن آدم انسانیت بھول کر حیوان کی شکل اختیار کر گیا ہر طرف خون کی ہولی لوٹ مار کا بازار گرم تھا، اُن دنوں شاید قانون کو قید خانے میں ڈال دیا گیا تھا۔ لاقانونیت کا بول بالا تھا، جن افسانہ نگاروں نے کشت وخون کے مناظر اپنی آنکھوں سے دیکھے اُن کے احساس پھوٹ پھوٹ کر رو دیے۔ ''سیاہ حاشیے'' سعادت حسن منٹو کے آنسو ہیں جو چھوٹے لطیفے (افسانچے) اور مختصر افسانے بن کر آپس میں سمٹ گئے اور اُس دور کی تاریخ مرتب کر گئے۔

افسانہ نگار ترقی پسندی لکھتے لکھتے تھک چکے تھے۔ تقسیم کی آگ کی لپٹوں سے اُنہوں نے نئے نئے واقعات سے اپنی جھولیاں بھر لیں۔ تقسیم وطن کے موضوعات کو بہت سے افسانہ نگاروں نے اپنایا۔ مگر جو ہولناکی ''سیاہ حاشیے'' میں ملتی ہے وہ اور کہیں نہیں ملتی۔ حسن عسکری خود تسلیم کرتے ہیں کہ فسادات کے متعلق جتنا بھی لکھا گیا اُن میں سے اگر کوئی انسانی دستاویز کہلانے کے مستحق ہیں تو وہ افسانے ہیں۔ میرا تعلق پنجاب سے ہے ہم نے اپنے بزرگوں سے فسادات کے واقعات سنے ہیں جو عینی شاہد تھے۔ اس کے علاوہ ''ٹھنڈا گوشت''، ''ٹوبہ ٹیک سنگھ'' اور ''کھول دو'' کا مطالعہ بھی کیا۔ ماننا پڑتا ہے کہ منٹو ایک سچے اور ایماندار افسانہ نگار تھے۔ انھوں نے تقسیم وطن کی کڑوی سچائیاں بیان کی ہیں۔ حقیقتوں کو فکشن کا لبادہ پہنایا ہے۔

''سیاہ حاشیے'' میں ایک افسانچہ ہے ''کرامات''، جو گیارہ جملوں پر مشتمل ہے۔ شاید یہ

مختصر افسانہ بنتے بنتے بچ گیا۔

تقسیم وطن کے فسادات میں لوٹ پاٹ کا بازار گرم تھا۔ دوسرے فرقے کی جو بھی چیز ہاتھ لگ جاتی وہ لوٹ لی جاتی تھی۔ اس زمرے میں ایک افسانہ 'مزدوری'' بہت خوبصورت ہے جو بلاشبہ مختصر افسانے کی ہیئت کا ہے۔ ایک کشمیری مزدور چاول کی بوری لوٹتا ہے پولیس والے اُسے بوری سمیت تھانے میں لے آتے ہیں کشمیری تھانے دار کی بہت منت سماجت کرتا ہے کہ اُس کے بچے کھالیں گے اُسے چھوڑ دیا جائے مگر تھانے دار نہیں مانتا۔ افسانے کے اختتام پر اُس کی بے چارگی کمال کی ہے جب وہ کہتا ہے ''اچھا حضرت تم بوری اپنے پاس رکھ لو... میں اپنی مزدوری مانگتی... چار آنے...؟!''

فساد کے دنوں میں لوٹ کا مال برآمد کرنے کی غرض سے پولیس گھر گھر چھاپے مارتی تھی۔ کچھ مسلمانوں نے ہندوؤں کو حفاظت کے پیش نظر اپنے گھروں میں چھپا رکھا تھا۔ لوگ ڈر کے مارے لوٹا ہوا مال اندھیرے میں باہر پھینک آتے کہ وہ پکڑے نہ جائیں۔ ایک آدمی نے پنساری کی دکان سے دو شکر کی بوریاں لوٹ لیں ظاہر ہے کہ بوری کا وزن من ڈیڑھ من ہوگا۔ ایک بوری تو وہ بڑی مشکل سے اُٹھا کر پاس والے کنویں میں پھینک آیا۔ جب وہ دوسری بوری پھینکنے لگا تو وہ خود بھی کنویں میں گر گیا۔ شور سن کر لوگ اکھٹے ہو گئے اور اُسے کنویں سے نکال لیا چند گھنٹوں بعد وہ مر گیا۔ قدرتی بات کہ رات بھر میں شکر کنویں کے پانی میں حل ہو گئی۔

اگلے دن لوگوں نے جب استعمال کے لئے کنویں سے پانی نکالا تو پانی میٹھا تھا۔

منٹو نے اس جملے پر افسانچے کا اختتام کیا ہے۔

''اُسی رات اُس آدمی کی قبر پر دیئے جل رہے تھے۔''

یہاں میں چھوٹی سی گستاخی کر رہا ہوں، کہ اختتامیہ جملہ کچھ یوں ہوتا۔

اور اُس قبر کے سرہانے چھوٹا سا بورڈ کتبے کے طور پر آویزاں ہوتا ''پیر میٹھے علی شاہ۔''

●●

آرام کی ضرورت-تجزیہ

ڈاکٹر عظیم راہی

یہ بات روزِ روشن کی طرح عیاں ہو چکی ہے کہ سعادت حسن منٹو کے ''سیاہ حاشیے'' نے اردو میں افسانچہ نگاری کی بنیاد ڈالی۔ ''سیاہ حاشیے'' کے چھوٹے چھوٹے افسانے جنہیں محمد حسن عسکری نے لطیفے بھی کہا' افسانچے کی راہ میں بنیاد کا پتھر ثابت ہوئے جو اردو افسانچے کی روایت میں سنگ میل کی حیثیت رکھتے ہیں۔ منٹو کے یہ افسانے دراصل تقسیم ہند کے پس منظر میں تخلیق پائے تھے۔ آزادی کی خوشی کو کس کی نظر لگ گئی تھی کہ یہ خوشی' نصیب ہوتے ہی تقسیم کا سانحہ پیش آگیا اور اِس اذیت ناک غم نے ساری خوشی کافور کر دی۔ تقسیم کے سانحہ کے بعد رونما فسادات میں ملک و قوم کی بڑی تباہی و بربادی ہوئی تھی، وہ کربناک منظر منٹو نے اپنی آنکھوں سے دیکھے تھے اور یہ سارے منظر نامے منٹو نے اِن مختصر ترین افسانوں میں اپنے ذاتی غم سمیت جیسے سمو دیے تھے کہ اِس سانحہ نے انسانوں کے دلوں کو بھی تقسیم کر دیا تھا اور اس بٹوارے کے غم نے ہر نفس کو نہ صرف متاثر کیا بلکہ برباد کر کے رکھ دیا تھا۔ صرف جائیدادیں ہی لوٹی نہیں گئی تھیں بلکہ ان کے مکینوں کو بھی موت کے گھاٹ اتار دیا گیا تھا۔ انسانیت کو بھی شرمسار کر دیا گیا تھا۔ ''سیاہ حاشیے'' کے وہ ۳۲/ افسانے اُن ہنگامی صورتحال کی منہ بولتی تصویریں ہیں اور منٹو کا کمال یہ ہے کہ اُس نے بہت اختصار میں اُن واقعات کو قلم بند کر دیا ہے۔ اِن افسانوں کو پڑھ کر قاری کے ذہن میں اُس وقت کے وہ سارے حالات و واقعات اور سانحے تازہ دم ہو کر آنکھوں کے سامنے بے اختیار گھومنے لگتے ہیں۔ اُن میں چاہے افسانہ ''سوری'' ہو ''جیلی''، ''رعایت'' ہو یا ''اصلاح''، ''ہمیشہ کی چھٹی''، ''جوتا''، ''دعوتِ عمل'' یا پھر ''آرام کی ضرورت'' اِن سب کا ایک ہی

موضوع ہے۔ یہاں موضوع کی تکرار ہی اصل غم ہے یعنی انسانوں کے قتل وغارت گری اور تباہی و بربادی پر انسانیت کے قتل عام کی داستان، جو اِن چھوٹی چھوٹی کہانیوں میں رقم کر دی گئی ہے اور منٹو نے ان کہانیوں میں کہیں بھی صحافتی رنگ نہیں آنے دیا ہے کہ منٹو نے اُس وقت کے حالات کی محض رپورٹنگ نہیں کی ہے بلکہ اسے اپنے تخلیقی رنگ سے اس قدر جاندار بنا دیا ہے کہ ان کہانیوں کو آج کے حالات میں بھی محسوس کیا جا سکتا ہے۔

منٹو کے یہ افسانچے اس قدر ہولناک اور رجائیت آمیز ہے کہ ان کو پڑھ کر سخت سے سخت دل انسان بھی پسیج جاتا ہے۔ یہاں اس بات پر بڑی حیرت ہوتی ہے کہ محمد حسن عسکری نے انہیں چھوٹے چھوٹے افسانے کے ساتھ لطیفے بھی کہا ہے۔ وہ ''سیاہ حاشیے'' کے دیباچہ میں ''حاشیہ آرائی'' کرتے ہوئے لکھتے ہیں کہ ''فسادات سے متعلق جتنے بھی افسانے لکھے گئے تھے ان میں منٹو کے یہ چھوٹے چھوٹے لطیفے سب سے زیادہ ہولناک اور سب سے زیادہ رجائیت آمیز ہیں۔'' یہاں یہ سوال پیدا ہوتا ہے کہ فسادات کے متعلق لکھے گئے یہ افسانے لطیفوں میں کیسے شمار کیے جا سکتے ہیں اور اگر یہ لطیفے ہیں تو سب سے زیادہ ہولناک اور سب سے زیادہ رجائیت آمیز کیسے بن گئے۔ اس غلطی کو دہراتے ہوئے ممتاز حسین جیسے قابل ناقد نے بھی اِسے افسانوں کی کتاب نہیں لطیفوں، چٹکلوں اور پہیلیوں کی کتاب کہہ دیا ہے اور وہ آگے لکھتے ہیں کہ ''یہ لطیفے، چٹکلے فساد کے واقعات سے مرتب کیے گئے ہیں۔'' حیرت اس بات پر ہوتی ہے کہ فساد کے نام پر لطیفے اور چٹکلے کیسے لکھے جا سکتے ہیں۔ یہاں یہ امر مسلم ہے کہ تقسیمِ ہند کے فسادات کا کرب ہی ان مختصر کہانیوں کا اصل مدعا ہے۔ اس لیے یہ لطیفے ہرگز نہیں بلکہ ان مختصر کہانیوں میں واقعات کی شدید کیفیات شدتِ تاثر کے ساتھ موجود ہے۔ بہرکیف ان تمام اعتراضات کے باوجود منٹو کے ''سیاہ حاشیے'' کے یہ چھوٹے چھوٹے افسانے اتنی متاثر کن کیفیات سے پڑھنے والوں کو دوچار کرتے ہیں کہ اُس وقت کے منظر نامے بے ساختہ یاد آنے لگتے ہیں اور ان یادوں کے زخم ہرے ہونے لگتے ہیں۔ ان افسانچوں میں شدید طنز کے ساتھ کہیں کہیں لطیف طنز کی کیفیت بھی موجود ہے۔ شاید اسی وجہ سے لطیفوں والی غلط فہمی راہ پا گئی ہو لیکن ان افسانوں میں ان حالات کی سفاکی سے انکار نہیں کیا جا سکتا ہے کہ وہ دلدوز مناظر اُن حالات کی نہ صرف بھرپور عکاسی کرتے ہیں بلکہ

اُس وقت کے کرب آمیز ماحول کی پوری طرح ترجمانی کرتے ہیں۔ بقول سید محمد عقیل یہ کہانیاں اثر انگیزی اور دھماکہ خیز اثرات کا مرقع معلوم ہوئیں اور بعض اوقات تو یہ محسوس ہوا کہ ان کہانیوں میں واقعات اور حادثات کا سچ نچوڑ کر رکھ دیا گیا ہے۔" واقعات کے سچ کا یہی نچوڑ اور وہی دھماکہ خیز کیفیت زیرنظر افسانہ یا افسانچہ "آرام کی ضرورت ہے" میں ملاحظہ کریں:

"مرا نہیں، دیکھو ابھی جان باقی ہے۔"

"رہنے دو یار... میں تھک گیا ہوں۔"

یہ دو جملے دو دستوں کے درمیان کا مکالمہ بھی کہے جاسکتے ہیں۔ ان دو جملوں میں جیسے تقسیم کے بعد رونما ہوئے ہولناک فسادات کی پوری داستان سمیٹ کر رکھ دی گئی ہے۔ اِس چھوٹے سے افسانے (افسانچہ) سے قاری کے ذہن میں جو کہانی سمجھ میں آتی ہے وہ یہی ہو سکتی ہے کہ اِن رونما فسادات کے حالات میں ظاہر ہے وہ قتل کی کوئی واردات انجام دے رہے ہوں گے لیکن اس سچویشن میں یہ فعل انجام دیتے ہوئے معاًوہ اپنے مدمقابل کو ادھ مرا چھوڑ دیتا ہو شاید اُس کے اندر اچانک انسانیت کی معمولی سی رمق پیدا ہوگئی ہو۔ کہیں کوئی انسانی جذبہ عود آگیا ہو کہ وہ اپنے شکار کو یوں ہی چھوڑ دیتا ہو اور اپنے دوست کے استفسار پر جواب میں کہتا ہے کہ "رہنے دو یار... میں تھک گیا ہوں۔" سے پوری صورتحال سامنے آجاتی ہے۔ اِن حالات کے پس منظر میں جب قاری قتل و غارت گری کی اس المناک کہانی کو محسوس کرتا ہے تو وہ ذہن و دل کو جھنجوڑ کر رکھ دیتی ہے۔ بے اختیار وہ بہت کچھ سوچنے پر مجبور ہو جاتا ہے۔ اس چھوٹے سے افسانے میں راوی کا یہ جملہ 'وہ تھک گیا ہے' بڑا معنی خیز اور پوری صورتحال کی عکاسی کرتا ہے۔ شاید اسی مناسبت سے اس افسانے (افسانچہ) کا نام "آرام کی ضرورت" منٹو نے رکھا تھا۔ اس صورتحال کے پس منظر میں ایک بار پھر ذرا سوچیے، وہ کس قدر دلدوز منظر ہوگا جب وہ اپنے یار کے سوال پر جواب دیتے ہوئے کہتا ہے کہ "رہنے دو... یار میں تھک گیا ہوں۔" اس تھکاوٹ کی وجہ سے یہ ضرور ممکن ہوا ہو کہ ایک جان بچ گئی اور ایک جان کا بچ جانا جیسے پوری انسانیت کو بچانے کے مترادف ہے۔

دراصل "سیاہ حاشیے" کے تمام افسانے اس قدر اثر انگیز ہیں کہ پڑھنے والا متاثر ہوئے

بغیر نہیں رہ سکتا اور ان حالات کے کرب کو محسوس کیے بغیر نہیں رہ سکتا۔کہیں کہیں تو صرف دو جملوں میں کہانی مکمل بیان کر دی گئی ہے جیسے اس افسانہ ''آرام کی ضرورت'' میں۔یہی منٹو کے فن کا عروج ہے وہ خود ایک جگہ تحریر کرتے ہیں کہ'یہ افسانے دبی ہوئی چنگاریاں ہیں اُن کو شعلوں میں تبدیل کرنا پڑھنے والوں کا کام ہے۔'' میں سمجھتا ہوں اِس افسانے سے اس بات کی تصدیق ہو جاتی ہے۔دو جملوں کی گفتگو میں ایک پوری داستان بیان کر دینا منٹو کا ہی کمال ہے اور جہاں آخری جملہ ختم ہوتا ہے وہیں ایک مکمل کہانی قاری کے ذہن میں شروع ہو جاتی ہے۔اور یہ کہانی پھر قاری کے ذہن میں شعلوں کی طرح بھڑک اُٹھتی ہے کہ قتل کی واردات انجام دینے کے بعد کردار کا تھکاوٹ کا محسوس کرنا پڑھنے والے کو بہت کچھ سوچنے پر مجبور کر دیتا ہے۔اور جبکہ اُس کا دوست ''مرا نہیں، دیکھو ابھی جان باقی ہے۔'' کہہ کر اُسے متوجہ کرنا جیسے اسے قتل پر آمادہ کر رہا ہو لیکن اُس کے اندر انسانیت کا جذبہ ابھی باقی ہے یا یکا یک انسانیت کا جذبہ اس کے اندر جاگ اٹھا ہو کہ وہ بے اختیار کہہ اٹھتا ہے کہ ''رہنے دو یار...میں تھک گیا ہوں۔'' اس سے کردار کی یہ کیفیت پورے ماحول کو امید اور رجائیت میں تبدیل کر دیتی ہے کہ انسانیت باقی ہے تو زندگی بھی باقی ہے۔محمد حسن عسکری کے لفظوں میں 'منٹو کے ان افسانوں کا وصف معمول زندگی کی قوت اور عظمت کا ہی اعتراف ہے۔'

منٹو کا یہ چھوٹا سا افسانہ قاری کو دعوتِ فکر و عمل بھی دیتا ہے اور اُن حالات میں جو مثبت ذہنی رویہ انسان کے اندر پیدا ہوا ہے وہ بھی اپنی مثال آپ بن گیا ہے۔کیونکہ آج کے دور میں بھی انسان کے اندر فرقہ پرستی کا رویہ اس قدر عام ہو گیا ہے کہ اُن کے سامنے فسادات بھی بہت معمولی لگتے ہیں اور انسان ذات اور مذہب کے نام پر کسی دوسرے فرقہ کے انسان کو برداشت کرنے تیار نہیں ہوتا ہے اور جب یہ رویہ غالب آجاتا ہے تو انسانیت دہائی دینے لگتی ہے' انسانیت شرمسار ہونے لگتی ہے۔کہ منفی رویوں سے بنائی گئی یہ دیوار دلوں کو تفریق کرتی ہے جو نفرت کو ہی جنم دیتی ہے۔لہٰذا انسان کے بیچ نفرت کی اس دیوار کو گرانے کی ضرورت محسوس ہوتی ہے۔بہرحال تقسیمِ ہند کے بعد جاری ہولناک فسادات کی یہ بدترین تاریخ کی ہر تصویر ان چھوٹے چھوٹے افسانوں میں زندہ ہو جاتی ہے جو مثال کے طور پر ''آرام کی ضرورت'' میں بڑی

شدت سے محسوس کی جاسکتی ہے۔اس چھوٹے سے افسانے کے وحدتِ تاثر نے اِسے مزید معنی خیز اور نہایت پُر اثر بنادیا ہے جو اس ماحول میں مثبت اندازِ فکر اور حالات کے رجائیت آمیز منظر نامہ کی نشاندہی بھی کرتا ہے۔ان معنوں میں منٹو کا یہ افسانہ اور دیگر افسانے قابل ستائش ہیں کہ بقول محمد حسن عسکری:''فسادات کے متعلق جتنا بھی لکھا گیا ہے اس میں اگر کوئی چیز دستاویز کہلانے کی مستحق ہے تو یہ افسانے ہیں۔''

●●

فسادات کے دنوں میں جو قتل وخون ہم نے آپس میں کیا اُس پر نہ تو خود منٹو خون کے آنسو رویا ہے اور نہ اُس نے کسی کو رلانے کی کوشش کی ہے۔خود ہنسا ہے اور نہ ہنسانے کی کوشش کی ہے۔گالی دی ہے نہ وعظ کیا ہے۔کسی کو قصوروار ٹھہرایا ہے نہ کسی کی صفائی پیش کی ہے اور نہ ہمیں مختلف نام دے کر ہمارا منہ چڑایا ہے۔کتاب کے مطالعہ سے یوں محسوس ہوتا ہے کہ منٹو نے کسی اونچی جگہ پر بیٹھ کر ہمیں دیکھا ہے۔اور ہماری ان بالکل میکانکی حرکات کو بلاکم وکاست بادہ و ساغر کے بغیر اپنی نوٹ بُک میں درج کرتا چلا گیا۔اُس کی نوٹ بک میں یہ چھوٹے چھوٹے (واقعات) بہت ہی چھوٹے ہیں کیونکہ ہمارے پاس اس قدر وقت نہ تھا۔ہمیں کرفیو کا بھی تو ڈر تھا کئی ایک اور ڈر کے علاوہ۔۔۔اور اُن واقعات کا بیان بھی بہت اختصار کے ساتھ کیا گیا ہے۔اگر ہماری روزمرہ کی زندگی کے واقعات کا مطالعہ کیا جائے تو آپ ہمیں بہ خوبی پہچان سکتے ہیں۔ہم کیا ہیں؟ کیوں ہیں؟ بعینہ اگر ان فسادات کے واقعات کا مطالعہ کیا جائے تو بہ آسانی ہماری تصویر دیکھ سکتے ہیں۔کہیں المیہ،کہیں مزاحیہ،کہیں غم ناک...اس چھوٹی سی کتاب کے مطالعہ سے اتنے مختلف النوع پہلو ہمارے سامنے آتے ہیں کہ ہم حیران ہو جاتے ہیں۔چھوٹے چھوٹے معمولی فقروں میں اتنی تاثیر اور اتنا درد بھرا پڑا ہے کہ آپ چیخ اُٹھتے ہیں...مجھے قتل نہ کرو...میں گرمیوں کی چھٹیوں پر گھر جا رہا ہوں۔''چیخ منہ سے نکلنے کے بجائے ذہن میں گونجتی رہتی ہے۔ایک مبہم سوال بن کر...خیر منٹو کا یہ کام نہیں تھا۔اُس نے تو ہماری فسادات کی زندگی کی تصویر تو پیش نہیں کی۔لیکن ان چھوٹے چھوٹے معمولی نکتوں اور خطوں کو پیش کر دیا ہے بغیر لگاؤ کے بغیر لاگ کے،جن سے تصویر بنا کرتی ہے۔لیکن یہ تصویر کتنی مکمل ہے...

شعیب حسن (اردو ادب۔لاہور،مرتب: سعادت حسن منٹو اور حسن عسکری)

تقسیم۔ تجزیہ

محمد غالب نشتر

سعادت حسن منٹو کا شمار اردو کے بلند قامت افسانہ نگاروں میں کیا جاتا ہے۔ اُنہوں نے اپنی بیالیس سال کی مختصر زندگی میں افسانے، خاکے، ڈرامے، ترجمے، انشائیے، مضامین فیچر لکھے ہیں۔ اُنہوں نے ایک ناول اور کئی فلمی کہانیاں بھی لکھیں لیکن ان کی افسانہ نگاری مذکورہ بالا تمام شعبوں پر حاوی ہے۔ ان کے افسانوں کی صحیح تعداد کا اندازہ لگانا مشکل ہے کیونکہ فوری طور پر قیمت ملنے پر منٹو مسوّدہ ہی ناشر کے حوالے کر دیتے تھے۔ اس کے علاوہ کچھ افسانے فرضی ناموں سے بھی لکھے۔ منٹو کے بھانجے حامد جلال کے مطابق تقریباً تین سو افسانے لکھے مگر کل ملا کر ۲۴۰ر کے قریب افسانے دریافت ہو چکے ہیں۔ انھوں نے تمام تخلیقات میں حقیقت نگاری کے جوہر پیش کیے ہیں۔ وہ زندگی کو جس شکل میں دیکھتے اُسی شکل میں پیش کر دیتے تھے۔ انہوں نے ذاتی مشاہدوں اور نجی تجربات کو بنیاد بنا کر کہانیاں لکھی ہیں۔ جن میں تخیل کی آمیزش اور اپنی تخلیقی قوت کا فنّی استعمال کر کے واقعات کو اس ترتیب سے بیان کیا ہے کہ ان کی کہانیاں فن کی معراج پر پہنچ گئی ہیں۔ منٹو کے لکھنے کا انداز کچھ یوں تھا کہ وہ چھوٹی سے چھوٹی بات کو کہانی بنانے کا ہنر جانتے تھے۔ تقسیم کا نوحہ اُن کی زندگی کا اہم واقعہ تھا جس کے نتیجے میں اُنہوں نے کئی اہم افسانے تخلیق کیے اور ''سیاہ حاشیے'' کے عنوان سے چھوٹی کہانیوں کا ایک مجموعہ بھی لکھا جسے ہم افسانچہ بھی کہہ سکتے ہیں۔ منٹو کا یہ افسانوی مجموعہ ''سیاہ حاشیے'' اپنے موضوع اور ہیئت کے اعتبار سے ایک امتیازی حیثیت رکھتا ہے۔ یہ افسانچوں کا ایک مجموعہ ہے جو کہ طوالت میں افسانوں سے بہت مختصر ہوتے ہیں۔ اس میں کچھ آدھا صفحہ، کچھ اس سے بھی کم

اور کچھ دو سطر کے ہی ہیں۔ اس مجموعے میں ۳۲/ افسانچے شامل ہیں، جن میں تقسیم سے ذرا پہلے اور فوراً بعد ہونے والے فرقہ وارانہ فسادات، تباہی، ظلم و زیادتی کو اختصار کے ساتھ پیش کیا ہے۔ اس طرح کے افسانے بذاتِ خود اردو کے افسانوی ادب میں ایک نئے تجربے کی حیثیت رکھتے ہیں۔ خود رام پنڈت ''سیاہ حاشیے'' کی انفرادیت کو قبول کرتے ہیں:

> ''سیاہ حاشیے کے افسانے دنیا کے ادب میں وہ تحریر ہیں جو کبھی پرانی نہیں ہوتیں۔ جن پر کبھی وقت کی گرد نہیں جمتی اور نہ ہی بدلتا ہوا پری ویش ان کا کچھ بگاڑ پاتا ہے۔''

منٹو نے جنس کے ساتھ ساتھ عورت، برطانوی سامراج، فرقہ واریت، مذہبی تشدد اور انسانی ہمدردی کو بطورِ خاص بحیثیت موضوع اپنے افسانوں میں پیش کیا ہے۔ تقسیم ہند (۱۹۴۷ء) کے نتیجہ میں برپا ہونے والے فرقہ وارانہ فسادات پر سب سے زیادہ اور بہترین افسانے اردو زبان میں ہی لکھے گئے ہیں لیکن لکھنے والے اس ضبط و توازن کا ثبوت نہ دے سکے، جس کا ثبوت منٹو نے دیا ہے۔ اس دور کے لکھے گئے افسانوں میں ''کھول دو''، ''موذیل''، ''ٹھنڈا گوشت''، ''شریفین''، ''ٹوبہ ٹیک سنگھ'' کے علاوہ افسانچوں کا مجموعہ ''سیاہ حاشیے'' اس کی عمدہ مثال ہیں۔ ''ٹوبہ ٹیک سنگھ'' میں تقسیم ہند کے خوف ناک حادثے نے ملک کے ٹکڑے ہونے پر ایک پاگل کو بھی بے چین اور حسّاس بنا دیا تھا۔ اس افسانے کے ذریعہ منٹو نے سماج کے سیاسی رہنماؤں پر بھی زبردست طنز کیا ہے۔

سعادت حسن منٹو نے ''سیاہ حاشیے'' میں تقسیم کے بعد کی صورتحال کو المیاتی انداز میں پیش کیا ہے۔ ان افسانچوں کی خصوصیت یہ ہے کہ اُن میں تقسیم کے نوحے کا ذکر بے باکی سے کیا گیا ہے اور یہ بتانے کی کوشش کی گئی ہے کہ تقسیم کی بنیاد ہی غلط ہے۔ ان افسانچوں کی قرأت کے بعد اندازہ ہوتا ہے کہ منٹو اُس زمانے میں جس اذیت ناک کرب سے گزر رہے تھے، خواہ وہ بے روزگاری کا مسئلہ ہو یا احساس کمتری کا، زمین سے کٹنے کا احساس ہو یا اجنبیت کا، اُنھوں نے چھوٹے چھوٹے ادب پارے کی شکل میں پیش کر دیا۔ اس مجموعے میں کئی افسانچے اہمیت کے حامل ہیں جن میں ''کرامات''، ''مزدوری''، ''پٹھانستان''، ''ہمیشہ کی چھٹی''، ''حیوانیت'' اور ''تقسیم''

کے نام لیے جا سکتے ہیں۔اس مضمون میں ''تقسیم'' پر چند باتیں کی جائیں گی تاکہ منٹو کے افسانچوں کی صورتحال واضح ہو سکے۔

منٹو کے افسانوں کا اختصاص یہ ہے کہ انھوں نے تقسیم کے سانحے کو ہر طبقے کے ساتھ جوڑ کر دیکھا اور بیان کیا ہے۔انہوں نے اس حوالے سے یہ بیان کرنے کی سعی کی ہے کہ ہر طبقے کے ساتھ اس سانحے کا اثر مختلف طریقوں سے پڑا۔کوئی امیر زادہ ہو یا غریب و نادار، ہر کسی نے اپنے طور پر اس سانحے کو محسوس کیا۔ بالکل اسی طرح افسانچہ ''تقسیم'' میں یہ دکھانے کی کوشش کی گئی ہے کہ تقسیم کے بعد جو چور اچکے تھے، اُنہیں ایک طرح سے رحمت خداوندی کی جانب سے ایک موقع ہاتھ لگا تھا کہ وہ اس گناہ میں شریک ہو کر اپنے لیے جائیداد غصب کر سکیں۔اس لوٹ مار میں ایک شخص کو لکڑی کا ایک صندوق ہاتھ لگا تو اُس نے اسی میں قناعت کیا لیکن صندوق اپنی جگہ سے ایک انچ بھی نہ ہلا۔اسی اثنا ایک دوسرا شخص جس کے حصے میں کچھ نہیں ہاتھ لگا تھا، اس نے مدد کرنے میں اپنی عافیت جانی تاکہ اُسے بھی مال غنیمت کا کچھ حصہ مل سکے۔منزل مقصود تک پہنچنے کے بعد دونوں نے حصے کی بات کی۔ان کی آپس میں تو تو میں میں بھی ہوئی بالآخر وہ آدھے آدھے پر راضی ہوئے۔جب دونوں نے مل کر صندوق کھولا تو صندوق سے ایک آدمی باہر نکلا جس کے ہاتھ میں تلوار تھی۔ باہر نکلتے ہی اس نے دونوں حصے داروں کو چار چار حصوں میں تقسیم کر دیا۔

منٹو نے اس کہانی میں بتانے کی کوشش کی ہے کہ ہر انسان کی تقسیم مناسب طریقے سے طے ہے۔ہر شخص اپنے حصے کے لیے جان دیتا ہے اور یہی وجہ ہے کہ صندوق والے شخص نے دونوں کو انعام کی صورت میں برابر کی تقسیم کی۔ یہ شاید قدرت کی طرف سے ان بے ایمانوں کو ملنے والی سزا تھی، جو اُنہیں مل گئی۔اس سے بہتر انعام کوئی دوسرا نہیں مل سکتا تھا۔ایسا اس وجہ سے ہے کہ منٹو فرائڈ سے متاثر ہیں۔اس لیے انسانی نفسیات کو جس خوبی سے پیش کرتے ہیں اس کی مثالیں کم ملتی ہیں۔وہ تحلیل نفسی کے ذریعے انسانی دماغ کی تہوں میں چھپی ہوئی پیچیدگیوں کو سلجھا کر جنسی کجروی کو دور کرنا چاہتے ہیں۔منٹو انسانی نفسیات کے گہرے نبّاض ہیں۔اُنہوں نے زندگی کے ہر پہلو کی ترجمانی کسی نہ کسی اہم نفسیاتی سچائی کو بے نقاب

کر کے کی ہے۔نفسیاتی شعور منٹو کے بیشتر افسانوں میں ملتا ہے۔لیکن بعض افسانے ایسے بھی ہیں جن کا بنیادی موضوع ہی نفسیاتی حقیقت ہے۔مثلاً ''بانجھ''،''ڈرپوک''،''ٹیڑھی لکیر''،''چغد''، ''شوشو''، ''بلاؤز''،''پھاہا''،''دھواں''، ''ٹھنڈا گوشت''، ''کالی شلوار''،''کھول دو''،''ٹوبہ ٹیک سنگھ''، ''موذیل''،''بابو گوپی ناتھ''اور''ہتک''وغیرہ میں انسانی نفسیات کے اہم گوشوں کو پیش کیا ہے۔

خلاصۂ کلام یہ کہ سعادت حسن منٹو بڑے فن کار ہیں۔افسانہ نگاری کے فن پر اُنہیں فنکارانہ دسترس حاصل ہے۔وہ اپنی ذہانت ،بے باکی، تخلیقی صلاحیت اور انوکھے اسلوب کے ذریعہ اشخاص ولمحات کو زندہ کر دینے کا فن خوب جانتے ہیں۔اُنہوں نے سماج اور انسانی زندگی کا مشاہدہ بہت قریب سے کیا۔نیز سماجی، معاشی، سیاسی اور جنسی مسائل کے حقیقی پہلو پر بڑی عمیق نگاہ ڈالی یہی وجہ ہے کہ منٹو زندگی اور سماج کی خارجی روداد ہی بیان نہیں کرتے بلکہ وہ معاشرے کے پوشیدہ مسائل اور کرداروں کے داخلی جذبات واحساسات کی عکاسی بھی بڑے فن کارانہ، سچّے اور بھرپور انداز میں کرتے ہیں۔

●●

منٹو نے فسادات پر بہت اچھی کہانیاں لکھی ہیں۔یہ سچ ہے کہ اس کی ان کہانیوں کے اندر فساد کے پیچھے کوئی سامراجی ہاتھ نظر نہیں آتا اور یہ بھی سچ ہے کہ اپنے افسانے ترازو سے تول تول کر نہیں لکھے۔ہندوؤں اور مسلمانوں کا حساب برابر نہیں کیا...

فسادات پر طنز کے زہر ہلاہل میں بجھے ہوئے منٹو کے افسانچے''سیاہ حاشیے''کی شکل میں سامنے آئے۔اس میں اُنہوں نے سماج کی ریاکاری کا مکھوٹا اُتار پھینکنے کی کوشش کی ہے۔ انسان مر رہا تھا اور اُس کے آس پاس موجود لوگ شیطنیت کو بھی شرمسار کر دے ایسی ننگی ناچ کے گرد محو تماشا سامنے کھڑے تھے...حقیقت یہ ہے کہ منٹو نے فسادات پر بہت سارے افسانے لکھے لیکن انتہائی معروضیت کے ساتھ۔یعنی منٹو نے کبھی ہندو یا مسلم، سکھ یا عیسائی کی عینک سے فسادیوں کو نہیں دیکھا۔منٹو کے نزدیک انسان خیر وشر کا نمائندہ ہے۔یعنی اُسے ریاکاری اور دکھاوے سے سخت نفرت ہے۔

(تقسیمِ ہند، فسادات اور منٹو کا فنکارانہ رویہ: پرویز شہریار)

گھاٹے کا سودا - تجزیہ

شاکر تسنیم

منٹو کا ''سیاہ حاشیے'' ہندو پاک کے فسادات کی ۳۲ /ایسی تصویریں پیش کرتا ہے جس کی بنیاد پر اس وقت کے انسانی حالات اور نفسیات کا پتا لگایا جا سکتا ہے۔ ان ۳۲/مختصر کہانیوں میں کچھ کہانیاں چند سطری ہیں تو بعض ایسی ہیں جو ایک صفحہ کے اندر ہی سمٹ آئی ہیں۔ منٹو کا یہ مجموعہ ایسے سیاہ دور کی عکاسی کرتا ہے جب ہندوستان نہ صرف جغرافیائی اعتبار سے اپنی سالمیت ہمیشہ کے لیے کھو بیٹھا بلکہ اشرف المخلوقات کا تمغہ سینے پر لگا کر اپنی عظمت کا اعلان کرنے والی انسانیت اپنی بنیادی شناخت سے ہی محروم ہو چکی تھی۔ ''سیاہ حاشیے'' پڑھتے وقت مجھے ہوائی جہاز میں موجود ''بلیک باکس'' کی اصطلاح یاد آتی ہے۔ آپ سب واقف ہیں کہ ہوائی جہاز میں ایک ''بلیک باکس'' لگایا جاتا ہے۔ جس کی اہمیت کا اندازہ اس بات سے بھی ہوتا ہے کہ جب کوئی طیارہ حادثے کا شکار ہو جائے تو ایسی ایمرجنسی میں امدادی ٹیم سب سے پہلے ''بلیک باکس'' کو ہی تلاش کرتی ہے تاکہ حادثے کی اصل وجہ معلوم ہو سکے۔ یہ بھی عجب اتفاق ہے کہ ہوائی جہاز کے ''سیاہ باکس'' کا رنگ سیاہ نہ ہو کر نارنجی یا لال ہوتا ہے اور اسے کئی حفاظتی پرتوں کے اندر رکھا جاتا ہے تاکہ کسی بھی حالات میں اسے برآمد کیا جا سکے اور حادثے کی اصل وجوہات تک رسائی ہو سکے۔

میرے خیال میں منٹو نے بھی ''سیاہ حاشیے'' کا نام اسی لیے منتخب کیا ہوگا کہ جب کوئی حساس طبیعت یہ پتا لگانا چاہے کہ تقسیم ہندو پاک کے نازک وقت میں انسانوں پر کیا گزری تب وہ اس ''بلیک باکس'' (سیاہ حاشیے) کا مطالعہ کر ان وجوہات کا پتا لگانے میں کامیاب ہو سکے، جو آخرش دونوں ملکوں کے لیے ایک دائمی عذاب ثابت ہوا۔ اس عنوان کے انتخاب کا دوسرا

پہلو یہ بھی ہو سکتا ہے کہ منٹو ان کہانیوں کے ذریعہ انسان کے اس سیاہ ذہن کو کرید کر ہمارے سامنے لانا چاہتا ہے جو اندھیروں میں سویا رہتا ہے اور جسے نفسیاتی اصطلاح میں ''لاشعور'' کے نام سے موسوم کیا جاتا ہے۔ بعض ناقدین نے سیاہ حاشیے کو اخبار میں شائع ہونے والی ان بری خبروں سے جوڑنے کی کوشش کی ہے جو سیاہ رنگ کے چوکور خانے میں نظر آتی ہیں۔ چونکہ منٹو ایک حساس تخلیق کار تھا اس لیے جرنلزم کی اصطلاح کو ''سیاہ حاشیے'' پر منطبق کرنا غیر مناسب تو نہیں لیکن بہت منطقی بھی معلوم نہیں ہوتا۔

قدیم زمانے سے سیاسی اقتدار کا یہ آزمودہ نسخہ رہا ہے کہ عوام کو مختلف نہج پر نہ صرف ایک دوسرے کے خلاف کھڑا کیا جائے بلکہ ان کے دلوں میں ایک دوسرے کا خوف اس قدر بھر دیا جائے کہ وہ دیگر واجب سوالات اور ضروریات کے بجائے اسی ادھیڑ بن میں لگے رہیں کہ کہیں دوسرا طبقہ ان پر قابض نہ ہو جائے۔ مرکزی اقتدار اپنی تمام تر قوتیں اسی جانب صرف کرتی ہیں کہ انسان مذہبی، علاقائی، اور دیگر خیموں میں منقسم ہو جائے تاکہ وہ اپنی بنیادی شناخت (انسانیت) ہی کھو بیٹھے۔ حکمرانوں کو اس بات کا پورا اندازہ ہوتا ہے کہ انسانی اور سماجی رشتہ جتنا زیادہ کمزور ہوگا اتنا ہی اقتدار کے لیے سودمند ثابت ہوگا۔ آج بھی یہ فارمولائی سیاست کسی نہ کسی شکل میں نہ صرف جاری وساری ہے بلکہ اب تو یہی اس کی اصل پہچان بھی ہے۔ یہی وجہ ہے کہ ہمیں آج بھی ملک کے مختلف حصوں میں فرقہ وارانہ فسادات دیکھنے کو مل جاتے ہیں۔ ایسا نہیں ہے کہ فرقہ وارانہ فسادات آج کے دور کی اپج ہیں بلکہ اس کا رشتہ تاریخ کے اس سیاہ باب سے بھی جڑتا ہے جس کے لاوائی ملبے آج بھی ہندو پاک کے مختلف علاقوں میں دفن ہیں۔

میں ''سیاہ حاشیے'' کی کہانی نمبر ۱۶ ''گھاٹے کا سودا'' کی پرتیں کھولنے کی کوشش کروں گا جو بنیادی طور پر انسانی نفسیات کے ساتھ ساتھ لاشعور کی بھی عکاسی کرتا ہے۔ فسادات کا وہ ہولناک وقت جب انسانوں کو انسانوں کی سب سے زیادہ ضرورت تھی عین اسی وقت انسانوں کا غیر انسانی رویہ منٹو کے ضمیر کو جھنجوڑ کر رکھ دیتا ہے۔ انسان اس دور میں اپنے فرائض سے بہت دور تو نکل ہی چکا تھا ساتھ ہی ساتھ اس کا ذہنی اور عملی برتاؤ بھی بے حد مشکوک ہوتا چلا گیا۔ کہانی کی ابتدا اس جملے سے ہوتی ہے کہ:

”دو دوستوں نے مل کر دس بیس لڑکیوں میں سے ایک لڑکی چنی
اور چالیس روپے دے کر اُسے خرید لیا۔“

اس جملے کو پڑھ کر یہ احساس ہوتا ہے کہ وہاں کسی سامان کی منڈی لگی ہوئی ہے جس میں خریدار پوری جانچ پرکھ کے بعد ہی دکاندار کو سامان کی قیمت ادا کرتا ہے۔ دونوں دوست کئی لڑکیوں کا جائزہ لینے کے بعد ایک لڑکی کا انتخاب کرتے ہیں اور اپنے ساتھ لے آتے ہیں تا کہ ان کی جنسی ضروریات پوری ہو سکے۔ ظاہر ہے ایسی ہزاروں لڑکیاں فسادات میں اپنے خاندان سے بچھڑ گئی ہوں گی یا کسی حادثے کی شکار ہو گئی ہوں گی۔ نتیجتاً ان بے سہارا لڑکیوں کی زندگی اور عصمت کو بے مول اور بکاؤ سمجھ کر چند لوگوں نے کاروبار شروع کر دیا۔ ان کاروباریوں نے مختلف قسم کی عورتوں اور لڑکیوں کو اپنی دوکان میں سجا رکھا تھا تا کہ خریدار اپنی مرضی اور ضرورت کے مطابق سودا کر سکیں اور خریدار کے واپس جانے کی گنجائش کم سے کم ہو۔ عین ممکن ہے کہ ان کاروباریوں نے زیادہ سے زیادہ منافع کمانے کا ارادہ رکھا ہو جیسا کہ ہر کاروبار کو شروع کرنے کا بنیادی مقصد ہوتا ہے۔

اس کہانی کا تھیم ”کاروبار اور مفاد پرستی“ ہے اور یہ اسی تھیم کے ارد گرد گھومتی نظر آتی ہے جو کہانی کے عنوان سے بھی واضح ہے۔ کہانی میں مذہب کا ذکر بھی آتا ہے لیکن یہاں اس کی حیثیت ثانوی ہے کیونکہ اس کہانی میں مذہب فائدے کا سامان نہ ہو کر گھاٹے کا سبب بنتا نظر آتا ہے۔ انسان فطرتاً ایک مفاد پرست سماجی جانور ہے اور اسی جبلت کی وجہ سے اپنے بیش تر اقدام اٹھاتا ہے جہاں اسے نفع دکھائی نہیں دیتا اس جگہ پر انسانیت کی توقع کرنا ذرا غیر فطری معلوم ہوتا ہے۔ گھاٹا یا نفع کسی کاروبار اور سودے بازی میں ہی ممکن ہے۔ یہاں ایک لڑکی کا سودا ہوا ہے یعنی لڑکی ہمیں ایک Commodity کی طرح نظر آتی ہے، جسے فروخت کرنے والا چالیس روپے لے کر دو دوستوں کے ہاتھوں بیچ دیتا ہے اور لڑکی ایک جامد شئے کی طرح اپنے خریدار کے ساتھ چل پڑتی ہے۔ جنسی جذبات میں مغلوب دوست لڑکی سے تب بات کرتا ہے جب وہ رات اپنی جنسی ہوس کی آگ بجھا لیتا ہے۔ رات بھر کی خاموشی اس بات کا ثبوت ہے کہ جنسی جبلت کی تکمیل دیگر چیزوں کی تب تک پرواہ نہیں کرتی جب تک کہ اسے جنسی

تسکین کا سامان فراہم نہ ہو جائے۔

اگلی صبح ایک دوست خاموشی توڑتے ہوئے اس لڑکی کا نام پوچھتا ہے۔لڑکی کے نام بتاتے ہی پچھلی رات کا سارا نشہ کافور ہو جاتا ہے۔اسے اس بات کا افسوس نہیں کہ اس نے لڑکی خرید اور استعمال کر غیر انسانی فعل کو انجام دیا ہے بلکہ وہ اس بات پر جھنجھلا جاتا ہے کہ وہ اسی مذہب سے تعلق رکھتی ہے جس کا وہ ماننے والا ہے۔منٹو نے اس دور کی ہولناکیوں کو نہ صرف دیکھا اور محسوس کیا بلکہ ہندوستان سے لے کر پاکستان تک کی ہجرت میں دونوں جگہ غیر انسانی اور مفاد پرست رویے کو عملی طور پر موجود پایا۔انھیں اس بات کا شدید احساس تھا کہ یہ کسی مذہب یا مذہب کے ماننے والوں کا مسئلہ نہیں بلکہ تمام انسانوں کے ذہنی فتور کا نتیجہ ہے، جو ہندوستان اور پاکستان دونوں ملکوں میں یکساں جاری و ساری ہے۔یہی وجہ ہے کہ اس افسانچے میں انھوں نے کسی بھی مذہب کا نام نہ لے کر اس بات کا اشارہ کیا ہے کہ اسے مذہبی نقطہ نظر سے نہ دیکھ کر انسانی اقدار کی پامالی اور نفسیاتی بحران سے منسوب کیا جائے۔اس افسانچے کو پڑھتے وقت میرے ذہن میں کچھ سوال پیدا ہوئے مثلاً:

(۱) اپنی جنسی ہوس کی آگ بجھانے کی خاطر ان دوستوں نے ایک لڑکی کو خریدا تو پھر لڑکی کے مذہب کا سوال کیوں درمیان میں حائل ہوتا ہے؟ اگر لڑکی کا تعلق کسی اور مذہب سے ہوتا تو کیا ان کے ذہن میں اسے لوٹانے کا خیال آتا؟

(۲) لڑکی فروخت کرنے والے نے جھوٹ بول کر لڑکی کا سودا کیوں کیا؟

میری نظر میں پہلے سوال کا جواب حکمرانوں کے ذریعہ چلائی جانے والی منافرت کی ہوا میں پوشیدہ تھی۔انھوں نے لوگوں کے دلوں میں اس قدر دوسرے مذہب کے لیے نفرت پیدا کر دی تھی کہ دوسرے مذاہب کے لوگوں کے ساتھ غیر انسانی فعل کرنے میں ذرا بھی جھجھک نہیں ہوتی تھی بلکہ فخر محسوس کرتا ہے۔حالانکہ یہ مذہبی تشدد پسندوں کا واہمہ تھا کہ ایسا کر کے وہ دوسرے مذاہب کا شکار کر ان کا نام و نشان مٹا دیں گے۔اس عمل کو کرتے وقت تشدد پسندوں کا

رویہ دوسرے مذاہب کے لوگوں کو مختلف طریقوں سے نقصان پہنچانے کا ہوتا تھا اور اُنہیں یہ بھی لگتا تھا کہ دوسرے کو نقصان پہنچانا ہی ان کے زندہ رہنے کی ضامن ہیں۔نفسیاتی سطح پر یہ کسی ایک کو نقصان پہنچا کر سمجھتے تھے کہ ایسا کر پورے قوم یا مذہب سے بدلہ لے رہے ہیں۔ایسے نفرت کرنے والوں کا یہ رویہ لاکھوں زندگیوں کو تاریکی کے ایسے دہانے پر لا کر کھڑا کر دیتی ہے جس سے نکل پانا کسی طرح بھی ممکن نہیں ہو پاتا اور سماج کئی پشتوں تک اس عذاب کو جھیلنے کو مجبور ہو جاتا ہے۔اس طرح کی کئی مثالیں منٹو کے افسانوں میں مل جاتی ہیں۔ان کے افسانہ ’سہائے‘‘ کا ایک اقتباس ملاحظہ ہو:

> ’’ایک لاکھ ہندو مار کر مسلمانوں نے یہ سمجھا ہو گا کہ ہندو مذہب مر گیا ہے،لیکن وہ زندہ ہے اور زندہ رہے گا۔اسی طرح ایک لاکھ مسلمان قتل کر کے ہندوؤں نے بغلیں بجائیں ہونگی کہ اسلام ختم ہو گیا،مگر حقیقت آپ کے سامنے ہے کہ اسلام پر ایک ہلکی سی خراش بھی نہ آئی...وہ لوگ بے وقوف ہیں جو سمجھتے ہیں کہ بندوقوں سے مذہب شکار کیے جا سکتے ہیں...مذہب، دین، ایمان، دھرم،یقین،عقیدت...یہ جو کچھ بھی ہے ہمارے جسم میں نہیں روح میں ہوتا ہے...چھری، چاقو اور گولی سے یہ کیسے فنا ہو سکتا ہے؟‘‘

دوسرا سوال کہ کیوں فروخت کرنے والے نے جھوٹ بولا کہ وہ دوسرے مذہب سے تعلق رکھتی ہے؟اس کا جواب تو سیدھا اور صاف ہے کہ عموماً کوئی بھی کاروباری کاروبار کے اصول وضوابط کا خیال رکھتے ہوئے سبھی طرح کی جھوٹی باتوں کو شامل کرنے سے پرہیز نہیں کرتے اور نہ ہی اس بات کی پرواہ ہی کرتے ہیں کہ کیا سچ ہے اور کیا جھوٹ۔ان کا نصب العین صرف منافع کمانا ہوتا ہے چاہے اس کے لیے کوئی بھی جتن کرنا پڑے۔شاید ان ہی خیالات کے مدنظر فروخت کرنے والے نے خریدار کو اس لڑکی کا مذہب غلط بتایا ہو گا تا کہ وہ سودا کر کے منافع کمانے میں کامیاب ہو سکے۔بہت ممکن تھا کہ دس بیس لڑکیوں کو ناپسند کرنے والے دونوں دوست اس لڑکی کی بھی بولی نہ لگاتے۔اگر یہی سلسلہ چلتا رہتا تو پھر پورے دھندے کا ہی ستیاناش ہو جاتا۔جسے وہ کسی بھی حال میں نہ ہونے دینا چاہیں گے،اسی لیے

فروخت کرنے والوں نے جھوٹ کا سہارا لیا۔

لیکن ایسا بھی ممکن ہے کہ جھوٹ خود وہ لڑکی بول رہی ہو۔ سرِ بازار نیلام ہونے کی رسوائی سے وہ عاجز آچکی ہوگی اور اب اس سلسلے کو منقطع کرنا چاہتی ہوگی۔ لڑکی اپنے کو بچانے کے لیے مذہب کو ایک ڈھال کی طرح استعمال کرتی ہے اور امید کرتی ہے کہ مذہب کا سہارا لے کر اس کی نجات ممکن ہے۔ شاید ہم مذہب ہونے کے ناطے خریدار کے دل میں رحم آجائے اور اس کی دردر کی ٹھوکریں کھانے کا سلسلہ ختم ہو جائے لیکن اس استحصال زدہ لڑکی کو کیا معلوم کہ اسے اس خرید و فروخت کے لامتناہی چکر سے مذہب بھی نہیں بچا سکتا۔ اب وہ ایک لڑکی نہیں بلکہ ایک سامان بن چکی ہے جس کو صرف خریدا، بیچا اور استعمال کیا جا سکتا ہے۔ وہ اب صرف ایک انسانی ڈھانچہ ہے جس سے کوئی انسانی رشتہ قائم کرنا اب قطعی ممکن نہیں۔ اسی وجہ سے ایک دوست کے منہ سے یہ جملہ نکلتا ہے کہ:

> ''اس حرامزادے نے ہمارے ساتھ دھوکا کیا ہے۔ ہمارے ہی مذہب کی لڑکی تھمادی... چلو واپس کر آئیں۔''

اس جملے سے یہ بھی نتیجہ اخذ کیا جا سکتا ہے کہ ان کے جسمانی ہوس کی بھوک ابھی شانت نہیں ہوئی ہے اور وہ یہ کہہ رہیں ہوں کہ چلو پھر سے کسی اور لڑکی کو خرید لاتے ہیں اور اپنی ہوس کا شکار بناتے ہیں۔ اس طرح سے افسانچہ ایک مکمل سفر طے کرتا ہوا اپنے اختتام پر پہنچتا ہے۔ یعنی کہانی جہاں سے شروع ہوئی تھی وہیں آ کر ختم ہونے کا اشاریہ ہے لیکن اس کاروبار کے سلسلہ کی رفتار ختم نہیں ہوتی۔ لہٰذا میرے خیال میں اگر اس سودے میں کسی کا گھاٹا ہوا تو وہ اس لڑکی کا ہوا جسے ایک سامان کی طرح بیچا اور استعمال کیا گیا اور نا معقول وجوہات کی بنا پر واپس بھی کر دیا گیا تاکہ یہ سلسلہ مسلسل برقرار رہے۔

●●

حیوانیت ۔ تجزیہ

وسیم عقیل شاہ

سعادت حسن منٹو کی انفرادیت ان کا نظریہ ہے منٹو نے حقیقت کو جو زاویے عطا کیے، جن پردوں سے اسے دیکھا اور جس فکر پر اسے منتج کیا ہے وہ صرف اُن ہی کا خاصہ ہے۔ اُنہوں نے زندگی کے کئی رنگوں کو دیکھا اور بیانیہ کے اسکرین سے ایک جہاں کو دکھایا۔ وقت اور حالات کی سچی تصویر کشی کی اور آدمی کی درون میں اتر کر نفسیاتی سطح پر اُس کا کامیاب تجزیہ کیا۔ منٹو نے اپنے مطمح نظر کے مناسب اظہار کے لیے اپنے افسانوی فارمیٹ میں کوئی خاص تبدیلی نہیں کی لیکن اُن کے افسانوں کی لینتھ کم زیادہ ہوتی رہی۔ منٹو کے بعض خیال اور مضامین ان کی طویل تحریر کا تقاضا نہیں کرتے تھے، ممکن ہو اسی لیے انہوں نے ایسی کہانیوں کو اختصاری صورت بخشی اور یوں لگتا ہے اُنہوں نے ان مختصر مختصر کہانیوں کو ویسی سنجیدگی سے لکھا نہ شاید انھیں اتنا اہم جانا البتہ حقیقت یہ بھی ہے کہ اُن کی اِن چھوٹی چھوٹی کہانیوں میں بعض کہانیاں اُن کی طویل کہانیوں کے برابر اہمیت رکھتی ہیں۔ ان میں سے چند ایک تو اس قدر اہم ہیں کہ منٹو کا حوالہ بن جاتی ہیں۔ ان مختصر ترین کہانیوں میں بھی اُنہوں نے بڑے اور اہم موضوعات کو برتا اور جس فن کاری سے برتا وہ بڑا کمال ہے۔ سعادت حسن منٹو اردو فکشن میں موضوع کے ساتھ ساتھ بیان پر قدرت کے لیے پہچانے جاتے ہیں۔ اُنہوں نے عمومی اور گھسے پٹے موضوعات کے برخلاف اپنے لیے نئے موضوعات تلاش کیے لیکن فکشن صرف موضوعات کے سہارے قائم نہیں ہوتا بلکہ زبان و بیان پر قدرت اور دیگر فنی لوازمات بھی بہت ضروری ہیں۔ منٹو کی عظمت کا راز بھی یہی ہے کہ اُنہوں نے موضوعات کے انتخاب کے علاوہ فن پر اپنی قدرت کا مظاہرہ بھی کیا ہے۔ اُن کا یہ اختصاص

طویل کہانیوں کے ساتھ ہی ”سیاہ حاشیے“ میں شایع اُن کی مختصر ترین کہانیوں میں بھی واضح طور پر نظر آتا ہے۔

”سیاہ حاشیے“ سعادت حسن منٹو کی منی کہانیوں کا مجموعہ ہے ان کہانیوں کے متعلق عام خیال ہے کہ یہ مجموعہ فسادات پر لکھی گئی منی کہانیوں کا ایک سیٹ ہے، تاہم بغور مطالعہ کیا جائے تو یہ کہانیاں درحقیقت فسادات سے جھوجھ رہے انسانوں کی دلی کیفیات کا دردمندانہ اظہار ہیں ”سیاہ حاشیے“ کی کہانیوں کو ایک انفرادی اہمیت یہ بھی حاصل ہے کہ یہ کہانیاں اردو کی پہلی منی کہانیاں کہلاتی ہیں بعد میں اس کے کئی نام بدلے اور آخر میں اس کا ایک نام ”افسانچہ“ سب سے زیادہ مقبول ہوا، جو جوگندر پال نے اسے دیا تھا۔ ”سیاہ حاشیے“ کے افسانچے ایک طرح سے اردو میں افسانچہ نگاری کی روایت کا آغاز ہیں، لیکن اس ابتدائی کاوش میں بھی فن کی پختگی بلا شبہ بے مثال ہے۔ اس مجموعے میں ایک کہانی ”حیوانیت“ ہے جو منٹو کی فکر اور بے مثال فن کاری کا عمدہ نمونہ پیش کرتی ہے۔

”حیوانیت“ فسادات میں کچھ اثاثہ بچا کر بے گھر ہو جانے والے اور جوان بیٹی کو کھو دینے والے انتہائی مظلوم والدین کی دلدوز کہانی ہے۔ ان کے ساتھ ایک گائے بھی ہے جو خوش قسمتی سے بلوائیوں کے ہاتھ نہ لگی، مگر اس کا بچھڑا لاپتہ ہے۔ ظاہر ہے کہانی کے یہ کردار اور ان کی کہانی فساد کے ہولناکی کا واضح اشارہ دے رہی ہے نیز اس سے منافرت کے مختلف دل سوز پہلو اور اتحاد و سالمیت کے بکھیرنے کا روح فرسا منظر صاف نظر آتا ہے۔ ممکن ہے اس میں قاری ہر دور کے فساد کا عکس نہ دیکھ پائے لیکن کرداروں کی نفسیاتی سطح بالکل عمومی چیز ہے، اور ایسے حالات میں انسانوں کا رویہ زیادہ مختلف نہیں ہوتا۔ اوپر تذکرہ کیا گیا کہ ان منی کہانیوں کا پس منظر فسادات ہے، البتہ ان کا بنیادی تھیم انسانی ذات کی نفسیاتی کشمکش اور ایسے حالات میں اس کے سوچنے سمجھنے اور اس کے درون میں چل رہے انسانی جذبوں کو آشکار کرنے کی ایک جہت، ایک کوشش ہے۔ منٹو جس زاویے سے سوچتے ہیں اور انسان کو جس پس منظر میں رکھ کر اس کا نفسیاتی معائنہ کرتے وہ ان کی تخلیق کاری کا امتیازی پہلو ہے۔

کہانی کے یہ چند کردار جہاں چھپے بیٹھے ہیں وہاں گھور اندھیرا ہے۔ یہ جگہ اُنھوں نے

ہی منتخب کی تھی کہ دنگائیوں کی نظران پر نہ پڑ سکے اس سکوت بھرے اندھیرے میں بیوی کی چھاتی سے لگی چھوٹی بیٹی کے رونے کی آواز جب خاموش فضا میں ارتعاش پیدا کرنا شروع کرتی ہے تو ماں اپنے ہاتھ سے اس کا منہ دبا دیتی ہے، تا کہ بلوائیوں کو خبر نہ ہو جائے کہ یہ لوگ یہاں اپنی جان بچانے کے لیے چھپے بیٹھے ہیں۔ اس میں وہ کامیاب بھی ہو جاتی ہے لیکن کچھ دیر بعد جب آس پاس کہیں سے ایک بچھڑے کی آواز آتی ہے تو گائے بے قابو ہو کر ڈکرانے لگتی ہے نتیجہ یہ ہوتا ہے کہ دشمن ان تک پہنچنے میں کامیاب ہو جاتا ہے۔

یہاں دو باتیں اہمیت کی حامل ہیں، پہلی، دو مائیں، ایک انسانی ماں اور دوسری جانور کی یا حیوانی ماں ...دونوں کا رویہ توجہ طلب ہے۔ عورت بہ حیثیت ماں بچی کے رونے کی آواز پر اُس کا منہ دبا دیتی ہے کہ کہیں بلوائیوں کو ان کی خبر نہ ہو جائے۔ اس عمل کی انجام دہی میں اُس پر خوف طاری ہے اور اسی عالم میں وہ کس زور سے بچی کے منہ کو دبائے ہوئی ہے، اسے اس کا اندازہ نہیں ہے۔ بھلے ہی خوف کے مارے وہ یہ بھول گئی ہو کہ آیا اس عمل سے بچے کی سانس رک سکتی ہے، دم گھٹ سکتا یا پھر اُس کی جان بھی جا سکتی ہے لیکن کیا کسی ماں پر خوف اس طرح بھی حاوی ہو سکتا ہے کہ اس کا ماں والا احساس ہی متاثر ہو جائے جبکہ دوسری طرف گائے ہے جو کہ ایک حیوان ہے لیکن ماں کا احساس اور ماں کی مامتا اس کے اندر اس انسانی عورت سے زیادہ نظر آتی ہے۔ جیسے ہی آس پاس کہیں سے بچھڑے کی آواز گائے کو سنائی پڑتی ہے تو گائے بلا خوف و خطر اپنے بچھڑے کے لیے بے قابو ہو کر ڈکرانے لگتی ہے۔ دوسری بات، یہاں بیوی کا وہ جملہ بھی ہماری توجہ اپنی طرف مبذول کرواتا ہے جو وہ اپنے شوہر سے کہتی ہے کہ ”تم کیوں اس حیوان کو اپنے ساتھ لے آئے!“ یہی ایک جملہ کہانی کا پنچ لائن ثابت ہوتا ہے۔

حیوان کا معنی ذی روح کا ہوتا ہے لیکن ہماری لسانی ثقافت میں کسی لفظ کے ایک سے زائد معنی لکھے تو ہوتے ہیں لیکن کچھ مزید معنی صرف سمجھے بھی جاتے ہیں۔ حیوان کا ایک معنی جو ہم خیال کرتے رہے ہیں وہ یہ کہ حیوان معنی وہ ذی روح جس کا رویہ انسانوں کے فطری رویے کے برخلاف ہو بہ ظاہر وہ اپنے اندر زندگی رکھتا ہے لیکن اس کی زندگی انسانی حیات، اس کے

معاملات اور انسانوں کی عقل وفہم سے یکسر الٹ ہوتی ہے۔ اس لفظ کا یہاں ایک اور پہلو یہ بھی ہے کہ ہم اپنے مویشیوں کو جن میں گائے، بیل، بکری وغیرہ ہوتے ہیں؛ جانور کہتے ہیں، حیوان نہیں۔حیوان کو لے کر ہمارا تصور یہ رہا ہے کہ جو انسانی جان کو نقصان پہنچائے وہ دراصل حیوان ہوتا ہے اس لیے اکثر ہم خونخوار جنگلی جانوروں ہی کو حیوان کے زمرے میں رکھتے ہیں۔ منٹو زبان دان تھے، انہوں نے زبان کا مطالعہ اس کی ثقافت کے ساتھ کیا تھا لہٰذا کب، کہاں کس لفظ سے نئی تخلیقی معنویت پیدا کرنا ہے، یا کسی لفظ کے معنی کا احیا کرنا ہے وہ خوب جانتے تھے۔ بہر حال جو بھی ہو گائے اس عورت کے نزدیک اب اپنا مویشی نہیں بلکہ ایک حیوان ہے۔

فسادات کی وجوہات سے پرے فسادات برپا کرنے والوں کو اس کہانی کا ویلن بتایا گیا ہے۔ نیز بڑی فن کاری سے یہ بھی باور کروایا گیا کہ فسادی اور فسادات سے متاثر لوگ کسی مذہب سے متعلق نہیں ہے بلکہ وہ صرف انسان نظر آرہے ہیں فسادی وہ خواہ سیاسی، سماجی یا کسی بھی نسلی بنیاد پر مشتعل ہیں یا وہ کسی بھی دھرم ذات کے ماننے والے ہوں؛ وہ قطعی خیال نہیں کرتے کہ ان کے ذریعے ہونے والی قسطائیت اور بربریت کا نشانہ عام اور معصوم لوگ بھی بن سکتے ہیں۔ کسی کی جان جائے، کسی کو جلا دیا جائے، کوئی یتیم ہو جائے، کسی عورت کا سہاگ اجڑ جائے، یا کسی پاکباز خاتون کی عزت لٹ جائے؛ ان پر کسی بھی چیز کا احساس نہیں ہوتا، بالکل کسی حیوان کی طرح کہ اسے خدا نے عقل دی ہے نہ درد، غم اور نہ کسی کی تکلیف کو محسوس کرنے کی حس...! بالکل ان لوگوں کی گائے کی طرح جو دراصل ایک حیوان ہے۔منٹو نے انسانوں افعال بد پر حیوانیت کی ایک کامیاب ضرب لگائی ہے۔

اس افسانچے میں فکشن کی بنیادی شرائط کو بخوبی نبھایا گیا ہے۔ صرف سات آٹھ سطروں میں منٹو نے پلاٹ، کردار، مکالمہ اور وحدت تاثر؛ سبھی کچھ سمو دیا ہے۔ اس چھوٹی سی تحریر میں اس پورے منظر نامے کو سلیقہ مندی سے پیش کر دینا منٹو کی فن کاری کی عمدہ مثال ہے۔ علاوہ ازیں افسانچے کے لیے پنچ لائین بہت اہم ہوتی ہے، منٹو نے اس افسانچے کو جس پنچ لائین کے ساتھ ختم کیا ہے وہ اس کہانی کی سب سے بڑی کامیابی ہے۔

●●

بلیک مارجن

(یک بابی ڈراما)

سنیل شان باگ کی ہدایت میں "بلیک مارجن"
پہلی بار ۱۸/جنوری ۲۰۱۹ءکو میسور ہال، ممبئی
میں کھیلا گیا۔

ڈائریکٹر نوٹ

منٹو صاحب کی ۶۴ رویں برسی یعنی ۱۸ ر جنوری ۲۰۱۹ کو اسلم پرویز کے کہنے پر ’’تماشا تھیٹر‘‘ نے ’’منٹو: ایک سیاہ حاشیہ‘‘ کے عنوان سے ایک شام ممبئی کے میسور ہال میں برپا کی تھی۔ ’’سیاہ حاشیے‘‘ اصل میں بٹوارے کے وقت ہونے والے فرقہ وارانہ فسادات کو موضوع بنا کر لکھی گئی منٹو کی چھوٹی چھوٹی کہانیوں کا مجموعہ ہے، جس کا تھیٹریکل رسپانس اُس شام عمل میں آنا تھا۔ مجھے یہ جان مسرت آمیز حیرت بھی ہوئی کہ اس شام ڈرامائی پیش کش کے علاوہ مختلف میڈیم کے توسط سے ’’سیاہ حاشیے‘‘ کے ٹیکسٹ اور سب ٹیکسٹ کو سمجھنے کی کوشش بھی کی جا رہی ہے۔ contemporary ڈانسروں، مصوروں اور اسٹینڈ اَپ کامیڈین کے علاوہ زبان و ادب اسکالروں نے اپنے اپنے طور پر ’’سیاہ حاشیے‘‘ کے ٹیکسٹ کو ڈی کوڈ کیا۔

یہ سچ مچ ایک نوکھا، دلکش اور منفرد آئیڈیا تھا جو امکانات سے بھرا ہوا تھا۔ چھوٹی چھوٹی کہانیوں کے بطن میں چھپی ہوئی مخفی قوتوں کو کسی دوسرے فارم کے توسط سمجھا اور پرکھا جائے۔ یوں تو منٹو کی مختلف تحریروں کے ساتھ الگ الگ وقتوں میں الگ الگ شکلوں اور طریقوں سے میں کام کر چکا تھا لیکن یہ تجربہ میرے لیے اس لیے بھی اہم اور خاص معنی رکھتا تھا کہ ’’سیاہ حاشیے‘‘ کی یہ کہانیاں میری نظروں سے اس سے پہلے نہیں گزری تھیں۔

’’سیاہ حاشیے‘‘ کی پہلی قرأت نے ہی میرے ذہن میں ایک سلسلہ وار دھماکہ پیدا کر

دیا۔بٹوارہ اور بٹوارے کے نتیجے میں پھوٹ پڑنے والے فسادات کے اردگرد لکھے گئے اس متن میں ہمیں ایک ایسے معاشرے کے کی تصویر نظر آتی ہے جو پاگل ہو چکا ہے اور انسانیت کے مرکزی تصور سے ہٹ گیا ہے۔ ''سیاہ حاشیے'' کی کہانیاں ایسے ہی لمحات کے ایک کولاژ کے طور پر ظاہر ہوتی ہیں۔ان لمحات کی ستم ظریفیوں اور بیہودگیوں کو منٹو نے تیز تیکھے اور انتہائی اختصار کے ساتھ کاغذ پر اُتار دیا ہے۔اس میں بلیک ہیومر، مضحکہ خیزی، اور روایتی اخلاقی ضابطوں کو منٹو نے سر کے بل کھڑا کر دیا ہے۔ یہ کہانیاں ظالموں اور مظلوموں کو از حد معروضیت کے ساتھ پیش کرتی ہیں۔

یہی ایک سوال تھا جس نے ہمیں اپنی گرفت میں لے رکھا تھا کہ اُس معروضیت کو اسٹیج پر کس طرح ایک ٹھوس شکل دی جائے۔ ڈرامائی پیش کش کے لیے یہی انتہائی مشکل مرحلہ تھا۔ہماری مشکل یہ بھی تھی کہ منٹو نے جو تحریر کیا ہے ہم اُس کا السٹریشن نہیں چاہتے تھے اور کہانیوں کی تفہیم کے وقت اُس معروضیت کو برقرار رکھنا چاہتے تھے، جو منٹو نے قائم کی تھیں۔اس لحاظ سے ''سیاہ حاشیے'' کا تھیٹریکل ردعمل پیچیدہ تھا۔ یہی نہیں منٹو کی اِن کہانیوں میں بہت کچھ ان کہا تھا، اُس اَن کہے کو کس طرح ڈرامائی ٹیکسٹ کا حصہ بنایا جائے، وہ بھی اپنی طرف سے کوئی لفظ گھٹائے یا بڑھائے بغیر۔۔۔اس میں کوئی شک نہیں کہ غیر متوقع اور منفرد طریقوں سے ہم نے ان کے معنی تک رسائی حاصل کرنے کی کوشش کی اور یہ کوشش کامیاب بھی رہی۔

اس شام ڈرامے میں حصہ لینے والا ہر کردار ''سیاہ حاشیے'' کے متن کے سامنے جواب دہ تھا اور اُس کا جواب تلاش کرنے کی کوشش ہر اداکار نے اپنے طور پر کی، جس نے اس پیش کش کو منفرد بنا دیا تھا۔ہمیں خوشی ہے کہ ۱۸؍جنوری ۲۰۱۹ کو منعقد ہونے والی اُس تقریب کا ہم سبھی حصہ تھے۔

سنیل شان باگ

(رنگ منچ اندھیرے میں ڈوبا ہوا ہے۔ چیختے ہوئے آدمی کی آواز)

آواز : ''میں سکھ بننے کے لیے ہرگز تیار نہیں... میرا اُسترا واپس کردو مجھے۔''

(خاموشی۔ دھیرے دھیرے روشنی، روشنی کے ساتھ مکّھی کے بھنبھنانے کی آواز۔ رنگ منچ پر نو دس کردار، جن میں لڑکے چار لڑکیاں قطار میں ساکت و جامد بیٹھے، تیز و تیکھی نظروں سے ناظرین کو گھور رہے ہیں۔ پس منظر سے مکّھی کے بھنبھنانے کی آواز بڑھتی جاتی ہے۔ تب ہی ایک لڑکی اور لڑکا لمبی سی کالی چادر اوڑھے، چھُپنے کے لیے جگہ تلاش کرتے ہیں، لیکن خطرہ محسوس کرتے ہی دوبارہ ونگ میں چلے جاتے ہیں۔ مکّھی کے بھنبھنانے کی آواز مسلسل بڑھتی جاتی ہے، جس میں لوگوں کے چیخنے چلانے، ہنسنے، رونے، قہقہے لگانے اور کراہنے کی آواز شامل ہو جاتی ہے اور تھوڑی دیر بعد پولیس کے سائرن اور سیٹیاں... پورا رنگ منچ ناقابل برداشت شور سے گونجنے لگتا ہے۔ مگر قطار میں بیٹھے ہوئے لوگوں پر اس کوئی اثر نہیں ہوتا، گویا وہ سبھی بہرے ہوں۔ وہ بس ناظرین کو گھورتے رہتے ہیں لیکن نمبر پانچ کچھ بے چین ہے۔)

پانچ (اِدھر اُدھر دیکھتے ہوئے) لوٹ کھسوٹ کا بازار گرم تھا۔ اُس گرمی میں اضافہ ہو

گیا، جب چاروں طرف آگ بھڑکنے لگی۔

ایک — ایک آدمی ہارمونیم کی پیٹی اٹھائے خوش خوش گاتا جا رہا تھا۔ (گاتے ہوئے)

جب تم ہی گئے پردیس،

لگا کر ٹھیس، او پیتم پیارا، دُنیا میں کون ہمارا۔

سب — (ایک ساتھ) دھب...!

دو — بازار میں دھب سے ایک بھری ہوئی بوری گری۔ ایک شخص نے جلدی سے بڑھ کر اپنے چھُرے سے اُس کا پیٹ چاک کیا۔ آنتوں کے بجائے شکر، سفید سفید دانوں والی شکر اُبل کر باہر نکل آئی۔ لوگ جمع ہو گئے اور اپنی اپنی جھولیاں بھرنے لگے۔ ایک آدمی کرتے کے بغیر تھا اس نے جلدی سے اپنا تہبند کھولا اور مٹھیاں بھر بھر کر اس میں ڈالنے لگا۔

تین — (تیزی سے گزرتے ہوئے) ہٹ جاؤ... ہٹ جاؤ...

دو — ...ایک تانگا تازہ تازہ روغن شدہ الماریوں سے لدا ہوا گزر گیا۔

پانچ — اونچے مکان کی کھڑکی سے ململ کا تھان پھڑ پھڑاتا ہوا باہر نکلا... شعلے کی زبان نے ہولے سے اُسے چاٹا... سڑک تک پہنچا تو راکھ کا ڈھیر تھا۔

چھ — پوں پوں... پوں پوں... (نمبر سات موٹر کی آواز کے ساتھ ہی چیختی ہے پوں پوں... پوں پوں...

سات — (پھر سے چیختی ہے) پوں پوں... پوں پوں...

سات — موٹر کی ہارن کی آواز کے ساتھ دو عورتوں کی چیخیں بھی تھیں۔

آٹھ — بلند آواز آئی۔

چار — آؤ آؤ لیمونیڈ کی بوتلیں پیو... گرمی کا موسم ہے!

آٹھ — گلے میں موٹر کا ٹائر ڈالے ہوئے آدمی نے دو بوتلیں لیں۔ اور شکریہ ادا کیے بغیر چل دیا۔

تین — ایک آواز آئی

نو (زور سے چیختے ہوئے) کوئی آگ بجھانے والوں کو تو اطلاع دے دے ...سارا مال جل جائے گا۔

تین کسی نے اس مفید مشورے کی طرف توجہ نہ دی۔

پانچ لوٹ کھسوٹ کا بازار اُسی طرح گرم رہا اور اُس گرمی میں چاروں طرف بھڑکنے والی آگ بدستور اضافہ کرتی رہی۔

(نمبر آٹھ، سات، دو اور نمبر چھ اخبارات بیچتے ہوئے ایک ونگ سے دوسری ونگ میں جاتے ہیں۔ ٹائمز آف انڈیا، ٹائمز آف انڈیا، بامبے کرونیکل، بامبے کرونیکل، دینک جاگرن، دینک جاگرن، ڈان، ڈان، ینگ انڈیا، ینگ انڈیا، بنگال گیزٹ، بنگال گیزٹ، امرت بازار پتریکا، امرت بازار پتریکا، ٹائمز آف انڈیا...)

پانچ (زور سے) ٹھہرو...

(اور سب اپنی جگہ پر ساکت و جامد کھڑے رہ جاتے ہیں، فریز...اور پس منظر سے مہاتما گاندھی کا مشہور بھجن کی آواز ابھرتی ہے۔

بھجن ویشنو جن تو تینے کہیے جے پیڑ پرائی جانے رے...

(سب ہی شردھا بھاؤ سے بھجن گانے لگتے ہیں اور اپنی پہلی والی پوزیشن پر بیٹھ جاتے ہیں۔ تھوڑی دیر بعد تب ہی نمبر چار دھیمے دھیمے قدموں سے آگے بڑھتا ہے، اُس کے کندھے پر ایک کھادی کا جھولا ہے، جسے وہ بہت احتیاط سے سنبھالے ہوئے ہے۔ وہ ڈاؤن اسٹیج پر آکر ناظرین کے سامنے کھڑا ہوتا ہے، اُس کی پوزیشن غلط ہے، نمبر پانچ جھنجھلا کر آگے بڑھتا ہے، گردن اُٹھا کر میوزک روم کی طرف اشارہ کرتا ہے اچانک بھجن رُک جاتا ہے۔ نمبر پانچ نمبر دو کو اُس کے صحیح مارک پر لاکر کھڑا کرتا ہے اور پھر سر پر چپت مار کر اُس کے رخ کو دُرست کرتا ہے اور ایک بار پھر گردن اُٹھا کر میوزک روم کی طرف دیکھتا ہے، بھجن دوبارہ شروع ہوتا ہے۔

بھجن | ویشنو جن تو تینے کہیے جے پیڑ پرائی جانے رے...
(نمبر پانچ اپنی پوزیشن پر جاتا ہے نمبر چار جھک کر نمن کرتا ہے اور پھر اپنے جھولے میں سے بندوق نکال کر شوٹ کرتا ہے، دھائیں ... دھائیں ... دھائیں...اور ''ہے رام'' کہتے ہوئے سبھی لوگ ڈھے جاتے ہیں۔)
(دھیمی آواز میں بھجن جاری ہے، کچھ پل کی خاموشی...نمبر پانچ نمبر دو کو اشارہ کرتا ہے نمبر دو ڈاؤن اسٹیج پر نمبر چار کی پوزیشن پر کھڑے ہوتا ہے)

دو | اطلاع موصول ہوئی ہے کہ مہاتما گاندھی کی موت پر اظہارِ مسرت کے لیے امرتسر، گوالیار اور بمبئی میں کئی جگہ لوگوں میں شیرنی بانٹی گئی۔

سب | (ایک ساتھ گاتے اور ناچتے ہیں) جب تم ہی گئے پردیس، لگا کر ٹھیس، او پیتم پیارا، دُنیا میں کون ہمارا...

پانچ | لوٹ کھسوٹ کا بازار اُسی طرح گرم رہا اور اُس گرمی میں چاروں طرف بھڑکنے والی آگ ...(ایک پل رک کر) بہت دیر کے بعد تڑ تڑ کی آواز آئی۔ گولیاں چلنے لگیں۔

سات | پہلی واردات ناکے کے ہوٹل کے پاس ہوئی۔ فوراً ہی وہاں ایک پولس والے کا پہرہ لگا دیا گیا۔

ایک ساتھ | (سبھی شور مچاتے ہیں) پکڑلو پکڑلو دیکھو جانے نہ پائے۔

تین | شکار تھوڑی دوڑ دھوپ کے بعد پکڑلیا گیا۔ جب نیزے اس کے آر پار ہونے کے لیے آگے بڑھے تو اس نے لرزاں آواز میں گڑگڑا کر کہا۔

دو | مجھے نہ مارو، مجھے نہ مارو، میں تعطیلوں میں اپنے گھر جارہا ہوں۔

سات | دوسری واردات دوسرے ہی روز شام کو اسٹور کے سامنے ہوئی۔ سپاہی کو پہلی جگہ سے ہٹا کر دوسری واردات کے مقام پر متعین کر دیا گیا۔

چار | میں نے اس کی شہ رگ پر چھُری رکھی۔ ہولے ہولے پھیری اور اس کو حلال کر دیا۔

چھ	یہ تم نے کیا کیا؟

چار	کیوں؟

چھ	اُس کو حلال کیوں کیا؟

چار	مزا آتا ہے اس طرح

چھ	مزا آتا ہے کے بچے۔ تجھے جھٹکا کرنا چاہیے تھا... اس طرح...

سات	اور حلال کرنے والے کی گردن کا جھٹکا ہوگیا۔

(پولیس کی تیز تیکھی سیٹی بجتی ہے)

سات	تیسرا کیس رات کے بارہ بجے لانڈری کے پاس ہوا۔ جب انسپکٹر نے سپاہی کو اس نئی جگہ پہرہ دینے کا حکم دیا تو اس نے کچھ غور کرنے کے بعد کہا

نو	مجھے وہاں کھڑا کیجیے جہاں نئی واردات ہونے والی ہے۔ (نمبر سات کچھ سوچتا رہ جاتا ہے تب ہی پس منظر سے گولیوں کے چلنے کی آوازیں آتی ہے)

پانچ	لوٹ کھسوٹ کا بازار اُسی طرح گرم رہا اور بہت دیر کے بعد تڑ تڑ کی آواز آئی۔ گولیاں چلنے لگیں۔

(سب لوگ نیم دائرے کی شکل میں کھڑے ہو کر 'ایک، دو، تین، چار' کی تال پر جوتوں کو زمین پر پٹکتے ہیں۔)

ایک	ایک آدمی نے اپنے لیے ایک بڑا صندوق منتخب کیا جب اُسے اُٹھانے لگا تو وہ اپنی جگہ سے ایک انچ بھی نہ ہلا۔ ایک شخص نے جسے اپنے مطلب کی کوئی چیز مل ہی نہیں رہی تھی صندوق اٹھانے کی کوشش کرنے والے سے کہا:

دو	میں تمہاری مدد کروں؟

ایک	صندوق اٹھانے کی کوشش کرنے والا امداد لینے پر راضی ہوگیا۔ اُس شخص نے جسے اپنے مطلب کی کوئی چیز نہیں مل رہی تھی، اپنے مضبوط ہاتھوں سے صندوق کو جنبش دی اور اُٹھا کر اپنی پیٹھ پر دھر لیا... دوسرے نے سہارا دیا

...دونوں باہر نکلے۔

دو	صندوق بہت بوجھل تھا۔اُس کے وزن کے نیچے، اٹھانے والے کی پیٹھ چٹخ رہی تھی ۔ٹانگیں دوہری ہوئی جا رہی تھیں ۔مگر انعام کی توقع نے اس جسمانی مشقّت کا احساس نیم مردہ کر دیا تھا۔

ایک	صندوق اٹھانے والے کے مقابلے میں، صندوق کو منتخب کرنے والا بہت ہی کمزور تھا۔سارا راستے وہ صرف ایک ہاتھ سے سہارا دے کر اپنا حق قائم رکھتا رہا۔

پانچ	جب دونوں محفوظ مقام پر پہنچ گئے تو صندوق کو ایک طرف رکھ کر، ساری مشقّت برداشت کرنے والے نے کہا

دو	بولو...اس صندوق کے مال میں سے مجھے کتنا حصہ ملے گا؟

ایک	صندوق پر پہلی نظر ڈالنے والے نے جواب دیا۔''ایک چوتھائی۔''

دو	بہت کم ہے..

ایک	کم بالکل نہیں، زیادہ ہے...اس لیے کہ سب سے پہلے میں نے ہی اس پر ہاتھ ڈالا تھا۔

دو	ٹھیک ہے، لیکن یہاں تک اس کمر توڑ بوجھ کو اٹھا کے لایا کون ہے؟

ایک	آدھے آدھے پر راضی ہوتے ہو۔

دو	ٹھیک ہے...کھولو صندوق۔

پانچ	صندوق کھولا گیا تو اُس میں سے ایک آدمی باہر نکلا، ہاتھ میں تلوار تھی، باہر نکلتے ہی اُس نے دونوں حصہ داروں کو چار حصوں میں تقسیم کر دیا۔

(نمبر ایک اور نمبر دو ایک ساتھ اُچھل کر زمین پر گرتے ہیں اور نیم دائرے کی شکل میں کھڑے لوگ ''ایک، دو، تین، چار'' کہتے ہوئے پیر پٹکنے لگتے ہیں۔ نمبر چھ بھیڑ سے باہر نکل کر آتا ہے اور لوگوں کو مخاطب کرتا ہے)

چھ (زور سے چلّاتا ہے)...ٹھہرو...ٹھہرو ...

تین چالیس پچاس لٹھ بند آدمیوں کا ایک گروہ لوٹ مار کے لیے ایک دُکان کی طرف بڑھ رہا تھا۔ دفعتاً بھیڑ کو چیر کر ایک دُبلا پتلا ادھیڑ عُمر کا آدمی باہر نکلا۔ پلٹ کر اس نے بلوائیوں کو لیڈرانہ انداز میں مخاطب کیا۔

چھ (زور سے چلّاتا ہے) ٹھہرو ...ٹھہرو ...ٹھہرو ...بھائیوں اس مکان میں بے اندازہ دولت ہے، قیمتی سامان ہے۔ آؤ ہم سب مل کر اُس پر قابض ہو جائیں اور مالِ غنیمت آپس میں بانٹ لیں۔

(لوگ ایک ساتھ چیختے ہیں)

تین ہوا میں کئی لاٹھیاں لہرائیں۔ کئی مکّے بھینچے اور کئی بلند بانگ نعروں کا فوارہ سا پھوٹ پڑا۔ چالیس پچاس لٹھ بند آدمیوں کا گروہ دُبلے پتلے ادھیڑ عُمر کے آدمی کی قیادت میں اُس مکان کی طرف تیزی سے بڑھنے لگا۔ جس میں بے اندازہ دولت اور بے شمار قیمتی سامان تھا۔ مکان کے صدر دروازے کے پاس رُک کر دُبلا پتلا آدمی پھر سے بلوائیوں سے مخاطب ہوا۔

چھ بھائیوں اس مکان میں جتنا مال بھی ہے سب تمہارا ہے۔ لیکن دیکھو چھینا جھپٹی نہیں کرنا... آپس میں نہیں لڑنا...آؤ...

آٹھ دروازے میں تالا ہے۔

سب (ایک ساتھ) توڑ دو ...توڑ دو! (لوگ پھر سے چیختے ہیں)

تین ہوا میں کئی لاٹھیاں لہرائیں۔ کئی مکّے بھینچے اور کئی بلند بانگ نعروں کا فوارہ سا پھوٹ پڑا۔ دُبلے پتلے آدمی نے ہاتھ کے اشارے سے دروازہ توڑنے والوں کو روکا اور مُسکرا کر کہا

چھ (مسکرا کر) بھائیوں ٹھہرو...میں اسے چابی سے کھولتا ہوں۔

تین یہ کہہ کر اس نے جیب سے چابیوں کا گُچھا نکالا اور ایک چابی منتخب کر کے تالے میں ڈالی اور اُسے کھول دیا۔ شیشم کا بھاری بھرکم دروازہ ایک چیخ کے ساتھ وا

ہوا تو ہجوم دیوانہ وار اندر داخل ہونے کے لیے آگے بڑھا۔ دُبلے پتلے آدمی نے ماتھے کا پسینہ اپنی آستین سے پونچھتے ہوئے کہا۔ (لوگوں کا شور)

چھ بھائیو آرام... آرام سے، جو کچھ اس مکان میں ہے سب تمہارا ہی ہے پھر اس افراتفری کی کیا ضرورت ہے؟

تین فوراً ہی ہجوم میں ضبط پیدا ہو گیا۔ ایک ایک کر کے بلوائی مکان کے اندر داخل ہونے لگے۔ لیکن جوں ہی چیزوں کی لُوٹ شروع ہوئی پھر دھاندلی مچ گئی۔ بڑی بے رحمی سے بلوائی چیزوں پر ہاتھ صاف کرنے لگے۔ دُبلے پتلے آدمی نے جب یہ منظر دیکھا تو بڑی دُکھ بھری آواز میں لٹیروں سے کہا۔

چھ بھائیو! آہستہ آہستہ... آپس میں لڑنے جھگڑنے کی کوئی ضرورت نہیں۔ تعاون سے کام لو۔ اگر کسی کے ہاتھ زیادہ قیمتی چیز آگئی ہے تو حاسد نہ بنو، اتنا بڑا مکان ہے اپنے لیے کوئی اور چیز ڈھونڈ لو۔ مگر ایسا کرتے ہوئے وحشی نہ بنو... مار دھاڑ کرو گے تو چیزیں ٹوٹ جائیں گی۔ اس میں نقصان تمہارا ہی ہے۔

تین لٹیروں میں ایک بار پھر نظم پیدا ہو گیا۔ بھرا ہوا مکان آہستہ آہستہ خالی ہونے لگا۔ دُبلا پتلا آدمی وقتاً فوقتاً ہدایت دیتا رہا۔

چھ دیکھو بھیا یہ ریڈیو ہے... آرام سے اُٹھاؤ ایسا نہ ہو کہ ٹوٹ جائے... یہ اس کے تار بھی لیتے جاؤ۔ تہہ کر لو بھائی... اسے تہہ کر لو۔ اخروٹ کی لکڑی کی تپائی ہے... ہاتھی دانت کی پچی کاری ہے بڑی نازک ہے... ہاں اب ٹھیک ہے۔ نہیں نہیں یہاں مت پیو... بہک جاؤ گے... اسے گھر لے جاؤ۔ ٹھہرو... ٹھہرو مجھے مین سوئچ بند کر لینے دو۔ ایسا نہ ہو کہ کرنٹ کا دھکّا لگ جائے۔

تین اتنے میں ایک کونے سے شور بلند ہوا۔ چار بلوائی ریشمی کپڑے کے ایک تھان پر چھینا جھپٹی کر رہے تھے۔ دُبلا پتلا آدمی تیزی سے ان کی طرف بڑھا اور ملامت بھرے لہجے میں ان سے کہا۔

چھ کتنے بے سمجھ ہو۔ چندی چندی ہو جائے گی ایسے قیمتی کپڑے کی۔ گھر میں سب

چیزیں موجود ہیں، گز بھی ہوگا۔تلاش کرو اور ماپ کر کپڑا آپس میں تقسیم کرلو۔

تین: دفعتاً کتّے کے بھونکنے کی آواز آئی۔

چار: عف عف عف

تین: اور چشم زدن میں ایک بہت بڑا گدی کتا ایک جست کے ساتھ اندر لپکا اور لپکتے ہی اس نے اس نے دو تین لٹیروں کو بھنبھوڑ دیا۔دُبلا پتلا آدمی چلّایا۔

چھ: ٹائیگر...ٹائیگر!

تین: ٹائیگر جس کے خوفناک منہ میں ایک لٹیرے کا نُچا ہوا گریبان تھا۔دُم ہلاتا ہوا دبلے پتلے آدمی کی طرف نگاہیں نیچی کیے قدم اُٹھانے لگا۔کتّے کے آتے ہی سب لٹیرے بھاگ گئے تھے۔صرف ایک باقی رہ گیا تھا۔جس کے گریبان کا ٹکڑا ٹائیگر کے منہ میں تھا۔اس نے دُبلے پتلے آدمی کی طرف دیکھا اور پوچھا۔

پانچ: کون ہوتم؟

تین: دُبلا پتلا آدمی مُسکرایا۔

چھ: اس گھر کا مالک دیکھو دیکھو تمہارے ہاتھ سے کانچ کا مرتبان گر رہا ہے۔

(اسی کے ساتھ لوگ ونگ سے گردن اٹھائے کُتّے کی آواز میں روتے ہوئے داخل ہوتے ہیں۔اور پھر رونے کی آواز اچانک ملٹری بینڈ میں تبدیل ہو جاتی ہے اور سبھی لوگ اپنی جیب سے ملٹری کیپ نکال کر پہنتے ہیں اور ایک قطار میں فوجیوں کی طرح پریڈ کرتے ہیں۔نمبر چار سب سے آگے ہے۔نمبر پانچ نمبر چار کے پیچھے آ کر کھڑا ہوتا ہے۔)

پانچ: الف اپنے دوست ب کو اپنا ہم مذہب ظاہر کر کے اسے مقام پر پہنچانے کے لیے ملٹری کے ایک دستے کے ساتھ روانہ ہوا۔راستے میں ب نے جس کا مذہب مصلحتاً بدل دیا گیا تھا۔ملٹری والوں سے پوچھا۔''کیوں جناب آس پاس کوئی واردات تو نہیں ہوئی؟

چار — کوئی خاص نہیں... فلاں محلے میں ایک کتّا مارا گیا۔

پانچ — (سہم کر) کوئی اور خبر؟

چار — خاص نہیں... نہر میں تین کتیوں کی لاش ملیں!

پانچ — ملٹری کچھ انتظام نہیں کرتی؟

چار — کیوں نہیں... سب کام اسی کی نگرانی میں ہوتا ہے۔

(ملٹری بینڈ شروع ہوتا ہے سبھی ٹوپی جیب میں رکھ کر فوجیوں کی طرح پریڈ کرتے ہیں۔پس منظر سے ریل کے انجن کی آواز۔لوگ جلدی جلدی ٹرین میں سوار ہوتے ہیں اور ایک قطار میں بیٹھ جاتے ہیں۔نمبر سات، آٹھ اور نو: ''کوئی مرغا ہے کیا؟'' کہتے ہوئے ہر کھڑکی میں جھانکتے ہیں۔)

دس — گاڑی رکی ہوئی تھی۔تین بندوقچی ایک ڈبے کے پاس آئے۔کھڑکیوں میں سے اندر جھانک کر انہوں نے مسافروں سے پوچھا۔

نو — کیوں جناب کوئی مرغا ہے؟ (نمبر ایک کچھ کہنا چاہتا ہے)

دس — ایک مسافر کچھ کہتے کہتے رک گیا باقیوں نے جواب دیا

سب — (ایک ساتھ) جی نہیں!

دس — تھوڑی دیر بعد چار نیزہ بردار آئے۔کھڑکیوں میں سے اندر جھانک کر انہوں نے مسافروں سے پوچھا۔

سات — کیوں جناب کوئی مرغا ہے؟

دس — اس مسافر نے جو پہلے کچھ کہتے کہتے رک گیا تھا جواب دیا

ایک — جی معلوم نہیں... آپ اندر آکے سنڈاس میں دیکھ لیجیے۔

دس — نیزہ بردار اندر داخل ہوئے سنڈاس توڑا گیا اس میں سے ایک مرغا نکل آیا۔ ایک نیزہ بردار نے کہا

نو — کردو حلال!

آٹھ — نہیں یہاں نہیں۔ڈبہ خراب ہوجائے گا۔باہر لے چلو۔

(نمبر سات، آٹھ اور نو، نمبر تین کو اٹھا کر لے جاتے ہیں۔ نمبر تین چیختا چلّا تا ہے، چھٹپٹا تا ہے اور نمبر چار بے انتہا غصّے میں ہے۔ نمبر سات، آٹھ اور نو کے سامنے جا کر کھڑا ہو جاتا ہے۔ اُسے دیکھتے ہی تینوں کی مسکراہٹ سمٹ جاتی ہے وہ پیچھے ہٹتے ہیں۔ نمبر تین اُسی طرح چیختا چلّا تا اور چھٹپٹا تا ہے، اور نمبر چار نمبر تین کی طرف دیکھتے ہوئے اُسی طرح مسکراتا ہے۔)

(نمبر تین کی چیخ و پکار سے ڈسٹرب ہوتا ہے، اُسے ڈپٹتا ہے۔)

دو: چلتی گاڑی روک لی گئی۔ جو دوسرے مذہب کے تھے اُن کو نکال نکال کر تلواروں اور گولیوں سے ہلاک کر دیا گیا۔ اس سے فارغ ہو کر گاڑی کے باقی مسافروں کی حلوے، دودھ اور پھلوں سے تواضع کی گئی۔ گاڑی چلنے سے پہلے، تواضع کرنے والوں کے منتظم نے مسافروں کو مخاطب کر کے کہا

آٹھ: بھائیو اور بہنو! ہمیں گاڑی کی آمد کی اطلاع بہت دیر میں ملی۔ یہی وجہ ہے کہ ہم جس طرح چاہیتے تھے اس طرح آپ کی خدمت نہ کر سکے۔

(سب فوجی بینڈ پر پریڈ کرتے ہیں۔ نمبر دس زور سے چلاتا ہے ''ہالٹ'' سب رُک جاتے ہیں۔ ''ڈسپرس'' کہتے ہی سب ادھر اُدھر ہو جاتے ہیں۔ نمبر دس رائفل سے نشانہ سادھتا ہے)

سات: لبلبی دبی... پستول سے جھنجھلا کر گولی باہر نکلی۔ کھڑکی میں سے باہر جھانکنے والا آدمی اُسی جگہ دُہرا ہو گیا۔ (نمبر دس ایک بار پھر فائر کرتا ہے)

پانچ: لبلبی تھوڑی دیر کے بعد پھر دبی... دوسری گولی بھنبھناتی ہوئی باہر نکلی۔ سڑک پر ماشکی کی مشک پھٹی، اوندھے منہ گرا اور اس کا لہو مشک کے پانی میں حل ہو کر بہنے لگا (نمبر دس پھر فائر کرتا ہے)

سات: لبلبی تیسری بار دبی ... نشانہ چوک گیا۔ گولی ایک گیلی دیوار میں جذب ہو گئی۔

(''اوف'' کہتے ہوئے نمبر دس جھنجلا کر پیر پٹکتا ہے اور پھر فائر کرتا ہے)

پانچ: چوتھی گولی ایک بوڑھی عورت کی پیٹھ میں لگی... وہ چیخ بھی نہ سکی اور وہیں ڈھیر

	ہوگئی۔(نمبر دس ایک ساتھ دو فائر کرتا ہے)
سات	پانچویں اور چھٹی گولی بیکار گئی۔کوئی ہلاک ہوا نہ زخمی۔(دس غصّے سے ادھر اُدھر چلنے لگتا ہے) گولی چلانے والا بھنّا گیا۔
پانچ	دفعتاً سڑک پر ایک چھوٹا سا بچہ دوڑتا دکھائی دیا۔گولیاں چلانے والے نے پستول کا منہ اس کی طرف موڑا۔
سات	یہ کیا کرتے ہو؟
دس	کیوں؟
سات	گولیاں تو ختم ہو چکی ہیں!
دس	تم خاموش رہو...اتنے سے بچے کو کیا معلوم؟
	(فوجی بینڈ پر سب پریڈ کرتے ہوئے نکل جاتے ہیں)
تین	ارے میری بات تو سنو!
چار	کیا فضول کی بات کرتے ہو یار؟
تین	کیا فضول کی باتیں...؟ اُس حرامزادے نے ہمارے ساتھ دھوکا کیا ہے۔
چار	ہیں!!!
تین	ہاں...!
چار	دو دوستوں نے مل کر دس بیس لڑکیوں میں سے ایک لڑکی چُنی اور چالیس روپے دے کر اُسے خرید لیا۔(نمبر آٹھ کی طرف اشارہ کرتے ہوئے) رات گزار کر ایک دوست نے اُس لڑکی سے پوچھا:
تین	(پاس کھڑی ہوئی لڑکی سے) اے لڑکی! تمہارا نام کیا ہے؟
سات	(کچھ کہتی ہے، نمبر آٹھ بوکھلا کر پیچھے ہٹتا ہے)
چار	لڑکی نے اپنا نام بتایا تو وہ بھنّا گیا۔
تین	(لڑکی سے) ہم سے تو کہا گیا تھا کہ تم دوسرے مذہب کی ہو۔
سات	اُس نے جھوٹ بولا تھا۔

چار	یہ سُن کر وہ دوڑا دوڑا اپنے دوست کے پاس گیا اور کہنے لگا

تین	ارے میری بات تو سنو!

نو	کیا فضول کی بات کرتے ہو یار؟

تین	کیا فضول کی باتیں...؟ اُس حرامزادے نے ہمارے ساتھ دھوکا کیا ہے...
ہمارے ہی مذہب کی لڑکی تھما دی...
(دونوں ایک پل ایک دوسرے کی آنکھوں میں دیکھتے ہیں)

دونوں	(ایک ساتھ) چلو واپس کر آئیں۔

ایک	(گاتے ہوئے) آنکھوں سے پانی بہتا ہے۔
دل رو رو کے یہ کہتا ہے۔

کورس	آنکھوں سے پانی بہتا ہے۔
دل رو رو کے یہ کہتا ہے۔
جب تم نے ہی ساجن ہم سے کیا کنارا
دنیا میں کون ہمارا

ایک	جب تم ہی گئے پردیس،
لگا کر ٹھیس، او پیتم پیارا، دُنیا میں کون ہمارا۔

کورس	جب تم ہی گئے پردیس،
لگا کر ٹھیس، او پیتم پیارا، دُنیا میں کون ہمارا۔

دس	ارے سُنو... سُنو... سُنو...

(چار کے پکارنے پر سب اُس کے اطراف آ کر جمع ہو جاتے ہیں اور غور سے اُس کو سُننے کی کوشش کرتے ہیں اور بیچ بیچ میں ہنکارا بھرتے ہیں)

اُس نے خودکشی کر لی... ہت ہی بے وقوف تھا جی۔ میں نے لاکھ سمجھایا کہ دیکھو اگر تمہارے کیس کاٹ دیے ہیں اور تمہاری داڑھی مونڈ دی ہے تو اِس کا یہ مطلب نہیں کہ تمہارا دھرم ختم ہو گیا ہے...روز دہی استعمال کرو۔ واہ گورو جی

نے چاہا تو ایک ہی برس میں تم ویسے کے ویسے ہو جاؤ گے۔

(مجمع بکھرتا ہے نمبر ایک بھیڑ سے نکل کر دوسری طرف جانے لگتا ہے تب ہی نمبر تین اُس کو روکتا ہے اور ایک دم اُس کے سر پر سوار ہوتے ہوئے)

تین خو، ایک دم جلدی بولو، تم کون ائے؟

ایک میں ...میں...

تین خو شیطان کا بچہ، جلدی بولو... اِندو اے یا مُسلمین؟

ایک مسلمین۔

تین خو تمہارا رسول کون اے؟

ایک محمد خان۔

تین ٹیک اے... جاؤ۔

(اور اُس کے بعد ہر ایک دوسرے کو روکتا ہے پھر ہاتھ اُٹھا کر اُسے جانے کو کہتا ''ٹیک اے... جاؤ۔'' اور پھر یہ سب جلدی جلدی ہونے لگتا ہے۔ 'ٹیک اے... جاؤ۔'' 'ٹیک اے... جاؤ۔'' کی آوازیں ایک دوسرے میں خلط ملط ہونے لگتی ہیں، گُتھی جاتی ہیں۔ شور اچانک مکھی کی بھنبھناہٹ میں تبدیل ہوتا ہے اور سب لوگ ایک دوسرے میں پوری طرح گُتھ جاتے ہیں۔ تب ہی نمبر ایک دوسری طرف سے گزرتا ہے۔ لوگوں کی بھیڑ میں سے ایک نمبر تین اُسے دیکھتا ہے اور اشارے سے اپنے ساتھیوں سے اس کی طرف اشارہ کرتا ہے۔ نمبر آٹھ، نو اور دس نمبر ایک کے سامنے جا کر کھڑے ہو جاتے ہیں)

آٹھ، نو، دس کڑے لہجے میں) کون ہو تم؟

(جواب دینے کے بجائے دوسری طرف نکل جاتا ہے)

پانچ، چھ، سات (زیادہ کڑے لہجے میں) کون ہو تم؟

(جواب دینے کے بجائے ایک بار پھر نمبر ایک دوسری طرف نکل جاتا ہے)

دو، تین، چار (بہت سختی سے) کون ہو تم؟

(جواب دینے کے بجائے وہ پھر دوسری طرف نکلنے کی کوشش کرتا ہے تو وہ لوگ اُسے تینوں طرف سے گھیر لیتے ہیں)

آٹھ، نو، دس (کڑے لہجے میں) کون ہو تم؟

(نمبر ایک خاموش ہے)

پانچ، چھ، سات (کڑے لہجے میں) تم کون ہو؟

ایک ہر ہر مہادیو... ہر ہر مہادیو...

سب (ایک ساتھ) ہر ہر مہادیو... ہر ہر مہادیو...

آٹھ، نو، دس (کڑے لہجے میں) ثبوت کیا ہے؟

ایک ثبوت... میرا نام دھرم چند ہے۔

پانچ، چھ، سات (سختی سے) یہ کوئی ثبوت نہیں۔

ایک چاروں ویدوں میں سے کوئی بھی بات مجھ سے پوچھ لو۔

دو، تین، چار (بہت سختی سے) کون ہو تم؟

(جواب دینے کے بجائے وہ پھر دوسری طرف نکلنے کی کوشش کرتا ہے تو وہ لوگ اُسے تینوں طرف سے گھیر لیتے ہیں)

آٹھ، نو، دس (کڑے لہجے میں) ہم ویدوں کو نہیں جانتے... ثبوت دو

ایک کیا؟

آٹھ، نو، دس (کڑے لہجے میں) پاجامہ ڈھیلا کرو۔

ایک (پاجامہ ڈھیلا کرتے ہوئے) پاجامہ ڈھیلا ہوا تو ایک شور مچ گیا

سب (ایک ساتھ) مار ڈالو... مار ڈالو!

ایک ٹھہرو ٹھہرو... میں تمھارا بھائی ہوں... بھگوان کی قسم، تمھارا بھائی ہوں۔

پانچ، چھ، سات (سختی سے) تو یہ کیا سلسلہ ہے؟

ایک جس علاقے سے آرہا ہوں وہ ہمارے دشمنوں کا تھا اس لیے مجبوراً مجھے ایسا کرنا پڑا... صرف اپنی جان بچانے کے لیے... ایک یہی چیز غلط ہو گئی ہے۔ باقی

بالکل ٹھیک ہے۔"

سب — (ایک ساتھ) اُڑادو غلطی کو!

(اور اسی کے ساتھ سب اُس پر حملہ آور ہوتے ہیں اور اُن کے حملے سے بچنے کے لیے نمبر ایک ہاتھ آگے کرتا ہے اور منظر اُسی پل ساکت ہو جاتا ہے۔ اپنا فریز توڑ کر نمبر ایک ناظرن سے کہتا ہے۔

دس — غلطی اڑادی گئی ...دھرم چند بھی ساتھ ہی اُڑ گیا۔

(نمبر ایک زور سے چیختا ہے اور گر پڑتا ہے۔ سب اُس کی طرف دیکھتے ہیں اور پس منظر سے بھجن کی آواز ابھرتی ہے۔

بھجن — ویشیو جن تو تینے کہیے جے پیڑ پرائی جانے رے...

پانچ — (زور سے "ارے چوپ" اور ونگ میں اشارہ کرتا ہے)

نمبر دس ہارمونیم کی پیٹی اٹھائے گاتا جا رہا تھا۔ (گاتے ہوئے)

جب تم ہی گئے پردیس،

لگا کر ٹھیس، او پیتم پیارا، دُنیا میں کون ہمارا۔

(سب ناچتے ہیں)

پانچ — لوٹ کھسوٹ کا بازار گرم تھا۔ اُس گرمی میں اضافہ ہو گیا، جب چاروں طرف آگ بھڑکنے لگی۔ ●●

کتاب جب تیاری کے آخری مرحلے میں تھی، شمس الحق عثمانی صاحب نے شدید علالت کے باوجود سیاہ حاشیے کے تعلق سے اپنا ایک مختصر وائس نوٹ مجھے بھجوایا، اُن کی شمولیت میرے لیے کسی اعزاز سے کم نہیں۔ اسے کتاب کے آخری صفحے پر درج کرتے ہوئے مجھے بے حد مسرت ہو رہی ہے۔

(مرتب)

☆

بٹوارے کے بعد منٹو کے افسانوں کا یہ مجموعہ ۱۹۴۸ میں شائع ہوا ۔اس میں کل ۳۲/ افسانے / افسانچے شامل ہیں ۔لیکن اسے کیا افسانوں کا مجموعہ کہنا کیا دُرست ہوگا؟ فارم ،اسلوب اور ٹریٹ مینٹ کے اعتبار سے منٹو کے سابقہ افسانوں سے یہ اس قدر الگ اور منفرد ذایقہ رکھتے ہیں کہ اِن کے لیے کوئی نئی اصطلاح وضع کرنے کی ضرورت محسوس ہوتی ہے ۔سوال یہ پیدا ہوتا ہے کہ کہیں منٹو نے اسے ایک طویل افسانہ کے طور پر تو تحریر نہیں کیا اور بعد میں اسے ۳۲/ حاشیوں میں تقسیم کر کے الگ الگ عنوان سے ایک کتاب میں یکجا کر دیا ہو۔ سوال یہ بھی پیدا ہوتا ہے کہ کیا ''سیاہ حاشیے'' کا ہر افسانہ اپنی جگہ آزاد اور خود کفیل وحدت کا حامل ہے؟ جواب اگر ہاں ہے تو دوسرے افسانوں سے کاٹ کر انہیں پڑھنے پر کیا ہمیں وہی تاثیر ملتی ہے جو ایک تسلسل کے ساتھ حاصل ہونے والی قرأت کا نصیب ہے؟ اس سوال کے ساتھ ایک اور سوال بھی بہتا ہوا چلا آتا ہے کہ آخر وہ کون سا دھاگا ہے جو ان ۳۲/ حاشیوں کو ایک دوسرے میں اور ایک دوسرے سے باندھے رکھتا ہے؟ موضوعاتی وحدت تو خیر سامنے کی چیز ہے لیکن ''سیاہ حاشیے'' میں داخلی سطح پر جو ایک فکری وحدت موجود ہے، اُس کے کیا معنی ہیں ۔ایک افسانے کے تار پود دوسرے افسانے کے متن میں اس طرح تحلیل ہو گئے ہیں کہ اُنہیں الگ کر کے دیکھنا ممکن نہیں ۔سیاہ حاشیے'' کا ہر افسانہ، ہر وقوعہ، ہر event نہ صرف اُس وحدت کی گرفت میں ہے، بلکہ اُسی کے محور پر گردش کر رہا ہے۔ اُس وحدت کا کیا کوئی عنوان ممکن ہے؟ میرے خیال میں اس کا ایک نام ''غلطی'' ہے ۔غلطی یعنی ''مشٹیک''

''چ چ چ چ... مشٹیک ہوگیا۔''

پوری کتاب کے تناظر میں دیکھیں تو 'غلطی' محض ایک لفظ نہیں اور 'مشٹیک ہوگیا' صرف ایک فقرہ نہیں ۔اس فقرے اور لفظ میں منٹو نے اپنے تخلیقی تجربہ کا نچوڑ سمو دیا ہے ۔غلطی اور اُس کے باطن تک رسائی اور اُس کا جامع اظہار ہی ''سیاہ حاشیے'' کے افسانوں کا فنی و تخلیقی سروکار ہے ۔یہ لفظ، یہ فقرہ باعث تماشا بھی ہے اور نتیجہ تماشا بھی، خود تماشا گر ہے اور تماشائی بھی ۔یہ غلطی، یہ مشٹیک انفرادی بھی ہے اور اجتماعی بھی ۔منٹو نے ان غلطیوں کو ناپنے کا نہ تو کوئی فیتہ فراہم کیا ہے اور نہ ہی پیمانہ ۔یہ بس غلطیاں ہیں ۔کوری ، نپٹ غلطیاں...شاید مجھے بھی اور آپ کو بھی لپیٹ میں لیتی ہوئی نپٹ غلطیاں ۔

شمس الحق عثمانی ______

دوسری زبان اور میڈیم سے تعلق رکھنے والے قلمی معاونین کا مختصر تعارف

جیتندر بھاٹیہ : آئی آئی ٹی سے کیمیکل انجینئرنگ میں ڈاکٹریٹ کی ڈگری حاصل کی۔آئی آئی ٹی احمد آباد سے ایم مینجمنٹ اور سوئٹزرلینڈ سے انسٹرومینٹل اینالیسس کی تربیت لینے کے بعد۔سرکاری اور نجی شعبے کی تنظیموں میں تیس سال سے زیادہ عرصے تک اعلیٰ عہدوں پر فائز رہے۔بہت سی دوسری تنظیموں میں کنسلٹنٹ اور وزٹنگ پروفیسر۔ملک و بیرون ملک کے دورے کیے۔اس کے علاوہ جیتندر بھاٹیہ کا تعلق ہندی کے آٹھویں دہائی کے اہم کہانی کاروں میں ہوتا ہے۔کہانی کار کے ساتھ ساتھ وہ ایک اہم مفکر، دانشور ادیب اور مترجم بھی ہیں۔دنیا کی اہم اور بہترین کہانیوں کے تراجم کو اُنہوں نے کئی جلدوں میں مرتب کیا ہے۔اُن کے کیے گئے یہ تراجم ادب اور دانشوری سے دلچسپی رکھنے والوں کے سامنے اعلیٰ ادب کا نمونہ پیش کرتے ہیں۔اُن کی اہم تصانیف جن میں کہانیوں کے مجموعے، ناول، ڈرامے تراجم اور مضامین کے مجموعے شامل ہیں ان میں کچھ اہم کتابوں کے نام یوں ہیں۔''سمئے سیمانت''،''رکت جیوی''،''جستجوِ نہاں''،''شہادت نامہ''،''سدھارتھ کا لوٹنا''،''اگلے اندھیرے تک''،''جنگل میں کھلنے والی کھڑکی''،''سڑکیں بند ہیں''، ''سوچو تیرے ساتھ کیا جائے گا''،''ہم جس مٹی سے بنے ہیں''، ''صدی کے پرشن''وغیرہ۔

نریندر موہن : ہندی زبان وادب میں کہانی کار اور نقاد کے طور پر مشہور نریندر موہن نے نظمیں بھی تحریر کی ہیں اور ڈرامے بھی لکھے ہیں۔علاوہ ازیں ہندی میں اُن کی ایک پہچان منٹو شناس نقاد کی بھی ہے۔ہندی قارئین کو سعادت حسن اور منٹو سے متعارف کروانے کا کام اُنہوں نے بہت پہلے کر دیا تھا۔''منٹو کی کہانیاں''،''منٹو کے ناٹک''،''روز ایک کہانی''،''منٹو کا انتظار'' کے علاوہ ''منٹو زندہ ہے'' کے عنوان سے منٹو کی سوانح تحریر کر چکے ہیں۔منٹو کی اس سوانح کو بنیاد بنا کر ممبئی میں ایک ڈراما کھیلا جا چکا ہے۔

جے شری سنگھ: جے شری سنگھ ممبئی یونیورسٹی میں ایسوسی ایٹ پروفیسر اینڈ ریسرچ ڈائریکٹر ہیں۔اخبارات اور رسائل میں اُن کے مضامین اور کہانیاں شائع ہوتی رہی ہیں۔مختلف ادبی وثقافتی اجلاس میں آپ کے مضامین توجہ کا مرکز بنتے ہیں۔گزشتہ برسوں انہیں ممبئی بورڈ کی طرف سے سرسوتی سوت سمان سے نوازا گیا۔کووڈ پر اُن کی ایک کتاب ''ایک بھانک حملہ'' ابھی حال ہی شائع ہوئی ہے۔اُن کی

ایک اہم کتاب سریندر ورما کے ڈراموں کا تنقیدی مطالعہ ہے، جو ۲۰۱۳ میں منظر عام پر آئی۔ جے شری سنگھ نے شمالی مشرقی ادی واسی سماج کے لوک ادب پر جو تحقیقی کام کیا ہے وہ بھی کتابی صورت میں شائع ہو چکا ہے۔ ''آزادی کا امرت مہوتسو'' کے موقع پر ہندوستانی پرچار سبھا ممبئی کی جانب سے منعقدہ پروقار تقریب میں 'مہاتما گاندھی شکشا پرتیبھا سمان سے جے شری سنگھ کو نوازا گیا۔

لوک متر گوتم: گزشتہ تیس برسوں سے لوک متر گوتم ہندی صحافت سے وابستہ ہیں۔ مختلف سماجی، سیاسی، ادبی و علمی موضوعات پر وہ اب تک پندرہ ہزار سے زائد مضامین اور فیچر تحریر کر چکے ہیں۔ اس کے علاوہ کئی دستاویزی فلموں کی اسکرپٹ اور ریڈیو کے لیے فیچر بھی لوک متر گوتم لکھتے رہے ہیں۔ اُن کی نظموں کے دو مجموعے ''میں اپنے ساتھ بہت کچھ لے کر جاؤں گا'' اور ''جی ہاں'' منظرِ عام پر آ چکے ہیں۔ اس کے علاوہ ''امیج ریفلیکشن سینٹر'' کے مدیر ہیں۔

چندر کانت بھونجال: چندر کانت بھونجال کے تحریر کردہ علمی و ادبی مضامین مراٹھی کے موقر اخبارات اور رسائل میں شائع ہوتے رہے ہیں۔ آکاشوانی اور یشونت راؤ اوپن یونیورسٹی سے بھی وابستہ رہے ہیں۔ وہ گزشتہ چالیس برسوں سے ہندی اور اردو کی کئی اہم تصانیف کو مراٹھی زبان میں منتقل کرنے کا اہم کام چندر کانت بھونجال نے کیا ہے۔ ان میں پریم چند، امریتا پریتم، جیتندر بھاٹیہ، سودھا اروڑا، پشپا بھارتی کی کتابیں شامل ہیں۔ انہیں تراجم کے لیے ساہتیہ اکیڈمی ایوارڈ سے نوازا جا چکا ہے۔ منٹو صدی کے موقع پر منٹو کے افسانوں کے تراجم پر جو دو کتابیں شائع کیں اُن کے نام ہیں ''منٹو حاضر ہو'' اور ''ایک ہوتی رادھا'' ہیں۔

لوک ناتھ یشونت: مراٹھی دلت ساہتیہ میں لوک ناتھ یشونت ایک بیدار ذہن شاعر کی حیثیت سے مقبول ہیں۔ اُن کے سماجی و سیاسی سروکار صاف اور واضح ہیں۔ وہ مہاراشٹر اسٹیٹ الیکٹرک سٹی بورڈ میں اہم عہدے پر فائز رہے اور فی الحال ناگپور میں قیام پذیر ہیں۔ کئی شعری مجموعوں کے خالق لوک ناتھ یشونت متعدد انعامات و اعزازات سے نوازے جا چکے ہیں۔ شاعری کے علاوہ اردو اور ہندی کے تخلیقی ادب کو مراٹھی زبان میں منتقل کرنے کا اہم کام بھی وہ گزشتہ کئی برسوں سے انجام دے رہے ہیں۔ گجرات دنگوں سے متاثر ہو کر لکھی گئیں منصور اعجاز جوش کی نظموں کے مجموعہ ''آوازِ جرس'' کا مراٹھی ترجمہ وہ کر چکے ہیں۔ حال ہی میں ''سیاہ حاشیے'' کا مراٹھی ترجمہ بھی اُنہوں نے کیا، جس کا مراٹھی قارئین نے پُرجوش استقبال کیا۔

مکرندساونت : مکرند ساونت کا شمار مراٹھی زبان کے نئے اُبھرتے ہوئے شاعروں میں ہوتا ہے۔شاعری کے علاوہ مکرند ساونت تھیٹر سے بھی وابستہ ہیں۔منٹو کے نسوانی کرداروں کو لے کر اُنھوں نے مراٹھی میں ایک مونولاگ کی ہدایت کی تھی۔جسے بے حد پسند کیا گیا۔اس کے علاوہ مکرند ساونت میڈیا سے بھی وابستہ ہیں۔مراٹھی فلموں اور او ٹی ٹی پلیٹ فارم کے لیے بھی اُن کے کاموں کو سراہا گیا ہے۔اس کے علاوہ مکرند ساونت کا شمار نئی نسل کے نمائندہ شاعروں میں ہوتا ہے۔اُن کے شعری مجموعے'کافی وتھ ہنی'، 'تین سو پینسٹھ'، شائع ہو چکے ہیں۔'بھوبھو'،'رادھا رمن'، 'ڈاکٹر ہیڈگوار آپریشن لندن کیفے'، جیسی فلموں سے بھی وابستہ رہے ہیں۔

اُروش کوٹھاری: گجراتی زبان و ادب کے منظرنامے پر اروش کوٹھاری ایک ادیب، کہانی کار، مزاح نگار، ریسرچ اسکالر اور پبلشر کی حیثیت سے جانے مانے اور پہچانے جاتے ہیں۔اُن کے تحریر کردہ کالم سرکار اور سرکاری اداروں کے لیے کسی چیلنج سے کم نہیں ہوتے۔

سنجے چھیل : سنجے چھیل بالی ووڈ کی مین اسٹریم فلموں میں بہترین ڈائیلاگ رائٹر کی حیثیت سے پہچانے جاتے ہیں۔ انہوں نے رنگیلا، دوڑ، پھر بھی دل ہے ہندوستانی ، پارٹنر، قسمت کنکشن، خوبصورت ،ہیلو جیسی فلموں میں مکالمے تحریر کیے۔اس کے علاوہ اُنہوں نے کئی فلمیں ڈائریکٹ بھی کی ہیں اور کئی مقبول گانے بھی لکھے ہیں۔لیکن اُن کی ایک پہچان افسانہ نگار، صحافی اور مصور کی بھی ہے۔ ہندی اور گجراتی میں اُن کی تحریر کردہ مختصر کہانیاں موقر رسائل کی زینت بن چکی ہیں۔''دیویہ بھاسکر'' کے ہفتہ وار کالم''انداز بیان'' سے اُنہوں نے گجراتی صحافت کی دنیا میں قدم رکھا۔''انداز بیان'' کالم کے علاوہ گجراتی کے دیگر روزناموں، مثلاً''ممبئی سماچار'' میں بھی ہفتہ وار کالم لکھ رہے ہیں۔گجراتی کے مشہور اداکارو ہدایت کار کانتی ماڈیا کی شخصیت اور کارناموں پر اُن کی مرتب کردہ کتاب حال ہی میں ریلیز ہوئی۔ہندی میں ان کی مختصر کہانیوں کا مجموعہ ۲۰۲۱ میں پوسٹر کے نام سے شائع ہوا تھا۔اسی کے ساتھ مصوری سے بھی اُنہیں دلچسپی رہی ہے۔اُن کی بنائی ہوئی تصاویر کی نمائش جہانگیر آرٹ گیلری کے علاوہ مختلف آرٹ سینٹر میں ہو چکی ہے۔

راجیو پٹیل : راجیو پٹیل گزشتہ کئی برسوں سے ٹی وی ،فلم ،صحافت اور اسٹیج کے لیے لکھ رہے ہیں۔دس سال تک گجراتی میں فلم صحافت میں قسمت آزمانے کے بعد اُنہوں نے ٹی وی اور فلم کے لیے کہانیاں لکھیں۔اس کے علاوہ اسٹیج کے لیے ڈرامے اور یوٹیوب کے لیے سیاسی گیگس تحریر کیے۔کرونا مہاماری کو

موضوع بنا کر لکھا گیا اُن کا ناول ''آڈونا'' لاک ڈاؤن کے وقت ہی لکھا اور گجراتی روزنامہ میں شائع ہوتا رہا۔ ادھر کچھ برسوں سے اُنھوں نے نو آموز افسانہ نگاروں کے لیے کہانی لیکھن ورک شاپ کا اہتمام کرتے ہیں۔ یہی نہیں اسی کے ساتھ اُنھوں نے گجراتی میں ایک ماہنامہ جریدہ شروع کیا جس کے اب تک ۱۵ شمارے منظر عام پر آچکے ہیں۔ فی الحال وہ کاپی ایڈیٹر کے طور پر ''ریختہ'' سے وابستہ ہیں۔

انصار علی: گزشتہ چالیس برسوں سے ممبئی کے ایک عوامی شعبے کی تنظیم میں ملازم ہیں اور شہر کے ثقافتی منظر نامے میں سرگرم ہیں۔ اردو اور ہندی کے ادب کو ملیالم زبان میں ترجمہ کا کام مسلسل کر رہے ہیں۔ سردار جعفری، فیض احمد فیض، کرشن چندر، عصمت چغتائی کی مختلف تحریریں کو ملیالم زبان میں ترجمہ کر چکے ہیں۔ گزشتہ دنوں اُن کی ایک کتاب ''منٹو کی منتخب کہانیاں'' کے عنوان سے ملیالم زبان میں شائع ہوئی ہے۔

جمیل گلریز: جمیل گلریز غیر اردو داں طبقے میں اردو کے تخلیقی تحریروں کو متعارف کروانے کا کام گزشتہ کئی برسوں سے زور و شور سے کر رہے ہیں۔ یہ کام کتھا کتھن کے تحت وہ کر رہے ہیں جس میں اردو ہی نہیں ہندی اور مراٹھی زبان کے تخلیقی ادب کو یو ٹیوب چینل کے توسط سے عام کرنے کی مسلسل کوشش کر رہے ہیں اور اب اُن ریڈنگس کی باقاعدہ ایک لائبریری بن چکی ہے۔ اُن کی ایک شناخت تخلیقی اور میڈیا پلانر کی بھی ہے۔ اشتہارات کی دنیا میں اپنی لکھی ہوئی tag line کی وجہ سے بھی وہ اپنی منفرد شناخت رکھتے ہیں اور آج بھی یاد کیے جاتے ہیں ڈسکوری اور ٹریول اینڈ لیونگ چینلز نے ان کے بہترین پروگراموں کا ہندی میں ترجمہ کر کے پیش کیا۔

اتول تیواری: تیواری ایک ورسٹائل ہندوستانی اداکار ہیں۔ وہ ایک بہت باصلاحیت مصنف بھی ہیں، جنھوں نے سینما انڈسٹری کو بہت سی بہترین فلمیں دی ہیں۔ اتول تیواری کا تعلق لکھنو سے رہا ہے اور گزشتہ کئی دہائیوں سے تھیٹر، ٹی وی اور سینما سے وابستہ ہیں۔ مختلف ڈراموں کی ہدایت کے علاوہ ''مشن کشمیر''، ''ہزار چوراسی کی ماں''، ''تھری ایڈیٹس''، ''پی کے'' جیسی متعدد فلموں میں چھوٹے مگر اہم کردار ادا کرنے کے ساتھ ساتھ کئی فلموں کے وہ اسکرپٹ رائٹر بھی رہے ہیں۔ اسٹیج پر بھی اُنھوں نے اپنی اداکاری اور ہدایت کے جوہر دکھائے ہیں۔ اتل تیواری کو آئی ٹی اے ایوارڈز میں بہترین ٹیلی پلے سے نوازا گیا ہے۔

سنیل شانباگ: ہندوستان کے معروف تھیٹر ہدایت کاروں میں سے ایک ہیں اور تھیٹر ار پنا اور تماشا تھیٹر کے آرٹسٹک ڈائریکٹر ہیں۔ گزشتہ چالیس برسوں سے، تھیٹر پریکٹس کے علاوہ مختلف انواع میں سنیل شانباگ مشغول ہیں۔ اُن کے کام کو ملک بھر کے بڑے تھیٹر فیسٹیولز میں دیکھا جاتا ہے، اور اسے لندن کے شیکسپیئر گلوب تھیٹر میں دو سیزن میں بھی پیش کیا جا چکا ہے۔ شانباگ ار پنا تھیٹر کے تحت کئی سالوں تک اداکاروں کی تربیت کرتے رہے ہیں جبکہ تماشا تھیٹر کے توسط سے اُنہوں نے اردو ریڈنگ کا سلسلہ شروع کیا، جس کے تحت اردو کے اہم تخلیقی تحریروں کی ڈرامیٹک ریڈنگ پیش کی گئی۔ سنیل شانباگ نے ممبئی یونیورسٹی اور ایس این ڈی ٹی یونیورسٹی میں تعلیم کی ڈگری حاصل کرنے کے لیے کام کرنے والے بچوں اور طلباء کے لیے ورکشاپس کا انعقاد کیا۔ اُن کے پیش کیے گئے ڈراموں میں ''سیکس مورالٹی اور سنسر شپ''، ''اسٹوری ان سانگ'' اس کے علاوہ شیام بینگل کے ساتھ ''کل یگ''، ''انتران'' اور ''بھارت ایک کھوج'' جیسے پروجیکٹ کا وہ اہم حصّہ رہے ہیں۔ اُنہیں تھیٹر ڈائریکشن کے لیے سنگیت ناٹک اکادمی ایوارڈ 2017 سے نوازا گیا ہے۔

سلیم عارف: این ایس ڈی سے پاس آؤٹ سلیم عارف لکھنو سے تعلق رکھتے ہیں لیکن گزشتہ کئی دہائیوں سے ممبئی میں وہ ٹی وی، فلم اور تھیٹر کے کاموں میں عملی طور پر وابستہ ہیں۔ اُن کے ڈائریکٹ کیے گئے کئی ڈرامے ملک و غیر ممالک میں کھیلے جا چکے ہیں۔ ''تاج محل کا ٹینڈر'' کے علاوہ گلزار کی کہانیوں پر مبنی اُن کا ڈراما ''خراشیں'' بین الاقوامی سطح پر سراہا گیا۔ اس کے علاوہ منٹو کی کہانیوں پر اُن کا ہدایت کردہ ایک ڈراما ''منٹو منتر'' کے عنوان سے گزشتہ دنوں ممبئی کے پرتھوی تھیٹر میں کھیلا گیا۔

سُنیتا مال پانی: سنیتا مال پانی کئی مقبول ٹی وی سریل کی اسکرین پلے رائٹر رہی ہیں۔ اُنہوں نے ''ہپ ہاپ'' کلچر پر ایک دستاویزی فلم ''بریکنگ آل دی وے'' بنائی ہے۔ جو کئی انٹرنیشنل فلم فیسٹیول میں دکھائی اور پسند کی گئی۔ اس کے علاوہ سنیتا نے انگریزی زبان میں کئی ڈرامے بھی لکھے ہیں جن میں سے ایک ڈراما ''ٹرینگل اے بی سی'' کی ڈرامیٹک ریڈنگ ممبئی کے مختلف تھیٹر میں کی گئی۔

پردیپ مہاپسکر: ۱۹۹۰ میں جے جے اسکول آف آرٹس سے مصوری میں ڈگری لینے کے بعد روزنامہ فری پریس جرنل سے صحافتی دُنیا میں بطور ڈیزائنر اپنے سفر کا آغاز کیا۔ اُنہوں نے ''مانس ٹائمز''، ''پرہار''، ''می مراٹھی''، ''لوک مت بائیو میڈ''، ''سکال''، ''ترون بھارت'' جیسے کئی روزناموں اور ٹیبلوئڈز کے لیے بطور ڈیزائن ڈائریکٹر کام کیا ہے۔ جب ڈیجیٹل اخبارات آئے تو انہوں نے ڈیجیٹل ڈومین میں

کام کیا۔ وہ کئی خبر رساں اداروں کے مشیر بھی تھے۔اس کے علاوہ کئی روزناموں جیسے ''سمانتر''، '' گجراتی ساٸی''، میں سیاسی کارٹونسٹ کے طور پر کام کیا۔اُن کے بنائے گئے کارٹون بیرون ملک میں بھی شائع ہوتے رہے ہیں۔ دنیا کو ایک مختلف نقطہ نظر سے دیکھنے کی عادت نے انہیں ممبئی کی لوکل ٹرین میں فورتھ سیٹ کے نام سے سفر کے بارے میں لکھنے پر مجبور کیا۔آرٹ اور ہمارے ماحول پر ان کی دوسری کتاب ''اولا کینوس'' مشہور ہے۔اپنی پہلی محبت پینٹنگ ہونے کے باوجود مسلسل مشاہدے کی وجہ سے اُنہوں نے اسٹریٹ فوٹوگرافی شروع کی اور ممبئی میں اپنے روزمرہ کے سفر کے دوران کئی مناظر اپنے موبائل فون پر قید کیے۔ حال ہی میں ممبئی کے سومیا کالج میں ان کی پاکٹ فوٹوگرافی کے عنوان سے ایک نمائش کا انعقاد کیا گیا۔فی الحال وہ اپنے پسندیدہ مضمون یعنی تجریدی آرٹ کے انداز میں پینٹنگز میں مصروف ہیں۔

سید اقبال : سید اقبال نامور مصور، کمرشیل آرٹسٹ، ڈراما نگار، ہدایت کار اور اداکار ہیں۔اچھے ڈائریکٹر، اچھے ایکٹر، اچھے کرافٹ مین، اچھے خطاط، خوش نویس اور بہت اچھے سیٹ ڈیزائنر کی مختلف و متنوع خوبیاں دلچسپ معنی خیز اور فن کارانہ انداز میں سید اقبال میں یکجا ہوگئی ہیں۔گزشتہ کئی دہائیوں سے وہ اردو ادب اور اردو تھیٹر کی ترقی و ترویج میں مصروف ہیں۔اُن کا تعلق شولا پور سے ہے لیکن جب ممبئی کے رنگ منچ پر اپنا ڈراما پیش کرتے تو ممبئی کے ناظرین بھی حیرت میں پڑ جاتے۔مہاراشٹر اردو اکادمی کے ڈراما مقابلوں میں اُن کے پیش کیے گئے ڈراموں کی گونج سال بھر رہتی تھی۔یہی نہیں اُن کی بنائی ہوئی تصویروں کی خوبیوں سے اردو داں معاشرہ بہ خوبی واقف ہے۔گزشتہ برسوں اُنہیں اُن کی ادبی خدمات کے لیے مہاراشٹر راجیہ اردو اکادمی نے ایوارڈ سے نوازا۔

محمد انیر الاسلام : جامعہ ملیہ اسلامیہ سے ماسٹر آف فائن آرٹس حاصل کرنے والے محمد انیر الاسلام اپنی نسل کے ایک اہم فنکار ہیں۔اپنی خداداد صلاحیت، اہلیت، لگن، ریاضت اور نظم و ضبط کی وجہ سے اُنہیں نیشنل بال بھون، دہلی میں پینٹنگ کے جونیئر انسٹرکٹر کے طور پر مقرر کیا گیا۔انہیں وزارت ثقافت سے جونیئر فیلوشپ ملی۔کئی قومی اور ریاستی سطح کے ایوارڈ ان کے نام ہیں۔انہوں نے ہندوستان بھر میں بہت سی نمائشوں میں حصہ لیا ہے- آل انڈیا فائن آرٹس اینڈ کرافٹس سوسائٹی، للت کلا اکادمی، ساہتیہ کلا پریشد، اور انڈین ہیبی ٹیٹ سینٹر، وہ چند نام ہیں جہاں ان کے کاموں کی نمائش کی گئی تھی۔ انہیں بہت سے مقابلوں میں جج کے طور پر مقرر کیا گیا تھا، ان میں سے ماحولیات، جنگلات اور موسمیاتی تبدیلی کی وزارت کے ذریعہ منعقدہ تقریبات، نیشنل میوزیم آف نیچرل ہسٹری، نئی دہلی، لوک سبھا سکریٹریٹ، اور انڈین کونسل فار چائلڈ ویلفیئر بھی شامل ہیں۔

مرتبہ کا مختصر تعارف

نام:	محمد اسلم پرویز
والد:	محمد ابراہیم
والدہ:	نورالنساء
تعلیم:	بی۔اے
پیشہ:	ملازمت (ایڈیٹر ''اردو لوک راجیہ'' حکومت مہاراشٹر، ریٹائرڈ) میڈیا رائٹنگ اور پروفیشنل گجراتی ڈراما نگاری

مطبوعات:

پکنک	(بچوں کے لئے فل لینتھ ڈراما)
پنکھ ہوتے تو...	(فل لینتھ ڈراما)
آپ کا سعادت حسن منٹو	(مرتب: منٹو کے خطوط)
ملتے ہیں بریک کے بعد	(یک بابی ڈراموں کا مجموعہ)
افسانوں کے درمیان	منٹو کے افسانے اور ان کے تجزیے
دوپہر اور دوسرے ڈرامے	(مرتب: ساجد رشید کے یک بابی ڈراموں کا مجموعہ) زیرِ طباعت

وابستگی:

ایکجوٹ تھیٹر گروپ ممبئی، ارپنا تھیٹر گروپ

نیا ورق فاؤنڈیشن ممبئی، اسٹیڈیو تماشا

تحریر کردہ فل لینتھ ڈرامے (اردو):

سوگندھی	منٹو کے خلق کردہ کردار پر مبنی	ہدایت کار: وٹھل جاد
آؤ پکنک چلیں		ہدایت کار: نادرہ ظہیر ببّر
پنکھ ہوتے تو...		ہدایت کار: نادرہ ظہیر ببّر
بات لات کی...		ہدایت کار: درپن مشرا

دستک	ہدایت کار: چیتن داتار
ایک مادھو باغ	ہدایت کار: چیتن داتار
اسٹوری ان دی سانگ	ہدایت کار: سنیل شان باگ
اگنی پنکھ	ہدایت کار گنیش یادو
آوارہ	ہدایت کار: شبر وجیوتی

یک بابی ڈرامے (اردو):

جلیان والا باغ (یہ ڈراما اقبال نیازی کے اشتراک سے لکھا گیا)		ہدایت: اقبال نیازی، اسلم پرویز
سوگندھی	ہدایت کار: پرمود شیلار	ہدایت کار: ابھجیت ساٹم
دستک	ہدایت کار: چیتن داتار	ہدایت کار: پرمود شیلار
دستک	ہدایت کار: صغیر احمد	ہدایت کار: پریادرشن جادھو
جینتی لال		ہدایت کار: وپل مہتا
ٹھاکر کا کنواں	(پریم چند کی کہانی پر مبنی)	ہدایت کار: صغیر احمد
کولاژ	ہدایت کار: پریادرشن جادھو	ہدایت کار: سندیش ونائک
سومو... دی پاگل		ہدایت کار: وپل مہتا
ناٹ فارسیل	ہدایت کار: پریادرشن جادھو	ہدایت کار: بھیم راؤ
فریز پوائنٹ	ہدایت کار: صغیر احمد	ہدایت کار: وٹھل جادھو
ریٹرن آف ایک لوئیہ	ہدایت کار: پرمود شیلار	ہدایت کار: رجب علی جعفری
ویل کم رام	(سریندر پرکاش کی کہانی ''بن باس'' پر مبنی)	ہدایت کار: دیپل جوشی
چالان	(منٹو کی کہانی لائسنس پر مبنی ڈراما)	ہدایت کار: وپل مہتا
فار دی سیک آف گاڈ		ہدایت کار: پریادرشن جادھو
تب تاریخ کچھ اور ہوتی...	ہدایت کار: گریش ڈھوکے	ہدایت کار: رجب علی جعفری
منٹو... دی بلیک مارجن	ہدایت کار: رجب علی جعفری	ہدایت کار: سنیل شان باگ

انعامات(اردو، ہندی، گجراتی اور مراٹھی):

جلیان والا باغ: اپٹا کے انٹر کالجیٹ ڈراما مقابلے میں بیسٹ اسٹیوڈینٹ اسکرپٹ کا ایوارڈ

جینتی لال: اپٹا کے انٹر کالجیٹ ڈراما مقابلے میں بہترین ڈراما کا اول انعام اور دیگر یوارڈ کے علاوہ بیسٹ اسکرپٹ کا ایوارڈ اور خواجہ احمد عباس ٹرافی

سومودی پاگل: اپٹا کے انٹر کالجیٹ ڈراما مقابلے میں بہترین ڈراما کا اول انعام اور دیگر ایوارڈ

ویل کم رام: اپٹا کے انٹر کالجیٹ ڈراما مقابلے میں بیسٹ اسکرپٹ کا ایوارڈ اور خواجہ احمد عباس ٹرافی

فریز پوائنٹ: بھارتیہ ودیا بھون کے اردو ڈراما مقابلے میں بیسٹ اسکرپٹ کا ایوارڈ

کولاژ: انڈین نیشنل تھیٹر (آئی این ٹی) کے مراٹھی ڈراما مقابلے میں بہترین ڈراما کا اول انعام اور دیگر ایوارڈ کے علاوہ بیسٹ اسکرپٹ کا ایوارڈ، امرت کمبھ کے مراٹھی ڈراما مقابلے میں بہترین ڈراما کا اول انعام اور دیگر ایوارڈ کے علاوہ بیسٹ اسکرپٹ کا ایوارڈ، وسئی ڈراما فیسٹیول میں بہترین ڈرامے کا اول انعام اور بہترین ہدایت کار کا اول انعام

دستک: چترلیکھا گجراتی فل لینتھ ڈراما مقابلے میں ''آگنتک'' کے نام سے کھیلا گیا اور بہترین ڈراما کا اول انعام ممبئی یونیورسٹی کی طرف سے انٹر یونیورسٹی کے نیشنل اور زونل راونڈ میں بہترین ڈراما کے لئے اول انعام حاصل کیا اور سارک ممالک کے لئے بھارت کی نمائندگی کی۔

ناٹ فار سیل: بھارتیہ ودیا بھون کے مراٹھی ڈراما کمپیٹیشن میں اول انعام کے علاوہ دیگر انعامات کے ساتھ بیسٹ اسکرپٹ کا ایوارڈ بھارتیہ ودیا بھون کے اردو ہندی مراٹھی انگریزی اور سنسکرت ڈراما مقابلے میں اول انعام اور منشی ٹرافی کے علاوہ دیگر انعامات کے ساتھ بیسٹ اسکرپٹ کا ایوارڈ انڈین نیشنل تھیٹر (آئی این ٹی) کے مراٹھی ڈراما کمپیٹیشن میں بہترین ڈراما کا تیسرے انعام اور دیگر ایوارڈ کے علاوہ بیسٹ اسکرپٹ کا ایوارڈ

تب تاریخ کچھ اور ہوتی...: بھارتیہ ودیا بھون کے اردو ڈراما کمپیٹیشن میں اول انعام

ٹھاکر کا کنواں: ممبئی یونورسٹی کے ڈراما فیسٹول میں بہترین اسکٹ اور اسکرپٹ کا اول انعام، ملہار ڈراما فیسٹول میں بہترین اسکٹ کا اول انعام

ریٹرن آف ایک لوئیہ: ممبئی یونورسٹی کے ڈراما فیسٹول میں بہترین اسکٹ اور اسکرپٹ کا اول انعام ملہار ڈراما فیسٹول میں بہترین اسکٹ کا اول انعام

جلسہ کرو جینتی لال: ٹرانس میڈیا کے پروفیشنل ڈراما کمپیٹشن میں بہترین ڈراما اور بہترین اسکرپٹ کا اول انعام